Ruth Ware
Das College

Vor zehn Jahren gehörte Hannah zu einer verschworenen Clique, die in Oxford studierte und alles gemeinsam machte: Will, Hugh, Ryan, Emily, Hannah und vor allem April, der Mittelpunkt der Gruppe, ein schönes, verwöhntes, intelligentes Mädchen. Ihre Neigung, anderen ziemlich böse Streiche zu spielen, war berüchtigt. Und eines Abends war sie tot. Hannah fand April ermordet auf. Aufgrund ihrer Aussage wurde ein Verdächtiger verurteilt.

Inzwischen sind zehn Jahre vergangen. Und es gibt Gerüchte, dass es sich um einen Justizirrtum gehandelt haben könnte. Von Zweifeln und Schuldgefühlen gequält, beschließt Hannah, die Wahrheit herauszufinden.

Sie trifft sich mit den alten Freunden, fährt nach Oxford, spricht mit den damaligen Professoren. Und sie entdeckt tatsächlich Hinweise darauf, dass jemand anders als der Verurteilte den Mord begangen haben könnte. Jemand, den sie gut kannte …

Ruth Ware wuchs im südenglischen Lewes auf und lebte nach ihrem Studium an der Manchester University eine Zeit lang in Paris. Sie hat als Kellnerin, Buchhändlerin, Englischlehrerin und Pressereferentin für einen großen Verlag gearbeitet und wohnt jetzt mit ihrer Familie in der Nähe von Brighton. Mit ihren raffinierten atmosphärischen Thrillern ist sie zu einer der erfolgreichsten internationalen Bestsellerautorinnen geworden, ihre Bücher sind in über 40 Sprachen erschienen.

Ruth Ware

Das College

In der Nacht kommt der Tod

Thriller

Deutsch von
Susanne Goga-Klinkenberg

dtv

Von Ruth Ware
sind bei dtv außerdem erschienen:

Im dunklen, dunklen Wald
Woman in Cabin 10
Wie tief ist deine Schuld
Der Tod der Mrs Westaway
Das Chalet
Zero Days

MIX
Papier aus verantwortungsvollen Quellen
FSC® C019821
www.fsc.org

Ungekürzte Ausgabe 2023
dtv Verlagsgesellschaft mbH & Co. KG, München

Titel der englischen Originalausgabe:
›The It Girl‹ (Simon and Schuster Ltd, London 2022)

Umschlaggestaltung: dtv nach einem Entwurf
von zero-media.net, München
Umschlagmotive: PicturesFactory/Alamy Stock Photo
und FinePic®, München
Satz: Fotosatz Amann, Memmingen
Gesetzt aus der Aldus
Druck und Bindung: Druckerei C.H.Beck, Nördlingen
Printed in Germany · ISBN 978-3-423-22040-8

Für Meriel,
die beste Art von bester Freundin

DAVOR

Danach war es die Tür, an die sie sich erinnern sollte. *Sie stand offen,* sagte sie immer wieder zur Polizei. *Ich hätte wissen müssen, dass etwas nicht stimmt.*

Sie hätte jeden einzelnen Schritt aufzählen können, den sie von der Bar zurück zur Wohnung gegangen waren: wie der Kies beim Überqueren des Old Quad unter ihren Füßen geknirscht hatte, wie sie unter dem Cherwell Arch hindurchgegangen waren und die verbotene Abkürzung durch den dunklen Fellows' Garden genommen hatten, leichtfüßig auf dem taufeuchten Rasen. In Oxford brauchte man keine Schilder, die das Betreten des Rasens untersagten; die Grünfläche war seit mehr als zweihundert Jahren den Dons und Fellows vorbehalten, ohne dass man die Studierenden darauf hinweisen musste.

Vorbei an der Unterkunft des Masters und um den New Quad herum (fast vierhundert Jahre alt, aber immer noch hundert Jahre jünger als der Old Quad).

Dann Treppe VII mit den ausgetretenen steinernen Stufen hoch bis in den vierten Stock, wo sie und April auf der linken Seite des Treppenabsatzes wohnten, gegenüber den Räumen von Dr. Myers.

Dr. Myers' Tür war wie üblich geschlossen. Aber die andere Tür, ihre Tür, stand offen. Es war das Letzte, woran sie sich erinnerte. Sie hätte wissen müssen, dass etwas nicht stimmte.

Aber sie hatte sich nichts dabei gedacht.

Was dann geschehen war, wusste sie nur, weil die anderen es ihr erzählt hatten. Ihre Schreie. Hugh, der hinter ihr die Treppe heraufgerannt kam, zwei Stufen auf einmal nehmend. Aprils schlaffer Körper, der auf den Fotos, die man ihr danach gezeigt hatte, geradezu theatralisch auf dem Kaminvorleger ausgebreitet lag.

Sie selbst konnte sich nicht an den Anblick erinnern. Es war, als hätte sich ihr Gehirn abgeschaltet, wie ein Speicherfehler im Computer: *Datei beschädigt* – und keine noch so geduldige Befragung durch die Polizei hatte die Erinnerung an diesen Moment zurückbringen können.

Nur manchmal, mitten in der Nacht, wacht sie auf und hat ein Bild vor Augen, ein Bild, das sich von den körnigen Polaroids des Polizeifotografen mit den sorgfältigen Spurenmarkierungen und dem grellen Scheinwerferlicht unterscheidet. Auf diesem Bild ist das Licht gedämpft, und Aprils Wangen sind noch vom letzten Hauch des Lebens gerötet. Und sie sieht sich selbst, wie sie durchs gemeinsame Wohnzimmer rennt, über den Teppich stolpert und neben Aprils Leiche auf die Knie fällt, und dann hört sie die Schreie.

Sie weiß nie, ob das Bild Erinnerung oder Albtraum ist – oder eine Mischung von beidem.

Aber wie immer auch die Wahrheit aussieht, April ist nicht mehr da.

DANACH

»Siebzehn Pfund, achtundneunzig Pence«, sagt Hannah. Die Frau, die vor ihr steht, schiebt geistesabwesend die Kreditkarte über die Ladentheke. Gleichzeitig versucht sie, ihre Vierjährige davon abzuhalten, mit den Radiergummis in der Schreibwarenabteilung zu spielen.

Hannah hält die Karte an das Gerät, bis es piept, und reicht die Bücher mit der Quittung über die Theke. ›Der Grüffelo‹, ›Das neue Baby‹ und ›There's a House Inside My Mummy‹. Bruder oder Schwester unterwegs? Sie schaut zu dem kleinen Mädchen, das mit den Schreibwaren spielt, und lächelt verschwörerisch. Das Mädchen hält inne und lächelt dann zurück. Hannah würde gern nach ihrem Namen fragen, doch das ginge womöglich zu weit.

Stattdessen wendet sie sich wieder an die Kundin.

»Brauchen Sie eine Tüte? Wir haben auch diese tollen Stofftaschen für zwei Pfund.« Sie deutet auf die Segeltuchtaschen hinter dem Tresen, die mit dem hübschen Tall-Tales-Logo bedruckt sind – ein wackliger Bücherstapel, der den Namen des Ladens bildet.

»Nein, danke«, sagt die Frau knapp, stopft die Bücher in die Umhängetasche und zieht ihre Tochter an der Hand aus dem Laden. Ein Radiergummi in Pinguinform fällt dabei auf den Boden. »Lass das«, hört Hannah sie sagen, als sie durch die viktorianische Glastür gehen und die Ladenglocke erklingt. »Für heute reicht es mir mit dir.«

Hannah sieht, wie die Mutter das kleine Mädchen weinend hinter sich herzieht, und ihre Hand wandert zu ihrem Bauch. Schon die Form ist beruhigend – hart und rund und seltsam fremd, als hätte sie einen Fußball verschluckt.

Die Bücher in der Ratgeberabteilung für werdende Eltern arbeiten gern mit Lebensmittel-Metaphern. Eine Erdnuss. Eine Pflaume. Eine Zitrone. Das ist ja wie ›Die kleine Raupe Nimmersatt‹ für Erwachsene, hatte Will verwundert gesagt, als er das Kapitel über das erste Schwangerschaftstrimester las. Diese Woche ist es eine Mango, wenn sie sich recht entsinnt. Oder vielleicht ein Granatapfel. Als sie in der sechzehnten Woche war, hatte Will ihr aus Spaß eine halbierte Avocado samt Löffel ans Bett gebracht, um den Meilenstein zu feiern. Hannah hatte nur daraufgestarrt und die Morgenübelkeit gespürt, die eigentlich vorbei sein sollte, den Teller weggeschoben und war zum Klo gerannt.

»Es tut mir leid«, hatte sie danach zu Will gesagt. »Es war eine liebe Idee – ich musste nur –«

Sie konnte nicht zu Ende sprechen. Schon beim Gedanken daran wurde ihr übel. Es war nicht nur das weiche, ölige Gefühl auf der Zunge, sondern etwas anderes, das tiefer saß. Die Vorstellung, ihr eigenes Baby zu essen.

»Kaffee?« Robyns Stimme reißt sie aus ihren Gedanken. Hannah dreht sich zu ihrer Kollegin, die am anderen Ende der Theke steht.

»Wie bitte?«

»Ich sagte, willst du einen Kaffee? Oder geht's immer noch nicht?«

»Nein, nein, geht wieder, ich will es nur nicht übertreiben. Vielleicht einen koffeinfreien, wenn das okay ist?«

Robyn nickt und verschwindet im »Personalraum«, einem besseren Wandschrank. Fast im selben Moment vibriert Hannahs Handy in der Gesäßtasche ihrer Jeans.

Bei der Arbeit stellt sie es lautlos. Cathy, die Besitzerin von Tall Tales, ist nett, und man darf durchaus mal aufs Handy schauen, aber es lenkt ab, wenn es beim Vorlesen oder im Kundengespräch klingelt.

Der Laden ist gerade leer, also holt sie es heraus, um zu sehen, wer anruft.

Ihre Mutter.

Hannah runzelt die Stirn. Das ist ungewöhnlich. Jill ruft nicht einfach so an – normalerweise telefonieren sie einmal in der Woche, meist am Sonntagmorgen, wenn ihre Mutter vom Schwimmen im See zurückkommt. Jill ruft selten unter der Woche an und nie während der Arbeit.

»Hannah«, sagt ihre Mutter ohne Vorrede. »Kannst du sprechen?«

»Ich bin bei der Arbeit, wenn Kundschaft kommt, muss ich Schluss machen, aber jetzt gerade geht es. Ist was passiert?«

»Ja. Nein, ich meine …«

Ihre Mutter hält inne. Hannah spürt, wie die Angst sich anschleicht. Ihre tüchtige, selbstsichere Mutter, die nie um Worte verlegen ist – was kann da passiert sein?

»Geht es dir gut? Du bist doch nicht etwa … krank?«

»Nein!« Ein kurzes, erleichtertes Lachen begleitet die Antwort, doch sie spürt noch immer die merkwürdige Anspannung dahinter. »Nein, ganz und gar nicht. Es ist nur … ich nehme an, du hast keine Nachrichten gesehen?«

»Wieso denn? Ich war den ganzen Tag bei der Arbeit.«

»Ich meine die Nachrichten über … John Neville.«

Hannahs Magen fällt ins Bodenlose.

Die Übelkeit hatte sich in den letzten Wochen allmählich gelegt. Jetzt ist sie mit einem Mal wieder da. Sie presst die Hand vor den Mund, atmet schwer durch die Nase und umklammert mit der freien Hand die Ladentheke, als könnte sie ihr Halt bieten.

»Es tut mir leid«, sagt ihre Mutter in die Stille hinein. »Ich wollte dich nicht bei der Arbeit überfallen, aber die Meldung tauchte in meinen Google Alerts auf, und ich hatte Angst, jemand aus Pelham könnte dich anrufen oder dass die ›Mail‹ bei dir zu Hause auf der Matte steht. Ich dachte …« Hannah hört, wie ihre Mutter schluckt. »Ich dachte, es wäre besser, wenn du es von mir erfährst.«

»Was?« Hannah beißt die Zähne aufeinander, als könnte sie damit die Übelkeit stoppen, und schluckt das Wasser herunter, das sich plötzlich hinter ihren Zähnen sammelt. »*Was* soll ich von dir erfahren?«

»Dass er tot ist.«

»Oh.« Ein seltsames Gefühl. Eine Welle der Erleichterung, danach Leere. »Wie?«

»Herzinfarkt im Gefängnis.« Jills Stimme klingt sanft, als wollte sie die Nachricht abschwächen.

»Oh«, sagt Hannah noch einmal und tastet sich zu dem Hocker hinter der Theke, auf dem sie sitzen und Bücher etikettieren, wenn wenig los ist. Sie legt die Hand auf den Bauch, als wollte sie sich vor einem Schlag schützen, der sie bereits getroffen hat. Die Worte kommen nicht. Sie kann sich nur wiederholen. »Oh.«

»Alles gut mit dir?«

»Ja. Sicher.« Hannahs Stimme klingt seltsam flach und als käme sie von weit her. »Warum sollte es mir nicht gut gehen?«

»Na ja …« Ihre Mutter wählt die Worte mit Bedacht. »Es ist eine große Sache. Ein Meilenstein.«

Ein Meilenstein. Vielleicht liegt es daran, dass sie eben noch an das Gespräch mit Will gedacht hat und ihre Mutter jetzt dieses Wort ausspricht, aber plötzlich geht nichts mehr. Sie kämpft gegen den Drang an, zu schluchzen, wegzulaufen, mitten in ihrer Schicht den Laden zu verlassen.

»Es tut mir leid«, murmelt sie ins Telefon. »Es tut mir wirklich leid, Mum, ich muss –«

Ihr fällt nichts ein.

»Ich habe Kundschaft«, stößt sie schließlich hervor.

Sie legt auf. Dann umfängt sie die Stille der leeren Buchhandlung.

DAVOR

Die Parkplätze in der Pelham Street waren überfüllt. Darum hielt Hannahs Mutter auf einer doppelten gelben Linie in der High Street und versprach, nachzukommen, sobald sie das Auto woanders geparkt hatte.

Als Hannah mit dem größeren Koffer dastand und zusah, wie der verbeulte Mini davonfuhr, überkam sie ein seltsames Gefühl – als hätte sie beim Aussteigen ihre alte Identität abgestreift und würde der Welt als eine schärfer konturierte, frischere, weniger abgenutzte Version ihrer selbst entgegentreten – eine Version, die vor lauter Neuheit förmlich prickelte. Als sie sich umdrehte und zu dem Wappen über dem gemeißelten Steinbogen hinaufsah, spürte sie, wie der kühle Oktoberwind ihr Haar anhob und über ihren Nacken strich, und die berauschende Mischung aus Nervosität und Aufregung ließ sie erzittern.

Das war er also. Der Gipfel all ihrer Hoffnungen, Träume und sorgfältig ausgearbeiteten Strategien. Eines der ältesten und prestigeträchtigsten Colleges in einem der ältesten und prestigeträchtigsten Bildungszentren der Welt – das berühmte Pelham College der Universität Oxford. Ihr neues Zuhause für die kommenden drei Jahre.

Die gewaltige Eichentür stand offen, anders als an dem Tag, an dem sie zum Vorstellungsgespräch hier gewesen war. Damals hatte sie an das mittelalterliche vergitterte Türchen in der Tür klopfen und warten müssen, bis der Pförtner hindurchspähte, wie eine Figur aus einem Monty-Python-Film. Sie zog ihren Koffer durch den Kreuzgang, vorbei an der Pförtnerloge, und steuerte auf einen Faltpavillon im Hof zu, wo ältere Studierende Informationsmappen verteilten und den Neuen den Weg erklärten.

»Hi«, sagte Hannah. »Ich heiße Hannah Jones. Kannst du mir erklären, wo ich hinmuss?«

»Na klar!«, sagte das Mädchen am Stand mit einem Strahlen im Gesicht. Sie hatte langes, glänzend blondes Haar, und ihr Akzent war klar wie geschliffenes Glas. »Willkommen in Pelham! Also, du musst dir erst mal deine Schlüssel und die Angaben zur Unterkunft in der Pförtnerloge abholen.« Sie deutete zum Eingang, von wo Hannah gerade gekommen war. »Hast du schon deine Bod Card? Die brauchst du für so ziemlich alles, vom Bezahlen des Essens bis hin zum Ausleihen von Büchern aus der Bibliothek.«

»Nein, aber ich hab eine beantragt.«

»Gut, dann kannst du sie in Cloisters II abholen, das geht heute jederzeit. Wahrscheinlich willst du erst den Koffer abstellen. Oh, und vergiss nicht den Ersti-Welcome und das Meet and Greet für alle Neuen!« Sie hielt ihr einen Stapel Infoblätter hin. Hannah nahm sie unbeholfen entgegen und klemmte sich das Papier unter den freien Arm.

»Danke«, sagte sie, machte kehrt und rumpelte mit dem Koffer zurück zur Pförtnerloge.

Beim Vorstellungsgespräch war sie nicht in der Loge gewesen – der Pförtner war herausgekommen, um sie einzulassen. Nun stellte sie fest, dass es sich um einen kleinen, holzgetäfelten Raum handelte, der an ein Postamt erinnerte. Zwei Fenster mit Blick auf Innenhof und Kreuzgang, eine Theke und eine Wand mit Fächern, die ordentlich mit Namen beschriftet waren. Bei dem Gedanken, dass eins davon ihres war, überkam sie ein seltsames Gefühl von Zugehörigkeit.

Sie wartete, während der Pförtner sich mit dem Jungen vor ihr oder, besser gesagt, dessen Eltern beschäftigte. Die Mutter des Jungen hatte eine Menge Fragen zu WLAN und Dusche, doch dann war sie schließlich fertig. Hannah rückte zur Theke vor und wünschte sich, ihre Mutter wäre endlich hier. Ihr war, als könnte sie ein bisschen Unterstützung gebrauchen.

»Ähm, hallo«, sagte sie. Ihr Magen flatterte, doch sie versuchte, ruhig zu sprechen. Sie war jetzt erwachsen. Studentin am Pelham College. Es war ihr gutes Recht, hier zu sein, also kein Grund zur Nervosität. »Ich heiße Hannah. Hannah Jones. Können Sie mir sagen, wo ich hinmuss?«

»Hannah Jones …« Der Pförtner war ein rundlicher, lustig wirkender Mann, der mit seinem flauschigen weißen Bart wie ein arbeitsloser Weihnachtsmann aussah. Er setzte seine Brille auf und studierte eine lange Namensliste. »Hannah Jones … Hannah Jones … Ah, da haben wir Sie ja. Sie sind im New Quad, Treppe VII, Zimmer 5. Das ist ein Set. Sehr hübsch.«

Ein Set? Hannah war sich nicht sicher, ob sie wissen musste, was das bedeutete, doch der Pförtner redete weiter, und die Chance für eine Zwischenfrage war dahin.

»Also, Sie gehen dort hindurch.« Er deutete durch das gekuppelte Fenster auf einen hohen Torbogen hinter dem Viereck aus samtigem Gras. »Dann nach links durch den Fellows' Garden – bloß nicht den Rasen betreten –, vorbei an der Unterkunft des Masters. Treppe VII ist auf der gegenüberliegenden Seite vom New Quad. Hier ist ein Plan. Für Sie gratis, meine Liebe.«

Er klatschte ein glänzendes Faltblatt auf die hölzerne Theke.

»Danke«, sagte Hannah, griff nach dem Plan und steckte ihn in die Hosentasche. Dann fiel ihr etwas ein. »Oh, meine Mutter müsste bald kommen, sie sucht einen Parkplatz. Könnten Sie ihr sagen, wohin ich gegangen bin?«

»Die Mum von Hannah Jones«, sagte der Mann nachdenklich. »Kann ich machen. John«, rief er über die Schulter zu einem Mann, der hinter ihm Post sortierte, »wenn ich in der Mittagspause bin und Hannah Jones' Mum kommt, schickst du sie nach sieben, fünf, New Quad.«

»Wird gemacht«, sagte der andere Mann, drehte sich um und sah Hannah an. Er war größer und jünger als sein Kollege, mit dunklem Haar und einem Gesicht, das blass und verschwitzt zugleich aussah, obwohl er in keiner Weise körperlich arbeitete. Seine Stimme – hoch und schrill – stand in einem merkwürdigen Missverhältnis zum Rest von ihm, und Hannah hätte beinahe nervös gelacht.

»Danke«, sagte sie und wollte schon gehen. Sie war fast an der Tür, als der zweite Mann ihr etwas nachrief. Seine Stimme war schroff und klang vorwurfsvoll.

»Immer langsam, junge Dame!«

Hannah drehte sich um und spürte, wie ihr Herz schneller schlug, als hätte sie etwas falsch gemacht.

Der Mann kam behäbig hinter der Theke hervor und blieb vor ihr stehen. Er hatte etwas in der Hand, das er ihr entgegenhielt und wie eine Trophäe baumeln ließ.

Ein Schlüsselbund.

»Oh.« Hannah kam sich dumm vor, lachte kurz auf. »Danke.«

Sie streckte die Hand aus, doch der Mann ließ die Schlüssel einen Moment lang nicht los. Er stand einfach nur da, ließ sie über ihrer Handfläche baumeln. Dann löste er den Griff und ließ sie fallen. Hannah steckte sie rasch ein und ging.

Die gemalte Ziffer VII stand über dem Treppenaufgang. Hannah schaute auf den Plan und warf einen Blick über die Schulter, um alles in sich aufzunehmen: die makellose rechteckige Rasenfläche, den honigfarbenen Stein, die Bogenfenster. Der

Sonnenschein und die weißen Herbstwolken verliehen dem Anblick eine fast unwirkliche Schönheit, und Hannah überkam ein seltsames Gefühl, als wäre sie in eines der Bücher getreten, die in ihrem Koffer lagen – ›Wiedersehen mit Brideshead‹ vielleicht. ›Aufruhr in Oxford‹. ›Der goldene Kompass‹. Eine Bilderbuchwelt.

Mit einem Lächeln auf den Lippen zog sie den Koffer durch den Torbogen zu Treppe VII, doch es war mühsam, ihn die Stufen hinaufzuhieven, und beim ersten Treppenabsatz war ihr Lächeln verschwunden. Beim zweiten war sie verschwitzt, atemlos und das märchenhafte Gefühl verflogen.

4 – *H. Clayton* stand säuberlich auf einem kleinen Zettel an der linken Tür geschrieben und gegenüber 3 – *P. Burnes-Wallace*. Die mittlere Tür war einen Spaltbreit offen und gab den Blick auf eine sehr kleine Küche frei, in der zwei Jungen standen. Der eine beugte sich über einen Elektroherd, der andere hielt eine Tasse Tee in der Hand und starrte Hannah an. Sicher war er nur neugierig, aber sein Blick wirkte auf sie etwas feindselig.

»H-hi«, sagte Hannah schüchtern, doch der Junge nickte ihr nur zu und schob sich an ihr vorbei zur Tür mit der Aufschrift *P. Burnes-Wallace*. Was hatte der Pförtner doch gleich gesagt? Zimmer 5? Also noch eine Etage höher.

Zähneknirschend schleppte Hannah ihren Koffer die letzte Treppe hinauf in den obersten Stock. Zwei Türen einander gegenüber. 6 – *Dr. Myers* stand an der rechten, die geschlossen war. Die angelehnte Tür war dann wohl ihre eigene.

»Heeey …« Das Mädchen, das auf dem Sofa lümmelte, blickte kaum vom Handy auf, als Hannah eintrat. Sie trug ein kurzes Kleid mit Lochstickerei, ihre langen, gebräunten Beine hingen über die Armlehne, eine Sandale baumelte von den pedikürten Zehen. Sie schien durch eine Foto-App zu scrollen. »Du musst Hannah sein.«

»Die bin … ich?«, sagte Hannah unsicher, wobei sich ihre Stimme am Ende des Satzes fragend hob. Sie sah sich um. Es schien ein Wohnzimmer zu sein, in dem sich das luxuriöseste Gepäck stapelte, das sie je gesehen hatte. Hutschachteln, Kleidersäcke, eine riesige Selfridges-Tüte voller Samtkissen und etwas, das wie ein echter Louis-Vuitton-Schrankkoffer mit einem riesigen Messingschloss aussah. Daneben nahm sich ihr eigenes Gepäck winzig und bescheiden aus. »Wer bist du?«

»April.« Sie legte das Handy weg und stand auf. Sie war mittelgroß und schlank, mit kurz geschnittenem, honigblondem Haar, das sich eng an den Kopf schmiegte, und fein gewölbten Augenbrauen, die ihr einen halb belustigten, halb verächtlichen Ausdruck verliehen. Sie hatte etwas Überirdisches – eine undefinierbare Eigenschaft, die Hannah nicht einordnen konnte. Es kam ihr vor, als hätte sie das Mädchen schon einmal gesehen … oder in einem Film erlebt. Sie besaß jene Art von Schönheit, die andere in den Bann zog und zugleich wehtat. Es war, dachte Hannah, als fiele ein anderes Licht auf sie als auf den übrigen Raum.

»April Clarke-Cliveden«, fügte das Mädchen hilfsbereit hinzu, als Hannah nicht sofort antwortete, und es klang, als müsste ihr der Name etwas sagen.

»Aber ich dachte …«, sagte Hannah, verstummte und drehte sich unsicher zur Tür, um das Namensschild zu überprüfen. Und tatsächlich, da stand: 5 – *H. Jones*. Und darunter: *A. Clarke-Cliveden*.

Sie runzelte die Stirn.

»Sind wir … Mitbewohnerinnen?«

Das kam ihr unwahrscheinlich vor. Der Prospekt von Pelham College hob ausdrücklich hervor, dass es so gut wie keine Gemeinschaftsunterkünfte und Zweibettzimmer gab. Natürlich gab es Gemeinschaftsbäder, außer im modernen Flügel, doch es hatte den Eindruck erweckt, als hätten alle ihr eigenes Schlafzimmer.

»Sieht so aus«, sagte April, gähnte wie eine Katze und reckte sich ausgiebig. »Wir teilen uns kein Schlafzimmer – das hätte ich niemals akzeptiert. Nur das Wohnzimmer.« Sie wedelte mit der Hand durch den bescheidenen Raum, als wäre sie die geneigte Gastgeberin und Hannah der Eindringling. Bei dem Gedanken überkam Hannah leiser Ärger, den sie sofort verdrängte. Sie sah sich um. Von Aprils Gepäckstapel einmal abgesehen, war die Einrichtung spärlich und nüchtern – ein reichlich abgenutztes Sofa, Couchtisch, Sideboard –, aber sauber und hell und mit einem wunderschönen gemauerten Kamin. »Schön, wenn man einen Ort zum Abhängen hat, oder? Dein Zimmer ist da drüben.« Sie nickte zu einer Tür rechts vom Fenster. »Ich fürchte, ich habe mir das größere ausgesucht. Wer zuerst kommt, mahlt zuerst, du weißt schon.«

Sie zwinkerte ihr zu und enthüllte ein tiefes, weiches Grübchen.

»Alles gut«, sagte Hannah. Es hatte keinen Sinn zu widersprechen. Wie es aussah, hatte das Mädchen bereits ausgepackt. Also zog sie den Koffer zu der Tür, die April ihr gezeigt hatte.

Sie hatte ein kleines, eher schäbiges Zimmer erwartet, doch es war größer als ihr Zimmer daheim, hatte ebenfalls einen Kamin und ein bleiverglastes Bogenfenster, durch das ein rautenförmiges Lichtmuster auf die polierten Eichendielen fiel.

»Wow, das ist ziemlich cool«, rief sie aus und hätte sich gleich darauf am liebsten getreten, weil sie so unverhohlen beeindruckt klang.

Doch sie konnte es sich im Stillen eingestehen: Es *war* ziemlich cool. Wie viele Studenten hatte dieser Raum in den letzten vierhundert Jahren gesehen? Waren Peers und Politiker aus ihnen geworden, Nobelpreisträger und Schriftsteller? Es war schwindelerregend, als blickte man durchs falsche Ende eines Teleskops und sähe ganz am Ende sich selbst, unendlich klein.

»Ja, es ist ganz okay«, meinte April. Sie lehnte im Türrahmen, eine Hand in die Hüfte gestützt. Im schwachen Abendlicht, das durch den dünnen Stoff ihres weißen Kleides drang, ihre Silhouette betonte und ihr kurzes Haar in einen weißen Heiligenschein verwandelte, sah sie aus wie auf einem Filmplakat.

»Wie ist deins?«, fragte Hannah, und April zuckte mit den Schultern.

»So ähnlich. Willst du mal sehen?«

»Klar.«

Hannah stellte ihren Koffer ab und folgte April zur Tür gegenüber.

Es war tatsächlich etwas größer, und nur das metallene Bettgestell und der Kamin erinnerten an ihr eigenes Zimmer. Die übrigen Möbelstücke waren völlig anders – von den Kelimteppichen über den schicken ergonomischen Schreibtischstuhl bis hin zum prall gepolsterten Zweiersofa in der Ecke.

Ein großer, stämmiger Mann im Anzug räumte gerade Kleidung in einen hohen Schrank. Er sah nicht auf, als sie hereinkamen.

»Hallo«, sagte Hannah höflich, wie es sich gegenüber Eltern gehörte. »Sie müssen Aprils Vater sein. Ich bin Hannah.«

April bekam einen Lachanfall. »Du machst wohl Witze. Das ist Harry. Er arbeitet für meine Eltern.«

»Freut mich, Sie kennenzulernen«, sagte der Mann über die Schulter, schloss die letzte Schublade und drehte sich um. »Ich glaube, das war's, April. Kann ich sonst noch etwas für Sie tun?«

»Nein, alles in Ordnung. Danke, Harry.«

»Ich nehme die Kartons mit. Soll ich den Koffer stehenlassen?«

»Nein, lieber nicht, den kann ich hier nirgendwo unterbringen.«

»Sicher«, sagte Harry. »Viel Spaß. Auf der Fensterbank liegt ein kleines Abschiedsgeschenk von Ihrem Vater. Hat mich gefreut, Hannah«, sagte er, griff nach einem Stapel leerer Taschen und Kartons neben der Tür und verschwand.

April zog die Schuhe aus, warf sich aufs frisch gemachte Bett und ließ sich tief in die weiche Daunendecke sinken. »Das ist es also. Das echte Leben.«

»Das echte Leben«, wiederholte Hannah. Aber das stimmte nicht. Sie hatte sich noch nie so unwirklich gefühlt wie in diesem jahrhundertealten Zentrum des Lernens, umgeben von Aprils kostspieligen, schönen Dingen, in der Nase den seltsam schweren Duft eines teuren Parfüms. Sie fragte sich, was ihre Mutter – die vermutlich immer noch auf der Suche nach einem Parkplatz durch Oxford kreiste – von alldem halten würde.

»Ich sehe mal nach, was er mir hinterlassen hat«, sagte April. »Die Schachtel ist nicht von Tiffany, schon mal ein schlechter Anfang.«

Sie schwang die Beine aus dem Bett und trat an die steinerne Fensterbank, auf der ein großer Geschenkkarton stand. Aus einem Spalt lugte eine Karte hervor.

»›Auf einen guten Beginn in Oxford. In Liebe, Daddy.‹ Immerhin hat er selbst unterschrieben. Anders als bei meiner Geburtstagskarte, das war die Handschrift seiner Sekretärin.«

Sie bohrte die Nägel in den Deckel, klappte ihn auf und fing an zu lachen.

»Oh Gott, immer wenn ich glaube, dass er kaum meinen zweiten Vornamen kennt, beweist er mir das Gegenteil.« Sie hielt eine Flasche Champagner und zwei Gläser in die Höhe. »Einen Drink, Hannah Jones?«

»Ähm, klar«, sagte Hannah. Eigentlich mochte sie keinen Champagner. Sie hatte ihn nur auf Hochzeiten und dem fünfzigsten Geburtstag ihrer Mutter getrunken und immer Kopfschmerzen davon bekommen. Doch einen so perfekten Moment wollte sie sich keinesfalls entgehen lassen. Möglich, dass Hannah aus Dodsworth keinen Champagner mochte. Aber Hannah aus dem Pelham College war anders.

Sie sah zu, wie April geübt den Korken knallen ließ und einschenkte.

»Na ja, nicht gekühlt, aber immerhin Dom Pérignon«, sagte April und reichte ihr ein Glas. »Worauf wollen wir trinken? Wie wäre es mit … auf Oxford.«

»Auf Oxford«, wiederholte sie, stieß mit April an und setzte das Glas an die Lippen. Der warme, perlende Champagner schäumte in ihrem Mund, die Bläschen breiteten sich auf ihrer Zunge aus, der Alkohol kitzelte sie in Nase und Rachen. Sie fühlte sich ein wenig schwindlig – ob das nun am Champagner lag oder dem verpassten Mittagessen oder einfach … *an dem hier,* konnte sie nicht sagen. »Und auf Pelham.«

»Und auf uns«, sagte April. Sie warf den Kopf zurück und leerte das Glas in vier langen Zügen. Dann schenkte sie nach, sah Hannah an und zeigte ein breites, verruchtes Lächeln, das tiefe, betörende Grübchen in ihre weichen Wangen zeichnete. »Ja, auf uns, Hannah Jones. Ich glaube, wir werden hier eine ziemlich großartige Zeit verbringen.«

DANACH

Als Hannah das Handy weglegt, umhüllt sie die Stille des Ladens wie ein Kokon. Sie würde es Cathy nie sagen, aber genau wegen dieser Zeiten arbeitet sie bei Tall Tales – nicht wegen des samstäglichen Kundenandrangs oder des Touristenansturms im August während des Festivals, sondern wegen der ruhigen Momente mitten in der Woche, in denen sie – nicht wirklich allein ist, denn in einem Raum mit tausend Büchern ist man nie allein. Aber in denen sie allein mit den Büchern ist.

Christie. Die Brontës. Sayers. Mitford. Dickens. Das sind die Menschen, die ihr durch die Jahre nach Aprils Tod geholfen haben. Dank ihnen ist sie den bohrenden Blicken und dem Mitgefühl der anderen entflohen, der Unberechenbarkeit des Internets, dem Grauen einer Realität, in der die beste Freundin sterben und an jeder Ecke Reporter oder neugierige Fremde lauern konnten – in eine Welt, in der alles geregelt war. Sicher, in einem Roman konnte auf Seite 207 etwas Schlimmes passieren. Aber es würde *immer* auf Seite 207 passieren, und man konnte es beim Lesen des Buches kommen sehen, auf die Anzeichen achten, sich vorbereiten.

Jetzt lauscht sie dem Edinburgher Regen, der sanft gegen das Erkerfenster hinter ihr prasselt, dem Knarren der alten Dielen, als die Heizungsrohre warm werden. Sie spürt das stille Mitgefühl der Bücher. Sie verspürt den Drang, eines in die Hand zu nehmen – vielleicht eines ihrer Lieblingsbücher, das sie praktisch auswendig kennt –, sich auf einen der Sitzsäcke in der Kinderabteilung sinken zu lassen und die Welt auszusperren.

Aber das geht nicht. Sie arbeitet. Und ist außerdem nicht allein. Nicht wirklich. Robyn bahnt sich ihren Weg durchs Labyrinth der kleinen viktorianischen Räume, aus denen Tall Tales besteht und die mit Bücher- und Wühltischen vollgestellt sind.

»Piep, piep! Robyn Grant, Teelady par excellence, im Anmarsch«, sagt sie, als sie in den vorderen Verkaufsraum tritt. Sie stellt die beiden Tassen so schwungvoll auf die Theke, dass die heiße braune Flüssigkeit gefährlich nah an den Kartenständer schwappt. »Die mit dem Löffel ist deine. Bist du –« Sie sieht Hannah an und hält inne, liest offenbar etwas in ihrem Gesicht. »Hey, alles gut mit dir? Du siehst irgendwie seltsam aus.«

Hannahs Herz zieht sich zusammen. Ist es so deutlich zu erkennen?

»Ich – ich bin mir nicht sicher«, sagt sie langsam. »Es gibt schwierige Neuigkeiten.«

»Oh mein Gott.« Robyns Hand wandert zu ihrem Hals, ihre Augen zucken unwillkürlich zu Hannahs Bauch und wieder zu ihrem Gesicht. »Nicht –«

»Nein!«, sagt Hannah schnell. Sie versucht zu lächeln, obwohl es sich falsch und steif anfühlt. »Nicht so was – nur Familienkram.«

Näher kann sie der Wahrheit spontan nicht kommen, bereut die Worte aber, sowie sie ihren Mund verlassen haben. John Neville gehört *nicht* zur Familie. Sie will ihn oder die Erinnerung an ihn nicht in der Nähe ihrer Familie haben.

»Musst du los?«, fragt Robyn, schaut auf die Uhr und dann in den leeren Laden. »Es ist fast fünf. Ich bezweifle, dass es jetzt noch einen Ansturm gibt. Ich kann mich um alles kümmern.«

»Nein«, sagt Hannah reflexartig. Sie sollte nicht gehen – eigentlich hat sich nichts verändert. Doch der Gedanke, hier zu stehen und die Kunden anzulächeln, als wäre nichts geschehen, während die Erinnerungen in ihr hochkochen und sie aufwühlen …

»Geh«, sagt Robyn entschlossen. »Ehrlich, geh einfach. Ich erkläre es Cathy, wenn sie kommt, sie wird nichts dagegen haben.«

»Meinst du wirklich?«, fragt Hannah, und Robyn nickt. Sie steht auf, nimmt ihr Handy, Schuldgefühle und Dankbarkeit durchfluten sie. Manchmal findet sie Robyn nervig – ihre unermüdliche Pfadfinderinnen-Munterkeit, ihre Angewohnheit, zu allen Kunden »Nein, ich wünsche *Ihnen* einen schönen Tag« zu sagen. Jetzt aber wirkt ihre zuverlässige, unerschütterliche Freundlichkeit ungemein tröstlich.

»Vielen Dank, Robyn. Ich revanchiere mich, versprochen.«

»Hey, nicht nötig«, sagt Robyn. Sie lächelt, doch Hannah sieht die Sorge dahinter und spürt Robyns Blick, als sie langsam zum Personalraum geht, um ihre Sachen zu holen.

Als sie den Laden verlässt, hat es aufgehört zu regnen, und der feuchte, klare Herbstnachmittag erinnert sie so sehr an ihren ersten Tag in Pelham, dass sich die Vergangenheit einen Moment lang geradezu unerträglich real anfühlt. Als sie an der Ampel stehen bleibt und auf das grüne Männchen wartet, überkommt sie ein seltsames Gefühl – als könnte April jeden Moment lässig durch die Menge schlendern, ihr träges, spöttisches Lächeln auf den Lippen, die tiefen Grübchen in den Wangen. Hannah muss sich an einem Laternenpfahl abstützen, so real, so nah erscheint die Vergangenheit. Sie spürt die unstillbare Sehnsucht, dass es wahr sein möge – dass das große blonde Mädchen, das mit dem Licht im Rücken durch die Menge eilt, April ist – strahlend, schön, *lebendig*. Wie würde Hannah sie begrüßen? Würde sie sie umarmen? Ihr eine Ohrfeige geben? Weinen?

Sie weiß es nicht. Vielleicht alles zugleich.

Sie drängt sich durch die Touristenmassen zur Haltestelle der Nummer 24 nach Stockbridge, kann es kaum erwarten, nach Hause zu kommen, Abendessen zu machen, ihre müden Füße hochzulegen und Schrott-TV zu schauen.

Doch als sie sich der Haltestelle nähert und ihre Schritte nicht langsamer werden, wird ihr klar, dass sie nicht stehen bleiben wird, dass der Gedanke, zwanzig Minuten in einem stickigen Bus im stockenden Stadtverkehr zu verbringen, sie abschreckt. Sie muss laufen. Nur das Pflaster unter ihren Füßen wird ihr helfen, das Unbehagen zu vertreiben und ihre Gedanken zu ordnen, bevor sie Will gegenübertritt. Und was erwartet sie schon zu Hause außer einer leeren Wohnung und dem Laptop, der mit Google lockt?

Sie wird sich zunächst auf eine Abfrage beschränken, um das, was sie gehört hat, Wirklichkeit werden zu lassen. Dass das Kind in ihrem Bauch Wirklichkeit ist, konnte sie auch erst glauben, nachdem sie die Bilder auf dem Monitor gesehen und das seltsame, unterirdische Rauschen und Echo seines Herzens gehört hatte.

Im Schatten der Burg bleibt sie in einem Hauseingang stehen und holt das Handy heraus. Sie öffnet ein Inkognito-Tab und gibt *John Neville BBC News* in die Google-Suchleiste ein. Sie hat gelernt, niemals nur seinen Namen zu tippen – dann erscheinen Links zu Seiten voller ekelhafter Bilder, wilder Spekulationen und verleumderischer Aussagen über sie und Will, gegen die sie sich nicht wehren kann, weil es ihr an der Zeit und den Mitteln fehlt.

Bei der BBC kann man immerhin darauf vertrauen, dass sie sich weitgehend an die Fakten hält. Und da ist es – das erste Ergebnis.

EILMELDUNG: PELHAM-COLLEGE-MÖRDER JOHN NEVILLE STIRBT IM GEFÄNGNIS

Der Schock ist wie Eiswasser auf ihrer Haut, aber sie wappnet sich und klickt auf den Artikel.

> John Neville, besser bekannt als der Pelham-Würger, ist im Alter von 63 Jahren in Haft gestorben, wie die Gefängnisbehörden heute bestätigten.
>
> Neville, der 2012 wegen des Mordes an der Studentin April Clarke-Cliveden verurteilt wurde, starb heute in den frühen Morgenstunden. Ein Sprecher des Gefängnisses teilte mit, er habe einen schweren Herzinfarkt erlitten und sei bei seiner Einlieferung ins Mersey Hospital für tot erklärt worden.
>
> Nevilles Anwalt Clive Merritt sagte, sein Mandant sei gerade dabei gewesen, erneut in Berufung zu gehen. »Noch auf dem Weg ins Grab hat er seine Unschuld beteuert«, sagte Merritt der BBC. »Es ist eine kolossale Ungerechtigkeit, dass seine Chance, die Aufhebung des Urteils gegen ihn zu erwirken, mit ihm gestorben ist.«
>
> Die Familie Clarke-Cliveden war für eine Stellungnahme nicht zu erreichen.

Hannahs Hände zittern. Sie hat so lange nicht gezielt nach Neville gesucht, dass sie vergessen hatte, wie es sich anfühlt, mit seinem Namen, den Erinnerungen an April und vor allem den Bildern konfrontiert zu werden. Es gibt nur wenige Fotos von Neville – das meistverwendete stammt aus seinem Collegeausweis. Wie auf einem Fahndungsfoto starrt er dem Betrachter mit verstörend direktem Blick entgegen. Sein Gesicht zu sehen ist erschütternd genug, doch was Hannah wirklich hasst, sind die Fotos von April – verführerische Social-Media-Schnappschüsse, auf denen sie lässig in Stechkähnen lümmelte und sich an Studenten schmiegte, deren Gesichter verpixelt sind, um eine Privatsphäre zu schützen, die man ihr längst entrissen hat.

Am schlimmsten aber sind die Fotos ihrer Leiche.

Diese Bilder sollten eigentlich nicht öffentlich sein, sind es aber doch. Im Internet kann man alles finden, und bevor Hannah gelernt hat, die Suche rechtzeitig zu stoppen und Inkognito-Tabs zu verwenden, hatte der Google-Algorithmus sie als jemanden erkannt, der sich für den Pelham-Würger interessierte, und ihr mit widerlicher Regelmäßigkeit Clickbait-Artikel zu ebendiesem Thema angezeigt.

Ist das hilfreich?, fragte ihr Handy. Nachdem sie oft genug und mit voller Wucht auf *Nicht interessiert* getippt hatte, war die Botschaft schließlich angekommen, und die Links wurden nicht mehr angezeigt. Doch ab und an rutscht noch einer durch, und dann schaut sie aufs Handy und sieht April, die sie mit diesem klaren Blick anlächelt, der ihr auch nach zehn Jahren noch einen Stich ins Herz versetzt. Dann und wann spürt jemand sie auf, eine unerbetene Mail erscheint in ihrem Posteingang. *Sind Sie die Hannah Jones, die in den Mord an April Clarke-Cliveden verwickelt war? Ich schreibe einen Bericht / eine Seminararbeit / ein psychologisches Profil / einen Artikel über John Nevilles Berufung.*

Zuerst hatte sie wütend geantwortet und Wörter wie *morbide* und *vulgär* benutzt. Nachdem sie gemerkt hatte, dass die Leute es daraufhin erst recht versuchten und ihre Mails anschließend zitierten, hatte sie ihre Taktik geändert. *Nein. Mein Name ist Hannah de Chastaigne. Ich kann Ihnen nicht helfen.*

Doch auch das war ein Fehler gewesen. Nicht nur, dass sie sich vorkam, als würde sie April verraten. Wer bei der Recherche bis zu ihrer Mailadresse vorgedrungen war, wusste genau, dass sie die Gesuchte war. Sie wussten, wer Will war und wer sie war, und dass sie bei der Heirat Wills Namen angenommen hatte, half auch nicht, ihre Spuren zu verwischen.

»Warum ignorierst du sie nicht einfach?«, hatte Will verblüfft gefragt. »Das mache ich auch.«

Natürlich hatte er recht. Inzwischen antwortet sie nicht mehr, kann sich aber nicht dazu durchringen, die Mails zu löschen. Sie liegen in einem speziellen Ordner tief in ihrem Posteingang vergraben. Er heißt einfach nur *Anfragen*. Und eines Tages, nimmt sie sich immer wieder vor, eines Tages, wenn alles vorbei ist, wird sie ihn löschen.

Doch der Tag ist nie gekommen.

Jetzt fragt sie sich, ob er jemals kommen wird.

Sie will gerade das Display sperren, als ihr das Foto auffällt, das zum Artikel gehört. Es zeigt nicht April, sondern Neville, und sie hat es nie zuvor gesehen. Es ist nicht sein Ausweisgesicht mit der markanten Nase, das sie so gut kennt, und auch nicht der Paparazzi-Schnappschuss, auf dem er den Reportern vor dem Gericht zwei Finger entgegenstreckt. Nein, dieses Foto muss viel später entstanden sein, bei einer der Berufungsverhandlungen. Er sieht alt und gebrechlich aus. Er hat abgenommen und wirkt völlig anders als die hochgewachsene Gestalt aus Hannahs Erinnerung. Kaum zu glauben, dass es sich um dieselbe Person handelt. Die Gefängniskleidung hängt schlaff an dem hageren Körper herab, und er starrt wie ein Gejagter in die Kamera, saugt den Betrachter förmlich in seinen Albtraum hinein.

»Verzeihung.« Die schroffe Stimme kommt von hinten, und Hannah zuckt zusammen, als sie merkt, dass sie mitten in der King's-Stables-Unterführung stehen geblieben ist. Eine Frau versucht, an ihr vorbeizukommen.

»Tut mir leid«, stammelt sie, schaltet das Handy aus und

stopft es in die Tasche, als hätte das Foto auf dem Display es verseucht. »Tut mir leid.«

Die Frau drängt sich kopfschüttelnd vorbei, und Hannah macht sich auf den Heimweg. Doch selbst als sie aus der dunklen Unterführung in die Herbstsonne tritt, spürt sie immer noch seine Augen, den dunklen, gehetzten Blick, der sie um etwas zu bitten scheint – nur weiß sie nicht, um was.

Es ist schon ziemlich dunkel, als Hannah endlich in die Stockbridge Mews biegt. Ihre Füße tun weh. Sie sucht in ihrer Handtasche nach den Schlüsseln und flucht, weil niemand die durchgebrannte Birne über der gemeinsamen Eingangstür ersetzt hat.

Dann endlich ist sie drinnen, geht die Treppe hinauf, schließt die Wohnungstür hinter sich.

Lange steht sie einfach da, den Rücken an die Tür gelehnt, spürt die Stille der Wohnung. Sie ist vor Will zu Hause und froh darüber – froh über diesen Moment, in dem sie einfach nur dastehen und die kühle, ruhige, einladende Atmosphäre ihrer kleinen Wohnung auf sich wirken lassen kann.

Sie sollte den Wasserkocher einschalten, die Schuhe ausziehen, Licht anmachen. Aber sie tut nichts von alledem. Stattdessen geht sie ins Wohnzimmer, lässt sich in einen Sessel fallen, sitzt da und versucht zu verarbeiten, was gerade passiert ist.

Sie sitzt immer noch da, als Wills Motorrad vor der Tür anhält und das kehlige Dröhnen von den Hausmauern in der engen Gasse widerhallt. Er stellt den Motor ab. Kurz darauf hört sie seinen Schlüssel im Schloss und seine Schritte auf der Treppe.

Als er die Wohnungstür öffnet, weiß sie, dass sie aufstehen und etwas sagen sollte, kann es aber nicht. Sie hat einfach nicht die Kraft dazu.

Sie hört, wie er die Tasche abstellt, durch den Flur geht,

einen albernen Popsong auf den Lippen, das Licht anknipst – und innehält.

»Hannah?«

Er steht blinzelnd vor ihr und versucht, sich einen Reim darauf zu machen, dass sie allein in der Dunkelheit sitzt.

»Han! Was machst du – ist alles in Ordnung?«

Hannah schluckt und versucht, die richtigen Worte zu finden, bringt aber nur ein gebrochenes »Nein« heraus.

Wills Gesicht verändert sich. Er fällt vor ihr auf die Knie, sein Gesicht ist plötzlich verängstigt, seine Hände liegen auf ihren, halten sie fest.

»Han, es ist nicht – es ist doch – nichts passiert? Ist es das Baby?«

»Nein!« Diesmal kommt ihre Antwort schnell, denn sie versteht plötzlich seine Sorge. »Oh Gott, nein, es hat nichts damit zu tun.« Sie schluckt und zwingt sich, die Worte auszusprechen. »Will – es ist – es geht um John Neville. Er ist tot.«

Es klingt ungewollt brutal – noch härter als aus dem Mund ihrer Mutter –, aber Hannah ist zu erschüttert, um die Nachricht gefälliger zu formulieren.

Will sagt nichts und lässt die Hände sinken. Für einen kurzen Moment wirkt er ungeschützt und verletzlich, dann gewinnt er die Fassung wieder. Er steht auf, tritt ans Erkerfenster und blickt hinaus auf die dunkle Gasse. Hannah kann sein Gesicht nur im Profil sehen, blass im Kontrast zu den dunklen Haaren und dem Schwarz hinter der Scheibe.

In Momenten wie diesen kann sie ihn schwer einschätzen – er teilt seine Freude immer großzügig, doch wenn er Schmerz oder Angst empfindet, hält er seine Gefühle zurück, als könnte er es nicht ertragen, anderen gegenüber Schwäche zu zeigen – wohl das Erbe seines Vaters, der beim Militär war, und eines Internats, in dem Gefühle etwas für Weicheier und Heulsusen gewesen waren. Hätte er sich vorhin nicht für einen Sekundenbruchteil zu erkennen gegeben, hätte sie genauso gut annehmen können, er habe sie gar nicht gehört. Sie ist sich nicht sicher, was sich hinter seinem Schweigen, hinter der höflichen, neutralen Maske verbirgt.

»Will?«, sagt sie schließlich. »Sag was.«

Er dreht sich um und sieht sie an, als wäre er sehr weit weg gewesen.

»Gut.«

Es ist nur ein Wort, aber es liegt ein brutaler Ton in seiner Stimme, den sie bei ihm noch nie gehört hat und der sie schockiert.

»Und, was gibt es zum Abendessen?«

DAVOR

»Oh. Mein. Gott.« Aprils Stimme klang theatralisch gedehnt und erinnerte verdächtig an Janice aus ›Friends‹, dachte Hannah, als sie ihr durch den schmalen Gang zwischen den Tischen hindurch folgte. Hannah betrat zum ersten Mal als Pelham-Studentin die Große Halle. Sie schaute sich staunend und aufgeregt um, betrachtete die alten Deckenbalken hoch über ihr und die dunklen, eichengetäfelten Wände, die mit den Ölporträts früherer Master geschmückt waren. All das hätte überwältigend sein können, doch mit April an ihrer Seite, die sich über die begrenzte Speisenauswahl und die schlechte Akustik beklagte, war es schwer, eingeschüchtert zu sein. April stellte ihr Tablett auf einen der polierten Tische und stemmte die Hände in die Hüften. »Will de Chastaigne, ich fass es nicht.«

Der Junge auf der langen Eichenbank drehte sich um. Das dunkle Haar fiel ihm in die Augen, und Hannah spürte, wie ihr Herz einen Schlag aussetzte. Das Wasserglas auf ihrem Tablett rutschte einen Zentimeter nach links, und sie rückte es hastig zurecht.

»April!« Er stand auf, schwang ein langes Bein lässig über die Bank. Was folgte, war halb Umarmung, halb Wangenkuss und so weit entfernt von allem, was Hannah aus Dodsworth kannte, dass sie ebenso gut auf einem anderen Planeten hätte sein können. »Schön, dich zu sehen! Ich hatte keine Ahnung, dass du herkommst.«

»Tja, so ist Liv. Erzählt nie was! Wie geht es ihr? Ich habe sie seit den Prüfungen nicht gesehen.«

»Oh ...« Das sonnengebräunte Gesicht des Jungen färbte sich rot. »Wir, na ja, wir haben uns getrennt. Meine Schuld, wenn ich ehrlich bin. Tut mir leid.«

»Du brauchst dich nicht zu entschuldigen«, schnurrte April. Sie fuhr dem Jungen mit der Hand über den Arm und drückte seinen Bizeps auf eine Weise, die gerade noch scherzhaft zu nennen war. »Noch ein Mann, der zu haben ist, kann nicht schaden.«

Hannah trat hinter ihr von einem Fuß auf den anderen. Das Tablett wurde allmählich schwer, ihre Arme taten weh. April musste die Bewegung bemerkt haben, denn sie drehte sich um und zuckte leicht theatralisch zusammen, als hätte sie sich jetzt erst an Hannahs Gegenwart erinnert.

»Gott, wo sind meine Manieren geblieben? Will, das ist Hannah Jones, meine Mitbewohnerin. Sie studiert englische Literatur. Wir haben eine Suite, ob du's glaubst oder nicht, und ich ahne, dass in diesem Semester alle Partys bei uns stattfinden werden. Hannah, das ist Will de Chastaigne. Ich bin mit seiner Ex zur Schule gegangen. Unsere Internate waren ... wie würdest du es nennen?« Sie drehte sich wieder zu Will. »Verschwistert?«

»So in etwa.« Ein Lächeln kräuselte die gebräunte Haut neben Wills Mund. Hannah ertappte sich, wie sie zu ihm hinaufstarrte. Er hatte klare braune Augen, dunkle Brauen und offenbar mehr als einmal die Nase gebrochen. Hannahs Mund war trocken, sie schluckte und überlegte, was sie sagen sollte, doch Will füllte das Schweigen für sie aus. »Ich war in Carne – nur Jungs. Also haben sie Treffen mit Aprils Schule arrangiert, damit wir nicht auf die Uni gehen, ohne einer echten Frau begegnet zu sein.«

»Diese Gefahr bestand bei dir ja nicht, Darling«, sagte April.

Sie nahm einen Schluck von der Schokomilch auf ihrem Tablett und glitt ungefragt neben Will auf die Bank.

»Eigentlich habe ich den Platz freigehalten«, sagte er beiläufig, als würde er nicht erwarten, dass sie sich bewegte. Hannah, die immer noch stand, zögerte. Gegenüber war ein Platz frei – aber nur einer. Vielleicht wollte Will ihn für seinen Freund. Sie sah April fragend an, doch die tippte auf ihrem Handy.

Hannah biss sich auf die Lippe und wollte sich abwenden, als Will sagte: »Hey, bleib hier, wir rücken zusammen.«

Wieder schlug ihr Herz einen Purzelbaum. Sie lächelte und versuchte, nicht jämmerlich dankbar auszusehen, als Will seine Tasche auf den Boden stellte und seinen Nachbarn anstieß, damit er Platz machte.

»Setz dich da hin.« Er deutete auf den Platz gegenüber. »Hugh kann sich neben mich und April quetschen.«

»Hast du Hugh gesagt?« April hob den Kopf. Sie hatte einen merkwürdigen Gesichtsausdruck, überrascht, sogar erfreut, aber auch ein bisschen boshaft. Hannah wurde nicht ganz schlau daraus. »Doch nicht etwa … Hugh Bland?«

»Doch, genau der. Wusstest du nicht, dass er sich hier beworben hat?«

»Ich wusste, dass er sich in Oxford bewerben wollte, hatte aber keine Ahnung, dass er sich für Pelham entschieden hat.« April legte ihr Handy weg. Ein Lächeln umspielte ihre Lippen, als ein großer, blasser Junge mit dicker Stephen-Hawking-Brille an den Tisch trat. »Sieh an, sieh an … wenn man vom Teufel spricht.«

»April«, sagte der Junge und stolperte plötzlich über seine eigenen Füße, worauf ihm das Tablett entglitt und die Pasta auf dem Boden landete.

Einen Moment lang herrschte Totenstille, alle Köpfe drehten sich um, und dann sagte jemand: »Los, die Show ist vorbei, Leute. Weitergehen.«

Hugh lachte, obwohl es ihm sichtlich peinlich war, und verbeugte sich befangen. Sein Gesicht war scharlachrot, als er die Coladose aufhob und die verstreuten Tortellini aufsammelte.

»Tut mir leid. Bin so ein Trottel.« Seine Stimme klang gedämpft, aber ganz klar nach dem, was Hannahs Klassenkameraden als klassischen Posh Boy bezeichnet hätten. »Tut mir so leid. Gott sei Dank sind sie richtig herum gelandet. Größtenteils.«

Mit glühenden Wangen ließ er sich mit dem ramponierten Pastateller auf den Platz neben Will fallen und griff zur Gabel.

»Iss das nicht, du Idiot«, sagte April ein wenig verächtlich, stand auf und winkte in Richtung Essensausgabe. »Hey, wir brauchen hier mal Hilfe. Und noch einen Teller Tortellini!«

Alle sahen schweigend zu, wie ein Mitarbeiter mit einem Ersatzteller und einem Tuch herüberkam, um die verschüttete Soße aufzuwischen.

»Es tut mir so leid«, sagte Hugh schon wieder, diesmal zu dem Mitarbeiter, der nur nickte und wegging. Hugh sah unglücklich aus, und Hannah hatte plötzlich unendliches Mitleid mit ihm.

»Ihr kennt euch alle?«, fragte sie April und Will, um das Thema zu wechseln. April nickte lächelnd, aber es war Will, der antwortete.

»Hugh und ich kennen uns schon ewig – wir waren zusammen auf der Prep School, und nichts verbindet mehr als eine beschissene Prep School, stimmt's, Hugh?«

»Stimmt«, sagte er. Die Röte wich aus seinen Wangen, und er beugte sich über das Essen, als wollte er die Blicke der anderen meiden.

»Hugh Bland«, sagte er zu Hannah. »Medizin.«

»Hugh und ich sind *sehr* gut befreundet«, schnurrte April,

streckte die Hand aus und kniff Hugh in die Wange, worauf sich erneut flammende Röte auf seinem Gesicht breitmachte, diesmal bis zu den Ohren. Die Stille war kaum zu ertragen.

»Und was ist mit dir?«, fragte April den Jungen, der neben Hannah saß und gesagt hatte, die Show sei vorbei. Er war breit und stämmig, wirkte südeuropäisch und trug ein Fußballtrikot von Sheffield Wednesday.

»Das ist Ryan Coates«, sagte Will. »Er studiert Wirtschaftswissenschaften, genau wie ich.«

»Tag auch«, sagte Ryan und grinste. Sein Akzent war pures Sheffield, und nach all den vornehmen südenglischen Stimmen klang er geradezu aggressiv nördlich. Hannah spürte eine plötzliche Verbindung, obwohl Dodsworth ganz im Süden lag. Aber hier war jemand, der so normal war wie sie – der nicht aus dem begüterten Privatschulmilieu stammte, das für Will und April selbstverständlich zu sein schien.

»Wir wohnen alle im selben Stock in Cloade's«, sagte Will.

Cloade's war der große, moderne Flügel hinten im New Quad, in dem die meisten Erstsemester untergebracht waren. Es war ein eckiger, brutalistischer Betonbau, doch die Zimmer hatten alle ein eigenes Bad und eine Heizung, die ihren Namen verdiente. Trotzdem war Hannah insgeheim dankbar, dass man ihr und April ein malerisches Zimmer im alten Stil zugeteilt hatte. Denn war sie nicht genau dafür nach Oxford gekommen? Sie wollte auf den Spuren von vierhundert Jahren Gelehrsamkeit wandeln – nicht auf den Teppichböden der letzten Jahrzehnte.

»Ich habe durch die Wand gehört, wie er Stone Roses gespielt hat.« Ryan deutete mit der Gabel auf Will. »Ich bin rübergegangen, um Hallo zu sagen, und es stellte sich heraus, dass wir dasselbe studieren. Und er hat mich mit diesem Kerl bekanntgemacht.« Er nickte zu Hugh.

»Will und ich waren zusammen in der Schule«, sagte Hugh

und wurde wieder rot. »Oh, warte, das hat Will ja schon erzählt. Tut mir leid. Bin so ein Vollpfosten.«

»Hör nicht auf ihn«, sagte Will mit einem freundschaftlichen Rippenstoß. »Hugh war der Schlaueste in unserem Jahrgang.«

Ryan sprach trotz Tortellini im Mund, seine Miene wirkte belustigt. »Na, wenn das kein Zufall ist. Ich war der Schlaueste in *meinem* Jahrgang. Sieht aus, als hätten wir was gemeinsam.«

»Wir waren *alle* die Schlauesten in unserem Jahrgang«, meldete sich das Mädchen neben Ryan. Ihre Stimme war tief, sie klang ziemlich schroff und ungeduldig. »Geht es nicht darum? Sind wir nicht genau deshalb hier?«

»Und wer bist du?«, fragte Ryan und musterte sie von oben bis unten. Sie hatte langes dunkles Haar, ein ernstes, pferdeähnliches Gesicht und trug eine schwarze rechteckige Brille. Sie schaute Ryan ohne Scheu in die Augen, obwohl er sie so unverhohlen taxierte.

»Emily Lippman.« Das Mädchen schob sich eine Gabel Pasta in den Mund, kaute bedächtig und schluckte. »Mathematik. Du kannst mich Emily Lippman nennen.«

»Ich mag dich, Emily Lippman«, sagte Ryan mit breitem Grinsen, und sie zog eine Augenbraue hoch.

»Was soll ich dazu sagen?«

»Was immer du willst. Nichts, wenn du nicht willst.« Er grinste immer noch. Emily verdrehte die Augen.

»Wie dem auch sei«, sagte April träge, »es ist nicht wahr.«

»Was ist nicht wahr?«, fragte Hugh.

»Dass ich die Schlaueste in unserem Jahrgang war. Das war ich definitiv nicht.«

»Wie bist du dann hier reingekommen?«, wollte Emily wissen. Es sollte grob klingen, tat es aus ihrem Mund aber nicht. Nur sehr direkt.

»Dank meines angeborenen Charmes, nehme ich an«, sagte April und lächelte, wobei die tiefen, weichen Grübchen in ihre goldenen Wangen traten. »Oder weil mein Vater Geld hat.«

Langes Schweigen, als wüsste niemand so recht, wie es gemeint war. Dann stieß Ryan ein kurzes, bellendes Lachen aus, als hätte April einen Witz erzählt.

»Schön für dich«, sagte Emily. »Also beides.« Sie schob sich den letzten Bissen Pasta in den Mund und stand auf. »Was zum Teufel muss eine Frau hier tun, um einen Drink zu bekommen?«

»Wir könnten in diesen Common Room gehen«, sagte Ryan und erhob sich ebenfalls. Hannah sah, dass er viel größer war, als sie gedacht hatte. »Wie heißt der doch gleich, JCB?«

»JCR«, sagte April. Ihre Lippen kräuselten sich zu einem Lächeln, das, wie Hannah allmählich erkannte, typisch April war – verführerisch und verrucht zugleich. »Junior Common Room, was du wüsstest, wenn du das Handbuch gelesen hättest. Und es gibt auch eine Bar neben der Großen Halle. Aber was soll's. Wir sind ja keine Commons. Und wer braucht schon eine Bar, wenn man eine absolut prächtige Suite und einen Kühlschrank voller Champagner hat?«

Sie schob ihren noch vollen Teller Tortellini zur Seite, blickte in die Runde und zog einen Zimmerschlüssel aus der Tasche. Sie ließ ihn am Finger baumeln und hob dabei eine feine dunkle Augenbraue.

»Hab ich recht?«

DANACH

Die Vergangenheit steht zwischen ihnen, als Will das Abendessen zubereitet, Auberginen und Chorizo in einer Stille schneidet, die durch das Geplapper des Radio-4-Moderators noch bedrückender wirkt. Hannah überlegt vergeblich, was sie sagen soll, und zieht sich schließlich ins Wohnzimmer zurück, holt den Laptop heraus und öffnet das Mailprogramm.

Nach dem Anruf ihrer Mutter hat sie panisch die Gmail-App vom Handy gelöscht, weil sie auf dem Heimweg nicht von Benachrichtigungstönen belästigt werden wollte. Sie fürchtet sich vor dem, was sie erwartet, weiß aber, dass es noch schlimmer wäre, sich dem nicht zu stellen. Sie wird im Bett liegen, sich fragen, was in ihrem Posteingang lauert, und irgendwann das Handy einschalten. Und was immer sie dann vorfindet – eine neue Enthüllung, eine verlockende Spur oder wieder einen Manipulationsversuch, um sie zu einer Antwort zu bewegen –, wird ihren Puls zum Rasen bringen und das Adrenalin in die Höhe treiben und jeden Gedanken an Schlaf in weite Ferne rücken. Während ihr übel ist vor Angst, wird sie die ganze Nacht wach liegen und in krankhafter Panik Aprils Namen googeln.

Sie weiß, so wird es laufen, denn sie hat es schon einmal erlebt. In den ersten Monaten und Jahren nach Aprils Tod erhielt sie täglich eine wahre Flut zudringlicher Kommentare und Anfragen. Die landesweite Besessenheit, die Aprils Tod ausgelöst hatte, empfand sie als schockierend und verletzend.

Nach dem Prozess waren die Mails weniger geworden, am Ende kam nur noch sporadisch die ein oder andere. Es war ihr und Will gelungen, im Alltagsleben unterzutauchen und sich mit beruhigend langweiligen Details wie Buchhaltungskursen, Hauskauf, Geldsorgen und was sonst noch dazugehört, abzulenken.

Seit sie den Festnetzanschluss gekündigt haben und Hannah eine neue Handynummer hat, wird sie nur selten und fast nie telefonisch kontaktiert. Es kommt aber noch vor: sobald John Nevilles Name in der Presse auftaucht, Nevilles Rechtsbeistand Berufung einlegt oder jemand ein Buch veröffentlicht oder einen neuen Podcast startet. Und sie hat lange gebraucht, um zu lernen, dass Vermeidung hier nicht die richtige Strategie ist.

Nein, es ist besser, es jetzt hinter sich zu bringen, damit sie sich beruhigt hat, wenn sie schlafen geht.

Zu ihrer Überraschung und Erleichterung hat sie nur drei ungelesene Mails. Eine ist von ihrer Mutter, von heute Nachmittag, Betreff *Ruf mich an*. Die hatte sie vor dem Telefonat geschrieben, also löscht Hannah sie.

Die zweite ist eine Mahnung der Bibliothek, die sie als ungelesen markiert.

Die dritte kommt von einer ihr unbekannten Mailadresse und hat den Betreff *Eine Frage*.

Ihr Herzschlag beschleunigt sich, noch bevor sie die Mail angeklickt hat, und der erste Satz bestätigt ihre Befürchtungen.

> Liebe Hannah, wir sind uns noch nie begegnet, daher erlauben Sie mir, mich vorzustellen. Mein Name ist Geraint Williams, und ich bin Reporter bei der Daily –

Das reicht. Mehr braucht sie nicht zu lesen. Sie nimmt die Brille ab, lässt das Display vor ihren Augen verschwimmen, klickt auf »Im Ordner *Anfragen* ablegen« und sieht zu, wie die Mail verschwindet.

Danach sitzt sie da, die Brille in der einen und das Handy in der anderen Hand, und starrt auf den leeren Bildschirm. Ihre Finger sind plötzlich eiskalt, und sie zieht den Pullover über die Hände, um sie zu wärmen. Sie spürt, wie ihr Puls unangenehm schnell und flach wird, und fragt sich seltsam distanziert, was der Stress wohl für das Baby bedeuten mag. *Sie sind sehr zäh.* Die Stimme ihrer Mutter erklingt in ihrem Kopf, stark und beruhigend. *Frauen bekommen Kinder mitten in Kriegsgebieten, Herrgott noch mal.*

»Alles in Ordnung?«

Die Stimme kommt von hinten, und Hannah zuckt zusammen, noch bevor sie Wills Gegenwart registriert. Er quetscht sich neben ihr in den Sessel, legt die Arme um sie, und sie rutscht auf seinen Schoß.

»Es tut mir leid«, sagt er leise. »Ich wollte nicht so steif sein. Ich musste es – nur verarbeiten.«

Sie lehnt sich an seine Brust und spürt, wie sich die Muskeln in seinen Armen anspannen, als er sich an sie schmiegt. Seine Stärke und sein Gewicht haben etwas unglaublich Beruhigendes, auch wenn es völlig irrational ist. Es sollte keine Rolle spielen, dass Will größer, breiter und stärker ist als sie – sie hatte John Neville schon vor dem Anruf ihrer Mutter nicht mehr als körperliche Bedrohung wahrgenommen –, doch irgendwie spielt es eine Rolle, und seine physische Präsenz ist tröstlicher als alle beruhigenden Worte.

Sie rollt sich auf seinem Schoß zusammen, die Stirn an seiner Brust, spürt seinen Atem auf ihrem Scheitel und seine Wärme, die ihre immer noch halb erfrorenen Finger wärmt. Dann sagt er, als könnte er Gedanken lesen: »Gott, deine Hände sind wie Eis. Komm her.«

Er nimmt sie und schiebt sie entschlossen unter sein Hemd,

schaudert kurz, als ihre kalten Finger die warme, nackte Haut über seinen Rippen berühren, entspannt sich aber, als das erste Frösteln nachlässt.

»Wie kannst du nur immer so heiß sein?«, fragt sie mit einem zittrigen Lachen, und er legt das Kinn auf ihren Kopf und streicht ihr über das Haar.

»Das weiß ich nicht. Vielleicht verdanke ich es den Jahren mit der miesen Zentralheizung in Carne. Oh, Liebes, es tut mir wirklich leid, dass das jetzt passieren musste. Ich weiß, wie schwer es für dich ist.«

Sie nickt, drückt die Stirn an sein Schlüsselbein und starrt in die warme Dunkelheit zwischen ihren Körpern.

Er weiß es. Vielleicht ist er der einzige Mensch, der es wirklich weiß, der den komplizierten Strudel der Gefühle versteht, den Nevilles Tod in ihr ausgelöst hat.

Denn oberflächlich betrachtet sollte dies eine gute Nachricht sein. John Neville ist weg – für immer. Und auf lange Sicht ist das wohl gut so. Kurzfristig wird es jedoch großes Interesse erregen und die hart erkämpfte Illusion von Normalität zerstören, ausgerechnet jetzt. Sie und Will sollten sich auf das neue Leben konzentrieren, das sie in die Welt bringen, statt an das andere zu denken, dessen Auslöschung sie erleben mussten. Sie erinnert sich an die Tage und Monate nach Aprils Tod, an das gleißende Scheinwerferlicht, das die Medien auf sie richteten, an das Gefühl, dass etwas Furchtbares geschehen war. Sie hatte sich einfach nur im Schatten verstecken und hin und her wiegen wollen, um das Gesehene zu verarbeiten. Doch wo immer sie Zuflucht gesucht hatte, der Lichtkegel spürte sie gnadenlos auf. *Ms. Jones, einen kurzen Kommentar, bitte! Hannah, können wir ein Interview haben? Nur fünf Minuten, versprochen.*

Zehn lange Jahre, seit dem Prozess, hat sie sich vor dem Scheinwerferlicht versteckt. Seit zehn Jahren ist Aprils Tod das Erste, woran sie beim Aufwachen, und das Letzte, woran sie beim Einschlafen denkt. Und sie weiß, dass es Will genauso geht. Ihre Beziehung stand immer im Schatten der Erinnerung an April. Aber in den letzten Monaten, mit dem Baby und allem anderen, hat sie sich erlaubt … nicht zu vergessen, das könnte sie niemals. Aber es schien, als wäre Aprils Tod nicht mehr das bestimmende Element in ihrem Leben. Und obwohl sie und Will nie darüber gesprochen haben, ist sie sich ziemlich sicher, dass es ihm ähnlich gegangen ist.

Doch jetzt, nach Nevilles Tod und angesichts des unvermeidlichen Medienrummels, werden sie erneut die Handynummern ändern und ständig ihren Posteingang überprüfen müssen. Hannah wird sich dabei ertappen, wie sie zweimal hinschaut, wenn Kunden in die Buchhandlung kommen. Bei Carter and Price, der Wirtschaftsprüfungsgesellschaft, in der Will Juniorpartner ist, wird man der neuen Empfangschefin sagen, was passiert ist, und sie anweisen, kritisch nachzufragen, bevor sie Anrufe durchstellt und Termine vereinbart.

Auch für Will war es schwer. In mancher Hinsicht noch schwerer, obwohl er das nie zugeben würde. Aber es ist kein Zufall, dass er ihr nach Schottland gefolgt ist. In ein Land mit eigenem Rechtssystem und eigenen Zeitungen, an einen Ort, der so weit wie irgend möglich von Oxford entfernt ist, wenn man nicht gleich das Vereinigte Königreich verlassen will. Sie erinnert sich, wie er an jenem grauen Septembertag vor acht Jahren in die Buchhandlung gekommen war. Sie half gerade einem Kunden bei der Auswahl eines Geburtstagsgeschenks und diskutierte über die Vorzüge des neuen Michael Palin gegenüber dem neuesten Bill Bryson. Ein Geräusch oder eine Bewegung hinter ihr hatte sie veranlasst, sich umzudrehen, und da war er.

Im ersten Moment war sie sprachlos gewesen. Sie hatte einfach nur dagestanden, während der Kunde fröhlich über

Rick Stein plapperte – und ihr Herz hatte vor Freude ganz heftig geschlagen.

Drei Monate später waren sie zusammengezogen.

Zwei Jahre später hatten sie geheiratet.

Es ist seltsam – Will ist das Beste, was ihr je passiert ist, und doch sind es die schlimmsten Ereignisse ihres Lebens, die sie miteinander verbinden. Das sollte eigentlich nicht funktionieren. Tut es aber. Ohne ihn hätte sie das nicht überlebt, das weiß sie.

Sie hebt den Kopf, sieht ihm ins Gesicht und streicht ihm mit den Fingern über die Wange, will seine eigenen Gefühle hinter der Sorge um sie erkennen.

»Geht es dir gut?«

»Es geht mir gut«, sagt er reflexartig und dann: »Ich meine – nicht wirklich gut.« Er kämpft, das kann sie sehen. Es war immer ein Streitpunkt in ihrer Beziehung: seine Neigung, sich abzukapseln und zu tun, als wäre alles in Ordnung, wenn er kurz vor dem Zusammenbruch steht. Je schlechter es läuft, je mehr Stress bei der Arbeit, je mehr Geldsorgen er hat, desto weniger sagt er. *Rede mit mir!*, ruft sie seit beinahe zehn Jahren, und er muss immer noch lernen, sich zu öffnen und verletzlich zu machen, während es in seiner gesamten Kindheit darum ging, keine Schwäche zu zeigen.

»Mir geht es gut«, sagt er schließlich. »Besser gesagt, es wird mir gutgehen, sobald ich Zeit finde, die Nachricht zu verarbeiten. Aber für mich war es anders als für dich. Ich habe nicht gesehen …« Er hält inne, setzt wieder an. »Ich habe nicht das durchgemacht, was du durchmachen musstest.«

Sie nickt. Das stimmt. Sicher, April hatte ihm viel bedeutet, vielleicht sogar mehr als ihr. Aber er hatte nicht gesehen, was Hannah an jenem Abend gesehen hatte. Und musste nicht die nächsten Wochen, Monate, ja sogar Jahre damit verbringen, das Geschehene immer und immer wieder durchzugehen. Zuerst mit der Polizei. Dann mit der Staatsanwaltschaft. Und schließlich vor Gericht im Zeugenstand. Selbst nach der Urteilsverkündung hatte es nicht aufgehört. Denn die Anklage gegen John Neville beruhte auf *ihrer* Aussage – das hatte man sie nie vergessen lassen.

Will spricht wieder, seine Stimme klingt weicher und tiefer als sonst, weil ihr Kopf an seiner Brust ruht.

»Vielleicht … ich meine, vielleicht ist es in gewisser Weise das Beste?«

Zuerst sagt Hannah nichts. *Warum jetzt?*, denkt sie. Warum jetzt, wo sie glücklich sein müssten, ganz miteinander und mit dem Baby beschäftigt, das sie gezeugt haben. Sie sollte keine Rückblicke und Sondersendungen ertragen müssen – vor allem nicht jetzt.

Doch dann denkt sie an die Jahre, die vor ihnen liegen, an die nicht enden wollende Flut von Zeitungsartikeln, Berufungsanträgen und Bitten um Kommentare, und sie weiß, dass Will recht hat. Nur warum fühlt es sich nicht richtig an?

»Laut BBC wollte er noch einmal in Berufung gehen«, sagt sie. *Berufung.* Das Wort macht sie krank vor Angst. »Ich glaube nicht, dass ich das ertragen hätte. Auf das neuerliche Interesse kann ich gut verzichten, aber du hast recht. Wenn das hier vorbei ist …«

Sie hält inne, wagt beinahe nicht, es auszusprechen.

Stattdessen ist es Will, der die Worte sagt, mit entschlossener Stimme, während er sie fest in die Arme nimmt.

»Wenn das hier vorbei ist, ist es wirklich und wahrhaftig vorbei.«

Und zum ersten Mal erlaubt Hannah sich zu glauben, dass es wahr sein könnte.

DAVOR

»Ausziehen, ausziehen!«, sang April und warf den anderen einen bedeutungsvollen Blick zu, um sie zum Mitmachen zu animieren.

Hannah sah an sich hinunter und dann auf die Karten in ihrer Hand. Es war Aprils Idee gewesen, Strip-Poker zu spielen, und Hannah hatte sich anfangs recht sicher gefühlt. Sie war eine ziemlich gute Pokerspielerin und trug außerdem mehrere Schichten am Leib, wenn man die Accessoires mitzählte. Aber ob es nun Pech oder der viele Champagner war, jedenfalls hatte sie schon mehrere Runden verloren und musste als Nächstes entweder Jeans oder Oberteil ausziehen. Sie war sich nicht sicher, ob sie sich am Morgen die Beine rasiert hatte. Also das Oberteil. Beim Gedanken daran überkam sie ein seltsames Gefühl, halb Nervosität, halb Erregung. Würde sie das wirklich tun? Sich vor fünf Leuten, die sie erst seit heute kannte, bis auf den BH ausziehen?

»Ausziehen!«, stimmte Ryan ein und dann auch Emily. Hannah warf einen Blick in die lachenden, betrunkenen Gesichter. Nur Hugh schien sich ebenso unbehaglich zu fühlen wie sie. Er hatte sogar versucht, sich vor dem Spiel zu drücken – es sei spät und er sei müde. Doch April hatte das nicht akzeptiert. *Halt die Klappe, Hugh. Das interessiert keinen. Du spielst mit, basta,* hatte sie gesagt. Und zu Hannahs Überraschung hatte Hugh sich wieder hingesetzt, obwohl er vor Anspannung und Zorn förmlich vibrierte.

Jetzt kauerte er jämmerlich zwischen Will und Ryan, die Arme verlegen um den entblößten, knochigen Brustkorb geschlungen – und saß nur deshalb noch in Jeans und nicht in Unterhose da, weil April ihm gnädigerweise erlaubt hatte, die Socken als separate Kleidungsstücke zu zählen. Hannah verfluchte sich, weil sie Sandalen trug.

»Hey …«, sagte Will und beugte sich vor. Dabei fiel ihm das schwarze Haar auf eine Weise in die Augen, die Hannah tief im Inneren vor Verlangen erzittern ließ. Er saß mit nacktem Oberkörper da, schlank und wohlgeformt und Hugh so unähnlich, als gehörte er zu einer anderen Spezies. Sie merkte, dass sie ihn anstarrte, und zwang sich, ihm ins Gesicht zu sehen. Er lächelte, aber nicht spöttisch. »Hey, lass dich von denen nicht einschüchtern.«

»Ach, Scheiße«, sagte Hannah, lachte nun aber auch, über sich selbst und weil sie nicht fassen konnte, dass sie das wirklich tun würde. Denn sie würde es tun. Das wusste sie. Sie könnte das Spiel ohne Weiteres beenden und sich in ihr Zimmer zurückziehen, aber das war gleich nebenan. Dort würde sie alles hören. Wie die anderen weitertranken, ihr spöttisches Gelächter und die Musik von Aprils iPod. Außerdem konnte sie ihre drei Jahre in Pelham nicht als Spaßbremse und schlechte Verliererin beginnen.

Aber da war noch etwas anderes. Etwas in ihr wollte das. Sie wollte cool und verwegen und sexy sein wie April, die sich aufreizend und mit herausforderndem Blick vor allen räkelte. Sie wollte forsch und bissig wie Emily sein, die völlig unbeeindruckt ohne Pullover, Rock, Gürtel und Schuhe dasaß und nur noch ein Shirt trug, das gerade bis zu den Oberschenkeln reichte.

Sie wollte eine von ihnen sein, *war* eine von ihnen, also musste sie sich auch so verhalten.

»Ausziehen!«, rief April erneut. Hannah stand auf und

kam sich vor, als würde sie von einer Klippe springen. Sie zog das Oberteil aus und drehte eine ironische Pirouette, während die anderen johlten und applaudierten. Ihre Wangen waren scharlachrot, ihr Magen flatterte. Da sie nicht wusste, ob sie lachen oder finster dreinschauen sollte, tat sie beides und verschränkte die Arme trotzig vor der Brust, als sie sich wieder in den Kreis setzte, wobei sie Wills Blick mied.

Ryan stieß einen langen, durchdringenden Pfiff aus und legte den Arm um Emily.

»Na los«, sagte er und hielt ihr den Joint hin, der reihum ging. »Du hast es dir verdient.«

»Sie will das feuchte, ekelhafte Ding nicht«, rief April lachend. Ihr Gesicht war ebenso rot wie Hannahs – aber nicht vor Verlegenheit. Sie selbst trug nur noch einen Faltenrock aus Satin und einen BH, den sie eindeutig nicht im Fünferpack bei M&S gekauft hatte. Es war ein Push-up aus türkisfarbener Seide, der mit winzigen scharlachroten und rosa Schmetterlingen bestickt war, die ihre gebräunte Haut zum Leuchten brachten. »Trink was, Darling.«

Sie hielt Hannah die Flasche hin. Der Champagner floss in Strömen, der Nachschub aus dem Minikühlschrank, der gewiss nicht zur Standardausstattung gehörte, schien nicht zu versiegen. Die Schrift auf dem Flaschenetikett im Art-déco-Stil schimmerte golden, und obwohl Hannah keine Ahnung von Champagner hatte, war ihr klar, dass er sehr teuer gewesen sein musste. Aber er machte schon zu lange die Runde und schmeckte inzwischen warm und sauer. Dass sie direkt aus der Flasche tranken, weil es nicht genügend Gläser gab, machte den Geschmack nicht besser. Hannah schauderte, nahm trotzdem einen großen Schluck, spürte, wie ihr die Wärme des Alkohols ins Blut schoss, und reichte April grinsend die Flasche zurück.

»Komm schon, Hugh«, sagte April, »du bist dran.«

Hugh nickte und fing an, die Karten auszuteilen.

Mit der nächsten Hand verlor April ihren Rock und streifte ihn mit einer hüftwackelnden Striptease-Parodie ab, bei der sie lange, gebräunte Beine und einen sehr knappen türkisfarbenen Tanga enthüllte. Will verlor seine Jeans, doch beim nächsten Spiel beschlich Hannah das mulmige Gefühl, dass diesmal sie verlieren würde.

Ihre Ahnung bestätigte sich. Als sie sich aus der Jeans wand, strich sie mit der Hand über die Waden und war erleichtert, dass sie sich einigermaßen glatt anfühlten. Im schummrigen Licht könnte man ohnehin keine Stoppeln sehen. Als sie sich wieder setzte, zog sie vorsichtshalber die Beine unter sich. Ihr war ganz schlecht vor Nervosität und Erregung. Sie konnte es sich nicht leisten, noch einmal zu verlieren. Sich bis auf die Unterwäsche auszuziehen, war eine Sache, kaum anders als im Schwimmbad, aber so richtig nackt zu sein … könnte sie das wirklich? Das nervösen Kribbeln, das in der Luft lag, verriet ihr, dass nicht nur sie Bedenken hatte. Hugh hatte die Knie an die Brust gezogen, wie um seine magere Gestalt zu verbergen, und sah zutiefst beschämt aus. Emily kaute auf der Lippe. Und Will …

Wie von einem Magneten angezogen, zuckten ihre Augen zu ihm. Ihre Blicke trafen sich, und Hannahs Haut fühlte sich plötzlich wie elektrisiert an. Sie zwang sich, wegzuschauen, doch ihre Wangen waren so heiß, dass es bestimmt jemand bemerken würde.

April war mit Geben dran und teilte die Karten mit quälender Langsamkeit aus, die Augen groß und dunkel vor Erregung. Sie spielten Straight Poker – fünf Karten ohne Flop –, und dabei war es schwer, sich beim Aufnehmen der erhaltenen Karten nicht zu verraten. Hughs Körpersprache verriet, dass er kein gutes Blatt hatte. Emily war weniger leicht zu durchschauen. Sie nahm die Karten einzeln auf, schob sie in ihre

Hand und tippte dabei zweimal auf jede Karte. Ryan wirkte selbstzufrieden, das war nicht zu übersehen. Will hingegen hatte die Karten auf dem Boden liegen lassen, genau wie sie.

Nachdem April die fünfte Karte gegeben hatte, betrachtete Hannah das Ergebnis.

Ihr Magen fiel ins Bodenlose, obwohl sie versuchte, keine Miene zu verziehen.

Zwei Dreien. Schlechter ging es kaum.

»Ich bin raus«, sagte Hugh und warf sein Blatt hin. Die Strafe dafür war ein Kleidungsstück. Rasch zog er die Jeans aus, bevor jemand den Einsatz erhöhen konnte. Als er sich wieder setzte, waren seine Wangen scharlachrot, und Hannah sah ihn mitfühlend an.

April hatte gegeben und war damit aus dem Rennen.

»Ich setze ein Kleidungsstück«, sagte Emily. Sie trug noch Oberteil und BH und klopfte selbstzufrieden mit den Karten auf den Boden.

»Ein Kleidungsstück«, sagte Will und grinste, dass Hannahs Magen flatterte. Er hatte nur noch eins zu verlieren und darum keine Möglichkeit, den Einsatz zu erhöhen.

»Hannah?«

»Eins«, sagte sie, doch ihr Mund war dick und trocken, und sie musste einen Schluck Champagner trinken, bevor sie es deutlicher wiederholte. »Ein Kleidungsstück.« Es hatte keinen Sinn, auszusteigen. Wenn sie das täte, müsste sie den BH ausziehen. *Vielleicht, vielleicht* bluffte Will ja nur, und sie hätte noch eine Chance.

»Ryan?«

»Zwei …«, sagte Ryan boshaft, schaute auf Emilys Shirt und seine Jeans und lachte dann. »War nur ein Scherz. Ein Kleidungsstück.«

»Okay, Leute«, sagte April, »dann will ich sehen. Emily?«

»Drilling«, sagte Emily mit lakonischem Triumph und legte drei Fünfen hin. Ein gutes Blatt, besser als Hannahs.

»Schlag das«, sagte sie zu Ryan.

»Ich enttäusche dich ungern, aber … Flush«, sagte Ryan, schenkte Emily ein blitzendes Grinsen und legte fünfmal Karo.

»Arschloch«, sagte Emily gleichmütig, wirkte aber nicht allzu beunruhigt. Beim Strip-Poker war es eigentlich egal, wer gewann. Was zählte, war, wer verlor. Nur der Verlierer musste sich ausziehen, und drei Fünfen waren immer noch ein ziemlich gutes Blatt, vor allem, da sie noch ihr Oberteil anhatte.

Blieben nur noch Hannah und Will.

Hannah schaute zu ihm hinüber. Er lehnte mit dem Rücken an den Sesselbeinen, die langen, nackten Beine ausgestreckt, die Arme vor der Brust verschränkt. Er lächelte, und da wusste sie, dass er ein gutes Blatt hatte und die Verzweiflung in ihren Augen lesen konnte. Ihr Herz pochte so heftig, dass der Spitzenbesatz ihres BHs zitterte. Konnte sie das tun? Wollte sie sich wirklich in einem Raum voller Fremder ausziehen?

»Hannah?«, fragte April mit einem leisen Schnurren in der Stimme.

Hannah schluckte. Sie legte eine Drei … und noch eine …

Dann ließ Will verdeckt die Karten fallen.

»Ich bin raus«, sagte er mit schiefem Grinsen. »Dann muss ich die hier wohl ausziehen.«

Er sah mit komischer Bestürzung auf seine Boxershorts hinunter. Man hätte eine Stecknadel fallen hören können.

»Ookaay.« Emily stand auf und brach damit die Spannung. »Mir reicht das völlig. Ich habe keine Lust auf Würstchen mit zweierlei Gemüse.«

Sie stand auf und reckte sich unbefangen, wobei ihr Shirt hochrutschte und überraschend eine Bart-Simpson-Unterhose aufblitzte. Dann griff sie nach ihrem Ledermini.

»Was?«, fragte April verärgert. »Du machst wohl Witze! Es ist noch nicht mal zwölf.«

»Es ist zwei Uhr morgens«, erwiderte Emily und wedelte mit dem Handy. »Und ich will bei der Einführungsrede des Masters nicht bewusstlos sein.«

»Ja«, Ryan erhob sich ebenfalls und zog sein Fußballtrikot über. »Ich gehe mit. Bringst du mich ins Cloade's?«, fragte er Emily, die mit den Schultern zuckte, ihm aber zur Tür folgte.

»Igitt, ihr seid solche Spielverderber«, knurrte April, schien die Niederlage aber zu akzeptieren und fing an, die Karten einzusammeln, während Hugh Socken und Handy suchte.

»Dann mache ich auch Schluss«, sagte Hannah zögernd, stand auf, griff nach ihrem Oberteil und hielt es wie einen Schutzschild vor sich. »Gute Nacht zusammen.« April antwortete mit einem mürrischen Schulterzucken.

Es war Will, der aufschaute. »Gute Nacht, Hannah.«

»Ja, gute Nacht, Hannah«, sagte Hugh ziemlich unbeholfen. »Und danke, April, es hat echt Spaß gemacht.«

April schnaubte nur.

»Einen Scheiß hat es. Du sahst aus, als würde ich dir die Nippelhaare einzeln ausreißen.«

Hugh errötete, als wüsste er nicht recht, was er dazu sagen sollte.

»Kommst du, Will?«, fragte er nach einer kurzen Pause.

»Eine Sekunde.« Will machte gerade den Gürtel zu. »Geh schon rüber. Dauert nicht lange.«

»Nacht, April«, sagte Hannah. Ihr Tonfall hatte etwas Flehendes und sie hasste sich dafür, konnte aber nicht anders. Sie sammelte einige Karten auf und hielt sie April hin.

»Gute Nacht«, sagte April immer noch verärgert, worauf Hannah sich umdrehte und in ihr Zimmer ging.

Als die Tür hinter ihr zufiel, seufzte sie erleichtert. Sie war dankbar, dass nicht sie Aprils Zorn auf sich gezogen hatte, und auch, dass Emily eingeschritten war, bevor sich jemand komplett entblättern musste.

Als sie so dastand, ein bisschen schwindlig vom Champagner, überkam sie ein seltsames Gefühl – als sähe sie sich aus der Ferne, staunend darüber, dass sie, Hannah Jones, von klugen, schönen Menschen wie diesen umgeben war. Einen Moment lang war sie wieder in Dodsworth und sah die Kids, die vor dem Schnapsladen abhingen, mit gefälschten Ausweisen Cider kaufen wollten und hinter dem Busbahnhof Marlboro Lights rauchten. Vielleicht hatte es auch an ihrer Schule Kids gegeben, die Champagner tranken und Strip-Poker spielten, doch dann war Hannah ihnen nie begegnet.

Sie hatte nie zu den Mädchen gehört, die auf Partys gingen, sich auf der Schultoilette die Wimpern tuschten oder sich nach der Schule von ihren Freunden mit dem Auto abholen ließen. Ihr schlimmster Regelverstoß hatte darin bestanden, absichtlich ein Buch aus der Schulbibliothek nicht zurückzugeben, weil sie es für die Prüfungen brauchte.

Und nun war sie hier. An einem der begehrtesten Colleges in Oxford. Umgeben von Leuten, die sie kaum zu grüßen gewagt hätte, wäre sie nicht durch einen glücklichen Zufall April begegnet.

Als sie die Unterwäsche auszog und die Arme in den Kimono schob, den sie als Morgenmantel benutzte, war sie … nicht dankbar, sondern erstaunt angesichts des Wunders, das geschehen war. Sie war hier. In Oxford. Teilte sich die Wohnung mit einem Mädchen, das unglaublich cool und glamourös war, wie aus einem Hochglanzmagazin.

Hannah konnte sich hier neu erfinden. Gut, sie war nicht so scharfsinnig und witzig wie Emily oder so frech und sarkastisch wie Ryan. Aber sie könnte eine andere werden. Jemand Neues. Vielleicht … sie schluckte, ein Schauer der Sehnsucht überlief ihre nackte Haut unter dem Kimono. Vielleicht könnte sie sogar ein Mädchen sein, das jemand wie Will zweimal anschaute.

Will.

Will, der ihr gegenübergesessen und sie mit diesem trägen, entspannten Lächeln beobachtet hatte.

Will, der noch geblieben war, statt mit seinem Freund Hugh ins Cloade's zurückzugehen.

Will, der – plötzlich sah Hannah die Karten, die sie am Ende des Abends aufgesammelt hatte, klar und deutlich vor sich. Sie hatte sie April mit dem Bild nach oben gegeben und begriff nun, dass es gar nicht ihr Blatt gewesen war. Es waren eine Zehn und vier Königinnen. Ein Vierer.

Nicht nur ein gutes Blatt, sondern das Gewinnerblatt.

Nicht ihr Blatt, sondern Wills.

Hannah machte einen Schritt zur Tür und hielt inne, die Hand am Türknauf, überlegte.

Will hatte sie gerettet. Er hätte sich lieber selbst blamiert, statt mitanzusehen, wie sie sich auszog. Aber warum? Wollte er nur nett sein? Hatte er Mitleid, weil sie so verzweifelt war? Oder war es – sie erinnerte sich, wie ihre Blicke sich begegnet waren, an das leise Knistern zwischen ihnen –, war es mehr?

Vielleicht war es noch nicht zu spät, es herauszufinden.

Will war noch geblieben. Möglicherweise nicht ohne Grund.

Hannah leckte sich über die Lippen und schob das lange Haar hinter die Ohren. Der Spiegel an der Tür zeigte ein Mädchen mit breitem, vollem Mund, großen dunklen Augen und vor Erregung geröteten Wangen.

Bitte sei noch da, flüsterte sie leise. *Bitte sei noch da.*

Ihr Magen zog sich vor Nervosität und Verlangen zusammen, aber der Champagner machte sie mutig, und Wills Blick *hatte* etwas bedeutet, das wusste sie genau. Sie hatte die Anziehung gespürt, die so stark war, dass sie auf Gegenseitigkeit beruhen musste – oder etwa nicht?

Sie zog den Gürtel enger, drehte den Knauf und zählte bis drei.

Bitte sei noch da.

Die Tür ging auf.

Er war noch da.

Er stand im Wohnzimmer, immer noch ohne Hemd, drehte sich aber nicht um.

Er und April hielten einander eng umschlungen.

Sie schienen Hannah nicht zu bemerken, die wie erstarrt auf der Schwelle stand. April führte Will rückwärts durch den Raum, die Lippen auf seinen, eine Hand in seinem Haar, die andere an seinem Gürtel. An ihrer Tür hielt sie inne, tastete hinter sich nach dem Knauf, und die beiden stolperten durch die offene Tür in Aprils dunkles Zimmer.

Die Tür schloss sich hinter ihnen. Hannah war allein.

DANACH

Als Hannah aufwacht, spürt sie, dass etwas anders ist.

Es liegt nicht an dem leeren Bett, das ist mittwochs immer so. Hannah hat heute ihren freien Tag, weil sie samstags im Laden arbeitet. Am Mittwoch legt Will sein Handy unters Kopfkissen, damit der Wecker sie nicht stört, und schleicht aus dem Zimmer, bevor sie wach wird.

Es liegt nicht daran, dass sie schwanger ist und darum ungewohnte Empfindungen hat – eine gelegentliche Steifheit am Morgen, die Schwere im Körper, die Übelkeit, die trotz allem, was die Ratgeber sagen, nie ganz verschwunden ist.

Nein, es ist etwas anderes. Sie weiß es, bevor sie die Schläfrigkeit abgeschüttelt hat, bevor die Ereignisse von gestern wieder auf sie einstürmen. Sie liegt da, starrt an die Decke und versucht zu ergründen, was in ihr vorgeht. Der Mittwoch ist gewöhnlich ideal, um Besorgungen zu machen, in die Stadt zu fahren oder, was mit fortschreitender Schwangerschaft immer häufiger vorkommt, den Tag in ihrer sonnigen Wohnung zu verbringen und einfach nichts zu tun.

Heute aber erscheint die Vorstellung, allein mit den Nachrichten und der gähnenden Google-Suchleiste hier zu sitzen, geradezu unerträglich.

Natürlich hätte sie zu tun – Kinderwagenmodelle recherchieren oder das Bettchen aufbauen, das seit sechs Wochen verpackt in einer Ecke des Schlafzimmers steht. Doch sie kann sich nicht dazu durchringen, die Kartons aufzuschneiden. Es kommt ihr vor, als würde sie das Schicksal herausfordern, die Zukunft allzu kühn als gegeben erachten, obwohl bittere Erfahrung sie eines Besseren belehrt hat.

Aber sie kann auch nicht einfach daliegen und so etwas denken. Also steht sie auf, zieht den Morgenmantel über und geht in die Küche, reibt sich den Schlaf aus den Augen, macht sich einen Kaffee, den einzigen, den sie sich am Tag erlaubt.

Will hat das Radio angelassen, wie so oft, wenn er es eilig hat und zu einem frühen Termin muss. Sie horcht auf, als die Nachrichtensprecherin etwas sagt, und stellt das Radio lauter.

»... ist im Alter von dreiundsechzig Jahren im Gefängnis gestorben. Neville, der 2012 wegen des Mordes an der Oxford-Studentin April Clarke-Cliveden verurteilt wurde –«

Hannahs Hand schießt zum Ausschaltknopf, sie verflucht ihre eigene Dummheit, aber es ist zu spät. Als es im Raum still wird, merkt sie, dass ihre Hand zittert.

Sie kann nicht hierbleiben. Sie muss raus.

Es nieselt. Der Regen hüllt sie in eine Art tröstlichen Kokon, während sie langsam die belaubten Wege des Parks entlanggeht. Als sie und Will vor einigen Jahren nach Stockbridge gezogen waren, galt es als angesagtes Künstlerviertel, das im Vergleich zur New Town noch relativ erschwinglich war – sofern man eine Immobilie im Zentrum von Edinburgh überhaupt als erschwinglich bezeichnen konnte.

Doch die Gegend ist mit ihnen gewachsen, die dörfliche Atmosphäre lockt neben Bars und Cafés auch junge Familien an, und die Straßen sind jetzt voller Kinderwagen und Buggys – so kommt es Hannah jedenfalls vor. Oder ihre Schwangerschaft lässt sie die Welt mit anderen Augen sehen.

Trotz des Wetters sind viele Kinder im Park, stapfen in Gummistiefeln herum oder klettern über tropfnasse Hängebrücken, während die resignierten Eltern und Betreuer sich unter Bäume ducken und das Ganze aus der Ferne überwachen.

Hannah bleibt im Schutz einer großen Eibe stehen, als ihr Handy klingelt. Sie wischt die beschlagene Brille ab und wirft einen vorsichtigen Blick auf die Anrufer-ID.

»Hallo, Mum.«

»Hallo, Schatz, hast du heute frei? Habe ich das richtig im Kopf?«

Hannah lächelt. Seit sie bei Tall Tales arbeitet, also seit neun Jahren, ist der Mittwoch ihr freier Tag. Aus unerfindlichen Gründen kann ihre Mutter sich das nicht merken.

»Ja, ich bin im Park. Wie geht es dir?«

Ihre Mutter ignoriert die Frage.

»Ich bin im Auto, tut mir leid, wenn die Verbindung vielleicht abbricht. Geht es dir gut? Ich habe mir gestern Sorgen gemacht. Ich hätte dich damit nicht bei der Arbeit überfallen sollen.«

»Nein, das war schon in Ordnung.« Hannah beobachtet, wie ein kleines Mädchen seinem Vater entkommt und vergnügt auf die riesige Schlammpfütze vor der Rutsche zustürmt. »Du hattest recht, es war besser, dass ich es von dir erfahre.«

»Gab es Probleme?«

Damit meint sie Journalisten, Leute, die ihr vor der Tür auflauern, ungebetene Anrufer. Zu Anfang waren sie eine Plage gewesen. In den ersten schrecklichen Wochen nach Aprils Tod hatte ihre Mutter im Erdgeschoss Fensterläden anbringen lassen, damit niemand durch die Vorhänge spähen konnte, und eine Bürstendichtung im Briefkasten. Hannah weiß noch, wie sie durch die Tür gerufen hatten: *Ein Kommentar, Mrs. Jones? Ist Hannah da? Was würden Sie John Neville sagen, wenn Sie ihm begegneten?*

»Eigentlich nicht«, sagt sie. »Nur eine Mail. Damit komme ich klar.«

»Und wie geht es Will?«

Die Frage ist etwas komplizierter, und Hannah hält inne. Wie geht es Will tatsächlich?

»Ich glaube, es geht ihm gut«, antwortet sie schließlich. »Du weißt ja, wie er ist, er macht bei dem Thema dicht, aber wir haben gestern Abend ein bisschen darüber gesprochen. Ich glaube, er ist vor allem erleichtert, dass es vorbei ist.«

»Er braucht eine Therapie«, sagt Hannahs Mutter streng. »Die braucht ihr beide.«

Hannah verdreht die Augen. Diese Diskussion haben sie schon öfter geführt. Tatsächlich hatte sie nach dem Prozess einige Therapiesitzungen gehabt, die ganz hilfreich gewesen waren. Sie hatte Werkzeug an die Hand bekommen, um mit den Panikattacken und ungesunden Verhaltensmustern umzugehen. Die Therapeutin hatte vorgeschlagen, auf dem Handy den Ordner *Anfragen* anzulegen und alle Mails dieses Inhalts dorthin zu verschieben, so lange, bis sie eines Tages in der Lage sein würde, sie zu ignorieren. Hannah hatte alles, was ihr nützlich erschien, aus den Sitzungen mitgenommen und war dann ausgestiegen. Und Will – sie kann sich absolut nicht vorstellen, dass Will in einer Praxis sitzt und über seine Gefühle spricht.

»Ich weiß. Wir haben darüber geredet. Nur sind wir gerade ziemlich beschäftigt. Du weißt schon, die Arbeit, das Baby. Will arbeitet momentan sehr lange, er ist fast nie vor sieben Uhr zu Hause.«

»Er sollte sich um seine schwangere Frau kümmern!«, sagt ihre Mutter, und Hannah verspürt einen Anflug von Ärger.

»Es ist nicht seine Schuld – er arbeitet nicht freiwillig zwölf Stunden am Tag. Aber in der Kanzlei wird eine Stelle als Partner frei. Wenn er eine Chance haben will, muss er Einsatz zeigen.«

Und sie brauchen das Geld, bevor das Baby kommt, auch

wenn sie es nicht sagt. Cathy ist die netteste Arbeitgeberin der Welt, aber der Buchladen wirft kaum Gewinn ab. Hannah bekommt das gesetzliche Mutterschaftsgeld, das war's. Mehr kann sich Cathy nicht leisten. Und obwohl Will ein anständiges Gehalt bekommt, bleibt nach Abzug der Hypothek nicht viel übrig. Sollte er Partner werden, bevor sie in Mutterschutz geht, könnten sie aufatmen.

»Ich dachte, ich komme in ein paar Wochen zu euch«, sagt ihre Mutter. Hannah hört das *Tick-Tack* des Blinkers über die Autolautsprecher. »Ich helfe euch. Koche was Gutes. Meine Kollegin Faiza hat mir ein paar sehr schöne Umstandssachen geschenkt, da ist ein richtig guter Mantel dabei. Du sollst behalten, was dir gefällt, und den Rest dem Secondhandladen geben. Ich bringe alles mit, wenn ich komme.«

»Klingt wunderbar«, sagt Hannah. »Ich versuche, mir frei zu nehmen. Wann genau wolltest du uns besuchen?«

Sie wartet auf Antwort, aber sie kommt nicht, und als sie aufs Display schaut, sieht sie, dass der Anruf beendet ist. Na toll. Vermutlich ein Funkloch.

Der Regen hat aufgehört. Sie tritt unter der Eibe hervor und geht Richtung Spielplatz, die kleine Gruppe Kinder und Eltern zieht sie an wie ein Magnet. Hannah weiß inzwischen, wie lange ein Erwachsener spielende Kinder beobachten kann, bevor er Misstrauen erweckt. Etwa fünf Minuten, dann treffen einen Blicke, vielleicht zehn, bis jemand kommt und kritische Fragen stellt. Doch ihr Bauch ist ein gutes Alibi. Manche Eltern fangen sogar ein Gespräch mit ihr an. »Wissen Sie schon, was es wird?«, oder: »Wann soll das Kleine kommen?«

Der arme Will hat diesen Bonus nicht, und wenn sie gemeinsam unterwegs sind, zieht er sie weiter, wann immer sie am Spielplatz stehen bleibt und sich ihre gemeinsame Zukunft ausmalt. Jetzt beobachtet sie einen Vater, der pflichtbewusst ein kleines Mädchen auf der Schaukel anschubst, während der Regen von seiner Kapuze perlt. Das könnte einmal Will sein.

Sie hält die Luft an und versucht, sich ihre perfekte Zukunft in diesem perfekten Leben mit diesem perfekten Mann vorzustellen, als ihr Handy erneut klingelt.

»Mum?«, fragt sie. »Das Gespräch war plötzlich weg.«

»Spreche ich mit Hannah Jones?«, fragt eine Männerstimme. »Sie kennen mich nicht. Ich bin Reporter bei –«

Hannah lässt fast das Handy fallen und drückt dann mit zitterndem Finger auf »Anruf beenden«.

Dies ist die Realität, der sie niemals entfliehen wird: Ihr perfektes Leben hat seinen Preis. Zum einen hält sie sich für unschätzbar glücklich, weil sie in dieser schönen Stadt wohnt, mit dem einzigen Mann, den sie je wirklich geliebt hat. Doch die Stimme des Reporters weckt noch ein anderes Gefühl: dass sie ein gestohlenes Leben führt, unverdient und nie für sie bestimmt.

Denn was wäre passiert, wenn April nicht allein die Bar verlassen hätte und auf ihr Zimmer gegangen wäre, um sich umzuziehen? Wenn Hannah ihr nur fünf Minuten früher nachgegangen wäre und Neville beim Angriff überrascht hätte?

Wäre sie selbst auch gestorben? Oder wäre April noch am Leben, mit Will zusammen, trüge sein Kind in ihrem Leib?

Es fängt wieder an zu regnen, als sie das Handy in die Tasche steckt und weitergeht, vorbei am Spielplatz, Richtung Straße. Sie fragt sich, ob nicht nur John Neville Aprils Leben gestohlen hat. Vielleicht hat sie das auch getan.

DAVOR

»Hannah Jones, nehme ich an.« Der Professor schwang mit seinem Drehstuhl herum und streckte ihr die Hand entgegen. Er war jünger als erwartet und hatte dunkles Haar, das ihm lässig in die Stirn fiel. Der Stil erinnerte Hannah an jemanden – Byron, den jungen Dante Gabriel Rossetti oder einen der unbekannteren romantischen Dichter. Der weiße Seidenschal unter dem Tweedsakko verstärkte diesen Eindruck noch. »Dr. Horatio Myers. Ich werde Sie dieses Trimester in viktorianischer Literatur unterrichten, und in den Hilary- und Trinity-Trimestern behandeln wir dann einige Werke des frühen zwanzigsten Jahrhunderts. Haben Sie die Leseliste erhalten?«

»Ja, habe ich«, sagte Hannah. Sie war, gelinde gesagt, einschüchternd – und hatte ihr klargemacht, dass sie schon in den Sommerferien mit der Lektüre beginnen musste, wenn sie im Studium mithalten wollte. »Danke«, fügte sie verspätet hinzu. »Tut mir leid, dass ich zu spät bin, ich habe mich verlaufen.«

»Ah.« Dr. Myers raschelte mit seinen Papieren und lächelte sie an. »Treppe VII? Da habe ich meine Räume. Es sind sehr schöne Zimmer, aber ziemlich klein, darum war das College so freundlich, mir ein separates Büro für die Tutorien zu geben. Ich weiß, es liegt ein bisschen versteckt.«

»Nur ein bisschen«, sagte Hannah lachend. Sie war noch dabei, sich in den labyrinthischen Gängen und Hinterzimmern von Pelham zurechtzufinden. »Ich musste einen Pförtner nach dem Weg fragen.«

»Hoffentlich war er hilfreich«, erwiderte Dr. Myers trocken. »Die Pförtner können ganz schöne Paragrafenhengste sein.«

»Oh, er war sehr hilfreich«, sagte Hannah. »Er hat mich hergebracht. Bis zur Tür, um genau zu sein. Sonst hätte ich Sie wohl nicht gefunden.«

»Gut, gut«, sagte Dr. Myers, wobei Hannah den Eindruck hatte, dass er in Gedanken schon woanders war. »Nun, wie Sie wissen, treffen wir uns wöchentlich zu diesen Tutorien, die Ihre Vorlesungen ergänzen und uns die Möglichkeit geben, Ihr Verständnis des Themas zu vertiefen. Normalerweise haben Sie einen Tutoriumspartner, aber ich beginne gern mit einem Einzelgespräch, damit wir uns wirklich kennenlernen können. Wer sind Sie, Hannah Jones? Was erwarten Sie von Oxford? Erzählen Sie mir von Ihrem wahren Ich.«

Er beugte sich vor, legte die Fingerspitzen aneinander und schaute sie über die Hornbrille hinweg ernst an.

Hannah war verblüfft.

Wer sie war? Was sollte das heißen? Sie spürte, dass sie in Pelham ein anderer Mensch war als daheim. Anders als das Mädchen, das auf der Fahrt hierher mit seiner Mutter ABBA-Songs im Autoradio mitgeträllert hatte. Anders als die unbeholfene Schülerin aus Dodsworth. Sogar anders als die Person, die am ersten Collegetag durch den steinernen Torbogen gegangen war.

Nur tief im Inneren war sie noch die alte Hannah. Die, die bei Aprils Exzessen die Augen verdrehte und insgeheim Filme wie ›Clueless‹ und ›Legally Blonde‹ genoss. Die Hannah, die D. H. Lawrence für unlesbar und prätentiös hielt. Die Hannah, die ihren Spliss abkaute und Erdnussbutter aus dem Glas aß und all die anderen seltsamen und wenig bewundernswerten

Dinge tat, die Menschen eben tun, wenn sie mit sich allein sind.

»Ich bin mir nicht sicher, was Sie wissen möchten«, sagte sie langsam, und dann, als Dr. Myers sie weiter über die Brille hinweg ansah, »ich … bin ein Einzelkind. Meine Eltern sind geschieden. Einvernehmlich. Ich sehe meinen Vater momentan nur selten, er lebt mit seiner zweiten Frau in Norfolk. Meine Mutter unterrichtet Physik in der Oberstufe. Ich komme aus einer Stadt an der Südküste, die Dodsworth heißt – Sie werden sie nicht kennen, sie ist ein –« Sie lachte verlegen und suchte nach dem richtigen Adjektiv. »Sie ist kein Höllenloch, nur sehr langweilig. Sie hat nichts zu bieten, keine Kultur, sogar die Bibliothek wurde letztes Jahr geschlossen.« Sie hielt inne und überlegte, was sie sonst noch sagen sollte. Was konnte sie ihm schon Interessantes erzählen – über ihre stinknormale Gesamtschule, in der es gebrauchte Schulbücher gab, in der die Farbe von den Wänden blätterte und die keinerlei Charakter oder Geschichte oder akademische Exzellenz aufzuweisen hatte? Nichts an Dodsworth oder ihrer Schulbildung von dort konnte einen Mann beeindrucken, der die Absolventen der besten Privatschulen des Landes unterrichtete.

Wieder spürte sie die erdrückende Last des Hochstaplersyndroms, die sie empfand, seit sie zum Vorstellungsgespräch in Pelham gewesen war. Damals hatte sie versucht, nicht an die zahllosen anderen Schüler zu denken, die sich um denselben Studienplatz bewarben, Achtzehnjährige wie sie, die aus berühmten Familien stammten, angesehene Schulen besucht hatten und – anders als sie – Pelham selbstbewusst betraten, als gehörten sie hierher.

Dann aber flackerte etwas in ihr auf – nicht gerade Wut, auch wenn es sich ähnlich anfühlte. Dann war sie eben auf einer staatlichen Schule gewesen. Dann hatte Dodsworth eben keine Kultur und keine Geschichte. Machte das ihren Sprung nach Oxford nicht umso eindrucksvoller? Immerhin hatte man sie hier angenommen, während viele selbstbewusste Studentinnen mit glänzenden Haaren, die am Vorstellungstag an ihr vorbeistolziert waren, es nicht geschafft hatten.

Hannah setzte sich aufrechter hin.

»Ich habe mich als Einzige meines Jahrgangs in Oxford beworben. Ich bin auch die Erste aus meiner Familie, die hier studiert. Genau genommen hat mein Vater keinen Berufsabschluss – er ist Bauarbeiter, hat mit sechzehn die Schule verlassen. Ich habe in meinem Brückenjahr keine benachteiligten Kinder gefüttert oder Brunnen gegraben – ich habe im Supermarkt gearbeitet. Wie Sie vielleicht erraten haben, fühle ich mich manchmal, als gehörte ich nicht hierher. Aber ich bin fest entschlossen, das Gegenteil zu beweisen.«

Dr. Myers schwieg lange. Dann lehnte er sich auf seinem Stuhl zurück und begann langsam und anhaltend zu klatschen.

»Bravo, Hannah Jones«, sagte er schließlich. »Bravo. Ich glaube, wir beide werden sehr gut miteinander auskommen. Wirklich sehr gut.«

Am Ende des einstündigen Tutoriums verspürte Hannah eine seltsamen Mischung aus Erschöpfung und Hochgefühl. Dr. Myers hatte sie akribisch durch den Abitur-Lehrplan geführt, sie dann aufzählen lassen, was sie darüber hinaus gelesen hatte, und zuletzt nach ihrer Meinung über Größen von Jane Austen bis Benjamin Zephaniah gefragt.

Als sich das Tutorium dem Ende zuneigte, war ihr, als hätte sie ein mentales Training absolviert, das ebenso anstrengend und ermüdend war wie Sportunterricht.

»Bis nächste Woche«, sagte Dr. Myers lächelnd. »Dann

hätte ich gern tausend Wörter über die Rolle sozialer Angst in einem dieser Romane von Ihnen. Auf der Rückseite finden Sie eine Liste mit Büchern und Aufsätzen, die womöglich hilfreich sind.« Er reichte ihr einen Zettel, den Hannah kurz ansah und dann umdrehte. Sie hatte alle aufgeführten Romane gelesen, aber keinen der literaturwissenschaftlichen Aufsätze, die dort aufgelistet waren. Wie sie die alle bis nächste Woche lesen sollte, wusste sie nicht, doch darüber konnte sie sich später Gedanken machen.

»Dann auf Wiedersehen, Hannah Jones«, sagte Dr. Myers. »Lebet wohl. In sieben Tagen sehen wir uns wieder.«

Hannah nickte und wandte sich zur Tür. Als sie in den Flur trat, lehnte der Pförtner, der ihr den Weg gezeigt hatte, immer noch an der Wand. Es war der Mann, den sie am ersten Tag kennengelernt hatte – nicht der großväterliche Typ, sondern der andere, der ihr die Schlüssel gegeben hatte.

»War es das richtige Zimmer?«

Hannah nickte verwundert. Hatte er die ganze Zeit hier draußen gewartet?

»Ja, danke. Ich glaube nicht, dass ich es ohne Ihre Hilfe gefunden hätte.«

»Keine große Sache.« Seine Stimme klang merkwürdig, hoch und dünn, sie passte nicht zu seinen stämmigen eins achtzig. »Wo wollen Sie jetzt hin?«

»Ähm …« Hannah hatte nicht wirklich darüber nachgedacht. »Weiß nicht. In die Bibliothek, denke ich.« Sie warf einen Blick auf die Literaturliste, die Dr. Myers ihr gegeben hatte.

Der Pförtner nickte.

»Dann hier entlang.«

»Oh!« Hannah wurde rot, als sie merkte, dass er sie hinbringen wollte. »Nein, ich meine, ich weiß, wo sie ist. Ehrlich. Sie brauchen mich nicht zu begleiten.«

»Ich kann nicht zulassen, dass sich Studenten verlaufen, während ich im Dienst bin«, sagte der Pförtner, und Hannahs Wangen wurden erneut heiß. Sie ärgerte sich über ihre blöde Verlegenheit, aber auch über den Pförtner, der seltsam herablassend wirkte und den Wink, dass sie seine Hilfe nicht brauchte, nicht verstehen wollte. Warum wollte er sie bis in die Bibliothek begleiten?

»Sie brauchen nicht mitzugehen«, wiederholte sie, doch die Worte klangen schwach und hohl. Auch blieb ihr nichts anderes übrig, als ihm die Treppe hinunter zu folgen, da es keinen anderen Ausgang gab.

Letztlich war es einfacher, ihm nachzugeben, so komisch sie sich dabei auch vorkam, von einem Mann um die fünfzig in Pförtneruniform über den Hof und durch den Kreuzgang begleitet zu werden. Als sie an der Bibliothek ankamen, verabschiedete sie sich erleichtert und schwor sich im Stillen, einen anderen Ausgang zu nehmen.

»Ich danke Ihnen. Aber es war wirklich nicht nötig.«

»War mir ein Vergnügen«, sagte der Pförtner und streckte die Hand aus. »John Neville. Falls Sie irgendwas brauchen, fragen Sie einfach nach mir.«

»Okay«, sagte Hannah und nahm widerwillig seine Hand. Sie war kalt und weich und ein wenig feucht, wie roher Brotteig. »Danke.«

Er hielt ihre Hand ein wenig zu lange fest. Als er sie endlich losließ, versuchte sie, würdevoll die Bibliothek zu betreten, statt kurzerhand davonzurennen. Vom ersten Stock aus schaute sie aus dem Fenster auf den Kreuzgang.

Zu ihrer Erleichterung war Neville nicht mehr da, und Hannah betrat mit einem leisen Seufzer den Lesesaal mit der Gewölbedecke.

In den nächsten Stunden war sie damit beschäftigt, Bücher aufzuspüren und sich im ungewohnten Ordnungssystem der

Bibliothek zurechtzufinden. Doch etwas an der Begegnung hatte sie aus dem Gleichgewicht gebracht, und als sie sich an den polierten Eichentisch setzte und die Bücher um sich herum aufstapelte, war es wieder da – das Gefühl seiner kalten, weichen Finger, der Klang seiner näselnden Stimme.

Wie albern. Wahrscheinlich war er nur ein einsamer Mann mittleren Alters, der keine höfliche Abfuhr akzeptierte. Eins aber stand fest: Sie würde John Neville nie wieder um Hilfe bitten.

DANACH

»Koffeinfreier Cappuccino und ein Brownie?«, ruft der Barista, und dann, als keine Antwort kommt: »Fettarmer koffeinfreier Cappuccino mit Zimt und ein Haselnuss-Brownie?«

»Oh.« Hannah reißt sich aus ihrer Träumerei. »Ja, das ist meins, danke. Entschuldigung. Ich war in Gedanken.«

Der Junge stellt Kaffee und Brownie auf den Tisch. Hannah trinkt einen Schluck. Er schmeckt gut – das tut der Kaffee in der Cafeteria immer –, doch als sie einen Blick auf die Rechnung wirft, stellt sie die Tasse wieder ab. Sieben Pfund vierzig. War es hier schon immer so teuer? Vielleicht hätte sie sich den Brownie sparen sollen. Sie ist nicht mal hungrig.

Ihr Handy klingelt so unerwartet, dass sie zusammenzuckt. Wahrscheinlich wieder ein verdammter Reporter mit unterdrückter Nummer. Es war ein Fehler, heute Morgen ranzugehen – das wäre ihr nie passiert, wenn sie aufgepasst hätte.

Doch als sie das Handy aus der Tasche kramt, sieht sie überrascht den Namen der Anruferin.

Emily Lippman.

»Em! Mit dir hatte ich nicht gerechnet.«

Was auch stimmt. Sie hat seit etwa zwei Jahren nichts von Emily gehört. Sie sind durchaus in Kontakt geblieben, seit der Uni auf Facebook befreundet, also weiß Hannah von Emilys eindrucksvoller akademischer Karriere. Sie und Hugh sind als Einzige den Erwartungen von damals gerecht geworden. Sie hat die unverständlichen Matheaufsätze gelesen, die Emily mit einem scheinbar beiläufigen *So … hab was geschrieben* postet, als wollte sie den großen Ehrgeiz verbergen, den Hannah noch aus Pelham kennt. Emily reagiert auf Hannahs seltene Beiträge mit echter Zuneigung. *Sag Bescheid, wenn du wieder mal im Süden bist!*, hatte sie geschrieben, als Hannah ein Foto aus Dodsworth gepostet hatte.

Aber Facebook täuscht Vertrautheit nur vor. Im wirklichen Leben haben sie sich lange nicht gesehen oder miteinander gesprochen – nicht seit Ryans Hochzeit. Sie war sich nicht einmal sicher, ob Emily ihre aktuelle Nummer hat.

»Ich habe die Nachrichten gesehen«, sagt Emily. Sie ist immer noch verstörend direkt, was Hannah irgendwie beruhigend findet. »Geht es dir gut?«

»Ja«, sagt Hannah mit einer Gewissheit, die sie nicht empfindet. »Klar, es war ein Schock – aber ja.«

»Und ich habe von Hugh gehört, dass du schwanger bist. Herzlichen Glückwunsch!«

»Danke.« Sie ist überrascht, dass Emily noch Kontakt zu Hugh hat. Sie hat die beiden nie für enge Freunde gehalten. »Ich wusste nicht, dass du mit Hugh in Verbindung geblieben bist.«

»Nur gelegentlich. Letztes Jahr war er bei einem Weihnachtskonzert für Ehemalige. Anscheinend kommt er ziemlich regelmäßig nach Oxford – er sagte, du und Will kämt nie?«

»Nein, also ich meine, von Edinburgh nach Oxford ist es ganz schön weit«, sagt Hannah, wohl wissend, wie dürftig das klingt, zumal Hugh auch in Edinburgh wohnt. »Es ist eine halbe Weltreise.«

»Ja«, sagt Emily skeptisch. Man muss nicht Sherlock Holmes sein, um zu ahnen, warum Hannah nicht mehr nach Pelham fahren möchte.

»Warst du letztes Jahr beim Ehemaligenessen?«, fragt Hannah, um vom Thema abzulenken. Persönlich kann sie sich nichts Schlimmeres vorstellen, als mit ehemaligen Kommilitonen abzuhängen und in Erinnerungen an die »besten Jahre ihres Lebens« zu schwelgen. Was würde sie sagen? Die Wahrheit? Dass April sie wie ein ruheloser Geist heimsucht? Dass ihre kurze Zeit in Pelham zu einem langen Albtraum wurde, aus dem sie seither aufzuwachen versucht?

»Nein«, sagt Emily. »Hugh war wohl da, aber ich bin an diesen ganzen Ehemaligengeschichten nicht interessiert. Ich finde dieses Gehabe unerträglich selbstgefällig. Aber da ich wieder in Oxford bin, sollte ich ein bisschen guten Willen zeigen, und gehe ab und zu im College essen. Du weißt schon, das alte Netzwerk pflegen.«

»Oh …« Hannah fällt etwas ein, das Will letztes Jahr erzählt hat. »Du bist jetzt Fellow am Balliol College, richtig? Ist das ein Aufstieg nach Pelham?«

»Ja, da schließt sich ein Kreis.« Emilys Stimme klingt trocken. »Was den Aufstieg angeht … keine Ahnung. In Balliol würde man das wohl so sehen, aber bisher besteht der einzige Unterschied darin, dass Balliol den besseren Weinkeller hat.«

»Wie ist es denn so? Zurück zu sein?«

»Ähm … ehrlich gesagt, seltsam. Jedenfalls am Anfang.«

Sie hält inne. Langes Schweigen. Hannah sucht nach Worten, als Emily endlich spricht, und ihre Stimme klingt leiser als zuvor. »Geht es dir *wirklich* gut, Han?«

Einen Moment lang kann Hannah nicht antworten. Sie schließt die Augen, schiebt die Brille auf die Stirn und drückt die Finger in die knochigen Vertiefungen beiderseits des Nasenrückens.

»Ja«, sagt sie schließlich. »Und nein. Ich meine, es geht mir nicht wirklich gut. Aber auch nicht schlecht. Ergibt das einen Sinn?«

»Ja«, sagt Emily traurig. »Mir geht es genauso.« Wieder

herrscht Schweigen zwischen ihnen, und Hannah hat das sonderbare Gefühl, als wäre keine Zeit vergangen – als wären sie wieder in Oxford und telefonierten von Zimmer zu Zimmer. Für einen kurzen Moment sehnt sie sich zurück – dass sie den Korridor hinunterlaufen und Emily sagen könnte, dass sie in den JCR geht und ob sie einen Kaffee mitbringen soll. Dann sagt Emily mit kräftigerer Stimme: »Ach, ich wollte dich was fragen – hat sich ein Reporter namens Geraint Williams bei dir gemeldet?«

Als sie den Namen hört, empfindet Hannah ein seltsames Kribbeln. Sie nickt, erinnert sich, dass Emily sie nicht sehen kann, und sagt: »Er hat mir eine Mail geschrieben, aber ich habe nicht geantwortet. Ich habe sie nicht mal richtig gelesen. Worum geht es denn?«

»Keine Ahnung. Er hat mich gedrängt, mit ihm zu sprechen. Ich habe natürlich Nein gesagt, aber … er ist wohl ein Freund von Ryan.«

»Von Ryan?« Das trifft sie. Hannah hat nach dem College viele Menschen im Stich gelassen, aber bei ihm hat sie das schlechteste Gewissen.

»Aus seinen Tagen beim ›Herald‹. Er sagte, Ryan hätte sein Interesse an dem Fall geweckt. Hast du ihn gesehen?«

»Geraint?«

»Nein, Ryan«, sagte Emily ungeduldig.

»Nicht seit dem Schlaganfall.« Hannah beißt sich auf die Lippe. »Du?«

»Nur einmal, als er gerade aus dem Krankenhaus gekommen war. Es war so schrecklich, dass ich es nicht ertragen konnte, ihn noch einmal zu besuchen. Aber nach dem, was Geraint sagt, geht es ihm besser.«

»Oh. Ich meine, das freut mich«, sagt Hannah zögernd. Unter anderem darum hat sie nie den Mut gefunden, ihn zu besuchen. Nicht nur wegen der Erinnerungen, die es geweckt, sondern auch wegen der, die es ausgelöscht hätte – das Bild des lachenden, gut aussehenden, spöttischen Jungen, das sie im Kopf trug, wäre mit dem eines lallenden Wracks überschrieben worden.

»Geraint sagt, sein Gedächtnis sei immer noch nicht das beste und er sitze im Rollstuhl – aber er habe intensiv Physiotherapie gemacht und könne wieder ziemlich gut sprechen. Außerdem kann er selbstständig essen und so, was jemandem, der so auf Unabhängigkeit bedacht ist wie er, viel bedeuten dürfte. Ich habe mitbekommen, wie sehr er es hasste, auf Bellas Hilfe angewiesen zu sein. Und er schreibt wieder – ich habe nichts von ihm gelesen, aber Geraint meint, er könne tippen, das muss eine große Erleichterung sein.«

»Das freut mich«, sagt Hannah wieder. Und dann, weil ihr die Frage keine Ruhe lässt: »Also, was wollte er? Geraint, meine ich. Das Übliche?«

Das Übliche. Weichgezeichnete, sirupsüße Erinnerungen an April und ihr Potenzial. Traurige Fotos von Freunden und Familie, die an das denken, was sie verloren haben. Anekdoten über Stechkahnfahrten, Maibälle und Zukunftsaussichten. Dazu einige pikante Details, um dem Artikel einen lüsternen Kick zu geben – einen Hauch von Skandal. Rivalität zwischen Studierenden. Ein bisschen Drogen, Promiskuität oder sonstiges anrüchiges Verhalten, damit die Leser vor wohliger Missbilligung erschauern, weil *ihnen* so etwas nie passiert wäre. Weil sie oder ihre Kinder oder Enkel viel zu verantwortungsbewusst sind, um je von einem Raubtier angelockt und im eigenen Zimmer erwürgt zu werden.

Hannah hasst sie. Die Journalisten. Die Podcaster. Den Gedanken, was es selbst nach all der Zeit für Aprils Eltern bedeutet. Sie hasst sie alle.

»Nicht das Übliche …«, sagt Emily langsam. »Zumindest nicht der *April-wie-ich-sie-kannte-von-Emily-Lippman*-Bullshit, falls du das meinst. Nein, er …« Sie hält inne. Hannah spürt, dass sie versucht, etwas womöglich Erschütterndes in Worte zu fassen, und stellt die Kaffeetasse ab, um sich für das zu wappnen, was Em als Nächstes sagen wird.

»Er hält Neville für unschuldig«, sagt Emily schließlich. »Er glaubt, sie haben einen Fehler gemacht.«

DAVOR

Vier Wochen nach Beginn des ersten Trimesters (oder Michaelmas-Trimesters, wie sie es jetzt auch nannte) kam es Hannah vor, als wäre sie schon ewig in Oxford. Gleichzeitig konnte sie sich immer noch nicht so recht an dieses Wunder gewöhnen.

Es war seltsam, die beiden Zustände gleichzeitig zu erleben: das Wunder, in einem der ältesten Bildungszentren der Welt zu leben, morgens in einem Zimmer aus dem achtzehnten Jahrhundert aufzuwachen und das Glockengeläut der Kapelle sowie die ätherischen Klänge des Knabenchors von Pelham College zu hören, die über dem Gelände schwebten. Auf der anderen Seite Hackbraten-Montag und damit der beruhigende Rhythmus des Speiseplans, Hughs regelmäßiges Murren über den Geruch der Fünf-Minuten-Terrinen, der in sein Zimmer heraufzog, und der täglichen Besuche der Scout genannten Hausbediensteten, die bei Hannah in Gestalt der herrischen und zugleich mütterlichen Sue erschienen. Am seltsamsten aber war, dass sie und April beste Freundinnen geworden waren – obwohl Hannah in Dodsworth einen großen Bogen um Menschen gemacht hätte, die so einschüchternd schön und offensichtlich wohlhabend waren wie sie.

Doch nun teilten sie sich eine Wohnung und gehörten wie selbstverständlich zusammen. April und Hannah. Hannah und April. Freundinnen. Mitbewohnerinnen. Mitverschwörerinnen.

»Sie ist so eine dumme Kuh«, beschwerte sich April. Es war Freitagabend. Sie lag in einem handbemalten Morgenmantel aus japanischer Seide auf dem Sofa, aß trockene Coco Pops aus einer Schüssel, schaute ›The Breakfast Club‹ auf ihrem Laptop und scrollte durch die brandneue Instagram-App auf ihrem iPhone. »Ich schwöre dir, die wartet mit dem Saugen, bis ich entweder total verkatert bin oder es besonders eilig habe.«

»Wer?« Hannah rückte vor dem Spiegel die Kapuze ihres Talars zurecht. An diesem Abend gab es ein offizielles Essen im Speisesaal, was bedeutete, dass man sich entsprechend kleiden musste – Talar und elegante Kleidung, obwohl »elegant« kaum mehr als »keine zerrissene Jeans« bedeutete. Sie schaute über Aprils Schulter auf den Laptop: 19.25 Uhr. Emily hatte versprochen, auf dem Weg zum Speisesaal vorbeizukommen, aber sie waren spät dran, wenn sie zusammensitzen wollten.

»Hab ich doch gesagt, Sue. Hast du nicht zugehört?«

»Sie muss durch alle Zimmer«, sagte Hannah milde.

»Sie hasst mich, seit ich ihr den Streich mit der Schale voller Glitzer oben auf dem Kleiderschrank gespielt habe«, sagte April, schob sich einen Löffel Coco Pops in den Mund und knusperte geräuschvoll. »Bitch.«

April liebte es, Scherze zu machen und anderen einen Streich zu spielen. Das konnte ganz schön nervenaufreibend sein, nicht nur für den, der mit ihr zusammenwohnte. So hatte sie Ryan mit einem gefakten Anruf zum Master bestellt, der ganz und gar nicht erfreut war, sonntagabends um halb elf gestört zu werden. Hannah hatte es erwischt, als sie nach dem Abendessen die Treppe heraufgekommen war und panische Schreie aus Aprils Schlafzimmer gehört hatte. Sie war hineingestürmt und hatte nur zwei Hände gesehen, die hilflos am Rand des offenen Fensters herumtasteten.

Erst nachdem sie mit klopfendem Herzen ein Handgelenk gepackt hatte, war ihr klar geworden, dass April auf dem Erker darunter stand und sich schlapplachte.

Hannah war sich plötzlich albern vorgekommen – warum sollte April aus ihrem eigenen Fenster hängen? – und hatte sich gezwungen mitzulachen; am Tag darauf hatte sie den Vorfall beim Frühstück zum Besten gegeben. In Wahrheit war ihr gar nicht nach Lachen zumute gewesen. Sie hatte den Scherz für dumm und grausam gehalten – und auch gefährlich, denn April hätte sehr wohl abstürzen und sich das Genick brechen können. Aber so etwas durfte man ihr nicht sagen, dann hätte man als Spielverderberin gegolten. Tatsächlich hatte April Probleme gehabt, wieder nach oben zu kommen. Nachdem Hannah zwei vergebliche Versuche unternommen hatte, sie ins Zimmer zu ziehen, war April an einem stark verrosteten Abflussrohr hinuntergeklettert und hatte einige Schürfwunden dafür in Kauf genommen.

»Wer ist eine Bitch?« Die Stimme kam von der Tür, Hannah und April schossen herum.

»Emily!«, sagte April und legte die Hand aufs Herz. »Mein Gott, tu mir so was nicht an! Ich bekomme einen Herzinfarkt.«

»Sorry. Kommst du, Han? Ich habe angerufen, aber du bist nicht rangegangen.«

»Oh, Mist, es hat nicht geklingelt. Mein Guthaben ist wohl wieder aufgebraucht. Kommst du wirklich nicht mit?«, fragte sie April, aber mehr der Form halber. Sie kam nie zu den offiziellen Essen. Angeblich fand sie sie spießig und prätentiös – was stimmte, wenngleich Hannah eine Schwäche für die ganze Zeremonie hatte, die Hogwarts-Theatralik der schwarz gekleideten Studentinnen und Studenten, die auf den polierten Eichenbänken saßen, die schimmernden kleinen Leuchten überall, das lateinische Tischgebet. Hannah vermutete einen anderen Grund, einen, der mit Aprils seltsamen Essgewohnheiten zusammenhing – sie konnte an einem Samstagabend sechs Cheeseburger von McDonald's verdrücken und danach eine Woche lang das Mittagessen auslassen.

Im Speisesaal konnte man den drei Gängen, die der Kellner servierte, nicht entgehen. Es gab keine Möglichkeit, nur einen Beilagensalat zu nehmen oder den noch vollen Teller auf einem anonymen Stapel an der Durchreiche zu entsorgen. Man musste ein komplettes Menü bestellen und dasitzen, bis die anderen fertig waren und das Personal abräumte.

»Ich trinke lieber aus dem Mülleimer«, sagte April gutmütig, und Hannah zuckte mit den Schultern.

»Na schön, wie du willst.« Dann folgte sie Emily aus dem Zimmer.

Ryan wartete am Fuße der Treppe, und sie überquerten in der Abenddämmerung den Innenhof. Es war November, die Nächte wurden lang. Sie waren umgeben von der frischen Herbstluft und den Lichtern, die durch die Buntglasfenster der Kapelle schimmerten.

»Also, wer war die Bitch?«, fragte Emily erneut, und Hannah verdrehte die Augen.

»Ach so, Sue. April glaubt, sie hätte etwas gegen sie. Du weißt schon, wegen des Glitzers.«

»Gott, das überrascht mich nicht. Wenn sie so einen Scheiß bei mir versucht, bringe ich sie um«, sagte Emily und sah erstaunlich wütend aus. »Das ist nicht lustig, sondern erbärmlich. Mein Scout hat mir davon erzählt, die reden nämlich untereinander. Sue hat stundenlang Glitzer aufgesaugt und aus ihren Haaren entfernt. Ich an ihrer Stelle hätte April beim Master gemeldet.«

»Ich glaube, sie hat einen Anschiss bekommen«, sagte Hannah vorsichtig und richtete den Talar, der ihr von der Schulter rutschte. Sie fühlte sich unwohl, als würde sie hinter Aprils

Rücken über sie lästern. »Ich weiß nicht genau, von wem, aber jemand war da und hat mit ihr geredet.«

»Schon, aber ist was passiert? Ich wette, die Antwort lautet Nein.«

»Ich war nicht dabei, hatte aber den Eindruck, dass es Konsequenzen haben würde, wenn das noch mal passiert«, sagte Hannah, klang dabei aber wenig überzeugend.

»Ich nehme an, Daddy hat ein paar Anrufe getätigt, und die Sache wurde wie durch Zauberei fallengelassen«, sagte Ryan sarkastisch. »Will ist ein netter Kerl, aber ich weiß nicht, was er an ihr findet, echt nicht.«

Hannah biss sich auf die Lippe. Sie konnte Ryan seinen Ärger nicht verübeln – er war immer noch sauer wegen der Sache mit dem Anruf –, aber dass Aprils Eltern reich waren, war schon immer ein Stein des Anstoßes gewesen: der gewaltige Familienbesitz, die Spende ihres Vaters für die Sporthalle von Pelham College. Und es war nicht nur Ryan. *April Clarke-Cliveden?*, hatte Hannah jemanden im Vorbeigehen sagen hören. *Dieses It-Girl? Die ist dumm wie Brot – ohne das Geld ihres Vaters wäre sie nicht hier. Der steht eine Stufe unter Warren Buffett oder so.*

Das Komische war, dass April keinen Versuch unternahm, die Gerüchte zu zerstreuen; sie schien sie förmlich zu genießen. Ihr Instagram-Feed bestand aus Designerkleidung, Jungs im Smoking und Fotos von sich selbst, wie sie Champagner aus der Flasche trank und schmollend in die Kamera sah. Sie schien stolz darauf zu sein, dass sie wenig oder gar nicht lernte und trotzdem gute Noten bekam. Hannah hatte sie mehr als einmal von ihrer bedingungslosen Aufnahme und ihren schlechten Prüfungsergebnissen reden hören, als forderte sie die Leute geradezu heraus, zwei und zwei zusammenzuzählen.

Doch das Seltsamste war, dass es nicht stimmte. April war

kein Dummkopf, ganz im Gegenteil. Sicher, sie mochte Mode und Partys, aber was ihr sorgfältig kuratierter Instagram-Feed nicht zeigte, war die harte Arbeit hinter den Kulissen. Hannah hatte nicht mitgezählt, wie oft April um Mitternacht nach Hause getorkelt war, die High Heels abgestreift und die ganze Nacht an einer schriftlichen Arbeit gesessen hatte, die am nächsten Tag fertig sein musste. Hannah hatte einige dieser nächtlichen Aufsätze beim Frühstück Korrektur gelesen, um April einen Gefallen zu tun. Beim ersten Mal war sie besorgt herangegangen, weil sie einen Haufen zusammengeschusterter Plagiate erwartete, doch zu ihrem Erstaunen war der Essay gut gewesen, teilweise sogar brillant. Hannah war keine Historikerin, erkannte aber gute Texte – und diese Aufsätze waren sehr viel besser, als sie nach einem halben Dutzend ›Cosmopolitans‹ hätten sein dürfen. April verdiente die Noten, die sie bekam, vielleicht sogar noch bessere.

Es waren auch nicht nur die Essays. Vor ein paar Wochen hatte Hannah April dabei überrascht, wie sie eine Rolle für das Stück probte, das sie vor Weihnachten mit ihrer Theatergruppe aufführen wollte. Sie hatte wie gebannt in der Tür gestanden und eine Gänsehaut bekommen. April war kein Möchtegern-Starlet. Vielleicht traf It-Girl es ganz gut. Was auch immer *es* war, sie hatte es.

»Weißt du«, sagte sie zu Ryan, doch dann kamen sie an der Pförtnerloge vorbei, und ihr fiel etwas ein. »Oh, sorry, aber ich erwarte einen Brief von meiner Mum. Könnt ihr eine Sekunde warten, während ich nachsehe?«

»Aber mach schnell!«, sagte Emily, und Hannah nickte und lief die Stufen hinauf.

Drinnen war es warm und stickig und roch stark nach feuchtem Stoff und muffigem Körper. Sie trat an die Fächer und schaute hinein. Nichts bis auf eine Mahnung von der Bibliothek, was wirklich seltsam war, denn die Briefe ihrer Mutter kamen fast immer freitags. Hatte man ihn falsch einsortiert? Es wäre nicht das erste Mal.

Sie wollte gerade in die Fächer über und unter ihrem eigenen schauen, als sie eine näselnde Stimme hinter sich hörte.

»Suchen Sie etwas?«

Hannah schoss herum und sah sich John Neville gegenüber, der sie zu Dr. Myers' Büro geführt hatte. Er war hinter dem Schreibtisch hervorgekommen und neben sie getreten, etwas zu nah für ihren Geschmack. Hannah wich zurück.

»Nein, ich meine – ich erwarte einen Brief. Meine Mum schreibt mir jede Woche.«

»Gerade gekommen. Ich wollte ihn gleich ins Fach legen.« Er hielt ihr den Brief zwischen zwei Fingern entgegen. Hannah griff danach, doch er zog überraschend die Hand weg und hielt den Brief knapp über ihren Kopf.

Hannah runzelte die Stirn. Wieder streckte Neville ihr den Brief hin und zog erneut die Hand zurück, als sie danach griff.

Sie verschränkte die Arme und verweigerte sich dem Spielchen. Ihr Herz schlug auf unangenehme Weise schneller. Sie fand die ganze Interaktion zutiefst verstörend, so unangemessen und unprofessionell, wusste aber nicht, was sie machen sollte. Es erinnerte sie an den ersten Tag, als er ihr die Schlüssel vor die Nase gehalten und einen Tick zu lange festgehalten hatte.

»Könnte ich jetzt meinen Brief haben?«, fragte Hannah und ärgerte sich, weil ihre Stimme beim letzten Wort ein wenig wackelte. Sie sah aus dem Fenster. Emily hielt die Uhr hoch und deutete aufs Zifferblatt.

Ich weiß, hauchte Hannah durchs Glas. Sie konnte nicht rausgehen und Emily oder Ryan zu Hilfe holen, das wäre erbärmlich. Und doch wünschte sie sich, einer von ihnen käme herein.

»Kann ich jetzt bitte meinen Brief haben?«, wiederholte sie, und diesmal klang ihre Stimme kräftiger und wütender.

»Natürlich«, sagte Neville, lächelte breit und hielt ihr den Brief ein drittes Mal hin. Als Hannah mit klopfendem Herzen danach griff, zog er ihn nicht weg, sondern ließ ihn langsam aus seinen Fingern gleiten. »Sie mussten nur das Zauberwort sagen. Ich mag höfliche kleine Mädchen.«

Einen Moment lang war Hannah nicht sicher, was sie sagen sollte. *Höfliche kleine Mädchen?* War das sexistisch? Wollte er sie anmachen? Oder war es nur durchgeknallter paternalistischer Schwachsinn, weil sie ihn an seine eigene Tochter erinnerte?

Neville grinste, als wartete er auf eine Antwort, aber statt ihm die Genugtuung zu geben, machte Hannah auf dem Absatz kehrt, stieß die Tür der Pförtnerloge so heftig auf, dass sie gegen die Wand knallte, und stolperte nach draußen in die kühle Nachtluft. Ihre Wangen glühten in einer Mischung aus Wut und Unbehagen.

Als sie später im Speisesaal mit Emily und Ryan darüber sprach, konnte sie es selbst kaum glauben.

»Und das hat er wirklich gesagt?« Emily klang fassungslos. »Dass er *höfliche kleine Mädchen* mag?«

»Ich meine – ich bin mir ziemlich sicher«, erwiderte Hannah. »Das ist gruselig, oder? Ich reagiere doch nicht übertrieben, oder?«

»Verdammt richtig, es ist gruselig. Es ist widerlich! Du solltest ihn melden!«

»Er ist mindestens fünfzig, wenn nicht gar sechzig«, meinte Ryan. »Er könnte mein Großvater sein – und so sind sie nun mal, oder? Alte Kerle. Eine andere Generation. Man muss nachsichtig mit ihnen sein. Er hat es vermutlich nicht böse gemeint.«

»Vermutlich nicht, aber es ist verdammt übergriffig! Bitte sag mir, dass du das meldest, Han.«

»Wie jetzt, sie soll ihn melden, weil er ein bisschen altmodisch ist? Was kommt als Nächstes? Soll ich den Scout verklagen, weil sie mich *Entchen* nennt?«

»Das ist nicht dasselbe, und das weißt du!«, konterte Emily.

Sie und Ryan stritten weiter, Emily schimpfte über Sexismus und das Patriarchat, Ryan provozierte sie, indem er tat, als verstünde er ihren Standpunkt nicht. Doch Hannah war mit sich beschäftigt und dachte über Ryans Worte nach. Denn er hatte vermutlich recht. John Neville hatte es wahrscheinlich nicht böse gemeint. Und sie konnte sich nicht vorstellen, den Vorfall zu melden, wie es Emily verlangt hatte. Was sollte sie denn sagen? *Er hat getan, als wollte er mir meinen Brief nicht geben, und darum habe ich mich unwohl gefühlt?*

Denn das war der Punkt. Er hatte nichts Konkretes gesagt oder getan. Die Bemerkung über *kleine Mädchen* war seltsam gewesen, doch sonst konnte sie nicht viel gegen ihn vorbringen. Aber er hatte dafür gesorgt, dass sie sich unbehaglich fühlte. Er hatte sie dazu gebracht, um einen Brief zu betteln, der ihr rechtmäßig zustand, und das Machtspiel hinter dem Ganzen verursachte ihr Gänsehaut. Sie ertappte sich dabei, wie sie den Brief heimlich am Knie abwischte, obwohl sie wusste, dass es lächerlich war.

Nach dem Essen verschwanden Ryan und Emily, um sich mit Freunden aus einem anderen College zu treffen, und Hannah trank den Rest des bestellten Weins mit einigen Mädchen aus Cloade's, die sich alle kannten. Als sie sich in die Collegebar nebenan verdrückten, saß sie allein im Saal bis auf eine Gruppe Tutoren, die sich noch beim Kaffee am Stehtisch unterhielten, und das Personal, das die Tische abräumte.

Sie ging zur Tür und schaute zu dem goldenen Licht, das aus den Fenstern der Pförtnerloge fiel. Wann wohl die Nachtschicht begann? Wäre John Neville noch dort? Würde er sie sehen, wenn sie den Old Quad überquerte? Es gab keinen anderen Ausgang, und alle Wege zum New Quad befanden sich in Sichtweite der Pförtnerloge.

Hannah wusste, dass es lächerlich war, doch der Gedanke, er könnte ihr auflauern, sie womöglich überfallen, erfüllte sie mit Angst und Abscheu. Hatte er ihren Brief wirklich einsortieren wollen? Die Post kam doch sicher morgens. Hatte er ihn versteckt und darauf gewartet, dass sie ihn holen kam, damit er sein seltsames Spiel mit ihr treiben konnte?

Sie stand noch immer in der Tür, als sie eine Stimme hinter sich hörte.

»Alles in Ordnung?«

Sie drehte sich um und erkannte Wills Freund Hugh. Er trug Fliege und Talar, und seine Brille saß leicht schief, was ihn ein bisschen komisch und beschwipst aussehen ließ.

»Oh, Hugh!«, sagte sie dankbar. »Ja, alles in Ordnung. Ich wollte gerade aufs Zimmer. Gehst du zurück ins Cloade's?«

»Eigentlich muss ich in die Bibliothek.« Er rückte die Brille zurecht, strich sich die Haare aus der Stirn und grinste reumütig. »Nachtschicht für einen Essay einlegen, den ich schon heute abgeben sollte. Ich habe Fristverlängerung bis morgen. Hab dem alten Bates erzählt, der Drucker habe gestreikt, dabei habe ich noch kein einziges Wort geschrieben. Soll ich mit dir gehen?«

Hannah zögerte. Der New Quad lag nicht auf dem Weg zur Bibliothek, was einen beträchtlichen Umweg bedeutete. Doch der Gedanke, vom freundlichen Hugh mit der Hornbrille begleitet zu werden, erschien ihr sehr verlockend.

»Wenn es dir nichts ausmacht«, sagte sie lachend. »Tut mir leid, es ist so dumm, du kannst ja schlecht Nein sagen. Ehrlich, es ist schon okay, versprochen.«

Doch vielleicht war Hugh weniger betrunken, als er aussah, oder einfach aufmerksamer. Jedenfalls schüttelte er den Kopf.

»Schon in Ordnung. Ich kann ein bisschen frische Luft vertragen, muss ohnehin nüchtern werden.« Er nahm ihren Arm. »Komm schon, altes Haus. ›Eine halbe Meil', eine halbe Meil', vor, in Sturmeseil'! Trara, trara!‹«

Er ahmte ein Jagdhorn nach, worauf die Krähen, die in den Bäumen rund um den Hof lebten, ärgerlich krächzend über ihnen aufflatterten.

Hannah lachte, und sie machten sich gemeinsam auf den Weg.

DANACH

Sie haben einen Fehler gemacht.

Die Worte klingen in Hannahs Ohren, als sie einen Fünfer auf den Tisch wirft und blindlings aus dem Café stürmt.

Draußen lehnt sie sich mit dem Rücken an die Wand, spürt den Nieselregen im Gesicht, ihr Atem geht schnell.

Sie haben einen Fehler gemacht.

Emily hatte die Worte mit Bedacht gewählt, aber dieses »sie« ist ein Euphemismus, und das wissen sie beide. Auch wenn Polizei, Rechtsmedizin, Richter, Geschworene und viele andere daran beteiligt waren, John Neville wegen des Mordes an April zu verurteilen: Es gibt nur eine Person, auf die »sie« wirklich zutrifft.

Hannah.

Denn es waren ihre Beweise, die John Neville ins Gefängnis gebracht haben.

Sie war diejenige, die erst der Polizei und dann dem Gericht von seinem Verhalten erzählt hatte. Ihr Name stand unter der Belästigungsbeschwerde, die bei der Collegeverwaltung eingereicht wurde, einer Beschwerde, die unter den Teppich gekehrt wurde, wofür man sich später sowohl bei Hannah als auch bei Aprils Familie überschwänglich entschuldigte.

Und sie, Hannah, war es gewesen, die an jenem Abend gesehen hatte, wie John Neville von Treppe VII kommend mit gesenktem Kopf auf sie zugeeilt war.

Sie haben einen Fehler gemacht bedeutet in Wahrheit: *Du hast einen Fehler gemacht. Du. Hannah.*

Wegen dir wurde ein unschuldiger Mann verurteilt.

Und plötzlich hält sie es nicht mehr aus – nichts davon. Nicht die Erinnerungen, die in ihrem Kopf herumschwirren, nicht die Stimmen in ihren Ohren, nicht die Gesichter in der Menge, die sie neugierig ansehen, als sie die Hände vors Gesicht schlägt und innerlich schreit und sich nichts sehnlicher wünscht, als dass alles einfach aufhört.

Sie merkt, dass sie ein seltsames Geräusch von sich gibt, ein schluchzendes Stöhnen – eine Frau berührt sie an der Schulter, sie sieht besorgt aus.

»Ist alles in Ordnung, Kleines? Ist es das Baby?«

»Nein«, stößt sie hervor, es klingt wie ein Wimmern. »Nein, es geht mir gut, lassen Sie mich in Ruhe.«

»Vielleicht haben Sie einen kleinen Schock erlitten?«, fragt die Frau freundlich, aber Hannah kann die gut gemeinte Sorge nicht ertragen.

»Nein, ich meine – lassen Sie mich einfach in Ruhe!«, stößt sie erstickt hervor. »Es geht mir gut!«

Sie drängt an der Frau vorbei und stolpert in den Regen.

Es geht ihr nicht gut. Ganz und gar nicht gut.

Aber nicht, weil Ems Worte sie überrascht hätten.

Ganz im Gegenteil. Sie sind nur das Echo jener Stimme, die ihr seit zehn Jahren Tag und Nacht ins schlaflose Ohr flüstert.

Stimmte es? Hat sie einen Fehler gemacht?

DAVOR

Als sich das Michaelmas-Trimester nach nur acht Wochen dem Ende zuneigte, konnte Hannah sich kaum noch daran erinnern, nicht hier studiert zu haben. Die labyrinthischen Korridore und die Kreuzgänge aus goldenem Stein waren ihr ebenso vertraut wie die Klassenzimmer daheim in Dodsworth, und jenseits der hohen Collegemauern fühlte sich selbst Oxford mit seiner abweisend fremden Patina allmählich wie ein Zuhause an. Sie hatte gelernt, dass man Prüfungen *collects* nannte, die Themse *Isis* und dass Leute, die Altphilologie studierten, *Greats* belegt hatten. Sie kannte den Unterschied zwischen Rektor, Provost und Warden und den Platz, den Pelhams Master in dieser subtilen Hackordnung einnahm. Sie hatte ihre Lieblingskneipen und Curry-Imbisse und lernte die Abkürzungen und Hintertüren kennen, die man benutzte, um zwischen den Colleges hin und her zu eilen und rasch in die Bodleian zu gelangen, wenn man in der Collegebibliothek nicht weiterkam.

Sie ließ sich von Emily auf den samstäglichen Flohmarkt schleppen und von Hugh ins Museum für Wissenschaftsgeschichte. Sie ging mit Ryan zu den Debatten der Oxford Union und den nachfolgenden erbitterten politischen Diskussionen im Pub und legte die müde Toleranz an den Tag, mit der ältere Studierende den allgegenwärtigen Touristen mit ihren iPhones und Selfies begegneten.

Sie gewöhnte sich sogar an April – die ständigen Instagram-

Fotos, ihr Gesicht, das ihr aus den Klatschspalten des ›Tatler‹ entgegenstarrte, die halb vollen Flaschen Veuve Clicquot im Minikühlschrank und den Duft ihres seltsam schweren Parfums. Nach ein paar Wochen erschien es ihr normal, einen Mantel von Vivienne Westwood unter dem Sofa oder ein Mieder von Vera Wang zerknüllt in der Wäsche vorzufinden. Ihre Turnschuhe lagen mit Aprils Jimmy Choos in einem Haufen unter dem Couchtisch.

Nur an zwei Dinge konnte sie sich nicht gewöhnen.

Das eine war John Neville – er blieb eine ständige, beunruhigende Erscheinung am Rande ihrer Wahrnehmung. Sie ertappte sich dabei, wie sie den längeren Weg zur Bibliothek nahm, damit sie nicht an der Pförtnerloge vorbeimusste, dass sie ihre Briefe holte, wenn er Feierabend hatte, und dass sie das College durchs hintere Tor betrat und den Haupteingang mied.

Das andere war Will.

Zur allgemeinen Überraschung schienen er und April ein Paar zu sein. Es wurde nie offen ausgesprochen, dass April etwas so Banales wie Wills Freundin war, doch seit dem ersten Abend mit dem Strip-Poker war Will zu einem semi-regulären Übernachtungsgast geworden. Nicht selten wurde Hannah vom Klang seiner tiefen Stimme wach. Oder sie verließ frühmorgens, lange bevor April gewöhnlich aufwachte, ihr Zimmer und fand Will auf dem Wohnzimmersofa vor, wo er Kaffee trank und über den taufeuchten Innenhof blickte.

Als Hannah ihn zum ersten Mal dort angetroffen hatte, war Will aufgesprungen, als hätte man ihn bei etwas Beschämendem ertappt.

»Tut mir leid«, hatte er hastig gesagt und die Arme vor der nackten Brust verschränkt. Er trug nur Jeans, und sie musste ihren Blick nach oben zwingen, weg von seinem schlanken, muskulösen Körper und dem feinen Streifen dunklen Haars, der hinunter bis zu seiner Gürtelschnalle reichte. »Es tut mir wirklich leid, ich hatte nicht damit gerechnet, dass du schon wach bist – ich wollte April nicht wecken. Ich gehe jetzt.«

»Schon gut«, hatte Hannah gesagt und sich auf einen Punkt direkt hinter Wills rechtem Ohr konzentriert. »Du brauchst nicht zu gehen. Trink deinen Kaffee aus.«

»Sicher?« Er hatte sie zweifelnd angesehen. »Ich meine das ernst – es ist auch deine Wohnung. Ich weiß nicht, wie ich mich fühlen würde, wenn ein Fremder hier abhängen würde.«

Da musste Hannah lachen und konnte Will zum ersten Mal in die Augen sehen, weil sie sein Unbehagen verstand.

»Will, erstens bist du wohl kaum ein Fremder. Und zweitens hat April dich eingeladen.«

»*Du* aber nicht.«

Sie lächelte.

»Okay. Hiermit lade ich dich ein, Will de Chastaigne. Besser so?«

»Okay«, sagte er und grinste übers ganze Gesicht. »Vampirregeln, weißt du. Einmal über der Schwelle, kriegst du mich nicht mehr raus.«

»Saug bloß nicht mein Blut«, sagte sie leichthin.

Es entstand eine kurze, aufgeladene Pause, dann hustete Will und vertrieb die Spannung.

»Trotzdem ziehe ich mir besser was über. Ich bin mir ziemlich sicher, dass die Vampirregeln mich nicht dazu berechtigen, halbnackt herumzulungern.«

»Keine Sorge«, sagte Hannah. »Ich wollte sowieso gerade Laufen gehen. Das mache ich gern morgens, da ist der Flussweg nicht so voll.«

»Klingt gut«, sagte Will. Und dann lächelte er, und Hannah merkte, dass ihre Augen jetzt auf sein Gesicht geheftet waren, auf die Falten, die seine Mundwinkel umkräuselten, auf seine schiefe Nase und die Form seiner Lippen. »Ich bin wahrscheinlich schon weg, wenn du zurückkommst«, fügte er hinzu, und sie nickte und zwang sich, wegzusehen.

»Klar.« Ihre Stimme kam ihr heiser vor. »Dann bis später. Vielleicht beim Frühstück?«

»Vielleicht beim Frühstück«, wiederholte er. Sie schnürte die Turnschuhe und nahm die vier Stockwerke im Laufschritt.

Doch Will war nicht weg, als sie zurückkam. Jedenfalls nicht ganz.

Er war aus dem Wohnzimmer verschwunden – nur die leere Kaffeetasse zeugte noch von seiner Gegenwart. Doch hinter Aprils Tür erklangen die unverkennbaren Geräusche von zwei Menschen, die Sex miteinander hatten.

Hannah zuckte zusammen, als sie auf Zehenspitzen durchs Wohnzimmer schlich. Als sie sicher in ihrem Zimmer war, schaltete sie das Radio ein und stellte es ein bisschen lauter als nötig.

Sie hatte vorgehabt, eine Zehn-Sekunden-Dusche zu nehmen und dann an einem Essay zu arbeiten. Stattdessen ging sie nach dem Duschen mit nassen Haaren direkt zum Frühstück.

Zu ihrer Überraschung war Will schon da, als sie in den Speisesaal trat, und aß ein Frühstück mit allem Drum und Dran.

Als er sie sah, winkte er mit der Gabel.

»Hannah! Hier drüben!«

Sein Teller war beinahe leer, und sie fragte sich stirnrunzelnd, wie er so schnell hierhergekommen war, geschweige denn einen Haufen Eier, Speck, Würstchen, Pilze und Bohnen gegessen hatte. Er schluckte und sagte: »Dürfte ich so unverschämt sein und dich bitten, mir einen Kaffee mitzubringen?« Er hielt ihr seine leere Tasse hin.

Hannah nahm sie leicht benommen.

»Ähm … klar.«

Sie hatte sich halb vom Tisch weggedreht, als ihr etwas einfiel.

»Entschuldigung, wie trinkst du ihn doch gleich? Ich müsste es wissen, aber –«

»Schwarz, ohne Zucker. Danke.«

Hannah nickte und stellte sich in die Schlange an der Ausgabe, wurde aber ein unbehagliches Gefühl nicht los, als sie dort wartete, Wills noch warme Tasse in der Hand.

War sie länger in der Dusche gewesen, als sie gedacht hatte? Oder …

Aber nein. Das war lächerlich. Will war … nun, wenn nicht Aprils fester Freund, so doch zumindest ein fester Bestandteil ihres Lebens – und sie hatte selbst gesehen, wie er vorhin in Aprils Zimmer gegangen war. Sie hatte sich geirrt, das war alles. Einfach nur geirrt.

DANACH

Im Restaurant schaut Hannah wieder aufs Handy und knabbert an einem Grissini. Mittwochabend ist Dating-Abend – das halten sie so, seit sie und Will zusammengezogen sind und begriffen haben, dass sie trotz abendlicher Lesungen und Wills Prüfungen irgendwie Zeit füreinander finden müssen. In den ersten Jahren war es nichts Ausgefallenes – Fish and Chips an Sommerabenden in den Prince's Street Gardens, wenn die Burg rotgolden im Sonnenuntergang leuchtete und die fernen Hügel schimmerten. Popcorn und ein Film im Edinburgh Filmhouse, danach zu McDonald's. Seit Will bei Carter and Price aufgestiegen ist, essen sie ein bisschen schicker – heute treffen sie sich in einem ihrer Lieblingsrestaurants, einem gemütlichen kleinen Italiener, der nicht weit von der Buchhandlung in einer der gewundenen mittelalterlichen Gassen liegt, die vom Grassmarket hinunterführen.

Will ist spät dran. Hannah schaut mit knurrendem Magen auf die Speisekarte, die sie praktisch auswendig kennt, und achtet zum ersten Mal wirklich auf die Preise. Es ist … nicht billig. Der heutige Abend kostet in etwa so viel wie ihr Wocheneinkauf im Supermarkt. Wenn das Baby da ist, müssen sie sich einschränken.

»Kann ich Ihnen etwas zu trinken bringen, oder warten Sie noch auf Ihre Begleitung?«, fragt der Kellner, der mit seinem Bestellblock am Tisch vorbeigeht. Hannah will gerade antworten, als eine große Gestalt hinter dem Kellner auftaucht.

»Will!« Erleichterung durchflutet sie.

»Tut mir leid«, sagt er halb zu ihr und halb zum Kellner. »Ich beeile mich mit der Bestellung, versprochen. Könnten Sie in fünf Minuten wiederkommen?«

Der Kellner nickt, zieht sich zurück, und Will beugt sich vor, um sie zu küssen. Als seine Lippen, noch kühl von der frischen Abendluft, auf ihre treffen, schließt sie die Augen und spürt, wie ihr Körper zu zerfließen scheint – das Verlangen, das nie vergeht, die immer noch ungläubige Erkenntnis, dass Will *ihr Mann* ist.

»Ich liebe dich«, sagt sie unwillkürlich, und er hält lächelnd ihre Hand fest, während er sich setzt, und nimmt mit der anderen die Speisekarte, um die Tageskarte zu studieren.

Er ist ihr Kryptonit, denkt sie, als sie Will betrachtet, dessen Daumen abwesend über ihren Handrücken streicht. Sie hat ihm das nie gesagt, weiß aber, wie Superman sich fühlt, wenn sie ihm die grünen Brocken vors Gesicht halten, wie ihn seine Kraft verlässt und seine Glieder schwach werden, denn genau so fühlt sie sich, wenn Will sie berührt. Benommen. Dumm. Schmelzend weich. Und das war schon immer so, seit jenem ersten Tag im Speisesaal von Pelham. Er hat immer diese Macht über sie gehabt. Manchmal macht ihr das ein wenig Angst.

Als sie bestellt haben, fährt sich Will mit den Händen durch die schwarzen Haare, dass sie wie die Stacheln eines Igels abstehen, und seufzt.

»Tut mir leid, dass ich zu spät bin. Jemand hatte Riesenmist bei einem Kunden-Account gebaut, das musste ich in Ordnung bringen. Da konnte ich nicht einfach abhauen.«

»Schon gut«, sagt sie, denn jetzt ist er ja hier. »Das verstehe ich. Du darfst die Arbeit jetzt nicht schleifen lassen, es geht ja um die Partnerschaft.«

»Ich weiß, aber ausgerechnet heute …«

»Ich habe nicht den ganzen Tag zu Hause gesessen und Trübsal geblasen. Ich war im Park und danach im Café. Ich habe mit Mum gesprochen – sie kommt uns demnächst besuchen und bringt Umstandskleidung mit. Und, na ja –« Sie hält inne. Aus irgendeinem Grund fallen ihr die Worte schwer. »Ich, hm … ich habe auch mit Emily gesprochen.«

»Mit Emily?« Will zieht eine Augenbraue hoch. Hannah ist sich nicht sicher, ob er überrascht ist oder einfach nur … Konversation macht.

»Ja. Sie hat mich angerufen – wegen der Nachrichten. Wusstest du, dass sie wieder in Oxford ist?«

»Ja, das habe ich dir doch erzählt, erinnerst du dich? Ich hatte es von Hugh.«

Hugh ist der Einzige aus dem Studium, den sie noch regelmäßig sehen. Er und Will sind beste Freunde, seit sie in kurzen Hosen die Grundschule besucht haben, und vielleicht hat ihre Verbindung auch darum das Erdbeben von Aprils Tod überstanden. Hugh wohnt ebenfalls in Edinburgh, in einer schönen Junggesellenwohnung im eleganten georgianischen Viertel nahe des Charlotte Square. In den Sommermonaten spielen er und Will in einem örtlichen Team Cricket, und Hugh kommt samstags fast immer in die Buchhandlung und kauft das literarische Hardcover, das in der ›Sunday Times‹ empfohlen wurde. Alle paar Wochen treffen sie sich zu dritt zum Abendessen oder Brunch.

Doch Hannah hat nicht gewusst, dass Hugh und Emily noch Kontakt haben. Sie waren in Oxford nicht eng befreundet gewesen, hatten nur zusammen abgehangen, weil Will mit April zusammen gewesen war und Hannah Aprils Zimmergenossin und weil Emily Hannah mochte. Darüber hinaus hatten sie nichts gemeinsam. Hugh war schüchtern und belesen, und dreizehn Jahre auf einer reinen Jungenschule hatten ihn Mädchen gegenüber scheu werden lassen. Emily war scharfsinnig und scharfzüngig und hatte absolut kein Interesse an der altmodischen Höflichkeit gegenüber Frauen, zu der man Hugh erzogen hatte.

»Emily sagt, er sei beim Ehemaligenessen gewesen«, erzählt Hannah. »Komisch, ich hätte nie gedacht, dass ausgerechnet die beiden in Kontakt bleiben.«

»Ich weiß.« Will nimmt ein Grissini und knuspert es nachdenklich. »In Pelham hatten sie wenig miteinander zu tun. Ich hatte sogar den Eindruck, dass Emily ihn nicht ernstgenommen hat.«

»So ganz ernst kann man ihn auch nicht nehmen«, sagt Hannah, meint es aber nicht böse. Es ist nur so, dass Hugh … nun ja, eben Hugh ist. Vornehm, langes Haar, verschmierte Brille. Eine Kreuzung aus ›Der Club der toten Dichter‹ und ›Vier Hochzeiten und ein Todesfall‹ – die perfekte Karikatur des erwachsenen Public-School-Boy.

»Das ist nur die Oberfläche«, sagt Will, und Hannah nickt, denn Will verteidigt nicht nur seinen besten Freund, er hat auch recht. Hugh mag ein bisschen verweichlicht wirken, doch das ist nur die halbe Wahrheit. Hinter der selbstironischen Fassade ist er hart, zielstrebig und sehr, sehr ehrgeizig. Darum ist er auch so erfolgreich. Wills Familie ist traditionell reich, doch ist von ihrem Geld nur wenig übrig bis auf etwas Land und einige Gemälde. Aprils Familie war neureich – ihr Vater aus dem Nichts gekommen, ein großspuriger Junge aus Essex, der sein Vermögen in der City gemacht hatte und zur richtigen Zeit ausgestiegen war. Hughs Vater hingegen war Allgemeinmediziner, seine Mutter Hausfrau, Leute vom Land, die das Geld für die Ausbildung ihres einzigen Kindes zusammengekratzt und auf vieles verzichtet hatten, weil sie ihre ganzen Hoffnungen in ihn setzten.

Seit dem Studium in Pelham hatte Hugh versucht, dieses Opfer zu rechtfertigen – und es war ihm weitgehend gelungen. Zunächst war er in die Fußstapfen seines Vaters getreten, hatte aber bald in eine lukrative Privatpraxis gewechselt und leitete jetzt eine sehr erfolgreiche Klinik für plastische Chirurgie. Aprils Mutter war eine seiner ersten Patientinnen gewesen. Hannah weiß nicht, wie viel er verdient, sieht aber an seiner Wohnung, dass es ihm sehr gut gehen muss – eine solche Immobilie mitten in Edinburgh ist teuer.

»Also, was hat sie gesagt?«, fragt Will, und Hannah denkt an das Telefonat mit Emily. Das flaue Gefühl im Magen ist wieder da.

»Sie hat gesagt …«

Sie verstummt. Der Kellner bringt die Vorspeisen. Dann fragt Will: »Sie hat was gesagt?«

»Sie hat gefragt, ob es mir gut geht und …«

»Ja?« Er sieht jetzt besorgt und verwirrt und vielleicht auch ein bisschen gereizt aus.

»Es gibt da einen Journalisten. Er hat versucht, mit uns beiden Kontakt aufzunehmen. Er ist ein Freund von Ryan und denkt …«

Gott, ist das schwer.

Sie legt Messer und Gabel hin, holt tief Luft und zwingt die Worte heraus.

»Er denkt, es könnte ein Fehler passiert sein. Er hält Nevilles Verurteilung für einen Justizirrtum.«

»Schwachsinn.« Will hält nicht einmal inne, um über ihre Worte nachzudenken; seine Reaktion kommt schnell und entschlossen, und er schlägt mit der Hand auf den Tisch, dass Teller und Besteck klappern und springen. Die Leute am Nebentisch drehen sich überrascht um, und Hannah zuckt zusammen, doch Will senkt nicht die Stimme. »Völliger Blödsinn. Ich hoffe, du hast Emily gesagt, dass sie nicht mit ihm reden soll?«

»Das hat sie schon«, sagt Hannah im Flüsterton, als wollte

sie Wills laute Worte ausgleichen. Als sie seinen Gesichtsausdruck sieht, rudert sie zurück. »Nicht über Neville. Sie scheinen hauptsächlich über Ryan gesprochen zu haben. Aber glaubst du nicht –«

Sie hält inne.

Glaubst du nicht, es wäre zumindest denkbar?, will sie fragen, kann sich aber nicht dazu durchringen, es auszusprechen.

»Liebling.« Will legt sein Besteck weg und greift über den Tisch nach ihrer Hand. »Tu das nicht, Hannah. Fang nicht an, an dir zu zweifeln. Wozu denn? Weil Neville tot ist? Sein Tod ändert nichts. Er ändert nichts an den Beweisen, er ändert nichts an dem, was du gesehen hast.«

Und es stimmt. Sie weiß, dass er recht hat.

Natürlich hat er recht.

Was beweist es schon, dass Neville bis zu seinem Tod seine Unschuld beteuert hat? Nichts. Es hat viele Mörder gegeben, die bis zu ihrem Todestag ihre Schuld bestritten haben.

Andererseits hätte Neville kurz vor der Bewährung stehen können, wenn er sich auf das Spiel eingelassen, seine Schuld eingestanden und seine Zeit abgesessen hätte. Stattdessen hatte er die Jahre nach Aprils Tod damit verbracht, seine Unschuld zu beteuern und vergeblich eine Berufung nach der anderen einzulegen – was nichts gebracht hatte, außer seinen Namen in der Presse und die öffentliche Wut am Kochen zu halten.

Hätte sich ein schuldiger Mann wirklich so geschadet?

»Hannah?«, sagt Will, drückt ihre Hand und zwingt sie, ihm in die Augen zu sehen. »Hannah, Liebling, das weißt du doch, oder? Es ist nicht deine Schuld.«

»Ich weiß«, sagt sie, zieht die Hand zurück, schließt die Augen und reibt an dem Kopfschmerz, der unter dem Nasensteg ihrer Brille wächst. Doch als sie die Augen schließt, sieht sie nicht Wills Gesicht, das voller Liebe und Sorge ist, sondern

Neville. Und nicht den Neville, der sie seit der Universität verfolgt, sondern den, den sie neulich gesehen hat. Den gehetzten alten Mann, der ihr flehend und ängstlich vom Bildschirm entgegenstarrte.

Sie weiß, Will hat unrecht.

Es ist ihre Schuld – und zwar alles.

DAVOR

»Ach, Hannah«, sagte Dr. Myers, als sie am Ende des Tutoriums ihre Mappe zuklappte und aufstand. »Könnten Sie noch einen Moment bleiben? Miles, Sie dürfen gehen.«

Hannahs Tutoriumspartner nickte und verschwand. Hannah blieb etwas verlegen zurück und fragte sich, was Dr. Myers ihr sagen wollte. Hatte sie einen Fehler gemacht? Diesmal schien er mit ihrem Essay zufrieden zu sein, was man von früheren Versuchen nicht behaupten konnte. Es dauerte einen Moment, bis sie merkte, dass Dr. Myers mit ihr redete.

»... kleine Party«, sagte er gerade. »Die veranstalte ich am Ende jedes Trimesters. Dazu lade ich einige besonders vielversprechende Studenten ein – wir knüpfen Kontakte – es ist ganz unterhaltsam.«

Hannah hielt den Atem an, sie wollte keine voreiligen Schlüsse ziehen. *Besonders vielversprechende Studenten.* Hatte er wirklich sie damit gemeint? Sicher hätte er die Party nicht erwähnt, wenn er sie nicht einladen wollte.

»Sie findet diesen Freitag statt. Ganz zwanglos – nur ein Glas Sherry in meinen Wohnräumen. Immerhin werden Sie kein Problem haben, sie zu finden!«

Hannah lachte und sagte, da ihr nichts anderes einfiel: »Danke. Vielen Dank. Ich meine – ja, ich würde sehr gern kommen.«

»Wunderbar. Acht Uhr.«

»Soll ich etwas mitbringen?«

»Nein, nur sich selbst.«

Draußen im Korridor lehnte sie sich an die Wand und spürte, wie sich ein Lächeln auf ihrem Gesicht ausbreitete. *Besonders vielversprechend.* Konnte das wirklich wahr sein?

Die große Frage war natürlich, was sie anziehen sollte. Ganz zwanglos, hatte Dr. Myers gesagt, was die schlimmste Art von Einladung war. Wenn »Abendkleidung« oder »Talar« draufstand, wusste man wenigstens, woran man war. Sehr zwanglos konnte von Partykleid bis Jeans alles bedeuten.

»Jeans«, sagte April entschlossen, als Hannah sie um Rat fragte, »und ein plissiertes Popeline-Top, sehr hoch geschlossen, ärmellos, hinten ein einzelner Perlenknopf. Vorne Business, hinten Party.«

»Ja«, sagte Hannah ungeduldig, »aber ich habe kein –« Was war es doch gleich? Ein plissiertes Popeline-Top? »So ein Oberteil. Bis Freitag sind es noch zwei Tage. Ich habe keine Zeit zum Einkaufen.« Und kein Geld, dachte sie, sprach es aber nicht aus. Solche Überlegungen spielten für April keine Rolle.

»Mag sein, dass du keins hast«, sagte April, »ich aber schon. Komm mal mit.«

Hannah war seit einigen Wochen nicht in Aprils Zimmer gewesen. Da Will häufig zu Besuch war, hatte sie immer ein bisschen Angst, an die Tür zu klopfen.

Wieder staunte sie. Einmal über den Unterschied zwischen Aprils Zimmer und ihrem eigenen, der sich inzwischen auch aufs Wohnzimmer erstreckte. Dort waren die langweiligen, vorschriftsmäßigen Universitätsmöbel nach und nach durch solche ersetzt oder ergänzt worden, die Aprils luxuriösem, kostspieligem Geschmack entsprachen. Auch das Chaos in ihrem Zimmer war beeindruckend. Designerklamotten stapelten sich überall. Perlenbesetzte Oberteile baumelten von Leuchten. Jimmy Choos hingen lässig an einem Riemchen vom Schreibtischstuhl. Auf der Fensterbank standen halb volle Kaffeetassen mit üppigem Schimmelbewuchs. Bücher lagen wie Vögel mit gespreizten Flügeln überall herum. Der Inhalt einer Pillenflasche ergoss sich über den Nachttisch. Ein halb gegessener Donut schwitzte Fett in einem Stapel Essays, und auf dem Boden lag eine aufgeklappte Make-up-Palette, deren farbiges Pulver in den Teppichflor getreten war.

April fasste sich an den Kopf.

»Scheiße, wann immer ich reinkomme, bin ich selbst schockiert, wie schrecklich es aussieht. Ich wünschte, ich könnte Sue bezahlen, damit sie das aufräumt, aber sie ist so ein Miststück.«

»Ist sie nicht«, erwiderte Hannah reflexartig, »sie hat nur viel zu tun.« Als sie das Chaos betrachtete, wurde ihr klar, dass April das nicht allein in Ordnung bringen könnte. Dies war die Unordnung von Wochen, und die Regeln sahen vor, dass die Zimmer vor den Weihnachtsferien aufgeräumt werden mussten. »Wie findest du hier irgendetwas?«

»Na ja, ich weiß jedenfalls, wo das Top ist. Ich habe es anprobiert, aber es ist mir zu groß, du kannst es gern haben.«

Sie bahnte sich den Weg in die hinterste Ecke des Zimmers und begann, neben einem hohen, goldgerahmten, antik aussehenden Spiegel in einem Kleiderstapel zu wühlen.

»Aha!« Triumphierend hielt sie ein gestärktes Oberteil von der Farbe alten Elfenbeins in die Höhe. »Da ist es ja. Es dürfte perfekt sein. Na los, probier es an.«

April machte keine Anstalten, Hannah ihre Privatsphäre zu lassen, also wandte sie sich nach einer verlegenen Pause um, zog ihr T-Shirt aus und streifte das Top über.

Dann drehte sie sich um.

»Und?«

Auch ohne Spiegel wusste sie sofort, dass April recht hatte – das Oberteil stand ihr. Das verriet auch Aprils Gesichtsausdruck. Sie klatschte in die Hände und drehte Hannah so, dass sie den einzelnen Perlmuttknopf im Nacken schließen konnte.

»Oh, das ist perfekt«, hauchte April ehrfürchtig und ernst. Sie drehte Hannah zum Spiegel. »Beug dich vor.«

Hannah beugte sich gehorsam vor, und April schüttelte den Kopf.

»Jedenfalls kannst du keinen BH tragen. Der ganze Sinn dieses Tops ist der Rücken; wenn du gerade stehst, ist es total sittsam.« Sie hielt einen Handspiegel hoch, damit Hannah sich von hinten sehen konnte. »Aber wenn du dich vorbeugst oder drehst …« Hannah sah ein Stück cremeweißen Rückgrats zwischen den Falten aufblitzen. Ihr einfacher Supermarkt-BH verdarb tatsächlich die Wirkung. »Aber du brauchst keinen BH, du wirst umwerfend aussehen.«

»Danke«, sagte Hannah etwas unbeholfen. »Und – ich meine, soll ich es reinigen lassen, bevor ich es dir zurückgebe? Oder waschen?«

»Ich hab's dir doch gesagt.« April klang ungeduldig. »Es gehört dir.«

»Aber April –« Hannah zupfte an dem Etikett, das noch von einer inneren Naht baumelte. »Ich kann das nicht annehmen – es ist nagelneu. Wenn ich das Etikett dranlasse, kannst du es zurückgeben und –« Ihr Blick fiel auf den Preis. »Mein Gott! April, das hat *achthundert Pfund* gekostet!«

»Ich gebe es nicht zurück«, sagte April achtlos. »Wenn du es nicht nimmst, verrottet es in der Ecke.«

Sie trat zurück, musterte Hannah ernst und sagte: »Die Jeans ist okay, aber du brauchst passende Schuhe. Hast du was Hohes?«

Hannah nickte und holte die schwarzen High Heels von Dolce, die ihre Mutter ihr kurz vor dem Studium für offizielle Anlässe und Vorstellungsgespräche gekauft hatte. Als sie damit zurückkam, verzog April angewidert das Gesicht.

»Ich will nicht unhöflich sein, aber die Schuhe sind eine Beleidigung für das Oberteil. Welche Größe hast du?«

»Sechs«, sagte sie rebellisch. Die Schuhe waren schlicht, sahen in ihren Augen aber völlig harmlos aus. Was machte es schon, dass sie sich Aprils Designer-Sandalen nicht leisten konnte? Sie war eben nicht die Erbin eines City-Millionärs.

Doch April wühlte schon in einem Haufen Schuhe unten in ihrem Kleiderschrank. Zwei Paar Louboutins flogen knapp an Hannahs Knien vorbei, gefolgt von einer einzelnen Jimmy-Choo-Sandalette. Dann richtete sie sich auf und hielt ein Paar dunkelgrüne Manolo Blahniks in die Höhe. Leder mit Krokoprägung, offene Zehen und etwa acht Zentimeter höher als für Hannah üblich.

»So. Die sind übrigens nur geliehen, es ist eins meiner Lieblingspaare. Aber mach dir keine Sorgen wegen Kratzern, ich habe sie schon draußen getragen.«

Hannah schlüpfte widerspruchslos in die Schuhe. Sie waren extrem hoch, und sie schwankte einen Moment lang, fand dann ihr Gleichgewicht wieder, stand auf und betrachtete sich im Spiegel. April löste die Spange und ließ Hannahs Haare locker über die Schultern fallen. Ein anderer Mensch blickte sie aus dem Spiegel an. Größer. Selbstbewusster. Sie trug Designer-Top und Schuhe, als wäre sie dafür geboren. Die Schuhe betonten ihre grünen Augen, der Elfenbeinton brachte ihre blasse Haut und ihr dunkles Haar zur Geltung. Sie sah aus, als wäre sie wunderschön. Sie sah aus wie eine von Aprils Freundinnen.

»Na bitte«, sagte April, ihr Gesicht so nah an Hannahs, dass sie ihren Atem am Ohr spürte. »Du siehst prächtig aus.«

Ein paar Tage später zog Hannah das Popeline-Oberteil wieder an, diesmal ohne BH, und schminkte sich Smokey Eyes. Zum Schluss trug sie dunkelroten Lippenstift auf – erkannte aber sofort, dass es ein Fehler war; ihr Mund sah dadurch seltsam groß aus, und mit dem dramatischen Augen-Make-up wirkte das Ganze übertrieben wie bei einem Clown. Also wischte sie ihn ab, wobei eine leichte Rötung zurückblieb, die ihren Mund aussehen ließ, als hätte man sie grob geküsst. Die Fremde von neulich starrte sie aus dem kleinen Spiegel über ihrem Schreibtisch an.

»April«, rief sie und stöckelte vorsichtig ins Wohnzimmer. »Was meinst du?«

Ein Türknauf wurde gedreht, und April erschien auf der Schwelle ihres Zimmers. Sie war auch geschminkt, blasses Gesicht und scharlachrote Lippen, und trug ein umwerfend schlichtes Etuikleid aus schwarzer Seide, das die Vertiefungen ihrer Schlüsselbeine und den Schwung des weißen Halses betonte und ihr goldenes Haar leuchten ließ, als stünde es unter Strom.

»Perfekt«, sagte sie und grinste breit. »Du siehst aus wie eine Million Dollar.«

»Das will ich hoffen«, sagte Hannah und schaute reumütig hinunter auf die Schuhe. »Ich frage lieber nicht, wie viel die gekostet haben, sonst bekomme ich Panik, einen Absatz abzubrechen. Gehst du aus?«

»Ja«, sagte April und lächelte boshaft. »Ich komme mit.«

Hannah spürte, wie sich ihr Inneres verkrampfte.

»Oh … April, es tut mir leid – aber die Party ist für seine Studenten. Und nicht für alle – er hat nicht mal Miles eingeladen. Es tut mir wirklich leid. Ich hätte es dir sagen sollen.«

»Das hast du«, entgegnete April, kniete sich neben den Minikühlschrank, in dem Hannah die Milch für ihren Morgenkaffee aufbewahrte, und holte eine Flasche Dom Pérignon heraus. »Aber das ist mir egal. Ich komme mit. Ach, mach dir keine Sorgen«, fügte sie hinzu, als Hannah widersprechen wollte. »Ich werde laut und deutlich erwähnen, dass du mich nicht eingeladen hast. Aber irgendwo unangemeldet auftauchen ist mein liebstes Hobby.«

Sie richtete sich auf und klemmte die Flasche unter den Arm.

»Dr. Myers ist ziemlich heiß. Den kann ich dir unmöglich allein überlassen.«

Einen Moment lang stand Hannah einfach da und sah April hilflos an, schwankte zwischen Wut und Widerspruch – und gab dann nach.

»Na schön. Ich kann dich wohl nicht aufhalten. Aber geh nicht direkt hinter mir rein, sonst könnte man sich etwas dabei denken.«

»Gut. Weißt du was, ich gehe sogar vor.«

Und bevor Hannah sie aufhalten konnte, öffnete April die Wohnungstür und klopfte vernehmlich an Dr. Myers' Tür gegenüber.

Sie ging auf, der Klang von Kammermusik drang in den Flur, begleitet von Gelächter und Dr. Myers' Stimme, die herzlich und wohlwollend klang.

»Hallo!« Dann etwas verwirrt: »Verzeihung, kann ich Ihnen helfen?«

»Hi.« In Aprils Stimme lag keinerlei Verlegenheit, und Hannah sah betreten durch den Türspalt, wie April die Hand ausstreckte und sich vertrauensvoll zu Dr. Myers beugte. »Ich bin Ihre Nachbarin, April. Mir ist das Gerücht zu Ohren gekommen, dass Ihre Abschlusspartys die heißeste Sache in ganz Pelham sind, aber meine Freundin …« – sie hielt lange genug inne, um Hannah nervös zu machen – »Joanne hat gesagt, ich käme hier nicht rein, weil ich nicht clever genug sei. Sie hat mit mir um eine Flasche Champagner gewettet, dass ich es nicht durch die Tür schaffe, und ich dachte, ich könnte Sie vielleicht überreden, den Gewinn mit mir zu teilen …?«

Sie hielt Dr. Myers lächelnd den Dom Pérignon hin, ihr

Gesicht eine verlockende Mischung aus Flehen, Bewunderung und einem Hauch von Flirt.

»Nun.« Hannah hörte die Belustigung in Dr. Myers' Stimme und sah, wie er April von oben bis unten musterte, den gertenschlanken Körper, den zerbrechlichen Hals, das teure Etuikleid, unter dem sie – wie Hannah stark vermutete – keine Unterwäsche trug. Dann schaute er auf den Champagner. »Dom Pérignon Œnothèque. Sieh an, sieh an, sieh an. Wir können doch nicht zulassen, dass Joanne zum Ruf dieses College als elitärem Etablissement beiträgt, oder?«

Die Tür öffnete sich ein wenig weiter.

April schenkte Dr. Myers ein umwerfendes Lächeln und trat ein, drehte sich kurz aber um und zwinkerte Hannah zu. Dann verschwand sie, und die Tür schloss sich hinter ihr.

DANACH

Das Essen ist köstlich. Irgendwie schafft es Hannah, über drei Gängen und Kaffee Neville, April und all ihre Sorgen zu vergessen oder zumindest in den Hintergrund zu drängen und die Zeit mit Will zu genießen. Sie werden nur noch wenige solche Abende haben. Wenn das Baby da ist, wird es vorläufig vorbei sein mit den gemütlichen Stunden. Sie müssen das Beste aus der Zeit zu zweit machen, die ihnen bleibt.

Sie sprechen über Wills Chef – über die mögliche Partnerschaft und was sie für Will bedeuten würde. Mehr Geld, ja, aber auch längere Arbeitszeiten, mehr Verantwortung, mehr Druck, neue Kunden zu gewinnen. Was durchaus Nachteile hat, wenn man gleichzeitig eine Familie gründet. Sie sprechen über die seltsame Mischung aus Gefühlen und organisatorischen Herausforderungen angesichts des bevorstehenden Ereignisses. Sie müssen sich bald für ein Krankenhaus entscheiden und haben sich noch nicht einmal über Geburtsvorbereitungskurse informiert. Hannah erzählt von der Arbeit, dem komischen Kunden, der alle paar Wochen nach Büchern fragt, von denen er in der Zeitung gelesen hat und deren Titel er sich nie merken kann. Diese Woche war es: *Ein schottischer Autor. Auf dem Cover ist ein kleiner Junge zu sehen und ein lustiger Name.* Will errät die Antwort anhand der wenigen Hinweise – ›Shuggie Bain‹. Manchmal fragt sich Hannah, ob das Gedächtnis des Kunden wirklich so schlecht ist, wie er behauptet, oder ob es zu einem Spiel zwischen ihnen geworden ist. Dann gibt es eine ältere Dame, die jeden Dienstag ein Buch kauft, am folgenden Dienstag wiederkommt und Hannah sagt, wie viele von zehn Punkten sie dem Buch geben würde. Sie hat noch nie eine Zehn vergeben. ›Hamnet‹ bekam 8,75. Diese Woche hat ›Razorblade Tears‹ 9,2 geschafft. Der erste ›Bridgerton‹-Roman erhielt 7,7, ›Herr der Fliegen‹ überraschend nur 4,1. Hannah kann unmöglich vorhersagen, was bei ihr gut ankommt – einige ihrer bombensicheren Empfehlungen floppen komplett, doch sie lebt in der Hoffnung, mit irgendeinem Buch den magischen Jackpot zu knacken.

Schließlich fragt Will nach der Rechnung und geht auf die Toilette. Die Rechnung kommt, während er weg ist. Normalerweise würde Hannah einen kurzen Blick darauf werfen und die Karte ihres gemeinsamen Kontos über den Tisch schieben, doch diesmal sieht sie genauer hin. Allein die Vorspeisen haben über zehn Pfund gekostet. Und siebenundzwanzig Pfund für eine Flasche Pinot Grigio – dabei hat Will sie nur halb getrunken. Warum in aller Welt haben sie eine Flasche bestellt, wenn sie gar nichts trinkt? Und die Grissini! Drei Pfund für Grissini. Sie hatte keine Ahnung, dass die überhaupt etwas kosten.

Sie bezahlt, stützt das Kinn in die Hände und wartet auf Will, als sie eine klare, durchdringende Stimme hinter sich hört.

»Darling, das soll ein Vesper sein? Schmeckt eher wie Gin Tonic und noch dazu kein besonders guter.«

Hannah sträuben sich die Nackenhaare. Die Stimme kommt aus der Bar, klingt langgezogen, selbstbewusst und schmerzlich vertraut.

Unversehens steht Hannah auf und dreht sich so heftig um, dass ihr Stuhl zu Boden kracht. Doch noch während sie mit den Augen die Rücken an der verchromten Theke absucht, zieht sich ihr Herz zusammen. Es war nicht April. Es ist nie April. Es war nur eine Frau mit englischem Oberschichtakzent. Wie so oft ist der Rest nur Hannahs Sehnsucht entsprungen.

»Darf ich?«, fragt eine Stimme neben ihr, und Hannah bemerkt eine große Gestalt mit Brille, die ihr die Handtasche hinhält.

»Hugh!« Sie bringt ein Lächeln zustande und nimmt die Tasche entgegen. »Was für eine schöne Überraschung. Und danke.«

Eigentlich ist es keine Überraschung. Edinburgh ist in mancherlei Hinsicht eine Kleinstadt und Hughs Praxis nicht weit vom Restaurant entfernt. Dennoch wundert sie sich ein wenig über diese Begegnung.

»Sehr gern«, sagt Hugh in seiner seltsam schüchternen Art, die er auch nach zehn Jahren Freundschaft und vielen gemeinsamen Erlebnissen nicht abgelegt hat – dabei war er sogar Wills Trauzeuge bei ihrer Hochzeit.

Sie küssen sich auf beide Wangen, und als sie Hughs teures Aftershave einatmet, erinnert sich Hannah lachend, wie seltsam und aufgesetzt ihr die Geste in Oxford anfangs vorgekommen war. Und nun haucht sie ohne zu zögern Luftküsse.

»Wie geht es dir?«, fragt sie.

»Mir geht's gut«, sagt Hugh und sieht sie ein wenig zu prüfend an, als wäre sie eine seiner Patientinnen. »Besser gesagt: Wie geht es *dir*? Ich habe gestern an dich gedacht, als ich die Nachricht gehört habe.«

»Ich bin … es ist okay.« Das ist nicht wirklich gelogen. Aber Hugh ist Wills bester Freund und Vertrauter – nicht ihrer. Hannah hat eigentlich keine beste Freundin, nicht seit April. Natürlich hat sie Freundinnen – sie geht ab und zu mit Robyn etwas trinken und kennt eine Handvoll Leute durch die Arbeit oder durch ihre verschiedenen kurzlebigen Hobbys – beim Töpfern ist sie am längsten geblieben. Aber man muss keine Psychoanalytikerin sein, um die Zusammenhänge zu erkennen, und Hannah ist nicht dumm. Sie weiß, dass sie seit Aprils Tod nicht zugelassen hat, dass ihr noch einmal jemand so wichtig wird. Weil sie fürchtet, man könnte ihr auch diesen Menschen wieder entreißen. Die einzige Ausnahme ist Will – der einzige Mensch, der diesen Schutzpanzer durchdrungen hat. Und das vielleicht auch nur, weil sie ihn schon vor Aprils Tod an sich herangelassen hatte.

»Hugh!« Will kommt zwischen den Tischen auf sie zu. »Alter Junge! Wie geht es dir?«

Sie umarmen sich auf die männliche Art, und Hugh sagt: »Mir geht es gut. Ich habe Hannah gerade erzählt, dass ich in Gedanken bei euch war, als ich die Nachricht hörte.«

»Ja. Das müssen wir erst verarbeiten«, sagt Will mit einem unbeholfenen Achselzucken und sieht Hannah in die Augen. Er weiß, wie furchtbar ungern sie darüber spricht, vor allem in der Öffentlichkeit.

Vielleicht spürt Hugh ihr Unbehagen, denn er richtet sich auf, klopft Will auf die Schulter und sagt: »Ich will euch nicht aufhalten. Aber lasst uns bald was trinken gehen. Das haben wir viel zu lange nicht gemacht.«

»Stimmt«, sagt Will. »Ich dachte neulich, dass ich dich seit dem Ende der Cricketsaison nicht gesehen habe, und wir waren nicht mehr zu dritt unterwegs seit … Gott, seit Juni?«

Zu dieser Zeit hatten sie von dem Baby erfahren. Hannah war nicht mehr ins Pub gegangen, weil sie noch nicht davon erzählen wollte und es immer schwieriger wurde, ihre Müdigkeit und Abstinenz zu erklären. Jetzt aber ist es anders. Sie ist offensichtlich schwanger, und Hugh war einer der Ersten, die Will nach der Ultraschalluntersuchung in der zwölften Woche angerufen hat.

»Wir sollten brunchen«, sagt Hugh, während er den Mantel zuknöpft. »Bald. Genießt eure Freiheit, solange ihr sie habt!« Er lacht, und Hannah und Will lachen mit.

»Pass auf dich auf, Hugh«, sagt Hannah und meint es ernst. Sie hat Hugh wirklich gern, und für ihn muss das auch schwer sein. Immerhin war er an jenem Abend dabei gewesen. Er hat nicht das Gleiche durchgemacht wie Hannah, war nicht Aprils bester Freund, wurde aber auch vor Gericht gezerrt, musste aussagen, wie er April vorgefunden und versucht hatte, sie wiederzubeleben. Will und sie haben einander. Hugh hat niemanden – er lebt allein, er hat nicht mal eine feste Freundin, soweit Hannah weiß. Er ist nicht unbekümmert und gesellig wie Will, der immer irgendwelche Gemeinsamkeiten mit anderen findet. Hugh ist charmant, sanft und höflich, aber auch reserviert, man dringt schwer zu ihm durch. In dieser Hinsicht gleicht er Hannah. Vielleicht ist er Will auch deshalb nach Edinburgh gefolgt und hat den Kontakt zu Emily nach all den Jahren aufrechterhalten. Genau wie Hannah findet er nicht schnell Freunde und kann es sich darum auch nicht leisten, sie zu verlieren.

Sie und Will sehen Hugh nach, der den Regenschirm unter den Arm klemmt und in der funkelnden Dunkelheit eines verregneten Edinburgher Abends verschwindet. Die Lichter der Stadt glänzen auf den steilen Treppen, die honigfarbenen steinernen Gassen sind vom Regen dunkelbraun durchtränkt.

Für einen Moment wird Hughs Gestalt im Schein einer Straßenlaterne sichtbar. Dann ist er verschwunden.

DAVOR

Als die Tür hinter April zufiel, war Hannah wütend, auch wenn sie es sich nicht ganz erklären konnte. Reichte es nicht, dass April gut aussah und teure Kleidung und Geld besaß und dass sie sich die Wohnung mit ihr teilen musste und dass sie – dass sie –

Will hatte. Das war der Knackpunkt, den sie sich nicht eingestehen wollte.

Trotzdem. Musste sie sich denn wirklich in alles hineindrängen, das Hannah gehörte?

Sie war versucht, in ihr Zimmer zu gehen, das Make-up abzuwischen und die Schuhe in Aprils vermüllten Kleiderschrank zu werfen. Doch das wäre dumm. Dr. Myers erwartete sie. Sie hatte zugesagt. Es wäre unhöflich, nicht zu erscheinen – und sich damit ins eigene Fleisch zu schneiden.

Also zählte sie im Geist bis zehn, stöckelte über den Flur und klopfte an die Tür von Dr. Myers.

»Hallo?« Ein großes, schlankes Mädchen mit langen dunklen Haaren öffnete die Tür und musterte Hannah etwas herablassend. Gelächter und Stimmen fluteten ihr von drinnen entgegen. »Kann ich dir helfen?«

»Hallo«, sagte sie ein bisschen nervös. »Ich bin Hannah. Dr. Myers hat mich eingeladen.«

»Hannah Jones!« Seine vertraute Stimme erklang, und dann legte er ihr mit einer Geste, die onkelhaft, aber auch besitzergreifender sein konnte, den Arm um die Schultern. Er trug ein bordeauxrotes Samtjackett und das weiße Seidentuch von Hannahs erstem Tutorium. »Willkommen, willkommen. Kommen Sie herein, machen Sie es sich in meiner bescheidenen Behausung gemütlich. Trinken Sie ein Glas Champagner.«

Das gertenschlanke Mädchen trat zurück, und Dr. Myers führte Hannah in ein holzgetäfeltes Wohnzimmer voller junger Menschen. Hannah sah sich um und stellte fest, dass es sich überwiegend um Studentinnen handelte – hier und da entdeckte sie ein paar Jungen, schätzte das Verhältnis Frauen: Männer jedoch auf fünf zu eins. Was wohl kein Wunder war, da Dr. Myers Englisch unterrichtete, ein traditionell frauenlastiges Fach.

An einem kleinen Tisch beim knisternden Kaminfeuer stand ein Tablett mit frischen Gläsern. Dr. Myers nahm ein Champagnerglas und füllte es aus der Flasche, die April vorhin mitgenommen hatte.

»Hannah, darf ich Ihnen einige meiner Lieblingsstudentinnen und -studenten vorstellen«, sagte Dr. Myers mit einer ausladenden Geste. »Das ist Clara Heathcliffe-Vine, ein Glanzpunkt der Oxford Union.« Er deutete auf eine kleine Frau mit Koboldgesicht, die auf dem Fenstersitz hockte, sich beim Klang ihres Namens umdrehte und kurz nickte, bevor sie ihr Gespräch fortsetzte. »Orion Williams, ein besonders brillanter Student im dritten Jahr.« Er deutete auf einen großen, dunkelhaarigen Jungen am Kamin, der etwas unbeholfen nickte und Hannah schüchtern zulächelte. »Rubye Raye, der strahlende Stern meiner Tutoriumsgruppe im zweiten Jahr.« Er verbeugte sich gespielt feierlich vor dem Mädchen, das Hannah die Tür geöffnet hatte. »Und … oh, einer meiner neuesten Schützlinge, die – ähm – schillernde April Clarke-Cliveden.«

Er trat zurück, und Hannah sah April, die auf der Armlehne

eines Ohrensessels hockte, neben sich einen breitschultrigen Jungen im marineblauen Blazer, der höchsten Auszeichnung, die Oxford an einzelne Sportler vergab.

»Alle mal herhören.« Dr. Myers sah sich um und legte den Arm um Hannah, wobei sie seine Handfläche heiß und ein wenig feucht an ihrer nackten Schulter spürte. »Erlauben Sie mir, Ihnen die aufregend begabte Hannah Jones vorzustellen. Sie wird einmal mehr beweisen, dass viele der besten Köpfe Oxfords aus staatlichen Schulen kommen, alleinerziehende Eltern haben und dem Arbeitermilieu entstammen.«

Ein Raunen der Zustimmung. *Wir sind so weltoffen. Es geht nur um Leistung.*

Hannah öffnete den Mund und schloss ihn wieder, weil sie nicht wusste, was sie sagen sollte.

Sie suchte noch nach einer passenden Antwort, als eine Studentin Dr. Myers von hinten am Arm berührte und ihm etwas zuflüsterte, worauf er zusammenzuckte.

»Oh, danke, gut, dass du daran gedacht hast, Madeleine. Entschuldigen Sie mich, Hannah. Ich muss mich um die Canapés kümmern.«

Er drückte flüchtig ihre Schulter, ließ sie los und eilte davon.

»Ich wusste nicht, dass du so tapfer bist«, sagte eine spöttische Stimme an ihrem Ohr. April hatte den Jungen im Blazer zurückgelassen und war zu ihr getreten. Sie lachte. »Wie entschlossen du dich aus den Slums von Dodsworth hochgekämpft hast.«

»Ach, verpiss dich«, sagte Hannah verärgert.

»Nimm es als Kompliment, Darling. Das würde ich jedenfalls tun.«

Ich weiß, hätte Hannah beinahe gesagt, verkniff es sich aber.

Nach einer Stunde auf der Party wünschte Hannah, sie wäre nie gekommen. Ihre Füße litten in Aprils Schuhen Höllenqualen, und sie erduldete eine lange, ermüdende Ruderanekdote des Jungen im blauen Blazer, den April zuvor losgeworden war.

Der Abend war weit von der geistvollen Soiree entfernt, mit der sie gerechnet hatte, und gipfelte darin, dass Dr. Myers stinkende Zigarren rauchte und mit den drei hübschesten Mädchen Hof hielt – darunter April. Er saß in einem Sessel am Kamin, April auf einer Armlehne, Rubye auf der anderen und eine schöne Rothaarige, die Hannah nicht kannte, auf einem Schemel zu seinen Füßen. April drehte sich um und hauchte etwas über Dr. Myers' Kopf hinweg. Hannah verstand es nicht, doch Aprils Gesichtsausdruck zeugte von boshafter Belustigung.

»... total umwerfend. Vielleicht auf einen Drink oder so?«, fragte der Ruderer und hielt inne, als wartete er auf eine Antwort. Hannah gab sich einen Ruck und wandte den Blick von Dr. Myers' Hand, die sich um Aprils Taille gelegt hatte, als müsste er sie auf der schmalen Armlehne des Sessels stützen.

»Es tut mir leid. Was hast du gesagt?«

»Dass du total umwerfend bist«, sagte der Junge. Er war vom Hemdkragen bis zum Pony tief errötet. »Ich würde dich gern auf einen Drink einladen. Vielleicht bei Vincent's? Ich bin Mitglied. Oder irgendwo anders. Such dir was aus.«

Hannah spürte, wie sie solidarisch errötete.

»Oh Gott ... das ist so nett von dir, aber ...«

Was sollte sie sagen? Dass sie einen Freund hatte? Das war gelogen, was zwei Minuten Recherche im JCR ergeben würden. Das war das Problem, wenn man im College wohnte – ihr war schnell klar geworden, wie klein Pelham war. Sie überlegte ernsthaft, ob sie Ja sagen sollte. Wollte sie wirklich drei Jahre lang jemandem nachtrauern, der sie nie eines zweiten

Blickes gewürdigt hatte und mit ihrer besten Freundin zusammen war?

Ausgehen, sich betrinken, mit jemand anderem schlafen und sich Will ein für alle Mal aus dem Kopf schlagen. Das hätte sie einer Freundin in dieser Lage geraten. Aber wer auch immer ihr helfen konnte, über Will hinwegzukommen, dieser Junge war es definitiv nicht.

»Es tut mir leid, es gibt da jemanden«, sagte sie schließlich und hoffte, dass er nicht weiter nachfragen würde. Der Junge wurde noch röter, sein Gesicht schimmerte granatapfelfarben über dem dunkelblauen Blazer.

»Oh. Ja. Klar. Natürlich. Überhaupt kein Problem. Ich meine, falls du deine Meinung änderst – Jonty Westwell.« Er streckte die Hand aus. »Ich wohne drüben in Cloisters.«

»Danke«, sagte Hannah. »Das ist eine wirklich nette Einladung.«

Sie stand auf und suchte nach einer Ausrede, um das Gespräch zu beenden.

»Ähm … ich glaube … ich gehe mal schnell auf die Toilette.«

»Ja, klar. Kein Problem. Hat mich gefreut, dich kennenzulernen.«

»Mich auch«, sagte Hannah, trank ihren Wein aus, stellte das Glas ab und verließ humpelnd die Wohnung. Im Flur blieb sie einen Moment lang stehen, atmete durch und unterdrückte ein Stöhnen, weil sie Jonty so wenig freundlich abgewiesen hatte.

»Sooooo …«, sagte eine Stimme hinter ihr. April schloss gerade Dr. Myers' Tür hinter sich. »Es gibt da jemanden, was? Wer ist der Glückliche?«

Hannah spürte, wie sie wieder rot wurde.

»Oh Gott, das habe ich nur gesagt, um ihn loszuwerden.«

»Du hättest Ja sagen sollen! Ich kenne Jonty. Er ist dumm

wie Schifferscheiße, aber ein ganz Netter, und außerdem gehört seinem Vater Westwell Pharmaceuticals.«

»So dumm kann er nicht sein«, erwiderte Hannah gereizt und streifte Aprils High Heels ab. Sie fühlte sich, als wäre sie auf einer imaginären Treppe eine Stufe hinabgestiegen und plötzlich fünfzehn Zentimeter kleiner als April. »Er hat es immerhin nach Oxford geschafft und studiert Englisch.«

»Ach«, sagte April liebevoll. »Du bist so naiv, Hannah. Erstens ist er in der Rudermannschaft. Zweitens, und das erwähnte ich bereits, gehört seinem Vater Westwell Pharmaceuticals.«

»Na und? Man muss trotzdem die Aufnahmeprüfung bestehen.«

April schnaubte abfällig.

»Ich hatte einen Ex in Carne, der ziemlich gut damit verdient hat, für andere den BMAT zu machen.«

»Der ist für Medizin«, erwiderte Hannah, wenn auch halbherzig.

»Na ja, was immer das Äquivalent für Englisch ist. Nur weil du das nicht machen würdest, heißt das nicht, dass alle anderen so edel sind wie du.«

»April, so was solltest du nicht sagen.«

»Warum nicht? Weil die Leute denken könnten, ich hätte mir das hier auch erkauft?«, meinte April lachend. »Und wennschon. Das denken sie sowieso. Da kann ich ihnen auch die Genugtuung geben, sich im Recht zu fühlen.«

»Aber das sind sie nicht!«, explodierte Hannah. »Ich weiß es genau. Warum redest du so? Ich habe deine Essays gelesen. Du brauchst nichts zu beweisen.«

»Eben.« April lachte plötzlich nicht mehr, sondern war todernst. »Ich brauche nichts zu beweisen. Also sollen sie reden, was sie wollen.«

Stille, dann sagte Hannah: »Ich gehe schlafen. Was ist mit dir?«

»Ich weiß nicht«, sagte April. Sie blickte aus dem Fenster über die glitzernden Dächer des Colleges zu den Flussauen jenseits der Isis, die im frostigen Mondlicht schwarz-weiß gestreift aussahen. »Horatio hat mich und ein paar Mädchen eingeladen, in der Stadt noch was zu trinken. Aber ich weiß nicht, ob ich Lust habe.«

»Horatio?« Hannah merkte, welche Missbilligung in dem einen Wort lag, konnte es aber nicht zurücknehmen.

»Er ist ja nicht *mein* Tutor«, knurrte April.

»Aber *ein* Tutor. Findest du das nicht etwas unpassend?«

»Wir sind nicht mehr in der Schule«, sagte April ungeduldig. Dann drehte sie sich um und öffnete Dr. Myers' Wohnungstür, worauf Zigarettenrauch und Gelächter herausdrangen. »Ich habe mich noch nicht entschieden. Warte nicht auf mich.«

»Ich –«, setzte Hannah an, doch die Tür schlug hinter April zu. »Werde ich nicht«, sagte sie in den leeren Flur, hob seufzend die High Heels auf und ging in ihre Wohnung.

DANACH

Als sie vom Restaurant nach Hause kommen, fällt Will ins Bett und schläft sofort tief und fest, aber Hannah liegt wach, obwohl sie im Taxi ziemlich müde war. Sie versucht es mit heißer Milch und weißem Rauschen, um Wills Schnarchen zu übertönen, aber nichts funktioniert. Ihre Gelenke tun weh. Ihre Brüste auch. Alles schmerzt, und sie kann keine bequeme Position im Bett finden.

Schließlich holt sie die Kopfhörer heraus und tut, was sie seit Monaten, ja seit Jahren nicht getan hat. Sie öffnet Instagram und ruft @THEAprilCC auf. Aprils Account.

April war der erste Mensch mit Instagram, den Hannah kannte, damals, als man bei Filtern noch an Kaffee dachte und viele Leute ein Handy ohne Kamera hatten. April hatte als eine der Ersten die App installiert, weil sie ahnte, dass es eine große Sache werden würde.

Jetzt scrollt Hannah durch die alten Selfies mit den sonnengetränkten Filtern und den Rahmen, die sie wie Polaroids aussehen lassen. Es gibt Fotos von April, die hingegossen in Stechkähnen lümmelt, aus Collegebars, einen Schnappschuss von einem Jungen im Smoking, der an der Krawatte durch St. Aldates geführt wird. Lauter betrunkene, lachende, unbefangene Erinnerungen ans Studentenleben vor zehn Jahren.

Sie kennt die Fotos gut und das nicht nur, weil die Presse sie für PR-Aufnahmen missbraucht hat. Sie waren alles, was von April und ihrem eigenen Leben in Pelham übrig war, und

Hannah hatte sie damals wie besessen angeschaut – jedes »Like« bemerkt, jeden Kommentar gelesen, weil alle von Aprils Einfluss auf die Welt zeugten und von der klaffenden Lücke, die sie hinterlassen hatte.

RIP April <3

OMG kann immer noch nicht glauben, dass du nicht mehr da bist. Luv u.

Wow sie war cool, was für eine Schande lol

Es war nicht gesund – das hatte sie damals schon gewusst. Letztlich war der Schmerz, den die Bilder erzeugten, größer als ihr Bedürfnis, sie anzusehen und sich zu beweisen, dass April echt gewesen war, aus Fleisch und Blut und genauso schön, lebhaft und glücklich wie in Hannahs Erinnerung. Als die Likes weniger wurden, hatte sie sich gezwungen, die Seite nicht mehr anzusehen.

Nun aber ist sie aufs Neue beeindruckt von Aprils strahlender, ungeschliffener Schönheit. Sie fällt nicht so sehr ins Auge, wenn sie perfekt gekleidet und geschminkt mit vorgeschobener Hüfte posiert, sondern vor allem auf den Schnappschüssen, auf denen sie ungeschminkt in der Morgensonne im Bett liegt und verschlafen in die Kamera lächelt. *Oh hallo,* hatte sie daruntergeschrieben und dann eine Reihe Hashtags: #nofilter, #nomakeupselfie, #sundaymorning, #godilookamess.

Du fehlst mir … tippt Hannah in die Kommentare, und einen Moment lang schwebt ihr Finger über »Senden«. Doch sie postet es nicht. Stattdessen löscht sie die drei Wörter, geht zurück zum Feed und scrollt durch die zehn Jahre alten Schnappschüsse.

Ein junger Will mit ausgeprägten Wangenknochen, der sie vom Ufer der Isis anlacht, lässt sie kurz innehalten. Sie ist überwältigt von der Verletzlichkeit, die sichtbar ist. Und da, weiter unten, ein Foto, bei dem ihr jedes Mal der Atem stockt – sie und April Seite an Seite mit einem Drink in der Hand.

April hat den Mund zu einem Selfie-Schmollmund verzogen, Hannah sieht überrascht aus. Sie lacht unsicher und schaut nicht in die Kamera, sondern zu ihrer Freundin. *Es ist ein Shirley Temple, Daddy, versprochen *Kuss-Emoji**, lautet die Bildunterschrift. Hannah spürt, wie sich etwas in ihr zusammenzieht, eine Mischung aus Schmerz und Wut und ... was auch immer. Einen Moment lang starrt sie auf das Bild – auf sie beide, herzzerreißend jung und schutzlos – und ist glücklich. Glücklich, wie sie es lange nicht gewesen ist.

Der Drang, die beiden Mädchen auf dem Foto zu warnen, schmerzt – so sehr, dass sie es plötzlich nicht mehr ertragen kann. Sie schaltet das Handy aus, starrt in die Dunkelheit und denkt an das, was hätte sein können.

Mag sein, dass es an den Fotos liegt, jedenfalls erwacht Hannah früh, in der Morgendämmerung, und hat von April geträumt. Es war nicht der übliche Albtraum – Nevilles Schatten, der aus der Dunkelheit auftaucht; Aprils Leiche, im goldenen Schein der Zimmerbeleuchtung, die Wangen noch gerötet.

Diesmal war sie durch eine der schmalen mittelalterlichen Gassen gegangen, die sich hoch zum Lawnmarket nahe Edinburgh Castle winden. Sie war langsam gelaufen, die Hand auf dem Babybauch. Und als sie um eine Ecke bog, hatte sie es gesehen – ein Aufblitzen von Gold, ein Schimmern von Seide. Und hatte irgendwie gewusst, dass es April war.

Hannah war, so schnell sie konnte, durch die Gasse geeilt, die Stufen hinauf, konnte Aprils Schritte vor sich hören und ihre huschende Gestalt erkennen, die sich im Laternenschein an den Gassenmauern abzeichnete, aber es gelang ihr nicht, sie einzuholen.

Oben, wo einen die Treppe unvermittelt ins geschäftige Treiben des Lawnmarket mit den Touristen, Dudelsackspielern und Souvenirständen spuckt, war sie stehen geblieben, hatte Luft geholt und sich nach April umgeschaut.

Und dann hatte Hannah sie gesehen, Aprils spöttischen Gesichtsausdruck, bevor sie in der Menschenmenge verschwunden war. Und das Seltsamste war, dass es nicht die April gewesen war, die Hannah kannte, nicht die April von den Instagram-Fotos, mit taufrischer Haut und einer Spur von Babyspeck ums Kinn. Es war April, wie sie jetzt aussehen würde – eine Frau von beinahe dreißig Jahren, mit scharfgeschnittenen Gesichtszügen, hinter denen die Weichheit der Jugend nur noch zu erahnen war.

Im Traum war Hannah auf sie zugeeilt – hatte sich durch die Menge gedrängt, um einen letzten Blick zu erhaschen …

Und war aufgewacht.

Jetzt liegt sie da, schnappt nach Luft und versucht, sich in der Gegenwart zu verankern. Graues Licht dringt durch den Spalt in den Vorhängen, neben sich hört sie Will sanft und langsam atmen. Ihre Blase protestiert. Sie muss zurzeit ständig aufs Klo, kann sich aber noch nicht dazu durchringen, aufzustehen. Sie braucht einen Moment, um sich zu orientieren, sich daran zu erinnern, was real ist und was nicht.

Sie hat lange nicht von April geträumt. Und es ist noch länger her, dass sie in größeren Menschenmengen regelmäßig nach April Ausschau gehalten hat. Jedes Mal, wenn sich ein ganz bestimmtes Lachen über den Lärm erhob, wenn sie einen blonden Haarschopf entdeckte, blieb ihr Herz beinahe stehen. In den letzten Jahren sind diese Wahrnehmungen immer seltener geworden – jedenfalls bis heute Nacht.

Es ist, als hätte die Nachricht von John Nevilles Tod den Schlamm der Erinnerungen aufgewühlt und Bilder der Vergangenheit aufsteigen lassen – nicht die von Aprils Instagram-Account, sondern andere, intimere, *realere*. Während sie so daliegt und auf die feinen Risse in der Decke starrt, tauchen die

Gesichter der anderen vor ihr auf – nicht wie sie heute sind, sondern wie sie damals waren. Hugh, der an einem nebligen Morgen nur mit Brille bekleidet über den New Quad rennt, während Amseln ihn empört umflattern. Emily, die sich in der Bodleian über ihre Bücher beugt, eine kleine Stirnfalte zwischen den dicken schwarzen Brauen. Und Ryan, der in voller Abendgarderobe von der Pelham-Brücke in den Cherwell springt. Ryan, der nach einem Sieg von Sheffield Wednesday mit nacktem Oberkörper die Broad Street entlangstürmt, das Fußballtrikot wie eine Fahne über dem Kopf schwenkend. Ryan im »Eagle and Child«, der ein Pint Bitter nach dem anderen in sich hineinschüttet und über den Fluch des Kapitalismus doziert, dann aufsteht und ruft: »Erhebt euch, arbeitende Genossen, und bemächtigt euch der Produktionsmittel!«, über die Theke springt und direkt aus dem Zapfhahn trinkt, bevor die erstaunte Bardame etwas dagegen tun kann.

Dafür haben sie ihn rausgeschmissen.

»Nächstes Mal kriegst du lebenslanges Hausverbot, verdammter Dauerstudent!«, hatte der Wirt gebrüllt, als er Ryan auf die Straße schleuderte, während die anderen kichernd hinter ihm herstürzten. »Von wegen arbeitende Genossen, du fauler Sack!«

Sie fragt sich, wie es ihm geht, und schämt sich mehr denn je, dass sie ihn nach dem College aus ihrem Leben gestrichen hat.

Neben ihr regt sich Will. Sie sieht zu ihm hinüber und spürt ihre Liebe so kraftvoll in ihrem Inneren, dass es fast wehtut. Sie hat ihn immer am meisten geliebt, wenn er sich unbeobachtet fühlt. Wenn er wach ist, wirkt er selbstbeherrscht, geschliffen, immer noch der perfekt erzogene Privatschüler, der ihr am ersten Abend im Speisesaal von Pelham einen Platz angeboten hat – und bisweilen kommt es ihr vor, als hätte sie ihn auch nie besser kennengelernt.

Doch im Schlaf oder in ungeschützten Augenblicken ist er Will. *Ihr* Will. Den sie kennt und ganz und gar liebt.

Er scheint zu träumen, Emotionen zucken über sein Gesicht, seine Augen bewegen sich unruhig hinter den geschlossenen Lidern. Wie so oft fragt sie sich, was er denkt. Wird sie jemals lernen, ihn zu lesen, die wahre Tiefe der Gefühle zu erkennen, die er hinter seiner milden, amüsierten Art verbirgt? Aber vielleicht liebt sie ihn gerade deshalb so sehr – wegen seiner Unerreichbarkeit, wegen der selten aufblitzenden Verletzlichkeit, die allein ihr vorbehalten ist.

Nur einmal hat sie ihn weinen sehen – nach Aprils Tod, als sie sich in den Armen hielten und um das weinten, was sie verloren, aber auch um das, was sie ineinander gefunden hatten.

DAVOR

Als Hannah nach den Weihnachtsferien nach Oxford zurückkehrte, war ihr, als käme sie nach Hause.

»Warum heißt es Hilary-Trimester?«, fragte ihre Mutter im Auto auf dem Weg zum Bahnhof, und Hannah antwortete gedankenlos: »Weil mittendrin das Fest des heiligen Hilary von Poitiers ist.« Sie hätte fast über sich selbst gelacht, über das, was aus ihr geworden war. Wieso wusste sie so etwas nach nur einem Trimester? Egal. Sie wusste es, so wie sie wusste, wie man an einen blauen Blazer kam und was man bei den Collections trug.

Collections. Schon bei dem Wort wurde ihr flau. Vier kleine Silben, kein Grund, nervös zu sein, aber genau das war sie.

»Das sind keine Vorprüfungen«, hatte sie ihrer irritierten Mutter erklärt. »Die kommen am Ende des ersten Jahres. Die Collections gibt es am Anfang jeden Trimesters und behandeln den Stoff, den man zuvor gelernt hat.«

»Es sind also nur Tests? Sie haben keine Bedeutung?«

Ihre Mutter hatte recht – aber auch wieder nicht. Die Collections zählten nicht für den Abschluss, soweit Hannah es verstand – und doch waren alle völlig aus dem Häuschen, sogar die Leute aus dem zweiten Jahr, die diese Tortur schon mehrmals durchgemacht hatten.

Worin besteht der Sinn eines achtwöchigen Trimesters, hatte Will ihr am zweiten Weihnachtsfeiertag geschrieben, *wenn sie uns den Rest der Arbeit in den Ferien machen las-*

sen? Ist das nur, damit die Tutoren Zeit haben, ihre Bücher zu schreiben? Ich fasse es nicht. Alle meine Kumpels besaufen sich, und ich hocke hier und lerne.

Hannah musste zugeben, da war etwas dran.

Aber es waren nicht nur die Collections, die das flaue Gefühl verursachten. Als sie die Nachricht von Will bekommen hatte, war sie vor Freude hin und weg gewesen, dann folgte ein ebenso heftiges schlechtes Gewissen. Es war lächerlich, so idiotisch zu grinsen, nur weil sein Name auf ihrem Handy erschien. Er war Aprils Freund. Völlig tabu. Nur war es leider so, dass ihr Kopf das wusste, ihr Herz es aber allzu gern vergaß.

Vor den Ferien hatte sie gehofft, dass ihre Schwärmerei für Will nachlassen würde und sechs Wochen Trennung ausreichend wären, um sein schiefes Grinsen zu vergessen, die langen, schlanken Hände und wie er ihr Herz zum Leuchten brachte, wenn er sie durch den überfüllten JCR anlächelte. Aber diese eine Nachricht hatte ihr gezeigt, dass das nicht stimmte. Sie mochte ihn noch immer. Und zwar sehr. Was sie offiziell zur schlechtesten besten Freundin der Welt machte.

Statt Will zu antworten, hatte sie April eine Nachricht geschickt, um ihr schlechtes Gewissen zu beruhigen.

Wie geht es dir? Frohe Weihnachten! Ich hoffe, du hattest einen wunderbaren Tag.

danke, hatte April geantwortet. *war total schrecklich, hab aber eine tote bag von balenciaga bekommen also auch was gutes*

Pause.

wie war deins?

Ganz okay, hatte Hannah zurückgeschrieben, *allerdings keine Balenciaga-Tasche, also war nicht alles gut.*

ha ha!, hatte April geschrieben und einen lachenden Frosch angehängt.

Als der Zug in den Bahnhof von Oxford einfuhr, verspürte Hannah kein Heimweh, ganz im Gegenteil. Es war wie eine Heimkehr. Der Gedanke an Pelham, April und ihr kleines Zimmer hoch oben unter dem Dach weckte ein Glücksgefühl in ihr, das selbst die Collections nicht trüben konnten.

Sie war gerade ausgestiegen, als sie Ryan vor sich auf dem Bahnsteig entdeckte. Sie stürzte los, drängte sich rücksichtslos durch die Menge, um ihn einzuholen. Es war nicht einfach – sie trug einen Rucksack und zog einen Koffer, erwischte ihn aber an der Fahrkartenkontrolle, wo er in seinem Portemonnaie kramte.

»Ryan! Wie waren die Ferien?«

»Aber hallo, Hannah Jones!«, sagte Ryan mit breitem Grinsen und umarmte sie. »Wie geht's dir, Liebes?«

»Mir geht's gut. Und dir?«

»Ziemlich gut. Ich hatte schöne Ferien, bin aber froh, wieder hier zu sein.«

»Ich wette, du hast Emily vermisst.«

»Zumindest den Sex«, sagte Ryan mit einem provokanten Grinsen. Hannah verdrehte die Augen.

»Wenn du wirklich das sexistische Schwein wärst, als das du dich ausgibst, würde Emily dich nicht mit der Kneifzange anfassen.«

»Sie ist wie alle klugen Frauen«, sagte Ryan und zerrte seine Tasche durch das Drehkreuz. »Sie wünscht sich insgeheim einen Höhlenmenschen, der sie über die Schulter wirft.«

Hannah schüttelte den Kopf und hütete sich, darauf einzugehen.

Sie teilten sich ein Taxi nach Pelham. Während es sich langsam durch die überfüllten Straßen quälte, tauschten sie Klatsch und Tratsch aus.

»Verdammte Collections«, stöhnte Ryan, als sie sich erkundigte, ob er gelernt habe. »Ja, habe ich. Ich würde gern Nein sagen, aber nicht alle haben einen reichen Vater, der einen Bibliotheksflügel stiftet, wenn wir es versauen.«

»Das ist alles nur gespielt«, sagte Hannah und war stellvertretend für April etwas sauer. »Das weißt du doch, oder? Diese ganze Partygirl-alles-egal-Masche. Sie arbeitet ziemlich hart und ist verdammt clever.«

»Aber es ist nicht nur sie, oder? Die sind doch alle so. Diese Privatschultypen, die den Schock ihres Lebens bekommen, wenn sie merken, dass nicht *alle* Klassenbeste sein können. Ich meine, nimm mich und Will, wir sind Kumpel, klar. Aber am Ende steht nur einer von uns oben auf der Liste. Und wir wollen es beide. Wie jeder in Pelham. Und einige werden zum ersten Mal in ihrem Leben nicht vornedran sein.«

Hannah nickte. Pelham war nicht das allerakademischste College in Oxford, ging aber in diese Richtung und war weit entfernt von den sportlich orientierten, trinkfreudigen Colleges. Auf einer Skala von »viel arbeiten« bis »viel feiern« tendierte Pelham eindeutig zu Ersterem. Aber Ryan hatte recht, der Anteil der Privatschüler bei ihnen lag über dem ohnehin hohen Durchschnitt. Das sorgte für eine seltsam fiebrige Atmosphäre, in der sich das Bewusstsein, akademisch privilegiert zu sein, mit der panischen Erkenntnis verband, dass am Ende jeder auf sich allein gestellt war. Es gab keine freundlichen Lehrer, die beim Pauken halfen oder Tipps gaben, welche Texte man noch mal lesen sollte. Es gab keine Förderstunden, keine Eltern, die Nachhilfe und Sommerkurse für den Notfall organisierten. Schwimmen oder untergehen, so lautete die Devise. Und Hannah hatte keine Ahnung, wie es bei ihr ausgehen würde.

»HANNAAAAAH!!«

Der Ausruf schrillte in ihren Ohren, als sie die Wohnungstür öffnete und jemand auf sie zustürmte, sie in die Arme schloss und fast aus dem Gleichgewicht brachte.

»April!« Hannah stellte lachend ihr Gepäck ab und erwiderte die Umarmung. »Wie geht's dir? Tut mir leid, dass dein Weihnachten ein bisschen in die Hose gegangen ist.«

»In die Hose gegangen ist untertrieben. Es war ein großer, dampfender Kackhaufen«, sagte April und ließ sich aufs Sofa fallen. »Wenn meine Schwester nicht wäre, würde ich in den nächsten Ferien wohl gar nicht mehr hinfahren.«

»Du hast eine Schwester?« Hannah war überrascht. Sie hatte angenommen, ihre Freundin sei Einzelkind, obwohl April das nie ausdrücklich gesagt hatte.

»Ja, sie ist elf und eine verzogene Göre, aber ich würde an Weihnachten nicht mal einen Hund mit meinen Eltern allein lassen. Ach, übrigens« – sie deutete lässig auf eine kleine Geschenktüte, die auf dem Couchtisch stand –, »ich hab was für dich.«

»Für mich? April, das wäre nicht nötig gewesen.«

»Doch, also nimm's.«

Überrascht setzte Hannah sich in den Sessel am Kamin. Die Tüte war aus steifem weißem Karton mit Henkeln aus dickem schwarzem Ripsband und enthielt ein in stechpalmengrünes Papier gewickeltes Päckchen. Sie nahm es vorsichtig heraus, löste das Klebeband und zog das kleine, leuchtende Kästchen heraus.

»Chantecaille«, las Hannah vor. Sie kannte die Marke nicht, doch die Verpackung und das Gewicht in ihrer Hand verrieten ihr, dass es nicht aus der Make-up-Abteilung von Superdrug stammte. »Ist das Nagellack?«

»Lippenstift«, sagte April. »Ich habe es satt, dich mit dieser schrecklichen Wagenschmiere zu sehen, die du Make-up nennst.« Sie nahm Hannah die Schachtel weg, öffnete den Deckel und sagte: »Mund auf, bitte.«

Hannah öffnete die Lippen zu dem seltsamen, eingefrorenen Lächeln, das kleine Mädchen lernen, wenn sie ihre Mütter vor dem Spiegel beobachten, und schloss die Augen, während April mit einer so intimen Geste über ihren Mund strich, dass sie ein Schauer überlief. Als sie die Augen öffnete, betrachtete April sie selbstzufrieden.

»Wusste ich's doch. Sieh mal in den Spiegel.«

Hannah gehorchte.

Das Mädchen, das ihr entgegenstarrte, war sie selbst und auch wieder nicht. Es war Hannah, aber ihre Lippen waren weich, voll und von einem tiefen Rosarot, das geradezu darum bettelte, geküsst zu werden. Die Farbe war dramatisch, ohne clownhaft wie ihr dunkelroter Lippenstift zu wirken. Sie war irgendwie perfekt.

»Danke«, sagte sie zu April und umarmte spontan ihre Freundin, spürte ihre feinen, vogeldünnen Knochen, vergrub ihr Gesicht in Aprils platinblondem Haar und roch das seltsam schwere Parfum, das sie immer trug. »Ich hab dich lieb, April. Du hast mir über Weihnachten wirklich gefehlt.«

Hannah spürte, wie April an ihrer Schulter schluckte. Wie sich Aprils Finger in ihre Wirbelsäule krallten, als wollte sie nicht mehr loslassen.

Dann wurde sie weggestoßen, und es war dieselbe unbekümmerte April, die die Augen verdrehte und sie auslachte.

»Schon klar, du sentimentale Kuh. Und jetzt los. Lass uns in die Bar gehen. Ich brauche was zu trinken.«

DANACH

Regentage im Laden mochte Hannah schon immer am liebsten. Sie sind schlecht fürs Geschäft – die Stammkunden bleiben zu Hause, und die Touristen fahren mit dem Taxi zu den Museen, statt durch die Victoria Street und die Gassen rund ums Castle zu schlendern. Natürlich mag Hannah die Kunden, aber sie arbeitet nicht ihretwegen bei Tall Tales.

Inmitten von Büchern hat sie sich immer am sichersten gefühlt. In der Bibliothek von Dodsworth, wo sie als Kind vergnügt in den Erstlesebüchern stöberte, während ihre Mutter bei den Nachschlagewerken saß und Klassenarbeiten benotete. Bei Blackwell's in Oxford, einer wahren Fundgrube, die von Aischylos bis ›X-Men‹-Comics alles zu bieten hatte. In der Bodleian, diesem Tempel der Literatur und des Lernens. In der stillen Bibliothek von Pelham, mit den dunklen Holztischen, auf denen das gedämpfte Licht der Leselampen schimmerte. Hannah hat nie verstanden, warum manche Menschen in der Kapelle ihres Colleges heiraten – sie selbst ist nicht religiös, fühlt sich einem solch kargen, strengen Ort nicht verbunden. Will und sie haben im Rathaus von Edinburgh standesamtlich geheiratet, es dauerte nur ein paar Minuten. Aber die Bibliothek … ja, sie hätte sich vorstellen können, Will in der Pelham-Bibliothek zu heiraten – in der tiefen, ehrfürchtigen Stille, umgeben von allem, was die Menschheit je über Liebe gewusst hat, jedem Roman, jedem Gedicht, jedem Wort.

Als sie vor Jahren nach Edinburgh gekommen war, auf der

Flucht vor den unbeantworteten Briefen aus Pelham mit all den Fragen über ihre Zukunft, die sie nicht beantworten konnte, war es naheliegend gewesen, sich nach einer Stelle in einer Buchhandlung umzusehen. Eine Arbeit als Bibliothekarin oder in einem Verlag kam ohne Abschluss nicht in Frage. Hannah hatte einmal davon geträumt, Lektorin zu werden, mit Manuskriptstapeln auf dem Schreibtisch und einer Wand voller Bücher, die sie lektoriert hatte. Aber dafür war mindestens ein Bachelor-Abschluss erforderlich, häufig sogar ein Master-Abschluss oder Zusatzqualifikationen. Buchhandlungen waren da nicht so anspruchsvoll. Cathy störte es nicht einmal, dass Hannah keine Erfahrung im Einzelhandel hatte. »Solange du Bücher liebst«, hatte sie gesagt, »wird es schon klappen.«

Und so war es auch. Anfangs hatten sie und Cathy zusammengearbeitet, damit sie lernte, wie die Kasse funktionierte, wie man einen Überblick über den Bestand behielt, wem man helfen und wen man in Ruhe lassen musste.

Jetzt, neun Jahre später, ist Cathy in Altersteilzeit, und Hannah führt den Laden zusammen mit Robyn. Hannah spricht mit den Vertretern, prüft den Bestand, entscheidet, wie viele Exemplare der neuen Paula Hawkins bestellt werden, ob Haruki Murakami ins Schaufenster soll und wann Ian Rankin für eine Veranstaltung angefragt wird. Robyn ist Spezialistin für Kinderbücher und kümmert sich um die Facebook-Seite und den Twitter-Feed des Ladens.

Heute regnet es seit zwölf Uhr in Strömen, und sie hatten seitdem nur einen einzigen Kunden – einen jungen Mann, der schon eine ganze Weile im Hinterzimmer stöbert. Cathy möchte, dass sie die Kunden nur dann ansprechen, wenn sie wirklich verloren aussehen; *es gibt nichts Schlimmeres, als sich bedrängt zu fühlen*, sagt sie immer. Aber Kunden, die im Hinterzimmer abtauchen, können auch Ladendiebe sein, vor allem, wenn es sich um Studenten mit Rucksack handelt. Und in der Sachbuchabteilung stehen einige der wertvollsten Bücher des Ladens – akademische Nachschlagewerke und die fünfzig Pfund teuren Kunstbücher von Taschen. Wer etwas klauen will, fängt hier an.

»Er muss jetzt Nägel mit Köpfen machen, sonst fliegt er raus«, flüstert Robyn, als sie aus dem Personalraum kommt, und Hannah lacht.

»Ich sehe mal nach, was er will.«

Sie hustet, als sie die Sachbuchabteilung betritt, damit es nicht aussieht, als würde sie sich anschleichen. Als der Mann sich umdreht, bemerkt Hannah, dass er älter ist als vermutet. Mit den rötlich blonden Haaren und den geröteten Wangen hatte er auf den ersten Blick wie ein Teenager mit Schultasche ausgesehen. Sie schätzt ihn auf Mitte zwanzig, etwas jünger als sie selbst. Wohl kein Student. Und vermutlich auch kein Ladendieb.

»Kann ich Ihnen helfen?«

»Oh, h-hi«, sagt er. »Ja, ich denke schon.« Seine Stimme klingt zaghaft, und er hat einen leichten Akzent. Nicht schottisch. Vielleicht walisisch? »Ich suche nach einer Biografie über Ted Bundy.«

Ted Bundy.

Hannah presst die Lippen aufeinander, bemüht sich, seinen Lesegeschmack nicht zu verurteilen. *Lesen kann kein Laster sein* ist Cathys Motto, und Hannah hält sich weitgehend daran. Von Jeffrey Archer bis Geoffrey Chaucer, von ›Outlander‹ bis ›Der Outsider‹ – sie alle sorgen dafür, dass sich die Räder des Verlagswesens drehen und Geld in die Kassen fließt, und wenn sie jemandem ein paar glückliche Stunden bereiten, kann sie gut damit leben. Aber sie versteht nicht, warum jemand True Crime kaufen sollte. Warum freiwillig im Elend von Menschen wie ihr schwelgen?

Sie versucht, nicht angespannt zu klingen. »Sie sind hier richtig – falls wir eine haben, steht sie hier. Falls nicht, kann ich Ihnen eine bestellen.«

Sie stehen mit geneigten Köpfen nebeneinander und betrachten die Biografien über wahre Verbrechen, und schließlich schüttelt Hannah den Kopf. »Nein, wir haben wohl keine, tut mir leid. Geht es speziell um Bundy, oder kann ich Ihnen etwas anderes empfehlen? ›Ich ging in die Dunkelheit‹ soll sehr gut sein.« Sie tippt auf den Buchrücken. »Ich habe es noch nicht gelesen, aber meiner Kollegin Robyn hat es sehr gut gefallen, und es bekam tolle Kritiken. Es geht um die Jagd nach dem Golden State Killer. Es ist keine richtige Biografie – es geht wohl mehr um die investigative Seite.«

»Okay«, sagt er zu ihrer Überraschung und nimmt das Buch aus dem Regal – ein dickes Hardcover, das über zwanzig Pfund kostet. »Danke, das nehme ich.«

»Toll. Kann ich sonst noch etwas für Sie tun?«, fragt Hannah.

Sie rechnet damit, dass er Nein sagt, will schon zur Kasse gehen, aber etwas in seinem Gesicht hält sie zurück. Er wirkt seltsam … nervös. Erwartungsvoll.

»Ja, eigentlich schon«, sagt er. Seine Stimme klingt eine halbe Oktave höher, wie bei einem Teenager. »Sind Sie Hannah J-jones?«

Sie bleibt abrupt stehen.

Ihr Körper versteift sich, dann werden ihre Wangen heiß. Sie starrt ihn an und überlegt, was sie tun soll. Lügen? Weggehen? Sich weigern zu antworten?

Sie braucht nichts zu sagen. Ihr betretenes Schweigen und die Körperhaltung sind Antwort genug. Das Gesicht des Mannes verrät ihr, dass er sie erkennt. Er versucht, nicht selbstzufrieden zu wirken, ist es aber. Er hat einen Volltreffer gelandet.

»Wer sind Sie?«, bringt sie schließlich heraus und ist überrascht von ihrer eigenen Stimme, die wütend zischt. »Wer sind Sie?«

Das rosige Gesicht des jungen Mannes fällt in sich zusammen, er sieht gekränkt aus.

»Ich bin Schriftsteller. Ich heiße Geraint.«

Natürlich.

»Es tut mir leid«, sagt er. »Ich hatte Ihnen eine Mail geschickt und gefragt, ob es okay wäre, wenn ich vorbeikomme und mich vorstelle, habe aber keine Antwort bekommen. Daher dachte ich –«

Fuck.

Fuck.

Der Mann redet über einen Artikel, einen Podcast, ein Interview, aber die Worte ergeben keinen Sinn, weil das Klingeln in ihrem Kopf zu laut ist.

»Ich kann das nicht«, unterbricht sie ihn. Ihre Stimme klingt immer noch rau und fremd. »Nicht hier. Sie dürfen nicht mehr herkommen, verstehen Sie?«

»Es tut mir wirklich leid«, sagt er zerknirscht. »Es ist mir nie in den Sinn gekommen –«

»Gehen Sie einfach«, unterbricht sie ihn verzweifelt, und er nickt und stellt das Buch behutsam ins Regal zurück.

»Es tut mir *wirklich* leid«, wiederholt er mit Nachdruck, aber sie weicht zurück, kann ihm nicht ins Gesicht sehen, kann an nichts anderes denken, als von ihm wegzukommen. »Ryan hat gesagt –«

Das eine Wort bricht den Bann.

Ryan.

Sie bleibt stehen, dreht sich um.

»Sie haben mit Ryan gesprochen?«

»Ja, er ist ein guter Freund von mir. Er hat mir vorgeschlagen, Sie aufzusuchen.«

»Wie – wie geht es ihm?«

»Er ist … ich meine, es geht ihm gut. Jedenfalls besser.«

Sie schluckt, kann nicht zugeben, dass sie es nicht weiß, weil sie Ryan seit über fünf Jahren nicht gesehen hat. Was für eine Freundin ist sie eigentlich?

»Es tut mir wirklich leid«, sagt der Mann – Geraint – noch einmal und klingt jetzt niedergeschlagen. »Ich entschuldige mich aufrichtig, dass ich Sie so überrumpelt habe. Ich hätte wissen müssen, dass dies nicht die Zeit und der Ort dafür ist.«

»Ist schon gut«, sagt Hannah, obwohl es nicht stimmt und nie gestimmt hat und sie sich am liebsten in den Hintern treten würde, weil sie es gesagt hat. »Schicken Sie mir eine Mail, okay? Ich werde antworten, versprochen. Aber Sie können nicht herkommen. Das ist meine Arbeit – hier weiß niemand von – dieser Zeit.«

»Verstehe«, sagt er und senkt die Stimme zu einem verschwörerischen Flüstern. »Ich schreibe Ihnen eine Mail. Danke, Hannah.«

Und dann ist er weg.

Nachdem die Ladentür hinter ihm zugefallen ist, merkt Hannah, dass ihre Beine zittern, und sie tastet sich zu dem Sitzsack in der Ecke des Ladens, vergräbt das Gesicht in den Händen und versucht, das Zittern zu beherrschen.

Warum, *warum* hat sie das mit der Mail gesagt? Jetzt wird sie sie lesen müssen – und antworten. *Warum?*

Weil es der einzige Weg war, um ihn loszuwerden, das wird ihr jetzt klar. Oder weil es ihr wie der einzige Weg erschien. Und weil sie im Grunde ihres Herzens noch immer das nette, höfliche Mädchen aus Dodsworth ist, das gemocht werden und niemanden enttäuschen oder verärgern oder im Stich lassen möchte.

Sie überlegt, wie April wohl mit dem jungen Mann umgegangen wäre.

Fick dich, hätte sie in ihrem gelangweiltesten, gedehntesten Ton gesagt. Und gelacht, nachdem er weg war, und sich über sein vorzeitig schütteres Haar lustig gemacht.

Sie verdrängt den Gedanken. Sie kann nicht an April denken. Nicht jetzt. Vor allem nicht jetzt.

Hannah rappelt sich mühsam auf, als ihr Handy zu vibrieren beginnt. Ihr erster Gedanke ist: *Was denn jetzt?* Dann der Instinkt, nicht zu reagieren, die Mailbox anspringen zu lassen. Sie kann jetzt nicht mit ihrer Mutter sprechen. Sie schaut aufs Display, es ist nicht Jill. Und auch nicht Will.

Es ist die Hebammenpraxis.

Sie nimmt den Anruf an.

»Hallo?«

»Oh, ja, hallo.« Die Frau am anderen Ende klingt energisch und ein bisschen genervt. »Ist das Hannah de Chast-« Sie stolpert über den Nachnamen, so wie die meisten Leute. »De Chasti-gan?«

»Ja.« Hannah macht sich nicht die Mühe, die Aussprache zu korrigieren. »Worum geht es denn?«

»Hier ist Ellie vom Hebammenteam. Sie hatten einen Termin um zwei. Haben Sie das vergessen?«

Zum zweiten Mal an diesem Tag weicht das Blut aus Hannahs Gesicht.

»Es tut mir so leid.« Sie stolpert über die Worte, als sie zwischen wackligen Displays in Richtung Personalraum eilt. »Das habe ich total vergessen – es ist etwas passiert – Familienangelegenheit –« Oh nein, schon wieder dieses Wort, aber sie kann es nicht zurücknehmen. »Es tut mir so leid, ist es jetzt zu spät?«

»Sie haben Glück, die nächsten beiden Damen sind früher da, sodass ich Sie auf zwanzig nach schieben kann. Schaffen Sie das? Wo sind Sie gerade?«

»Gleich um die Ecke. Es tut mir so leid.« Hannah ist im Personalraum, nimmt ihren Mantel von der Rückseite der Tür und schiebt die Arme hinein. »Ich bin in fünf Minuten da, versprochen.«

Als sie auflegt, sieht sie Robyn, die sie über den Wasserkocher hinweg anstarrt. »Ist alles in Ordnung?«

»Ja. Nein. Ich meine, ich habe meinen Termin bei der Hebamme vergessen. Es tut mir *so* leid, kannst du die Stellung halten?«

»Klar!«, sagt Robyn fröhlich. »Aber immer mit der Ruhe, sonst passiert noch ein Unglück!«

»Du bist ein Schatz«, sagt Hannah atemlos, schnappt sich die Tasche und rennt aus dem Laden.

DAVOR

»Also einen Drink?«, sagte Hannah und trat ins Wohnzimmer, wo April gerade durchs Handy scrollte. Sie hatte ihre letzten Habseligkeiten weggeräumt, und die Wohnung sah endlich wieder wie ein Zuhause aus.

»Klar«, sagte April, reckte sich wie eine Katze und streckte alle Zehen und Finger aus. »Pelham-Bar? Ich glaube, ich habe keine Lust, in die Stadt zu gehen.«

»Natürlich. Können wir vorher in Cloade's vorbeigehen? Ich habe Ryan unterwegs getroffen, und er meinte, ich soll Bescheid sagen, wenn wir was trinken gehen.« Bei den letzten Worten errötete sie, weil das ein Vorwand war, um Will zu sehen. April würde die Gelegenheit mit Sicherheit nutzen und ihn mit ins Boot holen.

»Kein Problem«, sagte April, schnappte sich Handy, Schlüssel und Handtasche, warf einen Blick in den Spiegel und folgte Hannah die Treppe hinunter und über den Hof.

Als sie auf das klobige, moderne Gebäude zugingen, ertappte sich Hannah dabei, dass sie wie automatisch zu Wills Fenster hinaufsah – das zweite von rechts, zwischen Hughs und Ryans. Es war dunkel, aber nebenan bei Ryan war es hell, und das Fenster stand trotz der Kälte offen.

»Ich wette, die rauchen«, sagte April, und ihr Blick bekam etwas Verwegenes. Hannah wurde mulmig zumute. Sie kannte diesen Ausdruck zu gut, gewöhnlich kündigte er irgendeinen Unfug an. Die Frage war nur, wie weit sie diesmal gehen würde.

Als sie Ryans Zimmer erreichten, hob Hannah die Hand und wollte klopfen, doch April legte den Finger an die Lippen. Ihre Augen blitzten belustigt.

»Riechst du es?«, flüsterte sie. Hannah nickte. Der Geruch von Gras drang unter der Tür hindurch, begleitet von Bellowheads »New York Girls«.

»Sag nichts«, flüsterte April, hob die Hand und klopfte dreimal auffordernd an die Tür.

»Äh, wer ist da?«, fragte Ryan von drinnen. April zwinkerte Hannah zu und sagte zu Hannahs Überraschung mit einer sonoren, strengen Stimme:

»Mr. Coates, hier ist Professor Armitage. Wir haben eine Beschwerde erhalten, dass aus Ihrem Zimmer der Geruch von Marihuana, auch bekannt als Skunk, ausgeht. Würden Sie bitte die Tür öffnen?«

»Scheiße«, hörte Hannah gedämpft von drinnen, dann rumorte es. Die Musik verstummte abrupt. Dann wieder Ryan, jetzt aber lauter: »Ähm, nur eine Minute, Herr Professor – ich – ich bin gerade auf dem Klo. Augenblick.«

Weitere hektische Geräusche – die sich öffnende Badezimmertür, gefolgt von der Toilettenspülung.

»Mach das Fenster auf«, flüsterte jemand eindringlich, und dann, als Antwort auf eine Bemerkung, die Hannah nicht verstand: »Dann mach es weiter auf, du Schwachkopf.«

April bog sich vor Lachen, riss sich aber so weit zusammen, dass sie sprechen konnte: »Mr. Coates, ich muss Sie bitten, sofort die Tür zu öffnen!« Beim letzten Wort bebte ihre Stimme verdächtig, denn die Toilettenspülung ging erneut.

»Eine Sekunde!« Ryans Stimme klang jetzt verzweifelt. Dann ging die Tür auf, und Ryan, dessen Kleidung stark nach Gras roch, stand mit rotem Gesicht und zerzaustem Haar vor ihnen. Er sah sie verwirrt an. Als April in unbändiges Gelächter ausbrach, dämmerte es ihm, und er wurde rot vor Wut.

»Du verdammte Bitch«, sagte er und zerrte April am Arm ins Zimmer. Sie johlte immer noch vor Lachen, versuchte aber, sich aus Ryans Griff zu befreien.

»Lass mich los, du Arsch! Das tut weh!«

»Soll es auch.« Er schubste sie, und sie fiel rückwärts in einen Sessel, schaute mit einer Mischung aus Verärgerung und Trotz zu ihm auf und rieb sich den Arm. »Wegen dir habe ich gerade ein gutes Achtel im Klo runtergespült, du blöde Kuh!«

»Hey, hey, Ryan, beruhige dich«, sagte Will und trat zwischen Ryan und April. Er schien hin- und hergerissen zwischen Erleichterung und Ärger. »Komm schon, es war doch nur ein Scherz. April konnte nicht ahnen, dass wir es vernichten.«

»Ja, woher sollte ich wissen, dass ihr so dämlich seid«, erwiderte April. »Warum hast du es nicht aus dem Fenster geschmissen wie jeder normale Mensch?«

»Weil ich dachte, sie werfen mich raus, darum«, sagte Ryan zähneknirschend. Er hatte sich vor April aufgebaut, als wollte er sie schlagen. Wäre Will nicht gewesen, hätte er es womöglich getan, war Hannahs Eindruck. »Ich nehme an, für vornehme Leute wie euch ist das verdammt witzig, was? Aber wer keinen reichen Daddy hat, der Leute schmiert, muss mit den Folgen seines Handelns leben. Wenn ich rausfliege, war's das. Vorbei. Am Arsch. Ich verstehe sehr wohl, warum du das nicht kapierst – aber du.« Er ging auf Hannah los. »Ich hätte nicht gedacht, dass du so ein dummes kleines Miststück bist. Offenbar färbt das Zusammenleben mit ihr auf dich ab.«

»Hey, lass Hannah da raus«, sagte April, stand auf und sah Ryan an. »Sie hatte nichts damit zu tun, also such dir jemanden in deiner Größe.«

»Vielleicht dich?«, knurrte Ryan und deutete auf sie beide – April war kaum größer als eins sechzig und wog höchstens fünfzig Kilo. Ryan maß über eins achtzig und hatte den Körperbau eines Rugbyspielers. »Na ja, immerhin hast du Eier.«

»Zwei mehr als du«, entgegnete April. Sie standen einen Moment lang da und funkelten einander an. Die Luft zwischen ihnen war so aufgeladen, dass Hannah spürte, wie sich ihre Nackenhaare sträubten. »Wichser.«

»Schlampe.«

»Hey, hey«, sagte eine Stimme aus dem Flur. Beide schossen herum und sahen Emily in der Tür, die Hände in den Hüften. »Was soll diese hemmungslose Frauenfeindlichkeit, Coates?«

»Scheiß auf hemmungslose Frauenfeindlichkeit«, schnauzte Ryan. »Sie hat mich gerade dazu gebracht, ein Achtel Gras runterzuspülen.«

»Klar, ich habe ihn *dazu gebracht*«, sagte April sarkastisch. »Mit der Kraft meiner Gedanken, woooh!« Sie machte wellenförmige Geisterfinger vor Ryans Gesicht, und er schlug ihre Hand gereizt weg. »Ich habe an die Tür geklopft, während er gekifft hat, und der Idiot erschreckt sich so, dass er seinen ganzen Vorrat runterspült.«

»Cooler move, Coates.« Emily hob eine Augenbraue. »Wenn du so drauf bist, solltest du besser die Hände vom Drogenschmuggel lassen.«

»Ihr beide könnt euch was Schmerzhaftes in den Hintern schieben«, knurrte Ryan. »Und du«, er zeigte mit dem Finger auf Will, »steh nicht da, als wüsstest du nicht, dass sie eine absolute Nervensäge ist. Ich hab fast fünfzig Pfund verloren. Und einige von uns müssen tatsächlich für ihr Geld arbeiten, statt auf Kosten der Arbeiter unverdientes Geld vom Aktienmarkt abzugreifen.«

»Oh, jetzt kommen wir der Sache näher, Mister. Kapitalismus ist Raub«, sagte April. »Sind fünfzig Pfund wirklich das Problem? Mit euch Sozialisten ist es immer das Gleiche –

Geld ist ein Konstrukt, und Schulden sind ein Mittel, um das Proletariat zu unterjochen, bis jemand *euch* einen Zehner schuldet. Das bekommt man dann ständig aufs Butterbrot geschmiert. Also hier.« Sie zog ihr Portemonnaie heraus und suchte in den Scheinen. »Zwanzig, vierzig, sechzig – hier hast du fünfzig Pfund für das blöde Gras und noch was drauf für die Mühe. Kauf dir was Hübsches, Schätzchen.«

Sie hielt ihm das Geld hin. Ryan funkelte sie an, eine Ader pulsierte deutlich sichtbar in seiner Schläfe, und seine Kiefer mahlten. Sein Gesichtsausdruck schwankte zwischen Wut und etwas, das Hannah nicht genau benennen konnte. Nicht Demütigung, eher das starke Verlangen, April eine runterzuhauen.

Doch dann schien er eine Entscheidung zu treffen. Er streckte die Hand aus, nahm das Geld mit einer kleinen komödiantischen Verbeugung und berührte spöttisch seine Stirn.

»Vielen Dank, Mylady. Seien Sie versichert, dass ich Ihr treuer Diener bin und es mir ein Vergnügen ist, von Ihnen an jedem Wochentag gebumst zu werden.«

Hannah atmete aus und schaute zu Emily. Es kam ihr vor, als wäre eine Krise abgewendet worden. Hätte Ryan April wirklich vor aller Augen geschlagen? Wohl nicht, und doch war da etwas zwischen ihnen, etwas Machtvolles und sehr Gefährliches.

»Aber hallo«, sagte eine andere Stimme hinter ihr, die sanft und zögerlich klang. »Was ist denn hier passiert? Riecht nach Lagerfeuer.«

Hannah drehte sich um und sah Hugh in der Tür stehen, der eulenhaft durch seine Brille blinzelte. Er blies sich die Ponyfransen aus den Augen und grinste reichlich blöd.

»Hast du dir ein bisschen von der alten Mary Jane gegönnt?«

»Mein Gott«, murmelte Ryan verhalten. »Bin ich in einem P.-G.-Wodehouse-Roman gelandet?«

»Hallo, Hugh«, sagte April, schlenderte durch den Raum und küsste ihn auf beide Wangen. »Danke für das Weihnachtsgeschenk.«

Weihnachtsgeschenk? Hannah war verwirrt. Sie hätte nicht gedacht, dass Hugh und April einander so nahestanden. Sie schaute rasch zu Will, um zu sehen, was er von der seltsamen Bemerkung hielt, doch er sammelte gerade Tabak vom Schreibtisch auf und schien sie nicht gehört zu haben. Hugh sagte etwas zu April, leicht verlegen, aber zu leise, als dass Hannah es hätte verstehen können. April lachte, nicht ganz freundlich.

»Warum bist du *eigentlich* hergekommen?«, fragte Ryan jetzt. »Doch nicht etwa, damit ich meinen Drogenvorrat wie ein Vollidiot im Klo runterspüle, oder?«

»Nein«, erwiderte April kühl. »Hannah und ich gehen in die Bar. Kommt ihr mit?«

Hannah hatte damit gerechnet, dass Ryan April eine Abfuhr erteilen würde, aber zu ihrer Überraschung nickte er.

»Na schön. Ich brauche ein Bier. Und du ...« Er zeigte mit dem Finger auf April. »Fünfzig Pfund hin oder her, du zahlst. Kapiert?«

»Kapiert«, sagte April, hakte Ryan unter und drückte ihn ein wenig. Dann sagte sie mit ihrer sonoren, aufgesetzten Professorenstimme: »Sie lieben mich wirklich, Mr. Coates, das wissen Sie genau.«

»Das tue ich verdammt noch mal nicht«, sagte Ryan, doch die Schärfe war aus seiner Stimme gewichen. Als April ihn in die Rippen stieß, kitzelte er sie am Rücken, dass sie lachte und quiekte und sich wegdrehte, dann jagte er sie den ganzen Weg die Treppe hinunter und über den Hof, während die anderen ihnen folgten.

»Überfall!«, kreischte April, als sie um die Ecke der Bibliothek bogen. »Zu Hilfe!«

»Oh mein Gott«, stöhnte Will, als die beiden zwischen den dunklen Umrissen des Rosengartens verschwanden. »Ich schwöre, sie ist noch mein Tod. Sie bringt mich um, Hannah. Ganz ehrlich.«

»Aber du liebst sie«, sagte Hannah leichthin. »Nicht wahr?«

Im Nachhinein fragte sie sich, ob sie sich nur eingebildet hatte, dass Will innehielt, dann wegschaute und antwortete, ohne ihr in die Augen zu sehen.

»Ja«, sagte er schließlich und lachte dann. »Natürlich liebe ich sie. Du weißt ja, was man sagt – nicht mit ihr, nicht ohne sie. Stimmt's?«

»Stimmt«, wiederholte Hannah. Hugh und Emily hatten sie überholt. Sie und Will waren allein im winterlichen Rosengarten, und das College wirkte so still und leer, wie nur ein lebendiger Ort wie dieser es manchmal und auf unerklärliche Weise sein konnte. »Natürlich liebst du sie.«

DANACH

Eine knappe Viertelstunde später steigt Hannah schwitzend die Treppe zum Wartezimmer der Hebammenpraxis hinauf, in der einen Hand den Mutterpass, in der anderen ihre Tasche. Ihr Gesicht ist scharlachrot, ihr Herz hämmert. Wie hatte sie den Termin vergessen können?

Als sie das Wartezimmer betritt, öffnet sich die Tür gegenüber, und eine Frau steckt den Kopf heraus.

»Sind Sie Hannah de Chasting?«

»Ja! Es tut mir so leid.« Sie versucht, nicht allzu sehr zu keuchen.

»Schon gut, kommen Sie rein.«

Hannah folgt ihr in den kleinen Raum und setzt sich auf den harten Plastikstuhl, streift den Mantel ab, weil sie schon weiß, was kommt. Sie spürt, wie ihr eine Schweißperle den Rücken hinunterläuft, und drückt sich gegen die Stuhllehne, damit es nicht so kitzelt.

»Haben Sie Ihre Unterlagen dabei?«, fragt die Hebamme.

Hannah nickt und reicht ihr den Mutterpass.

»Und die Urinprobe?«

»Oh Gott.« Hannah schlägt sich an die Stirn. »In dem ganzen Trubel habe ich total vergessen –«

»Ist schon okay, Sie können nachher eine abgeben. Wir sind also …« Sie schaut auf den Kalender neben dem Schreibtisch. »Zweiundzwanzig plus vier, richtig? Dann bitte mal auf die Liege, wir messen den Bauch.«

Hannah streckt sich auf der Liege aus, wobei sie versucht, die riesige Papierrolle auf dem rutschigen Bezug nicht zu zerknüllen. Wenn sie so liegt, kann sie trotzdem noch die überraschende Wölbung ihres Bauches sehen, die sich unter ihrem Jerseykleid abzeichnet. Die Hebamme nimmt ein Maßband und misst von den Rippen bis zum Schambein, dann schiebt sie mit einer geschickten Bewegung ein Stethoskop unter Hannahs Kleid und horcht einen Moment, bevor sie nickt und einige Zahlen in den Mutterpass einträgt.

»Alles gut. Ihre Messungen liegen genau im Plan für die zweiundzwanzigste Woche, und der Herzschlag des Babys ist schön kräftig. Setzen Sie sich bitte hin.« Sie hilft Hannah mit einem starken, blassen Arm beim Aufrichten und wartet, während sie die Beine von der Liege schwingt. »Jetzt messen wir den Blutdruck.«

Sie wickelt die Plastikmanschette um Hannahs Arm, die auf ihrer heißen Haut ganz kühl wirkt, und pumpt sie auf. Sie drückt das Stethoskop gegen Hannahs Armbeuge und lässt die Luft ab … zählt dabei. Runzelt die Stirn.

»Hmm, wir warten kurz und versuchen es noch einmal. Vielleicht geben Sie in der Zwischenzeit die Urinprobe ab. Auf dem Gang ist eine Toilette.«

Sie reicht Hannah ein durchsichtiges Fläschchen und nickt zur Tür. Hannah rutscht gehorsam von der Liege und geht, ein wenig beunruhigt, in den Flur. Auf der Toilette schließt sie die Augen und versucht, die Gedanken an April, Ryan und Geraint beiseitezuschieben, doch es gelingt ihr nicht. Sie drängen sich in diese Zeit, in der es nur um sie und ihr Baby gehen sollte.

Schließlich ist das Probengefäß fast voll, sie geht zurück in den kleinen Raum und gibt es ab. Es ist ihr immer ein bisschen peinlich, den warmen Behälter mit dem eigenen Urin weiterzureichen. Die Hebamme taucht ein Stäbchen hinein, liest es ab und nickt.

»Sehr gut. Kein Grund zur Sorge. Jetzt messen wir noch einmal den Blutdruck, dann sind wir fertig.«

Hannah streckt den Arm aus. Die Hebamme legt ihr die Manschette um und pumpt sie wieder auf, diesmal deutlich fester. Oder es kommt ihr nur so vor. Jedenfalls ist es nicht nur unangenehm, sondern fast schmerzhaft.

Stille. Hannah spürt das Blut in ihrem Arm, das die Verengung zu überwinden sucht, hört die Hebamme schwer durch den Mund atmen, als wäre sie erkältet und ihre Nase verstopft.

Dann richtet sich die Frau auf und nimmt die Manschette ab.

»Gut, es ist wahrscheinlich nichts, worüber man sich Sorgen machen müsste, aber er ist immer noch ziemlich hoch.«

»Ich bin gelaufen«, betont Hannah und rollt den Ärmel herunter. Sie erwähnt nicht den Schock, den Geraints Besuch verursacht hat, weiß aber nur zu gut, dass er nicht förderlich gewesen sein dürfte.

»Nächste Woche kommen Sie zur Kontrolle. Dann ist sicher alles wieder normal.«

»Nächste Woche?«, fragt Hannah konsterniert. Normalerweise geht sie einmal im Monat. Die Tatsache, dass der erhöhte Blutdruck eine wöchentliche Kontrolle erforderlich macht, bereitet ihr Sorgen. »Sind Sie sicher?«

»Das wäre also der Einundzwanzigste … zwei Uhr geht nicht«, sagt die Hebamme und fährt mit dem Finger über den Terminkalender, »der Nachmittag ist komplett dicht, aber ich könnte Sie für neun Uhr vierzig eintragen, ginge das?«

Hannah seufzt. Sie nickt und holt ihr Handy heraus, um den Termin zu speichern.

»Klar. Aber ich bin mir sicher, dass es nur am Zeitdruck lag.«

»Gewiss. Aber Vorsicht ist besser als Nachsicht. Gehen Sie jetzt nach Hause und entspannen Sie sich.«

Hannah nickt, doch in Erwartung von Geraints Mail denkt sie sehnsüchtig: *Wenn es nur so einfach wäre.*

DAVOR

»Ich kann das nicht.« Hannah stand mitten im Wohnzimmer und verkrampfte die Hände, während sich Übelkeit und Angst in ihrer Magengrube mischten. »Ich kann nicht. Ich kann nicht runtergehen und nachsehen, wenn andere dabei sind.«

»Schön. Ich gehe.« April stand auf und streckte sich ausgiebig. »Ich schicke dir eine Nachricht. Kastagnetten für eine Eins, Daumen hoch für eine Zwei, Totenkopf mit Knochen für eine Drei.«

»Miststück«, sagte Hannah, konnte sich ein Lachen aber nicht verkneifen. Aprils Einstellung war genau das, was sie jetzt brauchte – eine Ermahnung, Noten nicht *zu* ernst zu nehmen. Auch wenn es sich so anfühlte: Es war kein Weltuntergang, wenn das Ergebnis mal nicht so gut ausfiel. Aber noch schlimmer war, wie ungerecht das mit den Collections gehandhabt wurde. April hatte gar keine gehabt – ihr Tutor hielt nichts davon, sie schon im ersten Jahr zu veranstalten. Will und Ryan hatten einen erweiterten Essay geschrieben und ihre Noten noch in derselben Woche bekommen. Hugh hingegen hatte sich weiß im Gesicht und schlotternd vor Angst im Talar zu einer schriftlichen Prüfung aufgemacht und danach tagelang jeden Morgen in seinem Fach nach dem Ergebnis gesucht.

Hannah wusste nicht so recht, was sie erwartet hatte – einen Zettel im Fach vielleicht oder eine Mail von Dr. Myers. Stattdessen erhielt sie eine Gruppennachricht von Rubye, einem der Mädchen von Dr. Myers' Party. *Noten hängen an Dr. M.'s Bürotür. Rx.* Das war's. Kein Hinweis, wie man abgeschnitten hatte. Alle, die Englisch studierten, hatten die Nachricht erhalten – was bedeutete, dass vermutlich gerade alle unten standen und ihre Note suchten, während Hannah sich nicht traute, runterzugehen.

»Nein«, sagte sie entschlossen. »Nein, ich muss selbst gehen. Es ist besser, es zu wissen.«

»Du weißt, dass das Blödsinn ist, oder?« April legte ihr die Hand auf den Arm. »Das weißt du doch. Die Note bedeutet gar nichts.«

Hannah nickte. Aber es stimmte nicht. In dieser Sekunde bedeutete sie alles.

Zehn Minuten später ging sie auf Dr. Myers' Bürotür zu, rieb die verschwitzten Handflächen an der Jeans. Schon von Weitem sah sie, dass drei Zettel ans Holz geheftet waren. Eine Englischstudentin aus dem dritten Jahr bückte sich gerade und las den rechten Zettel. Als Hannah näher kam, richtete sie sich auf und lächelte zufrieden.

»Viel Glück«, sagte sie zu Hannah. »Ich hoffe, du bekommst, was du wolltest.«

»Danke, du auch. Ich meine – ich hoffe, es war so. Was du wolltest, meine ich.«

Das Mädchen lächelte ein wenig gönnerhaft, als wollte sie *immer mit der Ruhe, Liebes* sagen, und ließ Hannah allein.

Links waren die Studierenden des ersten Jahres aufgeführt. Sie suchte nach J, merkte dann aber, dass die Liste nicht alphabetisch, sondern nach einem anderen, völlig willkürlichen System geordnet war. Ihr Tutoriumspartner Miles Walsh stand ungefähr dort, wo sie ihren eigenen Namen erwartet hätte. Neben jedem Namen befand sich eine Reihe von Symbolen – βα, β+ las Hannah neben Miles' Namen. Und γ++, β-

neben dem eines anderen. Sie spürte einen Kloß in der Kehle. Was hatte das zu bedeuten? War es ein besonders grausamer Oxford-Trick, die Noten in Form eines kryptischen Codes zu veröffentlichen?

»Oh, hi«, sagte eine Stimme hinter ihr. Hannah schoss herum und sah sich Jonty Westwell gegenüber, dem Jungen von Dr. Myers' Party. »Sucht du auch deine Ergebnisse? Ich wünschte, er würde sie nicht öffentlich aushängen. Die meisten Tutoren machen das nur bei Vorprüfungen. Was habe ich?«

»Keine Ahnung«, sagte Hannah mit kaum unterdrückter Wut, »weil die in irgendeiner verfluchten ausländischen Schrift dastehen. Was soll das bedeuten? Was bitte soll ein verdammtes y plus sein?«

»Oh!« Jonty fing an zu lachen. »Gott, ja, tut mir leid. In meiner Schule haben sie auch griechische Noten verwendet, da vergisst man, wie komisch das für Leute sein muss, die an Prozentsätze gewöhnt sind. Das ist kein Y, sondern ein Gamma – du weißt schon … Alpha, Alpha minus, Beta, Gamma plus und so weiter. Oh, da bin ich.« Er fuhr mit dem Finger über die Liste des zweiten Jahres und blieb auf halber Höhe hängen. »Beta Alpha, Gamma plus plus. Hätte schlimmer sein können. Ich wusste, dass ich den zweiten Aufsatz vergeigt habe. Wo bist du?« Er schaute neugierig auf die Liste des ersten Jahres und lachte. »Na, das muss ich dir wohl nicht übersetzen.«

Sein Finger deutete auf ihren Namen, der ganz oben auf der Liste stand und mit α, α kommentiert war.

»Was meinst du?«, fragte sie unsicher, und Jonty grinste.

»Myers führt die Namen in der Reihenfolge des Abschneidens auf. Da du an erster Stelle stehst, kannst du dir sicher denken, dass alles in trockenen Tüchern ist. Und falls du es noch nicht verstanden hast, da steht Alpha, Alpha.« Als sie ihn nur fragend anstarrte, erklärte er es ihr. »Es gibt kein Alpha plus. Alpha ist die beste Note. Du hast sie für beide Arbeiten bekommen. Ich würde sagen, du hast es ziemlich gut gemacht.«

»CHAM-FUCKING-PAGNER«, krähte April, als Hannah mit rotem Gesicht zurückkam und ihr breites Grinsen nicht verbergen konnte.

»Ich kann nicht«, sagte Hannah. »Ich kann wirklich nicht. Es ist –« Sie sah aufs Handy. »Es ist fast sechs, ich muss für morgen einen Essay schreiben und bin außerdem pleite.«

»Hannah.« April klang streng. »Es kommt nicht jeden Tag vor, dass du bei deinen ersten Prüfungen als Jahrgangsbeste abschneidest. Ich lade dich auf einen Drink ein, ob du willst oder nicht.«

»Okay«, sagte Hannah etwas widerwillig, lachte aber. »Aber nur einen, okay? Im Ernst, nur einen. Ich muss zum Abendessen zurück sein und den Essay fertig machen. Ich *muss* ihn morgen früh abgeben.«

»Nur einen«, sagte April ernst. »Ich schwöre. Und ich kenne auch den perfekten Ort dafür.«

Eine Dreiviertelstunde später saß Hannah mit ihrem neuen Chantecaille-Lippenstift und geliehenen High Heels auf einem Hocker in einer privaten Bar, die sie nicht kannte, in der Hand einen Bellini, den bestellt zu haben sie sich nicht erinnern konnte. Während April über Valentinstagsbälle und das Kleid, das sie in London bestellen wollte, plauderte, trank Hannah von dem Cocktail und spürte, wie der Alkohol seine Wirkung entfaltete. Alles um sie herum erschien so unwirklich, als blickte sie aus großer Höhe auf sich selbst herab. Es lag nicht nur am Drink, das wusste sie. Mit jedem Tag, den sie mit April verbrachte, entfernte sie sich mehr von ihrem alten Ich, und die Kluft zwischen diesem vergoldeten Collegedasein und dem öden Dodsworth wurde immer größer.

»Lächeln«, befahl April, hielt ihr iPhone hoch und neigte sich mit einem provozierenden Schmollmund, der ihre Lippen wie zwei pralle rote Kirschen aussehen ließ, zu Hannah. Hannah lächelte, die Kamera klickte, dann lud April das Bild mitsamt der Unterschrift *Das ist ein Shirley Temple, Daddy, versprochen *Kuss Emoji** auf Instagram hoch.

»*Das* ist definitiv kein Shirley Temple«, sagte Hannah und deutete auf den Bellini in Aprils linker Hand. »Es sieht nicht mal wie einer aus.«

»Nein, aber mein Vater sieht sich meine Instagram-Posts nicht an, also ist es egal«, sagte April etwas säuerlich. Hannah betrachtete sie neugierig, wie sie dasaß, ein Bein schwang und durch ihren Feed scrollte, eine Falte zwischen den fein gezupften Augenbrauen. Sie war sich nie ganz sicher, inwieweit Aprils »Armes kleines reiches Mädchen«-Nummer nur gespielt war. Sie hatte noch nie ihre Eltern gesehen – was einer Elternfigur am nächsten kam, war Harry, der Aufpasser/Leibwächter, der April am ersten Tag nach Pelham begleitet hatte. Allerdings lief das bei vielen ähnlich ab. Manche Eltern hatten ihre Kinder einfach nur abgesetzt und waren gleich wieder abgefahren. Andere waren ein paar Stunden geblieben und hatten freundlich Konversation gemacht, bis man sie gebeten hatte, das Gelände zu verlassen. Und viele Studierende, vor allem ausländische, waren ganz ohne elterliche Begleitung angekommen. April war also keine Ausnahme.

»Was ist mit deiner Mutter?«, fragte Hannah, wobei sie das Gefühl hatte, sich auf ziemlich dünnes Eis zu begeben. Sie wusste, dass es eine Mutter *gab*, weil April sie ein- oder zweimal beiläufig erwähnt hatte. Doch ihr Tonfall bei dem Thema ließ erahnen, dass unter der Oberfläche komplizierte Gefühle brodelten, die nichts mit der liebevollen Genervtheit zu tun hatten, mit der Hannah ihrer eigenen Mutter begegnete.

»Sie ist eine professionelle Loserin«, sagte April, nahm einen Cocktailrührer und tauchte ihn nachdenklich in ihren Bellini. »Du weißt schon, Prozac vor dem Mittagessen, Stoli danach. Vor dem Schlafengehen ein kleiner Vicodin-Absacker.«

»Stoli?«, echote Hannah verwirrt, und April verdrehte die Augen. »Wodka, Schätzchen. Du bist so eine Provinzlerin.«

Die Stichelei sollte wohl nett gemeint sein, doch April hatte recht, Hannah war provinziell, und sie stand dazu. Sie schwieg, weil sie nicht genau wusste, was sie zu dieser unerwarteten Informationsflut sagen sollte. Wollte April Mitgefühl? Oder nur Zustimmung?

»Darf ich den Damen noch einen Cocktail bringen?«, unterbrach der Barkeeper ihr Schweigen und schob ihnen ein Schälchen Oliven hin. Er trug ein blütenweißes Hemd und eine schwarze Weste, und sein Akzent klang spanisch oder portugiesisch. Er sah extrem gut aus, und Hannah war nicht überrascht, als April ihr Handy weglegte und die Ellbogen auf die Theke stützte, damit der Mann ihr Dekolleté im weißen Seidentop genießen konnte.

»Was haben Sie denn zu bieten?«, fragte sie mit einem leisen Schnurren in der Stimme.

»Was mögen Sie denn?«, konterte der Barkeeper, wobei ein Lächeln seine Mundwinkel umspielte. »Für Sie, meine Damen, könnte ich etwas Besonderes machen.«

»Was meinst du, Hannah?«, fragte April, woraufhin Hannah ihr schlechtes Gewissen – wegen des ungeschriebenen Essays und der Frage, wie sich nicht ein, sondern zwei Cocktails auf ihren leeren Magen auswirken würden – beiseiteschob.

»Nun … Ich hatte gesagt, nur einen, aber ein zweiter geht wohl in Ordnung. Aber dann muss ich wirklich los.«

»Na schön«, sagte April mit einem theatralischen Seufzer. »Der sollte es aber auch wert sein. Machen Sie uns …« Sie spießte eine Olive auf und drehte sie mit faszinierender Langsamkeit zwischen ihren geöffneten Lippen, während sie überlegte. »Machen Sie uns … oh, ich weiß, einen Vesper. Wie in ›Casino Royale‹.«

»Ausgezeichnete Wahl«, sagte der Barkeeper, drehte sich um und holte mit theatralischem Schwung drei Flaschen aus dem Regal. Er wirbelte eine durch die Luft, bevor er den klaren Alkohol in einem langen Strahl in den Shaker goss.

Als die Drinks gemixt waren, goss er die kalte Flüssigkeit in zwei hohe Martinigläser und griff nach einem schmalen Stück Zitronenschale. Ganz vorsichtig drückte er sie über dem linken Glas aus, sodass das Öl in einer kleinen schillernden Wolke auf die Oberfläche des Drinks spritzte. Dann ließ er die Schale hineinfallen und wiederholte den Vorgang mit dem rechten Glas. Schließlich schob er die Gläser langsam über die Theke, wobei die wolkig-weiße Flüssigkeit leicht erzitterte.

»Aquí tenéis«, sagte er und verbeugte sich leicht vor April. »Ein Drink, benannt nach einer schönen Frau, für zwei andere schöne Frauen.«

»Sie flirten ja«, sagte April, nahm ihr Glas und leerte es fast zur Hälfte. »Oh mein Gott, ist das köstlich. Was meinst du, Hannah?«

Sie hob ihr Glas, setzte es an die Lippen und nahm einen ähnlich tiefen Zug wie April. Sie verschluckte sich beinahe. Es war praktisch reiner Gin.

»Du meine Güte«, stotterte sie und stellte das Glas ab. Ihre Augen brannten. Der Chantecaille-Lippenstift hatte einen tiefrosa Abdruck auf dem Glas hinterlassen. »Was ist da drin?«

»Drei Teile Gin, ein Teil Wodka, ein halbes Teil Lillet Blanc«, erwiderte der Barkeeper lakonisch. April lachte und hob ihm das Glas entgegen.

»Darauf trinke ich.«

»Und wie viele Alkoholeinheiten sind das?«, fragte Hannah. Sie wusste, dass es prüde und tadelnd klang, konnte aber nicht anders.

»Himmel, du hörst dich an wie mein Vater!«, meinte April verärgert. »Es ist ja nicht so, als müsstest du noch fahren.« Sie trank noch einen Schluck.

»Das ist –« Hannah betrachtete ihr eigenes Glas, um den Inhalt abzuschätzen. Es war mindestens ein Achtelliter. »Ich meine, das dürften so vier, fünf Gin Tonic sein, stimmt's?« Der Barkeeper zuckte mit den Schultern und lächelte April an, als gäbe es einen Insiderwitz. »Was kostet so ein Drink?«

»Wen interessiert's?«, sagte April. Die Verärgerung war ihr jetzt deutlich anzuhören. »Sei nicht so kleinlich, Hannah. Das geht auf Daddys Rechnung. Er merkt es gar nicht.« Sie hob das Glas und kippte den Rest ihres Cocktails trotzig hinunter. »Das Gleiche noch mal«, sagte sie zum Barkeeper und schob ihm das leere Glas hin. »Für uns beide. Und wie heißt du eigentlich?«

»Raoul«, sagte der Barkeeper. Er lächelte April an und zeigte dabei sehr weiße, sehr ebenmäßige Zähne. »Zwei weitere Vesper, es ist mir ein Vergnügen.«

»Einen, bitte, Raoul«, sagte Hannah entschlossen. Sie trank den Cocktail aus, stand auf und spürte, wie ihr der Alkohol zu Kopf stieg. »Tut mir leid, April, es geht nicht nur ums Geld, ich muss wirklich los. Das hatte ich dir auch gesagt.«

»Scheiß auf den Essay! Ich schreibe die immer auf den letzten Drücker.«

»Bei mir *ist* es der letzte Drücker. Er ist morgen früh fällig.«

»Morgen!«, spottete April. »Das sind doch noch Stunden bis dahin! Ich arbeite am besten um drei Uhr morgens.«

»Wenn das so ist, schön für dich«, sagte Hannah. Ihre Argumente schwanden zusammen mit ihrer Wut. »Ich kann das aber nicht. Tatsächlich bin ich nach Mitternacht kaum zu gebrauchen, und mein Tutorium bei Dr. Myers ist um neun, also –«

»Oh, Dr. *Myers*«, unterbrach April sie spöttisch und warf dem Barkeeper einen Blick zu, den Hannah nicht deuten konnte.

»Ja, Dr. Myers«, sagte Hannah. Sie wurde langsam sauer, ihre Wangen röteten sich. Warum war April so? Sie war oft die perfekte Freundin – und dann plötzlich nicht mehr. Sie war witzig, großzügig, konnte einen total begeistern. Wenn sie in der Stimmung war, gab es niemanden, mit dem Hannah lieber Zeit verbrachte. Aber sie konnte auf einen Schlag gemein werden, als hätte man einen Schalter umgelegt. »Na und?«

»Um *ihn* würde ich mir keine Gedanken machen.«

»Was soll das heißen? Ich muss mir Gedanken machen, April, er ist mein Tutor.«

»Schön« – April streckte die Hand aus und zwickte Hannah in die Nase – »für« – sie zwickte erneut – »dich.«

»Hör auf damit!«, rief Hannah gereizt und schob Aprils Hand heftiger als beabsichtigt weg. Doch Aprils Aufdringlichkeit war ebenso provokativ wie herablassend. »Herrgott noch mal, ich gehe, basta.«

»Gut«, sagte April, schlug die Beine übereinander, schlang die Arme um sich und sah aus wie eine Siamkatze, die sich zusammenrollt, um ihr Fell zu lecken. Die Kerzen ließen die üppigen Ringe an ihren Fingern aufblitzen, und sie lehnte sich vertrauensvoll über die Theke. »Raoul und ich kommen schon klar, nicht wahr?«

»Ich werde mich gut um Ihre Freundin kümmern«, sagte der Barkeeper und lächelte Hannah an. »Ich sorge dafür, dass Miss Clarke-Cliveden sicher nach Hause kommt.«

»Du« – April lehnte sich noch weiter über die Theke, sodass ihr Oberteil nach unten rutschte und ein rosafarbener BH sichtbar wurde – »darfst mich April nennen. Und das sage ich nicht jedem vom Personal.«

»Okay.« Das letzte Wort erinnerte Hannah daran, in welcher Welt April lebte. »Okay, das war's. Ich bin raus, danke für den schönen Abend, April, ich gehe nach Hause und esse was. Das solltest du auch tun.«

Doch April kehrte Hannah den Rücken und sah Raoul dabei zu, wie er eine lange Spirale Zitronenschale abschnitt.

Hannah zögerte kurz und fragte sich, ob sie das Richtige tat, sah aber keine andere Möglichkeit. Also nahm sie ihre Tasche und ging zur Tür. Der Portier riss sie auf, als er sie kommen sah.

»Soll ich Ihnen ein Taxi rufen, Miss?«

»Nein, danke«, sagte Hannah. »Ich gehe gern zu Fuß, aber –« Sie hielt inne und überlegte, wie sie es formulieren sollte.

»Ja, Miss?« Der Portier war freundlich, bestimmt schon über siebzig, und sah aus wie ein Großvater.

»Meine Freundin ist noch oben – würden Sie dafür sorgen, dass sie heil nach Hause kommt? Sie hat ein bisschen getrunken ...«

»Mehr brauchen Sie nicht zu sagen, Miss.« Der Portier tippte sich an die Nase und zwinkerte ihr zu, aber nicht lasziv wie der Barkeeper, sondern wie ein alter Onkel. »Ich kümmere mich persönlich darum. Wo wohnen Sie?«

»Pelham College. Sie ist Studentin.«

»Überlassen Sie es mir. Alles wird gut.« Es begann zu regnen, das Pflaster draußen verwandelte sich in dunkle Spiegel, die Lichter der Straße wurden zu goldenen Spritzern. »Sind Sie sicher, dass Sie kein Taxi wollen? Ich kann es auf Mr. Clarkes Rechnung setzen.«

Hannah lächelte, wohl wissend, dass er vorhin ihre und

Aprils Kleider taxiert hatte und ihre finanzielle Situation ziemlich genau einschätzen konnte. Sie schüttelte den Kopf.

»Das ist sehr nett, danke. Aber ich komme schon zurecht. Ich habe einen Regenmantel.«

»Also gut. Gute Nacht, Miss. Passen Sie auf sich auf.«

»Gute Nacht«, sagte Hannah.

Sie setzte die Kapuze auf und ging hinaus in den regnerischen Winterabend.

DANACH

Hannah kommt gleichzeitig mit Will nach Hause. Sie wühlt in ihrer Handtasche nach dem Schlüssel, als sie das leise Brummen des Motorrads hört. Sie dreht sich um und sieht, wie er auf sie zufährt. Er hält an, tritt den Ständer aus und nimmt den Helm ab.

»Wie war dein Tag?«, fragt er. Sie überlegt noch, was sie sagen, wie sie überhaupt anfangen soll, als er schon die Aktentasche aus der Gepäcktasche des Motorrads holt und zur Haustür geht.

Oben lässt sich Hannah seufzend in einen Sessel sinken und sieht zu, wie Will sich aus der Lederjacke schält und die Falten aus der zusammengelegten Anzugjacke schüttelt. »Komm, wir bestellen was zu essen«, sagt sie und verdrängt den flüchtigen Gedanken an das Geld. »Ich habe keine Lust zu kochen.«

»Schlechter Tag?«, fragt Will. Hannah nickt und bereut es sofort. Eigentlich will sie nicht darüber reden. Aber sie wirft Will immer vor, dass er so zugeknöpft ist; da kann sie schlecht das Gleiche machen. Außerdem muss sie ihm von dem Termin bei der Hebamme erzählen. Es ist auch sein Baby – es wäre nicht fair, ihm diese Dinge vorzuenthalten.

»Ich hatte beim Hebammentermin hohen Blutdruck«, sagt sie schließlich. »War meine Schuld. Ich bin hingerannt.«

»Okay …«, sagt Will langsam. Er setzt sich neben sie auf die Armlehne des Sofas und sieht sie fragend an. »Ist das schlimm?«

»Es kann schlimm sein, ein Anzeichen für eine sogenannte Präeklampsie, die ziemlich ernst ist, aber sie scheinen nicht zu glauben, dass es das ist. Allerdings soll ich nächste Woche zu einer weiteren Untersuchung kommen.«

»Nächste Woche?« Wills Gesicht wirkt ungerührt, doch Hannah kennt ihn gut genug, um die aufflackernde Sorge hinter der Fassade zu erkennen. »Das ist lästig für dich. Sie hätten es nach einer Pause noch mal versuchen können.«

»Haben sie ja«, sagt Hannah zögernd. »Aber er war immer noch hoch. Ich glaube, ich bin einfach gestresst – oh Gott, keine Ahnung. Sie hat gesagt, ich soll nach Hause gehen und mich ausruhen, und hier bin ich.«

»Gestresst?«, fragt Will. Er hat das Wort sofort aufgeschnappt, und Hannah würde sich am liebsten treten. »Gestresst weswegen? Immer noch wegen Neville?«

Hannah schweigt.

»Han, Liebes, wir haben doch darüber gesprochen. Es ist vorbei. Neville ist tot. Es ist Zeit, nach vorn zu schauen.«

Es ist nicht vorbei, möchte Hannah mit zusammengebissenen Zähnen sagen, *wenn ich einen Fehler gemacht habe. Es ist nicht vorbei, wenn Geraint Williams recht hat und wegen meiner Aussage die falsche Person im Gefängnis verrottet ist. Wenn das wahr ist, ist es längst nicht vorbei.* Aber das sagt sie nicht. Sie bringt es nicht über sich, die Worte auszusprechen, die Möglichkeit zuzulassen.

»Ich glaube, ich brauche eine Tasse Tee«, sagt sie schließlich. Will nickt und springt auf, dankbar, dass er etwas tun, ein guter Ehemann sein kann.

Während das Geräusch des Wasserkochers und das Klirren von Tassen und Löffeln aus der Küche dringen, wird ihr klar, dass sie ihm die Wahrheit über die Begegnung in der Buchhandlung sagen muss. Alles andere wäre Verrat. Die Frage ist nur, wie.

»Will«, sagt Hannah, als er mit den Takeaway-Flyern auf dem Sofa sitzt und sie sich unter einer flauschigen Decke mit einer Tasse Pfefferminztee zusammengerollt hat.

Er blickt auf.

»Ja? Ich dachte an Pizza – was meinst du?«

»Pizza ist okay, aber hör mal, da war noch etwas heute.«

»Bei der Hebamme?«

»Nein, bei der Arbeit. Da ist so ein … Typ in den Laden gekommen. Der Journalist, von dem ich dir erzählt habe, der die Mail –«

»Er ist in den Laden gekommen?« Will legt die Speisekarten zur Seite und dreht sich zu ihr. Sein Gesichtsausdruck erschreckt sie. Genau darum wollte sie es ihm nicht sagen – weil sie Angst hat, dass er überreagiert. Will weiß, was sie im Laufe der Jahre mit der Presse durchgemacht hat; er hat miterlebt, wie sie ihre Telefonnummer, ihr Aussehen und sogar ihren Namen geändert hat. Er ist stellvertretend für sie wütend, so wütend, dass er Reporter, die bei ihnen anrufen, beschimpft und manchmal sogar bedroht. Doch was sie jetzt wahrnimmt, ist viel schlimmer.

Sein Gesichtsausdruck ist beinahe unnatürlich ruhig, die kontrollierte Wut dahinter hat eine neue Dimension. Sie sieht die Ader, die an seiner Schläfe pocht und signalisiert, dass er kurz davor ist, die Beherrschung zu verlieren. Will verliert selten die Beherrschung – sie hat es nur ein- oder zweimal in ihrer gesamten Beziehung erlebt. Aber wenn es passiert, rastet er wirklich aus. Sie erinnert sich, wie er einmal spätabends auf dem Heimweg vom Pub einen Mann geschlagen hat. Der Mann hatte eine Frau mit Kopftuch rassistisch beschimpft, und als Will ihn zur Rede stellte, hatte sich der Mann geweigert, sich zu entschuldigen, und zum Schlag ausgeholt.

Er hatte Will verfehlt, doch der hatte zurückgeschlagen und getroffen. Und er hatte nicht nur einmal zugeschlagen, sondern immer wieder, während Hannah stumm und starr vor Schreck danebengestanden hatte, ohne zu protestieren. Will wäre in dieser Nacht beinahe wegen Körperverletzung verhaftet worden. Er war nur davongekommen, weil zwei Zeugen die rassistischen Beschimpfungen bestätigten und der andere Mann Will zuerst angegriffen hatte. Zudem stellte sich heraus, dass der Mann wegen rassistisch motivierter Straftaten mehrfach vorbestraft war. Darum hatte die Polizei bei Will ein Auge zugedrückt.

Hannah hat diese Szene nie vergessen. Wie sich ihr sanfter, liebevoller Freund von einer Sekunde auf die andere in einen Menschen verwandelt hatte, der anderen schwere Verletzungen zufügen konnte. Als sie jetzt sein Gesicht sieht, erinnert sie sich an jenen Abend, und ihr läuft ein Schauer über den Rücken.

»Hannah?«, fragt Will gefährlich ruhig, und sie schluckt und zwingt sich, zu antworten.

»Ja, er war im Laden. Anscheinend hatte er in seiner Mail angekündigt, dass er vielleicht vorbeikommt.« Sie ertappt sich, wie sie nach Ausreden sucht, ihre Empörung über den Eindringling herunterspielt, um nicht seinen Zorn zu erregen. »Da ich nicht geantwortet habe, dachte er wohl, ich hätte ihm grünes Licht gegeben. Jedenfalls habe ich ihm gesagt, dass die Arbeit nicht der richtige Ort ist für ein Gespräch und er mir eine Mail schreiben –«

»Er soll was?«, fällt Will ihr ins Wort, wird lauter.

»Will, bitte beruhige dich.« Hannahs Stimme klingt flehend, und sie hasst sich dafür. »Er ist ein Freund von Ryan. Ich konnte ihn nicht einfach wegschicken.«

»Das kannst du und das wirst du!«

Es ist das *wirst*, das den Ausschlag gibt. Hätte er *solltest* gesagt, hätte Hannah wohl genickt. Aber dieses *wirst* hat etwas Selbstherrliches, als wäre sie nicht seine Frau, sondern seine

Angestellte, seine Dienerin. Und das kann sie gar nicht vertragen.

Wills Eltern wollten nicht, dass sie heirateten – *zu früh, zu jung,* hatten sie gesagt und vage angedeutet, Will sei noch traumatisiert von Aprils Tod. Für Hannah aber hatte ein unausgesprochenes *zu gewöhnlich* darin mitgeschwungen. Will und sie sprechen nicht darüber, dass weder seine Eltern noch seine Schwester bei ihrer Hochzeit waren und Hannah nie wirklich in die Familie aufgenommen wurde. Sie blenden die Tatsache aus, dass Hannahs Mutter sie regelmäßig besucht und ihnen hilft, dass Hannahs Vater den Großteil der Möbel gekauft hatte, als sie zusammengezogen waren, und für die Miete ihrer ersten Wohnung gebürgt hatte, während Wills Familie tut, als existierte Hannah nicht.

All das kann Hannah ertragen, denn es ist nur Wills Familie, nicht er selbst.

Aber dieses hochmütige *das wirst du* geht entschieden zu weit.

»Wie bitte?«, sagt sie, stellt die Tasse ab und verschränkt die Arme. »Das *werde* ich? Ist das ein Befehl?«

»So war es nicht gemeint«, sagt Will, und sie sieht, wie er gegen seinen Zorn ankämpft. Er holt tief Luft und sagt dann etwas leiser: »Ich meinte nur – du bist wirklich nicht gut darin, zuerst an dich zu denken, Hannah. Ich verstehe nicht, warum du dich einem wildfremden Freund von Ryan verpflichtet fühlen solltest. Du hast doch nur ein schlechtes Gewissen wegen dem, was ihm zugestoßen ist.«

»Das ist nicht der Grund«, schnauzt Hannah, aber Will hat recht und weiß es auch. Sie fühlen sich beide schrecklich wegen Ryan; sie waren zusammen, als Hugh angerufen hatte, und Hannah erinnert sich, wie erschüttert Will gewesen war. *Ryan? Ein Schlaganfall? Aber er ist doch noch so jung.*

Hatten die Ereignisse in Pelham dazu geführt? Der Stress,

die schlaflosen Nächte, sechs Jahre posttraumatische Belastungsstörung … Würde es Ryan gut gehen, wenn Neville nicht gewesen wäre?

Sie werden es nie erfahren. Aber sie wissen beide, wie mies es von ihnen war, ihn nicht zu besuchen. Vier Jahre sind seit Ryans Schlaganfall vergangen. Vier Jahre. Sicher, sie haben Karten und Weihnachtsgeschenke geschickt, haben per SMS gratuliert, als Ryans Mädchen geboren wurden, aber das ist im Grunde nur das absolute Minimum. Hannahs Widerspruch klingt schwach, das wissen sie beide.

»Okay«, sagt sie schließlich, »es hat damit zu tun, aber ich habe nur gesagt, dass er mir eine Mail schicken kann. Was kann das schon schaden?«

»Ganz einfach. Ich will nicht, dass du dich von dieser Sache stressen lässt – von den Verschwörungstheorien eines Pseudojournalisten. Dann hat Neville seine Schuld halt nicht eingestanden. Das tun viele nicht. Es muss kein großer, unentdeckter Grund dahinterstecken. Und Hannah, du –«

Er hält inne, und sie weiß, warum. Er würde am liebsten sagen *Du erwartest ein Kind von mir, ich möchte, dass du auf dich aufpasst.* Aber er will ihr nicht mit dem Baby ein schlechtes Gewissen machen.

Dass er es nicht ausspricht, stimmt sie versöhnlich.

Sie steht auf, geht zu ihm und küsst ihn.

»Ich weiß. Und ich verspreche, dass ich auf mich aufpasse. Er schickt mir nur eine Mail – ich beantworte seine Fragen und sage ihm ganz klar, dass es das war. Okay?«

»Okay«, sagt Will, streicht ihr die Haare aus der Stirn und lächelt sie an. »Ich liebe dich, Hannah Jones.«

»Ich liebe dich auch, Will de Chastaigne. Wie konnten wir nur das Glück haben, uns zu finden?«

»Richtiger Ort, richtige Zeit?«, fragt Will. Aber es ist nur die halbe Wahrheit, und Hannah weiß das nur zu gut.

Als sie nach dem Abendessen aneinandergekuschelt einen Film auf Netflix schauen, kündigt Hannahs Handy eine Mail an. Ihr Magen zieht sich zusammen. Sie wirft einen Blick auf Will. Er ist in den Film vertieft.

»Ich gehe kurz aufs Klo«, sagt sie leichthin und steckt das Handy ein. Will sieht auf.

»Soll ich Pause machen?«

»Nein, schon gut. Ich kenne die Szene.« Es ist ›Die fabelhafte Welt der Amélie‹, und sie hat ihn schon ein halbes Dutzend Mal gesehen. Will nickt und wendet sich wieder dem Bildschirm zu. Sie schlüpft ins Bad, setzt sich auf den Klodeckel und öffnet die Mail.

Hallo Hannah, hier ist Geraint. Es tut mir wirklich leid, dass ich Sie in der Buchhandlung überfallen habe. Ich würde Sie gern auf einen Kaffee treffen oder telefonieren – was immer Ihnen lieber ist. Ich habe die letzten fünf Jahre damit verbracht, herauszufinden, was an dem Abend, an dem April Clarke-Cliveden ermordet wurde, passiert ist. Ich habe mit John Neville gesprochen, der, wie Sie sicher wissen, seit der Gerichtsverhandlung immer wieder kategorisch erklärt hat, dass er nichts mit ihrem Tod zu tun hatte – dass er in ihr Zimmer gegangen war, um ein Paket abzugeben, und sie bei bester Gesundheit vorgefunden hatte.

Ich verstehe vollkommen, dass es für Sie alte Wunden aufreißt, aber es ist, als hätte er mir eine Aufgabe gestellt – und dass ich nach seinem Tod dafür verantwortlich bin, diese Aufgabe zu erfüllen. Nicht, um seine Unschuld zu beweisen – da bin ich ganz offen. Sondern um die Wahrheit herauszufinden und einige lose Enden zu verknüpfen. Denn gewisse Dinge passen tatsächlich nicht zusammen. Warum wurde Nevilles DNA nicht an

Aprils Leiche gefunden? Warum hat niemand einen Kampf gehört? Die beiden Jungs im Zimmer darunter sagten, sie hätten gehört, wie sie herumlief, aber nicht, dass sie um ihr Leben gekämpft hätte.

Ich würde mich freuen, wenn Sie sich ein paar Minuten Zeit nehmen könnten, um einige Fragen zu diesem Abend und dem Ablauf der Ereignisse zu beantworten, die mir immer Kopfzerbrechen bereitet haben. Falls Sie sich nicht in der Lage fühlen, mir dabei zu helfen, verstehe ich das natürlich. Sie schulden mir nichts. Aber mir ist, als würde ich John Neville etwas schulden, und – was noch wichtiger ist – auch April. Denn wenn John Neville April nicht getötet hat, ist jemand mit einem Mord davongekommen. Und ich will, dass diese Person zur Rechenschaft gezogen wird. Ich hoffe, Sie sehen das genauso.

Ich bin die ganze nächste Woche in Edinburgh und stehe jederzeit für einen Kaffee oder einen Anruf zur Verfügung. Meine Nummer finden Sie unten.

Herzliche Grüße und nochmals vielen Dank für Ihre Zeit

Geraint Williams

PS: Bitte grüßen Sie Ryan von mir, falls Sie ihn sprechen!

Langsam legt Hannah das Handy zur Seite, stützt die Ellbogen auf die Knie und starrt in die Duschkabine. Sie weiß, was Will sagen würde: *Lass es gut sein.* Dass sie nicht die alten Wunden aufreißen soll, die Geraint in seiner Mail erwähnt. Aber genau das ist das Problem – die Metapher kommt der Wahrheit ein bisschen zu nah und zeigt, was sie sich lange Zeit nicht eingestehen wollte. Denn unter der Oberfläche jenes Abends verbergen sich offene Wunden – Dinge, über die sie lange Zeit nicht nachdenken, die sie nicht sehen wollte. Und das darf nicht sein.

Sie kann die Sache nicht ruhen lassen, sosehr sie es auch möchte. Denn wenn sie nicht die Wahrheit herausfindet, wird Nevilles Geist sie ewig verfolgen.

Will glaubt, Nevilles Tod hätte sie befreit, doch Hannah erkennt nun, dass das nicht stimmt. Wenn das, was Emily gesagt hat, stimmt, wenn sie wirklich einen Fehler gemacht hat, dann ist sie alles andere als frei. Solange Neville lebte, konnte er dafür kämpfen, seinen Namen reinzuwaschen. Doch nun, da er tot ist, ist die Verantwortung auf andere übergegangen. Auf sie.

Aber sie ist voreilig. Vielleicht hat Geraint gar keine neuen Beweise. Vielleicht fantasiert er sich eine Verschwörungstheorie zusammen. Dann wäre es das Beste, sie aus der Welt zu schaffen – und damit auch seine Illusionen und ihre Ängste.

Sie greift zum Handy und tippt auf Antworten.

Lieber Geraint, nächsten Mittwoch habe ich frei. Falls Sie um zehn Uhr Zeit haben, können wir uns gern im Café in –

Sie hält inne, überlegt und löscht die letzten Wörter. Sie möchte sich lieber nicht mit Geraint in dem Café treffen, in das sie jedes Wochenende mit Will geht. Besser an einem Ort, den sie künftig meiden kann, sollte das Treffen schieflaufen.

können wir uns im Bonnie Bagel in der New Town auf einen Kaffee treffen. Dann beantworte ich Ihre Fragen. Ich kann nicht versprechen, dass Sie die Antworten bekommen, die Sie sich wünschen – alles, was ich bei der Verhandlung gesagt habe, war wahr. John Neville hatte sich schon Monate vor jener Nacht wie ein hartnäckiger Stalker verhalten, und ich habe ihn nur wenige Augenblicke nach Aprils Tod in unserem Treppenhaus gesehen.

Er hat nie geleugnet, in unserer Wohnung gewesen zu sein, und nie erklärt, was er dort wollte – Pförtner liefern keine Pakete aus, dieser Teil seiner Geschichte war von Anfang an zweifelhaft. Letztlich glaube ich, dass John Neville schuldig war. Ich hoffe, ich kann Sie bei unserem Treffen in diesem Punkt beruhigen.
Hannah

Dann schließt sie das Mailprogramm, schaltet das Handy aus, drückt die Spülung und geht zurück zu Will.

DAVOR

Hannah fror und war durchnässt, als sie in Pelham ankam. Es war auch schon nach neun – sie hatte die College-Uhren schlagen hören, als sie in die High Street bog –, und die Pförtner begannen um neun, die Hintereingänge abzuschließen. Sie hatte eigentlich durchs Cloade-Tor in der Pelham Street schlüpfen wollen, um nicht an der Pförtnerloge vorbeizumüssen. Jetzt aber blieb ihr wohl keine andere Wahl. Manchmal brauchten sie eine Weile, um die Runde zu machen. Es war einen Versuch wert.

Als sie in die Pelham Street bog, hörte sie das Viertelstundenläuten vom Glockenturm der Kapelle und ging schneller. Nur wenige Meter entfernt sah sie den dunklen Torbogen in der langen Mauer. »*Sei offen*«, flüsterte sie beschwörend. »*Sei offen.*«

Wie durch ein Wunder war die Eichentür noch offen. Dahinter befand sich ein Metallgitter mit Kartenleser.

Hannahs Finger waren gefühllos vor Kälte, als sie in ihrer Tasche nach der Bod Card tastete. Sie rechnete schon damit, John Neville über den Hof stapfen zu sehen, doch dann hatte sie die Karte gefunden. Sie zog sie durch das Lesegerät und hielt den Atem an. Als das Schloss sich klickend öffnete, stieß sie das schwere Gitter auf und glitt hinein.

Der regennasse Hof war schwarz und golden gesprenkelt, auf den dunklen Pflastersteinen spiegelte sich das warme Licht, das aus den Fenstern von Cload's drang. Als sie an dem

Gebäude vorbeiging, schaute Hannah unwillkürlich zum dritten Stock hinauf, wo Will sein Zimmer hatte.

Die Vorhänge waren offen, das Fenster leuchtete bernsteinfarben. Trotz des Regens konnte Hannah einen Schemen sehen, offenbar saß Will am Schreibtisch. Sie blieb eine Weile stehen, wandte sich dann aber ab, weil sie sich wie ein Eindringling vorkam, und duckte sich in den Kreuzgang.

Warum?, fragte sie sich im Gehen und zwang sich, nicht über die Schulter zu sehen. Warum quälte sie sich so? Ständig beobachtete sie Will, zeichnete beim Frühstück mit den Augen die Linie seiner Mundpartie oder die Form seiner beschädigten Nase nach. Er war Aprils Freund, völlig tabu, selbst wenn sie sich irgendwann trennen sollten. Man konnte nicht den Ex der besten Freundin daten. Das gehörte sich einfach nicht.

Denn genau das waren sie und April: beste Freundinnen. Trotz ihrer unterschiedlichen Herkunft und Persönlichkeit, trotz der Tatsache, dass April gerade in einer Privatbar Vesper trank, während Hannah im Regen nach Hause ging. Sie waren zufällig einer gemeinsamen Wohnung zugeteilt worden, und daraus war eine unerwartete, aber echte Zuneigung entstanden.

Die konnte sie nicht verraten. Nicht jetzt, niemals.

Der New Quad war still, sie hörte nur den prasselnden Regen, als sie aus dem Schutz des Kreuzgangs trat. Der Kies auf dem Hof knirschte. Im Torbogen vor Treppe VII klappte sie den Schirm zu, schüttelte ihn aus und ging langsam die Treppe hinauf. Hinter manchen Türen wurde still gelernt oder schon geschlafen; hinter anderen lachten Freunde miteinander; Musik, zu leise, um den Song zu erkennen.

Auf dem letzten Treppenabsatz blieb sie stehen. Dr. Myers' Tür war geschlossen. Aber ihre Wohnungstür war angelehnt. War April ihr zuvorgekommen? Hatte sie ein Taxi genommen?

Stirnrunzelnd legte Hannah die Hand ans Holz und drückte dagegen.

Ihr Regenschirm fiel klappernd auf die Dielen, nasser Stoff klatschte, sie keuchte erschrocken auf.

»Was machen Sie in meiner Wohnung?« Die Worte aus ihrem Mund klangen seltsam tief und kehlig, ihre Stimme ganz fremd.

»Ihnen auch einen guten Abend.« John Neville stand über den Couchtisch in der Mitte des Raumes gebeugt. Sie konnte ihn riechen – seinen leicht muffigen Körpergeruch, bei dem sich ihre Haare sträubten.

»Was machen *Sie in meiner Wohnung*?«, fragte sie erneut und lauter.

»Das hab ich gern«, sagte Neville. Er richtete sich auf, überragte sie um dreißig Zentimeter, sein Kopf berührte fast den zierlichen Keramiklüster, den April anstelle der Standardleuchte angebracht hatte. Seine Gestalt warf einen langen Schatten. Sein breites Gesicht war der Inbegriff gekränkter Unschuld, und er hielt etwas hoch, das in braunes Papier gewickelt war. »Sie haben ein Päckchen, das nicht ins Fach passt, also dachte ich, ich tu Ihnen den Gefallen und bring es hoch. Wenn das der Dank dafür ist, werd ich mir das nächste Mal nicht die Mühe machen.«

»Danke«, sagte Hannah mit erstickter Stimme. Sie streckte die Hand nach dem Päckchen aus und hoffte, dass Neville das Zittern nicht bemerkte. Sie hatte nur einen Gedanken. Er musste hier raus. »Wenn Sie mich jetzt entschuldigen, ich bin sehr müde.«

»Wo waren Sie überhaupt?«, fragte Neville im Plauderton. »Sie sehen aus wie eine ertrunkene Ratte. Holen sich noch den Tod in diesem Regenmäntelchen.« Er machte keine Anstalten zu gehen oder ihr das Päckchen zu geben, und Hannah durchzuckte ein furchtbarer Gedanke. Was, wenn er nicht ging?

Was, wenn er einfach hierblieb? Sie konnte ihn nicht eigenhändig rauswerfen.

Plötzlich hatte sie genug. Sie drängte sich an ihm vorbei, ging in ihr Zimmer und schloss die Tür hinter sich ab. Sie lehnte sich mit dem Rücken an das massive Eichenholz, fühlte sich schwindlig und benommen.

Sie zitterte vor Schock und Kälte, und als sie an sich hinunterblickte, sah sie sich so, wie Neville sie gesehen haben musste – durchnässte Jeans, dünnes Oberteil, das an der Haut klebte, wo der Regen ihren Mantel durchtränkt hatte, die nasse Baumwolle, die sich an ihre Rippen schmiegte. Sie fühlte sich unerträglich entblößt.

Die Handtasche hielt sie immer noch in der linken Hand. Sie holte das Handy heraus, starrte mit klappernden Zähnen darauf und überlegte, wen sie anrufen könnte. Die Pförtnerloge *war* de facto der Sicherheitsdienst des Colleges. Selbst wenn heute Abend ein zweiter Pförtner Dienst hatte – was sie bezweifelte, abends war es normalerweise ruhig –, konnte sie ihn kaum bitten, seinen Kollegen rauszuwerfen.

April? Nicht nach dem, was heute Abend geschehen war – außerdem saß sie betrunken in einer Bar am anderen Ende der Stadt.

Dr. Myers? Er war am nächsten und besaß eine gewisse Autorität. Falls sie überhaupt jemandem von Nevilles Verhalten erzählen würde, dann ihm – als ihr Tutor sollte er die erste Anlaufstelle für Betreuungsfragen sein. Doch Hannah hatte Bedenken, Neville bei der Collegeverwaltung zu melden. Was sollte sie denn sagen? *Er hat mir ein Päckchen gebracht.* Das klang nicht gerade überzeugend. Außerdem hatte sie Dr. Myers' Nummer nicht.

Sie stand wie gelähmt da und überlegte, was sie tun sollte, als es klopfte. Sie schrak zusammen, ihr Herz hämmerte in der Brust. Ihr erster Gedanke war, dass Neville sich Zutritt verschaffen wollte, doch dafür klang das Klopfen zu schwach. Es kam nicht von ihrer Zimmertür.

Sie hielt den Atem an, während sie das Ohr an die Tür presste und horchte, ob Neville noch da war.

Nichts war zu hören, nicht einmal das Knarren eines Dielenbretts, und dann klopfte es erneut, diesmal lauter. Jemand wollte in die Wohnung. Bedeutete es, dass Neville gegangen war?

Langsam und lautlos drehte Hannah den Türknauf und öffnete die Tür. Der Lüster im Wohnzimmer war ausgeschaltet, die Leuchte in der Nische neben dem Kamin aber hell genug, um ihr zu zeigen, dass sie allein war. Die Tür zum Flur war zu.

Es klopfte erneut, dann eine Stimme.

»April? Hannah? Seid ihr da?«

Will.

Hannah flog fast durchs Wohnzimmer, ihre klammen Finger fummelten am Schloss herum. Dann stand Will vor ihr.

»Euer Licht war –«, setzte er an, doch etwas in ihrem Gesicht musste sie verraten haben, denn seine Miene änderte sich schlagartig. »Hannah? Geht es dir gut? Wo ist April? Ist was passiert?«

Hannah konnte nur den Kopf schütteln: *Nein, mir geht es nicht gut, nein, es ist nichts passiert.* Beides stimmte. Will schloss die Tür hinter sich und führte sie zum Sofa, drückte sie sanft aufs Polster.

»Hannah, du zitterst ja. Was ist passiert? Soll ich jemanden holen?«

»Nein«, stieß sie hervor, »es geht mir gut. Es tut mir leid, ich –«

Dann brach sie in Tränen aus.

Ehe sie es sich versah, hatte Will sie in die Arme genommen, und sie schluchzte an seiner Schulter, spürte seine Wärme, die weiche Haut in seinem Nacken, atmete seinen Duft nach Waschmittel, Duschgel und warmer Haut ein.

»Alles gut«, hörte sie seine Stimme, seltsam vertraut und nah, spürte die Wärme seines Atems an ihrem Ohr, als er die Worte wiederholte: »Alles gut. Ich bin bei dir. Es ist gut. Es ist alles gut. Na komm. Ich bin bei dir.«

Sie spürte, wie ihre Atmung ruhiger wurde. Sie wollte sich nicht bewegen. Sie wollte hierbleiben, in Wills Armen, sich von seiner Wärme schützen lassen. Ihre Lippen lagen auf seinem T-Shirt, in der Vertiefung unterhalb des Schlüsselbeins. Es war kein Kuss – aber fast. Und dann erkannte sie, dass sie etwas sehr, sehr Dummes tun würde, wenn sie sich nicht von ihm löste.

»Es tut mir leid«, brachte sie schließlich heraus und richtete sich auf. Will ließ sie los, obwohl – bildete sie sich das nur ein? – er dabei ein wenig zögerte und seinen Arm auf der Sofalehne ließ, was einer Umarmung nahekam, auch wenn sie einander nicht berührten.

Hannah hustete, schob die Haar zurück und wischte sich über die Augen. Zum Glück war es im Wohnzimmer ziemlich dunkel. Da sahen ihre roten Augen und ihr geschwollenes Gesicht hoffentlich nicht so schlimm aus.

»Verrätst du mir, was los ist?«, fragte Will leise. Hannah schluckte. *Lieber nicht,* hätte die ehrliche Antwort gelautet. Denn nun, da Neville weg war, hätte sie am liebsten getan, als wäre all das nie passiert. Doch das war unmöglich. Es entstand eine lange Pause, in der Hannah versuchte, die richtigen Worte zu finden. Insgeheim hoffte sie, dass Will sich den Rest denken oder einfach aufstehen und sagen würde: *Gut, ich muss dann los*. Aber er tat weder das eine noch das andere, saß nur da in dieser angespannten Stille. Sie war sich seines Arms auf der Sofalehne schmerzlich bewusst und dass sein nackter Unterarm ihren Nacken berühren würde, wenn sie sich nur nach hinten lehnte.

»Es war nichts«, sagte sie schließlich. Das war gelogen und durchschaubar obendrein. Aber ihr war, als stünde sie am Rande eines Abgrunds – und als würde sie, wenn sie Will die Wahrheit sagte, hinabspringen und etwas in Gang setzen, das sie womöglich nicht mehr aufhalten konnte. »Ich habe mich dumm angestellt. Es geht um diesen Pförtner, Neville, er ist wirklich komisch, schon seit ich hier bin. Als ich zurückkam, war er in der Wohnung. Er hat nichts gemacht«, sagte sie hastig, als sie Wills Miene bemerkte. »Es war nur ein Schock, sonst nichts.«

»Er war in deiner Wohnung?«, fragte Will irritiert. »Sorry, aber seit wann treiben sich Pförtner in den Wohnungen von Studentinnen herum? Oder generell in Wohnungen?«

»Er hat ein Päckchen gebracht.« Es stimmte, er hatte ihr tatsächlich ein Päckchen gebracht. Es lag vor ihnen auf dem Couchtisch. »Es war zu groß fürs Fach.«

»Okay, aber –« Will schienen einen Moment lang die Worte zu fehlen. »Aber das ergibt doch keinen Sinn. Ich meine, seit wann machen Pförtner so etwas? Bewahren sie große Sachen normalerweise nicht hinter dem Tresen auf? Die bringen nichts aufs Zimmer, und selbst wenn, wohl kaum um« – er sah auf die Uhr – »kurz vor zehn, Herrgott noch mal. Du hättest schon schlafen können. Und wie ist er überhaupt reingekommen? Hattest du nicht abgeschlossen?«

»Ich – ich weiß es nicht.« Hannah hatte gar nicht darüber nachgedacht, wie Neville in die Wohnung gekommen war. Nun aber erschreckte sie der Gedanke. Hatten die Pförtner Schlüssel? Oder hatten sie und April die Tür nur angelehnt? Sie hatten es eilig gehabt, und April war zurückgegangen, um ihre Handschuhe zu holen. »Möglich wäre es«, sagte sie langsam, »aber … ich glaube eher nicht.«

»Das ist nicht in Ordnung, Hannah«, sagte Will. Er schüttelte den Kopf und fuhr sich energisch mit der Hand über das Gesicht, als wollte er den Ärger wegwischen.

»Es ist nichts«, sagte Hannah fast flehentlich. Panik überkam sie, als ob ihr die Ereignisse entglitten. Sie hatte sich gewünscht, dass Will sie aufmunterte, statt es noch schlimmer zu machen. »Es ist nichts passiert.«

»Das ist nicht nichts, das ist total sonderbar. Ist das der, der zu dir gesagt hat, dass er auf kleine Mädchen steht?«

»Was?«, fragte Hannah. »Mein Gott, nein. Er hat gesagt, er mag höfliche kleine Mädchen. Aber woher weißt du überhaupt – du warst an dem Abend gar nicht da.«

»Ryan hat es mir erzählt. Und mal ehrlich. Kleine Mädchen? Höfliche kleine Mädchen? Das ist verdammt creepy.«

»Es ist creepy, aber nicht so.« Hannah merkte, dass sie in Rage geriet. »Ich meine, so hat er es nicht gesagt. Er meinte, er mag höfliche – Himmel, das ist blöd.«

»Ja, ist es, warum also verteidigst du ihn?« Will sah bestürzt und wütend aus. Aus dem Augenwinkel bemerkte Hannah, wie sich die Muskeln in seinen Unterarmen anspannten und entspannten, während er die Faust ballte und wieder löste.

Eine Mischung aus Frust und ohnmächtiger Wut schnürte ihr die Kehle zu. Wie konnte Neville es wagen, in ihre Wohnung zu kommen und alles zu beschmutzen, was er anfasste? Und warum tat Will, als wäre es ihr Problem?

Sie spürte, wie ihr das Blut in die Wangen schoss, und stand auf.

»Mir geht es gut.« Sie ging zum Fenster und kehrte Will den Rücken, konnte ihm nicht in die Augen sehen. Im Erker wischte sie das Kondenswasser von den Scheiben, sodass kleine Rinnsale in die bleiverkleideten Rillen tropften, und starrte hinaus in die Nacht. Über dem Kreuzgang leuchteten die bunten Glasfenster der Kapelle. Der Regen hatte aufgehört, der

Himmel war klar und mit Sternen übersät. Sie fröstelte und spürte, wie die Kälte durch das undichte alte Fenster und in ihre feuchte Kleidung drang.

»Ich verteidige ihn nicht«, sagte sie schließlich. »Ich denke nur, dass ich – vielleicht überreagiert habe. Ich war schockiert, als ich ihn in meiner Wohnung entdeckte, aber – das war alles.«

»Okay«, sagte Will leise. Sie hörte das Rascheln von Stoff, als er aufstand. »Willst du, dass ich bleibe? Ich könnte in Aprils Zimmer schlafen ... oder auf der Couch.«

Hannah schloss die Augen. Sie hätte nichts lieber getan, als Ja zu sagen. Der Gedanke, in ihrem Zimmer zu liegen und auf Nevilles Rückkehr zu warten, so unwahrscheinlich das auch sein mochte, war nahezu unerträglich. Aber der Gedanke an Will, der nur wenige Meter entfernt lag, war auf ganz andere Weise unerträglich.

»Mir geht es gut«, sagte sie so leise, als spräche sie mit sich selbst. Sie hörte Wills Schritte auf den alten Dielen knarren, als er hinter sie trat.

»Tut mir leid«, sagte er, »ich habe nicht verstanden –«

Er legte ihr zaghaft die Hand auf die Schulter, seine Haut fühlte sich durch die dünne, feuchte Baumwolle ihres Shirts schockierend warm an. Hannah begann zu zittern, und Will zog die Hand weg, als hätte er sich verbrannt.

»Entschuldige bitte«, sagte er, und Hannah begriff, dass er ihre Reaktion für Abscheu gehalten hatte.

»Nein«, sagte sie und drehte sich um, »es ist –«

Hannah war sich später nicht mehr sicher, wie es passiert war, ob sie sich an Will gelehnt hatte oder er sich an sie oder ob sich ihre Körper einfach nur in einem dieser dummen, ungeschickten Zusammenstöße begegnet waren, bei denen sich zwei Menschen in dieselbe Richtung bewegen und gleichzeitig versuchen einander auszuweichen.

Sie wusste nur, dass sie plötzlich ganz dicht beieinanderstanden und dass sie sich nicht bewegen wollte, nicht bewegen konnte. Und dann berührten sich ihre Münder, Lippen und Zungen, und ein tiefes Verlangen erfüllte sie.

Ein Laut entwich ihr, ein leises Stöhnen, und Wills Lippen waren an ihrem Hals und seine Hände unter ihrem Shirt, und sie drückte sich an ihn, spürte ihn an sich, und sie wusste, fühlte, dass er es ebenso sehr wollte wie sie.

Dann ein Geräusch aus dem Korridor. Sie wichen gleichzeitig zurück, starrten einander mit wild geweiteten Pupillen und Mündern an, die noch weich und feucht vom Küssen waren.

»Fuck«, sagte Will. Sein Gesicht war weiß im Mondlicht, das durchs Fenster fiel, und er sah plötzlich viel älter aus als neunzehn. Er wandte sich ab, stopfte hektisch das Shirt in die Hose und schüttelte den Kopf, als wollte er die Erinnerung an ihre Berührung, an das, was gerade geschehen war, loswerden. »Es tut mir leid – es tut mir so, so leid –«

»Will«, stieß Hannah hervor. »Will, das warst nicht nur du – wir beide –«

»Fuck«, stöhnte er noch einmal, und sie wusste, dass es nicht nur um das ging, was er gerade getan hatte, was sie beide getan hatten, sondern auch um das, was es bedeutete – dass sie niemals zusammen sein konnten, da ihr gemeinsamer Verrat April mit Sicherheit zerstören würde.

Sie stand da und sah hilflos zu, wie er die Jacke von der Sofalehne nahm, kurz in der Tür stehen blieb und sie ansah.

»Hannah, bitte«, sagte er und hielt inne. Sie war sich nicht sicher, was er sagen wollte. *Sag April bitte nichts? Hass mich bitte nicht? Komm mir bitte nicht mehr zu nahe?*

Sie wartete. Ihr Herz klopfte in der Kehle.

Aber er schüttelte nur den Kopf.

»Pass auf dich auf«, sagte er schließlich. Und dann schloss er ganz leise die Wohnungstür hinter sich, als fürchtete er, ein Geräusch zu machen.

DANACH

Die altmodische Türglocke von Bonnie Bagel klingelt blechern, als Hannah eintritt. Drinnen bleibt sie einen Moment stehen, damit sie zu Atem kommen kann und ihre Brille wieder klar wird. Sie schaut sich in dem kleinen Café um; niemand da, obwohl sie zehn Minuten zu spät ist.

Für einen kurzen Moment wird ihr Herz leicht. Vielleicht hat er aufgegeben und ist nach Hause gegangen. Sie wird nicht warten, um es herauszufinden. Sie wird ihm eine Mail schreiben – *ich war da, wir müssen uns verpasst haben.* Hannah will gerade auf dem Absatz kehrtmachen, als eine Frau aus der Küche eilt und sich die Hände an der Schürze abwischt.

»Hallo, meine Liebe, tut mir leid, dass ich Sie nicht gehört habe. Wo möchten Sie sitzen?«

»Nun …« Hannah zögert. »Eigentlich bin ich mit einem Freund verabredet, habe ihn aber wohl verpasst. Ich sollte –«

Sie wendet sich zur Tür, als die Frau sie fröhlich und hilfsbereit unterbricht.

»Junger Mann mit rotblondem Haar? Nein, nein, den haben Sie nicht verpasst, der sitzt im Hinterzimmer. Er sagte, Sie wollten sich in Ruhe unterhalten. Vorsicht, die sind heute alle so! Ich weiß nicht, warum die Touristen so schüchtern sind, am Regen kann's nicht liegen. Wir hatten ja kaum welchen.« Sie lacht freundlich. Hannah spürt, wie ihr Gesicht in sich zusammenfällt, tut aber, als wäre sie froh, dass sie nicht vergeblich gekommen ist.

»Oh, gut. Danke«, sagt sie schwach.

»Soll ich Ihnen was Warmes bringen? Tee? Oder Kaffee? Oder einen Scone?«

»Ich … ähm … ich nehme nur eine Flasche Mineralwasser, bitte«, sagt Hannah. »Still.«

Die Frau nickt. »Ich bringe es Ihnen, meine Liebe. Ist gleich da drüben, die Treppe hoch.«

Geraint sitzt am Fenster, steht aber auf, als sie hereinkommt. »H-hannah, hi.« Die Sonne scheint durchs Fenster und färbt seine Ohrenspitzen rosa, sodass es aussieht, als würde er erröten.

»Hi«, sagt sie unbeholfen. Er zieht einen Stuhl heran und macht eine kleine Geste. Beim Setzen fragt sie sich, ob sie gerade einen großen Fehler macht. Sie ist dankbar für die Privatsphäre, hat aber nicht damit gerechnet, im hinteren Teil des Cafés zu landen. Von hier aus kann sie nicht so schnell verschwinden, falls das Gespräch eine unerfreuliche Wendung nehmen sollte. Eine kurze Pause entsteht.

»Möchten Sie die Speisekarte sehen?«, fragt Geraint.

Hannah schüttelt den Kopf. »Danke, ich habe unten schon bestellt. Wie geht es Ihnen?«

Eine im Grunde sinnlose Frage, aber sie weiß nicht, was sie sonst sagen soll, und Geraint wohl auch nicht, denn er greift sie dankbar auf.

»Ja, gut, ich meine, ich bin wirklich froh, dass Sie bereit waren, sich mit mir zu treffen. Ich wollte nur sagen, dass – ich weiß, es war, na ja, ich meine, ich habe nicht erwartet –«

Sie haben mir eigentlich keine Wahl gelassen, denkt Hannah, kann ihm aber nun, da sie sich gegenübersitzen, nicht böse sein. Er sieht ängstlich und gar nicht bedrohlich aus. Einfach … nett.

»Sie sagten, Sie sind ein Freund von Ryan?«, fragt sie, als ihm nichts mehr einfällt, und Geraint nickt.

»Ja, er war beim ›Herald‹, als ich nach der Uni dort angefangen habe, und er war – na ja, man könnte ihn als meinen Mentor bezeichnen.« Er schaut auf seine Hände, sein Gesicht wirkt plötzlich um Jahre älter. »Er ist so ein netter Kerl. Es hat mir schrecklich leid für ihn getan.«

»Ja, mir auch«, sagt Hannah leise. »Wie« – sie schluckt – »wie geht es ihm?«

»Was soll ich sagen, gut, denke ich. Am Anfang war es ziemlich furchtbar, ich habe ihn immer in dieser schrecklichen Reha besucht, Sie wissen schon, wo es nach Kohl roch.«

Hannah nickt, aber es ist gelogen. Sie kennt die Klinik nicht, von der Geraint spricht. Sie ist sich schmerzlich bewusst, dass sie und Will Ryan im Stich gelassen haben – auch wenn es Will gegenüber nicht ganz fair ist. Wäre sie nicht gewesen, hätte Will vielleicht mit den anderen Kontakt gehalten. Sie ist es, die aus England geflohen ist, die alle Kontakte nach Pelham abgebrochen und sich geweigert hat, zurückzukehren und alte Erinnerungen aufzuwühlen. Will wollte Ryan und Emily zu ihrer Hochzeit einladen, ein richtig schönes Fest in einem Hotel in den Borders, aber Hannah hatte nur eine Trauung im Standesamt gewollt, mit Hugh als Trauzeugen und ihrem Vater, der sie in das Trauzimmer führte. Und Will hatte wie immer zugestimmt, um ihr nicht wehzutun.

Doch als Geraint jetzt von Ryans schwerem Weg der Genesung nach dem Schlaganfall berichtet, begreift sie, was sie getan haben, was *sie* getan hat, und empfindet Trauer und Schuld.

»Aber er genießt es sehr, wieder zu Hause bei Bella zu sein«, sagt Geraint abschließend. »Das bedeutet ihm sehr viel. Das und die Tatsache, dass er wieder sprechen und tippen kann. Ich glaube, es hat ihn wahnsinnig gemacht, weder sprechen noch schreiben zu können, gerade er, der nie den Mund halten konnte.«

Hannah lacht zittrig, aber aufrichtig. Weil sie die Ironie darin erkennt, dass der arme Ryan, der auf jeder Party am meisten und am lautesten redete, der einen in der Küche an die Wand drückte und über den Spätkapitalismus und Engels und Marx belehrte, unfreiwillig schweigen und das Geschwätz der Krankenschwestern über sich ergehen lassen musste, ohne ein einziges Mal *Ich glaube, das ist wie folgt* oder *Also, Schatz, wenn du David Graeber nicht gelesen hast* … zu sagen.

»Das kann ich mir gut vorstellen«, sagt sie.

Danach herrscht langes Schweigen. Geraint starrt in die Tiefen seines Kaffees, als könnte er dort eine Eröffnung für ihr Gespräch finden. Er setzt zum Sprechen an, doch dann erklingen Schritte auf der Treppe, und die Cafébesitzerin kommt mit einer Flasche Mineralwasser und einem Glas Eiswürfel zu ihnen. Sie stellt beides auf den kleinen Tisch und lächelt.

»Bitte sehr, meine Lieben. Wenn Sie noch was brauchen, einfach rufen, ich bin gleich da unten.«

Hannah öffnet das Wasser und gießt sich ein, um etwas zu tun zu haben, Durst hat sie keinen. Und weil sie zunehmend das Gefühl hat, dass sie sonst nie zur Sache kommen, sagt sie: »Also. Was wollten Sie mich fragen?«

Geraint errötet und macht den Eindruck, als hätte sie ihn von einer Last befreit.

»Also. Ja. Zunächst mal danke, dass Sie sich bereit erklärt haben, mit mir zu sprechen. Es muss ungeheuer schwer sein, sich das alles nach so vielen Jahren noch einmal vor Augen zu führen.«

Amen, denkt Hannah, sagt aber nichts.

»Erst mal ein bisschen über mich – ich habe als Teenager das erste Mal von dem Fall gehört und glaube … nun, ich glaube, ich war einfach fasziniert. Ich hatte als Kind manchmal morbide Gedanken, und etwas an April …« Er schweift ab.

Kein Wunder, denkt Hannah, und wieder sagt sie es nicht. Sie weiß genau, was dieses Etwas ist, von dem Geraint spricht – Aprils hübsches Gesicht mit den hohen Wangenknochen, die Fotos, wie sie am Ufer der Isis faulenzt, der Träger ihres Tops am Arm hinuntergerutscht. April war die Traumfreundin eines jeden pickeligen Teenagers, und die Tatsache, dass sie ermordet worden war, machte sie nur noch unerreichbarer. Man konnte sie gefahrlos begehren.

»Wie dem auch sei«, sagt Geraint, »ich habe immer wieder Berichte über den Fall gelesen und Anfang des Jahres einen langen Artikel darüber geschrieben – er hieß ›Tod eines It-Girls – zehn Jahre später, zehn offene Fragen‹. Vielleicht haben Sie ihn gelesen?«

Hannah schüttelt den Kopf. Sie überlegt, ob sie Geraint sagen soll, dass sie seit Jahren nichts über den Mord an April gelesen hat, doch er redet schon weiter.

»Der Artikel ist viral gegangen und, nun ja, ich habe den Auftrag für einen zehnteiligen Podcast zu dem Fall bekommen.«

»Okay«, sagt Hannah langsam. Irgendwie ist ihr beim Gedanken an einen Podcast noch unwohler als bei einem Artikel. Dann fällt ihr etwas ein. »Sie nehmen das hier doch nicht auf, oder?«

»Ähm, ich meine, nein«, sagt Geraint ein wenig unbeholfen. »Noch nicht. Ich nehme gewöhnlich Dinge für meine eigenen Unterlagen auf, aber ich würde kein Wort unseres heutigen Gesprächs senden. Ich bin noch in der Recherchephase. Wäre es Ihnen lieber, wenn ich nicht aufnehme? Ich kann mir auch Notizen machen, wenn Sie sich damit wohler fühlen.«

»Das wäre mir lieber«, sagt Hannah ein wenig steif. Sie weiß, es ist irrational – was ist der Unterschied zwischen einem Zitat auf Papier und einer Handyaufnahme? Doch der

Gedanke, dass Geraint ihre bebende Stimme aufnimmt, während sie über den Abend spricht, ist unerträglich.

»Okay, klar«, sagt Geraint, steckt das Handy weg und nimmt Stift und Notizbuch heraus. »Hören Sie, ich möchte wirklich klarstellen, das hier ist kein Whitewashing. Ich bin nicht darauf aus, um jeden Preis Nevilles Unschuld zu beweisen. Ich wollte mit Ihnen sprechen, um sicherzugehen, dass ich dem Fall gerecht werde. Ich möchte einfach nur verstehen, was passiert ist. Es gibt Lücken, die ich nie füllen konnte.«

Hannah sagt nichts dazu und umklammert das Wasserglas so fest, dass sich ihre Finger weiß färben.

»Könnten Sie … noch einmal durchgehen, was an jenem Abend passiert ist?«, fragt Geraint schüchtern und spielt mit seinem Stift.

Hannah holt tief Luft. Das hier ist nicht neu, sie hat es tausendmal durchlebt; man sollte meinen, dass der Schmerz nachlässt, aber das tut er nicht, jedenfalls nicht ganz. Trotzdem ist es besser, wenn sie Geraint alles erklärt, damit er seine kleine Verschwörungstheorie, welche auch immer, zu den Akten legen kann.

»Es war spät. Ich war in der Collegebar. Hugh war dabei, Ryan auch. Emily recherchierte irgendetwas in der Bibliothek. Will war übers Wochenende nach Hause gefahren. An dem Abend wurde Aprils Theaterstück ›Medea‹ zum letzten Mal aufgeführt, und wir hatten eine Feier geplant – spezielle Cocktails und so weiter. Irgendwann am Abend ging April in unsere Wohnung, um sich umzuziehen, und kam nicht zurück. Also zog ich los, um sie zu suchen.«

Sie schließt die Augen und erinnert sich. Sie erinnert sich an das Gras unter ihren Füßen, als sie und Hugh leichtfüßig durch den Fellows' Garden gelaufen waren. An das Licht in Aprils Schlafzimmerfenster, als sie den Hof überquert hatten.

Und dann, Neville. Er trat aus Treppenhaus VII, seine Schritte erstaunlich leise für einen so großen Mann. Sie war wie erstarrt stehen geblieben, hatte erwartet, er werde sie sehen, doch das war offenbar nicht der Fall gewesen. Er hatte sich umgedreht und war in die Nacht hinausgeeilt, und sie war zur Treppe gegangen.

Und dann – und dann – und dann –

»Ich bin die Treppe zu unserer Wohnung hinaufgegangen. Die Tür stand offen.« Ihre Stimme klingt seltsam in ihren Ohren. »Genau wie damals – genau wie an dem Abend, als ich Neville dort entdeckt hatte. Ich hätte wissen müssen, dass etwas nicht stimmt. Aber ich habe keinen Verdacht geschöpft, obwohl er auf der Treppe war. Ich hätte es wissen müssen.«

Nun folgen die Bilder, eingebrannt in ihr Gedächtnis, flackern blitzartig auf. Ihre Hand an der Tür. Ein Fächer aus dunklem Haar, Aprils Medea-Perücke, ausgebreitet auf dem Teppich. Und dann …

Genau da bricht es ab. *Der Verstand schützt sich vor dem, was unerträglich schmerzhaft ist,* hatte eine Psychologin mal zu ihr gesagt. Sie war wütend geworden, weil es sich anhörte, als *wollte* sie vergessen, als wäre das ein Zeichen von Egoismus.

»Ich erinnere mich kaum, was danach geschah«, sagt Hannah, setzt das Glas an die Lippen und nimmt einen großen Schluck, spürt, wie das eisgekühlte Wasser ihre Kehle betäubt und der Schmerz nadelscharf in ihre Zähne schießt.

»Die Erinnerung ist also nie zurückgekommen?«, fragt Geraint, und sie schüttelt den Kopf.

»Manchmal blitzt etwas in Träumen auf. Aber ich bin mir nie sicher, was davon Erinnerung ist und was nur mein Verstand, der rekonstruiert, was er glaubt gesehen zu haben. Ich kann mich nicht darauf verlassen. Ich habe aber definitiv gesehen, wie Neville die Treppe von unserer Wohnung herunterkam. Da bin ich mir absolut sicher.«

»Die Sache ist die: John Neville stammte aus derselben Stadt wie ich«, sagt Geraint. Hannah schaut von ihrem Wasser auf.

»Tatsächlich?«

»Ja, seine Mutter hat bei meiner Tante um die Ecke gewohnt, was ihn natürlich nicht unschuldig macht, aber es hat wohl meine Sichtweise beeinflusst. Ich habe alles über seine Verteidigung und die Lücken in der Anklage gelesen. Die Tatsache, dass man keinerlei DNA-Spuren von Neville an April gefunden hat, konnte niemand wirklich erklären. Gut, der Mörder könnte Handschuhe getragen haben, aber es scheint unglaubwürdig, dass Neville April erwürgt haben soll, ohne dass sie ihn gekratzt oder sich gewehrt hat. Im Übrigen hat niemand Kampfgeräusche gehört, obwohl im Raum darunter Leute waren. Darüber hinaus gab es noch viele weitere Gesichtspunkte, die die Verteidigung nie vorgebracht hat. Wussten Sie beispielsweise, dass April angeblich schwanger war, als sie starb?«

Ein Scheppern. Hannah hat die Wasserflasche umgestoßen. Zum Glück ist sie leer oder fast leer. Sie tastet hektisch danach, bevor sie vom Tisch rollt, und überlegt, was sie zu dieser Behauptung sagen soll.

»Entschuldigung«, sagt Geraint, als hätte *er* die Flasche umgeworfen, schiebt das Notizbuch beiseite und wischt mit seiner Serviette die kleine Pfütze auf. »Sorry, sorry. Ich nehme an, Sie wussten es nicht?«

»Nein«, sagt Hannah schwach, will die Hand auf den Bauch legen, hält sich aber zurück. Sie ist immer noch in einem Stadium, in dem ihre Schwangerschaft für Fremde nicht gleich erkennbar ist. Aus irgendeinem Grund will sie nicht, dass er es erfährt.

Sie spürt ein seltsames Flattern im Inneren und hält inne. Ist es das Baby? In den Büchern steht, dass man es in der ersten Schwangerschaft zwischen der zwanzigsten und vierundzwanzigsten Woche erstmals spürt. Sie ist in der dreiundzwanzigsten Woche und hat sich bei jedem kleinen Zucken schon gespannt gefragt, ob es ihr Kind oder nur ein Muskel ist. Sie ist völlig abgelenkt, und Geraint fragt: »Hannah? Geht es Ihnen gut?«

»Ja, danke«, sagt sie und kehrt mit den Gedanken in die Gegenwart zurück. »Ich – nein, das wusste ich nicht. Aber um ehrlich zu sein –«

Sie verstummt, will Geraint nicht ins Gesicht sagen, dass es gelogen ist. Es würde voreingenommen wirken, als wäre sie in ihrer Meinung festgefahren. Doch sie ärgert sich über seine Worte. April, schwanger? Das ist doch lächerlich.

»Ich will nicht unhöflich sein, aber ich bin –« Sie hält inne, korrigiert das Tempus, wie schon so oft. »Ich *war* ihre Mitbewohnerin, ihre beste Freundin. Ich finde es sehr unwahrscheinlich, dass sie mir das nicht erzählt haben soll. Und falls es stimmt, warum haben Nevilles Anwälte es dann bei der Verhandlung nicht erwähnt? Es … kommt mir einfach unwahrscheinlich vor. Tut mir leid.«

»Oh, da bin ich ganz Ihrer Meinung«, sagt Geraint nachdrücklich. »Ich habe es auch nicht ernst genommen, als ich es zum ersten Mal hörte. Aber dann habe ich Ryan gefragt, und er hat es bestätigt.«

Hannah weiß nicht, was sie sagen soll, und starrt Geraint mit offenem Mund an. Es wollen keine Worte kommen, die Stille zwischen ihnen ist beklemmend. In ihrem Kopf ist es genau umgekehrt. Da sind zu viele Worte – Worte, die wie Bienen in einem Glas summen und brummen. Ryan. April. *Schwanger.*

Warum um alles in der Welt hätte sie es ausgerechnet Ryan sagen sollen? Es sei denn …

Geraint unterbricht ihre Gedankenspirale. »Ryans Theorie zufolge hat die Verteidigung es nicht erwähnt, weil sie dachten, es würde nach Täter-Opfer-Umkehr aussehen. Die sexuelle Vergangenheit des Opfers zu benutzen, um von der eigentlichen Tat abzulenken. Sie dachten, es würde bei den Geschworenen schlecht ankommen und dass sie Neville freibekommen könnten, indem sie auf andere Lücken in der Beweislage hinwiesen. Nur … hat das nicht funktioniert.«

»Und das hat Ryan Ihnen erzählt? Er hat es bestätigt?«

Geraint nickt.

»Hat er gesagt, warum April es ihm anvertraut hat?«

Geraint schüttelt den Kopf.

Hannah lehnt sich zurück und versucht, sich einen Reim darauf zu machen, doch es ergibt keinen Sinn. War es vielleicht einer von Aprils Streichen?

»Die Sache ist die …«, sagt sie bedächtig. »Sie dürfen nicht vergessen, dass April … nun ja, sie hat gern Dinge erfunden.«

»Wie meinen Sie das?« Geraint wirkt irritiert.

»Sie spielte anderen gern Streiche, von denen nicht alle sonderlich lustig waren. Zum Beispiel hat sie Hugh aufgetischt, sein Handymodell sei möglicherweise von einer Rückrufaktion betroffen. Sie hat ihn dazu gebracht, bei Nokia anzurufen, um einen Sicherheitstest zu machen. Nur war natürlich nicht Nokia am Apparat, sondern April. Sie hat ihre Stimme verstellt und ihm den vermeintlichen Test erklärt. Ich kann mich nicht an alles erinnern, aber die Pointe bestand darin, dass er einen numerischen Diagnosebefehlscode eingeben sollte – damals hatten einige ältere Handys noch Zifferntastaturen, auf denen das Alphabet hinterlegt war. Aber wenn man die Zahlen eintippte, erschien im Display der Text *Ich bin ein Arsch.*«

»Ha!«, lacht Geraint und wirkt gleich darauf beschämt,

weil es aussieht, als hätte er den ernsten Grund vergessen, aus dem sie hier sind. »Also … ähm …«, sagt er zögerlich. »Sie meinen, sie hat Ryan auf den Arm genommen?«

»Mag sein«, sagt Hannah, aber es klingt schwach, das merkt sie selbst. Ihr Herz klopft heftig, ihr Verstand rotiert und versucht, das alles zu durchschauen.

Warum hat April sich ausgerechnet Ryan anvertraut? Und warum sollte er ihr glauben?

Sie denkt an Aprils Tür, die frühmorgens geschlossen war, an das unverkennbare Geräusch von zwei Menschen, die Sex hatten.

Sie denkt daran, wie sie Will beim Frühstück traf, fröhlich und arglos. *Darf ich so unverschämt sein und dich bitten, mir einen Kaffee mitzubringen?*

»Es tut mir leid.« Sie schiebt ihr Glas von sich und steht auf. »Es tut mir wirklich leid, ich muss gehen. Ich habe einen Termin. Ich hoffe, ich konnte Ihnen helfen.«

Aber sie weiß, dass das nicht stimmt. Was immer Geraint von ihr will, bekommen hat er es nicht. Sie hat ihm nichts gesagt, das er nicht schon wusste. Dafür hat sie im Gegenzug eine Menge unerwünschter Informationen erhalten, die sie sichten, sortieren und mit denen sie leben muss. *Warum bin ich hergekommen? Warum habe ich mich darauf eingelassen?*

»Ja, danke«, sagt Geraint. Er ist auch aufgestanden und folgt ihr zur Treppe, obwohl sie sich verzweifelt wünscht, allein zu sein. »Ich weiß das wirklich zu schätzen. Darf ich Sie anrufen, wenn ich noch etwas ausgrabe?«

Hannah hält inne, dreht sich um, bemüht um einen neutralen Gesichtsausdruck. Bloß nicht das Grauen, das sie empfindet, preisgeben. Etwas ausgraben? Warum sollte er das tun?

»Wie meinen Sie das?«, fragt sie ruhig.

»Nun, ich spreche mit Leuten – Nevilles Anwälten, Aprils Angehörigen. Falls es etwas gibt, das Sie meiner Meinung nach wissen sollten –«

Nein, will sie sagen oder lieber noch schreien. *Nein, es gibt nichts, was ich über diesen Fall wissen möchte. Ich will ihn vergessen – weiterleben – so tun, als wäre nichts davon je passiert. Lassen Sie mich in Ruhe!*

Aber sie kann ihn nicht vergessen. Sie kann nicht tun, als wäre das alles nie passiert. Nicht, wenn sie wirklich einen Fehler gemacht hat. Denn Geraint hat recht – sie hat über ein Jahrzehnt lang versucht, ihre Zweifel zu ersticken, zu verdrängen. Aber sie waren immer da und haben an ihr genagt. *Warum* hat Neville Jahr um Jahr seine Unschuld beteuert und sich die Chance auf vorzeitige Entlassung verbaut, wenn er wirklich schuldig war? *Warum* hatte niemand einen Kampf gehört, *warum* gab es am Tatort keine DNA von ihm? Lauter Fragen, die ihr in den langen Stunden zwischen Mitternacht und Morgengrauen durch den Kopf gegangen sind, Fragen, die sie verdrängt, in Schlaftabletten, Therapie und der beruhigenden Monotonie des Alltags ertränkt hat.

Und jetzt das: Die Nachricht, dass April schwanger gewesen sein könnte, bringt das Fass zum Überlaufen. Das kann sie nicht ignorieren oder wegschieben.

Hannah schließt die Augen. Das Bild von Neville, dem hageren, gebrechlichen alten Mann aus dem BBC-Nachrichtenclip, taucht vor ihren Augen auf, sein gehetzter, flehender Blick …

»Schön.« Das Wort kommt unbeabsichtigt über ihre Lippen.

Dann dreht sie sich um, stolpert die Stufen hinunter, wirft einen Fünfer auf den Tresen und geht, ohne auf das Wechselgeld zu warten.

»Alles in Ordnung, Liebes?«, hört sie noch, als die Tür hinter ihr zufällt, und sie will Ja sagen. *Ja, es geht mir gut, es ist nichts, alles bestens.*

Aber das wäre gelogen.

DAVOR

»Du kommst? Du kommst wirklich?«

Es war der Premierenabend von Aprils Theaterstück, und zum ersten Mal, seit sie sich vor fast acht Monaten kennengelernt hatten, erlebte Hannah ihre Freundin wirklich nervös. Sie lief im Zimmer auf und ab, vibrierte vor Anspannung, murmelte Zeilen vor sich hin und fluchte, wenn sie ihre Einsätze verpasste.

»Hannah!«, bellte sie, als nicht sofort eine Antwort kam. »Versprich, dass du kommst!«

»Ja!«, entgegnete Hannah genervt, kam sich dann gemein vor und fügte etwas sanfter hinzu: »Ja, April, ich verspreche es. Das habe ich doch gesagt.«

»Ich weiß, aber alle sind so mit den verdammten Vorprüfungen beschäftigt. Ich mache mir Sorgen, dass die alle lernen. Ich musste Hugh praktisch zwingen, zuzusagen. Ich kann mir nichts Schlimmeres vorstellen, als bei der Premiere in einen leeren Saal zu schauen.«

»Er wird nicht leer sein. Ich werde da sein – und Emily hat gesagt, sie kommt auf jeden Fall.« Und Will? Sie wusste es nicht und wollte nicht danach fragen. Irgendetwas stimmte schon länger nicht mit April und Will, aber Hannah hatte nicht gewagt, danach zu fragen. Sie fürchtete sich vor dem, was April erzählen könnte – oder davor, sich selbst zu verraten. »Die anderen aus dem Ensemble bringen sicher auch Freunde mit. Jemand hat sogar einen Flyer in der Bar aufgehängt – du wirst garantiert jede Menge Publikum haben. Um wie viel Uhr musst du da sein?«

»Um sechs«, sagte April und sah aufs Handy. »Shit. Ich muss los. Die Maske dauert ewig. Schwöre, dass du kommst.«

»Ich schwöre es. Erste Reihe. Und jetzt geh!«

Nachdem April gegangen war, rief Hannah Emily an.

»Em? Ich hoffe, du hast dir das mit heute Abend gemerkt. Sie dreht durch.«

»Heute Abend?« Hannah spürte, wie Emily in ihrer Erinnerung kramte.

»Ja, heute Abend. Aprils Theaterstück. Im Burton Taylor.«

»Shit.« Eine Pause. Hannah konnte hören, wie Emily durch ihren Terminkalender klickte. »Ich habe morgen eine Prüfung.«

Es waren die letzten vierzehn Tage des Trimesters, und sie steckten mitten in den Jahresendprüfungen, den ersten, die wirklich zählten.

»Em, du *musst* kommen. Sie dreht sonst durch. Sie hat Panik, dass sie vor leeren Rängen spielt. Wenn wir nicht da sind …«

»Ich habe ihr gesagt, ich komme, und das mache ich auch. Aber ich muss zeitig gehen.«

»Keine Sorge, ich auch. Muss noch lernen.«

Das war zu diesem Zeitpunkt eine Selbstverständlichkeit. Nur die wenigen Glücklichen, die ihre Vorprüfungen hinter sich hatten, lernten nicht bis in die Nacht und verfluchten sich, weil sie sich keine besseren Notizen gemacht hatten.

»Wie macht April das?«, fragte Emily. »Ich weiß, dass sie nicht zu den Vorlesungen geht, und ich habe sie seit drei Wochen nicht in der Mensa gesehen. Sie probt ununterbrochen, und sie spielen diese Woche jeden Abend. Lernt sie überhaupt?«

»Ich weiß es ehrlich gesagt nicht.« Hannah hatte sich dasselbe gefragt, denn April kam jeden Abend um elf völlig aufgedreht nach Hause. »Ich glaube, sie schläft kaum. Neulich musste ich um vier aufs Klo, und da hat sie immer noch getippt.«

»Verdammt«, sagte Emily. »Was immer sie nimmt, ich will etwas davon. Ich weiß mittlerweile kaum noch meinen Namen.«

»Geht mir genauso. Ich habe nur noch eine Klausur, aber die ist am schlimmsten.« Hannah dachte an die angelsächsischen Übersetzungen auf ihrem Schreibtisch und die zahlreichen Versuche, sich die komplizierten Deklinationen einzuprägen. Mit einem Exemplar von ›A Guide to Old English‹ auf dem Schoß bekam sie nur gerade so eine passable Übersetzung hin. Wie sie das in einer Klausur ohne Nachschlagewerk schaffen sollte, war ihr schleierhaft.

»Also dann …«, sagte Emily, als wollte sie das Gespräch beenden. »Ich mache mich besser wieder an die Arbeit. Wann gehst du?«

»Das Stück fängt um acht an, man braucht etwa fünfzehn Minuten … so gegen halb? Kommen …« Sie hielt inne und formulierte die Frage neu. »Weißt du, ob sonst noch jemand kommt?«

»Will muss kommen. Das würde April ihm nicht durchgehen lassen. Und Hugh wohl auch, weil er immer tut, was April ihm sagt. Ryan wollte sich rauswinden, er hätte was mit Rugby, aber ich habe gesagt, wenn ich es schon ertrage, dann kann er mich wenigstens unterstützen. Ich schreibe ihm besser und erinnere ihn dran. Er geht direkt hin.«

»Dann gehen wir … zusammen rüber?«

»Klar. Halb acht am Haupteingang?«

»Eigentlich –«, begann Hannah und hielt inne. Sie wollte Emily nicht sagen, dass sie den Haupteingang nur benutzte, wenn es sich gar nicht vermeiden ließ. Neville schien die

Pförtnerloge nie zu verlassen, und wann immer sie durch den Torbogen kam, tauchte er aus dem kleinen Büro auf, trat mit verschränkten Armen in die Tür und sah ihr nach, bis sie außer Sichtweite war. Hannah drehte sich nie um, nahm ihn nie zur Kenntnis, bekam aber eine Gänsehaut, wenn sie seine Augen im Rücken spürte, und kämpfte jedes Mal gegen den Drang, davonzulaufen.

Das Problem war, dass alles so vage blieb. Seit dem Abend in ihrer Wohnung hatte er sie nicht mehr angesprochen, doch die stille Überwachung war fast noch schlimmer. Und es passierte nicht nur in der Pförtnerloge. Neulich hatte sie sich bettfertig gemacht und draußen etwas gehört. Durchs Fenster hatte sie eine Gestalt im Hof gesehen, die zu ihr hochstarrte. In der Dunkelheit war das Gesicht nicht zu erkennen, der große, breite Umriss jedoch unverwechselbar. Hannah war sich sicher gewesen, dass Neville sie beim Schlafengehen beobachtete.

Mit zitternden Händen hatte sie den Vorhang zugerissen, sodass die Ringe klappernd gegen die Stange schlugen, und sich gewünscht, April wäre nicht bei der Probe. Seitdem ließ sie die Vorhänge selbst bei Tageslicht geschlossen. *Hier ist es wie in einer Gruft!*, hatte die mütterliche Sue verkündet, als sie am nächsten Tag zum Putzen hereinkam, doch Hannah hatte nur den Kopf geschüttelt und das Deckenlicht angeschaltet.

»Ja? Nein?«, fragte Em und riss sie aus ihren Gedanken.

»Lass uns durchs Cloade-Tor gehen. Das ist ein bisschen näher.« Das stimmte nicht, doch Emily sagte nichts dazu. »Ich hole dich ab, okay?«

»Okay«, sagte Emily. »Halb acht. Bis dann.«

Als sie am Theater ankamen, sah Hannah, dass Aprils Befürchtung, vor leerem Haus zu spielen, unbegründet gewesen war.

Eine Viertelstunde vor Beginn war der kleine Saal fast voll, und sie konnte ihr Versprechen, in der ersten Reihe zu sitzen, unmöglich halten.

Sie hielt Ausschau nach zwei Plätzen nebeneinander, als Emily sie anstieß und zur anderen Seite des Raumes zeigte.

Hannah drehte sich um und sah Ryan, der ihnen winkte und mit der anderen Hand auf einige freie Plätze deutete. Neben ihm saß Hugh über ein Lehrbuch gebeugt und daneben – ihr Magen schlug einen Purzelbaum.

Seit dem Kuss im letzten Trimester war sie Will so weit wie möglich aus dem Weg gegangen. Einfach war es nicht gewesen. Sie sorgte dafür, dass sie nicht zur selben Zeit im Speisesaal aßen und sie sich in der Bibliothek nicht neben ihn setzte. In diesem Trimester war es leichter. Alle lernten fleißig für die Vorprüfungen, April war wegen der Proben fast nie in der Wohnung und Will daher auch nicht.

Bei offiziellen Essen oder Feiern, die sie nicht absagen konnte, achtete sie darauf, dass sie einander nicht zu nahe kamen, und Will schien es auch so zu halten. Nun aber gab es kein Entkommen.

»Hey«, sagte Ryan, als sie sich den Weg durchs Gedränge bahnten. »Wurde auch verdammt noch mal Zeit. Es war mörderisch, die Plätze frei zu halten.«

»Tut mir leid«, sagte Emily nicht sonderlich zerknirscht. »Du weißt, wie es ist, Coates. Viel zu tun, viel zu sehen.«

Sie quetschte sich an Will und Hugh vorbei auf den freien Platz neben Ryan, und Hannah stellte beklommen fest, dass für sie nur der Platz neben Will übrig war.

Sie sahen sich an, und sie erkannte, dass er die gleichen Bedenken hatte wie sie – und zum gleichen Schluss gelangte: dass es keinen plausiblen Grund gab, die Sitzordnung zu ändern, ohne unnötiges Aufsehen zu erregen. Der freie Platz war der zweite in der Reihe, zwischen Will und Hugh. Selbst wenn Hannah so täte, als hätte sie etwas vergessen oder müsste aufs Klo, wäre es nur logisch, dass Will neben Hugh rutschte und ihr den Platz am Gang überließ. Es gab keine Möglichkeit, nicht neben ihm zu landen.

Will lächelte ein wenig resigniert, und sie wusste, dass er die gleichen Überlegungen angestellt hatte und ihr signalisieren wollte, dass es in Ordnung sei. Dass sie dicht beieinandersitzen konnten, ohne dass das Theater niederbrannte.

Dennoch hatte Hannah das Gefühl, etwas sehr Dummes zu tun, als sie sich zwischen Hugh und Will setzte. Sie hörte zu, wie Ryan und Emily gutmütig stritten und Hugh seinen Lernstoff vor sich hin murmelte. Und die ganze Zeit über war sie sich nur allzu bewusst, dass ihr strickjackenbekleideter Arm nur Millimeter von Wills Schulter entfernt war. Er hatte die Hände zwischen die Knie gepresst, als wollte er sich so klein wie möglich machen, doch die Sitze waren schmal, und Hugh breitete sich ganz unbefangen auf ihrer anderen Seite aus. Hannah konnte nur mit Mühe verhindern, dass ihr Arm den von Will berührte und ihr Knie das seine streifte, und als die Lichter ausgingen und alles still wurde, spürte sie die Vertrautheit nur noch stärker.

Noch nie war sie sich ihres Körpers so bewusst gewesen, der warmen Haut eines anderen, ihrer Atemgeräusche und jeder winzigen Bewegung. Als Dunkelheit sie umhüllte, merkte Hannah, wie sie die Luft anhielt, Will mit jedem angespannten Muskel ausweichen wollte. Sie stieß hörbar die Luft aus.

»Alles gut?«, flüsterte Hugh. Sie nickte. »Ja, tut mir leid. Nur ein Niesen, das nicht kommen wollte.«

Es war eine dumme Ausrede, aber Hugh schien sie zu glauben. Trotzdem hätte Hannah sich am liebsten getreten.

Auf der Bühne ging ein einzelner Scheinwerfer an, und genau da spürte sie etwas – eine ganz leichte, sanfte Berührung an ihrem Knie, das Will am nächsten war. Es war nur ein Moment und so zart, dass sie an Einbildung geglaubt hätte, doch da sie seine Gegenwart mit jedem Muskel spürte, wusste sie, dass es Absicht gewesen war.

Sie wusste, was Will ihr damit sagen wollte.

Alles ist gut.

Hannah schloss die Augen, presste die Fäuste dagegen. *Alles ist gut. Alles ist gut. Alles wird gut.*

Dann machte sie die Augen auf – und ein Mädchen stand in einem schmalen Lichtkegel. Es war nicht April, aber Hannah war dankbar für die Ablenkung.

»Ich wünschte bei Gott, das Schiff wäre nie gesegelt.« Die Stimme des Mädchens ertönte klar von der Bühne, und die Aufführung hatte begonnen.

»Was für ein Wahnsinn.« Ryans Stimme erhob sich über den Lärm der Pausenbar, er klang unfreiwillig beeindruckt. »Sie ist ziemlich großartig. Wusstest du, dass sie so gut ist?« Er drehte sich zu Will, der den Kopf schüttelte.

»Also ich wusste, dass sie gut ist. Sie hat in ein paar Theaterstücken in der Schule mitgespielt. Ich habe sie nicht gesehen, aber meine damalige Freundin war dabei und hat immer gesagt, April sei eine gute Schauspielerin. Aber ich hatte keine Ahnung, dass sie *so* gut ist.«

Gut traf es nicht annähernd, dachte Hannah. April war nicht gut, sie war elektrisierend. Hannah hätte nicht einmal sagen können, warum – es lag nicht an ihrem Aussehen. Der Regisseur hatte entschieden, die Darsteller wie Figuren auf einer griechischen Urne aussehen zu lassen, mit tiefschwarzen Perücken, terrakottafarbener Haut und dickem Kajal, wodurch sie auf der Bühne schwer zu unterscheiden waren. Es lag auch nicht an ihrer Schauspieltechnik, obwohl die durchaus gut war. Aber andere trugen den Text besser und genauer, mit mehr Ausdruck und Lebendigkeit vor.

Es war etwas anderes. Wenn April auf der Bühne stand, musste man sie einfach anschauen, selbst wenn jemand anderes sprach. Wenn sie abging, hinterließ sie eine Lücke, die ihre Abwesenheit nur betonte, und Hannah ertappte sich dabei, wie sie sehnsüchtig zu den Kulissen schaute und auf Aprils nächsten Auftritt wartete.

Vor allem aber *war* April Medea. Sie strahlte ihren Schmerz, ihr Verratensein, ihre Wut aus. Sie brodelten in jeder Zeile und verwandelten eine steife, klassische Rolle in etwas absolut Menschliches und Glaubwürdiges.

Sie leerten gerade ihre Getränke, als eine Stimme von hinten ertönte. »Was geht, Maddafakkas?«

»April!« Emily umarmte sie mit einem ganz untypischen Mangel an Zurückhaltung. »Was machst du denn hier? Solltest du nicht hinter der Bühne sein?«

»Ach, scheiß auf die Regeln«, sagte April lässig. »Ich will hören, was ihr von der Aufführung haltet.«

»April, du brauchst mich nicht, um dein Ego zu streicheln«, sagte Emily grinsend. »Aber wenn du es unbedingt hören willst – du bist eine verdammte Offenbarung, Frau!«

»Schönen Dank«, sagte April süffisant, worin ein *Ich weiß* mitschwang. »Wie läuft's denn so, Leute?« Sie versetzte Ryan einen Rippenstoß, worauf er grinste und sich ein wenig unbeholfen wegdrehte.

»Okay. Das hast du gut gemacht, Cliveden.«

»Danke. Was haltet ihr von der Perücke?« Sie tätschelte ihr Haar. »Mir gefällt sie ganz gut. Ich hatte seit Jahren keine langen Haare, bin aber versucht, sie mitgehen zu lassen. Hugh? Was hältst du davon?«

»Sie sieht – bezaubernd aus«, sagte Hugh und wurde rot. Selbst nach fast acht Monaten gemeinsamen Essens, Trinkens und geselligen Beisammenseins machte April ihn wohl immer noch nervös. »Sehr klassisch.«

»Und?«, fragte April. Sie fischte nach Komplimenten, was Hannah ihr nicht verdenken konnte.

»Du bist absolut großartig, April.« Hugh nahm den Wink gehorsam auf. Solche altmodischen Höflichkeiten waren ihm vertraut. »Wir hätten Blumen mitbringen sollen.«

»Scheiß auf Blumen. Du hättest was Stärkeres mitbringen sollen, Hugh«, sagte April. »Was der Arzt verordnet hat, habe ich recht?« Sie zwinkerte ihm zu und hakte ihn besitzergreifend unter. Hugh errötete heftiger, und Hannah hatte den Eindruck, dass er sich am liebsten von ihr losgerissen hätte.

»Also, was denn dann?«, fragte er. »Champagner?«

»Ich bezweifle, dass sie einen brauchbaren Jahrgang haben, aber ein doppelter Gin Tonic wäre ein guter Anfang«, sagte April. Hugh nickte, löste sich mit unverhohlener Erleichterung von ihr und bahnte sich den Weg zur Bar. April drehte sich zu Will.

»Und? Keine Glückwünsche von dir, Will de Chastaigne?«

»Du warst sehr gut, April«, sagte Will, doch etwas in seiner Stimme ließ Hannah aufhorchen. Was immer es war, April hörte es offenbar auch, denn sie runzelte die Stirn.

»Sehr gut? Das war's? Das ist alles, was ich bekomme?«

»Okay, du warst toll. Ist das besser?«

»Was ich will«, sagte April mit zusammengebissenen Zähnen, »ist etwas Überschwänglicheres als *toll*. Wenn Hugh mit *absolut superb* aufwarten kann, sollte mein verdammter Freund mehr als einen Einzeiler hinbekommen. Wie wäre es mit einem Glückwunschkuss?«

Es herrschte betretenes Schweigen, dann beugte sich Will vor und küsste April pflichtschuldig auf die Lippen.

Hannah wusste, dass sie besser nicht hinsehen sollte. Sie wollte sich auch abwenden, stand aber wie hypnotisiert da, als April mit den Händen durch Wills Haare fuhr, seinen Kopf zu sich herunterzog und ihm einen langen, feuchtzungigen Kuss aufzwang, der nicht zu enden schien, bis Will sich mit einer verzweifelten Bewegung losriss.

Er stand heftig atmend da und starrte wortlos auf April hinunter. Seine Brust und sein Gesicht waren mit kupferfarbener Schminke verschmiert, und Aprils schwarzer Lippenstift bedeckte seinen Mund wie ein Bluterguss. April starrte triumphierend zurück.

Dann machte sie ohne ein weiteres Wort auf dem Absatz kehrt.

»Ich muss los«, rief sie über die Schulter. »Nach dem zweiten Akt bin ich sofort dran.«

Sie tauchte in der Menge unter, war nur noch ein kleiner schwarzer Kopf, der über dem Meer der Zuschauer wippte.

»Was zum Teufel sollte das denn?«, fragte Emily verblüfft. Will schüttelte den Kopf, berührte mit den Fingerspitzen sein Gesicht und betrachtete die Schminke.

»Hat jemand ein Taschentuch?«

»An der Bar gibt es Papierservietten«, sagte Emily und rief zu Hugh, der an der Theke stand: »Hugh! Bringst du bitte ein paar Servietten mit?«

»Alles in Ordnung mit euch beiden?«, fragte Ryan verlegen und wippte auf den Fersen, die Hände in den Gesäßtaschen, als könnten sie etwas über seine Stimmung verraten.

»Alles gut«, sagte Will knapp. Hugh kam mit einem Plastikbecher Gin Tonic und einer Handvoll Cocktailservietten zurück. Will wischte sich Mund und Kinn ab. »Wie sehe ich aus?«

»Warte mal«, sagte Emily, nahm die sauberere der beiden Servietten und tupfte die orangefarbenen Flecken von Wills Wangenknochen und Kinn. »So, bitte. An deinem T-Shirt kann ich allerdings nichts machen.«

»Schon in Ordnung«, sagte Will, die Stimme angespannt wie ein Bogen.

Es ist nicht in Ordnung, wollte Hannah sagen. Sie starrte ihn an und versuchte zu verstehen, was gerade passiert war. Hatte April etwas gemerkt? Hatte Will es ihr gesagt?

Sie wollte gerade den Mund aufmachen, als die Pausenglocke ertönte und alle zurück in den Saal strömten.

Erst als sie sich setzten, bemerkte Hannah etwas – besser gesagt, jemanden. Jemanden, von dem sie sicher war, dass er in der ersten Hälfte noch nicht da gewesen war. Es war ein großer, breitschultriger Mann, der in der zweiten Reihe saß.

John Neville.

DANACH

Nachdem sie das Bonnie Bagel verlassen hat, wandert Hannah im Nieselregen ziellos durch die Straßen von New Town. Sie kann nur an April und Neville denken. Sie geht durch die engen Gänge eines Tesco Express, mehr um dem Regen zu entkommen, als um wirklich etwas zu kaufen. Da klingelt ihr Handy.

»Hey!« Es ist Will. »Hast du irgendwo reserviert, oder soll ich?«

Oh, Mist. Date Night. Die hatte sie völlig vergessen und weiß auch nicht genau, ob sie es ertragen kann, Will zwei Stunden in einem Restaurant gegenüberzusitzen, ohne Telefon, Fernsehen oder berufliche Mails, die sie ablenken oder die Gesprächslücken füllen könnten.

»Ich dachte ans Mono«, sagt Will. Er hat Mittagspause; sie hört im Hintergrund den Trubel einer Sandwichbar. »Aber ob wir da kurzfristig einen Tisch bekommen? Sonst gibt es immer noch Contini's, aber da gehen wir so oft hin. Ich weiß nicht. Was meinst du?«

Hannah hat keine Ahnung. Sie weiß nur, dass ihr die Restaurantwahl angesichts von Geraints Paukenschlag völlig bedeutungslos erscheint – und sie dieses Gespräch nicht im Supermarkt führen kann. Sie schluckt.

»Sag mal, würde es dir etwas ausmachen, wenn wir heute Abend nicht ausgehen? Ich habe – ich finde einfach, wir sollten ein bisschen sparen.«

Kurze Stille.

»Klar«, sagt Will. Seine Stimme klingt undeutlich, aber sie bemerkt die leichte Irritation. »Aber wir müssen ja nicht in ein schickes Restaurant gehen, wir können auch einfach Fish and Chips essen.«

»Ich weiß«, sagt Hannah, greift nach einer Tüte Bioreis, schaut auf den Preis und tauscht sie gegen normalen. »Aber es ist nicht nur das – ich habe morgen wieder einen Termin bei der Hebamme, und mir ist, als sollte ich die Füße hochlegen.«

»Natürlich«, sagt Will besorgt. »Fühlst du dich nicht gut?«

»Doch, schon. Ich möchte es mir nur vor dem Fernseher gemütlich machen. Ist das okay?«

»Natürlich«, sagt Will wieder. »Machen wir einen ruhigen. Ich liebe dich.«

»Ich liebe dich auch«, sagt sie, und Will legt auf. Sie steht da und starrt auf die Nudeln, während Geraints Worte in ihrem Kopf nachhallen.

April war schwanger. April war *schwanger*? Wenn das stimmt, ändert es alles. Es eröffnet eine Reihe von Motiven und Möglichkeiten, die nichts mit Neville zu tun haben. Da wäre zum einen Ryan, die angebliche Quelle dieser Information. Wenn es stimmt – wenn April ihm wirklich gesagt hatte, dass sie schwanger war, und Ryan ihr wirklich geglaubt hatte –, fällt Hannah nur eine plausible Erklärung ein, selbst wenn sie auf den ersten Blick unwahrscheinlich ist: Ryan muss mit April geschlafen haben. Warum sonst hätte sie es zuerst ihm erzählen sollen? Schließlich mochte April Ryan nicht einmal besonders. Und doch hat sie es offenbar getan. Wenn sie ernsthaft darüber nachdenkt, kann Hannah sich durchaus vorstellen, dass April mit Ryan Sex gehabt hat. Oder zumindest mit *jemandem*.

Denn sie hat Will nicht nur einmal morgens im Speisesaal

entdeckt, wenn sie ihn eigentlich in Aprils Bett vermutete. An manchen Abenden hatte sie Schritte im Wohnzimmer gehört, gefolgt von Geflüster und Kichern. Es hatte Nachmittage gegeben, an denen Zigarettenrauch aus Aprils Zimmer drang, und es war nicht Wills Marke. Da waren Morgenstunden vor der ersten Vorlesung gewesen, als sie Schuhe an der Wohnungstür entdeckt hatte, die nicht ihm gehörten.

Und *etwas* war immer zwischen April und Ryan gewesen. Keine Freundschaft, das nicht. Aber dass sich hinter aller Gereiztheit und Gegensätzlichkeit noch eine andere Art von Anziehung verborgen hatte, war durchaus möglich. Hannah erinnert sich an die seltsame Spannung, als April Ryan den Streich gespielt hatte, und an die sonderbare Energie zwischen den beiden bei der Premiere des Theaterstücks. Ja, sie kann sich ohne weiteres vorstellen, dass Ryan mit April geschlafen hat.

Doch wenn das der Fall ist, betrifft es nicht nur Ryan. Darum war sie vorhin beim Gespräch mit Will so abgelenkt und kurzangebunden. Denn wenn es stimmt, hat noch jemand ein Motiv.

Will.

Es ist natürlich absurd – sie kennt Will wie ihr eigenes Herz. Aber wenn das herauskommt – was passieren könnte, wenn Geraint weitergräbt –, würde es Will zerstören. Sie kennt die abfälligen Artikel über *De Chastaigne, der jetzt mit Aprils Mitbewohnerin verheiratet ist* – als hätten sie ihr Glück mit Aprils Tod erkauft. *Es ist immer der Freund* ist ein Klischee, aber in Klischees steckt immer ein Körnchen Wahrheit. Angesichts dieser neuen Information würden sich die Klatschseiten überschlagen. Ihr und Wills Leben würde erneut im Sumpf der Paparazzi und Spekulationen versinken.

Wie kann sie ihm das verschweigen? Es erscheint unmöglich. Aber sie kann ihn auch nicht fragen, ob er etwas so Bedeutsames gewusst und vor ihr verheimlicht hat. Sie würde praktisch andeuten, dass er sie während ihrer gesamten Beziehung belogen hat – und gleichzeitig zugeben, dass sie ihm das zutraut. Wie kann man jemanden so etwas fragen? Und wenn er nun sagt –

Ihr Handy klingelt. Sie steht immer noch wie angewurzelt im Gang und hält es wie einen Kompass vor sich. Eine Nachricht von Will.

Han, es tut mir leid, dass ich nicht an den Vorsorgetermin gedacht habe. Ich bin ein furchtbarer Ehemann. Bitte mach dir keinen Stress – ich bin sicher, es ist alles in Ordnung. Unserem Baby geht es gut. Ich liebe dich x

Schuldgefühle durchfluten sie, als sie begreift, dass sie den Termin und ihr Baby als Alibi benutzt hat, um den Stress wegen Geraint zu erklären.

Sie überlegt noch, was sie antworten soll, als das Handy erneut vibriert.

Nimm dir doch einen Tag frei, damit du dich richtig ausruhen kannst. Wirklich die Füße hochlegen xx

Du bist ein wunderbarer Ehemann. Und gute Idee, schreibt Hannah zurück. *Ich liebe dich x*

Sie steckt das Handy weg und geht mit dem Reis zur Kasse, doch das flaue Gefühl im Magen verrät ihr, dass es nicht vorbei ist. Sie muss herausfinden, ob Geraint die Wahrheit sagt, ob April wirklich schwanger war, sonst grübelt sie die nächsten zehn Jahre darüber. Und nur ein Mensch weiß es mit Sicherheit.

Sie wird sich morgen freinehmen, wie Will vorgeschlagen hat. Aber nicht, um die Füße hochzulegen.

Sie wird zu dem Termin gehen. Und dann zu Ryan und ihn nach den Gerüchten fragen. Was wiederum bedeutet, dass sie es Will erzählen muss.

Sie liegen im Bett. Will scrollt auf dem Handy, und Hannah liest ein eselsohriges Exemplar von ›Dame, König, As, Spion‹. Sie hat es als Abendlektüre zur Entspannung gewählt, weiß aber, dass sie das Gespräch nicht länger aufschieben kann. Sie ist es Will schuldig.

Hannah legt das Buch auf den Nachttisch. »Will …«

»Mm?« Er blickt kaum auf. Sie sieht, dass er auf Twitter ist. Er twittert nicht unter seinem eigenen Namen – sie haben beide auf die harte Tour gelernt, dass es keine gute Idee ist –, hat aber einen anonymen Account als Two Wheels Good, auf dem er empörte Posts über schlecht gestaltete Straßenkreuzungen und Artikel über alte Motorräder retweetet.

»Will … hast du …« Sie schluckt. Verstummt. Versucht es erneut. »Hast du … hast du je das Gerücht gehört, April sei … schwanger gewesen?«

»Was?« Will setzt sich aufrecht hin und sieht sie an. Die träge Zufriedenheit nach dem Abendessen und zwei Bier ist aus seinem Gesicht gewichen, er wirkt jetzt misstrauisch und wachsam. »Sorry, *was* hast du gesagt?«

»Ich … ich habe ein Gerücht gehört … im Internet …« Oh Gott, sie will nicht lügen, kann es aber nicht zurücknehmen. »Jemand hat behauptet, April sei schwanger gewesen, als sie starb.«

»Was für ein absoluter Blödsinn«, sagt Will und wirkt derart schockiert und unglücklich, dass sie wünscht, sie hätte es nie erwähnt. Doch seine Überraschung tröstet sie ein wenig. »Natürlich war sie das nicht. Woher haben die Leute diese toxische Scheiße? Und vor allem, warum liest du so was?«

»Ich habe keine Verschwörungsforen durchforstet, die Information ist mir zufällig ins Auge gefallen.« Was in gewisser Weise stimmt. Geraint ist aus heiterem Himmel aufgetaucht, wie eine unerwünschte Google-Meldung. »Du hältst es also für Quatsch?«

»Natürlich ist es Quatsch. Meinst du, der Rechtsmediziner hätte es bei der Autopsie verschwiegen?«

»Nein«, sagt Hannah. Sie kann jetzt wieder klar denken, Wills Worte haben den Nebel aus Stress und Sorgen weggepustet. Er hat natürlich völlig recht, es wäre im Zusammenhang mit der Autopsie zur Sprache gekommen. »Es hatte nichts mit der Autopsie zu tun, es war nur ein Gerücht, sie hätte kurz vor ihrem Tod einen Schwangerschaftstest gemacht – aber du hast recht, das ist so unwahrscheinlich.« Sie hätte längst mit Will darüber reden sollen. Ihr geht es schon besser. Sie rollt sich auf die Seite und legt den Arm über seinen Körper. »Ich meine, sie hätte es doch einem von uns erzählt, oder?«

»Natürlich. Und überhaupt, es ergibt keinen Sinn. Der Gedanke, April hätte John Neville auch nur mit der Kneifzange angefasst, geschweige denn Sex mit ihm gehabt, Herrgott, die Leute sind echt schwachsinnig. Die glauben alles, egal wie unwahrscheinlich es ist, solange es die Gerüchteküche am Brodeln hält.«

Hannah sagt nichts. Sie drückt ihn fester, und er umarmt sie auch. Jetzt ist er angespannt, aber nicht vor Stress und Angst. Sie spürt seine Wut, die Sehnen, die in seinen Armen und Schultern arbeiten, während er sich bemüht, ruhig zu werden, sie nicht zu verärgern. Seine Wut ist seltsam tröstlich, denn er liegt völlig falsch. Er hat nicht verstanden, was Geraint gemeint hat, die Geschichte von Schuld und Rache, die sich hinter der Schwangerschaftstheorie verbirgt, und *das* ist wirklich beruhigend.

»Tja … er ist noch ein bisschen hoch.« Die Hebamme nimmt die Manschette von Hannahs Arm, und sie zuckt ungläubig zusammen. Sie war sich so sicher gewesen, dass alles gut ist. Sie hatte den Bus genommen, war zehn Minuten zu früh da gewesen, hatte im Wartezimmer tief durchgeatmet, um sich zu beruhigen. Und jetzt das? Es kommt ihr vor, als würde ihr Körper sie verraten.

»Wie hoch?«, fragt sie mit erstickter Stimme.

»Er bewegt sich bei hundertvierzig zu neunzig. Was … nicht ideal ist. Haben Sie Schwellungen an den Knöcheln bemerkt? Ungewöhnliche Kopfschmerzen?«

»Nein und nein.« Hannah spürt, wie sich ihre Wangen vor Ärger röten. »Moment mal, hundertvierzig zu neunzig ist doch nicht *so* hoch, oder? Ich dachte, alles darunter sei normal.«

»Klinisch betrachtet schon, aber bei schwangeren Frauen ist es ein bisschen anders.« Die Stimme der Hebamme klingt sanft, wenn auch leicht herablassend. Hannahs Nackenhaare sträuben sich. *Ich bin nicht dumm,* will sie sagen. *Ich weiß, dass ich schwanger bin.* Aber sie ist sicher nicht die Erste, die Zahlen wegzudiskutieren versucht, die vor ihr auf dem Messgerät stehen. Ihre Wut richtet sich nicht gegen die Frau, sondern gegen sich selbst.

»Sie haben kein Eiweiß im Urin«, fährt die Hebamme fort, »daher mache ich mir keine großen Sorgen, aber wir müssen jeden Blutdruckanstieg im Auge behalten. Wie war er bei der ersten Untersuchung?« Sie blättert in Hannahs Unterlagen. Sie erinnert sich nicht an die genauen Werte, aber er war normal bis niedrig. »Hundertfünfzehn zu achtzig, das ist ein ziemlicher Sprung. Nun, wir sollten uns erst mal keine Sorgen machen, aber Sie kommen bitte nächste Woche zu einem kurzen Check-up. Falls Sie bis dahin plötzliche Schwellungen, Kopfschmerzen oder blinkende Lichter vor den Augen bemerken, rufen Sie bitte umgehend die Entbindungsstation an.« Sie fährt mit dem Finger über den Terminkalender. »Ich hätte nächsten Donnerstag um zehn einen Termin, wenn das passt. Und keine Sorge, vielleicht ist es nur eine vorübergehende Erscheinung.«

Doch Hannah hört nicht zu. Sie denkt nur daran, was die Hebamme vorher gesagt hat. *Aber Sie kommen bitte nächste Woche zu einem kurzen Check-up.*

»Ich kann nicht«, sagt sie gedankenlos. »Ich kann mir nicht noch einen Vormittag freinehmen.« Doch das stimmt nicht. Das Recht auf Vorsorgeuntersuchungen ist gesetzlich geregelt, und außerdem ist Cathy viel zu nett, um deswegen einen Aufstand zu machen. Sie würde als Allererste sagen, Hannah solle sich den ganzen Tag frei nehmen, keinen Urlaubstag, einfach so.

»Falls Sie eine Bescheinigung für Ihren Arbeitgeber brauchen, stelle ich gern eine aus«, sagt die Hebamme. »Er ist gesetzlich verpflichtet, Sie –«

Hannah schüttelt den Kopf. Sie braucht keine Bescheinigung. Sie *will* einfach nicht in dieser Situation sein.

Erst als sie auf der Straße steht, die Unterlagen unter dem Arm, der Wind kühl auf ihren heißen Wangen, begreift sie, wie ernst es ihr damit ist. Es geht nicht nur um ihren Blutdruck. Sie will nichts von alldem – sie will nicht mit den Nachwirkungen einer Tragödie kämpfen, die vor mehr als zehn Jahren wie eine Bombe in ihr Leben eingeschlagen ist. *Warum ich?*, möchte sie am liebsten jammern. Aber das wäre zu egoistisch. Sie könnte ebenso gut fragen, warum überhaupt jemand? Warum Will, der stundenlang von der Polizei verhört und in den sozialen Medien gejagt wurde, dem der Ruf, der Freund eines ermordeten Mädchens zu sein, für immer anhängt? Warum Ryan, der in seinen Zwanzigern von einem Schlaganfall niedergestreckt wurde, und das nach allem, was er im College erlitten hat? Warum Emily? Warum Hugh? Warum Pelham? Und vor allem, warum April? Warum die schöne, schillernde April, der die ganze Welt zu Füßen lag? Warum, warum, *warum* hatte sie es verdient, dass man ihr das alles wegnahm?

Die Antwort lautete natürlich, dass sie es nicht verdient hatte. Es war einfach passiert.

Die Zugfahrt nach York dauert zweieinhalb Stunden. Hannah hat ihr Buch vergessen, also kauft sie eins am Bahnhof, von Louise Candlish, das Robyn als besonders spannend empfohlen hat, und hofft, dass es sie von dem bevorstehenden Gespräch mit Ryan ablenkt. Eine Zeit lang klappt das auch, doch als der Zug sich York nähert, wird sie immer nervöser und blättert die Seiten um, ohne sich richtig zu konzentrieren. Will sie das hier wirklich durchziehen? Sie hat Ryan seit über fünf Jahren nicht gesehen und seit dem Schlaganfall nicht mit ihm gesprochen – zuerst, weil er nicht telefonieren konnte, und danach … na ja … danach gab es eigentlich keine Entschuldigung mehr, sie war nur egoistisch gewesen.

Sie fragt sich, ob es nicht verrückt ist, plötzlich und unangekündigt bei ihm aufzutauchen. Was, wenn er sie wegschickt? Sie hätte vorher anrufen sollen. Sie hätte mit Bella sprechen und einen Termin ausmachen sollen, sich erkundigen, ob ihm nach Besuch ist. Aber dafür ist es zu spät. Sie sitzt im Zug. Sie kann nicht mehr zurück. Sie muss das durchziehen – und wenn es nur ist, um von Ryan persönlich zu erfahren, dass sie vier Jahre zu spät kommt.

In York nimmt sie ein Taxi und sucht Ryans Adresse in der Kontaktliste auf ihrem Handy. Und dann steht sie vor einem gepflegten Vorstadthaus mit Garage und kleinem Vorgarten.

Ihr Herz klopft bis zum Hals, sie denkt an ihren Blutdruck und was das mit dem Baby macht, zwingt sich aber, die Einfahrt hochzugehen, vor die helle Holztür zu treten und zu klingeln.

Sie weiß nicht, worauf sie gefasst sein muss. Auf Bella vielleicht oder eine Pflegekraft. Jedenfalls nicht auf die Person im Rollstuhl, die ihr jetzt die Tür öffnet.

»Ryan!« Sein Name bricht aus ihr heraus – so heftig ist die Überraschung. Einen Moment lang sieht er sie ausdruckslos und irritiert an, runzelt die Stirn. Er sieht älter aus als in ihrer Erinnerung, älter, als er ist, viel hagerer und mitgenommener als Will, dabei sind sie gleich alt. Aber es ist nicht nur das. Die Muskeln in seinem Gesicht sind irgendwie schlaff unter dem dichten, dunklen Bart, den er jetzt trägt. Dann hellt sich seine Miene auf, und er lächelt, wobei sich ein Mundwinkel stärker hebt.

»Verdammt, wenn das nicht die verfluchte Hannah Jones ist. Was in Gottes Namen machst du hier?«

Er ist immer noch Ryan. Seine Stimme ist ein bisschen undeutlich, sein Lächeln ein bisschen schief, aber er ist immer noch derselbe alte Ryan.

Hannah steht nur da und lächelt nervös. Sie weiß nicht, was sie sagen soll. Ryan grinst zu ihr hoch, genießt ihre Verlegenheit – er hat immer noch ein Talent dafür, Menschen zu verunsichern –, freut sich aber sichtlich, sie zu sehen, und das ist nicht selbstverständlich.

Er fragt nur: »Warum hast du so lange gebraucht?«

DAVOR

»Wo ist sie?« Emily wippte gereizt mit dem Fuß. »Ich muss zurück, ich habe noch eine ganze Menge zu lernen.«

Hannah schaute aufs Handy. Nach zehn. Die Tore dürften längst geschlossen sein, und sie warteten noch im Foyer, dass April endlich herauskam. Sie standen seit fast einer halben Stunde da, und April war immer noch nicht aufgetaucht.

»Sollen wir hinter die Bühne gehen?«, fragte Hugh und sah nervös zu Will.

Der zuckte mit den Schultern. Seit dem Streit mit April hatte er kaum etwas gesagt und stand mit versteinerter Miene im Foyer, das T-Shirt voller Make-up-Flecken. Hannah fragte sich, was er wohl dachte.

»Ich gehe jedenfalls«, sagte Emily entschlossen. »Kommst du, Han?«

Hannah war hin- und hergerissen. Einerseits wollte sie unbedingt zurück und für die letzte Prüfung lernen. Andererseits wäre sie sich treulos vorgekommen, wenn sie April am Premierenabend stehen gelassen hätte. Doch wenn Emily ging, würde Ryan wahrscheinlich mitgehen und vielleicht auch Hugh.

»Keine Ahnung.« Sie sah von Hugh zu Ryan. »Was meint ihr? Bleibt ihr hier?«

»Ich gehe«, sagte Ryan. »Ich bin am Verhungern, bin direkt vom Rugbytraining hergekommen und hab nur ein paar Bier getrunken. Ich hänge nicht hier rum, wenn ich mir woanders einen fetten Döner holen kann.«

»Ich muss zurück«, sagte Hugh zögernd und sah zu Will. »Ich habe morgen eine Prüfung. Kommst du klar, Will?«

Er nickte nur knapp.

»Schön«, sagte Emily, als wäre die Sache damit erledigt. »Wenn das so ist, sind wir weg. Wir sehen uns auf der Ranch, Will.«

Als sie aus dem Theatergebäude trat, ertappte Hannah sich dabei, wie sie sich umschaute. Sie befürchtete, Neville könnte ihnen folgen, doch zu ihrer Erleichterung war er nicht da.

»Geht es dir gut?«, fragte Hugh.

Hannah lachte nervös.

»Ja, tut mir leid. Ich dachte nur, ich hätte gesehen …«

»Was gesehen?«

Sie biss sich auf die Lippe. Sie hatte den anderen nur erzählt, dass Neville in der Pförtnerloge über *kleine Mädchen* gesprochen hatte. Sicher, er hatte an dem Abend mit dem Paket in ihrer Wohnung gestanden, aber das war so eng verbunden mit dem, was danach passiert war – sie und Will, der Kuss, ihre Gefühle für ihn –, dass sie unmöglich darüber sprechen konnte. Außerdem wollte sie Will nicht verraten.

»Ich dachte, ich hätte einen der Pförtner gesehen«, sagte sie schließlich. Hugh runzelte die Stirn, doch Emily, die ein paar Schritte vor ihnen ging, drehte sich um.

»Oh mein Gott. Doch nicht diesen gruseligen Neville? Den Kleine-Mädchen-Creep?«

»Doch«, sagte Hannah, »könnte sein, dass ich ihn nach der Pause in einer der vorderen Reihen gesehen habe. Aber ich bin mir nicht sicher, ob er es war.«

»Er war es«, sagte Ryan überraschend. »Ich habe ihn in der Schlange vor der Herrentoilette gesehen. Belästigt er dich immer noch?«

»Wie man's nimmt.« Es war, als zöge jemand langsam ein

Pflaster von einer Wunde und legte etwas Empfindliches, Schmerzendes darunter frei. »Er ist einfach immer da, hängt überall herum. Einmal war er sogar in unserer Wohnung – ich will nicht drüber reden«, sagte sie hastig, als Emily entsetzt den Mund öffnete. »Ich habe gesagt, er soll verschwinden, und das hat er auch getan. Aber ich – ich finde ihn einfach unheimlich und weiß nicht, was ich machen soll.«

»Du musst dich an die Collegeverwaltung wenden!«, platzte Emily heraus. »Das ist nicht in Ordnung!«

»Und was soll ich sagen? Er hat sich das Theaterstück meiner Freundin angesehen? Er hat mir ein komisches Gefühl gegeben?«

»Da hat sie recht«, warf Ryan ein. »Es sind nicht gerade schlagende Argumente.«

Emily wollte widersprechen, als Ryan stehen blieb und auf eine Dönerbude in einer Seitenstraße zeigte, vor der eine Menge Menschen wartete.

»Achtung, ich wittere Abendessen. Bin gleich zurück.«

»Hast du gesehen, wie viele Leute davorstehen?«, explodierte Emily. »Und hast du nicht mitbekommen, dass ich lernen muss?«

»Dann wartet eben nicht«, rief Ryan. Er war schon auf halbem Weg zum Dönerstand. »Halt mir das Bett warm!«

»Das hättest du wohl gern!«, schrie Emily zurück und seufzte verärgert. »Idiot. So, ich gehe, er wird eine halbe Stunde anstehen, wenn er Glück hat, und dann muss er das Ding noch essen. Hannah?«

»Ich komme mit.« Sie sah auf die Uhr und versuchte abzuschätzen, ob Neville wohl schon zurück im College war. Wohnte er dort? Ihr dämmerte, dass sie keine Ahnung hatte, wie die Pförtner außerhalb der Arbeit lebten. »Hugh?«

»Ich bin ziemlich hungrig. Ich würde mich Ryan anschließen?« Er klang, als wollte er ihren Segen. Er und Ryan waren nie eng befreundet gewesen und eher durch Will verbunden. Vielleicht wollte Hugh das ja ändern.

»Hau rein«, sagte Emily. »Bis später, Coates«, brüllte sie Ryan hinterher, drehte sich auf dem Absatz um und ging.

Es war fast elf, als sie das College erreichten. Hannah merkte, dass sie langsamer wurde, als sie sich dem Eingangstor näherten.

»Komm schon«, sagte Emily ungeduldig, als sie die Pelham Street überquerten.

»Geh nur«, sagte Hannah. »Ich sehe nach, ob das Cloade-Tor noch offen ist.«

»Ist es nicht.« Emily blieb stehen und sah Hannah eindringlich an. »Geht es um Neville? Soll ich nachsehen, ob er in der Pförtnerloge ist?«

»Nein, schon gut«, sagte Hannah müde. »Man muss um diese Zeit klopfen, und wie willst du erklären, dass du mich holen gehst? Ich stehe das durch. Ich meine, was soll's, dann ist er eben da. Er wird mich nicht fressen.«

»Okay, erstens möchte ich noch mal betonen, wie krank es ist, dass du dein Leben darauf abstellst, diesem Mann aus dem Weg zu gehen, statt dich an die Collegeverwaltung zu wenden. Und zweitens kannst du an der Mauer hinter Cloade's hochklettern.«

»Was?« Hannah schlang die Arme um sich, weil sie im Wind fror, der durch die Pelham Street wehte. Es war zwar Juni, aber trotz ihrer Strickjacke fühlte sich die Nachtluft kühl an. »Die Mauern sind zweieinhalb Meter hoch und oben mit Stacheln versehen.«

»Es gibt eine Stelle, an der man sich festhalten kann. Ryan hat sie mir gezeigt – er hat sie mal benutzt, als er seine Bod Card vergessen und keinen Bock hatte, vorneherum zu gehen. Soll ich sie dir zeigen?«

»Ja!«, sagte Hannah ungewollt eifrig und kam sich ziemlich albern vor. »Ich meine, es ist keine große Sache. Es macht mir nichts aus, an der Loge vorbeizugehen. Es könnte nur – du weißt schon. Nützlich sein. Irgendwann.«

Emily schaute sie wissend an, sagte aber nichts, sondern bog wortlos in die Pelham Street. Sie gingen am Cloade-Tor vorbei und um die Ecke in eine kleine Gasse. Sie führte zu einer großen Wiese, die an Pelham grenzte und im Sommer für Freizeitaktivitäten genutzt wurde. Die hohe Mauer, die das College von allen Seiten umschloss, war hier mit Efeu und Kletterpflanzen bewachsen, davor standen dürre Bäume. Emily ging im Lichtschein ihres Handys zwischen ihnen hindurch und blieb an einer Stelle stehen, wo der Efeu besonders dicht wuchs.

»Da drüben. Der Efeu bildet eine Art Matratze über den Stacheln. Du kannst einen Fuß auf den Stein setzen, der auf halber Höhe rausragt, und dich hochziehen.«

»Der da?«, fragte Hannah und zeigte ungläubig auf einen Stein in über einem Meter Höhe. »Vielleicht kann Ryan das, ich definitiv nicht. Der ist viel zu weit oben.«

»Ryan musste Räuberleiter bei mir machen, aber vielleicht finden wir was zum Drauftreten«, sagte Emily, fand aber nichts. »Okay, Plan B. Ich mache Räuberleiter, dann ziehst du mich hoch, wenn du kannst. Falls nicht, gehe ich zum Haupteingang.«

Hannah nickte. Emily verschränkte die Hände, und Hannah stieg auf die nachgiebige Hilfskonstruktion, während Emily mit aller Kraft von unten dagegendrückte.

Hannahs Hände fanden Halt an der Mauer, doch der Stein war alt und bröckelig, und die Ranken lösten sich unter ihren Fingern. Dann ertastete ihr linker Fuß den hervorstehenden Stein, und sie fand gerade genug Halt, um sich keuchend und krabbelnd hochzuziehen und das rechte Bein über die Mauer zu schwingen.

»Au!« Ihr Schmerzensschrei klang lauter als beabsichtigt.

»Alles gut?«, flüsterte Emily von unten.

»Ja, bestens«, sagte Hannah, was nicht ganz der Wahrheit entsprach. Sie hatte sich den Oberschenkel an einem ungeschützten Stachel aufgeschürft und spürte etwas Feuchtes, bei dem es sich ziemlich sicher um Blut handelte. Sie tastete sich vorsichtig ab. »Ich habe mich nur an einem Stachel verletzt. Ich werd's überleben, aber die neue Jeans ist hin.« Sie stieß ein trockenes Lachen aus. »Okay, jetzt du. Ich ziehe, du springst.« Sie spannte sich an und streckte Emily, die nur ein dunkler Umriss mit schimmerndem Handydisplay war, die Hand hin.

»Weißt du was«, sagte Emily zögernd, »wenn ich es mir recht überlege, lasse ich es lieber bleiben. Kommst du drüben runter?«

Hannah sah hinunter. Der Boden war hier höher, und es gab einen praktischen Stützpfeiler, auf den sie treten konnte.

»Ich glaube, ich schaffe das. Willst du wirklich nicht?«

»Lass mal. Der Weg ist wahrscheinlich okay, wenn man ein eins achtzig großer Rugbyspieler ist. Aber ein zierlicher, kleiner Blaustrumpf wie *moi* kann das nicht, ganz zu schweigen davon, dass ich meine Lieblingssandalen anhabe. Wenn du sicher bist, dass du runterkommst, gehe ich zur Pförtnerloge.«

»Ich bin mir sicher«, sagte Hannah. »Viel Erfolg beim Lernen.«

»Danke, wir sehen uns beim Frühstück.«

Hannah lauschte, bis Emilys Schritte verklangen. Dann schwang sie das andere Bein über die Mauer und überlegte.

Es wäre am einfachsten, sich auf den Bauch zu drehen; dann könnte sie sich mit den Händen an der Mauer festhalten und auf den Stützpfeiler treten. Es tat weh, sich zu drehen, die dicken Efeuranken bohrten sich in ihre Hüfte. Ihr Oberschenkel schrie auf, als der Jeansstoff über die Wunde scheuerte.

Schließlich lag sie auf dem Bauch, ihre Beine baumelten

ungefähr dort, wo sie den Stützpfeiler vermutete, und sie begann, sich vorsichtig hinabzulassen. Sie war fast ausgestreckt, ihre Arme zitterten von der ungewohnten Anstrengung, als sie spürte, wie etwas, *jemand*, ihren Knöchel packte.

Hannah trat instinktiv um sich. Die Hand ließ los, eine männliche Stimme schrie vor Schmerz. Jemand taumelte zurück. Dann gaben ihre Arme nach, und sie rutschte zu Boden, schürfte sich die Rippen auf, zerschrammte sich die Knöchel.

Sie kam schwer auf die Beine, rannte aber trotz der Schmerzen in Knien und Oberschenkeln sofort los. Sie war sich nicht sicher, wer sie gepackt hatte, und wollte es auch nicht herausfinden. Was sie getan hatte, war gegen die Regeln, und wenn ein Tutor oder die Collegeverwaltung davon erfuhr, bekäme sie Ärger.

»Hey!«, schrie der Mann hinter ihr. Seine Stimme klang seltsam hoch. »Hey, bleib stehen!«

Hannah zwang sich, schneller zu laufen, und bog in den Weg, der zum New Quad führte.

Dann griff der Verfolger sie an.

Ein peitschenartiger Ruck ging durch ihren Körper, als er sie am Kragen packte und ihr ein Bein stellte. Sie stürzte mit Ellbogen und Knien auf den Kiesweg, komplett atemlos. Der Körper eines Mannes landete schwer auf ihr, bedeckte sie fast vollständig, seine Hüften drückten gegen ihren Hintern, seine Brust presste sie zu Boden. Ein Arm lastete auf ihrem Nacken. Sie konnte nicht atmen, aber riechen – etwas schrecklich Bekanntes, die ekelhafte, muffige Mischung aus Körpergeruch und Feuchtigkeit.

Panik überkam sie.

»Lass –«, würgte sie, doch die Worte klangen so erstickt, dass sie kaum zu hören waren; er drückte ihr Gesicht in den Kies, sie bekam kaum noch Luft. Ihre Hände waren schweißnass, ihr ganzer Körper zitterte vor Angst, ihre Lungen schrien nach Sauerstoff. Sie spürte, wie seine Hüften ihre in den Boden drückten – und noch etwas anderes, hart und dick und drängend, das sich an sie presste. »Lass –«, versuchte sie erneut, doch die Worte lösten sich in einem schluchzenden Keuchen auf. Sterne explodierten in ihrem Schädel, vernebelten ihr die Sicht. »L-la-«

Dann eine andere Stimme, tiefer und unbekannt.

»Was in aller Welt geht hier vor, Mr. Neville?«

»Ich habe eine Person entdeckt, die über die Mauer geklettert ist …«, keuchte Neville. Er richtete sich auf, wobei sein Gewicht schmerzhaft auf Hannahs Arm drückte. Sie lag keuchend und zitternd da, während sich der grauenhafte Druck in ihrer Brust langsam löste.

»Na ja, trotzdem bin ich mir nicht sicher –«

Hannah wartete nicht ab, was noch kam. Sie verspürte nur einen Impuls – bloß weg hier.

Als sich Nevilles Gewicht ganz von ihr hob, kroch sie rasch unter ihm hervor und rannte los, stolperte um die Ecke des Hofes ins Treppenhaus VII, nahm drei Stufen auf einmal, bis sie endlich sicher in ihrer Wohnung war, die gute, solide Zimmertür hart im Rücken. Dort sank sie zu Boden und brach in Tränen aus.

DANACH

»Also«, sagt Ryan und lächelt wieder schief.

Sie sitzen im Wohnzimmer und trinken Tee, den Hannah unter seiner Anleitung zubereitet hat.

»Wie kommt es, dass du hier bist?« Er spricht mit einem kultivierten Akzent, der bei ihm fremd klingt. »Die Gerüchte über meinen Tod sind stark übertrieben.«

Hannah lacht, sie kann nicht anders. Selbst nach allem, was er durchgemacht hat, ist er immer noch Ryan, immer noch der dumme, sarkastische Ryan, der einen verarscht.

»Ich kann nicht fassen, wie gut du aussiehst«, sagt sie, und er grinst.

»Du hättest mich vor ein paar Jahren sehen sollen. Erwachsenenwindeln, Patientenlifter, das volle Programm. Ziemlich sexy war das.«

»Und wie geht's Bella?«

»Der geht es großartig. Sie war mein Rettungsanker, sie und die Mädchen.«

Die Mädchen. Ja, natürlich. Hannah hat beinahe vergessen, dass Ryan zwei kleine Mädchen hat.

»Wie alt sind sie?«

»Mabel ist fast vier und Lulu ist zwei. Mabel wurde gleich nach meinem Schlaganfall geboren. Bella meinte, ich könnte es nicht ertragen, wenn ich nicht allein im« – er hält inne, runzelt kaum merklich die Stirn, als müsste er nach einem Wort suchen – »Mittelpunkt stehe. Alles müsste sich um mich drehen.«

»Will und ich erwarten ein Kind«, sagt Hannah. Sie tätschelt ihren Bauch, kommt sich irgendwie blöd dabei vor, aber sie kann es immer noch nicht ganz fassen, dass es *da* ist, ihr Baby, die Frucht ihrer beider Liebe, die in ihr heranwächst. »Wusstest du das?«

»Aye, Hugh hat's mir erzählt. Herzlichen Glückwunsch. Die werden dein Leben auseinandernehmen und mit Erbrochenem und Scheiße wieder zusammenkleben, aber es wird trotzdem schöner, als du es je für möglich gehalten hast.«

Hannah lächelt, und Ryan lächelt zurück, diesmal ein bisschen traurig. Vielleicht denkt er daran, wie ihr aller Leben nach Aprils Tod in Stücke gerissen wurde.

»Ich wusste nicht, dass du mit Hugh in Verbindung geblieben bist«, sagt sie, um das Thema zu wechseln.

»Ja, das ist komisch, ich hätte auch nicht geglaubt, dass wir mal Brieffreunde werden. Nach dem College hatten wir kaum Kontakt, aber nach dem Schlaganfall hat er sich gemeldet. Er war ein guter Kumpel.«

Besser als du und Will. Die Worte liegen in der Luft. Ryan spricht sie nicht aus – er würde ihnen keine Vorwürfe machen, das weiß Hannah genau –, aber es ist trotzdem wahr.

Hannah schluckt. Sie muss es ansprechen – sie kann es nicht ertragen, wie sie um ihren Verrat herumtanzen, die Jahre des Schweigens, die nie erfolgten Besuche.

»Es tut mir leid«, sagt sie. »Ryan, es tut mir wirklich leid, dass wir nie bei dir waren. Und ich weiß, dass Will sich deswegen auch schlecht fühlt. Es war einfach – ich weiß nicht. Ich bin so lange vor allem weggelaufen, was mit Pelham zu tun hat. Darum bin ich auch in Edinburgh gelandet. Und glaub bitte nicht, dass Will, Hugh und ich dort eine nette Clique gebildet hätten, so war es nicht. Will hat nach mir gesucht, ich wäre wohl nie von selbst auf ihn zugegangen – es war einfach alles zu schmerzhaft. Und Hugh …« Sie hält inne. Sie hat nie darüber nachgedacht, warum Hugh nach Schottland gegangen ist. »Ich nehme an, Hugh ist Will gefolgt«, sagt sie schließlich. »Außerdem hatte er eine Stelle als Assistenzarzt in der Chirurgie dort – vielleicht hat es ihm einfach gefallen. Jedenfalls wollte ich dich nie so im Stich lassen – oder Em. Es war eher …« Sie hält wieder inne, sucht nach Worten. »Es war eher, dass ich einfach nur überleben wollte.«

»Schon gut«, sagt Ryan leise, streckt die gesunde Hand aus und berührt ihre, ganz sanft. »Wir haben uns alle nicht toll verhalten. Wie oft habe ich dich denn vor dem Schlaganfall angerufen? Einmal, vielleicht zweimal? Und nur, um dir von der Hochzeit zu erzählen – es ging nur um mich. Und ja, ich bin ehrlich, die Dinge hier sind ein bisschen scheiße gelaufen. Aber es ist auch nicht so, dass dein Leben ein Spaziergang war. Auch ich habe seit der Uni kaum mit Em gesprochen. Wir haben uns gegenseitig im Stich gelassen. Wir alle.«

Hannah nickt, sie hat Tränen in den Augen. Sie möchte ihm sagen, wie sehr sie ihn vermisst, wie oft sie an ihn und Em gedacht hat, findet aber keine Worte.

»Glaubst du, es war wegen April?«, bringt sie endlich heraus. »Der Schlaganfall, meine ich? Das habe ich mich immer gefragt.«

»Wegen dem …« Ryan macht eine Pause, sucht nach einem Wort. »Dem Stress, meinst du?«

Hannah nickt. Er zuckt schief mit den Schultern.

»Vielleicht hat er dazu beigetragen, aber es war nicht der einzige Grund. Ich habe zu viel getrunken, zu viel geraucht, mich schlecht ernährt – mein Blutdruck war zu hoch … all das habe ich selbst zu verantworten. Na ja, nicht den Blutdruck.« Er lacht. »Der ist genetisch bedingt. Aber ich hätte ihn behandeln lassen sollen, statt den Kopf in den Sand zu stecken.«

Hannah beißt sich auf die Lippe. Sie will nicht daran denken.

»Und was führt dich hierher?«, fragt Ryan. Diesmal will er

das Thema wechseln. Hannah trinkt einen Schluck Tee, wobei ihr einfällt, wie sehr sie PG Tips hasst, und atmet tief ein.

»Kennst du einen Reporter namens Geraint Williams?«

»Ger?« Er sieht ein wenig überrascht aus. »Klar kenne ich ihn. Er ist ein netter Kerl. Wir haben zusammen beim ›Herald‹ gearbeitet. Wie kommst du auf ihn?«

»Er war bei mir in der Buchhandlung. Du hast sicher gehört, dass John Neville gestorben ist?«

»Habe ich. Es war ja überall in den Nachrichten.«

»Danach ist Geraint zu mir gekommen. Er hatte mit Nevilles Hilfe an einem Podcast gearbeitet, zumindest sagt er das. Und er wollte meine Sicht der Dinge hören.«

»Okay«, sagt Ryan und runzelt leicht die Stirn, als frage er sich, worauf sie hinauswill.

»Wir waren Kaffee trinken, und er … nun, er denkt, Neville sei …« Sie trinkt einen Schluck Tee und zwingt sich, weiterzusprechen. »Er glaubt, Neville könnte unschuldig gewesen sein.«

Zu ihrer Überraschung schreckt Ryan nicht zurück, sondern nickt bedächtig.

»Da ist er nicht der Einzige. So eine Verteidigung wirft zwangsläufig Fragen auf.«

»Wie meinst du das?«, fragt Hannah verwundert.

Ryan seufzt und richtet sich leicht im Rollstuhl auf, als hätte er Schmerzen vom Sitzen. Er kann nur eine Hand richtig benutzen. Mit der nimmt er die Tasse, bedient den Rollstuhl, stemmt sich nun auf einem Arm zur Seite und sackt wieder in sich zusammen, dass die Rollstuhlbremsen quietschen.

»Du gehörst nicht zu diesem Kreis, du konntest es nicht wissen. Aber Journalisten sprechen oft mit Anwälten und, na ja, es gibt eine ziemlich weit verbreitete, eine ziemlich –« Er hält inne, sieht frustriert aus.

»Eine was?«

»Eine – ach, Scheiße, wie nennt man das?« Er verzieht genervt das Gesicht. »Wenn sich alle in einer Sache einig sind. Eine weitverbreitete Annahme, das ist das Wort, das ich gesucht habe. Tut mir leid – seit dem Schlaganfall ist es, als wären manche Dinge durchs Raster gefallen. Worte, Namen, Gesichter. Es wird besser, aber nicht, wenn ich müde bin.«

»Eine weitverbreitete Annahme«, drängt Hannah.

Ryan nickt. »Genau. Die Annahme, dass seine Verteidigung keinen guten Job gemacht hat. Ich meine, worauf lief es denn hinaus? Du hast ihn die Treppe runterkommen sehen. Das war's. Nicht viel, um jemanden lebenslänglich wegzusperren.«

»Aber das Stalking«, sagt Hannah. Sie ist plötzlich verunsichert, als würde Ryan ihr Vorwürfe machen. »All das, was beim Prozess herausgekommen ist, über die anderen Mädchen, denen er nachspioniert hatte. Hat der Richter nicht von einem eskalierenden Verhaltensmuster gesprochen?«

»Das hat er. Und es gibt die These, dass die Hälfte gar nicht zu …« Er hält inne und schlägt sich frustriert mit der Hand aufs Knie. »Scheiße, auch weg.«

»Zulässig?«, wagt sich Hannah vor, nicht sicher, ob sie ihm soufflieren darf, doch Ryan nickt erleichtert.

»Ja! Danke. Dass die Hälfte des Beweismaterials nicht zulässig war. Dadurch waren die Geschworenen voreingenommen, obwohl es keinen Beleg dafür gab, dass er ein Mörder war.«

»Ryan, er hat mich angegriffen!«

»Oder seinen Job gemacht und jemanden aufgehalten, der ins College eingebrochen war«, sagt Ryan und hebt die Hand, als sie protestieren will. »Ich sage ja nicht, dass er im Recht war – du hast erzählt, was passiert ist, und der Rest lag bei den Geschworenen. Es war nicht deine Aufgabe, Neville zu verteidigen. Ich erkläre nur, warum einige Leute ein Problem mit dem Urteil haben. Aber dafür ist es jetzt zu spät.«

Hannah nickt nachdenklich. Es ist tatsächlich zu spät. Sie kann Neville nicht zurückholen. Aber sie kann die Sache auch nicht auf sich beruhen lassen. Nicht, wenn auch nur die geringste Chance besteht, dass Geraint recht hat.

»Da … war noch etwas …«, sagt sie langsam und hält dann inne. Sie ist sich nicht sicher, wie sie es ausdrücken soll. Das hier ist etwas anderes, als Will danach zu fragen, den Mann, den sie liebt, mit dem sie verheiratet ist, *Aprils Freund*. Immerhin liegt eine gewisse Anklage darin.

»Spuck's aus, Kleines«, sagt Ryan freundlich, als wüsste er, dass es ihr schwerfällt. Hannah holt tief Luft.

»Geraint hat behauptet, April hätte dir erzählt –« Wieder hält sie inne, schluckt und spürt, wie der Puls in ihrer Kehle pocht. Das kann nicht gut für das Baby sein. »Er hat gesagt, dass April schwanger war«, sagt sie hastig.

Was immer Ryan erwartet hat, das war es nicht. Sein Gesicht unter dem dunklen Bart wird bleich. Aber er wirkt nicht überrascht oder zumindest nicht so überrascht, wie er sein müsste, wenn ihm die Behauptung neu wäre.

Lange Stille. Ryan hebt die Tasse an die Lippen, trinkt langsam und mit Mühe, setzt sie ab und nickt zittrig.

»Stimmt es?«, fragt Hannah. Ryan zuckt wieder schief mit den Schultern.

»Keine Ahnung. Du weißt doch, wie April war.«

»Du glaubst, es war ein Streich?«

»Ich weiß es nicht. Wir …« Sein Gesicht zuckt, und er wendet sich ab, sieht ihr nicht in die Augen. »Wir haben miteinander geschlafen, das wusstest du wahrscheinlich schon.«

Hannah atmet aus. Sie weiß nicht, was sie sagen soll. Es fühlt sich seltsam an, ihren Verdacht bestätigt zu bekommen.

»Ich war mir nicht sicher«, sagt sie schließlich. »Damals nicht. Aber im Rückblick … bin ich nicht ganz überrascht. Wie lange?«

»Fast das ganze Jahr«, sagt Ryan und verzieht unglücklich den Mund. »Das erste Mal, bevor ich wusste, dass sie und Will ein Paar waren – ich hätte es nicht getan, wenn ich gewusst hätte, dass sie fest zusammen waren, das wollte ich mir zumindest einreden. Als ich es herausfand, kam ich mir wie ein totales Arschloch vor. Aber da ich es schon einmal getan hatte ...«

»Was war mit Emily?«, fragt Hannah. Ihre Kehle ist wie zugeschnürt beim Gedanken an Em und das Ausmaß dieses Betrugs. April war nie so eng mit Em befreundet gewesen wie mit Hannah. Sie waren einander immer ein wenig feindselig und misstrauisch begegnet. Doch sie *waren* Freundinnen gewesen und hatten ziemlich viel Zeit miteinander verbracht.

»Wegen ihr habe ich mich auch wie ein Arschloch gefühlt. Sehr sogar. Aber das war das Problem – nachdem ich es einmal gemacht hatte, hatte April mich in der Hand.«

»Du meinst, sie hat dich gezwungen?« Hannah versucht nicht, die Skepsis in ihrer Stimme zu verbergen. Das klingt alles ein bisschen zu bequem für Ryan – und April hatte es nicht nötig, Männer emotional zu erpressen, damit sie mit ihr schliefen. Die Kandidaten hätten bei ihr Schlange gestanden.

Ryan sieht unglücklich aus.

»Ich weiß, was du denkst. Und ja, es ist natürlich wahr, dass ich jederzeit hätte aufhören können. Ich hatte die Wahl – wann immer sie anrief oder eine Nachricht schrieb oder sich bei der Sperrstunde an mich heranschmiss und sagte, *Will habe zu tun,* hätte ich sie abweisen können. Das ist mir klar. Ich sage nur, es ist verdammt schwer, zu jemandem Nein zu sagen, der einen direkten Draht zu deiner Freundin hat. Ich wusste, ich war ein Arschloch, aber ... ich will nicht lügen. Ich wollte April vögeln. Also hab ich es getan. Und ich wusste, sie wollte genauso wenig wie ich, dass es herauskam.«

Sein Mund verzerrt sich, und Hannah liest den Selbsthass

in seinen Augen. Aber da ist noch eine andere Art von Abscheu, und jetzt begreift sie … oder glaubt zu begreifen. Ryans Abneigung gegen April war echt – aber nicht, weil April reich und schön war und das Leben auf dem Silbertablett serviert bekam. Zumindest war es nicht nur das gewesen. Ryan hatte sie dafür gehasst, dass sie es hinter ihrem Rücken miteinander trieben.

»Und was ist mit der Schwangerschaft?«, fragt Hannah. Ihre Kehle ist trocken, sie trinkt noch einen Schluck Tee. »Wann ist das passiert?«

»Ich bin mir nicht sicher. Ich hatte sie in den letzten Wochen nicht gesehen, weil sie so beschäftigt mit den Proben und allem war. Aber sie hat mir am Morgen nach der Premiere eine Nachricht geschickt. Darin stand nur: *Schau in dein Fach.* Also habe ich nachgesehen. Und darin lag ein Umschlag mit einem Schwangerschaftstest – zwei Linien. Ich habe zurückgeschrieben und gefragt: *Ist das ein Witz?* Und sie hat geantwortet: *Ganz sicher nicht.*«

»Scheiße.« Hannah weiß nicht, was sie denken soll. Ein solcher Streich hätte zu April gepasst, andererseits …

»Sah er echt aus?«

»Woher zum Teufel soll ich das wissen?«, erwidert Ryan. »Ich hatte noch nie einen Schwangerschaftstest gesehen. Sie hätte die Linien mit einem … einem …« Er sucht nach dem fehlenden Wort, und Hannah beißt sich auf die Lippe, will nicht eingreifen. »Mit einem Kugelschreiber machen können. Aber ja, wenn ich ehrlich bin, sah er echt aus. Echt genug, um mich in den Wahnsinn zu treiben. Ich habe den Rest der Woche damit verbracht, abwechselnd in Panik zu geraten, mir in die Hose zu machen und mir einzureden, dass es wahrscheinlich nicht von mir war, und dann – und dann –«

Er verstummt. Hannah sieht, dass er Tränen in den Augen hat. *Und dann wurde April getötet.*

»Warum hast du nichts gesagt?«, fragt sie sanft.

Ryan stößt ein kurzes, bellendes Lachen aus und fährt sich mit der gesunden Hand durch die Haare. Er sieht aus wie ein Igel. »Was glaubst du wohl? Weil sie erwürgt worden war. Wenn ich ihnen von dem Test erzählt hätte, wären ich *und* Will in die Schusslinie geraten. Und weil ich es nicht wusste. Ich hatte keine Ahnung, ob es einer ihrer dummen Streiche war. Ich habe mir gedacht, wenn es wahr wäre, würden sie es bei dieser medizinischen Sache, der Autopsie, herausfinden, und alles würde ans Licht kommen, ohne dass ich zugeben müsste, davon gewusst zu haben. Ich habe Tage und Wochen gewartet, doch der Anruf kam nicht. Und dann haben sie Neville verhaftet und ich dachte –« Er hält inne. Seine Augen sind voller Tränen, ein Muskel zuckt in seiner Wange. Hannah sieht, dass er müde ist, ja, erschöpft. Sie verspürt einen Stich der Reue.

»Ich war so verdammt dankbar, weißt du?« Beim letzten Wort bricht ihm die Stimme. »Es war nur ein kranker Scherz von April. Aber später … später kamen mir Zweifel.«

»Es tut mir leid«, sagt Hannah und steht auf. »Es tut mir wirklich leid, Ryan, ich hätte das alles nicht aufwühlen sollen. Ich gehe besser. Ich habe dich zu lange reden lassen und muss zurück nach Edinburgh, bevor –« Sie stolpert über die letzten Worte. *Bevor Will nach Hause kommt,* wollte sie sagen, möchte aber nicht zugeben, dass sie ohne Wills Wissen hier ist. »Vor der Rushhour«, sagt sie verlegen.

Ryan nickt.

»Na gut. Pass auf dich auf, okay? Und wenn du Babysachen brauchst –«

Er deutet aufs Wohnzimmer, das mit dem Plastikmüll zweier kleiner Mädchen übersät ist.

»Wie du siehst, ist eine Entrümpelung fällig. Und ich glaube nicht, dass Bella noch mehr Kinder möchte.«

»Danke«, sagt Hannah lächelnd. Sie fühlt sich erleichtert nach dem Ernst der letzten halben Stunde. »Das wäre schön. Und du pass auch auf dich auf.«

»Das werde ich.« Er rollt mit ihr zur Tür und öffnet sie. Auf der Schwelle winkt er, damit sie sich zu ihm herabbeugt, und zu Hannahs Überraschung drückt er ihr einen Kuss auf die Wange. Seine Lippen sind weich, sein Bart ist noch weicher, viel geschmeidiger als Wills gelegentliche Drei-Tage-Stoppeln. »Du hast das nicht verdient, Hannah Jones. Vergiss das nicht, ja?«

»Ich denke dran«, sagt Hannah. Sie schluckt und merkt, dass ihre Augen plötzlich heiß von ungeweinten Tränen sind. »Ich danke dir, Ryan. Du –«

Sie weiß nicht, was sie sagen will.

Du bist ein guter Mensch.

Du bist ein besserer Freund, als Will und ich erwarten konnten.

Du hast das auch nicht verdient.

Aber sie findet nicht die richtigen Worte. Stattdessen küsst sie ihn zurück, sein Bart weich unter ihren Lippen, nimmt ihre Tasche und macht sich auf den Weg zum Bahnhof.

DAVOR

Am nächsten Morgen arbeitete sich Hannah langsam und mühsam aus dunklen Träumen empor, in denen sie gejagt und gehetzt und geprügelt worden war. Dann wurde ihr bewusst, dass die schmerzenden Muskeln und Knochen nicht Teil des Traums, sondern real waren. Sie lag vollständig bekleidet unter der Decke und konnte das verkrustete Blut an der Innenseite ihres Oberschenkels spüren, wo der Jeansstoff an dem Schnitt festklebte. Sie hatte Schürfwunden an Wangenknochen und Kinn, wo man ihr Gesicht in den Kies gedrückt hatte, und alle Gelenke schienen sich über Nacht verkrampft zu haben.

Lange lag sie einfach da, blinzelte und versuchte zu begreifen, was passiert war. Dann erregte etwas anderes ihre Aufmerksamkeit: unverkennbare Sexgeräusche, die aus Aprils Zimmer drangen.

Plötzlich wusste Hannah, dass sie nicht bleiben, zuhören und sich fragen konnte, ob gleich Will oder jemand anders mit einem verlegenen Grinsen aus Hannahs Tür schleichen würde. Sie wollte es gar nicht wissen. Beide Möglichkeiten waren unerträglich.

Also schnappte sie sich Handtuch und frische Klamotten und ging ins Badezimmer.

Unter der heißen Dusche schmerzten die Schnitte und Schürfwunden noch mehr, waren die blauen Flecken noch deutlicher zu erkennen. Sie musste etwas unternehmen. Es spielte doch keine Rolle, dass sie über die Mauer geklettert war. Es war kein Hausfriedensbruch – sie war ein Mitglied des College und hatte es nicht verdient, derart angegriffen zu werden.

Aber wem sollte sie es sagen? Nicht den anderen Pförtnern – auch wenn sie bei Sicherheitsfragen die erste Anlaufstelle waren. Und auch nicht dem Master. Hannah hatte ihn bei offiziellen Abendessen gesehen und seine Ansprache zu Beginn des Trimesters gehört und konnte sich nicht vorstellen, sich mit diesem Problem an eine so strenge, distanziert wirkende Person zu wenden.

Blieb also nur Dr. Myers …? Sie wusste nicht, an wen sie sich sonst wenden sollte.

Sie stand unter dem heißen Wasserstrahl und dachte nach, wie sie die Sache Dr. Myers gegenüber ansprechen könnte, probierte verschiedene Varianten aus. *Er hat mich überfallen?* Nein, das stimmte nicht ganz. Es klang zu sexuell, obwohl die Erinnerung an Nevilles Schritt, der sich an ihren Hintern presste, noch unangenehm lebendig war.

Er hat mich angegriffen. Das kam der Sache schon näher. Aber drückte es auch die Schwere des Vorfalls aus? Vermittelte es die Angst, die sie empfunden hatte, als sie Nevilles erdrückendes Gewicht auf ihrem Körper gespürt hatte, seinen Arm in ihrem Nacken, seinen Körper, der sie auf den Kies presste, während er ihr Gesicht in den Dreck rieb?

Er hat mir wehgetan.

Nein. Das klang jämmerlich, wie bei einem Kind, das auf dem Spielplatz hingefallen ist.

Schließlich drehte Hannah den Wasserhahn zu und trocknete sich vorsichtig ab, um die Wunden nicht aufzureißen. Sie zog sich an und stand unsicher da, Handtuch und Schlafanzug in der einen Hand, den Kulturbeutel in der anderen.

Logisch wäre, die Sachen in ihr Zimmer zu bringen, bevor sie zum Frühstück ging, aber sie brachte es nicht über sich. Aprils Besucher könnte noch da sein, und Hannah war sich nicht sicher, was unangenehmer wäre: April dabei zu erwischen, wie sie Will betrog, oder in ihren Versöhnungssex zu platzen und Wills mitleidig besorgtes Gesicht beim Anblick ihres ramponierten Aussehens zu ertragen.

Und das noch vor dem ersten Kaffee.

Also rollte Hannah den Schlafanzug in ihr feuchtes Handtuch, klemmte es unter den Arm und ging die Treppe hinunter zum Frühstück.

»Hannah! Hier drüben!«

Emily winkte vom anderen Ende des Speisesaals und deutete auf einen freien Platz neben sich. Hannah atmete tief durch, winkte zurück und schob sich mitsamt Kaffee und Käsetoast durch die frühstückende Menge.

Sie fürchtete Emilys Reaktion, doch die unterhielt sich angeregt mit Hugh und schien die blauen Flecken in Hannahs Gesicht nicht zu bemerken. Erleichtert rutschte Hannah mit gesenktem Kopf auf die Bank und begann wortlos zu essen.

»Nun«, sagte Hugh schließlich, schob eine unberührte Toastscheibe beiseite und stand auf, »ich geh jetzt besser. Ich habe um zwei die erste Prüfung und bin nicht annähernd vorbereitet.« Er wirkte fast krank vor Nervosität, und Hannah fragte sich, warum er sich hatte überreden lassen, am Abend vor der Prüfung in Aprils Theaterstück zu gehen, wenn es ihn so fertigmachte. »Wünscht mir Glück.«

»Viel Glück«, sagte Hannah und lächelte aufmunternd. Dabei schien das Licht, das durch die hohen Bleiglasfenster in den Raum fiel, auf ihr Gesicht, und Hugh hielt inne. Er stellte sein Tablett ab und rückte stirnrunzelnd die Brille zurecht.

»Hannah, was ist mit deinem Gesicht passiert?«

»Was … oh.« Sie berührte die Schürfwunde am Wangenknochen und lachte verlegen. »Sieht es so schlimm aus?«

»Hannah?«, fragte Emily, beugte sich vor und schob mit

einem Finger Hannahs Haare zurück. Ihre Miene veränderte sich abrupt. »Wow, bist du von der Mauer gefallen?«

»Nein«, sagte Hannah, plötzlich befangen und irgendwie schuldbewusst, obwohl sie den Grund nicht verstand. Sie zog die Haare aus Emilys Hand und ließ sie wieder über die Wange fallen. »Nicht direkt. Ich wurde … na ja, jemand hat mich erwischt.«

»Jemand hat dich erwischt?« Hugh runzelte die Stirn. »Wobei denn?«

»Ich bin über die Mauer geklettert und …« Sie hielt inne und schaute über die Schulter, um sich zu vergewissern, dass niemand mithörte. Warum schämte sie sich für das, was passiert war? »Ein Pförtner hat mich … irgendwie … umgerissen.« Sie lachte unsicher und versuchte, die Atmosphäre aufzulockern. »Heute Morgen tut mir alles weh. Ich glaube, die Rugbyspieler haben sich die blöden blauen Trikots vielleicht doch verdient.«

»Ein Pförtner?«, fragte Emily mit harter Stimme, ohne auf Hannahs Ablenkungsversuche einzugehen. »Von welchem Pförtner reden wir hier? Doch nicht –?«

Hannah nickte nur, und Emily verzog das Gesicht. »Mein Gott. Was hat er gesagt? Hast du das gemeldet?«

»Noch nicht«, sagte Hannah leise, weil Emilys Empörung so laut klang. »Er hat nichts gesagt – ich bin nicht geblieben, um mit ihm zu reden. Jemand ist dazugekommen, und ich bin weggelaufen.«

»Oh, mein Gott.« Emily sprang auf, als wäre ihre Wut zu groß, um sie im Sitzen zu beherrschen. »Hannah – das ist … Ich weiß nicht, was ich sagen soll. Warum hast du mich nicht angerufen?«

»Ich dachte –« Hannah hielt inne, schluckte. »Ich dachte – ich hätte nicht –«

Doch Emily schüttelte den Kopf, und Hannah wusste, dass

sie den Satz nicht beenden musste, dass Emily – wie alle Frauen, die sich jemals nachts allein gefürchtet hatten – die seltsame Mischung aus Schuldgefühl, Ekel und Selbsthass kannte und genau wusste, wie sie sich fühlte.

Hugh hingegen sah besorgt aus und blickte von Emily zu Hannah und wieder zurück.

»Was – ich meine, du lieber Himmel. Können wir etwas tun?«, brachte er schließlich heraus. Seine Wangen waren gerötet, aber Hannah war sich nicht sicher, ob vor Wut oder Verlegenheit.

»Keine Sorge, Hugh«, sagte Emily grimmig. »Ich kümmere mich drum. Du gehst zu deiner Prüfung. Hannah, wir melden das.«

»Ich mache das«, sagte Hannah entschlossen, um die Situation wieder unter Kontrolle zu bekommen, doch Emily schüttelte den Kopf.

»Du machst das jetzt, solange du die blauen Flecken hast, solange sie es nicht abtun können. Wir gehen zum Master.«

»*Nein.*« Hannahs Stimme klang scharf, und jetzt blickten die Leute tatsächlich auf. Sie zwang sich, ruhiger zu sprechen. »Ich halte das ehrlich gesagt für zu drastisch. Ich habe heute Morgen unter der Dusche nachgedacht. Ich möchte zu Dr. Myers gehen. Er ist mein Tutor, und im Handbuch steht, dass er die erste Anlaufstelle für alle Betreuungsfragen ist.«

»Dr. Myers?« Emily war skeptisch. »Ist das nicht der unheimliche Typ, der immer Leute in sein Zimmer einlädt?«

»Er hat einige Partys gegeben«, sagte Hannah müde. »April und ich waren mal da. Es war nicht gerade Sodom und Gomorra.«

»Okay. Dann gehen wir zu ihm. Bist du bereit?«

Hannah machte den Mund auf und hielt inne.

Sie war nicht bereit. Das würde sie wahrscheinlich nie sein. Aber ihr war auch klar, dass Emily nicht nachgeben würde.

Eine Viertelstunde später standen sie vor Dr. Myers' Bürotür. Von drinnen waren Geräusche zu hören.

»Er hat Besuch«, flüsterte Hannah. »Wir sollten später wiederkommen.«

Bevor Emily antworten konnte, ging die Tür auf, und ein Mädchen, das Hannah von Dr. Myers' Party kannte, kam heraus. »Ich wünsche Ihnen eine nette Pause, Dr. M.«, sagte sie und warf ihr langes dunkles Haar über die Schulter, als sie an ihnen vorbeiging.

»*Au revoir*, Rubye«, rief Dr. Myers ihr nach. »Bis nächstes Jahr. Ah, Hannah«, sagte er leicht überrascht. »Wegen der Prüfungen findet in dieser Woche kein Tutorium statt – haben Sie das vergessen?«

»Nein«, sagte Hannah zögernd. »Ich habe es nicht vergessen. Und falls es gerade ungünstig ist …«

»Hannah wollte etwas mit Ihnen besprechen«, schaltete sich Emily ein. »Etwas Wichtiges. Hätten Sie zehn Minuten Zeit, Dr. Myers?«

»Zehn Minuten?« Er sah auf die Uhr und nickte. »Ja, zehn Minuten sind drin. Kommen Sie rein.«

Er trat zurück, und Hannah und Emily schoben sich an ihm vorbei in das kleine Büro. Die Jalousien waren geschlossen, um die Sommersonne auszusperren, Licht und Schatten tanzten durch den Raum. Hannah hockte sich nervös auf die Kante des Stuhls, auf dem sie immer beim Tutorium saß, und ließ die Haare ins Gesicht fallen, während Emily sich im Sessel niederließ und mit grimmiger Miene die Arme verschränkte.

»Womit kann ich Ihnen helfen, Hannah?«, fragte Dr. Myers freundlich. Sie spürte ein Flattern im Bauch, als sie daran dachte, was sie womöglich in Gang setzen würde, riss sich aber zusammen. Diesmal war John Neville zu weit gegangen. Sie musste etwas unternehmen.

»Es geht um einen der Pförtner«, sagte sie. Ihre Kehle war trocken. Sie schluckte und wünschte, sie hätte zum Frühstück etwas anderes als Kaffee getrunken. »John Neville. Das ist der große.«

»Ich kenne Mr. Neville«, sagte Dr. Myers stirnrunzelnd, als verstünde er nicht, worauf sie hinauswollte.

»Er hat mich gestern Abend erwischt, als ich über die Mauer hinter Cloade's geklettert bin«, erklärte Hannah. Ihr Herz raste. »Und er – na ja, er hat mich umgerissen. Auf den Boden. Er –« Sie schluckte wieder. Es war, als blockierte etwas ihre Kehle und erschwerte ihr das Atmen. »Er hat sich auf mich geworfen. Ich konnte mich nicht bewegen. Es war –« Sie hielt inne und wusste nicht, wie sie fortfahren sollte. »Es war …«, setzte sie noch einmal an und schloss die Augen.

»Hannah ist verletzt, Dr. Myers«, unterbrach Emily sie wütend. »Sehen Sie sich ihr Gesicht an. Es war völlig unverhältnismäßig. Und es ist Teil eines Musters, er verhält sich immer wieder bedrohlich gegenüber Hannah und –«

»Meine Damen, Moment, Moment«, sagte Dr. Myers und hob die Hand. »Was ist denn mit Ihrem Gesicht, Hannah?«

Widerwillig schob Hannah die Haare zurück, die ihre blau angelaufene Wange verdeckten, und beugte sich zum Licht. Dr. Myers betrachtete schweigend die Flecken und verschränkte dann die Arme.

»Ich verstehe. Erzählen Sie mir ganz genau, was passiert ist. Sie sind über die Mauer geklettert? Warum?«

»Ich wollte nicht –«, begann Hannah und hielt inne. *Ich wollte nicht, dass Neville mich durchs Tor gehen sieht.* Nun aber fürchtete sie, es könnte klingen, als wäre sie voreingenommen. »Es war eine Abkürzung«, sagte sie etwas lahm. »Das Cloade-Tor war geschlossen.«

»Nun gut, Sie sind also über die Mauer geklettert, und was ist dann passiert?«

»Ich bin auf der anderen Seite hinuntergeklettert, und dann hat mich jemand am Knöchel gepackt.«

»Jemand? Sie wussten zunächst nicht, dass es Neville war?«

»Nein, ich wusste zunächst nicht, dass er es war – es war dunkel, und ich hatte Angst, also habe ich mich losgerissen und bin weggerannt.«

»Und er ist Ihnen nachgelaufen?«

»Ja, er hat etwas wie *Stopp, das ist unbefugtes Betreten* gerufen.«

»Nun gut, und was ist dann passiert?«

»Er hat mich am Kreuzgang eingeholt«, sagte Hannah. Die Worte lagen schwer in ihrem Mund. Sie hörte wieder Nevilles stampfende Schritte hinter sich, spürte den plötzlichen Ruck, als er sie am Kragen gepackt und umgerissen hatte. »Er griff nach meinem Mantel, stellte mir ein Bein, ich bin hingefallen, und er hat sich auf mich geworfen. Er hatte den Arm auf meinem Nacken. Ich konnte nicht –« Ihr Atem ging schnell, ihr Herzschlag pochte in den Ohren. »Ich bekam keine Luft mehr. Ich fing an, Sterne zu sehen.«

»Und dann?«

»Und dann kam jemand dazu und sagte etwas wie: ›Was ist hier los?‹ Da ist er aufgestanden, und ich bin weggerannt. Ich hatte solche Angst.«

»Aber Sie haben gesehen, dass er es war?«

»Als er mir ein Bein gestellt hat, ja. Ich wusste, dass er es war.« Ihre Stimme zitterte. Sie spürte, wie ihr die Tränen kamen. »Ich bin mir absolut sicher, dass er es war, ich habe seine Stimme erkannt und seinen –« Sie brachte es nicht über sich, *seinen Geruch* zu sagen. Es implizierte eine Intimität, die sie vermeiden wollte. »Und da war noch jemand«, stotterte sie stattdessen. »Ein Mann. Ich glaube, es war ein Dozent. Wer auch immer es war, er hat mit Neville gesprochen – er kann meine Geschichte bestätigen und dass es definitiv Neville war, der mich angegriffen hat. Und es ist nicht nur mein Gesicht.« Sie stand auf, zog ihr Shirt hoch und zeigte ihren Oberkörper, die scharlachroten Schrammen, die sich schon zu violetten Blutergüssen verdunkelten. »Ich denke mir das nicht aus.«

Hannah hörte, wie Emily beim Anblick ihrer Rippen scharf die Luft einsog, ließ das T-Shirt fallen und setzte sich mit flammendroten Wangen wieder hin.

»Lassen Sie mich zuallererst sagen, dass ich Ihre Schilderung *auf keinen Fall* in Zweifel ziehe«, sagte Dr. Myers. Er stand auf und trat ans Fenster, als wollte er sich eine Antwort zurechtlegen. »Es hört sich ... nun ja, sehr unerfreulich an, und es überrascht mich überhaupt nicht, dass Sie aufgewühlt sind. Aber ich versuche, den Ablauf der Ereignisse aus Nevilles Sicht zu betrachten – Sie sagten selbst, Sie hätten ihn erst erkannt, als er Sie angegriffen hat.«

»Und?«, fragte Hannah wütend. Sie holte zitternd Luft und merkte, dass ihre Stimme schriller und anklagender als beabsichtigt klang. »Ja«, sagte sie etwas ruhiger. »Ja, das ist richtig, so ist es gewesen.«

»Es ist also wahrscheinlich, dass Neville Sie auch nicht erkannt hat. Er hat gesehen, dass jemand ins College eingestiegen ist, hat die Person – völlig korrekt – aufgefordert, stehen zu bleiben, und sie verfolgt, als sie das nicht tat.«

»Dr. Myers, haben Sie die blauen Flecken gesehen?«, sagte Emily und stand nun auch auf. Ihre Stimme klang gefährlich ruhig, und Hannah merkte, dass sie sich gerade noch beherrschte. »Haben Sie Hannahs Gesicht gesehen? Er hat sie nicht nur verfolgt, er hat eine wehrlose Studentin angesprungen und ihr das Gesicht so lange in den Dreck gedrückt, bis sie nicht mehr reden konnte, und außerdem ist es nicht das erste Mal, dass er es auf Hannah abgesehen hat, weil –«

»Das ist es ja gerade«, unterbrach sie Dr. Myers. »Das ist es, was ich zu verstehen versuche. Denn wenn Sie sagen, Ms. ...?«

»Emily Lippman«, sagte sie knapp.

»Ms. Lippman, wenn Sie behaupten, dass derart unangemessenes Verhalten häufiger vorgekommen ist, wäre dies eine ziemlich ernste Anschuldigung. Allerdings kann ich nicht erkennen, wie es zueinanderpasst. Hannah hat selbst zugegeben, dass es sehr dunkel war und sie Neville erst erkannt hat, als er auf sie losgegangen ist. Ich bin mir nicht sicher, wie Neville es unter diesen Umständen speziell auf Hannah abgesehen haben soll. So wie ich das sehe, hat er einfach einen vermeintlichen Eindringling angegriffen – vielleicht ein bisschen härter als nötig, aber …«

»Er ist in meine Wohnung eingedrungen«, sagte Hannah. Ihr Herz pochte. »Er war dort, als ich nicht da …«

»Und ist etwas Unangemessenes vorgefallen, während er dort war?«

»Scheiß auf unangemessen, er hätte gar nicht erst die Wohnung einer Studentin betreten dürfen!«, brüllte Emily.

Dr. Myers' Gesicht veränderte sich, er hob die Hand.

»Ms. Lippman, ich muss Sie leider bitten, leiser zu sprechen. Und wenn Sie mich noch einmal beschimpfen, werden Sie dieses Büro verlassen. Ich möchte gern Hannahs Bericht hören. Hannah, ist irgendetwas passiert, als er in Ihrer Wohnung war?«

»Er sagte, er hätte ein Paket für mich.« Ihre Kehle war trocken, sie sah aus dem Fenster statt zu Dr. Myers. Ihre Augen brannten wieder, und sie blinzelte angestrengt, um die Tränen zurückzuhalten. Sie würde *nicht* vor Dr. Myers weinen. »Er wollte es mir nicht geben, als ich darum gebeten habe.«

»Hatte er denn ein Paket?«

Hannah schloss die Augen und nickte.

»Nun«, sagte Dr. Myers etwas energischer. Es klang wie *Es tut mir leid, aber dieses Gespräch ist gleich vorbei.* »Ich bedauere, dass Sie eine offensichtlich sehr unerfreuliche Erfahrung gemacht haben, schlage aber vor, dass Sie fortan nicht über die Mauern des Colleges klettern, sondern wie alle anderen auf angemessene Weise eintreten. Und ich spreche mit Mr. Neville.«

»Was?«, unterbrach Hannah ihn entsetzt. »Nein! Bitte, nicht, sagen Sie ihm nicht, dass ich Ihnen das alles erzählt habe.«

»Ich kann diesen – Anschuldigungen nicht nachgehen, ohne Mr. Nevilles Sicht der Ereignisse zu hören«, erklärte Dr. Myers. Er wirkte jetzt verärgert, sein Mitgefühl schwand zusehends. Er ging zum Fenster, kehrte ihnen den Rücken, kam dann zurück und hockte sich auf die Schreibtischecke. Er lächelte betont verständnisvoll.

»Schauen Sie, Hannah, ich kann die Sache weiterverfolgen, wenn Sie es möchten. Aber nur, wenn ich mit Mr. Neville spreche und mir seine Version der Ereignisse anhöre. Was soll ich tun?«

Hannah sah Emily an. Sie hatte die Arme vor der Brust verschränkt und unterdrückte mühsam ihre Wut, sagte aber nichts, sondern hob nur angespannt die Schultern, um *Das ist deine Entscheidung* zu signalisieren.

Scheiße.

Dr. Myers sah ganz offen auf die Uhr.

»Darf ich es mir überlegen?«, fragte Hannah. Ihre Stimme klang leise und unsicher, nicht wie die eines Menschen, der eine glaubwürdige Anschuldigung vorbringt.

»Gewiss doch.« Dr. Myers klang jetzt wieder warm und freundlich. »Lassen Sie sich Zeit.« Er ging zur Tür, um zu zeigen, dass das Gespräch beendet war. »Wenn Sie mich jetzt entschuldigen, ich muss noch meinen Zehn-Uhr-Termin vorbereiten. Ich freue mich, Sie nächste Woche in unserem letzten Tutorium zu sehen. Es hat mich gefreut, Ms. Lippman.«

Als sie in den Flur traten, wusste Hannah eins ganz sicher,

und zwar mit bedrückender Gewissheit. Sie würde nächste Woche nicht in Dr. Myers' Tutorium gehen. Mehr noch, sie war sich nicht sicher, ob sie ihm je wieder gegenübertreten konnte.

DANACH

Im Zug nach Edinburgh starrt sie aus dem Fenster, während sie wieder und wieder Ryans Worte in ihrem Kopf hört. *Ist das ein Witz?*

Ein Schwangerschaftstest. Ein positiver Schwangerschaftstest.

Das wusste sie schon aus ihrem Gespräch mit Geraint, aber es aus Ryans Mund zu hören …

Sah er echt aus?

Sie hätte die Linien mit einem … einem Kugelschreiber machen können.

Verdammter Mist. Sie reibt sich das Gesicht. Am liebsten würde sie die Erinnerung an das Gespräch und den giftigen Argwohn, den es geschürt hat, verdrängen, weiß aber, dass es nicht geht. Egal ob April Ryan einen grausamen Streich gespielt oder die Wahrheit gesagt hat, sie darf die Sache nicht auf sich beruhen lassen. Hier handelt es sich um ein wichtiges Puzzleteil, das ein ganz neues Licht auf den Fall wirft.

Ein positiver Schwangerschaftstest – ob echt oder nicht – ist ein Motiv, und genau das hat bei der Anklage gegen Neville gefehlt. Es ist ein Motiv nicht nur für Ryan, sondern genauso für Will und jeden, der mit April geschlafen hat.

Hannah erinnert sich wieder an die Geräusche, die sie am Morgen nach der Premiere durch die geschlossene Schlafzimmertür gehört hatte. Mehr denn je wünscht sie sich, sie hätte Aprils Zimmertür aufgerissen und gesehen, wer bei ihr war.

Denn es war *nicht* Ryan, da ist sie sicher, jedenfalls so sicher, wie sie sein kann, ohne ihn direkt danach zu fragen. Nicht nur wegen seiner Reaktion am Premierenabend, als er vor April zurückgewichen war, als wollte er sie nicht berühren, sondern auch wegen dem, was er vorhin gesagt hat. *Aber sie hat mir am Morgen nach der Premiere eine Nachricht geschickt.* Wenn April mit Ryan im Bett gewesen war, warum hätte sie ihm nur eine Stunde später eine Nachricht über den positiven Schwangerschaftstest schicken sollen? Das klingt nicht plausibel.

Aber wenn es nicht Ryan war, wer dann?

Es könnte Will gewesen sein. Aber Hannah ist sich auch bei ihm nicht sicher. Am Premierenabend war irgendetwas nicht in Ordnung. Sie hatte eine Distanz, eine Feindseligkeit zwischen ihm und April gespürt, die nicht zu den lauten Sexgeräuschen passte, die sie am nächsten Morgen gehört hatte. Und obwohl sie bei dem Gedanken rot wird, weiß Hannah doch genau, wie Will sich beim Sex anhört. Sie betrachtet wie hypnotisiert die Landschaft, die draußen vorbeizieht, und denkt an ihren Mann – wie er über ihr ist, sich auf die Unterarme stützt, ihr in die Augen schaut, still, konzentriert, aufmerksam. Er wimmert und grunzt nicht wie ein Pornodarsteller.

Warum? *Warum* ist sie an jenem Morgen nicht in der Wohnung geblieben? Warum hat sie sich nicht im Sessel eingerollt und abgewartet, bis der Betreffende aus Aprils Schlafzimmer kam?

Warum hat sie April nicht anvertraut, was passiert war?

Weil sie traumatisiert und in der Phase der Verleugnung war. Weil sie sich – und jetzt, zehn Jahre später, findet sie das Wort angemessen – von einem Angriff erholte. Und weil sie nicht ahnen konnte, wie wichtig die Frage nach dem morgendlichen Sexpartner einmal sein und wie viel von der Antwort abhängen würde. Ihr Glück. Ihre Zukunft. Ihre Ehe.

In diesem Moment fährt der Zug in einen Tunnel. Für einen kurzen Moment geht das Licht aus, und genau da spürt sie es. Im Unterbauch. Ein Flattern, als würde eine Seifenblase platzen oder ein Gummiband reißen oder etwas Kleines, Glattes, Fedriges über ihr Inneres streichen.

Sie wird ganz still. Sie atmet nicht einmal.

Dann verlässt der Zug den Tunnel, das Licht geht wieder an, und sie sitzt ganz still da, die Hand auf dem Bauch, strahlend vor Glück. Und zum ersten Mal seit John Nevilles Tod denkt sie nicht an April oder die Vergangenheit oder dass sie einen unschuldigen Mann zum Tod im Gefängnis verurteilt haben könnte.

Sie denkt an ihr Baby und das neue Leben in ihr. Und dieses Glück ist so intensiv, dass es wehtut.

DAVOR

»Du kannst mich mal.«

»*Du* kannst *mich* mal.«

Die Stimmen drangen deutlich durch Aprils Zimmertür. Hannah fragte sich, ob die beiden wussten, dass sie anwesend war und auf dem Sofa Quellen für ihren letzten Essay in diesem Trimester studierte.

Sie überlegte, ob sie scherzhaft *Hey, manche Leute versuchen zu lernen* rufen oder sich in ihr Zimmer verziehen sollte, doch dann kam Will heraus und knallte die Tür hinter sich zu.

»Oh.« Er hatte den Anstand, zu erröten, als er sie sah. »Tut mir leid, ich habe nicht gemerkt ...«

»Ach, schon gut«, sagte Hannah, legte ›The Faerie Queene‹ beiseite, stand unbeholfen auf und verknotete die Finger. »Ihr habt mich nicht gestört.« Die Lüge ließ sie rot werden. »Ich meine, ich hätte – woanders hingehen sollen. Geht es –«

Geht es dir gut?, wollte sie fragen, war sich aber nicht sicher, ob es herablassend oder illoyal klang. Sie war doch Aprils Freundin – und die hörte vermutlich gerade durch die Tür mit. Sie durfte sich nicht auf Wills Seite schlagen.

Doch Will runzelte die Stirn, trat zu ihr und schaute sie beunruhigend intensiv an.

»Hannah, was ist mit deinem Gesicht passiert?«

Sie hatte ein flaues Gefühl im Magen. Würde das in den nächsten Tagen so weitergehen? Müsste sie die Geschichte wieder und wieder erzählen?

»Fällt es auf?« Sie wusste, dass sie der Frage auswich, hatte sich immer noch nicht entschieden, was sie wegen Neville unternehmen sollte. Fühlte sie sich wirklich in der Lage, die Sache weiterzuverfolgen?

Will nickte.

»Ich meine, es sieht nicht *schrecklich* aus, eher als hättest du einen Streit mit einer Tür gehabt und verloren.«

»Ungefähr so war's auch«, sagte Hannah. Sie konnte Will nicht die Wahrheit sagen. Er würde noch schlimmer reagieren als Emily – sie wahrscheinlich umgehend zum Master schleppen, wo sie dessen höfliche Skepsis über sich ergehen lassen musste.

»Kommst du am Samstag zu Aprils letzter Vorstellung?«, fragte sie, um das Thema zu wechseln.

Will verzog das Gesicht.

»Nein, meine Mutter hat Geburtstag, und sie ist nicht – egal, spielt keine Rolle. Der Punkt ist, ich fahre nach Somerset und komme am Sonntag zurück. Darum haben wir – na ja. Du hast es gehört.«

Sie blickten einander schweigend an, dass es fast wehtat. Seine Augen waren von einem klaren Braun, wie Torf. Hannah konnte sehen, wie sich ein Muskel seines Kiefers bewegte, als er schluckte. Er machte mit ausgestreckter Hand einen Schritt auf sie zu, und ihr lief ein Schauer der Begierde über den Rücken.

Einen Moment lang dachte Hannah, er werde sie berühren. Doch dann schaute sie zu Aprils Zimmertür, und der Zauber, der in der Luft lag, verschwand. Will senkte den Blick und wich zurück, als wäre ihm eingefallen, warum er hier war.

»Also, man sieht sich«, sagte er. Und war weg.

Eine Pause, dann öffnete sich Aprils Zimmertür. Sie schaute finster drein, und Hannah vermutete, dass sie gelauscht und nur darauf gewartet hatte, dass Will ging.

»Alles gut mit dir?«, fragte Hannah. »Was war los?«

»Die verdammte Mutter meines sogenannten Freundes ist los«, sagte April. Sie wippte mit dem Fuß und verströmte negative Energie. »Wie kann er es wagen? Samstag ist die letzte Vorstellung – er weiß, was das für mich bedeutet, aber nein, Mama geht es nicht gut, Mama wird fünfzig, Mama kommt an erster Stelle.« Bei den letzten Sätzen sprach sie mit weinerlicher Babystimme, die gar nicht nach Will klang, und Hannah wollte schon protestieren, überlegte es sich angesichts Aprils aufgebrachter Miene aber anders.

»Er war doch bei der Premiere«, wagte sie sich vor, doch April fuhr sie an.

»Na und? Er ist mein Freund, verdammt noch mal! Oder war es. Ich komme ernsthaft ins Grübeln, denn wie es scheint, kümmern ihn meine Gefühle einen feuchten Dreck. Die Premiere ist so ziemlich die niedrigste Messlatte – ich meine, alle waren bei der Premiere, sogar Hugh! Sogar Emily, verflucht noch mal! Das ist das Wichtigste, was ich je gemacht habe, Han. Ist es zu viel verlangt, dass Will mich unterstützt, anstatt seine hypochondrische Mutter zu besuchen?«

Seine Mutter ist krank?, dachte Hannah, merkte aber, dass es keinen Sinn hatte, April darauf anzusprechen. Es würde ihre Empörung nur weiter anheizen.

»Vergiss ihn«, sagte sie stattdessen. »Ich komme am Samstag. Und weißt du was – danach gehen wir richtig feiern. Eine After-Show-Party. Eine richtig tolle. Wir laden die ganze Truppe in die Bar ein und organisieren Themencocktails. Den Medea. Was hättest du denn gerne? Irgendwas Blutiges – Preiselbeersaft mit Wodka und Grenadine!«

»Ist das nicht Sex on the Beach?«, fragte April, und Hannah konnte sehen, dass die Idee einer After-Show-Party sie reizte. Ihre Wut legte sich ein wenig, und sie warf sich in den Sessel, dass die Federn quietschten. »Eine After-Show-Party wäre ziemlich cool. Das würdest du wirklich für mich tun?«

»Natürlich«, sagte Hannah und stieß freundschaftlich gegen Aprils Arm. »Du bist doch meine beste Freundin.«

Eine kurze Pause, dann erschien ein breites, strahlendes Lächeln auf Aprils Gesicht – als hätte man einen Megawatt-Scheinwerfer auf Hannah gerichtet.

»Du, Hannah Jones, bist die verdammt Beste, aber so was von.« Sie stand auf und strich ihren Rock glatt. »Kommst du mit runter zum Essen?«

»Ich kann nicht«, sagte Hannah frustriert. »Ich muss den Essay fertig schreiben. Ich habe die ganze Woche für die Prüfungen gepaukt und bin jetzt derart kaputt, dass ich nicht mehr klar denken kann.«

April blickte sie mit einem Lächeln an, das ihre Grübchen tanzen ließ. »Ich könnte dir helfen, wenn du magst.«

»Bei meinem Essay?« Hannah runzelte die Stirn. »Hast du Spenser gelesen?«

»Nein, ich meine mit der Konzentration.« Sie ging in ihr Zimmer, und Hannah hörte, wie sie im Chaos ihres Nachttischs wühlte. Sie kam mit zwei Pillen zurück und hielt sie Hannah hin.

Hannah starrte auf die kleinen Kapseln, halb bunt, halb durchsichtig, gefüllt mit Dutzenden winziger Kügelchen.

»Was sind das für welche, NoDoz oder so?«

»NoDoz für Erwachsene«, sagte April. »Na los, nimm sie. Wo die herkommen, sind noch mehr.«

»Ich meine, danke, aber ehrlich gesagt bin ich fast fertig. Ich muss nur noch den letzten Absatz hinkriegen, dann kann ich abgeben.«

»Na schön«, sagte April leichthin. »Wie du willst.« Sie steckte die Pillen achtlos in die Tasche und griff nach ihrem Mantel. »Oh, und Wodka, Cranberry, Champagner und Crème de Cassis.«

»Wie bitte?«

»Für den Medea. Wodka, Cranberry, Champagner und Crème de Cassis. In einer Champagnerschale. Mit einer Maraschino-Kirsche obendrauf.«

»Einverstanden«, sagte Hannah, und April lächelte.

DANACH

Auf dem Rückweg vom Bahnhof ruft Hannah Will an. »Das Baby hat sich bewegt!«

Er ist irgendwo draußen, sie hört Hintergrundgeräusche, ein vorbeifahrendes Feuerwehrauto.

»Was hast du gesagt?« Er übertönt die Sirene. »Wer bewegt sich? Tut mir leid, es ist wirklich laut.«

»Das Baby! Ich habe es gespürt, Will, ich habe gespürt, wie sich unser Baby bewegt.«

Ein Sekundenbruchteil Stille, dann hört sie sein ungläubiges, freudiges Lachen.

»Es hat sich bewegt? Du hast es wirklich gespürt?«

»Ja! Zweimal! Ich habe es auf dem Heimweg gefühlt, Will, es war so seltsam, als würden Seifenblasen platzen. *Ganz* seltsam. Ich hatte so was schon öfter, war mir aber nicht sicher, doch das hier – es war so sonderbar. Ich wusste es einfach. Ich wusste, dass *er* es war.«

»Er?«

Sie wissen das Geschlecht noch nicht. Dass das so ist, hat Hannah aus einem Anflug von Aberglauben heraus entschieden.

»Oder sie.« Sie wird rot. »Es fühlt sich komisch an, *es* zu sagen, wo es doch ein echter Mensch ist.«

»Ich möchte es auch fühlen«, sagt er, und sie hört das freudige Grinsen in seiner Stimme. »Glaubst du, das geht schon?«

»Keine Ahnung.« Hannah fährt sich prüfend mit der Hand

über den Bauch, natürlich bewegt sich nichts. »Ich bin mir nicht sicher. Bist du auf dem Weg nach Hause?«

»Ja, ich habe früher Schluss gemacht.« Seine Stimme verändert sich, er klingt plötzlich müde und genervt. »Die Arbeit war scheiße. Meinst du, es ist normal, seinen Chef zu hassen?«

Hannah beißt sich auf die Lippe. Armer Will. Er wollte nie Wirtschaftsprüfer werden. Er wollte die Welt verändern, stattdessen ist er in diesen Job hineingerutscht, als er nach Edinburgh kam, und kann es sich nicht leisten zu kündigen.

»Ich meine … ich hasse Cathy nicht«, sagt sie ein wenig lahm.

»Es gibt nicht viele Cathys«, sagt Will. »Jedenfalls nicht in meiner Abteilung. Und wie mein Dad zu sagen pflegte: Würde Arbeit Spaß machen, bekäme man kein Geld dafür.«

Hannah lacht, doch nachdem sie übers Abendessen gesprochen und sich verabschiedet haben, steckt sie das Handy mit einem mulmigen Gefühl weg. Will war immer der Hauptverdiener – ein Wirtschaftsprüfer wird besser bezahlt als eine Buchhändlerin, so ist es nun mal. Aber jetzt hat sie das Gefühl, dass ihr bevorstehender Mutterschaftsurlaub ihn unter Druck setzt. Sie weiß nur nicht, was sie daran ändern kann.

»Kann ich es fühlen? Bewegt es sich gerade?« Will hat zwei Stufen auf einmal genommen und umarmt Hannah stürmisch, seine Lederkleidung liegt kühl an ihrer Wange. Sie schüttelt den Kopf.

»Ich glaube nicht. Ich kann ihn im Moment nicht spüren, aber selbst wenn, wirst du von außen wohl nichts merken. Dafür ist es noch zu früh. In den Büchern steht, es dauert normalerweise sechs Monate, bis andere eine Bewegung spüren können.«

»Er hat sich bewegt«, sagt Will, als wollte er die Worte ausprobieren. Er steht da mit einem breiten, dämlichen Grinsen.

Dann legt er die Hände um ihr Gesicht und küsst sie heftig, seine Lippen kühl auf ihren warmen. »Unser Baby hat sich bewegt. Oh mein Gott, Hannah, es ist echt. Es passiert wirklich.«

Ich weiß, will sie sagen, steht aber nur da, lächelt und spürt dem gemeinsamen Glück nach.

»Wonach riecht das hier?«, reißt er sie aus ihrer Träumerei.

»Oh Mist, die Zwiebeln!« Die hat Hannah vor lauter Aufregung vergessen, als sie Wills Schritte auf der Treppe hörte. »Ich mache Bolognese.«

In der Küche beginnt Hannah, die Zwiebeln vom Pfannenboden zu kratzen.

»Ich glaube, sie sind noch essbar. Vielleicht ein bisschen karamellisiert.«

»Sie werden köstlich sein«, beruhigt sie Will. »Hey, wie war eigentlich der Termin?«

Gott, der Termin. Er scheint eine Million Jahre her zu sein, und sie kann sich im ersten Moment gar nicht erinnern, wie er verlief.

»Oh … gut … ich meine, nicht ganz gut. Der Blutdruck war noch ein bisschen hoch. Aber es ist keine große Sache. Sie glaubt nicht, dass es sich um Präeklampsie oder etwas anderes Ernstes handelt, ich muss mich wohl nur ein bisschen entspannen. Ich soll nächste Woche wiederkommen, nur zur Kontrolle.« Sie hält inne. Jetzt muss sie den Besuch bei Ryan erwähnen. Den kann sie Will nicht verheimlichen. Er betrifft auch ihn.

»Ich hatte nach dem Termin frei«, sagt sie vorsichtig und kippt das Hackfleisch in die Pfanne, damit sie Will nicht ansehen muss. »Also habe ich … na ja, ich habe Ryan besucht.«

»Wie bitte?« Will hält die Hand ans Ohr. Das Fleisch spritzt und zischt. »Wen hast du besucht? Ich habe dich nicht verstanden.«

»Ich war bei Ryan«, sagt sie etwas lauter, legt den Löffel weg und dreht sich um. »Unserem Ryan. Ryan Coates.«

»Sekunde.« Will runzelt die Stirn. Sie kann seinen Gesichtsausdruck nicht ganz deuten – Ungläubigkeit gepaart mit unterdrückter Wut. Röte steigt vom Kragen seiner Bikerjacke auf und färbt seine gebräunten Wangen. »Du bist den ganzen Weg nach York gefahren, um Ryan Coates zu besuchen? Und du hast mir nichts davon gesagt?«

»Es war spontan«, sagt sie schnell, auch wenn das nicht ganz stimmt. »Ich habe Ryan nicht mal vorher angerufen. Ich war schon fast da, als mir einfiel, dass er vielleicht gar nicht zu Hause ist.« Wenigstens das stimmt. »Aber ich *musste* es tun, Will. Mir ging nicht aus dem Kopf, was Geraint gesagt hat. Ich wollte Ryan selbst fragen, ob Geraint ein wahnhafter Stalker oder wirklich sein Kumpel ist. Wenn er sich das alles nur ausgedacht hätte, müsste ich vielleicht sogar die Polizei einschalten.«

Will wirkt nicht mehr ganz so verblüfft, schüttelt aber immer noch den Kopf.

»Und du konntest nicht anrufen? Ich meine – York! Das ist nicht gerade um die Ecke.«

»So weit ist es nicht, und es war wirklich schön, im Zug zu entspannen. Ich hatte das Gefühl – ich weiß nicht, Will. Als wäre ich ihm den Besuch schuldig. Persönlich mit ihm zu sprechen, statt nur anzurufen und ihn auszufragen. Ich bin nicht gerade stolz darauf, dass wir ihn nach dem Schlaganfall im Stich gelassen haben. Du etwa?«

Will hat den Anstand, etwas beschämt auszusehen. Er macht eine leichte Kopfbewegung, halb Nicken, halb Verneinen. Ja, er versteht, was sie meint. Nein, er ist auch nicht stolz auf sein Verhalten. Ryan war ihr Freund – einer ihrer besten Freunde. Er hatte etwas Besseres verdient.

»Wie geht es ihm?«, fragt er schließlich und zieht die Jacke aus. Sein Hals ist immer noch gerötet.

»Na ja … erstaunlich gut, eigentlich«, sagt Hannah. Sie

betrachtet Wills Rückenpartie und versucht sich vorzustellen, er würde über Nacht vom Schlag getroffen, so wie Ryan. Der Gedanke tut ihr im Herzen weh. »Er sitzt noch im Rollstuhl, kann aber erstaunlich gut sprechen – nur ein ganz leichtes Nuscheln, und manchmal fällt ihm ein Wort nicht ein, nichts Wildes. Ich habe seine Kinder nicht gesehen, aber sie scheinen zauberhaft zu sein. Und Bella ist ihm sehr, sehr wichtig.«

»Ja …«, sagt Will langsam. »Mit Bella hat er das große Los gezogen. Und was hat er gesagt? Über diesen Reportertypen? Ich nehme an, ihr habt auch über« – er schluckt – »April gesprochen?«

»Das haben wir«, sagt Hannah, setzt sich auf einen Hocker und reibt sich die schmerzenden Füße. »Er kennt Geraint tatsächlich. Er sei ein anständiger Kerl, meint er, und er teile einige seiner Zweifel. Und er hat gesagt …« Nein, das kann sie ihm nicht vorenthalten. Das wäre nicht fair, denn es betrifft Will persönlich. »Er sagt, er habe mit April geschlafen. Wusstest du das?«

»Ich hatte so eine Ahnung«, sagt Will knapp, geht zum Herd und übernimmt das Kochen. Sie sieht, wie sich seine Schultern unter dem Hemd anspannen.

»Und er … er hat das Gerücht bestätigt, von dem ich dir gestern Abend erzählt habe. Über den …«

Sie hält inne. Warum ist es so schwer, dem Mann, den sie liebt, die Wahrheit zu sagen?

»Über den Schwangerschaftstest. Will, sie hat Ryan erzählt, dass sie schwanger ist. Und zumindest angedeutet, das Baby sei von ihm.«

Ganz langsam verschwindet die Röte von Wills Hals. Für einen Moment steht er einfach nur da, regungslos, mit hängenden Schultern.

»Mein Gott.«

»Ich weiß.« Ihr Magen verkrampft sich. »Er weiß nicht, ob sie die Wahrheit gesagt hat, aber … gesagt hat sie es.«

»Warum?«, fragt Will, es klingt fast wie ein Stöhnen.

»Warum sie Ryan anlügen sollte?«

»Nein, ich meine, warum *du*, Hannah?« Er nimmt die Pfanne vom Herd und dreht sich zu ihr um. Sein Gesicht wirkt blass und versteinert. »Warum tust du das? Warum jetzt?«

»Warum ich was tue?«, schreit sie. »Warum ich versuche, die Wahrheit herauszufinden? Weil Neville tot ist, Will. *Tot*. Ich muss wissen, ob ich einen unschuldigen Mann zum Tod im Gefängnis verurteilt habe! Begreifst du das nicht?«

»Doch, ich begreife das.« Er hat sich wieder in der Gewalt, der gequälte Ton ist aus seiner Stimme verschwunden, und als er weiterspricht, klingen seine Worte fast unnatürlich gelassen, als würde er einem kleinen Kind etwas erklären. »Ich glaube, dass *du* es nicht begreifst, Hannah. Siehst du nicht, was du tust? Wenn Neville es nicht war, dann war es *jemand anders*. Ja, Neville ist tot, und daran kannst du nichts ändern. Warum das alles nicht einfach ruhen lassen?«

Sie starrt ihn an, als stünde ein Fremder in ihrer Küche.

»Willst du ernsthaft behaupten, es sei dir egal, wenn Aprils Mörder frei herumläuft?«

»Ich behaupte nur, dass Aprils Mörder – der von einem ordentlichen Gericht verurteilt wurde – im Gefängnis gestorben ist, und das war das Beste für alle Beteiligten! Was nützt es, wenn du alles wieder ausgräbst, Motive suchst, wo es keine gibt, jahrzehntealten Schmutz aufwühlst? Und selbst wenn April Ryan einen Schwangerschaftstest geschickt hat – willst du damit zur Polizei gehen? Wozu denn? Damit ein Typ im Rollstuhl, der zwei kleine Mädchen hat und eine Frau, die ihn vergöttert, im Gefängnis verrottet?«

»Ich behaupte nicht, dass Ryan es war«, sagt Hannah scharf, doch Will fällt ihr ins Wort.

»Wer denn dann? Hugh? Emily? Ich?«

»Sei nicht blöd, du warst an dem Abend nicht mal im College«, schnauzt Hannah. »Dafür aber Hunderte von Studenten und Angestellten, gegen die wegen meiner Aussage nie ermittelt wurde. Das kann ich nicht so stehen lassen, selbst wenn dir völlig egal sein sollte, was mit April passiert ist!«

Sie schließt den Mund und steht keuchend da, entsetzt über ihre eigenen Worte. Sie weiß, sie ist zu weit gegangen. Will ist alles andere als dumm. Und er hat April geliebt, genau wie sie.

Sie erwartet, dass er sie zur Rede stellt – weil das, was sie gesagt hat, ungerecht ist, weil es verantwortungslos ist, die Sache weiterzuverfolgen. Sie erwartet, dass er sie egoistisch oder zwanghaft nennt und darauf hinweist, dass sie kein Problem damit hatte, Neville zehn Jahre im Gefängnis schmoren zu lassen, warum also jetzt das alles, was ändert sein Tod daran.

Hannah hätte dem nichts entgegenzusetzen. Denn Will hätte mit allem recht.

Aber er sagt gar nichts. Er wendet sich ab, schiebt die Pfanne wieder auf das Kochfeld und rührt weiter.

DAVOR

»Sie kommt«, sagte Hannah zu Ryan und blickte vom Handy auf. Wie abgesprochen hatte Hugh ihr aus einem Raum über der Pförtnerloge eine Nachricht geschickt, als die Schauspieler durchs Haupttor hereinkamen. »Sie sind in fünf Minuten hier. Jemand soll die Musik ausmachen.«

Wo bist du????, schrieb sie Emily, als das Licht gedimmt wurde.

Es gab ein kurzes Durcheinander hinter der Theke, in letzter Sekunde wurde Becks ›Odelay‹ abgedreht, und es wurde so still, wie es in einem Raum voller ziemlich betrunkener Studenten nur möglich war. »Macht das Scheißlicht wieder an!«, knurrte jemand, doch der Barkeeper schüttelte gutmütig den Kopf.

»Ach, gönn ihnen den Moment, sind doch nur fünf Minuten, Kumpel.«

Sie kauerten im grünlichen Dämmerlicht der Kühlschrankbeleuchtung und der Notausgangsschilder. Es wurde kurz hektisch, als die Tür knarrend aufschwang, dann flüsterte Hugh: »Ich bin's, sie sind direkt hinter mir«, und schlüpfte neben Hannah hinter einen Tisch.

Es herrschte angespannte Stille, und als Hannahs Handy piepte, erklang nervöses Gelächter. Sie zog es aus der Tasche. Vermutlich Emily, die sagen wollte, dass sie sich verspätete.

Es war Emily, aber sie verspätete sich nicht.

Sorry. Arbeit.

Hannah starrte auf die Nachricht, halb schockiert, halb wütend. *Sorry. Arbeit.* Mehr hatte Emily nicht zu sagen? Die Prüfungen waren vorbei. April war doch ihre Freundin. Aber sie hatte jetzt keine Zeit, zu antworten. Die Tür zur Bar öffnete sich wieder. Sommernachtsluft wehte herein, und Hannah hörte Aprils unverkennbare Stimme.

»… und ich habe zu ihm gesagt, das ist ein verdammter Witz, das lasse ich nicht gelten. Hey, was ist denn mit dem Licht?«

»Überraschung!«, schallte es durch den Raum, und das Licht ging an. Die kleine Darstellergruppe stand in voller Kostümierung in der Tür und sah angemessen verblüfft aus. April schlug kreischend die Hände vors Gesicht, um Überraschung vorzutäuschen, obwohl sie von der Gästeliste bis hin zum genauen Mischverhältnis des Medea-Cocktails alles mitgeplant hatte.

»Oh mein Gott«, sagte sie, umarmte alle nacheinander und wischte sich die nicht vorhandenen Tränen weg. »Leute, das ist jetzt echt nicht wahr! Ich kann nicht glauben, dass ihr das gemacht habt.«

»Glückwunsch, April«, sagte Hannah. »Ihr wart alle unglaublich.« Sie umarmte April, spürte die raue Perücke an der Wange und hoffte inständig, dass die terrakottafarbene Schminke nicht auf ihr Top abfärbte. »Aber vor allem du«, flüsterte sie.

»Verdammt gut, wie du das alles organisiert hast«, flüsterte April zurück. Dann drehte sie eine Pirouette, wobei sich ihre Toga blähte. »Gefallen dir die Klamotten?«

»Sehr sogar! Ich hätte allerdings nicht erwartet, dass du im Kostüm kommst.«

»Na ja, es war schon halb zehn, als der Vorhang fiel. Ich fand es sinnlos, noch mehr Zeit zu verschwenden, wenn wir ebenso gut was trinken können. Luis und Clem hatten Sachen zum Wechseln dabei. Bei Rollie und Jo weiß ich es nicht.«

»Willst du raufgehen und dich umziehen?«, fragte Hannah. »Wir können mit den Reden warten, bis du zurück bist.«

»Es gibt Reden?«, fragte April mit gespieltem Entsetzen, und Hannah grinste.

»War nur Spaß.«

»Nein, schieß los! Ich will den ganzen Ruhm. Keine Sorge, ich gehe gleich hoch. Aber zuerst brauche ich einen Drink. Wo ist mein Cocktail?«

»Die erste Runde geht auf mich.«

»Nein«, sagte April entschlossen. »Ich lade *dich* ein. Hey, Leute!«, rief sie über das anschwellende Stimmengewirr und die Musik und winkte der kleinen Schar von Schauspielern. »Rüber an die Theke, ich gebe euch allen einen aus!«

Etwa eine Stunde später erhob sich April schwankend von ihrem Platz am Kopfende des großen Tisches, der mitten im Raum stand. In der einen Hand hielt sie ihr Handy, in der anderen eine Champagnerschale. Hannah dachte schon, sie wolle auf den Tisch steigen, aber sie rief nur über den Lärm hinweg: »Achtung, Maddafakkas!« April zeigte in die Runde, als sich die belustigten, leicht angetrunkenen Gesichter zu ihr drehten. »Ich möchte einen Toast ausbringen. Das Jahr ist fast vorbei, und es war ein toller Start in den Rest unseres Lebens – stimmt's?«

»Hört, hört!«, rief jemand, andere hoben die Gläser.

»Der alte Furz von Master würde wahrscheinlich erzählen, dass es in Pelham um Arbeit oder Lernen oder irgendwelchen akademischen Bullshit geht. Aber das ist gelogen – es geht nicht um Arbeit. Es geht um … Freundschaft.«

Sie stieß mit Hannah an, deren Wangen ganz rot wurden.

»Weil Freunde, gute Freunde, verdammt schwer zu finden sind«, sagte April. Sie war zweifellos sehr betrunken, hielt sich aber wacker. »Freunde, die hinter dir stehen, Freunde, die dich nie verraten würden. Wenn du also welche gefunden hast, musst du an ihnen festhalten. Habe ich recht?«

»Ja!«, rief jemand am Tisch.

»Okay, das ist also mein Trinkspruch. Auf die Freundschaft. Auf wahre Freundschaft!«, sagte April und hob ihr Glas, wobei rote Flüssigkeit über ihren Arm schwappte.

»Auf wahre Freundschaft«, brüllte die Runde zurück.

»Auf dich, April«, sagte Hannah und hob ihr Glas. April verbeugte sich theatralisch, wobei ihr die Perücke über ein Auge rutschte, und grinste zurück.

»Und wenn ihr mich entschuldigt, ziehe ich mich in mein Boudoir zurück und kleide mich um«, verkündete sie.

»Ist es nicht schon reichlich spät?«, fragte Hannah. »Fast elf. Die schmeißen uns bald raus.«

»Keineswegs«, sagte April großspurig. »Und was dich angeht« – sie deutete auf Hannah –, »du schleichst dich nicht ins Bett, während ich dir den Rücken kehre, junge Dame. Ich komme wieder runter und feiere, bis sie mich rauswerfen, und ich erwarte, dass ihr alle hierbleibt. Das gilt auch für euch«, sagte sie mit Blick auf die Tischgesellschaft. »Heute ist Samstag und das Trimester fast zu Ende. Ihr Streber könnt es euch leisten, mal die Sau rauszulassen.«

Mit diesen Worten und einem dramatischen Schwung ihrer Toga verschwand sie durch die Tür. Hugh schaute zu Hannah und zog die Augenbraue hoch. Sie lachte und kam sich ein bisschen treulos vor.

»Ich weiß, ich weiß. Aber du kennst sie ja. Es ist ihr großer Abend. Und sie war so enttäuscht, dass Will nicht gekommen ist.«

»Ich kann ihm nicht verdenken, dass er abgehauen ist«, murmelte Ryan. »Sie hat ihn die ganze Woche über wie Dreck behandelt.«

»Ja, sie mag eine tolle Schauspielerin sein, aber auch eine

gewaltige Nervensäge«, sagte einer der Darsteller. Hannah war sich nicht sicher, aber es konnte derjenige sein, den April Luis genannt hatte. »Länger als eine Woche könnte ich sie nicht ertragen. Respekt vor dem Kerl, der es fast ein Jahr lang mit dieser Drama-Queen ausgehalten hat.«

»Vielleicht haben sie sich getrennt«, warf Clem ein. Hannah hatte den Eindruck, dass sie von Aprils Schwächen ablenken wollte. »Ich meine, diese Rede – all das Zeug von wegen Freundschaft. Das kam mir ein bisschen wie *Frauen müssen zusammenhalten* vor. Was man so sagt, wenn man gerade abserviert wurde.«

»Heißt das, April ist wieder auf dem Markt?«, fragte Rollie. »Soll ich mich in die Schlange stellen? Ich meine, sie ist eine Nervensäge, aber trotzdem heiß.«

»Was meinst du mit *wieder* auf dem Markt? Nach allem, was ich höre, war sie nie weg vom Markt«, sagte sein Freund mit lüsternem Gesichtsausdruck. Beide brachen in schallendes Gelächter aus, doch Hannah lachte nicht. Ryan auch nicht. Er schien wie vom Donner gerührt.

Dann ertönte die erste Glocke, und Hannah stand auf. »Letzte Bestellung. Wem soll ich was mitbringen?«

»Ein Pint«, sagte Ryan knapp.

»Sonst noch jemand?«

»Ein Guinness, danke«, meldete sich Luis. Clem schüttelte den Kopf.

»Ich nehme eine Flasche von irgendwas«, sagte Rollie, als spräche er mit der Barfrau. »Was habt ihr hier? Sol? Estrella?«

»Das finde ich heraus«, sagte Hannah knapp.

»Ich nehme ein Lager«, meinte Hugh, »und helfe dir tragen.«

Hannah wartete, während Hugh von der schmalen Sitzbank aufstand. Sie bahnten sich den Weg durch den überfüllten Raum zur Theke. Es war drei Minuten vor elf, wie die Uhr über dem Tresen anzeigte. April war seit fast zwanzig Minuten weg, die Bar machte gleich zu. Sie brauchte nur ein paar Minuten bis zum New Quad und zurück. Großzügig gerechnet plus zehn, um Perücke und Make-up zu entfernen. Hatte sie es sich anders überlegt? Oder jemanden aufs Zimmer eingeladen?

»Was kann ich euch bringen?«, rief der Barkeeper. Hannah hob die Hand.

»Moment, ich bin dran«, sagte ein großer Typ im Rugbytrikot und drängte sich vor sie. Die zweite Glocke ertönte, und Hannah fasste einen Entschluss.

»Ich glaube, der Zug ist abgefahren«, sagte sie zu Hugh.

»Seh ich auch so. Was machst du jetzt? Schlafen gehen?«

Sie nickte und ging mit Hugh zu den anderen.

»Tut mir wirklich leid, ich bin nicht an die Theke gekommen.«

»Du hättest einen Kerl schicken sollen!«, sagte Luis' Freund. »Man braucht schon ein paar Muskeln für die letzte Runde.«

Hannah spürte, wie ihr Lächeln erstarb.

»Ich gehe ins Bett, ich bin wirklich kaputt. Tut mir leid, wenn ich euch den Spaß verderbe. Es war wirklich nett, euch kennenzulernen.«

»Hm?« Ryan, der sich mit einem Typen unterhielt, den Hannah vom Sehen kannte, blickte auf. »Sorry, was hast du gesagt?«

»Du bist wohl ein bekackter Marxist, was?«, schrie sein Gesprächspartner, als hätte es keine Unterbrechung gegeben.

»Ich gehe hoch«, sagte Hannah laut. »Tut mir leid, ich habe dein Bier nicht bekommen, keine Chance an der Theke.«

»Macht nichts«, sagte Ryan knapp. »Also, Rich, wenn du eine grundlegende umverteilende Steuerpolitik als Marxismus bezeichnen willst –«

»Ich, ähm, komme mit«, sagte Hugh zaghaft zu Hannah. »Von wegen Begleitung und so.«

Hannah lächelte ihn dankbar an. Seit der Begegnung mit Neville im Kreuzgang fühlte sie sich abends unsicher. Wenn sie Schritte hinter sich hörte, raste ihr Herz, ihr Adrenalinspiegel schoss in die Höhe. Sie lebte in ständiger Angst, Dr. Myers könnte auch ohne ihr Einverständnis mit Neville über die »Anschuldigungen« sprechen. Es war durchaus denkbar, dass Neville bei ihr auftauchte und sie fragte, was zum Teufel sie sich dabei dachte, ihn der Körperverletzung zu beschuldigen. Die Vorstellung, von Hugh begleitet zu werden, war ungemein beruhigend.

»Wenn du dir sicher bist, Hugh, dann ja, sehr gern.« Er nahm seine Jacke von der Bank, und sie machten sich gemeinsam auf den Weg zur Tür.

Dort kamen sie gleichzeitig mit einer Gruppe Mädchen an. Hugh trat zurück und öffnete der ersten mit einer kleinen Verbeugung die Tür. »Ja, alles klar, Kumpel«, sagte sie. »Ich habe Arme, weißt du. Mein Gott, wir leben doch nicht mehr in den 1920ern.«

Sie drängten sich lachend an Hugh vorbei und verschwanden über den Hof.

»Danke, Hugh«, sagte Hannah entschuldigend, als er ihr die Tür aufhielt. Die Luft draußen war angenehm kühl und klar nach dem Mief in der Bar.

»Gern geschehen«, sagte Hugh ein bisschen traurig, und Hannah überkam ein gewaltiger Beschützerinstinkt. Hugh war so nett. Er hatte als Einziger gemerkt, dass sie nicht allein zurückgehen wollte, und als Einziger bei der Organisation des Abends geholfen, obwohl April wahrlich nicht seine beste Freundin war. Im Gegenteil, sie behandelte ihn mit belustigter Verachtung, kommandierte ihn herum und benutzte ihn als Laufburschen. Und Hugh ertrug es mit einem gutmütigen

Lächeln. Seine Höflichkeit mochte altmodisch wirken – aber es war nun mal seine Art, Mädchen kennenzulernen. Nicht alle besaßen Wills unbekümmerten Charme oder Ryans Hang zu lockerem Geplänkel. Eine Tür aufzuhalten war wohl kaum das Verbrechen des Jahrhunderts.

Hannah hakte ihn unter und drückte liebevoll seinen Arm, als sie den vertrauten Kiesweg im Old Quad betraten. Im schwachen Licht des Mondes und der Wegbeleuchtung wirkte Hugh müde und erschöpft.

»Wie geht es dir? Alles in Ordnung?«

»Ach, du weißt schon«, sagte Hugh und zuckte wegwerfend mit den Schultern. »Ehrlich gesagt, bin ich ziemlich gestresst wegen der Vorprüfungsergebnisse. Ich fürchte, ich habe die Prüfung nach Aprils Premiere in den Sand gesetzt.«

»Wirklich?« Hannah war überrascht. Sie erinnerte sich, wie Will gesagt hatte: *Hugh war der Schlaueste in unserem Jahrgang*. »Ich bin sicher, du machst dir ganz umsonst einen Kopf. Alle denken, sie seien durchgefallen, bis sie die Ergebnisse bekommen. Es wird schon gut gehen.«

»Wird es das?« Hugh verzog das Gesicht. Schockiert sah Hannah, dass er mit den Tränen kämpfte. »Du weißt, man darf in Medizin nicht durchfallen. Wenn du nicht mitkommst, bitten sie dich höflich zu gehen. Dieses Jahr … na ja, es war ein ziemlicher Schock, um ehrlich zu sein. In Carne war man nicht gerade tolerant gegenüber Faulenzern, aber die Lehrer waren auf deiner Seite und haben dich unterstützt. In Pelham hat man das Gefühl, allein zu kämpfen, hat Angst, alle zu enttäuschen. Verstehst du, was ich meine?«

Hannah sagte nichts. Sie war sich nicht sicher, was sie sagen konnte. Sie selbst empfand ganz anders, ihr war der Schritt nicht annähernd so schwer gefallen wie befürchtet. Sie hatte nie das Gefühl gehabt, dass jemand in Dodsworth auf ihrer Seite war. Sicher, sie sollte gut abschneiden, war aber nur eine von Hunderten in ihrem Jahrgang gewesen. Und sie hatte ganz sicher keine Angst, jemanden zu enttäuschen. Alle freuten sich, dass sie es überhaupt so weit gebracht hatte.

Von der ganzen Clique, dachte Hannah, kannte sie Hugh wahrscheinlich am wenigsten. Der freche, witzige Ryan und die trockene, sarkastische Emily waren ihr vertraut, als würde sie die beiden schon ein Leben lang kennen. Sie kannte ihre abgegriffenen Anekdoten und Sprüche, hatte von ihren Freunden zu Hause gehört, von ihrem ersten Mal und von ihren albtraumartigen Verflossenen. April war ihre vertraute Mitbewohnerin, die Erste, die sie morgens zu Gesicht bekam, diejenige, die sie über einem Essay stöhnen hörte, die wusste, wann sie ihre Periode hatte, die sie dabei ertappte, wie sie Milch aus der Packung trank.

Selbst Will, der emotional zurückhaltender war als die anderen, hatte von seiner Zeit im Internat erzählt, seinem militärisch strengen Vater, seiner weichherzigen Mutter, seiner bitteren Trennung von Aprils Freundin Olivia. Sie wusste, welche Tutoren er hasste und worauf er sich im nächsten Jahr spezialisieren wollte.

Bei Hugh aber wusste sie nie, was er gerade dachte, bis er es ihr erzählte. Und nun verspürte sie Mitleid, weil er mit seinen Sorgen allein fertig werden musste. Sicher, er hatte Will, aber der hatte Dutzende von Freunden – und natürlich April. Hugh hatte nur einen Freund, und zum ersten Mal begriff sie, wie einsam er sich fühlen musste, wenn Will mit April zusammen oder nicht im College war.

»Du hättest was sagen sollen. Ich hatte keine Ahnung, dass du dir solche Sorgen machst. Und warum warst du bei der Premiere? Du hättest April sagen können, dass sie sich verpissen soll.«

»Na ja.« Hughs Gesicht verzog sich. »Ich … sie hat sich so aufgeregt. Und bei ihr kann man nur schwer Nein sagen.«

Hannah schwieg. Das verstand sie nur zu gut.

»Ich kann es mir nicht leisten, es zu vermasseln«, sagte Hugh, als sie unter dem Cherwell-Bogen hindurchgingen, der den Old Quad vom Fellows' Garden trennte. »Meine Eltern sind nicht reich. Nicht wie die von Will. Mein Vater ist Allgemeinmediziner, meine Mutter Hausfrau. Sie haben wirklich geknausert und gespart, um mich auf eine Privatschule zu schicken, und Pelham ist alles, was sie sich je für mich gewünscht haben. Mein Vater ging auf dieses College und war so stolz, als ich es auch geschafft habe. Ich bin ein Einzelkind, also wirklich alles, was sie haben. Ich kann sie nicht enttäuschen. *Unmöglich.*«

»Das wirst du auch nicht«, sagte Hannah, überrascht von der Verzweiflung in seiner Stimme. Sie drückte seinen Arm und spürte, wie sich die dünnen Muskeln unter der Jacke anspannten. »Und selbst wenn du durchgefallen bist, was ich nicht glaube, was soll's? Sie lieben dich trotzdem, oder?«

Wieder zuckte Hugh mit den Schultern, räusperte sich und sagte, als wollte er das Thema wechseln: »Du hast ja eine Gänsehaut. Willst du meine Jacke haben?«

Er trug sie gefaltet über dem Arm. Hannah blieb stehen, drehte sich zu ihm und berührte flüchtig sein Gesicht.

»Hugh, warum bist du so *nett?*«, fragte sie.

»Keine Ahnung. Ich bin wohl einfach nur ein Esel.«

»Du bist ein netter Esel«, sagte Hannah lächelnd. »Und danke.« Sie legte sich die Jacke um die Schultern und wandte sich zum Fellows' Garden, dessen Gras weiß vom Tau war. Dann kam ihr ein Gedanke.

»Hast du Lust … die Regeln zu brechen? Es ist die letzte Woche des Trimesters. Da können sie uns kaum rauswerfen.«

Einen Moment lang schien Hugh nicht zu begreifen. Dann verzog sich seine besorgte Miene zu einem Lächeln.

»Also los.«

Sie sprinteten über die unberührte Fläche, das taufeuchte Gras weich unter ihren Füßen. Als sie auf der anderen Seite ankamen, waren beide außer Atem. Hannah blickte zurück und sah ihre Fußabdrücke, ein dunkles, anklagendes Grün, das sich von den blassen, juwelenfunkelnden Spitzen der unberührten Halme abhob, und musste ein Lachen unterdrücken.

Als sie durch das schmiedeeiserne Tor in den New Quad traten, öffnete sie grinsend den Mund, um etwas zu sagen – was, wusste sie später nicht mehr –, hielt aber inne. Eine Gestalt kam aus dem Treppenhaus. Eine Gestalt, die aussah wie … das konnte nicht sein.

Sie blieb abrupt stehen.

Hugh ging noch ein paar Schritte und drehte sich dann um.

»Hannah?«

»Pst!«, zischte sie energisch und deutete auf die andere Seite des Innenhofs. Sie standen im Schatten einer hohen Eibe, und sie war sich ziemlich sicher, dass der Mann, der sich Richtung Kreuzgang bewegte, sie nicht sehen konnte.

»Hugh«, flüsterte sie, bemüht, leise und doch vernehmlich zu sprechen. »Hugh, ist das Neville?«

Er schaute der davongehenden Gestalt nach, nahm die Brille ab, wischte sie an seinem Hemd ab, setzte sie wieder auf und blinzelte in die Richtung.

»Ähm … könnte sein. Er hat die richtige Statur. Wieso?«

»Weil ich mir ziemlich sicher bin, dass er aus Treppenhaus VII gekommen ist. *Meinem* Treppenhaus«, erklärte sie, während Hugh sie fragend ansah.

»Meinst du, er hat nach dir gesucht?«, fragte Hugh.

Hannah schlang die Arme um den Körper. Plötzlich war ihr kalt, trotz des lauen Sommerabends.

»Ich weiß es nicht.«

»Vielleicht hat er nur seine Runde gemacht«, sagte Hugh etwas lahm.

»Welche Runde? Was sollte er um diese Zeit im Treppenhaus zu suchen haben?«

»Jemand könnte ihn gerufen haben«, sagte Hugh, klang aber wenig überzeugt. Hannahs Hände zitterten, und sie klemmte sie unter die Arme, um ihr wachsendes Unbehagen zu unterdrücken. Plötzlich wollte sie nur noch nach Hause – in ihre Wohnung, wo April wahrscheinlich in voller Kostümierung auf dem Sofa schnarchte. Hannah könnte die Tür abschließen und sich in ihrem Zimmer mit einer heißen Wärmflasche unter der Bettdecke zusammenrollen.

John Neville war nicht mehr zu sehen, und Hannah ging wortlos weiter, wobei sich ihre Schritte beschleunigten. Hugh folgte ihr nach kurzem Zögern im Laufschritt.

Sie überquerten schweigend den Hof in Richtung Treppenhaus VII.

»Bist du dir sicher, dass er hier rausgekommen ist?«, fragte Hugh, als Hannah am Fuß der Treppe stehen blieb und nach oben in die Dunkelheit blickte.

Sie zuckte mit den Schultern.

»Ganz sicher bin ich mir nicht. Aber ich denke schon. Du hast ihn wirklich nicht rauskommen sehen?«

Hugh schüttelte den Kopf.

»Ich bin ziemlich kurzsichtig. Ich habe erst was gesehen, nachdem du ihn mir gezeigt hast. So, ich warte, bis du oben bist.«

»Das brauchst du nicht, er ist weg –«, setzte Hannah an, doch Hugh schüttelte entschieden den Kopf.

»Nein, ich will das so. Schreib mir eine Nachricht, wenn du sicher drinnen bist, dann gehe ich. Aber erst möchte ich wissen, dass es dir gut geht.«

Er wirkte besorgt und angespannt, die Leuchte vor dem Treppenhaus warf schräge Schatten auf seine Stirn, die für einen Neunzehnjährigen zu ängstlich und zerfurcht aussah.

»Okay«, sagte sie schließlich.

Der erste Schritt war immer der schlimmste. Es war wie ein kühner Sprung, ins dunkle Treppenhaus zu treten, bevor der Sensor die Bewegung erfasste und das Licht flackernd anging.

Allmählich entspannte sich Hannah. Die Gerüche und Geräusche auf Treppe VII waren beruhigend vertraut. Sie hörte Henry Claytons dröhnende Stimme hinter Tür Nr. 4; er und sein Nachbar Philip führten offensichtlich eine ihrer ewigen politischen Debatten, die, wie Hannah aus Erfahrung wusste, wahrscheinlich bis drei Uhr morgens dauern würde.

In Dr. Myers' Zimmer war es still, doch unter seiner Tür schimmerte Licht hindurch. Vermutlich korrigierte er noch Hausarbeiten. Aus irgendeinem Grund tat der Anblick Hannah gut. Dann war John Neville eben unter einem Vorwand hier oben gewesen. April hatte ihm wahrscheinlich gesagt, er solle sich verpissen, und er war mit eingezogenem Schwanz davongeschlichen.

Die Wohnungstür war angelehnt, als wäre April überstürzt hereingekommen und hätte sie nicht richtig zugemacht. Sie hatte nicht zum ersten Mal die Tür nur angelehnt – das machten viele, wenn Mitbewohner ihren Schlüssel vergessen hatten oder sie Leuten signalisieren wollten, dass sie zu Hause und Besucher willkommen waren. Allerdings war es dafür reichlich spät.

Hannah drückte die Tür auf und trat ein.

Und dann –

DANACH

Hannah kann nicht schlafen.

Sie liegt da, die Hand auf dem Bauch, hört Will gleichmäßig neben sich atmen und überlegt, ob er auch wach ist, bringt es aber nicht über sich, ihn zu fragen.

Stattdessen geht sie immer wieder die Ereignisse des Tages durch. Das Gespräch mit Ryan. Die neue Sicht auf die Tage vor Aprils Tod. Und ihren Streit mit Will vor dem Abendessen.

Die Sache ist die, sie versteht seinen Standpunkt – das Bedürfnis, nach vorn zu schauen, die Vergangenheit hinter sich zu lassen. Das wollte sie ja selbst … bis jetzt. Doch wenn ihre Aussage einen unschuldigen Mann ins Gefängnis gebracht und dazu geführt hat, dass ein Mörder frei herumläuft, kann sie das nicht einfach hinnehmen, sosehr Will sich das auch wünscht. Sie kann sich nicht ihr Leben lang fragen, ob sie sich geirrt hat. Sie muss es wissen.

Sie liegt da und versucht, sich nach Pelham zu versetzen. Könnte sie sich an das Ende des Abends doch nur so deutlich erinnern wie an den Anfang. Aber es ist, als hätte der Schock etwas mit ihrem Gehirn angestellt, es abgeschaltet. Sie hat keine Erinnerung an das, was damals vor ihren Augen geschehen ist.

Dann kommt ihr ein Gedanke. Hugh.

Er war doch dabei. Er hat fast so viel gesehen wie sie und erinnert sich womöglich auch an mehr.

Sie war als Erste bei April im Zimmer gewesen, neben ihrer Leiche auf die Knie gefallen, hatte gellend aufgeschrien; Hugh war sofort nach ihr hereingekommen. Er war es gewesen, der Mund-zu-Mund-Beatmung und Herzdruckmassage durchgeführt hatte, obwohl längst feststand, dass April tot war.

Vielleicht erinnert sich Hugh an etwas, das sie nicht mehr weiß.

Mit diesem Gedanken dreht sich Hannah auf den Rücken und schließt endlich die Augen.

Egal, was Will denkt, morgen geht sie zu Hugh.

»Ich gehe zu Hugh«, sagt sie betont beiläufig, während sie einen Frühstücksbagel aufschneidet, aber Will weiß natürlich, was sie meint. Es ist kein Freundschaftsbesuch. »Willst du mitkommen?«

»Nein.«

»Will –«

»Du hast gefragt.« Er stellt seine Tasse ab. »Ich habe geantwortet. Ich will nicht, dass du dich damit beschäftigst. Es bringt nichts und es ist unangenehm für alle Beteiligten. Ich kann dich nicht aufhalten – aber ich mache da nicht mit.«

»Und was soll ich Hugh sagen, wenn er fragt, warum du nicht dabei bist?«

»Sag ihm, was du willst.« Er nimmt seine Tasche. »Das ist deine Sache, nicht meine.«

»Gut.« Sie bemüht sich, nicht trotzig zu klingen. »Ich gehe jedenfalls.«

»Schön.«

Er dreht sich um und schlägt die Haustür hinter sich zu, woraufhin das Baby in ihrem Bauch zusammenzuckt.

Sie hasst es, wenn sie streiten – und weiß, dass sie sich per WhatsApp bei ihm entschuldigen und versuchen wird, es wiedergutzumachen. Zuerst aber ruft sie den Chat mit Hugh auf.

Hey Hugh, tippt sie. *Lust auf einen Kaffee?*

Sie hält inne, liest die Nachricht. Klingt sie ungezwungen? Es ist nicht weiter ungewöhnlich, dass sie sich mit Hugh trifft, doch meist gehen Verabredungen von Will aus. Dass sie Kontakt aufnimmt, ohne Will einzubeziehen … ist schon ungewöhnlich. Aber es darf nicht so klingen.

Ich habe gestern mit Ryan gesprochen, fügt sie hinzu, *er hat gefragt, wie es dir geht. Da habe ich gemerkt, dass wir uns ewig nicht gesehen haben. Hx*

Hannahs Finger schwebt über »Senden«, als ihr Telefon piept und sie an die Arbeit erinnert. Mit plötzlicher Entschlossenheit drückt sie auf »Senden«, steckt das Handy in die Tasche und schaltet die Kaffeemaschine aus.

Sie ist schon auf halbem Weg zur Haustür, als ihr Handy vibriert. Eine Antwort von Hugh.

Klar. Wie wär's nach der Arbeit? Müsste um sechs Uhr fertig sein.

Sie lächelt erleichtert.

6 ist super, tippt sie. *Soll ich dich an der Praxis abholen?*

Super. Wir sehen uns um 6. Hx

Zum Glück ist viel los im Laden, es fühlt sich eher wie Samstag als wie Freitag an. Um drei merkt Hannah, dass sie keine Mittagspause gemacht hat und ihr vor Hunger schwindlig ist. Sie verschlingt ein Sandwich aus dem Café nebenan und eilt zurück, um Robyn an der Kasse zu helfen. Um halb fünf fragt sie sich, ob sie wirklich zeitig wegkommt. Es ist immer noch sehr voll, und sie kann Robyn nicht mit Kasse und Beratung allein lassen. Zur Toilette muss man auch mal.

Um halb sechs wird es jedoch leerer, als gehorchten die Kunden einem magischen Befehl. Eine letzte Kundin kauft Geschenkpapier, und Robyn bemerkt, dass Hannah aufs Handy schaut.

»Musst du los?«

»Na ja … es ist halb sechs, aber … bist du dir sicher? Es war verrückt heute.«

»Ich komme klar. Fünfzehn siebenundneunzig, vielen Dank«, sagt sie zu der Frau, die nickt und ihre Bankkarte zückt.

»Na ja … wenn du meinst«, sagt Hannah. »Noch bin ich ja hier. Sollte in letzter Minute was kommen, bleibe ich.«

Im Personalraum zieht sie den Mantel an. Ihr Gesicht im Spiegel ist blass und besorgt, und sie wünscht sich, sie hätte Schminksachen mitgebracht. Sie muss sich irgendwie auf das Gespräch mit Hugh vorbereiten.

Sie hat nur einen alten Lippenstift dabei, besser als nichts. Sie trägt ihn vor dem zerbrochenen Spiegel über dem Waschbecken auf und denkt an April, wie sie sich vor der überquellenden Kommode in ihrem Schlafzimmer geschminkt hat.

Ernsthaft, der einzige Lippenstift, den ich trage, ist Chantecaille, Han. Oder notfalls Nars. Number Seven geht gar nicht – woraus machen die den? Motoröl? Und er hat kaum Pigmente.

Hannah betrachtet den Lippenstift in ihrer Hand, den abgenutzten Stummel des dunkelrosa Chantecaille, den April ihr vor so langer Zeit zu Weihnachten geschenkt hat, und für einen Moment fühlt sich der stechende Schmerz der Vergangenheit sehr nah und sehr real an. Sie schließt die Augen, atmet tief durch.

Dann drückt sie die Kappe auf den Lippenstift, hängt sich die Tasche um und verlässt den Personalraum.

»Wichtige Verabredung?«, fragt Robyn überrascht, als sie an der Kasse vorbeigeht. Hannah zuckt lächelnd mit den Schultern.

»Nur ein schneller Drink mit einem alten Freund. Aber er ist sehr elegant, und ich komme mir immer wie ein graue Maus neben ihm vor. Er ist Schönheitschirurg.«

»Und verdient ein Vermögen?« Robyn zieht eine Augenbraue hoch, worauf Hannah grinsend nickt. »Na ja, falls er Single ist …«

»Ja, ist er«, sagt Hannah, kann sich Hugh und Robyn aber nicht zusammen vorstellen. Ehrlich gesagt, kann sie sich Hugh mit niemandem vorstellen – er ist einfach … Hugh.

»Schönen Abend«, sagt Robyn. »Tu nichts, was ich nicht auch tun würde.«

»Was schließt das aus?«

»Nicht viel«, grinst Robyn. Hannah öffnet lachend die Ladentür und tritt hinaus in die kühle Abendluft.

Es hat geregnet, der dunkle Bürgersteig reflektiert die juwelenglitzernden Leuchtreklamen, den Schein der Straßenlaternen und die Scheinwerfer der vorbeifahrenden Autos.

Sie überquert die Straße, biegt rechts und dann links ab und spürt, wie ihr Atem gefriert. An der Einmündung bleibt sie stehen und wartet auf Grün. An der Ampel gegenüber steht eine Limousine mit verdunkelten Heckscheiben, und Hannah überlegt schon, ob es sich um einen Promi oder einen Junggesellinnenabschied handelt, als sich ein Fenster öffnet und jemand Kondenswasser von der Scheibe wischt. Hannah bleibt fast das Herz stehen.

Die Frau da drin, die Frau da drin … ist April.

Hannah steht wie erstarrt, dann bemerkt sie, dass die Ampel grün ist, das Männchen schon blinkt und dies ihre letzte Chance ist, die Straße zu überqueren.

April. *April.* Das kann nicht sein. Aber sie ist es – sicher ist sie es, oder?

»April!«, ruft sie, doch die Frau hat das Fenster wieder geschlossen. Mit pochendem Herzen eilt Hannah über die Straße, geht nicht nach rechts zu Hughs Praxis, sondern nach links, eilt an den wartenden Autos vorbei zu der Limousine. Doch bevor sie an die Scheibe klopfen und mit der Frau auf dem

Rücksitz sprechen kann, starten die Motoren wieder, und die Schlange setzt sich in Bewegung.

Mist. Mist!

»April!«, ruft sie hilflos, während die Limousine schneller wird, doch es ist zu spät. Und als das Auto um die Ecke verschwindet, weiß sie, es ist nicht April. Nicht zum ersten Mal eilt sie mit klopfendem Herzen auf einen Blondschopf in der Menge zu, nur um sich einem überraschten Teenager oder einer Frau um die vierzig gegenüberzusehen.

Es ist nie April, denkt sie, als sie langsam kehrtmacht und zu Hughs Praxis geht. Sie wird es niemals sein. Aber Hannah wird nie aufhören, nach ihr zu suchen.

Punkt sechs biegt sie um die Ecke und bleibt vor Hughs Praxis stehen – eine dezent glänzende schwarze Eingangstür, die auch zu einem Wohnhaus gehören könnte, wäre da nicht das Messingschild mit der eingravierten Aufschrift PRAXIS und den Namen von Hugh und seinen beiden Kollegen.

Sie drückt die Klingel und sagt, als sich die Empfangsdame der Sprechanlage meldet: »Hannah de Chastaigne, ich möchte zu Hugh Bland.«

»Die Sprechstunde ist für heute leider beendet. Haben Sie einen Termin?«

»Oh, ich bin keine Patientin. Es ist privat. Er erwartet mich.«

»Einen Moment«, sagt die Stimme. Hannah muss erstaunlich lange warten. Als sie gerade überlegt, ob sie es an der Haustür versuchen oder noch einmal klingeln soll, hört sie Schritte auf der Treppe, und die Tür schwingt auf.

Hugh, hochgewachsen, in makellosem Kamelhaarmantel, Tweedweste und perfekt geschnittenem Fischgrätanzug, breitet lächelnd die Arme aus, als er Hannah sieht.

Sie umarmen sich. Sie atmet Hughs teures Eau de Toilette

ein und spürt, wie sich der Schirm, den er in der Hand hält, in ihren Rücken bohrt. Ihr Bauch ist etwas unangenehm zwischen ihnen eingequetscht. Sie muss sich erst daran gewöhnen, dass sich das Baby in solchen Situationen bemerkbar macht. Sie kann sich nicht vorstellen, wie es im achten Monat sein wird. Hugh lässt sie los, und sie betrachten einander im goldenen Licht, das durch das verglaste Bogenfeld über der Tür fällt.

»So«, sagt Hugh schließlich, »ich brauche nicht zu fragen, wie es dir geht, ich sehe, dass du aufblühst.«

Hannah wird rot, warum, weiß sie nicht genau.

»Danke dir. Du siehst auch sehr gut aus.«

»Ich kann mich nicht beklagen.« Hugh hängt sich den Schirm über den Arm und wirft mit einer Kopfbewegung die Ponyfransen aus der Stirn. »Wohin sollen wir gehen? Ich kenne eine nette kleine Bar um die Ecke, das Jolie Beaujolais. Um diese Zeit dürfte es etwas laut sein, aber der Besitzer kennt mich und kann dir einen ruhigen Platz besorgen.«

»Ich kann noch eine Stunde stehen, Hugh«, sagt sie halb gekränkt, halb gerührt von seiner Fürsorge. »Ich bin schwanger, nicht krank.«

»Ich kenne dich, Hannah Jones«, sagt Hugh und droht mit dem Finger. »Du hast schon den ganzen Tag in der Buchhandlung gestanden; da ist das Mindeste, das ich tun kann, dir einen Stuhl zu besorgen.«

»Vielen Dank«, sagt sie lächelnd. »Und das Jolie oder wie immer es auch heißt, klingt großartig.«

Hugh hakt sie unter und passt seinen Schritt dem ihren an. Als sie ihm einen Seitenblick zuwirft, kann Hannah sich ein Lächeln nicht verkneifen. Mit Kamelhaarmantel, Anzug, Regenschirm und Hornbrille sieht er aus wie die Karikatur eines englischen Beamten, gecastet für einen John-le-Carré-Film. Er trägt sogar die alte Schulkrawatte mit dem Wappen von

Carne. Fehlt nur der Bowler. Aber Hugh konnte schon immer gut in Rollen schlüpfen – auf andere Weise als April. Selbst in Oxford hatte er immer gewirkt, als spielte er eine Rolle, den typischen Studenten aus Filmen wie ›Wiedersehen mit Brideshead‹ oder ›Die Stunde des Siegers‹.

»Was macht die Arbeit?«, fragt sie. Es fängt an zu nieseln, und Hugh öffnet den Schirm und hält ihn über sie beide.

»Gut«, sagt er. »Profitabel. Und dieses Jahr verklagt mich niemand.«

Hannah lacht. Letztes Jahr hatte eine unzufriedene Patientin Hughs Praxis verklagt, weil sich ihre neue Nase nicht ausreichend von der alten unterschied. Sie verlor den Rechtsstreit, nachdem Hugh eine Aufzeichnung des Vorgesprächs vorlegen konnte, in dem sie verlangte, dass die Veränderungen »sehr, sehr subtil, fast nicht von meiner jetzigen Nase zu unterscheiden« sein sollten. Offenbar hatte sie bekommen, worum sie gebeten hatte.

»Wie geht es Ryan?«, fragt Hugh. Hannah beißt sich auf die Lippe. Damit hätte sie rechnen müssen, hatte es sogar gehofft – denn so kann sie elegant zum eigentlichen Thema kommen. Aber es ist noch zu früh. Sie wollte April erst erwähnen, wenn Hugh einen Drink in der Hand hat.

»Es geht ihm … gut«, sagt sie nach einer Pause. »Erstaunlich gut. Ich hatte ihn eine Weile nicht gesehen und ein richtig schlechtes Gewissen, als mir klar wurde, wie viel Zeit vergangen war. Seid ihr in Kontakt?«

»Nur ab und zu«, sagt Hugh freundlich, um ihre Schuldgefühle nicht noch zu verstärken. »Für ihn war es vielleicht einfacher, mit mir zu reden. Du weißt schon, als Arzt und so.«

Hannah nickt. Hugh biegt unvermittelt in eine schmale Gasse zwischen zwei hohen Häusern ein, in der ein beleuchtetes Schild über einer Treppe flackert, Le jolie beaujolais. Sie gehen die Stufen hinunter und finden sich in einer fast aufdringlich französisch ausgestatteten Bar wieder: Toulouse-Lautrec-Zeichnungen an der Wand, Gauloises-Getränkeuntersetzer und Reihen glänzender Weingläser und Flaschen. Le beaujolais nouveau est arrivé!, verkündet ein Schild über der Theke.

Es ist heiß und sehr, sehr voll, doch nach einem lautstarken Gespräch mit dem Mann hinter der Theke findet sich wie versprochen ein kleiner Tisch in der Ecke. Hannah setzt sich auf die mit Samt bezogene Bank, Hugh zupft die gebügelte Anzughose zurecht und nimmt gegenüber auf einem Hocker Platz. Der Barkeeper wischt den Tisch mit theatralischem Schwung ab, drückt eine frische Kerze in die wachsbespritzte Flasche und reicht ihnen zwei Speisekarten.

»Vielen Dank!«, sagt Hannah über den Lärm der Menge hinweg, worauf sich der Barkeeper leicht verbeugt.

»De rien, Mademoiselle! Für Monsieur Hugh ist keine Mühe zu groß. Was darf ich Ihnen bringen?«

»Etwas ohne Alkohol, bitte.«

»Perrier? Evian? Orangina? Coca? Jus d'orange?«

»Ähm … Orangina wäre toll, danke«, sagt Hannah.

»Monsieur?« Der Barkeeper wendet sich an Hugh.

»Nun, ich muss ja wohl einen jolie Beaujolais nehmen, nicht wahr?«

»Ein Glas von dem Nouveau? Der ist dieses Jahr sehr gut.«

»Wunderbar, danke. Und vielleicht etwas zu knabbern – eine Assiette de fromage, vielleicht? Und etwas Brot?«

Der Barkeeper grinst, verbeugt sich noch einmal und bahnt sich den Weg zur Theke.

»Ich bin aber nicht nur wegen Auld Lang Syne zu Ryan gefahren«, sagt Hannah, als hätten sie das Gespräch nie unterbrochen. Sie nimmt allen Mut zusammen. Hugh zieht eine Augenbraue hoch.

»Nein?«

»Ich hatte Besuch. Von einem alten Freund von Ryan.«

Sie erzählt von Geraint, dem Treffen im Café, dem Schwangerschaftstest und Wills Reaktion … alles.

Als sie fertig ist, wirkt Hughs Gesichtsausdruck sanft wie immer, aber die rechte Augenbraue befindet sich jetzt dicht unter dem Haaransatz.

»Darum dachte ich … ich rede mal mit dir«, sagt Hannah abschließend. »Du bist der einzige Mensch außer mir, der wirklich weiß, was an dem Abend passiert ist. Der sich wirklich erinnert.«

»Verstehe«, sagt Hugh, nimmt die Brille ab und poliert sie mit seinem Einstecktuch, als wollte er Zeit gewinnen. Ohne sie sieht sein Gesicht anders aus, weniger geformt, die Augen kleiner und weniger ausdrucksvoll. Er poliert noch, als der Barkeeper mit einem Tablett kommt, auf dem Hughs Wein, Hannahs Orangina und ein Teller mit gemischtem Käse und Aufschnitt stehen. Plötzlich merkt Hannah, wie hungrig sie ist, aber auch, dass sie das meiste davon nicht essen kann.

Als alles auf dem Tisch steht, zieht sich der Barkeeper zurück. Hannah und Hugh schweigen. Sie wartet. Wird er den Anfang machen? Oder soll sie es tun? Sie ist sich nicht sicher, was genau sie fragen will.

»Will – ist nicht glücklich damit«, sagt sie schließlich, um die schmerzhaft lange Stille zu durchbrechen. »Darum ist er auch nicht hier. Ich glaube, er versteht nicht, warum ich der Sache nachgehe. Für ihn ist Neville tot, Schluss, aus. Aber für mich … es war *meine* Aussage, Hugh. Und wenn ich mich geirrt habe und Neville meinetwegen im Gefängnis gestorben ist …«

»Verstehe«, sagt Hugh erneut, setzt die Brille wieder auf und seufzt. Er sieht sehr müde aus, als hätte Hannah ihm eine große Last aufgebürdet.

»Hör zu«, sagt sie impulsiv. »Wenn du das alles lieber vergessen willst, dann lassen wir es. Wir brauchen nicht darüber zu reden. Ich könnte es dir nicht verdenken, wenn du wie Will empfändest, aber –«

»Nein, das ist schon in Ordnung.« Er reibt sich mit der Hand über die stoppelige Wange. »Ich wünschte, dieser Geraint hätte nicht in das Wespennest gestochen, das gebe ich ehrlich zu. Aber ich verstehe, was dich umtreibt. Was möchtest du wissen?«

»Woran du dich erinnerst. Vielleicht habe ich irgendetwas übersehen oder vergessen. Mir ist egal, ob es mich beruhigt oder noch mehr an dem Urteil zweifeln lässt, ich muss es einfach hören.«

»Ich weiß nicht, ob ich dir viel mehr sagen kann als das, was du schon weißt«, sagt Hugh und trinkt einen großen Schluck Wein, als wollte er sich auf etwas Schmerzhaftes vorbereiten. »Aber ich versuche es. Den ersten Teil des Abends kennst du ja – ich habe in dem Raum über der Pförtnerloge Ausschau gehalten. Dann kam sie mit den Leuten vom Theater herein. Sie waren noch verkleidet, weißt du noch? Mit Perücke und Schminke.«

»Ja, aber die beiden Mädchen haben sich nach der Hälfte des Abends umgezogen, oder?«, erinnert sich Hannah. »Clem und wie auch immer die andere hieß. Sinead oder so ähnlich? April und die Jungs haben die Kostüme anbehalten.«

»Wir waren den ganzen Abend in der Bar«, fährt Hugh fort. »Keiner ist gegangen, das kann ich beschwören.« Hannah nickt. Das stimmt mit ihren Erinnerungen überein. »Und kurz bevor sie zumachten, hat April beschlossen, sich umzuziehen.«

»Es war schon so spät«, sagt Hannah. »Das war total dumm, die hätten sie nicht mehr reingelassen. Sie dachte wohl, wir würden in unserer Wohnung weiterfeiern.«

»Aber sie ist nicht zurückgekommen«, fährt Hugh fort.

»Dann hat die Bar zugemacht, und du hast dich verabschiedet, weil du ins Bett wolltest. Ich habe gesagt, ich begleite dich. Wir sind quer durch den Fellows' Garden zum New Quad gerannt, und dann hast du Neville aus eurem Treppenhaus kommen sehen.«

»Du hast ihn nicht gesehen?«

»Ich habe jemanden gesehen, der Neville sehr ähnlich war, aber nicht, woher er kam. Aber du hast ihn gesehen – und zwar bevor du wusstest, dass etwas passiert war. Außerdem hat er zugegeben, dass er oben war, oder? Du solltest jetzt nicht an dir zweifeln.«

»Das tue ich nicht«, sagt Hannah. »Na ja, schon, aber nicht so. Also, ich suche nicht nach möglichen Erinnerungslücken, ich will nur … ich will einfach nur sicher sein – verstehst du, was ich meine? Ich brauche eine andere Perspektive, um zu erkennen, ob ich etwas übersehen habe. Ergibt das einen Sinn?«

Er nickt.

»Also, was ist dann passiert?«, fragt Hannah.

»Nun …«, sagt Hugh langsam und trinkt noch einen Schluck Wein. Es ist, als müsste er sich auf die Antwort vorbereiten. »Danach … bist du die Treppe raufgegangen. Und ich habe gewartet. Ich wollte gerade gehen, als ich dich schreien gehört habe. Ich wusste, es konnte nicht Neville sein, wir hatten ihn weggehen sehen, du jedenfalls, aber du klangst … wirklich verängstigt. Ich wusste sofort, dass etwas nicht stimmte. Also bin ich die Treppe raufgerannt, die Tür stand offen, und du warst drinnen, auf den Knien, hast dich über …« Er schluckt. Sein Gesicht sieht im Kerzenschein viel älter aus. »Über Aprils Leiche gebeugt.«

»Du wusstest, dass sie tot war?«, flüstert Hannah. Ihre Kehle ist trocken, aber sie kann jetzt nicht von der Orangina trinken. Hugh schüttelt den Kopf.

»Zuerst nicht. Sie hatte eine seltsame Gesichtsfarbe, aber das konnten auch Reste von Schminke sein. Sie trug …« Ein erstickter Laut. »Sie trug noch die Perücke.« Er legt die Hand über die Augen, als könnte er den Anblick in der Erinnerung nicht ertragen. »Ich habe mich immer gefragt –« Wieder schluckt er und hält inne.

»Was?« Hannah ist verblüfft. Sie hat Hughs Geschichte schon einmal gehört, aber nicht dieses Detail. Was hat er sich gefragt?

»Ich habe mich immer gefragt«, sagt er leise, »ob er sie für dich gehalten hat.«

Hannah wird plötzlich kalt.

»Wie meinst du das?«

»April hatte kurze blonde Haare. Du hattest damals lange dunkle Haare. Und die Beleuchtung war schummrig, es brannte nur die Leuchte in der Wohnzimmerecke.«

Hannah nickt. Sie weiß, welche Leuchte Hugh meint, die mit dem rosafarbenen Schirm, die April und sie immer anließen, damit sie nicht eine dunkle Wohnung betreten mussten.

»Ich habe mich immer gefragt, ob Neville hereingekommen ist, ein Mädchen mit dunklen Haaren gesehen und gedacht hat …«

»Du meinst, er wollte *mich* umbringen?« Hannahs Lippen fühlen sich wie Papier an, ihre Hände sind kalt, als wäre alles Blut aus ihnen gewichen.

»Du hattest ihn bei der Collegeverwaltung angezeigt«, sagt Hugh unglücklich. »Ich habe mich immer gefragt …«

»Oh mein Gott«, sagt Hannah, hebt ihr Glas und trinkt einen Schluck, will die zitternden Hände verdecken. »Du meinst … du meinst, sie könnte wegen etwas, das ich getan habe, gestorben sein?«

»Nein«, sagt Hugh energisch, beugt sich über den Tisch und ergreift Hannahs freie Hand. Seine Hände sind groß, kräftig, knochig und sehr stark. Chirurgenhände. »Das meine ich nicht. Wer immer April getötet hat, ist schuld, nicht du. Lass dich nicht in dieses Denken hineinziehen. Aber ich habe immer überlegt, was passiert wäre, wenn du zuerst nach oben gegangen wärst …«

»Oh mein Gott«, sagt Hannah wieder, ihr ist schlecht.

»Genau das meine ich. Lass dich nicht in diese Was-wäre-wenn-Fragen hineinziehen. ›Zum Wahnsinn führt der Weg.‹«

»Ich will es nur wissen.« Hannah kämpft gegen die Trockenheit in ihrer Kehle. »Ich will einfach nur wissen, was passiert ist. Ich erinnere mich nicht, was danach war. Nur, dass du versucht hast, sie wiederzubeleben.«

Sie legt die Hand an den Kopf, als könnte sie so die Erinnerungen ordnen.

Hugh streicht sich die Haare aus der Stirn. Er sieht zutiefst unglücklich aus.

»Ich bin zu ihr gegangen. Du hast über ihrer … Leiche gekniet. Du hast immer wieder *Oh April, oh mein Gott, April* gesagt. Ich habe vergeblich nach ihrem Puls gesucht und wusste, dass sie tot war, wollte es mir aber nicht eingestehen. Ich habe Mund-zu-Mund-Beatmung gemacht, mit der Herzdruckmassage begonnen und das Beste gehofft. Und du hast dagestanden und so furchtbar ausgesehen, als würdest du in Ohnmacht fallen, und ich habe gesagt: ›Hannah, um Himmels willen, hol jemanden, geh in die Bar und hol Hilfe.‹ Es war wegen April, aber auch, weil ich dachte, du müsstest da raus, bevor du ohnmächtig würdest. Ich wollte vor allem, dass sich jemand um dich kümmert. Und du hast so ein keuchendes Schluchzen von dir gegeben und bist in den Flur gestolpert, und ich habe gehört, wie du die Treppe hinuntergewankt bist und gekeucht hast: ›Oh Gott, oh, hilf mir, bitte hilf mir.‹ Ich habe weiter Mund-zu-Mund-Beatmung und Herzdruckmassage durchgeführt … keine Ahnung, wie lange.« Er hält inne und nimmt einen großen Schluck Wein. »Ich habe weitergemacht, bis die Polizei da war. Es kam mir wie eine Ewigkeit vor. Am Ende sind sie gekommen. Sie sagten, ich hätte alles getan, was ich konnte. Aber es hat nicht gereicht. Ich weiß nicht, ob ich mir das je verzeihe. Es hat nicht gereicht.«

»Danke, Hugh.« Hannahs Stimme klingt heiser, ihre Augen brennen. Zum ersten Mal sprechen sie darüber, zum ersten Mal hört sie Hughs Version der Ereignisse. Vor der Verhandlung hatte man ihnen strengstens untersagt, über den Fall zu sprechen, damit sie sich in ihren Aussagen nicht beeinflussten. Und danach wollte sie sich nicht mehr im Schmerz und Schrecken jenes Abends suhlen. Nun aber erkennt sie beschämt, dass das, was Hugh durchgemacht hat, ebenso schlimm war, vielleicht noch schlimmer. Er hat all die Jahre mit der Erinnerung an Aprils tote Lippen auf seinen gelebt und mit dem Bewusstsein, dass er sie nicht retten konnte. »Hugh, es war nicht deine Schuld, das weißt du, oder? April war schon tot – sie wurde erwürgt. Du konntest sie nicht retten.«

Hugh sagt nichts, er schüttelt nur den Kopf. Hat die Augen hinter der Hornbrille fest zugekniffen, als kämpfte er mit den Tränen. Als er spricht, bleiben ihm die Worte in der Kehle stecken, und er lacht ein wenig schrill.

»Tut mir leid – damit hatte ich nicht gerechnet. Ich hätte ein größeres Glas Wein bestellt, wenn ich das gewusst hätte.«

»Mir tut es auch leid«, sagt Hannah und meint es ernst. »Ich hätte dich vorwarnen sollen. Es war nicht fair, dich so zu überfallen.«

»Schon gut«, sagt Hugh und bemüht sich um das sanfte, weltmännische Lächeln, das er wohl bei seinen Patientinnen einsetzt. Doch Hannah kennt ihn und ist nicht überzeugt. »Eigentlich müsste ich darüber hinweg sein. Heutzutage würde man uns wahrscheinlich eine kostenlose Therapie anbieten. Damals hieß es nur *Kopf hoch, und bei den Prüfungen drücken wir ein Auge zu,* weißt du?«

Hannah nickt, obwohl sie es nicht weiß. Denn sie ist nie nach Pelham zurückgekehrt. Hugh, Will, Emily und Ryan sind zurückgegangen und haben ihren Abschluss gemacht. Sie nicht.

Stattdessen war sie wieder zu ihrer Mutter gezogen. Irgendwann würde sie nach Pelham zurückkehren, hatte sie sich gesagt, vielleicht nach einem Jahr Auszeit. Doch aus einem Jahr waren zwei geworden und aus der Rückkehr nach Pelham der Wechsel an eine andere Universität.

Und dann war auch der Studienabschluss in immer weitere Ferne gerückt, zusammen mit den Erinnerungen an ihre Freunde, die Zeit in Pelham und das Mädchen, das sie gewesen war. Nur Will war geblieben. Will, dessen Briefe regelmäßig wie ein Uhrwerk eintrafen, der ihr in seiner unverwechselbaren, krakeligen Handschrift von Maibällen und Trimesterabschlusspartys berichtete, vom Rudern auf dem Fluss und verpatzten Prüfungen, von Hausarbeiten und Tutoren und Streichen und am Ende von Abschlussfeiern, Magistertiteln und Postgraduierten-Studien.

Damals hatte Hannah geglaubt, ihr Leben sei vorbei. Aprils Tod hatte sie ausgebrannt und nur noch die Hülle des Mädchens zurückgelassen, das an jenem strahlenden Oktobertag so voller Hoffnung ihr Studium in Pelham begonnen hatte. Nur eines hatte überlebt. Ihre Liebe zu Will.

»Also … glaubst du, dass es Neville war?«, zwingt sie sich zu fragen und trinkt einen Schluck.

Hugh zuckt mit den Schultern.

»Ich weiß es nicht. Damals habe ich es geglaubt, aber du bringst mich ins Grübeln. Es ist ja nicht so, als …«

Er hält inne.

»Als was?«

Hugh wird unerwartet rot, leuchtende Flecken erscheinen

auf seinen Wangenknochen. Er wirft die Haare nervös aus der Stirn, eine Bewegung, an die sie sich gut erinnert. Er wirkt verlegen.

»Was wolltest du sagen?«

»Ich komme mir vor wie ein Arsch«, sagt Hugh und sieht jetzt wirklich gequält aus.

Hannah schüttelt den Kopf. »Na los, sag es. Das hier ist ein sicherer Raum, in dem niemand verurteilt wird.« Bei »verurteilt« macht sie Anführungszeichen in die Luft, um die Spannung zu lösen, und Hugh lacht zittrig.

»Okay, wenn es sein muss. Ich wollte nur sagen … es ist ja nicht so, als hätte sie keine Feinde gehabt.«

»Feinde?« Damit hat Hannah nicht gerechnet und sieht ihn erstaunt an. »Wie meinst du das?«

»Na ja, du weißt schon. Ihre ständigen Streiche. Ein paar Leute waren ganz schön sauer.«

»Das waren doch nur Streiche«, sagt Hannah, aber Hugh hebt die Augenbraue.

»Für sie vielleicht, aber für die Opfer waren sie nicht immer lustig. Weißt du noch, wie sauer Ryan war, als sie ihn dazu gebracht hat, sein Gras im Klo runterzuspülen? Und der Anruf beim Master? Ich glaube nicht, dass er das sonderlich amüsant gefunden hat. Im Vergleich dazu bin ich glimpflich davongekommen. Die blöde Handy-Geschichte und die aufblasbare Sexpuppe in meinem Bett – war ganz schön tricky, die unauffällig rauszuschmuggeln. Erstaunlich, dass wir ihr das haben durchgehen lassen.«

In seiner Stimme liegt eine Schärfe, die Hannah überrascht. An der Uni war er immer sanft und nachgiebig gewesen, hatte alles mit einem gutmütigen Lachen abgetan. Sie hatte nie den Eindruck gehabt, dass Hugh sich wirklich über etwas ärgerte. Nun aber erinnert sie sich an die vielen winzigen Momente, in denen April ihn herumkommandiert und abgekanzelt hatte.

Sie denkt an den allerersten Abend, an dem Hugh sich würdevoll vor dem Pokern drücken wollte und April nur *Halt die Klappe, Hugh. Das interessiert keinen* sagte. Sie erinnert sich an Hughs Gesichtsausdruck, als er sich wieder hinsetzte, seine angespannte, rebellische Wut.

»Hugh ...«, sagt sie nachdenklich. »Hattest du April eigentlich ... gern?«

Es herrscht langes Schweigen. Dann seufzt Hugh, als würde er etwas lange Aufgestautes aus sich herauslassen.

»Ehrlich gesagt, nein. Das sage ich aber nur dir. Ich fand, sie war kein besonders netter Mensch und ganz sicher nicht gut für Will. Sie hat ihn in dem Trimester total unglücklich gemacht. Ich verstehe, warum alle anderen in sie verliebt waren. Sie war so lustig und konnte unglaublich reizend sein, wenn sie wollte. Aber einige ihrer Mätzchen waren ziemlich grausam. Denk nur, was sie Emily angetan hat.«

»Was sie Emily angetan hat?«, wiederholt Hannah verwundert.

»Weißt du das etwa nicht?« Hugh runzelt die Stirn, dann verändert sich sein Gesichtsausdruck. »Ach, nein, das muss unmittelbar bevor ...«

Er braucht es nicht auszusprechen. Hannah weiß, was er meint.

»Was hat sie getan?«

»Es hatte auch mit einem Brief zu tun«, sagt Hugh zögernd. »Ähnlich wie bei der Nokia-Sache. Nur hat sie diesmal so getan, als ob ...« Er holt tief Luft. »Sie hat getan, als würde man Emilys Abiturnoten anzweifeln. Sie hat einen Brief geschrieben – er klang sehr überzeugend, Emily hat ihn mir gezeigt. Mit Briefkopf und allem Drum und Dran, keine Ahnung, wie April das geschafft hat. Heutzutage wäre es ein Kinderspiel, mit Scanner-App auf jedem Handy, aber damals muss sie sich ganz schön ins Zeug gelegt haben, um das Schreiben offiziell aussehen zu lassen. Er war angeblich von der Prüfungskommission und besagte, dass Emilys Antworten mit denen einer anderen Schülerin übereinstimmten. Im Grunde wurde Emily beschuldigt, entweder geschummelt oder einer Mitschülerin die Antworten gegeben zu haben.«

»Wow.« Hannah ist verblüfft. Sie versteht jetzt, was Hugh meint. Das ist wirklich nicht lustig. »Wie hat Emily reagiert?«

»Na ja, ich habe erst hinterher davon erfahren, darum bin ich mir nicht sicher. Aber … du kennst ja Emily.«

Hannah nickt. Sie kennt Emily tatsächlich. Und plötzlich fällt ihr etwas ein, die Erinnerung ist scharf und klar wie eine Stimme, die ihr ins Ohr zischt – Emily, die an einem frostigen Novemberabend an der Kapelle vorbeiläuft, ihr Tonfall kalt wie die Nachtluft: *Wenn sie solchen Scheiß mit mir versucht, bringe ich sie um.*

»Wie hat Emily es herausgefunden?«, fragt Hannah. »Dass es ein Streich war, meine ich?«

»Sie wurde in dem Brief aufgefordert, die Prüfungskommission anzurufen und mit einem Prüfer zu sprechen. Emily hat das gemacht und zunächst alles ernst genommen, wurde dann aber misstrauisch – ich glaube, sie hat im Hintergrund etwas gehört, eine Glocke oder so, was darauf schließen ließ, dass sich die angerufene Person auf dem Collegegelände befand. Dann wurde ihr alles klar. Sie sagte, April habe sich nicht einmal entschuldigt, sondern am Telefon nur dämlich gelacht und gesagt, es sei Emilys Schuld, weil sie so hochnäsig und stolz auf ihren Intellekt sei. Und dann hat sie aufgelegt.«

»Oh, Gott.« Hannah schlägt die Hand vor den Mund. Plötzlich ergibt so vieles einen Sinn. *Sorry. Arbeit.* Natürlich war Emily nicht zu Aprils After-Show-Party gekommen. Sie hatte kochend vor Wut in ihrem Zimmer gesessen und überlegt, was sie tun sollte. Aber was hätte sie tun können?

… bringe ich sie um.

Sich an die Collegeverwaltung wenden? Bei einem Tutor beschweren?

Was immer ihr in den Sinn gekommen war, sie hatte keine Zeit dafür gehabt. Es sei denn …

Es sei denn, sie hatte doch etwas unternommen.

Hannah schiebt den Gedanken beiseite. Er ist lächerlich. Emily mag einen Groll gegen April gehegt haben, aber sie hätte sie nicht deswegen umgebracht, oder?

»Warum hätte April das tun sollen?« Sie sieht Hugh beinahe flehend an. »Warum hätte sie Emily etwas so Schreckliches antun sollen?«

»Nun …«, sagt Hugh bedächtig. »Ich mag mich irren, aber ich habe mich immer gefragt … vielleicht hat April Ryan ein Ultimatum gestellt, und es ist nicht so gelaufen wie erwartet.«

»Du meinst …«

»Ich weiß es nicht«, sagt Hugh ganz sanft und ergreift Hannahs Hand. »Aber … was du und Will füreinander empfunden habt, gegen Ende … es war nicht ganz offensichtlich, aber man musste nicht Freud sein, um es zu erkennen. Und April war eine gute Menschenkennerin.«

Hannah wird erst heiß und dann kalt.

»Du meinst, du hast es gewusst? Und April auch?«

»Ich glaube nicht, dass sie es gewusst hat. Aber es gab eine Menge Spannungen in jener letzten Woche. Und April hatte womöglich schon beschlossen, mit Will Schluss zu machen. Aber Ryan …«

»Wollte sich nicht auf sie einlassen«, sagt Hannah langsam. »Denn obwohl er mit April rumgemacht hat, liebte er Emily.«

»Das ist der einzige Grund, der mir einfällt«, sagt Hugh achselzuckend. »Dass sie darum so schrecklich zu Emily war. Ich meine, sie mochten sich nicht sehr, aber es war keine offene Feindschaft. Aber hinter dem letzten Streich steckte blanker Hass.«

Hannah sagt nichts. Sie kaut auf der Lippe und denkt zurück. Soweit sie sich erinnert, war Emily in der Woche vor der Party absolut höflich zu April gewesen. Also hatte sie den Brief wohl erst am Samstagmorgen erhalten. Wenn er am Morgen der Party in ihrem Fach lag, musste April ihn am Tag zuvor abgeschickt und sich ein paar Tage davor Zeit genommen haben, um das Briefpapier zu entwerfen und ihn zu schreiben. Was bedeutete, dass April am Montag, als sie alle im Theater waren, um sie bei der Premiere zu unterstützen, mit ihr anzustoßen, zu lächeln und einander zu verkünden, wie toll April war, schon alles geplant hatte.

Hannah erinnert sich an die Spannung zwischen Ryan und April, das höfliche Lächeln, den verbissenen Streit mit Will. Hatte April die ganze Zeit gewusst, dass sie Emily das antun würde? Während sie sie angelächelt, mit ihr getrunken und sie zum Kaffee eingeladen hat? Es musste so sein. Eine andere Erklärung gab es nicht.

Einen Moment lang ist Hannah ganz schlecht.

Dann fällt ihr etwas ein. Falls April wütend auf Emily war, die ja nichts anderes getan hatte, als Ryans Freundin zu sein, wie wütend musste April erst auf Ryan gewesen sein, der sie zurückgewiesen hatte? Wütend genug, um einen Schwangerschaftstest zu fälschen?

In diesem Fall wäre April doch nicht schwanger gewesen, als sie starb.

Aber *wenn* sie schwanger gewesen und vom Vater ihres Babys zurückgewiesen worden war, würde das die bösartige Reaktion gegenüber Emily eventuell erklären.

Oh Gott. Sie muss aufhören, sich den Kopf zu zermartern, zu spekulieren und zu zweifeln. Sie muss jemanden finden, der tatsächlich weiß, wie April in jener Woche gedacht hat. Aber wer könnte das sein?

In der nächsten Stunde reden Hugh und sie über andere

Dinge, als hätten sie ein stillschweigendes Abkommen getroffen. Sie reden über das Baby. Wie es bei Will beruflich läuft. Hugh erzählt ein paar lustige Anekdoten über seine Patientinnen, und Hannah kontert mit einigen exzentrischen Kunden. Erst als sie gehen und Hugh ihr in den Mantel hilft, fällt ihr noch etwas ein. Ihr Magen zieht sich in einer seltsamen Mischung aus Angst und Schuldgefühl zusammen.

Wenn April so wütend auf die arme Emily war, die überhaupt nichts Schlimmes getan hatte, wie wütend musste sie erst auf das Mädchen gewesen sein, in das Will sich womöglich verliebt hatte? Wie wütend war sie auf Hannah gewesen?

DANACH

Die Tage und Wochen nach Aprils Tod fühlten sich wie ein furchtbarer Wachtraum an, und Hannah erinnerte sich später nur noch bruchstückhaft an jene Zeit.

Schnelle Schritte, die Pförtner und das Collegepersonal, die sie beiseiteschoben und die Treppe hinaufstürmten. Hugh, der im Flur stand und mit gebrochener, verzweifelter Stimme sagte: »Niemand sollte sie anfassen, bis die Polizei hier ist, bitte, niemand sollte irgendetwas in dem Zimmer anfassen.«

Dann Sirenen, uniformierte Polizisten, die die Treppe absperrten, das Blaulicht der Streifenwagen, das vom gegenüberliegenden Gebäude in der Pelham Street reflektiert wurde.

Hannah wurde bis in die frühen Morgenstunden von der Polizei befragt, dann bekam sie ein Paket mit ihren eigenen Sachen und durfte sich in einem fremden Zimmer im Old Quad schlafen legen. Am nächsten Tag wurde sie erneut befragt und erhielt ein Zimmer in Cloisters, das besser schallisoliert war, denn ihr Schluchzen hatte in der Nacht zuvor ihre Nachbarn wach gehalten. Als ihre Eltern eintrafen, weinte sie in den Armen ihrer Mutter und zog erneut um, diesmal auf ein Schlafsofa im Hotelzimmer ihrer Mutter. Das College schloss für die Sommerferien, doch Hannah und Hugh durften Oxford nicht verlassen.

Emily, Ryan und Will wurden ebenfalls befragt, konnten dann aber nach Hause fahren. Keiner von ihnen wurde verdächtigt. Ryan hatte den ganzen Abend in der Bar verbracht, wofür es zahlreiche Zeugen gab, darunter Hannah und Hugh. Will war bis Sonntagmorgen daheim in Somerset gewesen. Emily hatte den ganzen Abend in der Collegebibliothek gesessen. Die Überprüfung ihrer Zugangskarte ergab, dass sie das Gebäude erst nach dreiundzwanzig Uhr mit den wenigen anderen, die noch lernten, verlassen hatte, um zu sehen, was draußen los war und warum die Polizei verbotenerweise über die Rasenflächen zum New Quad eilte.

Hannah und Hugh hingegen waren keine Verdächtigen, sondern Zeugen. Sie hatten Aprils Leiche gefunden, und Hannah hatte den Hauptverdächtigen wenige Tage vor Aprils Tod bei der Collegeverwaltung angezeigt.

Während sie neben ihrer schlafenden Mutter lag und versuchte, das Geschehene zu rekonstruieren, was sie hätte anders machen können und was ihr entgangen war, erkannte Hannah, dass ihr Leben von nun an in zwei Hälften geteilt war – davor und danach.

Davor war alles in Ordnung. Danach war nichts mehr, wie es war.

Aprils Eltern sah Hannah nur einmal. Sie verließ gerade nach einer weiteren Aussage das Polizeigebäude, als eine große blonde Frau mit riesiger Sonnenbrille und ein Mann im grauen Anzug, der am Bauch spannte, an ihr vorbeigingen, die Gesichter grimmig und wie versteinert. Irgendetwas, vielleicht die Form von Mund und Kinn der Frau, brachte sie dazu, »April Clarke-Cliveden Eltern« zu googeln, und da waren sie. Aprils Mutter, Jade Rider-Cliveden, und ihr Vater, Arnold Clarke, ehemaliger Citybanker, heute Private Equity Investor.

Es gab ältere Fotos von Mr. Clarke, wie er ins Taxi stieg und mit einem breiten, selbstzufriedenen Lächeln winkte oder nach einem erfolgreichen Geschäftsabschluss Hände schüttelte; von Mrs. Clarke-Cliveden, die ein Spa betrat oder Harrods verließ und den Fotografen drohend anfunkelte.

Das aktuellste Foto erregte Hannahs Aufmerksamkeit – es war gleich nach Aprils Tod von einem skrupellosen Paparazzo aufgenommen worden. Darauf stiegen die Eltern vor dem Polizeigebäude in ein wartendes Auto und man konnte ihnen ansehen, dass sie gerade einen Albtraum durchlebten. Hannah wusste, wie sie sich fühlten, weil sie im selben Albtraum gefangen war.

Jetzt, mehr als ein Jahrzehnt später, macht sich Hannah Gedanken.

Sie fragt sich, was aus Mr. und Mrs. Clarke-Cliveden geworden ist. Wie Aprils Mutter, diese fragile Katastrophe, wie April sie abfällig genannt hatte, den Tod ihres Kindes verkraftet hat. Sie fragt sich, ob Aprils Vater wirklich so stark und egozentrisch ist, wie April glaubte. Hatte er sein Leben als erfolgreicher Geschäftsmann wieder aufgenommen? Oder war seine Welt zusammengebrochen?

Über all das denkt sie nach, während Hugh sie zur Bushaltestelle begleitet, sie in den Bus steigt, sich umdreht und ihn im strömenden Regen unter der Straßenlaterne zum Abschied winken sieht.

DANACH

Als Hannah am nächsten Tag aufwacht, denkt sie immer noch darüber nach. Sie liegt neben Will unter der warmen Decke und denkt an April, ihre Eltern und das Gespräch mit Hugh gestern Abend.

Es ist ein Samstag – Will hat frei, sie nicht. Sie steht leise auf, um ihn nicht zu wecken, als er sich umdreht.

»Morgen.«

Sie zieht den Morgenmantel fester um sich. Außerhalb des Bettes ist es kalt, ein erster Hauch von Winter liegt in der Luft.

»Morgen.« Sie ist ein bisschen unsicher, der letzte Streit liegt noch in der Luft. »Tut mir leid, ich habe versucht, leise zu sein.«

»Schon gut.« Er setzt sich auf und reibt sich den Schlaf aus den Augen. »Wann bist du gestern Abend nach Hause gekommen?«

»Nicht spät. So gegen zehn. Aber du hast schon geschlafen – ich wollte dich nicht wecken.«

Kurzes Schweigen, dann sagt er: »Es tut mir leid, dass ich so ein Arschloch war«, und sie sagt im selben Moment: »Willst du wissen, worüber Hugh und ich gesprochen haben?«

Beide lachen ein wenig unsicher. »Ehrlich? Lieber nicht«, antwortet Will.

Sie nickt. Er will keine schmerzhaften Erinnerungen aufwühlen, was sie versteht, weil sie es mehr als zehn Jahre lang auch nicht wollte. Aber jetzt, nach Nevilles Tod, empfindet sie anders – auch wenn sie nicht genau erklären kann, warum.

»Ich muss aufstehen«, sagt sie und schaut aufs Handy. »Lass uns was für morgen planen. Etwas, das Spaß macht. Eine Wanderung vielleicht – Arthur's Seat?«

»Klar«, sagt Will. Er lächelt, will den Schmerz, den sie einander zugefügt haben, wiedergutmachen. »Ich liebe dich.«

»Ich liebe dich auch.«

Im Bus checkt sie ihre Mails. In einer geht es um die Online-Bestellung eines Umstands-BHs und einiger Leggings. Ihr und Wills Lieblingsrestaurant bietet ihnen einen Gutschein an, der den ganzen November über gültig ist.

Und dann ist da noch eine Mail von ihrer Mutter mit dem Betreff *Wochenende 12./13.*?

Han, es war schön, neulich mit dir zu sprechen. Kurze Frage – wie wäre es mit dem Wochenende 12./13. für eine Stippvisite? Ich habe die Sachen, über die wir gesprochen haben. Probier sie doch erst mal, bevor du neue kaufst. Reduzieren, wiederverwenden, recyceln! Mum x

Hannah unterdrückt ein Lächeln und will gerade eine rasche Antwort tippen, als eine neue Mail eingeht. Beim Blick auf den Absender überkommt sie ein mulmiges Gefühl. Sie ist von Geraint Williams, der Betreff lautet *Update*.

Hannah öffnet sie und spürt, wie das Baby in ihrem Bauch zuckt. Ihre Nerven liegen blank, und ihr Kind bekommt es mit.

Liebe Hannah, ich hoffe, es geht Ihnen gut und dass unser Gespräch nicht zu viele belastende Erinnerungen wachgerufen hat.

Es tut mir leid, dass ich noch einmal schreibe, aber Sie hatten mich gebeten, Bescheid zu geben, wenn ich etwas Wichtiges herausfinde. Nun – ich habe etwas gefunden. Jemanden, um genau zu sein – November Rain. Sie sollten sich mit ihr treffen, da sie Informationen über die Autopsieergebnisse hat, die von Bedeutung sein könnten. Es macht mich nervös, das alles aufzuschreiben – es wäre besser, wenn Sie es aus erster Hand erführen, da Sie vielleicht Fragen haben.
Ich weiß, es ist sehr kurzfristig, aber könnten Sie es heute schaffen? Die Sache ist die, November lebt in London und ist zurzeit beruflich in Edinburgh, fliegt aber heute Abend zurück. Es wäre also die vorerst letzte Gelegenheit, sich persönlich zu treffen.
Bitte geben Sie mir Bescheid. Ich bin ebenfalls den ganzen Tag in Edinburgh und jederzeit verfügbar. November arbeitet, sagte mir aber, sie könne sich vor 17 Uhr mit uns treffen, danach muss sie zum Flughafen.
Bitte geben Sie mir Bescheid.
Geraint

Mist. Hannah sperrt das Display, schaut ins Nichts und kaut wütend auf dem Daumennagel. Verdammter Mist. Geraint weiß wahrscheinlich gar nicht, was er da vorschlägt – er geht davon aus, dass sie samstags frei hat wie die meisten Leute. Und dennoch – eine Chance, herauszufinden, was die Autopsie ergeben hat, ob April wirklich schwanger war, vielleicht sogar, von wem – aber wer ist November? Eine Pathologin? Der Name klingt völlig unglaubwürdig – mehr nach Drag Queen als nach Rechtsmedizinerin, obwohl auch Pathologinnen Axl-Rose-Fans als Eltern haben können. Trotzdem würde man im Falle eines beruflichen Kontakts wohl eher *Dr. Rain* schreiben. *November* klingt nach Freundin oder Kollegin. Vielleicht auch eine Journalistin. Bei dem Gedanken wird sie unruhig. Will man sie in ein Interview locken, das sie gar nicht geben will?

Hi Geraint, schreibt sie zurück und hält inne, überlegt kurz. *Ich muss heute arbeiten, könnten Sie mir ein bisschen mehr erzählen? Gibt es einen Grund, weshalb wir das nicht am Telefon besprechen können? Hannah.*

Sie will gerade auf die Mail ihrer Mutter antworten, als Geraint zurückschreibt.

> Tut mir leid, Hannah, ich verstehe das total, aber ich habe selbst nicht alle Informationen, es ist ziemlich heikel. Außerdem glaube ich, dass November Sie wirklich gern persönlich treffen und es erklären würde. Verständlicherweise.

Hannah schließt die Augen, halb frustriert, halb verärgert, kann aber nicht viel tun, außer Ja oder Nein zu sagen. Und sie will nun mal etwas über die Autopsieergebnisse erfahren. Falls April wirklich schwanger war, könnte das alles verändern. Also öffnet sie die Mail und drückt auf Antworten. Es hat keinen Sinn, Geraint vor den Kopf zu stoßen, bevor sie die mysteriöse Person überhaupt kennengelernt hat.

> Okay. Es ist ein bisschen schwierig, aber ich könnte Sie und November am späten Vormittag treffen. Allerdings nur kurz – ich kann meine Kollegin nicht zu lange allein im Laden lassen. Wo würde es passen? Am besten in der Nähe der Buchhandlung. Hannah.

So. Falls ihr das Treffen nicht behagt, hat sie eine wasserdichte Entschuldigung, um zu verschwinden. Sie muss es mit Robyn abklären, aber Hannah macht samstags immer am späten Vormittag Pause – der Laden wird erst gegen zwölf voll, und sie haben eine Aushilfe namens Ailis, die um elf kommt und die Kasse bedienen kann.

Die Antwort kommt umgehend.

Super. Ist 11.30 Uhr okay? November wohnt im Grand Caledonia Hotel in der Nähe der Royal Mile, vielleicht können wir uns dort treffen. Im Foyer gibt es ein Café. Kennen Sie das?

Hannah zieht eine Augenbraue hoch. Sie kennt das Grand Caledonia. Es ist mit Abstand das teuerste Hotel in Edinburgh. Nicht gerade der Ort, wo eine Journalistin, die beruflich unterwegs ist, absteigen würde. Geraint wiederum scheint eher der Typ Holiday Inn zu sein. Aber es sind nur zehn Minuten zu Fuß, und der Kaffee ist sicher gut.

Alles klar, schreibt sie zurück. *Wir sehen uns dort.*

Als sie in den Laden kommt, ist Robyn schon da – sie macht samstags auf, dafür bleibt Hannah länger. Als sie erklärt, dass sie gern früher Mittagspause machen würde, um mit einer Freundin einen Kaffee zu trinken, nickt Robyn unbekümmert.

»Natürlich, kein Problem. Bis dahin ist Ailis hier, dann können wir die Stellung halten. Lasst euch Zeit.«

Um zwanzig nach elf holt Hannah Mantel und Regenschirm aus dem Personalraum und sagt zu Robyn und Ailis, dass es nicht lange dauern wird. Der Regen wird stärker, als sie in Richtung Lawnmarket eilt, und als sie im Grand Caledonia ankommt, sieht sie aus wie eine ertrunkene Ratte.

Hannah bleibt schlotternd unter dem vergoldeten Vordach stehen und schüttelt den Regenschirm aus, worauf der Portier ihr die riesige, glänzend schwarze Tür aufhält. Einen Moment denkt sie an den Abend in dem Privatclub in Oxford, als der freundliche alte Portier angeboten hatte, ihr auf Kosten von Aprils Vater ein Taxi zu rufen. Sie schließt die Augen. Daran darf sie jetzt nicht denken. Sie bereut schon, dass sie sich auf das hier eingelassen hat. Wenn sie jetzt auch noch mit dem Kopf voller Kummer und Erinnerungen an Oxford hineingeht …

»Darf ich Ihnen den Regenschirm abnehmen, Ma'am?«, fragt der Portier. Hannah schüttelt den Kopf, weil sie weiß, dass sie ihn garantiert vergisst.

»Nein, danke, ich behalte ihn lieber bei mir. Ist das in Ordnung?«

»Natürlich.« Er reicht ihr eine Plastikhülle, und sie steckt den Schirm hinein.

Das Foyer ist groß, Marmor und Gold wie in einer Bank und ein imposanter Kronleuchter in der Mitte des Raums. Rechts windet sich eine gewaltige Treppe nach oben. Hannah bemerkt, dass dort gerade ein Fotoshooting stattfindet – ein riesiger goldener Regenschirm reflektiert Licht auf die geschwungene Treppe, wo offensichtlich jemand fotografiert wird.

»Das ist toll«, hört sie jemanden sagen. »Jetzt lehn dich mit dem Rücken ans Geländer. Neig das Kinn.«

Das Café befindet sich hinter der Treppe. Hannah geht über den Marmorboden, wobei sie sich des triefenden Regenmantels und ihrer angeklatschten Haare nur zu bewusst ist.

Dann sieht sie Geraint an einem kleinen Bistrotisch sitzen. Er tippt auf seinem Handy. Als er sie entdeckt, steht er auf und strahlt.

»Hannah! Danke, dass Sie gekommen sind. Darf ich Ihnen einen Kaffee bestellen?«

Sie hält inne. Ihr Instinkt rät ihr, nichts von Geraint anzunehmen. Andererseits hat er sie hierher eingeladen, und, noch wichtiger, wenn er zahlt, muss sie nicht auf die Rechnung warten, falls sie schnell verschwinden will.

»Sicher«, sagt sie schließlich. »Hm … einen koffeinfreien Cappuccino und … vielleicht Biscotti, wenn sie welche haben.«

Ihr ist ein wenig schwindlig. Wahrscheinlich Unterzuckerung – die Hebamme hat beim letzten Termin gesagt, das könne passieren, und zu vielen kleinen Snacks geraten.

»November hat gerade eine Nachricht geschickt«, sagt Geraint, »sie sind in fünf Minuten fertig. Gut – ich hole die Getränke. Bin gleich zurück.«

Er geht zum Tresen, und Hannah sitzt da, kaut an ihrem Nagel und fragt sich, warum sie das hier macht.

Geraint kommt mit einem riesigen grünen Smoothie und Biscotti zurück und bemerkt dann jemanden hinter Hannah.

»Ah! Perfekt. Alle da«, sagt er fröhlich. »Hannah, das ist November Rain. November, das ist Hannah de Chastaigne – du hast sie wohl als Hannah Jones gekannt.«

Hannah steht auf, dreht sich um, ihr Magen fällt ins Leere.

Denn vor ihr steht April, gertenschlank, unaussprechlich schön und unbestreitbar, unfassbar lebendig.

DANACH

Einen Moment lang ist Hannah, als würde sie ohnmächtig. Alles um sie herum verschwindet, es dröhnt in ihren Ohren. Sie klammert sich mit beiden Händen an die Tischkante und will sich beruhigen, sich davon überzeugen, dass es nicht wahr sein kann.

»Hannah?«, hört sie Geraint besorgt fragen. »Hannah? Alles gut?«

»Hi«, sagt die junge Frau, kommt auf sie zu und steckt das Handy in die Tasche ihrer seidenen Haremshose. Ihre Louboutins klacken auf dem Marmor. Sie streckt Hannah die Hand hin. »Hi. Ich bin November, freut mich wirklich, dich kennenzulernen.«

Und dann – klickt etwas. Hannah weiß nicht, ob es die Stimme des Mädchens ist, die Aprils sehr ähnelt, aber nicht Aprils Stimme ist, oder etwas in ihren Augen. Der Gesichtsausdruck ist eindeutig: Die junge Frau kennt Hannah nicht, und das könnte selbst April, die eine hervorragende Schauspielerin war, nicht vortäuschen.

»Wer – bist du?«, fragt Hannah, und ihre Stimme klingt rauer als beabsichtigt, ein heiserer Vorwurf.

»Oh Gott«, sagt Geraint, der erst jetzt begreift, was er getan hat. »Es tut mir so leid – ich dachte, Sie wüssten Bescheid. November ist Aprils Schwester.«

Hannah blinzelt und setzt sich langsam hin. Die Frau – November – sitzt ihr gegenüber, lächelt sanft und traurig und sieht April dabei so ähnlich, dass es Hannah ins Herz trifft. Aber sie hat nicht Aprils Grübchen, was Hannah seltsam tröstlich findet; ein greifbarer Beweis dafür, dass sie nicht ein und dieselbe Person sind. Aus der Nähe erkennt sie auch, dass sie viel zu jung ist, um April zu sein. Sie gleicht eher der April, an die Hannah sich erinnert. Diese Frau ist nicht älter als zweiundzwanzig oder dreiundzwanzig.

»Es tut mir leid, dass wir uns nie kennengelernt haben«, sagt November. »April hat natürlich von dir erzählt. Ich habe immer gebettelt, dass ich sie in Oxford besuchen darf, aber damals war ich nur die rotznäsige kleine Schwester. Und danach wollten mich meine Eltern wohl vor der Berichterstattung schützen. Ich durfte nie in den Gerichtssaal. Kein Wunder – ich war erst elf oder zwölf.«

»Mir tut es auch leid«, sagt Hannah, die noch immer versucht, es zu begreifen. Aprils Schwester – nach all den Jahren. Wie hatte Geraint sie genannt? November Rain? »Sorry, Geraint sagte, dein Nachname sei Rain? Hast du ihn geändert?«

»Oh …« November lacht verlegen und streicht sich das kurze weißblonde Haar aus den Augen. Sie trägt lange Federohrringe, deren Spitzen ihre nackten gebräunten Schultern streifen. »So ungefähr. Rain ist mein Künstlername, könnte man sagen. Ich bin Influencerin auf Instagram, aber der Nachname Clarke-Cliveden klingt nicht nur ein bisschen hochgestochen, er hat auch so viel … Geschichte. Das mit Rain war nur ein kleiner Scherz. Das Lied, weißt du. Und irgendwie fällt November dann nicht so auf.«

Natürlich. Plötzlich versteht Hannah das Fotoshooting, das Hotel, Novembers zart geschminkte Schönheit. Ohne Zusammenhang hatte ihr der Name nichts gesagt, doch selbst Hannah, die nur auf Instagram geht, um sich mit Erinnerungen an April zu quälen, hat von der Beauty-Influencerin November Rain gehört.

»Ich war die ganze Woche in Edinburgh, um ein Shooting für D und G zu machen, und, na ja, da ergab es sich einfach. Als Geraint mir auf Insta geschrieben hat, dass du hier wohnst, und ob ich Zeit für ein Treffen hätte …«

Sie zuckt mit den Schultern. Ein Kellner bringt Geraints Americano und Hannahs Cappuccino, und es entsteht eine kurze Pause, in der sie die Getränke sortieren und Hannah Zucker ablehnt.

Als der Kellner sich entfernt hat, holt sie tief Luft. Es gibt so vieles, das sie November fragen, worüber sie mit ihr sprechen möchte. Aber sie muss zur Sache kommen, weil die Zeit drängt.

»November, es tut mir leid, wenn ich mit der Tür ins Haus falle, aber meine Mittagspause ist kurz. Geraint sagte, du wüsstest etwas über die … Autopsie?«

November nickt.

»Ja. Ich meine – nicht alles. Natürlich würde niemand einem zwölfjährigen Mädchen die grausigen Details erzählen, aber ich habe an Türen gelauscht und so. Es gab vieles, das vor Gericht nicht zur Sprache gekommen ist – die Medikamente, die Schwangerschaft –«

Hannah stockt der Atem. Es ist also wahr?

»Wie – ähm – mein Gott.« Sie atmet tief ein und aus. »Es tut mir leid, das ist viel auf einmal. Sie war also definitiv schwanger?«

»Oder sie war es kurz davor gewesen«, sagt November. »Das habe ich nie ganz verstanden. Auf jeden Fall waren ausreichend Hormone vorhanden, um ein positives Ergebnis beim Bluttest zu bewirken. Sie haben wohl versucht, einen DNA-Abgleich zu machen, um den Vater zu bestimmen, ich weiß aber nicht, ob sie ihn je identifiziert haben. Keine Ahnung, ob sie nicht genügend Leute getestet haben oder nicht ausreichend DNA von April hatten, um ein gutes Profil zu erstellen.«

Hannah schließt die Augen. Plötzlich ergibt alles einen Sinn. Sie erinnert sich, wie die Polizei zusammen mit den Fingerabdrücken auch Abstriche von ihr, Will, Ryan und allen anderen genommen hatte. »DNA-Elimination« hatten sie es genannt. Hannah war davon ausgegangen, dass sie damit alle Personen ausschließen wollten, die sich aus unverfänglichen Gründen in Aprils Zimmer aufgehalten hatten. Jetzt fragt sie sich, ob mehr dahintergesteckt hatte, zumindest was die Jungen betraf.

»Es war also nicht –« Ihre Stimme klingt heiser. Sie ist sich nicht sicher, ob sie es aussprechen kann, muss es aber tun. »Es … war nicht von … Will?«

November schüttelt mitfühlend den Kopf, aber ihre Augen blicken traurig.

»Das weiß ich leider nicht. Ich glaube nicht, sonst hätten wir es wohl erfahren. Aber sicher bin ich mir nicht. Du könntest vermutlich zur Polizei gehen und fragen – keine Ahnung, ob sie es dir sagen.«

Nun schüttelt Hannah den Kopf. Sie weiß, dass sie das nicht tun wird. Die Polizei würde ihr sicher keine vertraulichen Informationen über einen abgeschlossenen Fall geben. Außerdem hat sie Angst vor dem Ergebnis.

»Was ist mit deinen Eltern? Könnten sie es wissen?«

»Das bezweifle ich«, sagt November. »Mein Vater ist gestorben – wusstest du das?«

»Nein, das wusste ich nicht«, sagt Hannah und beißt sich auf die Lippe. »Das tut mir sehr leid.«

»Schwerer Herzinfarkt vor zwei Jahren. Eigentlich ist es ihm nach Aprils Tod nie richtig gut gegangen. Sie war seine Erstgeborene, sein Goldkind. Ich glaube, er ist nie darüber hinweggekommen. Und meine Mutter … na ja, vielleicht hat April dir davon erzählt. Sie hat … Probleme. Schon vor Aprils Tod. Ihr Gedächtnis ist mehr als unzuverlässig, und sie hat sich bemüht, alles zu verdrängen. Ich glaube, sie wäre nicht bereit, darüber zu reden, und selbst wenn, könntest du vermutlich nichts von dem glauben, was sie dir erzählt.«

»Oh Gott, November, das tut mir so leid. Es muss schwer für dich sein.«

November zuckt mit den Schultern, als wollte sie sagen *Da kann man nichts machen.*

»Und … Medikamente?«, fragt Hannah. »Du sagtest, bei der Autopsie wurden Medikamente in ihrem Körper nachgewiesen? Hatte es etwas mit ihrem Tod zu tun?«

»Ich glaube nicht.« November seufzt. »Es war wohl hauptsächlich dieses Zeug, das man Kindern mit ADHS gibt … Dex irgendwie.«

»Dextroamphetamin«, sagt Geraint leise, und November nickt.

»Genau das. Sie haben einen Vorrat davon in ihrem Zimmer zu Hause gefunden und auch in der Uni. Es gab wohl keine Hinweise, dass man es ihr heimlich verabreicht oder dass sie eine Überdosis genommen hat. Sie hat es bewusst und über einen längeren Zeitraum hinweg genommen. Ich würde sagen, sie war sich der Gefahr von Nebenwirkungen durchaus bewusst.«

»Ein ADHS-Medikament?« Hannah ist verblüfft. »Aber das ergibt keinen Sinn. Warum sollte April das nehmen? Sie hatte doch kein ADHS.«

»Manche verwenden es, um sich fürs Lernen aufzuputschen«, sagt Geraint. »Im Krieg haben sie es den Air-Force-Piloten gegeben, damit sie länger wach bleiben und sich besser konzentrieren konnten. Kids nutzen es, um Nächte durchzumachen, für Prüfungen zu lernen und so weiter. Aber man kommt nicht so einfach heran. Es ist verschreibungspflichtig, weil es extrem süchtig machen kann. Die Abgabe wird streng kontrolliert.«

»Oh Gott.« Plötzlich fügen sich so viele Dinge zusammen. April, die über Nacht Hausarbeiten schrieb, ihre scheinbar übermenschliche Fähigkeit, die ganze Woche auf der Bühne zu spielen und nachts zu lernen. Hannah fällt ein, wie sie sich über ihre Hausarbeit beklagt und April ihr die beiden Pillen hingehalten hatte. Hannah hatte verwirrt gefragt *Was sind das für welche, NoDoz oder so?* Und April hatte gelacht und trocken gesagt *NoDoz für Erwachsene.*

»Wie sehen die aus?«, fragt sie Geraint, der kurz googelt und ihr sein Handy hinhält. Hannahs Herz zieht sich zusammen. Da sind sie, die mit kleinen Perlen gefüllten Kapseln, die April ihr vor so langer Zeit angeboten hatte.

»Ich wusste, dass sie die nimmt. Aber nicht, was es war. Sie haben nichts mit ihrem Tod zu tun, oder?«

November schüttelt den Kopf.

»Ich glaube nicht. Darum ist es wohl auch bei der Verhandlung nicht zur Sprache gekommen. Aber die Schwangerschaft … Es hat mich schon überrascht, dass Nevilles Verteidiger die nie erwähnt hat.«

»Es war ihnen wohl zu riskant«, meint Geraint. »Sie hatten eine gute Chance wegen Mangels an Beweisen. Die einzige Verbindung zu Aprils Tod war, dass er gesehen wurde, wie er zum fraglichen Zeitpunkt aus dem Gebäude kam. Im Zeugenstand hat er dann allerdings schlecht ausgesehen.«

Hannah nickt. Sie hat davon gehört. Zuerst hatte Neville geleugnet, überhaupt im Zimmer gewesen zu sein – er habe lediglich etwas im Gebäude überprüft. Doch dann war er mitten im Kreuzverhör nervös geworden und hatte seine Geschichte geändert – als man ihn mit seinen Fingerabdrücken auf dem inneren Türknauf konfrontierte, hatte er plötzlich zugegeben, dass er im Zimmer gewesen war. Angeblich nur, um das wöchentliche Paket von Hannahs Mutter vorbeizubringen, April habe ihn hereingelassen. Sie hätten nett geplaudert, was Hannah schon unglaubwürdig gefunden hatte, und er habe sie wenige Minuten später gesund und munter in ihrer Wohnung zurückgelassen.

Damit war sein Schicksal besiegelt. Nach John Nevilles Aussage hatte er April um 23 Uhr lebend gesehen. Hannah und Hugh hatten kurz darauf ihre Leiche entdeckt – und die ganze Zeit über freie Sicht auf den Eingang gehabt. Niemand sonst hatte die Möglichkeit gehabt, Treppe VII zu betreten. Es konnte nur Neville gewesen sein.

Oder etwa nicht?

Hannah runzelt nachdenklich die Stirn, doch Geraint spricht schon weiter.

»Ich spiele mal den Advocatus Diaboli. Selbst wenn April schwanger gewesen sein sollte, bleibt die Frage, was das mit dem Fall zu tun hat. Wir sind nicht mehr im 19. Jahrhundert. Es gibt keine Mussheiraten. Natürlich wäre da sexuelle Eifersucht« – er schaut entschuldigend zu Hannah, weil er damit auf Will anspielt –, »Strangulation deutet oft auf häusliche Gewalt hin, auf ein Verbrechen aus Leidenschaft, aber Aprils Freund war am Abend des Mordes nicht im College. Die Schwangerschaft ist einfach kein überzeugendes Motiv.«

»Nun, das sagst du«, wirft November ein. »Aber es gibt Schwangerschaft und Schwangerschaft. Wenn es jemand war, der es sich nicht leisten konnte, erwischt zu werden, wie er mit einer Studentin schlief? Jemand, dessen Job oder Ehe in Gefahr gewesen wäre?«

»Du denkst an einen Collegeangestellten?«, fragt Geraint. November zuckt mit den Schultern, und er wirkt plötzlich interessiert. »Das wäre durchaus möglich.«

»Oh mein Gott«, sagt Hannah. Ihre Hände sind plötzlich ganz kalt.

»Was ist?«, fragt Geraint stirnrunzelnd.

Sie schüttelt den Kopf, ohne zu wissen, was sie damit sagen

will. Sein Gesichtsausdruck verrät ihr, dass sie nicht gut aussieht.

»Dr. Myers«, flüstert sie wie zu sich selbst.

»Wer?«, fragt November.

»Der Tutor, der in Ihrem Treppenhaus gewohnt hat?«, wirft Geraint ein.

»Ja.« Hannahs Herz pocht unangenehm heftig. Sie kommt sich unsagbar dumm vor. Nicht zu fassen, dass sie nicht früher darauf gekommen ist. »Ja. Er ist der einzige Mensch, der zwischen Neville, Hugh und mir in Aprils Wohnung gewesen sein könnte. Er hätte das Gebäude nicht betreten müssen, weil er bereits drin war.«

»Wollen Sie damit sagen …« Geraint setzt noch einmal an. »Er wird April nicht geschwängert haben, oder? Er war nicht mal ihr Tutor.«

»Nein, meiner – aber April kannte ihn. Sie war auf einer seiner Partys. Er hatte einen gewissen Ruf.« Hannah ist schlecht. In ihren Ohren rauscht es. »Er hat immer Studenten – Studentinnen – auf einen Drink eingeladen. Er stand auf einen bestimmten Typ, sehr schön, sehr –«

Sie kann nicht weitersprechen. Das Klingeln in ihren Ohren wird immer lauter. Der Raum um sie wirkt seltsam fern.

»Wollen Sie sagen, er könnte mit ihr geschlafen haben?«, fragt Geraint skeptisch, aber auch irgendwie hoffnungsvoll. Hoffnung ist das Letzte, was Hannah empfindet.

»Ich weiß es nicht.« Ihre Zunge liegt seltsam dick in ihrem Mund. Ihre Finger sind eiskalt. Ihr ganzer Körper fühlt sich taub an. »Habe ich mich die ganze Zeit geirrt? Ich weiß nicht – ich weiß nicht –«

Die Worte kommen nicht. Auf einmal gehört ihr Körper nicht mehr zu ihr, ihre Gliedmaßen sind aus Knetgummi.

»Ich kann nicht …«, sagt sie. Ihre Stimme kommt von ganz weit her.

»Hannah?«, hört sie noch. »Alles in Ordnung mit Ihnen?«
»Ich –«
Dann löst sich alles auf, und sie gleitet in die Dunkelheit.

DANACH

Hannah erwacht in einem Durcheinander aus Lärm und Menschen, die sich um sie drängen. Geraint sagt immer wieder »Lasst ihr ein bisschen Luft!«, November kniet neben ihr und sieht sehr besorgt aus. Unter Hannahs Kopf liegt ein Mantel, jemand hat ihr die Brille abgenommen, weshalb sie sich noch verletzlicher fühlt.

»Ruft einen Krankenwagen«, sagt jemand, und sie kämpft sich auf die Ellbogen.

»Nein, nein, bitte, ich brauche keinen Krankenwagen.« Ihre Stimme zittert, aber sie bemüht sich, überzeugend zu klingen. »Ich bin schwanger, das ist alles.«

»Sie sind schwanger?« Das scheint Geraint nicht gerade zu beruhigen. Er wirkt noch alarmierter, als wäre sie eine tickende Bombe, die jeden Moment explodieren kann.

»Sie müssen untersucht werden. Ist hier irgendwo ein Arzt?«, ruft November einem der Hotelangestellten zu. »Haben Sie einen Hausarzt im Hotel?«

»Ich bin Arzt.« Die Männerstimme kommt von der anderen Seite des Foyers, der Akzent ist englisch, nicht schottisch. »Kann ich Ihnen helfen?«

Hannah versucht, sich aufzusetzen. Ohne Brille sieht sie die Gesichter nur verschwommen.

»Die Dame – ist ohnmächtig geworden«, sagt Geraint besorgt. »Sie ist schwanger. Sollen wir einen Krankenwagen rufen?«

»Ich glaube wirklich nicht, dass ich einen Krankenwagen brauche«, sagt Hannah, den Tränen nahe. Das kann doch nicht wahr sein. Sie sieht den Arzt flehend an, er soll sagen, dass es nichts Ernstes ist. »Menschen werden manchmal ohnmächtig, wenn sie schwanger sind, oder? Ich habe nicht gefrühstückt.«

Der Arzt öffnet die Tasche. Darin befinden sich ein Stethoskop und ein Blutdruckmessgerät. Er lächelt freundlich.

»Nun, es ist nicht ungewöhnlich, dass einem bei niedrigem Blutdruck in der Frühschwangerschaft schwindlig wird, eine tatsächliche Ohnmacht ist weniger üblich … Darf ich?«

Er hält ihr die Blutdruckmanschette entgegen, und Hannah nickt. Er legt die Manschette um ihren Arm, pumpt sie auf und setzt das Stethoskop in die Armbeuge, horcht, wie die Luft aus der Manschette entweicht. Dann lehnt er sich zurück und lächelt beruhigend.

»Wahrscheinlich kein Grund zur Sorge, aber wir sollten Sie zur Überwachung auf die Entbindungsstation bringen. Wie weit sind Sie?«

»Dreiundzwanzigste – nein, fast vierundzwanzigste Woche. Kann jemand meinen Mann anrufen?«

»Ich habe dein Handy«, sagt November und wendet sich an den Arzt. »Danke fürs Durchchecken. Sie sollte ins Krankenhaus, oder?« Sie deutet auf Hannah, ihre riesigen Ohrringe wackeln.

Der Arzt nickt zögernd.

»Ich fürchte ja. Ich habe wenig Erfahrung mit Geburtshilfe, aber bei echter Ohnmacht ist eine Untersuchung angebracht. Der Blutdruck ist leicht erhöht; vielleicht wird man ein Blutbild machen.«

»Mein Fahrer steht gleich um die Ecke«, sagt November und nimmt die Lederjacke von der Stuhllehne. »Gebt mir fünf Minuten, ich lasse ihn vor den Eingang fahren.«

»Ich schaffe das schon«, sagt Hannah. Ihr kommen fast die

Tränen bei der Vorstellung, wie eine Invalidin aus dem Foyer zu einem wartenden Auto geführt zu werden. »Ich brauche keinen Fahrer, ich kann Will anrufen und den Bus nehmen.«

»Ruf auf jeden Fall deinen Mann an, aber du setzt dich in keinen verdammten Bus. Entweder mein Auto oder ein Krankenwagen«, sagt November mit verschränkten Armen, und ihr Gesichtsausdruck ist April pur, hochmütig und keinen Widerspruch duldend. »Was ist dir lieber?«

Hannah schließt die Augen. Sie weiß, wann sie verloren hat.

Eine Dreiviertelstunde später sitzt Hannah in einem gepolsterten Stuhl in der Entbindungsstation des Royal Infirmary, einen Monitor um den Bauch geschnallt, Blutdruckmanschette am Arm. November, der das alles ein wenig unangenehm zu sein scheint, hockt neben ihr auf der Kante eines Plastikstuhls. Sie hat eine Urinprobe und gefühlt einen halben Liter Blut abgegeben. Sie wäre am liebsten mit ihren Gedanken allein, wünscht sich aber auch Ablenkung.

Vor allem sehnt sie sich nach Will, doch er geht nicht ans Handy. Wo ist er nur?

»Soll ich es noch mal versuchen?«, fragt November, als hätte sie Hannahs Gedanken gelesen. Sie durfte als ihre »Begleiterin« bleiben, eine Bezeichnung, die Hannah etwas seltsam vorkommt, da sie sich gerade mal eineinhalb Stunden kennen. Aber sie ist April so ähnlich, dass ihre Anwesenheit vertraut wirkt.

»Nein, ich mache das«, sagt Hannah, weil Will es nicht von November hören soll. Sie reibt sich den Arm, wo sich am Einstich ein Bluterguss ausbreitet, und wählt zum neunten Mal seine Nummer. Es klingelt und klingelt. Sie legt auf. *Ruf an,* schreibt sie. *Es ist dringend.*

Sie legt das Handy in den Schoß und kämpft mit den Tränen. Nicht nur, weil Will nicht zu erreichen ist, sondern auch, weil sie sich das hier irgendwie selbst eingebrockt und ihr Baby in Gefahr gebracht hat. Und das nur, weil sie Aprils Tod untersuchen wollte. Doch die Alternative ist genauso unerträglich – wie soll sie die kommenden sechzehn Wochen überstehen, mit dieser quälenden Ungewissheit darüber, was sie gesehen, gedacht und gesagt hat? Sie will es einfach nur wissen, damit sie Geraints Befürchtungen widerlegen und nach vorn blicken kann.

Das Baby flattert in ihrem Bauch, der Monitor rauscht, als sich ihr Herzschlag beschleunigt.

»Gibt es sonst noch jemanden?«, fragt November. »Den du anrufen kannst, meine ich?«

Hannah schüttelt den Kopf. »Meine Mutter wohnt weit weg. Aber wenn du wegmusst …«

»Ich bleibe hier, bis sie dich entlassen«, sagt November entschlossen. »Aber ich kann im Auto warten, wenn dir das lieber ist. Ich verstehe, dass es seltsam ist – wir kennen uns ja kaum.«

»Nein, du kannst gern bleiben. Es ist schön, mir dir zu reden.«

»Also gut«, sagt November und verschränkt die Arme. »Dann bleibe ich.«

Es herrscht Schweigen, nur unterbrochen vom Zischen und Klicken der Maschinen und den Frauen, die sich im Nachbarzimmer unterhalten.

»Es könnte Dr. Myers gewesen sein«, sagt Hannah. Das geht ihr seit dem Moment im Hotel durch den Kopf. Es tut gut, die Worte laut auszusprechen, scheint die Möglichkeit aber überhaupt erst real zu machen. »Er könnte nach Neville und vor mir und Hugh in der Wohnung gewesen sein. Geraint hat recht. Falls Myers mit April geschlafen und eine Studentin geschwängert hat, hätte er ein Motiv, und er war die einzige Person, die sich unbemerkt hineingeschlichen haben könnte. Neville wurde verurteilt, weil er angeblich als Einziger die Gelegenheit hatte, April zu töten. Ein Motiv hatte er nie.«

»Mich würde interessieren, ob sie ihn je befragt haben«, sagt November nüchtern. »Die Polizei muss sich doch erkundigt haben, ob er etwas gehört hat. Wurde er jemals ernsthaft verdächtigt?«

»Keine Ahnung«, sagt Hannah. »Ich habe ihn nicht vor Gericht gesehen, aber ich durfte die anderen …«

Sie hält inne, ihr Handy vibriert. Es ist Will. Gott sei Dank.

»Will!«

»Hannah.« Er klingt atemlos. »Ich habe gerade deine Nachricht bekommen – ich war schwimmen. Was war los? Geht es dir gut?«

Sie schluckt. Das hier wird Will nicht gefallen.

»Ich bin ohnmächtig geworden«, sagt sie schließlich. »Darum hat man mich zur Überwachung auf die Entbindungsstation gebracht.«

Es folgt eine lange Pause. Hannah merkt, dass er sich beherrschen, nicht überreagieren und sie damit noch mehr aufregen will. Er schluckt hörbar.

»Wie – ist alles in Ordnung?«, fragt er vorsichtig. »Geht es dem Baby gut?«

»Ich glaube schon. Sie kontrollieren immer wieder die Herztöne und scheinen nicht sonderlich besorgt zu sein.«

»Gut«, sagt Will. »Ich kann in …« Er verstummt, überlegt wohl, wie lange er braucht. »Zwanzig, fünfundzwanzig Minuten da sein.«

»Ich weiß nicht, ob ich dann noch hier bin.« Hannah sieht auf die Uhr an der Wand. »Sie haben gesagt, sie würden mich eine halbe Stunde überwachen – die ist fast vorbei. Soll ich anrufen, wenn ich weiß, wie es weitergeht?«

»Okay«, sagt Will. Er klingt besorgt, will es aber vor ihr verbergen. »Ich liebe dich, und, Han –«

»Ja?«

»Es … tut mir wirklich leid wegen … du weißt schon.«

»Schon okay.« Hannah weiß, dass er ihren Streit meint. Sie beißt sich auf die Lippe und wünscht sich, Will wäre hier. »Es ist nicht deine Schuld, Ehrenwort.«

»Okay«, sagt er, klingt aber nicht ganz überzeugt. »Ich liebe dich.«

»Ich liebe dich auch.«

Sie legt auf. November ist beiseitegetreten, um ihr einen Anschein von Privatsphäre zu geben, und schaut jetzt über die Schulter.

»Alles in Ordnung?«

»Glaub schon.«

Die Tür geht auf, und eine hochgewachsene Gynäkologin mit Klemmbrett kommt lächelnd herein.

»Hannah de Chastaigne?«

»Ja.« Sie richtet sich mühsam im Sessel auf, das Plastik knarrt. »Ja, das bin ich.«

»Sehr gut. Können wir uns kurz unterhalten?« Sie sieht November an, wobei nicht klar ist, ob sie ihr bedeutet, zu gehen oder zu bleiben.

»Ich bin im Flur, Hannah«, sagt November taktvoll, nimmt ihre Tasche und verschwindet.

Die Ärztin setzt sich neben Hannah, sieht die Unterlagen durch und schaut dann auf den Monitor.

»Nun«, sagt sie schließlich. »Sie hatten einen kleinen Ohnmachtsanfall.«

Hannah nickt. »Ich glaube, ich hatte nur – ich weiß nicht, ich hatte einen kleinen Schock, dazu niedriger Blutdruck. Es geht mir wieder gut.«

»Die positive Nachricht ist, dass Sie gut aussehen, dem

Baby geht es auch prima. Alle Werte sind im grünen Bereich, Ihr Urin ist klar, aber … wir möchten Ihren Blutdruck im Auge behalten.«

»Wie meinen Sie das?«

»Er ist bei den letzten Terminen konstant gestiegen und leider etwas höher, als uns lieb ist.«

»Was? Das verstehe ich nicht – der Arzt im Hotel sagte, dass niedriger Blutdruck die Ursache für Ohnmachten sei.«

»Möglich, aber Ihr Blutdruck ist nicht niedrig. Wie ich es sehe, ist er im Laufe der letzten Kontrollen kontinuierlich gestiegen.«

»Ja, aber es gab Gründe …« Hannah spürt, wie ihr die Tränen kommen, und zwingt sie hinunter. Wenn Will doch nur hier wäre. »Ich bin zu dem Termin gerannt. Sie verstehen das nicht.«

»Hatten Sie Kopfschmerzen? Blinkende Lichter vor den Augen? Schwindelanfälle?«

»Nein! Ich meine – abgesehen von heute natürlich, aber sonst, nein, absolut nicht. Ich fühle mich völlig gesund.«

»Ich würde den Blutdruck trotzdem gern herunterbekommen. Ich stelle Ihnen ein Rezept für Methyldopa aus – ein sehr sicheres Medikament, wir verwenden es seit Jahren bei schwangeren Frauen –«

»Das ist nicht Ihr Ernst.« Hannahs Herz zieht sich zusammen, sie verspürt Schuld und Wut, weil ihr Körper sie im Stich lässt. »Ich will keine Medikamente nehmen. Kann ich es nicht einfach – ich weiß nicht – ruhig angehen lassen?«

»Es ist sehr sicher«, wiederholt die Ärztin, will Hannah beruhigen, doch es funktioniert nicht. Im Gegenteil, ihr Herz rast, die Kurve auf dem Monitor schlägt heftig aus. Da ist wieder das beängstigende Abgleiten in die Ungewissheit, das sie nach Aprils Tod erlebt hat – das Gefühl, von den Ereignissen überwältigt zu werden, die Kontrolle über ihr Leben zu verlieren. Nur sind es diesmal keine Polizisten, die ihr sagen, was sie zu tun und zu lassen hat, sondern eine Ärztin im weißen Kittel, aber sie hat das gleiche mitleidige, verständnisvolle Lächeln, das Hannah so gut kennt.

»Nein«, sagt sie nachdrücklich. »Nein, das ist nicht in Ordnung. Das darf nicht sein!«

»Ihrem Baby geht es gut«, sagt die Ärztin noch einmal sanft. »Es geht wirklich nur darum, das Beste für Sie beide zu tun. Ich verstehe, dass Sie sich aufregen, weil etwas nicht so –«

»Ich rege mich nicht auf!«, explodiert Hannah und würde angesichts der Ironie am liebsten schluchzen und lachen. Ihre Kehle ist wie zugeschnürt, sie ist den Tränen nahe. Aber sie kann nicht weinen. Will nicht weinen. Atmet tief durch. »Es tut mir leid. Natürlich rege ich mich auf. Es kommt so – unerwartet. Ich habe das Gefühl, als wäre vor einer Woche noch alles in Ordnung gewesen, und jetzt …«

Es ist, als wäre jemand gekommen und hätte mir alles aus den Händen genommen, mich in eine Richtung geschoben, in die ich nicht will und die ich nicht kontrollieren kann.

Das würde sie am liebsten sagen, tut es aber nicht. Denn obwohl sie so empfindet, weiß ihr rationales Ich, dass ihre Reaktion nur teilweise mit dem Baby und ihrem Blutdruck zu tun hat. Es geht vor allem um April und Neville, um das, was damals geschehen ist, und das, was jetzt passiert.

Und während sie das denkt, weiß Hannah plötzlich, was sie tun wird, und spürt, wie ihr Herzschlag langsamer wird und eine Art Frieden sich in ihr ausbreitet. Denn sie wurde schon einmal durch Ereignisse, die sie nicht kontrollieren konnte, aus ihrem Leben gerissen. Noch einmal lässt sie das nicht zu.

Dieses Mal hat sie das Sagen.

DANACH

»Also, wohin?«, fragt November, als Hannah in die nach Leder duftenden Polster der Limousine sinkt. »Nicht zurück zur Arbeit, oder?«

Mist. Der Laden. Hannah würde sich am liebsten die Papiertüte mit den Tabletten an die Stirn hauen.

»Das habe ich völlig vergessen. Ich muss meine Kollegin anrufen. Kannst du mich in Stockbridge absetzen? Ich wohne in Stockbridge Mews, in der Nähe der Dean Park Street.«

»Ich habe keine Ahnung, wo das ist«, sagt November freundlich, »aber wenn Arthur es weiß, immer gern.«

Sie beugt sich vor und spricht mit dem Fahrer, während Hannah im Laden anruft. Als Robyn sich meldet, erklärt sie, was passiert ist. Robyn ist schockiert und besorgt und ermahnt sie, nach Hause zu gehen, sich auszuruhen und nächste Woche auf keinen Fall zu arbeiten.

»Ich lasse mich nicht krankschreiben«, antwortet Hannah. »Ich bin nicht krank, habe aber noch jede Menge Urlaub. Ich frage Cathy, ob ich eine Woche nehmen kann.«

»Gut«, sagt Robyn streng. »Ich will dich mindestens eine Woche nicht sehen. Und jetzt ruh dich aus. Entspann dich. Iss Schokolade, und *mach dir keine Sorgen.*«

Sie legt auf, und Hannah seufzt.

Man hat mich nach Hause geschickt, schreibt sie Will. *Alles in Ordnung. Dem Baby geht's gut. Ich werde gefahren. Bis gleich. xx*

»Alles in Ordnung?«, erkundigt sich November, worauf Hannah nickt.

»Ja, bei der Arbeit sind alle so nett, ich fühle mich wie ein Arschloch.«

»Wieso?«, fragt November erstaunt. »Ist doch nicht deine Schuld.«

Hannah schüttelt nur den Kopf. Nicht, weil sie glaubt, dass die Ohnmacht ihre Schuld war, sondern weil sie nicht vorhat, Robyns Rat zu befolgen. Sie würde gern, kann es aber nicht. Vor zehn Jahren haben die Ereignisse sie mitgerissen, seitdem kämpft sie gegen das Gefühl von Machtlosigkeit und Panik. Diesmal wird sie nicht tatenlos zusehen, wie Geraint in ihrer Vergangenheit wühlt und Anwälte hinter den Kulissen agieren. Sie wird die Kontrolle übernehmen.

»Ich fahre nach Oxford«, sagt sie zu November. »Ich glaube, es ist die einzige Möglichkeit. Seit Nevilles Tod drehe ich durch – gehe wieder und wieder im Kopf den Abend durch, um herauszufinden, ob ich recht hatte, ob ich wirklich gesehen habe, was ich zu sehen glaubte. Und je mehr ich herausfinde, desto falscher fühlt sich alles an. Mir ist, als hätte ich all die Jahre etwas übersehen.«

»Was meinst du?«, fragt November unsicher. »Was hast du übersehen?«

»Keine Ahnung, das ist ja das Problem. Wenn ich dorthin zurückkehre und mit den Leuten rede, die an jenem Abend dabei waren, mit Dr. Myers …« Sie schluckt. »Ich habe eine Freundin in Oxford – Emily. Als Neville starb, habe ich mit ihr gesprochen, und sie hat mich eingeladen. Damals habe ich abgelehnt – ich konnte mir nichts Schlimmeres vorstellen, als dorthin zurückzukehren. Aber jetzt … werde ich zusagen.«

November sieht besorgt aus.

»Wie denkst du darüber? Hältst du mich für verrückt? Will tut es jedenfalls.«

»Ich halt dich nicht für verrückt«, sagt November langsam. »Ich bin mir … nur nicht sicher, ob es eine gute Idee ist, allein nach Oxford zu fahren. Es fällt auf, wenn du dich dort umsiehst und Fragen stellst.«

»Was willst du damit sagen? Dass ich einen Vorwand brauche?«

»Ich will damit sagen …« November holt tief Luft. »Ich will damit sagen … nimm mich mit.«

»Dich mitnehmen?« Hannah versucht, sich die Überraschung nicht anmerken zu lassen. *Aber wir kennen uns doch kaum*, denkt sie, wenngleich das nicht ganz stimmt. Sie kennt November erst seit ein paar Stunden – aber sie ist Aprils Schwester. Es fühlt sich an, als würde sie November schon viel länger kennen.

»Ich war noch nie dort.« November spricht jetzt schnell, will sie überzeugen. »In Oxford, meine ich. Ich habe nie gesehen, wo April gewohnt hat und wo sie gestorben ist. Und das hat mich ehrlich gesagt belastet. Es hat mich damals belastet und belastet mich noch heute. Du könntest mich mit nach Oxford nehmen und Myers die Wahrheit sagen – dass Nevilles Tod vieles in mir aufgewühlt hat und ich das verarbeiten will, indem ich mir ansehe, wo April gelebt hat. Ich glaube nicht, dass die Collegeverwaltung das ablehnen würde.«

»Nein …«, sagt Hannah langsam. »Nein, das würde sie wohl nicht.« Je länger sie darüber nachdenkt, desto besser gefällt ihr der Plan. Zu zweit sind sie sicherer, und November kann ganz andere Fragen stellen als Hannah.

»Wir sollten uns vergewissern, dass er noch da ist«, sagt November. »Wie heißt er mit Vornamen?«

»Horatio.« Es klingt seltsam intim. Hannah erinnert sich, was April am Abend der Party gesagt hatte. *Horatio hat mich und ein paar Mädchen eingeladen, in der Stadt noch was zu trinken …* Eine derartige Grenzüberschreitung ist heutzutage unvorstellbar.

November tippt auf dem Handy und hält es Hannah hin.

»Das ist er, oder?«

»Ja.« Die Website der Abteilung für Englisch von Pelham College, gleich der erste Eintrag, Professor Horatio Myers, Senior Dean of Arts. Ein bisschen älter, ein bisschen grauer, ansonsten aber ziemlich unverändert – ganz anders als Neville, der ausgemergelte Geist eines Mannes, der sie von der BBC-Website angestarrt hatte. Myers sieht glatt und wohlgenährt aus, als hätte er in den vergangenen Jahren ein äußerst komfortables Leben geführt.

»Wir sind jetzt in Stockbridge Mews, Ms. Rain«, sagt eine Stimme über die Sprechanlage. November drückt einen Knopf.

»Danke, Arthur.«

Sie dreht sich zu Hannah.

»Es hat mich sehr gefreut, dich kennenzulernen. Es klingt wahrscheinlich dumm, aber ich fühle mich April so nah wie seit Jahren nicht.«

Hannah nickt. Es klingt nicht dumm, ihr geht es genauso.

»Bist du dir sicher?«, fragt sie. »Dass du mit nach Oxford kommen willst? Du musst das nicht tun. Wenn du nur glaubst, dass du dich um mich kümmern musst, dann lass es. Ich kann bei Emily schlafen. Oder ich frage Will.«

»Ich komme mit, weil ich es *will*«, sagt November. Das Auto hält an, Hannah nimmt ihre Tasche.

»Dann danke. Fürs Mitnehmen.«

»Dafür nicht. Pass gut auf dich auf, Hannah.«

»Das werde ich.« Sie steigt aus und sieht zu, wie das Auto wegfährt und Novembers Silhouette in der Heckscheibe immer kleiner wird. Einen Moment lang sieht sie April so ähnlich, dass es Hannah das Herz zerreißt.

DANACH

»Du machst wohl Witze.« Will runzelt verständnislos die Stirn, als Hannah ihm beim Abendessen von ihrem Vorhaben erzählt. »Warum in aller Welt willst du dahin? Und warum gerade jetzt, wo du dich ausruhen solltest?«

Er nickt zu der Apothekentüte, die Hannah auf die Armlehne des Sofas gestellt hat.

»Die Ärztin hat es deutlich gesagt – ich muss nicht kürzertreten bei der Arbeit oder so«, wiederholt Hannah geduldig. Das hat sie schon beim Hereinkommen gesagt, als sie Will im Wohnzimmer vorfand, wie er »Bluthochdruck in der Schwangerschaft« googelte. »Die Dosis ist wirklich niedrig, die geben sie schwangeren Frauen ständig. Ich habe sie ausdrücklich gefragt, ob ich weniger arbeiten soll, und die Ärztin meinte, das sei nicht nötig, ich solle nur dafür sorgen, dass ich sitzen und viele Pausen machen kann. Das hier ist eine Pause. Genau darum geht es doch.«

»Und was November betrifft –«, sagt Will, als hätte er sie nicht gehört. »Begreift sie, was du durchgemacht hast? Hat sie überhaupt eine Ahnung, was sie da verlangt?«

»Sie verlangt gar nichts. Es war meine Idee, nach Oxford zu fahren. Und du würdest sie mögen, Will«, sagt Hannah. Sie nimmt seine Hand, fühlt die Sehnen und die feinen Knochen, streicht mit den Fingern über seine Knöchel, küsst den Handrücken. »Ganz sicher. Sie ist wie –« Sie hält inne und überlegt, wie sie es ausdrücken soll. »Sie ist wie April – aber – ich weiß nicht – liebenswerter. Und sie versteht es, weil sie etwas sehr Ähnliches durchgemacht hat.«

»Wurde sie vor Gericht geschleift?«, fragt Will wütend. »Wurde sie monatelang vor ihrer eigenen Haustür belagert?«

Hannah lässt Wills Hand los. »Ziemlich sicher wurde sie belagert, Will. Sie ist Aprils Schwester. Kannst du dir vorstellen, wie das gewesen sein muss? Sie war elf, als April getötet wurde; sie hat den größten Teil ihrer Kindheit damit verbracht, diese Tatsache zu verarbeiten. Sie musste zusehen, wie ihre Schwester von den Medien zerrissen wurde und ihr Vater an der Belastung starb. Ich bin mir ziemlich sicher, dass sie es versteht.«

Will hat den Anstand, leicht beschämt auszusehen.

»Ich hatte keine Ahnung, dass Aprils Vater gestorben ist. Wann ist das passiert?«

»Vor ein paar Jahren, glaube ich.«

Will schiebt den Teller beiseite und stützt den Kopf in die Hände. Als er aufblickt, sieht er erschöpft aus, beinahe hager, seine Haare sind zerzaust.

»Du weißt, dass ich nicht will, dass du fährst, oder?«

»Ja«, sagt Hannah sanft. »Aber ich muss. Ich habe mit Emily gesprochen. Ich fahre am Donnerstag, und am Freitagnachmittag gehen wir nach Pelham. Emily arrangiert ein Treffen mit Dr. Myers.«

»Am Freitag?« Will sieht noch bestürzter aus. »Aber ich muss arbeiten. So kurzfristig kann ich mir nicht freinehmen.«

»Ich bin davon ausgegangen, dass du nicht mitkommen willst. Du hast selbst gesagt, dass du das alles nicht aufwühlen möchtest.«

»Das will ich auch nicht, aber du sollst nicht allein fahren und dich mit fremden Männern treffen –«

»Er ist kein Fremder.«

»Aber gefährlich, falls du mit deinem Verdacht richtigliegst.«

»Außerdem bin ich nicht allein, sondern mit Emily und November an einem öffentlichen Ort. Glaubst du etwa, er stürmt mit einer Axt aus seinem Arbeitszimmer?«

»Keine Ahnung!« Will steht auf, als könnte er vor lauter Erregung nicht mehr ruhig sitzen, und fängt an, im Wohnzimmer umherzulaufen. »Ich weiß nur, dass ich nicht will, dass meine schwangere Frau mit einem potenziellen Mörder redet.«

»Ich muss das tun!« Hannah erhebt sich ebenfalls. Sie weiß, dass ihre Stimme lauter und ihr Gesicht rot wird. »Verstehst du das denn nicht?«

»Nein!«, schreit Will zurück. »Nein, ich verstehe es nicht, ich verstehe es überhaupt nicht!«

Einen Moment lang herrscht Stille, in der sie einander anstarren, dann ein lauter Knall, der sie aufschrecken lässt. Der Nachbar von unten klopft mit einem Besenstiel an die Decke, damit sie leiser sind.

»Tut mir leid«, sagt Hannah, und Will sagt: »Oh, Hannah, Liebes«, und dann landet sie in seinen Armen, und er presst seine Lippen auf ihren Kopf, und sie spürt die Enge im Hals und die Tränen, die in ihren Augen brennen.

»*Bitte*«, flüstert er in ihr Haar. »*Bitte.*«

Und sie weiß, was er meint. *Fahr bitte nicht*. Sie kennt ihn so gut, dass sie die unausgesprochenen Worte hört und weiß, dass er am liebsten auf die Knie fallen, ihren Bauch küssen und sie anflehen möchte, es nicht zu tun.

Stattdessen sagt er: »Sei bitte vorsichtig, Hannah. Ich liebe dich so sehr. Falls dir irgendwas passiert …«

»Das wird es nicht.« Sie küsst ihn, sanft, vorsichtig, dann drängender, spürt das vertraute Gefühl aufkommen, die unstillbare Sehnsucht nach ihm. »Ich liebe dich«, sagt sie, und er wiederholt die Worte, spricht sie gegen ihren Wangenknochen, ihre Kehle, die Kurve ihres Halses.

Er setzt sich und zieht sie auf seinen Schoß. Sie schmiegt sich an ihn und denkt, dass sie das nicht mehr lange machen können, dass ihr Bauch bald zu groß sein wird.

»Ich liebe dich«, flüstert sie erneut, und er sieht zu ihr auf und lächelt. Und obwohl er älter ist und müde Falten im Gesicht hat, ist es dasselbe Lächeln, mit dem er an jenem Tag im Speisesaal von Pelham ihr Herz erobert hat. Sie fragt sich, wie oft sie seine Züge seither vor ihrem inneren Auge nachgezeichnet hat – seine gekräuselten Mundwinkel, den Höcker auf der längst verheilten Nase. Hundertmal? Tausendmal? Wenn sie in New Quad im Bett lag und an die Prüfungen dachte; wenn sie durch die Straßen von Dodsworth lief und versuchte, nicht an den bevorstehenden Prozess zu denken; wenn sie in ihrer ersten Wohnung in Edinburgh vergeblich zu schlafen versuchte; wenn sie seine Briefe las, wenn ihr das Herz wehtat, weil sie so viel zurückgelassen hatte. Sie streckt die Hand aus und berührt sein Gesicht, fährt mit dem Finger über seine Stirn und die Nasenwurzel.

Und sie denkt: *Du gehörst mir. Du hast immer mir gehört.*

»Ich bin vorsichtig«, sagt sie. »Das schwöre ich. Aber ich muss das tun.«

Will nickt nur. Er hat verloren.

DANACH

Die Zugfahrt ist lang, aber Hannah hat ein Ticket für die erste Klasse gebucht. Mittagessen am Platz inklusive, Sitzplatz am Fenster in Fahrtrichtung links. Hinter Edinburgh fährt der Zug eine kurze, herrliche halbe Stunde an der Küste entlang, mit nichts als einer dünnen Glasscheibe zwischen ihr und dem Meer.

Hannah sitzt da, den Kopf an die Scheibe gelehnt, beobachtet das Auf und Ab der Küste und die Wellen, die in der Herbstsonne glitzern. Sie denkt daran, wie Will im September nach seinem Examen zu ihr gekommen ist.

Sie wohnte damals seit etwas über einem Jahr in Edinburgh, doch die Stadt war ihr noch fremd, und das Umland hatte sie noch gar nicht erkundet. *Lass uns ein Picknick machen,* hatte Will gesagt. *Raus aus der Stadt. Ich habe gehört, Tantallon Castle soll wunderschön sein.* Will hatte damals noch kein Fahrrad, und sie waren mit dem Zug gefahren, dieselbe Strecke wie jetzt.

Sie erinnert sich, wie er die Decke auf dem kurzen, von Schafen gemähten Rasen ausgebreitet hatte, an die sorgfältig verpackten Sandwiches, den hausgemachten Zitronenkuchen, die Silhouette des Schlosses, die sich dunkel vor dem blassblauen Himmel abzeichnete. *Bist du glücklich?,* hatte er gefragt, und ihr Herz hatte sich in einer so intensiven Liebe zusammengezogen, dass sie fast Angst bekommen hatte. Dann waren sie einen schmalen, felsigen Pfad zu einem einsamen

Strand hinuntergestiegen, um zu schwimmen, nur sie beide, im eiskalten Wasser der Nordsee, und hatten sich dann im feinkörnigen Sand in der schottischen Sonne geliebt. Als sie danach in Wills Armen gelegen und sein rasendes Herz an ihrer Wange gespürt hatte, hatte sie gedacht: *Ich bin glücklich. Zum ersten Mal seit Jahren, vielleicht zum ersten Mal seit Aprils Tod, bin ich glücklich.*

Wenn sie nur an diesem Gefühl festhalten könnte – ihrer Liebe zu Will, dem flüchtigen Moment der vollkommenen Verbindung und des Friedens. Doch als der Zug beschleunigt, die Strecke ins Landesinnere biegt, rinnt ihr die Erinnerung wie feiner weißer Sand durch die Finger, schneller und schneller, je mehr sie versucht, sie festzuhalten.

In London besteigt sie den Zug nach Oxford und schaut aus dem Fenster, während sie sich durch Westlondon schlängeln. Die Strecke ist ihr nicht vertraut, als Studentin ist sie sie nur wenige Male gefahren: zum Tag der offenen Tür, zum Vorstellungsgespräch und einmal nach den Weihnachtsferien, als sie Ryan am Bahnhof getroffen hatte. Sie weiß nicht, ob sie damals aus dem Fenster geschaut hat, vermutlich schon. Jedenfalls war es einer der letzten wirklich unbeschwerten Tage gewesen. Bevor alles anders wurde.

In Oxford steigt sie als Letzte aus, damit sie in Ruhe den Koffer hinaufhieven kann. Zu ihrer Überraschung streckt ihr ein junger Mann an der Waggontür die Hand entgegen.

»Ich nehme Ihren Koffer.«

»Oh nein, danke, alles gut«, sagt Hannah irritiert. Warum behandelt er sie wie eine alte Dame? Dann sieht sie an sich hinunter und begreift. Er hat ihren Bauch bemerkt.

»Danke«, sagt sie und hält ihm den Griff des Koffers hin. »Vielen Dank.«

Er setzt ihn mühelos draußen auf dem Boden ab und streckt höflich die Hand aus, um ihr aus dem Zug zu helfen.

Hannah würde am liebsten lachen, als sie die Hand auf seinen Arm legt. *Was glaubst du, wie ich ohne deine Hilfe die Treppe zu meiner Wohnung hochkomme?* Aber sie ist auch gerührt. Er hat etwas Verletzliches in ihr gesehen und will sich um sie kümmern, und das ist beruhigend und beunruhigend zugleich.

Das Taxi setzt sie vor einem imposanten Gebäude ab. Hannah geht hinein und schaut sich um.

»Kann ich Ihnen helfen, Madam?«, fragt die Frau am Empfang.

»Ähm, ja. Ich habe ein Zimmer gebucht. Hannah de Chastaigne. Das schreibt sich C-H-A-S-T-«

»Ah, da ist es schon«, unterbricht sie die Frau lächelnd. »Eine Suite für zwei Nächte, ist das korrekt?«

»Eine Suite?«, fragt Hannah verblüfft. »Ich habe ein normales Doppelzimmer gebucht.«

»Ich habe dich hochgestuft«, sagt eine Stimme hinter ihr, und als sie sich umdreht, steht November grinsend vor ihr. »Sei nicht sauer!«

»November«, sagt Hannah entnervt. »Das kann ich nicht – du bist nur wegen mir hier.«

»Ich bin hier«, sagt November streng, »weil ich mich mit dir treffen wollte und mich unhöflich in deine Reisepläne eingemischt habe. Und ich akzeptiere kein Nein als Antwort. Außerdem ist es schon erledigt. Frag die Dame am Empfang.«

»Das stimmt«, sagt die Frau lächelnd, als hätte sie Spaß an dieser gutmütigen Verschwörung. »Es ist alles bezahlt.«

»November!«, sagt Hannah und lacht hilflos, und November zwinkert ihr so verschmitzt zu, dass ihr Herz sich zusammenzieht.

»Eine Person, ist das richtig?«, fragt die Frau am Empfang. Hannah nickt und wünscht sich, Will wäre hier. Eine Suite! Es könnte ihre letzte Chance sein, es sich gut gehen zu lassen, bevor das Baby kommt.

Im Zimmer bleibt sie stehen und nimmt alles in sich auf, während der nette Angestellte ihr zeigt, wie man das Licht bedient und die Balkontür öffnet und schließt. Als er gegangen ist, legt sie sich einen Moment genießerisch aufs Bett und schickt Will eine Reihe WhatsApp-Bilder mit der Nachricht *Wish you were here!*.

Sie überlegt gerade, was sie als Nächstes tun soll, als es klopft. November steht vor der Tür und sieht noch schöner aus als zuvor, falls das überhaupt möglich ist.

»Hallo«, sagt sie mit einem breiten Lächeln. »Ich dachte, ich komme mal vorbei, damit wir über unseren Plan reden können. Es ist …« Sie schaut aufs Handy. »Fast vier. Wir treffen uns mit Emily zum Abendessen, stimmt's?«

»So ist es. Um sieben bei ihr zu Hause.«

»Dann machen wir morgen Nachmittag die Pelham-Tour?«

»Ja, und danach Tee mit Dr. Myers.«

November nickt. Ihr Gesicht wirkt nüchtern.

»Also was –«, beginnt sie, doch Hannahs Handy vibriert. Nachricht von Will.

Neidisch!, hat er geschrieben.

»Tut mir leid«, sagt Hannah und unterdrückt ein Lächeln. »Was wolltest du sagen?«

»Ich wollte nur fragen, wann wir aufbrechen. Ich nehme an, du willst dich noch ein bisschen hinlegen?«

»Irgendwie schon«, sagt Hannah zu ihrer eigenen Überraschung. Normalerweise liegt sie nicht gern in Hotelzimmern, aber sie ist müde, obwohl sie sich kaum bewegt hat. Ihr Rücken tut weh, und sie spürt ein merkwürdiges Stechen tief im Becken, vermutlich weil sie den ganzen Tag im Zug gesessen hat.

»Okay, dann klopfe ich gegen halb sieben. Ich habe auf

Maps nachgesehen. Wir dürften zu Fuß nicht mehr als eine halbe Stunde brauchen.«

»Falls überhaupt. Oxford ist nicht sehr groß. Bis später.«

»Bis später«, sagt November, beugt sich zu Hannahs Überraschung vor und küsst sie sanft auf die Wange.

»Vielen Dank für das hier, Hannah.«

»Sei nicht albern«, sagt Hannah verlegen. »Das ist für uns beide kein Spaß.«

»Darum geht es nicht. Ich habe nur – ich habe April die ganze Zeit, in der sie in Oxford war, angefleht, dass ich sie besuchen darf. Und selbst, als sie tot war, habe ich mich gefragt, wie ihr Leben hier war. Aber ich habe mich nie getraut, es selbst herauszufinden. Ich weiß, es ist nicht leicht für dich, aber ich bin froh, dass ich hier bin. Ich bin froh, dass ich mit einer Freundin von April hier bin. Es fühlt sich richtig an, weißt du?«

»Ja, ich weiß«, sagt Hannah. Ihr Herz zieht sich zusammen. Sie möchte am liebsten Novembers Hand nehmen und fest drücken, ist sich aber nicht sicher, ob sie sich gut genug kennen. »Ich bin auch froh, dass du hier bist. April fehlt mir. Sehr sogar. Und mit dir –«

Mit dir ist es, als wäre ein kleines Stück von April bei mir, möchte sie sagen, aber November soll nicht denken, dass Hannah sie als Aprils Geist oder einen Ersatz betrachtet. Doch sie *ist* ein Teil von April – kein Schatten, keine billige Imitation, dafür hat November zu viel Persönlichkeit. Aber sie ist so unübersehbar Aprils Schwester, dass Hannah April ständig um sich spürt, vor allem hier in Oxford.

»Ich habe das Gefühl, sie ist mit uns hier. Ich hoffe, das klingt nicht seltsam.«

November lächelt nur traurig und schüttelt den Kopf. »Es klingt nicht seltsam. Aprils Geist hat mich als Erwachsene ständig heimgesucht. Es ist irgendwie tröstlich zu wissen, dass es dir ähnlich geht.«

DANACH

»Ich fass es nicht«, sagt Emily.

Sie sitzen auf ihrem Sofa, trinken Weißwein (in Hannahs Fall Limonade), und nach einer halben Stunde leicht verlegenen Smalltalks scheinen die Jahre zu verfliegen. Hannah hat Emily seit über fünf Jahren nicht gesehen, aber sie ist immer noch die Gleiche – ungeduldig, witzig, ehrgeizig hinter der selbstironischen Fassade *(Ach das? Ich glaube, das haben nur zwei Leute gelesen, und einer davon war ich)* – und verdreht die Augen über die diesjährigen Studienanfänger. Sie haben über Emilys Forschung gesprochen, über Novembers Arbeit (*Was genau ist eine Influencerin?*, hatte Emily gefragt. *Klingt wie ein physikalisches Experiment*) und Hannahs Schwangerschaft.

Hannah hat Emily von Ryan und Hugh erzählt und wie sehr Will seinen Job als Wirtschaftsprüfer hasst. Emily spricht es nicht aus, doch in ihren Antworten schwingt die Ansicht mit, dass er sein Oxford-Studium vergeudet hat.

Nun aber lehnt sie sich zurück, nippt an ihrem Glas und schaut kopfschüttelnd von Hannah zu November.

»Was kannst du nicht fassen?«, fragt Hannah lachend.

»Ich meine – euch beide. Nebeneinander auf der Couch. Das verwirrt mich wie – eine Folge ›Akte X‹. Auf der einen Seite du, knapp dreißig und schwanger, und daneben …« Sie dreht sich zu November und sagt halb entschuldigend. »Du hörst das sicher ständig, aber du siehst wirklich aus wie April.«

»Ich weiß«, sagt November. »Darum nenne ich mich beruflich auch nicht Clarke-Cliveden.«

»Das kann ich verstehen.« Emily beugt sich vor und schenkt sich nach. »Meine Rolle in alldem war so klein, aber selbst ich bin einer Menge Verrückter begegnet. Ich möchte mir nicht ausmalen, wie es wäre, eine Clarke-Cliveden zu sein. Oder du, Han«, fügt sie entschuldigend hinzu. »Es ist nicht zu fassen, wie sehr dich das College im Stich gelassen hat. Eigentlich uns alle, aber dich am allermeisten. Sie haben einfach zugelassen, dass du dein Studium abgebrochen hast.«

»Das hat Hugh auch gesagt. Er meinte, heutzutage würde es eine verpflichtende Trauma- und Psychotherapie geben, aber damals hieß es, wie hat er es ausgedrückt? *Kopf hoch, und bei den Prüfungen drücken wir ein Auge zu.*«

»Wie wahr«, sagt Emily trocken. »Ich hatte auf keinen Fall eine Eins verdient und bin mir ziemlich sicher, dass Hugh ohne Aprils Tod nicht bestanden hätte. Er hat sich in Pelham die ganze Zeit nur abgemüht. Ich glaube, er gehörte wirklich nicht dorthin.«

»Ehrlich?« Hannah ist überrascht, aber es ergibt durchaus Sinn. Hugh sah immer besorgt aus, klagte häufig über die Arbeitsbelastung, und am Abend von Aprils Tod hatte er ihr anvertraut, dass er Angst vor den Prüfungen hatte und seine Eltern nicht enttäuschen wollte. Damals hatte sie geglaubt, es sei typisch Hugh und er ein ängstlicher Überflieger, der sich ein anspruchsvolles Fach ausgesucht hatte. Nun aber gerät sie ins Grübeln. Vielleicht hatte Hugh wirklich zu kämpfen gehabt. Sie kommt sich illoyal vor. »Wenn dem so wäre, hätten sie ihn gar nicht erst genommen. Wie heißt doch gleich die Aufnahmeprüfung für Medizin? BMAT. Die soll richtig schwer sein. Will hat mal erzählt, dass Hugh mit Bravour bestanden hat. Er hatte den Studienplatz praktisch sicher, so gut waren seine Noten.«

Emily öffnet den Mund, doch bevor sie etwas sagen kann, ertönt ein Summer in der Küche. »Ah, das ist die Tajine. Ich habe Kichererbsen-Tajine gemacht, ist das okay? Ich war mir nicht sicher, ob du Vegetarierin bist«, sagt sie zu November, »also bin ich auf Nummer sicher gegangen.«

»Ich bin tatsächlich Vegetarierin«, sagt November lächelnd. »Und es klingt köstlich.«

Als Emily in der kleinen Küche verschwindet, steht Hannah auf und sieht sich um. Das Zimmer ist eher karg – keine Familienfotos oder Andenken an Emilys Reisen. Nur Bücher und ein paar antike Landkarten an der Wand. Es ist schwer zu deuten – ein bisschen wie Emily selbst. Zurückhaltend. Asketisch. Ein wenig streng vielleicht.

»Was hoffst du zu finden?«

Als sie sich umdreht, steht Emily mit den Händen in den Hüften da.

»Wie meinst du das?«, fragt Hannah und ist einen Moment lang unsicher, ob Emily Oxford oder ihr Haus meint. Wirft sie Hannah vor, herumzuschnüffeln? »Was ich in Oxford zu finden hoffe? Oder allgemein?«

»In Pelham, meine ich. Aber ja, auch ganz allgemein. Suchst du was Bestimmtes?«

»Eigentlich nicht«, sagt Hannah und schaut kurz zu November. Sie haben nicht besprochen, wie viel sie Emily erzählen wollen. Auf die Geschichte, die sie Dr. Myers erzählen werden, haben sie sich geeinigt – November möchte von Hannah etwas über Aprils Zeit in Pelham erfahren, woraufhin Hannah sich bereit erklärt hat, sie durchs College zu führen und ein paar Freunde zu kontaktieren. Über Emily haben sie jedoch nicht gesprochen. Ihr Instinkt rät Hannah, den Plan für sich zu behalten. Andererseits wissen Will, Hugh und Ryan, dass sie in der Vergangenheit wühlt. Da ergibt es keinen Sinn, Emily im Dunkeln zu lassen.

»Die Sache ist die …« Sie hält inne, schaut erneut zu November. Sie widerspricht nicht. Hannah wünscht sich fast, November würde *Na los* signalisieren oder selbst die Erklärung liefern.

»Die Sache ist die. Ich habe angefangen zu zweifeln. Bezüglich Aprils Tod. Seit sich der Reporter bei mir gemeldet hat.«

»Scheiße.« Emily legt die Hand an die Stirn. »Ich hätte dir nicht von ihm erzählen sollen. Habe ich das alles bei dir ausgelöst? Falls ja –«

»Nein, eigentlich nicht«, sagt Hannah. »Klar, du warst die Erste, die mir von Geraint erzählt hat, aber wenn ich ehrlich bin –« Sie hält inne und überlegt, wie sie es ausdrücken soll. »Nachdem ich mit ihm geredet hatte, wurde mir klar, dass mir vieles von dem, was er sagt, auch durch den Kopf gegangen ist. Ich hatte es mir nur nicht eingestanden.«

»Moment, du glaubst also, dass er recht hat?« Emily sieht aufrichtig schockiert aus. »Han – ich habe dir von Geraint erzählt, um dich zu warnen, nicht, um dich von seinen Theorien zu überzeugen. Er ist nur irgendein Verschwörungstheoretiker. Diese Journalisten wollen, dass ihre Lieblingstheorie stimmt, damit sie ihr Magnum Opus ›Meine Wahrheit über April‹ schreiben und eine Netflix-Doku abgreifen können. Die Beweise waren da, Neville wurde überführt. Es ist nicht deine Schuld, wenn seine Verteidigung schlecht gearbeitet hat.«

»Darum geht es nicht«, sagt Hannah leicht verärgert. »Geraint hat wirklich neue Informationen. Er hat mir Dinge erzählt, von denen ich keine Ahnung hatte.«

»Was zum Beispiel?«, fragt Emily skeptisch.

»Zum Beispiel –«, setzt Hannah an und hält inne. *Zum Beispiel die Tatsache, dass April Ryan einen positiven Schwangerschaftstest geschickt hat.* Aber es fühlt sich an, als würde sie Ryan damit hintergehen. Er und Emily mögen nicht mehr zusammen sein – aber es ist keine Kleinigkeit, die sie da enthüllen würde. Hat Hannah wirklich das Recht, mit alldem herauszuplatzen, ohne Ryan vorher zu fragen?

Und doch ist Emily auch ihre Freundin. Sie hat das Recht, es zu erfahren.

Hannah beißt sich auf die Lippe und legt sich die Worte zurecht. Wie sagt man jemandem, dass ihr Freund sie ein ganzes Jahr lang betrogen hat und womöglich ein handfestes Mordmotiv besaß?

»Und?«, drängt Emily. »Ich würde sehr gern die Verschwörungstheorien dieses Journalisten hören, kann mir aber schwer vorstellen, welche ›Beweise‹ eine Augenzeugin widerlegen könnten.«

Vielleicht sind es die Anführungszeichen, die sie bei *Beweise* in die Luft malt, oder die unterschwellige Kritik an Hannah, die Geraints Bedenken ernst nimmt, jedenfalls regt sich Widerstand in ihr. Sie hört Hugh, der April zitiert: *Es sei Emilys Schuld, weil sie so hochnäsig und stolz auf ihren Intellekt sei.*

»Zum einen hatte ich keine Ahnung, dass April dir einen üblen Streich gespielt hat, unmittelbar bevor sie getötet wurde.«

Eigentlich wollte sie etwas anderes sagen, aber jetzt ist es heraus, es gibt kein Zurück. Emily verzieht den Mund zu einer dünnen, grimmigen Linie und starrt Hannah mit verschränkten Armen an.

»Worauf willst du hinaus?«

»Auf nichts«, sagt Hannah verlegen. »Ich meine – keiner von uns wurde je verdächtigt. Wir hatten keine Gelegenheit. Aber wenn sie dir das angetan hat, könnte sie auch noch andere Leute verärgert haben. Es klingt, als wäre sie in jener letzten Woche völlig aus dem Ruder gelaufen. Hat ständig Leuten Streiche gespielt.«

»Allen außer dir«, sagt Emily ein wenig abweisend und

mustert Hannah auf eine Art, die ihr nicht gefällt. Sie hatte vergessen, wie kalt und direkt Emily sein kann, wie fremd ihr höfliche Konventionen sind, mit denen die meisten Menschen unangenehme Wahrheiten abfedern. Emily hat sich nie gescheut, Dinge auszusprechen, nur weil sie unangenehm oder schmerzhaft sind.

»Ja …«, sagt Hannah langsam. »Allen außer mir.«

»Dem Mädchen, das ihrem Freund schöne Augen gemacht hat.«

»Moment mal«, wirft November ein, doch Hannah hebt die Hand und signalisiert *Das schaffe ich schon.*

»Wie bitte?«, sagt sie zu Emily.

»Ich meine ja nur.« Emily zuckt mit den Schultern, hat sich gefangen, lacht leise und geht zum Tisch, wo Oliven und Grissini bereitstehen. »Wenn wir schon beim Thema Motiv sind: Es war in den letzten Wochen ziemlich offensichtlich. Man konnte praktisch die Geigen schluchzen hören, wann immer Will dich ansah. Und ja, ich war stinksauer auf sie. Die Nummer mit dem Abitur war abscheulich, und die Planung, die sie da hineingesteckt hat – sorry«, sagt sie zu November. »Ich weiß, sie war deine Schwester, und ich will nicht schlecht über eine Tote reden. Aber wenn du jemanden für deine Freundin hältst, und dann tut sie dir so was an – wenn du merkst, dass sie die ganze Zeit, in der du für sie da warst, sie unterstützt, mit ihr Kaffee getrunken und gefeiert hast, nur geplant hat, wie sie dich fertigmachen kann – dann hinterlässt das einen schlechten Geschmack im Mund, wenn du verstehst, was ich meine.«

»Ist schon okay«, sagt November und lächelt ein wenig traurig. »Ich mache mir keine Illusionen über April. Ich habe sie geliebt – das tue ich noch immer. Aber ich weiß, was für ein Mensch sie war. Sie konnte unglaublich nett sein, aber nicht immer.«

»Nein, nicht immer«, sagt Emily knapp, stellt ihr Glas so

heftig ab, dass der Wein überschwappt, und verschwindet wieder in der Küche. Hannah macht eine *Oh mein Gott*-Geste zu November und vergräbt den Kopf in den Händen. Wie dumm von ihr, Emily gegen sich aufzubringen.

»Soll ich es ihr sagen?«, flüstert sie, während in der Küche Töpfe und Pfannen klappern. »Das mit Dr. Myers?«

»Das musst du selbst wissen«, flüstert November zurück. »Ich meine ... arbeitet sie nicht hier? Würde sie das in Schwierigkeiten bringen?«

»Das glaube ich nicht. Emily arbeitet in Balliol, das ist ein anderes College. Es ist ja nicht so, als würden wir einen ihrer Kollegen beschuldigen.«

»Einen von wessen Kollegen?«, sagt Emily von der Küchentür. Sie trägt einen riesigen Schmortopf mit dampfenden Kichererbsen, prallen Aprikosen und pikanten Gewürzen herein, von dem ein unglaublich guter Duft aufsteigt. Sie stellt ihn auf den Untersetzer in der Mitte des Tisches und fragt noch einmal: »Wie war das mit dem Kollegen?«

»Das ist der wahre Grund, aus dem wir hier sind«, sagt Hannah. »Es tut mir leid, dass ich das mit dem Streich gesagt habe, das war dumm von mir. Aber ich habe über den Grundriss des Treppenhauses nachgedacht – die Tatsache, dass Neville verurteilt wurde, weil niemand das Gebäude betreten haben konnte, nachdem er gegangen war und bevor wir reingekommen sind.«

»Und ...« Emily gibt Tajine und Couscous in drei Schüsseln, eine Falte zwischen den schwarzen Augenbrauen, als wüsste sie nicht, wohin das führen soll.

»Es sei denn, die Person war schon drin.«

Emily hält inne. Sie stellt November eine Schüssel hin und sieht Hannah streng an.

»Was willst du damit sagen? Dass ein anderer Bewohner im Treppenaufgang –«

»Möglich ist es. Die beiden unten – Henry und Philip – hatten Alibis. Sie waren die ganze Nacht in Henrys Zimmer und haben beim Prozess ausgesagt, dass sie April ab etwa 22.45 Uhr im Stockwerk darüber gehört haben. Sie sei umhergegangen und habe jemandem die Tür geöffnet. Unter ihnen gab es zwei Zimmer, von denen die Scouts eines als Abstellraum nutzten. Und das Mädchen im anderen Zimmer hatte ihren Freund zu Besuch. Das weiß ich, weil ich auf dem Weg nach unten geklopft habe und sie zusammen herausgekommen sind. Aber Dr. Myers … wurde beim Prozess nie befragt. Er ist nicht herausgekommen, um zu sehen, was los war. Dabei habe ich so geschrien.«

»Ja. Warum ist er nicht …«, sagt Emily bedächtig. »Es sei denn, er hatte etwas zu verbergen … Scheiße! Aber ich kann nicht glauben, dass die Polizei ihn nicht als Täter ausgeschlossen hat.«

»Gut, vielleicht haben sie das, und wir haben es nicht mitbekommen. Andererseits haben sie ihn womöglich nie verdächtigt. Welches Motiv sollte er denn gehabt haben?«

»Gutes Argument«, sagt Emily. »Welches Motiv *könnte* er gehabt haben?«

Hannah schaut auf ihren Teller. Sie muss es Emily sagen. Es wäre unfair, es nicht zu tun. Sie holt tief Luft.

»Nun … wir glauben, April könnte schwanger gewesen sein.«

Sie weiß nicht genau, womit sie gerechnet hat. Mit einem Schock vielleicht oder einer Reaktion, die erkennen lässt, dass Emily es schon wusste. Nichts davon tritt ein. Stattdessen breitet sich tiefe, müde Traurigkeit auf ihrem Gesicht aus.

»Scheiße«, sagt sie ganz leise. »Oh mein Gott, das ist ja furchtbar. Warum haben sie das vor Gericht nicht erwähnt?«

»Laut Geraint dachte Nevilles Verteidigung, es würde einen schlechten Eindruck machen«, sagt November. »Du weißt schon – Täter-Opfer-Umkehr. Wenn Myers der Vater war, wäre das im College nicht gut angekommen.«

»Oder bei seiner Frau«, sagt Emily. »Wusstest du, dass er verheiratet ist?«

»Was?« Hannah ist eher verwirrt als schockiert. »Neuerdings?«

»Nein, schon immer. Er war verheiratet, während wir in Pelham waren.«

»Was? Aber – wo war denn seine Frau? Hatten sie sich getrennt?«

»Das glaube ich nicht. Auslandsaufenthalt oder so? Aber sie kam im folgenden Jahr zurück, und er ist mit ihr in ein hübsches Haus in Jericho gezogen. Ich glaube, sie wohnen immer noch dort. Sie ist Professorin in Wadham.«

»Scheiße«, sagt November. Sie sieht sehr nüchtern aus, obwohl sie ein Glas Weißwein in der Hand hält. Hannah sehnt sich plötzlich nach Wein, obwohl sie seit dem positiven Schwangerschaftstest keinen Alkohol mehr getrunken hat.

»Und darum gehst du morgen zu ihm?«, fragt Emily. Sie wirkt erschüttert, ihre kühle Gelassenheit ist dahin. »Um ihn in die Falle zu locken? Ihn damit zu konfrontieren?«

»Nicht konfrontieren«, sagt Hannah ungeduldig und taucht den Löffel in die Tajine, als könnte sie mit dieser Geste die Normalität wiederherstellen. »Ich bin nicht blöd. Wir wollen nur mit ihm reden. Das ist alles.«

»Ich meine –« Emily hält inne und faltet die Hände im Schoß, als müsste sie sich die Worte zurechtlegen.

»Wenn du glaubst, dass deine Aussage im Prozess auf einem Irrtum beruhen könnte, willst du dem natürlich auf den Grund gehen. Aber – es könnte gefährlich sein.«

»Es ist nicht gefährlich«, sagt Hannah ziemlich wütend. Sie will sich von Emily nicht die gleichen Bedenken anhören wie von Will. »Was Myers angeht, sind November und ich zwei trauernde Menschen, die sich an April in ihrem letzten Jahr erinnern möchten. Mehr braucht er nicht zu wissen.«

»Ich glaube wirklich –«

»Ich glaube wirklich, dass es Hannahs Entscheidung ist«, wirft November ein, und Hannah schaut sie dankbar an. »Falls Myers schuldig ist – und es ist ein ziemlich großes *Falls* –, wäre er verrückt, etwas zu unternehmen. Wir treffen uns am helllichten Tag mit ihm. Er wird wohl kaum eine schwangere ehemalige Studentin erschießen, nur weil sie eine Besichtigungstour durchs College unternimmt.«

Emily fährt sich mit der Hand durchs Haar, zerzaust die steifen Wellen und reibt sich den Nasenrücken, bevor sie die Brille wieder aufsetzt. »Ich wäre gern dabei, habe aber Tutorien. Versprecht ihr mir, vorsichtig zu sein? Und dass du dich morgen Abend meldest?«

»Natürlich sind wir vorsichtig«, sagt Hannah entschlossen, greift wieder zum Löffel und nimmt einen Bissen von der Tajine. »Und ja, ich werde morgen Abend Bericht erstatten. Sollen wir irgendwo in der Stadt essen gehen?«

»Okay«, sagt Emily zögernd. »Ich reserviere einen Tisch und schicke dir eine Nachricht.«

»Gut«, sagt Hannah. »Und jetzt essen wir weiter, ich bin am Verhungern.«

DANACH

Als sie am nächsten Tag die High Street in Richtung Pelham College geht, versteht Hannah plötzlich, was Emily am Abend zuvor gemeint hat, als sie sie und November auf der Couch sitzen sah. Das Gefühl, in der Zeit zurückzureisen, ist überwältigend, geradezu schwindelerregend. Oxford hat sich nicht verändert – das trägt natürlich dazu bei. Einige Geschäfte und Cafés tragen andere Namen, aber die Gebäude, die Straße, der Fluss, die Skyline – das alles entspricht ihrer Erinnerung so sehr, dass es sich surreal und wie ein Traum anfühlt. Als sie die Pelham Street überquert und sich der Pförtnerloge nähert, wird ihr beinahe übel. Nicht aus Nostalgie – sie wünscht sich nicht hierher zurück. Es ist etwas anderes, das Gefühl, als würde die Vergangenheit auf ihr lasten und sie niederdrücken. Und November, die neben ihr geht, wirkt wie Aprils lebendiger Geist.

»Es tut mir leid«, sagt sie, als sie sich dem großen Eichentor mit der Miniaturtür darin nähern. »Es tut mir leid, können wir – ich brauche eine Sekunde.«

»Klar!«, sagt November besorgt, und sie stehen eine Minute lang da. Hannah stützt sich am goldenen Stein der Mauer ab und versucht, sich zu beruhigen. *Du schaffst das, er ist nicht da drinnen.*

»Wieder gut«, sagt sie schließlich, und das stimmt, denn im Kopf sieht sie nicht Neville, wie er damals war – groß und breit und furchterregend –, sondern den gebrechlichen älteren Mann in Gefängnisuniform. Sie merkt, wie ihr Atem ruhiger geht. »Okay, ich bin so weit.«

»Ganz sicher?«, fragt November besorgt. »Wir müssen das hier nicht machen. Wir können gehen und sagen, dass ich es nicht ertragen konnte. Die Leute werden es verstehen.«

»Nein, mir geht's gut. Ich will das machen.«

»Okay«, sagt November und streckt die Hand nach dem großen metallenen Türgriff aus. »Sicher?«

»Sicher.«

Als sie nickt, drückt November gegen die jahrhundertealte Tür – und sie schwingt auf. Gemeinsam treten sie hindurch, und zum ersten Mal seit mehr als zehn Jahren ist Hannah wieder in Pelham College.

Hier hat sich auch nichts verändert, denkt sie sofort. Auf der rechten Seite unter dem Bogen ist die Pförtnerloge. Sie erinnert sich, wie oft sie panisch mit gesenktem Kopf vorbeigehuscht ist, weil sie fürchtete, er könne dort sein. Nun aber zwingt sie sich, stehen zu bleiben und hinzusehen, wirklich hinzusehen. Zwei ältere Männer stehen hinter dem Tresen, weiße Hemden spannen sich über dicken Bäuchen, doch Neville ist nur ein Geist in ihrer Vorstellung. Die beiden sind ihr völlig unbekannt.

November betritt vor ihr die Pförtnerloge.

»Hallo, wir sind für eine Führung hier. Mein Name ist November Rain, das ist Hannah de Chastaigne. Wir möchten uns das College ansehen, und danach sind wir mit Dr. Myers verabredet.«

»November Rain?«, sagt der Ältere nachdenklich, fährt mit dem Finger über eine Art Terminkalender und nickt. »Stimmt. Ich glaube, Dr. Myers möchte Sie selbst herumführen. Lassen Sie mich kurz anrufen.«

November wirft Hannah einen Blick zu, und Hannah beißt sich auf die Lippe. So war es nicht besprochen. Emily hatte lediglich gesagt, dass der Master gern eine Führung arrangieren werde, aber nicht, wer sie übernehmen würde. Hannah hatte an jemand Neutrales gedacht, den sie beide nicht kannten, der nichts von ihrer Geschichte und ihrer Verbindung zu Pelham wusste – aber Dr. Myers ist natürlich naheliegend.

Der Pförtner spricht am Telefon, nickt und sagt mehrfach Ja. Dann legt er auf und wendet sich wieder zu ihnen.

»Er kommt runter. Sie können hier drinnen warten – oder vielleicht lieber draußen auf der Bank?«

November sieht Hannah mit einer hochgezogenen Augenbraue an und antwortet für sie beide.

»Ich glaube, wir warten lieber draußen. Die letzten Sonnenstrahlen mitnehmen.«

»Da haben Sie recht«, sagt der Pförtner fröhlich.

November wirkt ziemlich erschüttert. »Oje. Ist das in Ordnung?«

»Ich denke schon …«, sagt Hannah langsam. »Ich meine, was ändert das denn? Klar wird es schwierig sein, in seiner Gegenwart offen zu sprechen. Aber wir hätten auch mit jemand anderem als Guide nicht einfach dastehen und sagen können: *Oh ja, hier könnte Dr. Myers es getan haben.*«

»Jaa …«, sagt November und scheint sich zu beruhigen. »Du hast recht. Es wird schon gut gehen. Ist doch nur eine Führung.«

»Genau. Nur eine Führung.«

»Na so was aber auch.«

Die Stimme kommt von hinten, und bei ihrem Klang schießt Hannahs Adrenalin so heftig in die Höhe, als würde ein Stromstoß durch ihren Körper fahren.

»Hannah Jones.«

Sie schließt die Augen und zählt bis drei. Ihr Herz klopft wie wild. *Denk an das Baby.* Sie denkt an das Baby. Sie denkt an

April. Sie denkt an die Blutdrucktablette, die sie heute Morgen mit ihrem Frühstücksorangensaft geschluckt hat.

Sie atmet tief durch, öffnet die Augen und dreht sich um.

Da ist er. Dr. Horatio Myers. Ein bisschen älter, ein bisschen grauer an den Schläfen, aber immer noch dasselbe Byron'sche, vom Wind zerzauste Haar, das gleiche Ironie verströmende Tweedjackett, als würde er die Rolle des Akademikers nur spielen.

»Dr. Myers«, sagt sie.

»Wie schön, Sie zu sehen, Hannah.« Sein Tonfall ist perfekt, denkt sie, als er ihre Hand nimmt und zwischen seine Handflächen drückt. Es wirkt herzlich, aber auch ernst, und unterstreicht damit, dass sie nicht irgendeine Ehemalige ist, die aus sentimentalen Gründen zurückkehrt, sondern dass es um etwas anderes, Schmerzhafteres geht. »Obwohl ich inzwischen Professor Myers bin«, fügt er hinzu, was seine Fürsorglichkeit ein wenig schmälert.

»Herzlichen Glückwunsch«, sagt Hannah, weil ihr nichts Besseres einfällt.

»Und das muss November sein«, sagt Dr. … *Professor* Myers. »Sie sehen Ihrer Schwester sehr ähnlich.«

»Ich weiß«, sagt November etwas bissig, um ihn daran zu erinnern, dass es nicht einfach für sie ist. Sie mildert die Bemerkung mit einem Lächeln, bevor Dr. Myers in allzu große Verlegenheit gerät. »Danke, dass Sie uns herumführen. Es ist – nun, ich will nicht behaupten, dass es leicht wäre, aber ich habe das Gefühl, dass ich es tun muss. Mein Vater ist vor zwei Jahren gestorben und hat so viele Erinnerungen an April mitgenommen. Seitdem habe ich das Bedürfnis, mir meine eigenen zu schaffen.«

Das hat sie großartig gemacht. Hannah vergisst vor lauter Bewunderung für Novembers Rede beinahe ihre Nervosität. Am liebsten würde sie applaudieren. Einfach perfekt, fast wie

April. Sie zweifelt nicht eine Sekunde an Novembers Aufrichtigkeit – obwohl sie genau weiß, dass sie nicht aus den genannten Gründen hier sind.

»Nun, ich freue mich, wenn ich ein wenig helfen kann, meine Liebe«, sagt Dr. Myers. »Also, wo wollen wir anfangen? Ich persönlich hänge ja auch an der Bibliothek.«

Hannah würde am liebsten die Augen verdrehen. Sie glaubt nicht, dass April jemals länger als fünf Minuten in der Bibliothek verbracht hat. Es klingt eher, als würden sie Dr. Myers' Lieblingsort besichtigen. Andererseits wollen sie ihn beobachten, daher kann es durchaus nützlich sein.

»Also die Bibliothek«, sagt November lächelnd. »Macduff, voran.«

»Nun, meine Liebe«, sagt Dr. Myers, als sie den Old Quad in Richtung Kapellendurchgang überqueren, »es liegt mir fern, mich als Professor aufzuspielen, aber in Anbetracht unseres Ziels kann ich das nicht unkorrigiert stehen lassen. Das Zitat lautet ›Macduff, heran‹, da es im Zusammenhang mit einem Schwertkampf steht – es ist Macbeths Aufforderung an Macduff, den ersten Schlag zu führen. Und tatsächlich besitzt Pelham eine der wenigen erhaltenen First-Folio-Editionen von Shakespeare, sodass ich Ihnen, wenn wir großes Glück haben, die Originalzeile in ihrer frühesten noch erhaltenen Druckform zeigen kann.«

Er spricht leichthin, im Plauderton, aber auch ein wenig herablassend wie ein Lehrer, der seinem Lieblingsschüler sein Lieblingsfach erklärt. Und plötzlich ist es, als wäre Hannah nie weg gewesen.

Eine Stunde später haben sie die Bibliothek, den Junior Common Room, die Kapelle, die Große Halle und die Bar besichtigt, wonach es nur noch ein logisches Ziel gibt. Als sie den Old Quad überqueren und unter dem Cherwell-Bogen hindurchgehen, spürt Hannah, wie sich etwas in ihr anspannt, wie sie sich wappnet. Das Baby bewegt sich unruhig, als spürte es ihre Nervosität.

Sie gehen über den Rasen im Fellows' Garden – was erlaubt ist, da sie sich in Begleitung eines Fellows befinden –, doch als sie in die Sonne des New Quad treten, bleibt Dr. Myers stehen.

»Wie Sie vielleicht wissen – und Hannah zweifellos weiß –, ist dies der New Quad. Ich nehme an … falls ich fragen darf … das Zimmer Ihrer Schwester.« Er schaute zweifelnd von Hannah zu November, als wüsste er nicht, wie er es ausdrücken soll. »Möchten Sie …?«

Möchten Sie sehen, wo Ihre Schwester ermordet wurde?

Hannah versteht sein Zögern. Es gibt keine geläufige Formulierung für eine solche Frage.

»Ja, ich würde gern den Tatort sehen, wenn das möglich ist«, antwortet November entschlossen. »Aber ich verstehe, wenn das nicht geht.«

»Normalerweise wäre es während der Vorlesungszeit schwierig, die Unterkünfte zu betreten«, sagt Dr. Myers, »doch man hat die Wohnung, besser gesagt, alle Räume hier, in Büros verwandelt. Nach dem Tod Ihrer Schwester.«

»Ah«, sagt November verständnisvoll. Durchaus sinnvoll, denkt Hannah. Treppe VII dürfte berüchtigt gewesen sein. Die Eltern der Studienanfängerinnen werden kaum wollen, dass ihre Töchter das erste Jahr an der Universität im Zimmer einer ermordeten Kommilitonin verbringen. »Das kann ich verstehen. In diesem Fall würde ich es gern sehen. Aber Hannah braucht vielleicht eine Pause.« Sie dreht sich um und zieht die Augenbraue hoch. »Hannah? Möchtest du dich hinsetzen und warten, während Professor Myers mich zum Zimmer führt?«

Ja, würde Hannah am liebsten sagen. Ihr tun die Füße weh. Sie ist innerlich aufgewühlt. Das Baby flattert nervös in ihr, reagiert auf den erhöhten Puls. Sie weiß, dass November ihr einen Ausweg eröffnet.

»Nein«, hört sie sich sagen. »Ich komme mit.«

Sie hat es so weit geschafft, sie kann jetzt nicht zurück.

Als sie über den Hof gehen, ergreift eine seltsame Unwirklichkeit von ihr Besitz. An diesem Ort hat Hannah die schlimmste Erfahrung ihres Lebens gemacht, doch als der Kies unter ihren Füßen knirscht, drängen glückliche Erinnerungen in ihr Gedächtnis. Sie denkt daran, wie sie und Emily am Ufer des Cherwell gepicknickt haben. Sie erkennt die Bank, in die Ryan in einer Sommernacht seinen Namen geritzt hat, und den Torbogen zu Treppe III, den ein fantasievoller Student in der Einführungswoche zugeklebt hatte. Die Sonne geht allmählich unter, im Hof gehen die Lichter an. Die beiden Gestalten neben ihr verschwimmen in der Dämmerung. Es ist, als wäre sie in der Zeit zurückgereist, würde mit April und Hugh in einer Winternacht in die Wohnung zurückkehren.

Sie folgen Dr. Myers durch den Bogen zu Treppe VII, und Hannah spürt die Stufen aus Stein unter ihren Füßen, die auch nach zehn Jahren noch vertraut sind. Es ist wie damals – ein Schritt in die Dunkelheit, bevor mit leichter Verzögerung das flackernde Licht im Treppenhaus angeht, dasselbe Echo, als sie nach oben gehen. Dr. Myers hat seine Kommentare eingestellt, als wüsste er nicht, was er hier sagen soll. Sie kommen an Zimmer 1 und 2 vorbei, wo die Namen der Studierenden durch Lager und Zulassungen 1 ersetzt worden sind. Weiter nach oben. Einige Türen stehen offen. Hannah sieht keine Betten und keine jungen Leute, sondern Schreibtische und Verwaltungsangestellte – ein Blick hinter die Kulissen des geschäftigen Colleges.

Die Wohnungstür im obersten Stock ist geschlossen. Dr. Myers klopft an.

»Herein«, ruft eine Frauenstimme. Er tritt ein und hält Hannah und November die Tür auf, damit sie an ihm vorbeisehen können. Drinnen stehen zwei leere Schreibtische, einige Aktenschränke und Kartons. Am Fenster zieht sich eine Frau gerade den Mantel an.

»Oh, hallo, Horatio. Kann ich Ihnen helfen? Ich wollte gerade Feierabend machen.«

»Hallo, Dawn. Dawn, das ist eine ehemalige Studentin von mir, Hannah.« Er deutet auf sie, und die Frau nickt höflich, ohne sie zu erkennen. »Ich habe sie herumgeführt, und sie hat den Wunsch geäußert, ihr altes Zimmer zu sehen. Stören wir?«

»Überhaupt nicht. Würden Sie nach mir abschließen?«

»Natürlich.« Dr. Myers nimmt die Schlüssel entgegen und verbeugt sich leicht. »Soll ich sie an der Pforte lassen?«

»Danke, das wäre nett. Tut mir leid, dass ich nicht bleiben kann, ich muss die Kinder aus der Betreuung abholen. Wir sehen uns am Montag! Hat mich gefreut, Sie kennenzulernen.«

»Schönes Wochenende, Dawn.«

Hannah lässt die Frau vorbei und betritt den Raum. Die Vergangenheit schließt sich wie eine Faust um sie.

»Sie werden feststellen, dass inzwischen alles ganz anders ist«, sagt Dr. Myers, doch seine Stimme kommt wie aus weiter Ferne und dringt kaum zu ihr. Hier haben sie, April und die anderen am allerersten Abend Strip-Poker gespielt. Der Fleck auf der Fensterbank markiert die Stelle, an der April mit einem Joint ein Loch in die Eiche gebrannt hat. Das hier – ihre Hand berührt das alte Holz des Türrahmens – war ihr Zimmer.

»Dr. Myers?« Ihre Stimme klingt seltsam in ihren Ohren, zu rau und abgehackt. »Dr. Myers, könnten Sie … uns einen Moment allein lassen?«

»Nun, ich –« Dr. Myers schaut auf die Laptops und Akten

und dann, fast unwillkürlich, auf die Stelle am Boden, wo Aprils Leiche gelegen hat. Kurze Stille, während sie auf den Kaminvorleger starren. Hannah fragt sich, was er denkt. Erinnert er sich an das, was er getan hat? Irgendwie fällt es ihr in seiner Gegenwart schwerer denn je, in ihm den Täter zu sehen. Sollte ein Mann, der ein junges Mädchen kaltblütig ermordet hat, nicht etwas Böses verströmen? Oder Schuldbewusstsein?

Doch Hannah spürt nichts. Nur die tiefe Traurigkeit, die sie alle empfinden.

Dann nickt er entschlossen.

»Ja, natürlich. Nehmen Sie sich alle Zeit, die Sie brauchen.«

Er geht hinaus und schließt die Tür hinter sich. Hannah hört, wie November bebend ausatmet.

»Das ist es also.«

»Ja.«

»Ich habe nicht damit gerechnet, dass ich so – ich weiß nicht – *betroffen* sein würde. Du schon, aber ich dachte, für mich wäre es nur irgendein Zimmer. Aber … das ist es nicht.«

»Nein«, sagt Hannah. »Das ist es nicht.«

Selbst wenn es wie irgendein Büro aussieht, ist dies der Ort, an dem April gelebt und gelacht, gelernt und geschlafen hat. Und gestorben ist.

»Welches war ihr Zimmer?«

»Das da«, sagt Hannah und deutet auf die Tür links vom Fenster. Sie öffnet sie, erwartet fast, den Raum so vorzufinden, wie April ihn verlassen hat, doch man hat ihn natürlich auch in ein Büro verwandelt. Ein großer Schreibtisch steht darin, es gibt ein beschriebenes Whiteboard und weitere Aktenberge. Offenbar ist es das Chefbüro der kleinen Abteilung. »Ihr Bett stand dort«, sagt sie. »Da stand der Schreibtisch, dort ein Sessel – das war gegen die Vorschrift. Bis auf Bett und Kleiderschrank hat April nichts von der üblichen Collegeausstattung behalten. Und das Zimmer war eine Müllhalde – immer. Überall Klamotten. Nagellack. Halb fertige Hausarbeiten.«

Pillen, denkt sie, spricht es aber nicht aus.

November lacht zittrig.

»Das kann ich mir vorstellen. Ihr Zimmer zu Hause war eine Katastrophe. Unsere Putzfrau hat ab und an versucht, Ordnung zu schaffen, und dann ist April durchs Haus gestürmt und hat gesagt, dass sie nichts wiederfindet. Was ein totaler Witz war, weil sie auch sonst nie etwas finden konnte – es lag ja alles wild verstreut in der Gegend herum.«

Sie geht zum Fenster und schaut über die Dächer von Pelham, vorbei am Turm der Kapelle, über die Außenmauer hinweg. In der Ferne schlängelt sich der Fluss, glitzert in den letzten Sonnenstrahlen.

»Was für eine schöne Aussicht.«

»Nicht wahr? Wir hatten so ein Glück. Und wussten es nicht mal.«

Hannah tritt neben sie, stützt das Kinn in die Hand. »Einmal bin ich die Treppe hochgekommen und habe April hier drinnen schreien gehört. Ich bin in ihr Zimmer gerannt –«

»Lass mich raten«, wirft November ein. »Noch ein Streich?«

»Da war ich noch nicht so misstrauisch. Ich bin reingestürmt und konnte April zuerst gar nicht sehen. Dann entdeckte ich zwei Hände, die sich von außen an die Fensterbank klammerten.«

»Was?« November lacht kurz auf, halb verwundert, halb belustigt. »Wie das denn? Wir sind hier im vierten Stock, oder?«

»Sieh runter«, sagt Hannah, und November späht über die Fensterbank und fängt an zu lachen.

»Okay, verstehe. Sie hat sich heruntergelassen und auf den Erker gestellt.«

»Ja. Aber sie kam nicht wieder rein. Sie war zu klein, um sich richtig an der Fensterbank festzuhalten, und ich nicht stark genug, um sie hochzuziehen. Am Ende musste sie am Regenrohr runterrutschen.«

Beide starren auf das rostige Regenrohr, das neben dem Erker hinunterführt, und November lächelt.

»Klingt ganz nach April.«

Einen Moment lang herrscht Schweigen.

»Glaubst du –«, setzt November an und schaut über die Schulter zur geschlossenen Schlafzimmertür, als hätte sie Angst, belauscht zu werden.

»Ob ich glaube, dass er es war?« Hannah hat die Stimme gesenkt, obwohl es unwahrscheinlich ist, dass Dr. Myers sie durch zwei dicke Holztüren hört. Und sie hätten gemerkt, wenn er die Wohnung wieder betreten hätte.

November nickt.

Hannah zuckt mit den Schultern.

»Ich habe keine Ahnung. Bevor wir herkamen, erschien es mir durchaus plausibel. Aber jetzt … weiß ich es einfach nicht.«

Sie gehen wieder ins Hauptbüro und schauen auf die Stelle, an der April gefunden wurde.

»Es war hier, nicht wahr«, sagt November schließlich. »Ich kenne es von den Fotos.«

»Ja«, sagt Hannah knapp. Plötzlich will sie nicht mehr hier sein. Die Erinnerungen sind zu nah, dringen mit schmerzhafter Intensität auf sie ein. April, auf dem Teppich ausgestreckt, die Wangen noch gerötet und mit kupferfarbenem Make-up verschmiert.

Sie schwankt und versucht, das Gleichgewicht zu halten. Ihr ist, als würde sie ohnmächtig.

»Geht es dir gut?«, fragt November beunruhigt. »Du bist ganz blass. Setz dich.«

Hannah nickt und tastet sich zu einem Stuhl.

Es klopft, und November knurrt: »Einen Moment! Hannah fühlt sich ein bisschen schwach.«

»Oh, natürlich.« Dr. Myers' besorgte Stimme dringt durch das Holz. »Kann ich irgendetwas tun?«

»Nein, sie muss sich nur kurz hinsetzen.«

»Mir geht es gut«, stößt Hannah hervor. »Ich kann gehen.«

»Er kann sich verpissen«, faucht November. »Du bleibst hier sitzen, bis es dir gut geht.«

Das kann dauern, würde Hannah am liebsten sagen, weiß aber, was November meint. Sie weiß auch, dass es die Wahrheit ist. Ihr wird es nie wieder richtig gut gehen. An dem Abend, an dem April ermordet wurde, ist etwas in ihr zerbrochen. Etwas, das nie wieder heilen wird – nicht durch Wills Liebe oder die Fürsorge ihrer Mutter, nicht durch das Baby in ihrem Bauch. Nicht durch den zerbrechlichen Frieden, den sie sich in Edinburgh aufgebaut hat.

»Es geht mir gut.« Sie steht vorsichtig auf und stützt sich auf den Schreibtisch. »Da wäre nur noch eine Sache.«

November schaut verlegen zu, wie sie zu der anderen Tür geht und sie aufstößt.

Der Raum hat sich in eine Art Schreibwarenladen verwandelt, Kartons voller Polsterumschläge, Briefpapier, Umschläge, Stifte, Lagepläne und Prospekte von Pelham.

Sie steht da, sieht sich um und versucht sich zu erinnern. Und dann bricht ein letzter Strahl der Abendsonne durch die Herbstwolken, fällt durch das bleiverglaste Fenster schräg über die alten Eichenbretter, und plötzlich ist es da – ihr altes Zimmer mit ihrem Bett und ihrem Schreibtisch. Und sie selbst ist auch da. Hannah. Nicht die Hannah von heute, sondern die Hannah von damals. Die Hannah davor. Jung, glücklich, voller Hoffnung und Verheißung und so unerträglich, unsagbar unschuldig an all dem Grauen, das das Leben für sie bereitgehalten hat.

Sie bleibt einen Moment stehen, betrachtet den Schatten des Mädchens, das sie zurückgelassen hat, sagt ihm Lebwohl.

Dann lässt sie die Tür zufallen und wendet sich der Gegenwart zu.

DANACH

»Und? Wie ist es gelaufen?«

Emily, erinnert sich Hannah seufzend, ist immer sehr direkt. Sie haben den obligatorischen Smalltalk gemacht, Essen bestellt und erhalten – und jetzt kommt sie zur Sache.

»Es lief … okay, denke ich?« Sie dreht sich zu November, doch die wickelt Ramen um ihre Stäbchen und zuckt nur mit den Schultern.

»Okay? Was soll das heißen? Ob er es getan hat, will ich wissen.« Hannah zuckt unwillkürlich zusammen, und Emily hat den Anstand, beschämt dreinzuschauen.

»Tut mir leid, das war ein bisschen brutal. Aber bist du nicht deswegen hier? Hat er etwas erklärt? Hat er gesagt, warum er nicht rausgekommen ist, um zu helfen?«

»Das hat er«, sagt November, saugt Nudeln in den Mund und schluckt. »Er war nicht da.«

»*Was?*«

»So lautet seine Geschichte, er war nicht da. Darum hat er nichts gehört, darum ist er nicht rausgekommen, um zu helfen, darum wurde er nie als Zeuge vor Gericht geladen. Er hat einen Vortrag auf einer Konferenz in Cambridge gehalten und dort übernachtet. Er hat nichts gesehen oder gehört.«

»Ist das wahr?«, fragt Emily. Sie schaut von November zu Hannah, als würden sie Dr. Myers decken. »Das ist ziemlich bequem für ihn, oder?«

»Keine Ahnung«, sagt Hannah ein bisschen müde. »Jedenfalls hat er das gesagt, als November gefragt hat, ob er uns etwas über den Abend erzählen kann. Es dürfte leicht gewesen sein, das nachzuprüfen. Wenn die Polizei ihm geglaubt hat, wird es wohl stimmen.«

»Du stehst also wieder am Anfang?«, fragt Emily.

»Vielleicht«, sagt Hannah.

»Oder auch nicht? Habt ihr doch etwas herausgefunden?«

»Vielleicht heißt vielleicht«, sagt Hannah bissig. Sie bereut ihre Wortwahl. Tatsächlich weiß sie nicht, ob sie wieder am Anfang stehen. Seit sie sich mit November in der alten Wohnung unterhalten hat, nagt etwas an ihr, das sie durch November mit neuen Augen sieht. Aber sie ist sich nicht sicher, ob sie Emily davon erzählen will. Sie muss sich erst über die Auswirkungen klar werden.

Als sie im Taxi zum Hotel fahren, fragt November: »Alles okay mit dir?«

»Warum fragst du?« Hannah rutscht auf ihrem Sitz hin und her, alles ist unbequem. Der Sicherheitsgurt schneidet in ihren Bauch, die Wirbelsäule schmerzt von den modischen Bänken im Restaurant, die keine Rückenlehne haben. »Meinst du, weil ich keinen Kaffee mehr wollte? Ich bin müde, das ist alles.«

»Das meine ich nicht. Du bist mitten im Essen so still geworden. Ich habe mich gefragt, was los ist.«

»Shit.« Hannah beißt sich auf die Lippe. »War es so offensichtlich?«

»Ja, schon.« November wirkt verlegen. »Emily hat angefangen, dich über Dr. Myers auszufragen, und du … hast einfach dichtgemacht. Habe ich was übersehen? Ich meine, wir sind hingegangen, um *das* herauszufinden. Sie hat nichts gefragt, an das wir nicht auch gedacht haben.«

»Nein«, sagt Hannah und reibt sich das Gesicht. Müde ist stark untertrieben.

»Machst du dir Sorgen wegen Myers' Alibi? Daran habe ich vorhin auch gedacht – er könnte zurückgekommen sein, nachdem er sich auf der Konferenz hat blicken lassen und sich damit ein Alibi verschafft hat.«

Hannah schüttelt den Kopf.

»Das glaube ich nicht. Wann hätte er das machen sollen? Die Pförtner hätten ihn durchs Haupttor kommen sehen. Und wenn er eines der anderen Tore benutzt hätte, wäre seine Bod Card registriert worden. Ich meine …« Dann kommt ihr ein neuer Gedanke. »Es könnte natürlich sein, dass er durch die Lücke in der Mauer geklettert ist.«

»Eine Lücke in der Mauer?« November klingt verwirrt, und Hannah begreift, dass sie das nicht wissen kann. Sie ist April so ähnlich und weiß so viel über ihre Freundschaften und die Zeit in Pelham. Darum vergisst Hannah leicht, dass November nie dort war und nur Informationen aus zweiter Hand besitzt.

»Pelham war – und ist – komplett von Mauern umgeben«, erklärt sie. »Aber es gab eine Stelle hinter Cloade's, wo man rüberklettern konnte. Sie lag auf dem Weg vom Bahnhof. Aber ich kann mir nicht vorstellen, dass Myers das getan hat. Das machten Studenten, die den Umweg vermeiden wollten, wenn die Tore geschlossen waren, kein Dozent, der von einer Konferenz kam.«

»Also … was dann?«, fragt November verlegen. Sie will wohl nicht aufdringlich sein, scheint aber ernsthaft besorgt, weil Hannah so still ist.

Hannahs Handy piepst. Eine Nachricht von Will. *Wie ist es gelaufen? Kannst du reden?*

»Moment«, sagt sie zu November, »es ist Will, ich muss anrufen, er macht sich Sorgen.«

Sie ruft ihn an, und er meldet sich sofort.

»Hey, bist du okay? Wie war's?«

»Mir geht's gut. Wir sind im Taxi auf dem Rückweg zum Hotel. Ich kann also nicht lange reden, aber das Treffen war … Ich meine, er war freundlich. Hilfsbereit.« Es klingt, als bewertete sie eine Empfangsdame im Hotel, weiß aber nicht, wie sie es sonst ausdrücken soll. »Ich glaube nicht, dass er es war.«

»Was meinst du?«, fragt er argwöhnisch. »Wie willst du das beurteilen?«

»Er war nicht da – November hat ihn gefragt, was er gesehen hat, und er meinte, er sei an dem Abend nicht da gewesen. Darum wurde er auch nicht als Zeuge vorgeladen. Ich gehe davon aus, dass die Polizei das überprüft hat, also dürfte es stimmen.«

Am anderen Ende herrscht Stille, als würde er über etwas nachdenken.

»Will?«

Immer noch Stille. Dann räuspert er sich.

»Du hast sicher recht. Wenn er ein Alibi hat, hat er ein Alibi. Also … kommst du nach Hause?«

»Ja.«

»Wunderbar.« Seine Erleichterung ist unüberhörbar. »Ich bin froh. Ich weiß, du wolltest das unbedingt, aber ich bin froh, dass es vorbei ist und du dir keine Sorgen mehr machen musst.«

Nun ist es Hannah, die schweigt. Will wartet auf eine Antwort und sagt dann etwas schärfer. »Hannah? Es ist doch vorbei, oder?«

»Ich –« Sie ist sich nicht sicher, was sie sagen soll. Sie weiß nur, dass sie Will nicht anlügen kann, nicht anlügen wird. Denn in Wahrheit ist es nicht vorbei. Sie kann die Erkenntnis, die ihr bei der Führung gekommen ist, nicht verdrängen. Sie braucht nur etwas Zeit zum Nachdenken, um herauszufinden, was es bedeutet.

»Hannah …«, sagt Will frustriert, aber auch mit einem

warnenden Unterton. »Liebes – das ist lächerlich. Bitte, *bitte* lass es sein. Du hast genug herumgeschnüffelt, das wird langsam albern. Du bist doch keine schwangere Miss Marple.«

Vermutlich will er mit den letzten Worten seine Sorge und Gereiztheit abmildern, aber es klingt irgendwie falsch, oberflächlich und abweisend, und Hannah, die ohnehin angespannt ist, sträuben sich die Nackenhaare.

»Wie schön, dass du Aprils Tod so lustig findest.«

Sie weiß, dass es unfair ist, kann die Worte aber nicht zurücknehmen.

»Hannah, das habe ich nicht gesagt, und das weißt du auch«, sagt Will betont ruhig. »Hör mal, ich glaube, ich war ziemlich verständnisvoll …«

Wieder dieser Ton. Dieser selbstherrliche, herrische *Ich bin hier der Boss*-Ton.

»Ziemlich verständnisvoll?« Sie bemüht sich vergeblich, nicht sarkastisch zu klingen. »Ziemlich *verständnisvoll*? Du meinst, du hast mir die Erlaubnis gegeben, hier *herumzuschnüffeln*? Wie verständnisvoll von dir.«

»Hannah«, sagt er, und sie merkt, dass er sich nur mühsam beherrscht und seine Stimme vor Anstrengung brüchig wird. »Du wusstest, dass ich dagegen war. Du bist im sechsten Monat schwanger, Herrgott noch mal, und solltest nicht irgendeinen alten Fall ausgraben, für den sich niemand interessiert –«

»Für den sich niemand interessiert?«, schreit sie so laut, dass November und der Taxifahrer sie erstaunt ansehen. »Wenn Aprils Mörder frei herumläuft, dann interessiert es *mich*, Will, und ich kann nicht fassen, dass es dir egal ist –«

»Wie kannst du es wagen«, brüllt Will zurück, sodass sie das Handy vom Ohr nehmen muss. »Wie kannst du es wagen! Es interessiert mich genauso sehr wie dich, aber die Tatsache, dass ich nicht will, dass meine schwangere Frau unser ungeborenes Kind –«

Sie legt auf.

Ihre Hände zittern. Ihr Herz hämmert so heftig in der Brust, dass ihr ganz schlecht ist.

Denk an das Baby. Denk an das Baby.

»Hannah?«, sagt November zögernd. »Hannah? Geht es dir gut?«

»Nein, ganz und gar nicht«, erwidert sie barsch, hat die Fäuste geballt. Sie war noch nie so wütend auf Will.

Es ist Will, ermahnt sie sich. Will, der sie geliebt, der auf sie gewartet, der sie auf so vielfältige Weise vor sich selbst gerettet hat.

Und gerade jetzt hasst sie ihn.

»Was ist passiert?«

»Er will, dass ich tue, als wäre alles in Ordnung«, sagt sie knapp. »Und das kann ich nicht. Ich wünschte, ich könnte es, aber –« Als sie merkt, dass sie fast am Hotel sind, sagt sie zum Taxifahrer: »Entschuldigung, können Sie an dem Supermarkt halten? Ich muss was besorgen.«

Der Fahrer hält vor einem Tesco Metro, und Hannah steigt aus. Ihr Puls rast immer noch, aber sie weiß, dass es ihr guttun wird, sich kurz die Beine zu vertreten, ihre Wut abzubauen, den schmerzenden Rücken zu strecken. November folgt ihr mit besorgter Miene.

»Hannah?«

»Ich brauche nur was gegen Sodbrennen.«

»Okay«, sagt November und betritt hinter ihr den fast schmerzhaft hell erleuchteten Laden. »Aber was meintest du damit, dass du nicht so tun kannst, als wäre alles in Ordnung?«

»Ich weiß es nicht«, sagt Hannah. Sie schnappt sich einen Korb und geht los, sucht nach dem Regal mit den Medikamenten. »Aber mir ist etwas klar geworden, als wir in Aprils Zimmer waren. Etwas, das mich auf den Gedanken gebracht hat, dass vielleicht …« Sie schluckt. »Vielleicht sind wir es falsch angegangen.«

»Was meinst du?«

»Wir haben uns doch aus dem Fenster gelehnt«, sagt Hannah. Sie hat das Mittel gefunden, Tabletten statt der Flüssigkeit, die sie sonst nimmt, aber es muss reichen. Sie liest das Etikett, es ist für Schwangere geeignet. »Ich hatte ganz vergessen, dass April mal rausgeklettert ist.«

»Das hast du mir erzählt«, sagt November verwirrt. »Aber ich verstehe nicht –«

Dann bleibt sie mitten im Gang stehen. Hat die Augen im Neonlicht weit aufgerissen.

»Moment, vielleicht doch. Denkst du, jemand könnte –«

Sie hält inne, als wollte sie es nicht aussprechen.

»Jemand könnte April getötet haben und aus dem Fenster geklettert sein«, beendet Hannah den Satz. Sie bezahlt an einer Selbstbedienungskasse. »Wir haben uns auf die Tatsache konzentriert, dass niemand ins Gebäude gelangt sein konnte, nachdem Neville gegangen war. Aber das ist nicht der Punkt. Der Punkt ist, dass niemand das Gebäude hätte *verlassen* können. Zumindest haben wir das angenommen. Hugh und ich hatten das Treppenhaus die ganze Zeit im Blick. Aber was, wenn der Mörder gar nicht die Treppe benutzt hat? Wenn er – oder sie – aus dem Fenster geklettert ist?«

»Warte mal«, sagt November und fährt sich mit den Händen durch ihr kurzes Haar, als wollte sie ihren Verstand auf Touren bringen. »Wenn jemand in der Wohnung war, als Neville dort hinaufgegangen ist, hätte er die Person sehen müssen.«

»Nicht, wenn sie in Aprils Schlafzimmer geblieben ist. Ich habe den ganzen Abend darüber nachgedacht und versucht, es zusammenzufügen, und es passt. Neville ist nach eigener Aussage nur im Wohnzimmer gewesen.«

»Du willst also sagen …«

»Ich sage, dass jemand hinaufgegangen ist, um sich mit April zu treffen, wahrscheinlich in der Absicht, sie zu töten. Es war kein spontanes Verbrechen aus Leidenschaft, sonst hätten die Leute darunter einen Streit gehört. Es muss geplant gewesen sein, jemand hat die Gelegenheit abgepasst, April zu überraschen. Wer immer es war, hat sie in falscher Sicherheit gewiegt. Während sie sich unterhielten, klopfte Neville. April ging zur Wohnungstür, redete mit ihm, der Mörder blieb im Schlafzimmer. Die Person kam heraus und tötete sie, sowie Neville die Tür hinter sich geschlossen hatte.«

»Aber die Person konnte nicht wissen, dass Neville kommen würde …«, sagt November langsam. Hannah schüttelt den Kopf.

»Dieser Teil war wohl nicht geplant. Ich glaube, der Mörder hatte einfach Glück, dass Neville ihm das perfekte Alibi geliefert hat.«

»Das Timing würde passen …« Sie steigen wieder ins Taxi. Novembers Gesicht wirkt golden und besorgt im schwefelgelben Licht der Straßenlaternen. »Das würde Nevilles Geschichte erklären und auch, warum du niemanden nach ihm hast herauskommen sehen. Aber … Moment, woher sollte die Person wissen, dass sie nicht die Treppe nehmen durfte? Sie konnte nicht ahnen, dass du unten wartest.«

»Darüber habe ich nachgedacht«, sagt Hannah. Ihr ist ziemlich übel – wegen dem, was sie gleich sagen wird, aber auch wegen des Streits mit Will. »Und wenn ich recht habe, wenn der Mörder tatsächlich über das Regenrohr entkommen ist, muss Folgendes passiert sein: Der Mörder wusste, dass er nicht auf der Treppe gesehen werden durfte. Also hat er gewartet, bis Neville die Wohnung verlassen hatte, dann hat er April getötet und am Fenster gewartet, um sich zu vergewissern, dass Neville weg war.«

»Also muss die Person dich gesehen haben, als du über den Hof gekommen bist«, sagt November. Ihr Gesicht ist blass. »Scheiße. Sie wusste, dass du die Treppe nehmen würdest, also blieb ihr nichts anderes übrig, als durchs Fenster zu fliehen.«

»Genau das. Die einzige andere Möglichkeit ist, dass die Person mich die Treppe hochkommen hörte, während sie« – sie schluckt, das Wort bleibt ihr im Hals stecken – »ihr Werk beendete.«

»Oh mein Gott.« November schließt die Augen. Der Lichtstrahl einer Straßenlaterne streift ihr Gesicht und zeichnet ihre Kopfform in gespenstischer Schönheit nach. Im Halbdunkel sieht sie April so ähnlich, dass Hannah es kaum ertragen kann. Einen Moment lang ist es, als wäre April zurückgekommen, um sie auf ihre Fehler hinzuweisen – nur hat April sie nie verlassen. Die Stimme in der Menge. Der blonde Kopf auf einer belebten Straße. April war immer bei ihr und hat versucht, ihr die Augen zu öffnen.

Es tut mir leid, April, denkt sie. *Es tut mir leid, dass ich dich enttäuscht habe.*

»Also … wer dann?«, flüstert November. Der Fahrer schaut sie nicht an, aber beide sind sich bewusst, dass er sie womöglich durch die Plexiglasscheibe hören kann. *Rate mal, wen ich im Taxi hatte …* »Es könnte also jeder gewesen sein, oder?«

»Jeder mit einem Motiv«, sagt Hannah und zählt an den Fingern ab. »Und jeder, dem April vertraut hat.« Das ungute Gefühl ist wieder da. »Es muss jemand gewesen sein, den sie gut kannte. Das war immer das Problem mit Neville. April hat ihn gehasst. Sie hätte ihn niemals kampflos an sich herangelassen. Aber ein Freund? Das ist etwas anderes. Hugh kann es nicht sein, weil ich mit ihm draußen vor dem Gebäude war. Und Ryan vermutlich auch nicht. Er war noch in der Bar, als wir gegangen sind, obwohl es theoretisch möglich wäre, dass er den Umweg genommen hat und gerannt ist und vor uns im New Quad war. Aber …«

Sie hält inne.

»Es hätte auch Emily sein können«, sagt November, der es plötzlich dämmert. »Darum warst du beim Essen so still.«

Hannah ist, als drehte jemand ein Messer in ihr um. Denn es stimmt, und dass November es ausspricht, macht es erschreckend real. Genau das hat sie gedacht. Sie hat dagesessen und begriffen, dass Emily das wackeligste Alibi von allen hat. Ja, sie war in der Bibliothek. Aber nichts hätte sie daran gehindert, durchs Drehkreuz zu schlüpfen, ohne sich auszuloggen, zu Aprils Zimmer hinaufzugehen, dort mit ihr zu sitzen, zu reden, zu lachen, vielleicht sogar über den Abiturstreich – und dann, nachdem sich Neville als perfekter Sündenbock angeboten hatte, April zu erwürgen, am Regenrohr hinunterzurutschen und in die Bibliothek zurückzukehren.

Ich kann es nicht glauben, will sie protestieren, nur ist das nicht wahr, ein Teil von ihr kann es durchaus glauben. Nämlich jener Teil, der weiß, dass April das ganze Jahr über mit Emilys Freund geschlafen hat. Der Teil, der entsetzt war, als Hugh von dem grausamen Trick mit dem Abiturbrief erzählt hat. Und vor allem der Teil, der sich daran erinnert, wie sie an einem kalten Novembertag mit Emily und Ryan im Kreuzgang war und gehört hat, wie Emily zischte: *Wenn sie so einen Scheiß bei mir versucht, bringe ich sie um.*

Das Gift in Emilys Stimme war echt gewesen. Es hat Hannah mehr als zehn Jahre lang nicht losgelassen. Und selbst jetzt erschauert sie.

»Es hätten auch andere sein können«, sagt sie, wie um sich und November zu überzeugen. »April hat vielen Streiche gespielt. Es hätte auch jemand von einem ganz anderen College sein können. Es hätte …« Ihr kommt ein Gedanke, an den sie sich verzweifelt klammert. »Es hätte die Person gewesen sein können, die sie mit dem Dextroamphetamin versorgt hat. Ein missglückter Drogendeal.«

All das stimmt.

Aber was November gesagt hat, ist stimmiger.

Es *könnte* Emily gewesen sein. Sie hatte immer ein Motiv. Und, wie sie jetzt wissen, auch die Gelegenheit.

»Hannah«, sagt November warnend. »Bitte unternimm nichts, bevor du mit der Polizei gesprochen hast.«

»Das werde ich nicht«, sagt Hannah ein wenig ungeduldig. »Ich bin doch nicht blöd.«

»Ich meine es ernst – falls das stimmt – falls du es irgendjemandem erzählst –«

»Ich hab doch gesagt, ich bin nicht blöd. Ich rufe sie morgen von Edinburgh aus an.«

»Okay«, sagt November. Sie sieht Hannah kritisch an, als wollte sie ihre Kampfkraft einschätzen. »Warum hast du Will nichts davon gesagt?«

Hannahs Kehle wird eng.

»Weil er mir nicht zuhört. Ich habe versucht – ich habe immer wieder versucht, ihm zu erklären, dass etwas nicht stimmt, dass ich etwas übersehen habe – aber er will es nicht hören, ich soll nur den Mund halten und tun, als wäre alles in Ordnung.«

Sie schließt die Augen. Das Schlimmste auf der Welt ist, Angst zu haben – und von dem Menschen, den man liebt, gesagt zu bekommen, dass man sich alles nur einbildet.

»Ich kenne ihn ja nicht«, sagt November leise, »aber … wenn du ihn liebst, muss er ein guter Mensch sein, oder?«

»Das ist er«, sagt Hannah. Es ist, als stecke ihr etwas schmerzhaft in der Kehle.

»Er hat Angst um dich. Er hat viel zu jung schon einmal einen geliebten Menschen verloren. Ich kann verstehen, dass er nicht noch einen verlieren will.«

»Ich weiß«, flüstert Hannah. »Ich weiß.«

Sie hebt die Hand zum Augenwinkel und wischt wütend die Flüssigkeit weg, die sich dort sammelt, ist zornig auf ihren Körper, der sie verrät. Sie will nicht die typische schwangere Frau sein, die sofort in Tränen ausbricht. Sie möchte stark, logisch und analytisch sein – aber im Moment ist sie nichts davon.

»Ich kann mich irren«, sagt sie und zwingt sich, so ruhig wie möglich zu sprechen. November nickt, sieht aber immer noch besorgt aus. Hannah *kann* sich irren. Aber wenn nicht, läuft da draußen ein Mörder herum. Jemand, dem April vertraut hat. Vielleicht sogar jemand, den April geliebt hat.

Und dieser Gedanke macht Hannah tatsächlich große Angst.

DANACH

In dieser Nacht kann Hannah nicht schlafen. Schon wieder. Es liegt nicht nur am Sodbrennen, obwohl die Tabletten weniger gut wirken als die Tropfen und einen widerlich kreidigen Belag auf ihren Zähnen hinterlassen. Es liegt nicht nur am Baby, das offenbar aufwacht, sobald sie sich hinlegt, und auch jetzt noch in Bewegung ist, sich windet und dreht wie eine Katze, die versucht, es sich in einem fremden Bett bequem zu machen.

Es liegt an allem.

An ihren Ängsten. An ihrem Streit mit Will. An Emily.

An Emily.

Oh Gott, es *kann* nicht Emily gewesen sein. Oder doch?

Übelkeit überkommt sie, als sie an das Abendessen denkt, bei dem Emily unentwegt geplaudert und Hannah besorgt angeschaut hat, die schweigend in ihrem Ramen herumstocherte.

Hat sie es erraten? Weiß sie, was Hannah denkt? Liegt sie gerade am anderen Ende der Stadt wach und überlegt, was Hannah weiß und was sich seit gestern Abend verändert hat?

Als sie nach dem Handy greift – es ist 1.47 Uhr, die Ziffern schimmern hell im Dämmerlicht des Hotelzimmers –, spürt sie den überwältigenden Drang, Emily anzurufen, mit ihr zu reden. Denn es kann einfach nicht wahr sein. Sie darf nicht so über ihre alte Freundin denken.

Doch die Alternativen sind genauso furchtbar. Könnte Ryan

die Bar nach ihnen verlassen haben und um die andere Seite der Kapelle gelaufen sein? Durchaus möglich. Er könnte sogar die Treppe hinaufgegangen sein, während Neville herunterkam, und sich in einer Toilette versteckt haben.

Verdammter Mist. Ist das wirklich alles, was sie erreicht hat? Sie wollte einen Mörder seiner gerechten Strafe zuführen und hat stattdessen zwei ihrer ältesten Freunde in die Sache hineingezogen.

Hannah hält das Handy noch in der Hand, als es plötzlich aufleuchtet und eine Mail anzeigt. Sie fragt sich, ob Emily telepathisch begabt ist.

Doch die Mail war nicht von ihr, sondern von einer gewissen Lynn Bishop, Betreff *Hallo Hannah!*.

> Hi Hannah, ich hoffe, es geht Ihnen gut! Ich bin Journalistin bei der ›Evening Mail‹. Im Zusammenhang mit John Nevilles Tod bringen wir eine Rückschau auf Aprils Fall und würden gern mit Ihnen darüber sprechen, wie es sich anfühlt, die Dämonen endlich los zu sein –

Sie schiebt die Mail nicht einmal in den Ordner *Anfragen*, sondern löscht sie mit einem mulmigen Gefühl. Es ist nicht nur das Timing, auch die aufgesetzte Kumpelhaftigkeit, das Ausrufezeichen. Und dass sie »April« schreibt – als würde sie sie kennen, als wäre sie eine Freundin oder Mitschülerin gewesen, obwohl sie in Wahrheit keine Ahnung hat, wie April war. »April« – während John Neville die Würde seines vollen Namens erhält.

Als Hannah das Handy ausschaltet und in die Dunkelheit starrt, überkommt sie eine so heftige Wut, dass sie beinahe vor sich selbst erschrickt. Wie können sie es wagen – die Journalisten, die Öffentlichkeit, die Aasgeier, die seit Jahren in diesem Fall herumstochern, als läge ihnen wirklich etwas daran, als hätten sie das gleiche Recht auf Wahrheit wie Hannah. Sie haben April ihre Identität geraubt, ihre Einzigartigkeit, alles, was echt und faszinierend an ihr war – sie haben sie auf eine Pappschablone und eine Reihe Instagram-Fotos reduziert. Zum perfekten Opfer gemacht.

Und was den Rest der Mail angeht – »die Dämonen endlich loszuwerden«? Sie würde lachen, wenn es nicht so bitter wäre. Sie hat sich nie verfolgter gefühlt – von dem, was April zugestoßen ist, dem, was sie selbst einem womöglich unschuldigen Mann angetan hat und jetzt auch noch ihren alten Freunden antut – Emily und Ryan, die genug gelitten haben. Sie haben Aprils Ermordung und die Zeit danach durchlebt – will sie wirklich offen reden und den Verdacht auf beide lenken? Doch wenn sie es nicht tut …

Hannah dreht sich zur Wand und kämpft gegen den Drang, das Gesicht in den Händen zu vergraben. Plötzlich verspürt sie das seltene Verlangen nach Alkohol – aber das kommt nicht infrage.

Sie dreht sich auf den Rücken, legt den Unterarm über die Augen, um das Licht von der Straße auszublenden, und versucht, ihr Leben positiv zu sehen. Hugh ist immerhin aus dem Schneider. Und Will, der weit weg bei seiner Mutter war. Zum Glück war er nie verdächtig. Doch dann fällt ihr ein, was Geraint zu November gesagt hat: *Strangulation deutet oft auf häusliche Gewalt hin, auf ein Verbrechen aus Leidenschaft.* Hannah weiß, was er damit sagen wollte – was der Euphemismus *häuslich* wirklich bedeutet. Mord durch einen Partner. Dass bei einer Strangulation gewöhnlich ein Mann seine Frau oder Freundin tötet.

Angesichts des ganzen Drecks, den Hannah aufgewühlt hat, würde es für Will ohne das Alibi sehr schlecht aussehen. April hat Will betrogen. April war schwanger, womöglich von einem anderen Mann. Falls die Presse ein Motiv sucht, serviert sie ihnen gleich mehrere auf dem Silbertablett. Und alle deuten auf ihren eigenen Ehemann.

Wäre Will an jenem Abend im College gewesen, hätte es düster für ihn ausgesehen. Und jetzt noch düsterer.

Aber er war Gott sei Dank nicht dort.

Warum kann sie dann nicht schlafen?

Sie öffnet die Augen und schaltet das Handy wieder ein. Zwei null eins. Sie *muss* endlich schlafen. Aber das Baby dreht und wendet sich in ihrem Bauch, und plötzlich empfindet sie große Sehnsucht nach Will. Ihr Zorn hat sich verflüchtigt, sie kann es nicht ertragen, wie sie auseinandergegangen sind.

Sie öffnet WhatsApp und liest seine letzte Nachricht. *Wie ist es gelaufen? Kannst du reden?*

Plötzlich fühlt sie sich schuldig. Sie denkt daran, was sie im Taxi gesagt hat. *Wie schön, dass du Aprils Tod so lustig findest … Wenn Aprils Mörder frei herumläuft, dann interessiert es mich, Will, und ich kann nicht fassen, dass es dir egal ist.*

Das war mehr als unfair. Denn Will ist es nicht egal – das hat sie immer gewusst. Sie hat zugesehen, wie er einen Schutzwall um sich errichtet hat, und mit angehört, wie er nachts geschrien hat, wenn er von April träumte. Sie hat sein Gesicht gesehen, wenn im Fernsehen über den Fall berichtet wurde, und sie hat mitbekommen, wie es ihn gequält hat, wenn Zeitungsartikel und Anfragen die Wunden wieder aufgerissen haben.

Er macht sich Sorgen, genauso wie sie. Er hat April geliebt, das weiß sie. Und ja, vielleicht hat er sie auch gehasst, aber das war bei ihr nicht anders – jetzt, nach all den Jahren, kann sie es zugeben.

Sie waren Kinder. Einfach nur Kinder.

Es tut mir leid, tippt sie, wohl wissend, dass sie ihn vielleicht weckt, kann aber nicht warten. *Es tut mir leid, dass ich so ein Miststück war. Die Dinge, die ich gesagt habe – waren schrecklich. Ich hab dich lieb. Sehen wir uns morgen? xxx*

Eine kurze Pause, oben in der Nachricht steht *schreibt*. Es verschwindet. Erscheint wieder … verschwindet. Was macht er da? Die längste Nachricht der Welt tippen? Oder schreibt und löscht er abwechselnd, weil er nicht die richtigen Worte findet?

Schreibt …

Schreibt …

Pause.

Schreibt …

Dann verschwindet es so lange, dass ihr Display ausgeht und sie das Telefon entsperren muss. Dann kommt endlich eine Nachricht.

Mir tut es auch leid. Ich liebe dich.

Das war's.

Was immer er sagen wollte, er hat es sich anders überlegt.

Was war es wohl? *Du hast recht, du warst ein totales Miststück, wie kannst du es wagen, so etwas zu mir zu sagen.*

Oder: *Wenn du nicht mit meinem Kind schwanger wärst, würde ich noch mal über unsere Zukunft nachdenken.*

Oder: *Was stimmt nicht mit dir, Hannah?*

Oder vielleicht etwas ganz anderes. *Es tut mir leid. Es war auch meine Schuld. Nevilles Tod hat mich durcheinandergebracht.*

Sie will zurückschreiben und fragen, was er ihr eigentlich sagen wollte, was er ihr verheimlicht.

Ihre Gedanken beginnen zu rasen.

Es gibt da etwas, das ich dir verheimlicht habe.

Ich habe jemanden kennengelernt.

Ich wusste nicht, wie ich es dir sagen soll.

Ich will neu anfangen.

Ich liebe dich nicht mehr.

Nein, nein, nein, nein, nein! Sie muss sich hinsetzen, ihr Herz rast, das Baby schlägt Purzelbaum, wachgerüttelt von ihrem Adrenalinschub.

Nein, das ist völlig irrational. Es ist die Paranoia, die man erlebt, wenn man morgens um zwei nicht schlafen kann.

Sie liebt Will. Er liebt sie.

Er verheimlicht ihr nichts – wahrscheinlich wusste er einfach nicht, wie er seine Entschuldigung formulieren sollte.

Ihr fällt ein, dass sie die Blutdrucktablette vor dem Schlafengehen vergessen hat. Sie steht auf und humpelt ins Bad, die Steifheit in Knöcheln und Hüften nimmt zu, seit sie schwanger ist – die Bänder lockern sich für die Geburt, die Gelenke knarren solidarisch.

Im Bad schaltet sie blinzelnd das Licht ein und betrachtet sich im Spiegel. Ihr Gesicht ist aufgedunsen vor Müdigkeit, das Haar zerzaust, sie hat dunkle Ringe unter den Augen.

Sie denkt an Will, an seine Lippen auf ihrem Scheitel, bevor er zur Arbeit gegangen war. An seine geflüsterten Worte. *Bitte. Bitte.*

Sie weiß, was er damit sagen wollte. *Bitte, Hannah, tu das nicht.*

Sie sollte die Sache ruhen lassen. Das weiß sie. Will zuliebe. Dem Baby zuliebe.

Aber sie kann es nicht. Um ihrer selbst und Aprils willen muss sie Gewissheit haben. Wenn ihre Aussage einen Unschuldigen ins Gefängnis gebracht hat, muss sie das wissen. So kann sie nicht leben.

»Es tut mir leid«, flüstert sie Wills Geist, der über ihr schwebt, und dem Baby in ihrem Bauch zu. »Es tut mir so leid.«

Sie nimmt die Pille mit einem Schluck Wasser und sieht sich wieder im Spiegel an. Die Frau, die ihr entgegenstarrt, sieht erschöpft aus, aber auch wild entschlossen. Sie ist nicht mehr das Mädchen von vor zehn Jahren, verängstigt, voller Schuldgefühle und Scham angesichts dessen, was geschehen war.

Jetzt weiß sie es – es war nicht ihre Schuld. Und womöglich auch nicht Nevilles.

Und sie hat keine Angst mehr.

Sie hat aufgehört, vor den Ungeheuern davonzulaufen. Sie hat sich umgedreht, sich ihnen gestellt.

Sie will die Wahrheit wissen.

DANACH

»Kaffee?«

Hannah schaut nachdenklich aus dem Fenster und hört die Frage zuerst gar nicht.

»Kaffee, Madam?«

Sie dreht sich um und bemerkt eine Zugbegleiterin, die mit einer silbernen Kanne neben ihr steht. Der Servierwagen ruckelt, als der Zug über einen Bahnübergang fährt.

»Oh, Verzeihung, ich war in Gedanken. Nein, danke, ich hatte heute schon genug Koffein.«

»Ich habe auch koffeinfreien Kaffee«, sagt die Frau. »Alles kostenlos.« Doch Hannah schüttelt den Kopf. Sie weiß, wie Kaffee im Zug schmeckt – schwaches Instantpulver mit Milchpulver in kleinen Tütchen.

»Nein, danke, wirklich nicht. Ich nehme –« Sie will die Freundlichkeit der Frau erwidern. »Ich nehme eine Flasche Wasser, wenn Sie eine haben.«

»Still oder mit Kohlensäure?«

»Still, bitte.«

Hannah schraubt die Flasche gerade auf, als ihr Handy klingelt. Ein Blick aufs Display verrät ihr, dass es Hugh ist. Das überrascht sie. Weshalb sollte Hugh anrufen?

»Hugh!« Es wäre unhöflich, sofort *Warum rufst du an?* zu fragen, also sagt sie nur: »Wie geht es dir?«

»Gut.« Hughs tiefe, gedehnte Stimme ist unverkennbar. »Und dir? Wie war es in Oxford?«

Hannah runzelt die Stirn. Hat Will ihm davon erzählt?

»Es war … ähm … verwirrend.« Sie will nicht vor den anderen Fahrgästen darüber sprechen. »Ich überlege immer noch, wie ich mich damit fühle. Aber … ich denke, wir können Myers ausschließen. Er war auf einer Konferenz.«

»Er war nicht da? Aber Will sagte, dass du und Aprils Schwester mit ihm verabredet wart.«

»Nein, ich meine, er war an jenem Abend nicht da – du weißt schon …« Sie schaut über die Schulter. »Damals. Als es passiert ist. Er war nicht im College.«

»Oh!«, sagt Hugh überrascht und klingt ein wenig enttäuscht. »Also … sind wir wieder bei Neville?«

»Vielleicht. Ich bin mir nicht sicher. Mir ist klar geworden …« Sie senkt die Stimme, blickt prüfend umher. Niemand im Waggon beobachtet sie. »Mir ist dort etwas klar geworden, Hugh. Jemand … jemand könnte im Raum gewesen sein.« Sie flüstert fast, will möglichst unauffällige Worte wählen, *Pelham* oder *April* oder *Mord* ausklammern. »Als wir die Treppe hochgegangen sind. Die Person könnte am Regenrohr runtergeklettert sein.«

»Was sagst du da?«, fragt Hugh beunruhigt. Hannah steht entschlossen auf.

»Augenblick, ich bin im Zug. Ich gehe auf den Gang.«

Sie manövriert sich durch die Lücke zwischen Sitz und Tisch, geht den Gang hinunter und durch die Tür, die in den kleinen Raum zwischen den Waggons führt. Er ist leer, die Fenster sind ein Stück weit geöffnet, und Zugluft übertönt ihr Gespräch.

»Entschuldigung, ich wollte nur raus aus dem Waggon. Ich bin mir nicht sicher, was ich sagen will. Aber wir sind immer davon ausgegangen, dass es kein anderer als Neville gewesen sein konnte, weil wir unten an der Treppe waren. Was, wenn das nicht stimmt?«

Lange Stille. Hannah hört fast, wie Hughs Gehirn arbeitet, wie er begreift, was sie sagt und was das bedeutet. Sie ist sich nicht sicher, was sie erwartet, doch als er spricht, klingt er beunruhigt.

»Wem hast du davon erzählt?«

»Nur Aprils Schwester, November. Sie war mit mir da. Emily habe ich es nicht erzählt. Ich konnte nicht. Ich –«

Sie bringt es nicht über sich, es auszusprechen – *ich hatte zu viel Angst.*

»Ich spreche mit der Polizei, wenn ich zurück bin.«

»Hannah, sei bitte sehr, sehr vorsichtig«, sagt Hugh. »Du solltest ernsthaft darüber nachdenken –«

Er schweigt, als müsste er sich seine Worte sorgfältig zurechtlegen.

»Was?«, fragt Hannah schließlich. »Willst du damit sagen, ich soll nicht zur Polizei gehen? Es wäre aber das Sicherste, meinst du nicht? Es ist doch besser, dieses Wissen zu teilen.«

»Ich bin nur …« Hugh hält inne. Er klingt fast … panisch, was völlig untypisch ist. Hugh bemüht sich stets, kultiviert und unaufgeregt zu wirken.

»Hugh, was?« Etwas in seiner Stimme erschreckt Hannah, und sie ertappt sich dabei, dass sie schärfer als beabsichtigt klingt. »Was ist los? Sag es einfach.«

»Du musst dir im Klaren darüber sein, was passieren könnte, wenn du das weiter aufrührst. Wer dadurch … verletzt werden könnte.«

»Wen meinst du?« Hannah fühlt sich plötzlich unwohl. »Meinst du mich?«

»Nicht direkt … verdammt, ist das schwer!« Er klingt verzweifelt. In seiner Stimme schwingt etwas mit, das seine Sorge über ihre Ermittlungen weit übersteigt. Was um alles in der Welt ist los mit ihm?

»Hugh, weißt du etwa mehr als ich?«

»Ich weiß gar nichts, aber ich habe – ich habe –«

»Sag es einfach!«, schreit Hannah und holt tief Luft. »Tut mir leid, ich wollte nicht laut werden, aber du machst mir Angst. Was willst du damit sagen?«

Es bleibt lange, lange still. So lange, dass Hannah aufs Display schaut, um sich zu vergewissern, dass die Verbindung steht. Hugh ist noch dran. Und dann spricht er.

»Ich habe etwas gehört, als ich in jener Nacht in mein Zimmer gekommen bin.«

»Was soll das heißen, du hast etwas gehört? Hat dir jemand was gesagt?«

»Nein, durch die Wand. Ich habe *etwas* gehört. *Jemanden*. Er hat sich bewegt.«

Hannah spürt, wie Ärger in ihr hochkocht. Hugh spricht in Rätseln, redet um den heißen Brei herum und erwartet offenbar, dass sie ihn versteht, obwohl sie keine Ahnung hat, worum es geht. Was soll das heißen, er hat jemanden gehört? Und durch welche Wand?

»Du meinst, du hast jemanden im Nachbarzimmer gehört?«

»*Ja*«, sagt Hugh, und seine Stimme vibriert beinahe vor Dringlichkeit. Als flehte er sie an, ihn zu verstehen, ohne dass er es aussprechen muss. »Um zwei Uhr nachts. Durch die *Wand*.«

Und dann begreift sie. Alles wird kalt, ein Kribbeln läuft ihr wie Eiswasser über den Rücken. Sie muss sich am Griff neben der Tür festhalten.

Sie hört, wie Hugh etwas sagt, doch es rauscht in ihren Ohren, und seine Worte dringen nicht zu ihr.

»Hannah?«, hört sie wie aus weiter Ferne. »Hannah, geht es dir gut? Sag doch was!«

»Es geht mir gut«, bringt sie heraus. Ihre Stimme klingt brüchig und heiser. Ihre Hand fühlt sich kalt und taub an wie die einer Schaufensterpuppe. »Danke, Hugh. Ich muss Schluss machen.«

Sie steht da, starrt aus dem Fenster auf die vorbeirauschende Landschaft, spürt kaltes Grauen in den Adern.

Sie möchte heulen. *Nein, nein, nein, nein, nein.*

Aber sie kann nicht. Sie kann gar nichts tun. Sie weiß, warum Hugh es nicht aussprechen wollte.

Sie weiß, warum er sie gewarnt hat.

Als Hugh an dem Abend, nachdem April ermordet worden war, um zwei Uhr morgens in sein Zimmer zurückgekehrt war, hatte er seinen Nachbarn durch die Wand gehört.

Hugh wohnte am Ende des Gebäudes. Er hatte nur einen Nachbarn. Und dieser Nachbar … war Will.

DANACH

Als der Zug in Edinburgh einfährt, ist Hannah fast schon überzeugt, dass Hugh sich irrt. Oder dass sie ihn falsch verstanden hat.

Will kann in dieser Nacht unmöglich im College gewesen sein. Zunächst einmal wäre er entdeckt worden. Die Seitentore schlossen um neun Uhr, das Haupttor schloss um elf Uhr abends, also hätte er vom Pförtner eingelassen werden müssen. Sicher, er hätte über die Mauer klettern können, wie sie es damals getan hatte, aber für die Polizei wäre es doch ein Kinderspiel gewesen, sein Alibi zu knacken.

Und zweitens kann sie einfach nicht glauben, dass es ihm möglich war, etwas derart Entscheidendes zehn Jahre lang zu verbergen. Nicht nur vor der Polizei, auch vor seiner Familie, vor dem College, vor ihr.

Man hätte ihn doch beim Frühstück gesehen, wenn er im College statt in Somerset gewesen war. Oder im Zug zurück nach Pelham, wenn er das Wochenende tatsächlich zu Hause verbracht hatte.

Vielleicht hat ihn jemand gesehen, flüstert eine leise Stimme in ihrem Kopf. *Oder zumindest gehört. Vielleicht Hugh.*

Nein, das ist nicht möglich. Es ist *nicht* möglich.

Doch dann denkt sie an Will. Wie unsicher und zögerlich er gestern am Telefon geklungen hatte. *Du hast sicher recht. Wenn er ein Alibi hat, hat er ein Alibi.*

Er hatte von Myers gesprochen und dass die Polizei angenommen hatte, die Konferenzteilnahme schlösse ihn als Verdächtigen aus. Nun aber fragt sich Hannah, was die lange Gesprächspause wirklich bedeutet hat. Suchte Will nach einem Weg, ihr etwas zu sagen, was er nie hatte eingestehen können?

Sie erinnert sich an die schier endlose, stockende Meldung *Schreibt … Schreibt …* letzte Nacht auf WhatsApp. Was hatte Will ihr schreiben wollen und doch nicht über sich gebracht?

Sie denkt noch darüber nach, als die Türen aufgehen und die Fahrgäste sich auf den Bahnsteig ergießen. Sie ist so in Gedanken, während sie ihren Koffer zum Ausgang zieht, dass sie die Stimme erst nicht hört.

»Hannah … *Hannah!*«

Irgendwie dringt das letzte Wort zu ihr durch. Sie bleibt stehen und schaut sich um, die Stimme kommt ihr bekannt vor. Sie klingt wie – aber nein. Das ist nicht möglich. Sie klingt wie –

Sie dreht sich um, prallt fast mit ihm zusammen, er stützt sie mit den Händen.

»Will!«

»Überraschung!« Er strahlt. »Ich dachte, ich hole dich ab. Aber verdammt noch mal, du bist ja kaum zu stoppen. Bist über den Bahnsteig gestürmt wie ein Cricketspieler, der zum Wurf antritt. Hast du mich nicht gehört?«

»Es tut mir leid –« Sie ist außer Atem, als wären sie tatsächlich zusammengestoßen. »Habe ich nicht – ich habe an etwas gedacht – es ist schön, dich zu sehen!«

Schön, dich zu sehen? Sie würde sich am liebsten treten. *Schön, dich zu sehen* sagt man zu einem Kollegen, den man zufällig in einer Kunstgalerie trifft, nicht zu seinem Mann, der einen nach einer Reise am Bahnhof abholt.

»Du hast mir gefehlt«, sagt Will, beugt sich zu ihr und

küsst sie, wobei seine Bartstoppeln über ihre Lippen kratzen. Hannah spürt, wie sich etwas in ihr dreht – nicht nur das Baby, noch etwas anderes, ein Strudel verwirrender, widersprüchlicher Gefühle. Sie möchte Wills Kuss erwidern, sich in seinen Armen verkriechen – aber auch zurückweichen, bis sie herausgefunden hat, wie sie über all das denkt. Wie kann beides wahr sein? Wie kann sie diesen Mann lieben und zugleich ernsthaft in Betracht ziehen, dass er sie zehn Jahre lang belogen hat?

Sie sollte ihm vertrauen. Er ist ihr *Mann*.

Sie vertraut ihm ja.

Warum erzählt sie ihm dann nicht von dem Erkerfenster und dem Regenrohr?

Unterdessen redet Will, fragt nach ihrer Reise, nach Emily, November, Dr. Myers.

»Klingt, als hättest du es für deinen Seelenfrieden tun müssen. Aber jetzt ist es vorbei, nicht wahr?«, fragt er, und ihre Stimme sagt Ja, während ihr Verstand schreit: *Warum willst du unbedingt, dass ich es ruhen lasse? Hast du Angst vor dem, was ich herausfinden könnte?*

»Du bist sehr still«, sagt er schließlich. »Geht es dir gut?«

»Es tut mir leid.« Hannah fährt sich mit der Hand über die Stirn. »Ich – ja, mir geht's gut. Ich bin nur sehr müde. Ich habe mich in den letzten Tagen gefühlt, als wäre ich von einem Lastwagen überfahren worden.«

»Nun, du bist in der wievielten – fünfundzwanzigsten Woche?« Will küsst sie liebevoll auf den Kopf. »Sechs Monate. Fast drittes Trimester!«

»Drittes Trimester.« Es lenkt sie vorübergehend von ihren Grübeleien über April ab. Will hat recht. »Drittes Trimester, verdammt noch mal. Wir sind fast am Ziel, Will.«

»Wir sind fast am Ziel.« Er strahlt sie an, und das Baby versetzt ihr einen kräftigen Tritt, den stärksten, den sie bisher gespürt hat. Er ist so heftig, dass sie stehen bleibt. »Was ist los? Hast du was vergessen?«

»Nein, das Baby –« Sie legt die Hand an ihren Bauch, und zu ihrem Erstaunen spürt sie es. Einen langen, deutlichen Druck gegen ihre Handfläche, als versuchte das Baby, sich wie in einer Szene aus ›Alien‹ den Weg durch ihre Haut zu bahnen. »Oh mein Gott, Will, schnell.«

Will schaut sie verständnislos an, worauf sie seine Hand ergreift und seitlich an ihren Bauch hält, wartet, wartet – und da ist es wieder. Sein Gesicht leuchtet in dem Moment auf, als sie es spürt.

»Heilige Mutter Gottes.« Wills Stimme klingt ehrfürchtig. »War es das? War *er* das?«

»Das war es. Das war *unser* Baby.« Sie strahlt übers ganze Gesicht. Sie stehen im Weg, Leute drängen vorbei, stoßen mit den Koffern gegen Hannahs Koffer und schimpfen über das Hindernis, das sie und Will bilden, aber das ist ihr egal. In diesem Moment ist ihr alles egal außer Wills Handfläche, die warm auf ihrer gespannten Haut liegt, und der Bewegung ihres Kindes.

»Oh mein Gott«, sagt Will noch einmal ganz langsam, sein Gesicht eine Mischung aus Schock und Freude. »Macht er das noch mal?«

»Entschuldigen Sie«, sagt eine Frau im Businesskostüm scharf und drängt sich unnötig grob vorbei. »Könnten Sie mal zur Seite gehen?«

Will nimmt die Hand von ihrem Bauch und greift nach dem Koffer. Sie gehen in Richtung Ausgang. »Sieht so aus, als hätte er aufgehört. Aber es wird nicht das letzte Mal sein. Oh, Will, ich kann nicht glauben, dass du es gespürt hast!«

»Du kannst es nicht glauben? *Ich* kann es nicht glauben.« Lachfalten überziehen sein Gesicht. »Unser Baby. Unser Baby, Hannah! Wir bekommen ein Baby!«

»Ich weiß«, sagt sie und lacht zurück, legt den Arm um ihn und drückt ihn so fest an sich, dass er beinahe stolpert. Ihre Beine stoßen gegeneinander, und sie spürt, wie ihr Herz vor Liebe anschwillt. Das Gefühl der Fremdheit, die Unsicherheit, die sie auf der ganzen Fahrt gespürt hat, sind verschwunden. Wie konnte sie nur an ihm zweifeln? Wie konnte sie an sich, an ihrem Urteilsvermögen zweifeln? Das ist Will. Der Mann, den sie seit mehr als zehn Jahren liebt. Der Mann, den sie so gut kennt wie ihre eigene Haut.

»Ich liebe dich«, sagt sie, und er: »Curry zum Abendessen?« Sie lachen, und plötzlich ist alles wieder gut. Er ist ihr Will. Und Oxford weit weg.

»Curry zum Abendessen«, stimmt sie zu. »Und du darfst sogar ein Bier trinken.«

»Ich trinke jetzt für drei.« Er erwidert ihre Umarmung, und sie spürt, wie ihr Herz überfließt.

DANACH

In dieser Nacht schläft Hannah so gut wie lange nicht. Sie wacht nicht auf, weil das Baby auf ihre Blase drückt, und wälzt sich nicht stundenlang mit Beinkrämpfen und Sodbrennen hin und her. Sie geht um zehn ins Bett und schläft acht Stunden durch.

Um sechs wird sie von etwas wach, vielleicht ist es die Heizung. Der Heizkessel ist alt und macht oft seltsame Knallgeräusche, wenn er kalt anspringt. Oder es war der Milchmann, dessen Flaschen klirren, wenn der Wagen über das Kopfsteinpflaster der Gasse rumpelt.

Was auch immer es ist, sie ist hellwach und kann nicht mehr einschlafen.

Nachdem sie eine Viertelstunde dagelegen und versucht hat, den dringender werdenden Harndrang zu ignorieren, gibt sie auf und schwingt die Beine aus dem Bett. Der Morgen ist kühl, draußen ist es noch dunkel, sie spürt fast den Winter in der Luft, als sie ins Bad geht und ihre nackten Füße vor den kalten Fliesen zurückschrecken.

Sie macht sich einen Tee und geht damit zurück ins Bett, steckt die kalten Füße unter die Bettdecke und drängt sich an Wills warmen Körper. Er schläft noch, und als sie sein Gesicht betrachtet, schutzlos und herzzerreißend verletzlich, kann sie nicht glauben, dass sie ernsthaft über Hughs Andeutungen nachgedacht hat. Es muss ein Missverständnis gewesen sein, für das es eine harmlose Erklärung gibt. Cloade's ist modern, gut isoliert, nicht wie die alten Gebäude im übrigen College. Ein schwaches, gedämpftes Geräusch, das durch Beton dringt … was beweist das schon? Es ist ja nicht, als hätte Hugh Will tatsächlich gesehen.

Und dennoch … Hugh ist Wills bester Freund, und als sie an den Schmerz in seiner Stimme denkt, fröstelt Hannah, obwohl es im Bett gemütlich warm ist. Hätte er das wirklich gesagt, wenn er sich nicht sicher wäre?

Sie braucht jemanden, der Wills Geschichte über den Aufenthalt in Somerset bestätigen kann. Seine Schwester war an diesem Wochenende nicht zu Hause; seine Mutter bekommt gerade die dritte Chemotherapie, und das Gedächtnis seines Vaters wird zunehmend schlechter. Sie kann die gebrechlichen Leute kaum anrufen und fragen, wann ihr Sohn an einem Wochenende vor mehr als zehn Jahren ihr Haus verlassen hat. Selbst wenn sie sich erinnerten, wüsste sie nie mit Sicherheit, ob sie die Wahrheit sagen oder Will bloß schützen wollen.

Kälte legt sich um ihr Herz, als sie begreift, dass Will der einzige Mensch ist, der ihr wirklich die Wahrheit sagen kann.

Für einen Moment stellt sie sich vor, wie sie ihn weckt und fragt – wie er mit Nachdruck sagt: *Das ist doch lächerlich. Ich bin am Sonntagnachmittag zurückgekommen, das weißt du.*

Novembers besorgte Worte kommen ihr wieder in den Sinn: *Bitte unternimm nichts, bevor du mit der Polizei gesprochen hast.*

Doch genau davor wollte Hugh sie warnen: dass sie, sobald sie mit der Polizei spricht, eine Büchse der Pandora öffnet, die sie nicht mehr schließen kann.

Mist, verdammter.

Sie stellt die Tasse fester als beabsichtigt auf den Nachttisch, sodass der Tee überschwappt.

Neben ihr regt sich Will.

»Wie spät ist es?«

Er klingt verschlafen, liebevoll, und Hannah spürt, wie sich ihre Muskeln augenblicklich entspannen, als reichte seine bloße Anwesenheit, um die Zweifel zu vertreiben. Ihre Ängste, eben noch so real, verflüchtigen sich, wie ein Albtraum, wenn jemand das Licht einschaltet. »Halb sieben«, flüstert sie. Er stöhnt, legt den Arm um das, was früher ihre Taille war, und streichelt ihren Bauch.

»Halb sieben? Das meinst du nicht ernst. Am Wochenende? Konntest du nicht schlafen?«

»Es ist eine gute Übung«, sagt sie lachend. »Für die Zeit, wenn das Baby da ist.«

Sie will nicht sagen: *Ich konnte nicht schlafen, weil ich mich in die dunkle Fantasie hineingesteigert habe, dass du Aprils Mörder bist.* In Wills Arm erscheinen ihr die Worte völlig absurd.

»Lass uns mal was anderes üben«, murmelt er, die Lippen warm und weich auf der kitzligen Haut an ihrem Bauch. Hannah rutscht unter die Bettdecke, und irgendwie schaffen es Wärme, Behaglichkeit und das beruhigende Gefühl von Wills Haut auf ihrer, die Dämonen zu vertreiben … zumindest vorerst.

Danach macht Will Kaffee für sie beide, und Hannah gähnt und reckt sich, um die Verspannungen nach der langen Zugfahrt zu lösen.

»Was möchtest du zum Frühstück?«

»Was haben wir denn da?«

Sie hört, wie der Kühlschrank aufgeht.

»Ähm … eigentlich nichts.«

»Ich könnte ein Bacon-Sandwich vertragen«, sagt Hannah. »Ich hatte ein tolles im Hotel in Oxford und bin seitdem ganz wild drauf.«

Will kommt ins Schlafzimmer und hält ihr den Kaffee hin.

»Ich gehe einkaufen.«

»Das musst du nicht«, sagt Hannah. »Ich habe nur laut gedacht.«

»Jetzt, wo du es gesagt hast –« Er lässt sich neben sie fallen, küsst sie auf die Wange. »– habe ich auch Lust drauf. Das muss jetzt sein.«

»Es ist noch zu früh.« Hannah schaut aufs Handy. »Viertel nach sieben. Der Mini-Sainsbury's macht sonntags erst um acht auf.«

»Ich gehe joggen«, sagt Will. »Auf dem Rückweg hole ich Bacon. Hältst du so lange durch?«

Sie lächelt.

»Ja, das schaffe ich. Bis in einer Stunde oder so.«

Als Will gegangen ist, schlägt Hannah ihr Buch auf, findet aber keine Ruhe. Ihre Zweifel kehren zurück wie Schatten. Lesen hilft nicht, ihr Kopf ist zu voll. Schließlich gibt sie auf und hievt sich aus dem Bett.

Als sie den Kleiderschrank öffnet, fällt ihr Blick auf den Ganzkörperspiegel. Ohne Brille wirkt ihr Bild unscharf und verschwommen. Sie betrachtet die fremdartige Form ihres Bauches, die rötlichen Dehnungsstreifen, die sich von ihren Hüften hinabziehen. Im Zimmer ist es trotz Heizung kühl, und ihr ist, als ob das Baby in ihr zittert. Ihr Kind kann zwar nicht frieren, aber Hannah zieht rasch T-Shirt und Jogginghose über.

In der Küche macht sie sich einen entkoffeinierten Kaffee, setzt sich ans Fenster, schaut auf die Straße und kaut am Daumennagel. Es ist noch ziemlich dunkel. Sie stellt sich vor, wie Will die Straße am Park entlangläuft, der Gehweg nass und glitschig vom nächtlichen Regen, die reflektierenden Streifen auf seiner Laufjacke im Licht der vorbeifahrenden Autos.

Beim Gedanken, wie er durch die morgendliche Dunkelheit

läuft, um Bacon zu besorgen, auf den *sie* Lust hat, tut ihr das Herz weh. Wie kann sie nur an ihm zweifeln? Es ist Will – der ihr Monat für Monat, Jahr für Jahr geschrieben hat, selbst als sie zu traurig und kaputt war, um zu antworten.

Will, der zu ihr nach Edinburgh gekommen ist und die Stadt von einem Ort des Exils in ein Zuhause verwandelt hat. Will, mit dem sie sich über Möbel zum Zusammenbauen gestritten und über schlechte Filme gelacht und tausend Abendessen bei Kerzenschein geteilt hat – von einer Fünf-Minuten-Terrine in ihrer allerersten Wohnung bis hin zu mehrgängigen Menüs in Sternerestaurants während der Flitterwochen. Es ist Will – dessen Kind sie in sich trägt.

Und doch muss sie in der stillen Wohnung ständig an Hughs Worte denken.

Es ist schlimmer als alle schlaflosen Nächte wegen Neville, denn wie immer die Sache ausgeht, wirft es kein gutes Licht auf sie. Falls Will ihr all die Jahre etwas verheimlicht hat, ist sie mit einem Lügner oder gar Mörder verheiratet. Und wenn er unschuldig ist, was ist sie dann für eine Ehefrau? Eine, die wegen ein paar Geräuschen in der Nacht bereit ist, den Mann, den sie liebt, für einen Mörder zu halten?

Sie muss es herausfinden, so oder so. Doch bei dem Gedanken, Will mit einem derart jämmerlichen Beweis zu konfrontieren, wird ihr ganz übel. *Warst du am Abend, als April starb, im College?* Sie kann sich einfach nicht vorstellen, die Worte auszusprechen – ihre Ehe durch etwas zu zerstören, das Hugh womöglich gar nicht gehört hat.

Dann fällt es ihr ein. Ryan.

Er war Wills anderer Nachbar. Es ist durchaus denkbar, dass er ihn beim Kommen gesehen oder gehört hat. Wenn Ryan sich erinnert, dass Will an jenem Sonntag um vier Uhr nachmittags mit Rucksack und Bahncard aufgetaucht ist, weiß sie, dass Hugh sich irrt.

Hannah schaut aufs Handy. 7.35 Uhr. Früh, aber nicht zu früh, nicht für jemanden mit zwei kleinen Kindern.

Sie öffnet WhatsApp und schickt Ryan eine Nachricht. *Bist du wach? Kannst du reden? Ich muss dich etwas fragen.*

Eine Pause. Die Minuten ticken dahin. Hannah geht ins Schlafzimmer, um sich anzuziehen, prüft aber nach jedem Kleidungsstück, ob die beiden Häkchen blau geworden sind. Zehn Minuten später ist sie vollständig angezogen, doch die Häkchen bleiben hartnäckig grau.

Wann immer es dir passt, fügt sie hinzu – nicht weil es stimmt, sondern um seinem Handy einen Ton zu entlocken, der endlich seine Aufmerksamkeit erregt. Und dieses Mal klappt es. Nach wenigen Sekunden werden die Häkchen blau, und oben auf dem Bildschirm erscheint *schreibt …*

Klar. Passt es jetzt? Wir gehen gleich in den Park.

Hannahs Puls beschleunigt sich.

Jetzt ist super, schreibt sie zurück und sieht auf die Uhr: 7.51. Will ist frühestens um zehn nach zurück. *Soll ich dich anrufen?*

Moment, antwortet Ryan. *Gib mir zwei Sekunden, ich rufe dich an.*

Hannah geht zurück in die Küche und wartet. Ihr Herz klopft. Ihre Finger sind taub und kalt. Ihr Mund schmeckt nach Metall.

Sie geht auf und ab und starrt auf den Bildschirm.

Und als es um 7.56 Uhr klingelt, schrickt sie zusammen und lässt das Handy fallen. Mit einem dumpfen Knall landet es auf den Fliesen. Fluchend bückt sie sich und hebt es auf. Ein langer, silbriger Riss zieht sich über das Display, ein dunkler Fleck breitet sich darauf aus, doch es funktioniert noch.

»Ryan!« Ihre Stimme ist atemlos.

»Hallo, Hannah Jones.« Im Hintergrund hört sie Zeichentrickfilme, Bellas Stimme, die die Mädchen auffordert, ihr Weetabix zu essen. »Wie läuft's, Liebes?«

»Gut.« Sie möchte es hinauszögern, aufschieben, aber das geht nicht. Will kommt bald zurück. Sie muss zur Sache kommen. Danach können sie sich unterhalten – falls –

Sie will nicht daran denken. Ryan muss ihr die erhoffte Antwort liefern. Er *muss.*

»Hör mal, Ryan, ich habe eine komische Frage.«

»Geht es um Sex im Rollstuhl?«

»Was?« Sie lacht unfreiwillig, ist so nervös, dass es wie ein hysterischer Anfall klingt.

»Ryan!«, hört sie Bella rufen. »Du findest das wohl witzig, aber die Mädchen können dich hören. Und du wirst es nicht mehr so lustig finden, wenn sie die Frage im Kindergarten wiederholen.«

»Tut mir leid«, sagt Ryan, und Hannah hört das unterdrückte Lachen in seiner Stimme, den witzigen, provokanten Ryan von früher. »Vergiss es. Rede weiter. Was wolltest du fragen?«

»Es geht um …« Hannah schluckt, ihr ist plötzlich schlecht. Ryans freundliches Geplänkel hat die Sache noch schwieriger gemacht. Wie soll sie ihre Frage erklären? »Es geht um den Abend, an dem April … gestorben ist.«

Ryan sagt nichts, doch sie spürt sein Nicken irgendwie durchs Telefon.

»Jemand hat gesagt … jemand hat erzählt …«

Sie hört Aprils Stimme im Kopf, so deutlich, als stünde sie neben Hannah und fixierte sie mit ihrem eisblauen Blick.

Spuck. Es. Aus.

»Jemand hat gesagt, dass Will an jenem Abend im College war«, sagt sie hastig. »Dass er nicht in Somerset war. Hast du etwas in der Richtung bemerkt?«

»Wie bitte?« Ryan klingt überrascht; was immer er erwartet hat, das war es nicht. »Aber … was hätte das denn zu bedeuten? April hat gelebt, als Neville die Treppe hinaufging, und war tot, als er die Treppe herunterkam. Niemand sonst kann es getan haben. *Du* hast das bezeugt.«

»Ryan –« In ihrer Stimme schwingt ein Hauch Verzweiflung mit, den Ryan sicher hören kann. »Ich habe keine Zeit, es zu erklären. Ich will nur wissen, ob du Will an diesem Abend gesehen oder gehört hast. Sein Alibi für die Tatzeit ist, dass er an dem Abend nicht in Oxford war. Kannst du das bestätigen oder nicht?«

»Ich –« Ryan klingt unsicher. »Ich … weiß es nicht. Mal überlegen. Ich habe nicht gesehen, wie er von der Reise zurückkam … zum ersten Mal habe ich ihn wohl gesehen, als er aus der Dusche kam. Gegen Mittag?«

»Gegen Mittag am Sonntag?« Wie lange braucht man sonntags vom ländlichen Somerset nach Oxford? Mittags wäre knapp, aber gerade noch machbar, schätzt sie. »Und davor? Hast du jemanden gehört? In Wills Zimmer?«

»Die Polizei hat an seine Tür gehämmert.« Ryan klingt jetzt verwirrt. »Ich musste ihnen sagen, dass er übers Wochenende weg ist.«

»Aber sie sind nicht reingegangen, oder? Sie haben nicht überprüft, ob sein Zimmer leer war.«

»Nein, sie sind nicht reingegangen.«

»Und hast du was gehört? Irgendetwas, während du im Bett warst?«

»Ich weiß es nicht!« Ryans übliche scherzhafte Art ist verschwunden. »Hannah, was soll das alles?«

Sie schließt die Augen. Ihr wird so schwindlig und übel, dass sie sich an die Fensterbank klammern muss.

»Tut mir leid, Ryan, ich muss Schluss machen. Ich rufe dich wieder an.« Sie legt auf und dreht sich um.

Will steht in der Tür.

DANACH

»Will.«

Die Stimme, mit der sie seinen Namen sagt, hört sich in ihren Ohren fremd an, erstickt und rau.

»Wie – wie lange bist du schon da?«

»Lang genug.« Sein Gesicht ist ausdruckslos. In der einen Hand hält er die Laufjacke, in der anderen eine Packung Bacon. Ihr Blick streift die Uhr. 7.59 Uhr.

»Du … du solltest noch nicht zurück sein«, stößt sie hervor.

»Ajesh hat mich draußen warten sehen und früher aufgemacht.«

Oh Gott. Ihr ist schlecht. Wie viel hat er gehört?

»Was zum Teufel ist hier los?«, fragt er. Seine Stimme klingt flach und kälter, als sie es sich bei Will je hätte vorstellen können. Will, ihr Mann, der Mann, den sie mit jeder Faser ihres Wesens liebt.

Sogar mit den Fasern, die Ryan angerufen haben, um sein Alibi zu checken?, flüstert ihr Unterbewusstsein, doch sie schiebt den Vorwurf beiseite. Ein Schluchzen steigt in ihr auf. Das darf nicht sein.

»Glaubst du, ich habe April getötet?«, fragt er gefährlich ruhig. Sie schüttelt den Kopf. Ihr kommen die Tränen.

»Nein. Nein!«

»Das klang vorhin aber ganz anders.« Er legt den Bacon ganz behutsam auf die Arbeitsplatte und macht einen Schritt auf sie zu. Sie fängt an zu zittern.

»Nein, Will, nein. Das habe ich nie gedacht.«

»Wenn das stimmt, warum zum Teufel hast du mich nicht einfach gefragt?«, schreit er, eine Ader pocht an seiner Stirn.

Hannah ist kurz davor, sich zu übergeben. »Will, bitte …« Es kommt wie ein langes, angstvolles Wimmern heraus, und etwas blitzt in seinen Augen auf, das sie nicht deuten kann. Ist es Wut? Verachtung? Hass?

»Frag mich«, sagt er und kommt näher. Sie hat seine Größe immer geliebt, seine schlanke, muskulöse Gestalt, dass sein Körper ihr Sicherheit und Geborgenheit gibt. Nun aber sieht sie ihn anders – er könnte sie mit einer Hand an der Kehle packen und gegen die Wand drücken. »Frag mich!«, schreit er, seine Spucke sprüht ihr ins Gesicht, und sie zuckt unwillkürlich zusammen. »Frag mich, ob ich April getötet habe!«

Hannahs Herz hämmert. Vor ihren Augen löst sich alles auf wie statisches Rauschen, das sich auf einem Fernsehschirm ausbreitet. Sie weiß, dass sie zu schnell atmet, und kann doch nicht anders. *Denk an das Baby.*

Es ist, als wäre sie in einen Wirbelsturm geraten und nun in dessen Auge gelangt. Für einen kurzen Moment verspürt sie eine sonderbare, trügerische Ruhe.

Sie sieht klarer. Ihr Herzschlag verlangsamt sich.

»Hast du April getötet?«, fragt sie, spricht jede Silbe klar und deutlich aus.

»Was glaubst du wohl?«, fragt er und lacht.

Alles Blut scheint aus ihrem Körper zu fließen, sie ist gefühllos und kalt wie Stein. Sie steht da und starrt ihn an, kann nicht glauben, was sie gerade gehört hat. Sie war sich so sicher, dass er Nein sagen würde.

Sie schaut ihn immer noch entsetzt und wie hypnotisiert an, als ihr Handy klingelt. Sie zuckt heftig zusammen.

»Wer ist das, die Polizei?«, sagt Will. Seine Stimme klingt eiskalt, aufreizend, grausam.

Novembers Stimme ertönt wieder in Hannahs Kopf – *Bitte unternimm nichts, bevor du mit der Polizei gesprochen hast.*

Oh Gott, sie war so dumm.

»Hannah?« Will macht einen Schritt auf sie zu. Sie weicht zurück. Das Handy klingelt immer noch. Es liegt auf der Arbeitsplatte, in Reichweite. »Willst du nicht rangehen?«

Ihr Herz schlägt so schnell und heftig, dass sie es in den Handgelenken und in der Kehle spürt. Das Baby windet sich in ihr.

Will steht zwischen ihr und der Tür.

Sie war so, so dumm …

Sie macht noch einen Schritt zum Fenster, ohne die Augen von Will zu lösen, und tastet mit der freien Hand nach dem Handy. Er macht einen Schritt vorwärts. Sie weicht wieder zurück. Er kommt näher.

Sie lässt sich in die Ecke drängen, aber wenn sie ihn dazu bringen kann, nur noch einen Schritt zu machen …

Sie weicht zurück.

Er tritt vor.

Und Hannah rennt.

Will flucht, aber jetzt ist der Küchentisch zwischen ihm und der Tür, und Hannah hat freie Bahn.

Sie rennt barfuß aus der Küche, durch den Flur und die Treppe hinunter, hört ein dumpfes Poltern, als Will über einen Küchenstuhl stolpert. Das Kopfsteinpflaster unter ihren Füßen ist bitterkalt und nass vom Regen, und sie rutscht aus, rappelt sich auf und rennt die Gasse hinunter.

Ihr Herz schlägt zum Zerspringen. Sie hält sich mit einer Hand den Bauch, als könnte sie so ihr ungeborenes Kind schützen. Sie zwingt sich, auf den letzten Metern der Stockbridge Mews noch schneller zu laufen … und dann ist sie auf der Hauptstraße, schlittert um die Ecke, der Asphalt des Bürgersteigs reibt schmerzhaft unter ihren Fußsohlen. Ein Auto fährt vorbei. Noch eins. Sie fahren zu schnell, um sie anzuhalten, und die Leute darin achten nicht auf die schwangere Frau mit dem wilden Blick, die barfuß am Straßenrand läuft. Soll sie jemanden ansprechen? In ein Café gehen? Das nächstgelegene ist geschlossen, sie holt zitternd Luft und rennt weiter in Richtung Park.

»Hannah!«, brüllt Will hinter ihr, zornig wie noch nie. Gleich hat er sie eingeholt. »Hannah, was machst du da?«

Sie zwingt ihre Beine, schneller zu rennen – über eine Straße, ohne hinzusehen, und noch eine und dann –

Reifen quietschen, jemand flucht.

»Herrgott! Willst du dich umbringen?«

Ein Taxifahrer lehnt sich aus dem Fenster, das Gesicht rot vor Wut.

»Du hättest dich umbringen können – und das Kleine!«

Hannah steht einen Moment lang da, hoffnungslos keuchend, die Hände auf der Motorhaube des Autos. Will kann ihr vor den Augen des Taxifahrers nichts tun, oder? Doch der Mann wird weiterfahren, sie allein lassen, und dann schaut sie auf und spürt eine Welle der Erleichterung.

Die Anzeige auf dem Dach des Taxis leuchtet gelb. Es ist frei.

Sie reißt die Tür auf, als Will heranstürmt.

»Fahren Sie«, drängt sie den Taxifahrer. »Das ist mein Mann, er – wir hatten gerade Streit.«

Streit. Das Wort kommt heraus wie ein Schluchzen und ist so erbärmlich untertrieben. *Ich habe herausgefunden, dass mein Mann womöglich ein Mörder ist.*

Doch sie kann es nicht aussprechen, weil die Worte es wahr machen.

Will ist ein Mörder.

Will hat April ermordet.

Wenn sie es sich immer wieder vorsagt, schafft sie es vielleicht, daran zu glauben.

»Verstanden, Kleines«, sagt der Fahrer mitfühlend. »Aye, das ist schwer. Wo soll ich Sie hinbringen? Zu Ihrer Mami? Oder eher nicht, wenn ich mir Ihren Akzent anhöre.«

Hannah denkt an ihre Mutter im fernen Dodsworth, und ihr kommen die Tränen. Könnte sie doch nur dorthin zurück, ihrer Mutter in die Arme fallen und ihre Sorgen herausschluchzen.

Aber das kann sie nicht. Die Fahrt mit dem Zug dauert gute acht Stunden, sonntags noch länger. Sie hat keinen Mantel, keine Schuhe. Sie hat nicht mal Geld, nur Google Pay auf dem Handy. Sie kann schlecht mit dem Taxi nach Südengland fahren. Aber wo soll sie hin?

Und dann fällt es ihr ein.

Hugh.

Er wird ihr helfen. Er wird ihr Geld leihen, und sie kann sich eine Jacke und warme Stiefel kaufen und sich den nächsten Schritt überlegen.

»Kennen Sie die Great King Street?«, fragt sie den Fahrer, der nickt.

»Aye.«

»Danke.« Sie lässt sich zurücksinken, spürt, wie ihr Herzschlag sich verlangsamt und ihre tauben Füße auftauen. »Danke, da möchte ich hin.«

DANACH

Als das Taxi vor Hughs Wohnung hält, holt Hannah das Handy heraus, um zu bezahlen. Entsetzt sieht sie, dass sich der dunkle Fleck auf dem Display ausgebreitet hat. Er bedeckt fast den gesamten Bildschirm, nur oben ist noch ein kleines Dreieck frei.

Trotzdem hält sie es ans Kartenlesegerät, drückt sich im Geist die Daumen und seufzt erleichtert, als es piept.

»Viel Glück, Kleines«, sagt der Taxifahrer sanft. »Wenn Sie wieder irgendwohin müssen, rufen Sie mich an, okay?« Er schiebt eine Visitenkarte durch die Öffnung in der Plexiglasscheibe, und Hannah nimmt sie und versucht zu lächeln. Nun, da sich das Adrenalin verflüchtigt, ist sie fast unerträglich zittrig; ihre Hände sind ganz kalt. »Und gehen Sie bloß nicht so schnell zu ihm zurück. Lassen Sie ihn eine Weile im eigenen Saft schmoren.«

Hannah nickt.

»Danke«, sagt sie, atmet tief durch und steigt aus.

Als sie vor Hughs ehrfurchtgebietendem Messingschild steht, überlegt sie, ob sie besser vorher angerufen hätte. Wenn er nicht da ist, hat sie ein Problem. Aber es ist … Sie schaut aufs Handy, die Uhrzeit ist nicht zu erkennen. Jedenfalls vor neun. Unwahrscheinlich, dass ein alleinstehender, kinderloser Mann wie Hugh am Sonntag schon so zeitig unterwegs ist. Samstags macht er gelegentlich Sprechstunde. Hughs wohlhabende Patientinnen erwarten das. Aber nicht sonntags. Sonntags hat er frei.

Sie drückt auf den Messingknopf neben dem eingravierten H. Bland und wartet.

Nach einer quälend langen Zeit, in der ihre Füße auf den schwarz-weißen Fliesen immer kälter und tauber werden, knistert die Gegensprechanlage und Hughs sehr englische Stimme erklingt.

»Hallo?«

»Hugh?« Ihr klappern die Zähne. »Ich – ich bin's, Hannah. K-kann ich reinkommen?«

»Hannah?«, fragt Hugh erstaunt. »Ich meine – ja, natürlich. Aber was …«

»D-das erzähle ich d-dir oben«, bibbert Hannah. Irgendwie ist die Kälte nach dem Intermezzo im warmen Taxi noch schlimmer. Kalter Wind peitscht über die Straße, wirbelt totes Laub auf und lässt sie erschauern.

»Oh, ja, sicher. Ich meine, natürlich. Ich mache auf. Fünfter Stock, ja?«

»Ich weiß.« Hannah hat die Arme um den Körper geschlungen und beißt die Zähne zusammen, um das Klappern zu stoppen.

Ein langgezogener Summton. Hannah stößt die Tür so schwungvoll auf, dass sie gegen einen Anschlag knallt, und eilt in den Flur.

Drinnen ist es nicht gerade warm, aber deutlich wärmer als auf der Straße. Sie drückt den Knopf des winzigen, altmodischen Aufzugs mit dem faltbaren Gitter und wartet, während er herunterscheppert. Als sie zu Hughs Wohnung hinauffährt, kämpft sie gegen den Drang, auf die Knie zu sinken, ihren Bauch zu umarmen und zu heulen angesichts des Grauens, das sie gerade erlebt hat – eines Grauens, das sie erst jetzt allmählich begreift. Hugh hat versucht, es ihr zu sagen. Das ist das Schlimmste. Er wollte sie davor warnen, was passieren würde, wenn sie weiter in der Vergangenheit wühlte und sich weigerte, die Version der Ereignisse zu akzeptieren, mit der sie alle zu leben gelernt hatten. Er wollte es ihr sagen, und sie hat ihn ignoriert und zahlt jetzt den Preis dafür.

Als der Aufzug im fünften Stockwerk geräuschvoll anhält, erwartet Hugh sie in einem Morgenmantel aus Paisley-Seide mit einer Tasse Kaffee in der Hand. Er trägt seine Brille nicht, was sein Gesicht seltsam unfertig und verletzlich erscheinen lässt. Doch als Hannah das Messinggitter zur Seite schiebt, wechselt seine Miene von freundlicher Verwirrtheit zu Bestürzung.

»Was zum … Hannah, altes Mädchen, was ist passiert? Wo sind deine Schuhe? Und ist das … ist das Blut?«

Hannah schaut zu Boden. Er hat recht. Ihre Füße bluten, sie hat es nicht bemerkt. Sie hat keine Ahnung, ob sie in eine Glasscherbe getreten ist oder sich den Zeh am rauen Asphalt aufgeschürft hat, aber auf dem schachbrettartig gefliesten Aufzugboden sind rote Flecken zu sehen.

»Oh Scheiße, Hugh, es tut mir so leid …«

Sie bückt sich in dem engen Raum, doch ihr Bauch ist im Weg. Hugh schüttelt den Kopf, ergreift fest ihren Arm, zieht sie hoch und schiebt sie bestimmt, aber freundlich durch den Flur zur offenen Wohnungstür.

»Du gehst jetzt da rein. Ich rufe den Hausmeister, der kümmert sich um den Aufzug.«

»Aber dein Teppich –« Hannah bleibt auf der Schwelle stehen. Sie hat Hughs Teppichboden vergessen – eine makellose cremefarbene Fläche, die sich durch den gesamten Flur und über die Treppe erstreckt. Hugh verdreht die Augen, als wollte er sagen *Scheiß auf den Teppich,* hält aber inne, öffnet einen Einbauschrank und holt Pantoffeln heraus.

»Hier, bitte. Zieh die an, sonst regst du dich nur auf. Was in aller Welt ist passiert?«

»Es war Will«, sagt Hannah, mehr bringt sie nicht heraus.

Tränen sammeln sich tief in ihrer Kehle, bahnen sich den Weg nach oben, brennen in ihren Augen und laufen seitlich an ihrer Nase hinunter. Ohne Vorwarnung überkommt sie ein gewaltiger, hässlicher Schluchzer und dann noch einer, und plötzlich wird sie von Schluchzern geschüttelt – unkontrollierbaren, krampfartigen Schluchzern, die sie förmlich zerreißen.

»Oh, Han, nein«, sagt Hugh verlegen, breitet unbeholfen die Arme aus, und Hannah stolpert fast unwillig hinein. Hugh ist kein geborener Umarmer. Er ist zu groß und zu knochig, zu unbeholfen. Aber er ist nett und freundlich, eben Hugh. Sie stehen zusammen im Flur, Hannahs Bauch drückt unangenehm, und sie heult wie ein Kind ins bestickte Seidenrevers von Hughs Morgenmantel.

Schließlich verebbt ihr Schluchzen zu einem Keuchen, dann zu einem Schluckauf, zuletzt zu zitternden Atemzügen. Sie reißt sich zusammen und löst sich von ihm. Als sie sich Augen und Brille abwischt, stellt sie beschämt fest, dass sie ein vermutlich teures Kleidungsstück, das nur chemisch gereinigt werden kann, vollgesabbert hat.

»Es tut mir leid«, sagt sie mit krächzender Stimme. »Ich wollte nicht – oh Gott, dein schöner Morgenmantel. Es tut mir so leid, Hugh.« Sie schnieft und schluckt. »Hast du ein Taschentuch?«

»Hier.« Sie ist sich nicht sicher, woher es kommt, aber Hugh hält ihr ein gewaschenes Leinenquadrat mit den Initialen HAB hin. Hannah betrachtet es skeptisch. Bei ihr zu Hause hat man Taschentücher aus Papier. Doch dann putzt sie sich die Nase und steckt es verlegen ein. So kann sie es Hugh kaum zurückgeben. Am besten, sie wirft es in den Wäschekorb, wenn sie ins Bad geht.

»Besser?«, fragt Hugh, und sie nickt. Es stimmt und auch wieder nicht. Sie hat das Weinen dringend gebraucht und fühlt sich tatsächlich besser. Es war kathartischer als jedes Gespräch. Andererseits ist alles noch genauso furchtbar, beschissen und irreparabel wie in dem Moment, in dem sie durch die Tür getreten ist.

»Komm ins Wohnzimmer, setz dich«, sagt Hugh. »Ich mache dir eine Tasse Tee, dann kannst du mir alles erzählen.«

Eine halbe Stunde später sitzt Hannah auf Hughs weißem Samtsofa, die Füße unter sich, eine Decke um die Beine. Hugh stützt den Kopf in die Hände.

»Er hat es also zugegeben?«, fragt er ungläubig. »Er hat tatsächlich *gesagt*, dass er April getötet hat?«

»Nicht so genau«, sagt Hannah. Die Sätze klingen unwirklich. »Aber ich habe ihn gefragt, und er hat gesagt …« Sie hält inne, schluckt und zwingt sich, weiterzusprechen. »Er hat gesagt: *Was glaubst du wohl?* Und dann hat er gelacht.«

»Oh Gott«, sagt Hugh unglücklich. Sein Gesicht ist völlig ausdruckslos.

»Ich wünschte – Gott, ich wünschte fast, ich hätte dir nie von den Geräuschen erzählt.«

Hannah schüttelt den Kopf.

»Nein, Hugh. Gott, nein. Wenn es stimmt …« Aber sie hält inne, bringt es nicht über sich, es zu sagen. »Hugh«, fragt sie stattdessen, wohl wissend, dass sie sich an einen Strohhalm klammert, »war er es wirklich? Kann es nicht ein Scout gewesen sein oder ein Geräusch von anderswo?«

Hugh schüttelt den Kopf, sieht plötzlich zehn Jahre älter aus. Kämpft noch mit dem, was er in Gang gesetzt hat.

»Nein«, flüstert er. »Er war es, Hannah. Ich habe ihn durch die Wand mit jemandem sprechen hören. Es war Will.«

Hannah spürt, wie ihr letztes Fünkchen Hoffnung erlischt. Es ist, als hätte sie sich an einem ausgefransten Seil festgehalten, dessen letzte Faser nun reißt.

Er war dort. Er war wirklich dort. Und hat mehr als zehn Jahre lang gelogen – während ihrer gesamten Beziehung.

»Warum hast du nicht früher was gesagt? Warum hast du es niemandem erzählt?« Es klingt vorwurfsvoller, als es gemeint ist. Hugh schüttelt unglücklich den Kopf, als würde er alle Schuld auf sich nehmen.

»Weil er mein Freund ist, Hannah.« Er klingt gebrochen. »Und weil ich dachte, dass es keine Rolle spielt. Es war Neville – du hast ihn aus dem Treppenhaus kommen sehen, wir beide haben ihn gesehen. Es war ausgeschlossen, dass jemand nach Neville und vor uns hinaufgegangen war – spielte es also wirklich eine Rolle, ob Will ein paar Stunden früher angekommen ist, als er gesagt hat? Außerdem hat niemand danach gefragt. Niemand hat gefragt: *Hast du deinen besten Freund zu einer Zeit nach Hause kommen hören, die sein Alibi infrage stellt?* Ich hätte niemals absichtlich gelogen, Hannah, niemals. Aber damit zur Polizei zu gehen, wo wir doch alle Neville für schuldig hielten …«

Er hält inne, nimmt die Brille ab, vergräbt das Gesicht in den Händen. Es muss für ihn ein beinahe ebenso großer Schock sein wie für sie, denkt Hannah benommen. Sie hat ihren Mann verloren. Hugh hat seinen besten Freund verloren.

Sie spürt, wie ihr wieder die Tränen kommen, und beißt die Zähne zusammen. Sie kann nicht immer wieder losschluchzen. Sie muss sich zusammenreißen.

Sie müssen überlegen, was zu tun ist.

»Hat er nicht versucht, dich zurückzuhalten?«, fragt Hugh.

»Doch, hat er.« Hannah kann es kaum glauben. »Er – ist mir nachgelaufen und dabei gegen den Tisch gerannt. Ich weiß nicht, was passiert wäre, wenn er mich eingeholt hätte.«

Ein Bild kommt ihr in den Sinn. Wills schlanke, kräftige Hände um Aprils Hals –

Das Bild verursacht einen körperlichen Schock, als hätte

man sie mit Eiswasser übergossen, lässt ihre Wangen lodern und ihren Atem schneller gehen.

Sie schiebt den Gedanken beiseite. Daran darf sie jetzt nicht denken. Was es bedeutet. Sie muss sich Schritt für Schritt bewegen.

»Okay«, sagt Hugh, steht auf und geht zu den schönen, raumhohen Fenstern mit Blick auf die Straße. Er fährt sich mit der Hand durchs Haar. »Okay. Lass uns überlegen. Was wollen wir tun? Wusste Will, dass du herkommst?«

Hannah schüttelt den Kopf.

»Was ist mit deinem Handy – kann er dich irgendwie verfolgen? Du solltest das GPS ausschalten.«

»Das geht nicht.« Hannah kramt in ihrer Tasche und holt das kaputte Handy heraus. Der Bildschirm ist jetzt tintenschwarz. »Ich habe es heute Morgen kaputt gemacht. Da geht nichts mehr. Aber ich glaube, das ist egal. Will hat keinen –« Sie schluckt, holt tief Luft und versucht es erneut. »Er hat keinen Grund –«

Sie hält inne. Es fällt ihr außerordentlich schwer, es auszusprechen: Bis jetzt hatte ihr Mann keinen Grund, ihr nachzuspionieren.

Sie kann nicht fassen, dass Hugh und sie dieses Gespräch führen.

Sie möchte nur Wills Stimme hören, sein ungläubiges Lachen und dass er sagt: *Was? Bist du verrückt geworden? Natürlich habe ich April nicht umgebracht.* Stattdessen hört sie das kalte, brutale: *Was glaubst du wohl?*

Sie stützt den Kopf in die Hände. November hatte recht. Allein wird sie nicht damit fertig. Es ist zu weit gegangen, zu gefährlich geworden. Wie immer die Wahrheit aussieht, sie muss ihre Ängste den Behörden mitteilen. Und obwohl ihr bei dem Gedanken übel wird, erleichtert sie der Gedanke, die Last anderen zu übergeben. Mehr als zehn Jahre hat sie die

Zweifel, ja die Gewissheit verdrängt, dass an ihrer Aussage über jenen Abend etwas nicht stimmt. Es ist Zeit, das zu gestehen.

»Ich glaube … ich muss zur Polizei«, sagt sie. »Kann ich telefonieren?«

»Natürlich«, sagt Hugh, obwohl er aussieht, als wäre ihm nicht wohl bei dem Gedanken. »Ich rede auch mit ihnen, wenn du möchtest. Aber wenn du anrufst, verlangen sie wahrscheinlich, dass du aufs Revier kommst und eine Aussage machst. Willst du dich erst frisch machen? Du siehst total fertig aus.«

Hannah schaut an sich hinunter – zerknitterte Jogginghose und blutige Füße in Hughs geliehenen Pantoffeln. Am liebsten würde sie die Polizei anrufen und es hinter sich bringen, sieht aber ein, dass Hugh recht hat. Wenn sie den Stein erst einmal ins Rollen gebracht hat, kann sie kaum sagen: *Ich komme in ein paar Stunden, muss erst mal duschen.*

»Okay. Gute Idee.«

Ihr Magen knurrt hörbar, und sie merkt plötzlich, dass ihr ganz flau vor Hunger ist.

»Könnte ich vorher einen Toast haben?«

Hugh nickt.

»Natürlich. Komm mit in die Küche, dann mache ich dir etwas zu essen.«

Etwa eine halbe Stunde später betritt Hannah Hughs palastartiges Marmorbad, wo ein dampfendes Schaumbad auf sie wartet.

Der Anblick macht sie stutzig. Eigentlich wollte sie nur schnell duschen und dann gleich mit der Polizei sprechen – es muss mittlerweile zehn sein –, doch wäre es Verschwendung, das Wasser abzulassen.

Sie stellt die Teetasse beiseite, zieht Jogginghose, T-Shirt,

Unterwäsche und Hughs Pantoffeln aus und steigt behutsam ins warme Wasser.

Es tut unglaublich gut. Der üppige Schaum duftet würzig nach Zitrusfrüchten. Auch wenn ihre Füße schmerzhaft brennen, ist es genau das, was sie jetzt gebraucht hat. Sie schließt die Augen und spürt die Tränen, die sie bis jetzt zurückgehalten hat, hinter ihren Lidern kribbeln. Aber sie kann nicht – darf dem nicht nachgeben. Sie muss stark sein, zur Polizei gehen und alles sagen, was sie weiß. Sie tut es für April und November, die nach all der Zeit Gerechtigkeit verdient haben, und für Neville, Ryan und Emily, für alle, die mit dem Schatten der Schuld auf sich gelebt haben.

Dann wird sie wütend. Ein Vorgeschmack auf die Zeit, wenn das hier vorbei ist. *Wie konntest du nur.* Sie möchte Will schütteln, ihn anspucken, ihm eine Ohrfeige verpassen.

Vielleicht wird sie das vor der Verzweiflung bewahren.

Angeregt durch das warme Badewasser, sieht sie die Ereignisse, wie sie sich damals abgespielt haben müssen, deutlich vor Augen.

Will, der früher zurückkommt, über die Mauer hinter Cloade's klettert, um den Umweg über das Haupttor zu vermeiden, und dann vorsätzlich oder aus einer Laune heraus nicht in sein eigenes Zimmer, sondern zu April geht.

Vielleicht stand die Wohnungstür offen. Sie glaubt, abgeschlossen zu haben, ist sich nach zehn Jahren aber nicht mehr sicher. Oder April war schon da, und Will hat gesagt: *Siehst du, ich bin wegen dir zurückgekommen – du bist mir wichtiger als meine Mutter.*

Und dann … was? Ein Streit? Nein, kein Streit, den hätten die Jungs darunter gehört. Eine gezischte Meinungsverschiedenheit vielleicht.

Falls Will schon in der Wohnung war, bevor April aus der

Bar heimkehrte, hatte er vielleicht etwas gesehen. Einen weiteren Schwangerschaftstest. Eine Nachricht von Ryan.

Vielleicht hatte er lächelnd die Tür geöffnet, sie umarmt. *Ich muss mich erst abschminken,* hätte sie gesagt. Er hatte sie die Terrakotta-Grundierung abwischen lassen. Vielleicht war er, als sie sich gerade über den Schminktisch beugte, von hinten an sie herangetreten –

Und dann hatte es geklopft.

April hätte nichts geahnt, Will womöglich einen Kuss auf die Wange gegeben und die Tür geöffnet.

Will hätte das Gespräch mitgehört. Neville, der das Päckchen übergab, April, die ihn loswerden wollte, Nevilles Schritte auf der Treppe.

Und dann wäre April lächelnd ins Zimmer getreten.

»Bin ihn losgeworden.«

Will wäre mit ausgestreckten Armen auf sie zugegangen, doch statt ihr Gesicht mit den Händen zu umfassen, wie er es so oft mit Hannah tat – ihr Herz bricht noch ein wenig mehr –, hätte er ihren Hals gepackt und zugedrückt …

Nein, nein, nein! Ihr Abscheu ist so stark, dass sie sich aufsetzt und an den Rand der Badewanne klammert, während das Wasser überschwappt. Das ergibt *keinen Sinn,* so etwas tut Will nicht!

Dann aber denkt sie an die vielen Artikel über Morde, die von Partnern verübt wurden, an die Statistiken über Frauen, die von dem Mann getötet werden, mit dem sie schlafen. Sie hat viel darüber gelesen in all den Jahren. Sie denkt an Geraints euphemistische Andeutungen über *häusliche Gewalt,* an das Geflüster, das sie ein Jahrzehnt lang ignoriert hat. *Ich hab ihren Freund nie gemocht … Es hieß, sie hat herumgeschlafen … Er wurde nicht mal verdächtigt.* Sie hatte es verdrängt und sich an das geklammert, von dem sie weiß, dass es wahr ist – dass Will so etwas nicht tut.

Doch nun wird ihr klar, dass er sie während ihrer gesamten Ehe angelogen hat, und sie ist sich nicht mehr so sicher.

Vom plötzlichen Hinsetzen wird ihr schwindlig; kleine Lichtblitze flackern an den Rändern ihres Blickfelds auf, vor denen hat die Hebamme sie gewarnt. War das Bad zu heiß?

Nicht ohnmächtig werden, nicht ohnmächtig werden, nicht ohnmächtig werden …

Sie flüstert die Worte vor sich hin, und dann ist der Moment vorbei, und es geht ihr wieder gut.

Oder auch nicht. Ihre Beine sind wacklig wie Gelee, und sie weiß nicht, ob sie sie tragen.

Mist, tu das nicht, fleht sie ihren Körper an. *Nicht jetzt … bitte nicht jetzt.*

Sie umfasst ihren Bauch und spürt, wie sich das Baby bewegt. Es beruhigt sie. Ihr Körper mag sie im Stich lassen, doch er kümmert sich um ihr Kind.

Ihr Kind. Das Wort trifft sie ins Herz. Denn wenn das wahr ist, wenn das hier wahr ist, wird dieses Baby nicht Mutter *und* Vater haben, wenn es geboren wird. Es wird das Kind eines Mörders sein, der im Gefängnis sitzt.

Die Schwäche kehrt zurück, diesmal von Übelkeit begleitet. Sie kauert nackt in der Wanne. Wird es wieder besser?

Nein, sie muss *sofort* zur Toilette. Zitternd und tropfnass steigt sie aus der Wanne, rutscht auf den nassen Fliesen aus und fällt vor der Toilette auf die Knie, bebt vor Kälte und Schock.

Sie würgt, doch es kommt nichts.

Ein paar Minuten lang kniet sie da, zitternd und tropfend, schaumiges Wasser landet auf den schönen geometrischen Fliesen. Dann steht sie ganz langsam auf und tastet sich zum Handtuchhalter, muss sich dabei am Waschbecken festhalten. Sie darf nicht ausrutschen und hinfallen, nicht jetzt. Sie ist alles, was das Baby hat.

Sie wickelt sich in ein Handtuch und lässt sich auf den Boden gleiten, den Rücken an der Heizung, den Blick starr nach vorn gerichtet, und wartet, dass das Frösteln nachlässt.

Doch das tut es nicht.

Etwa eine halbe Stunde später klopft Hugh an die Tür. »Alles in Ordnung, Hannah? Du bist so still.«

Sie antwortet nicht. Ihre Zähne klappern zu sehr.

»Hannah?« Hugh klingt beunruhigt. »Kannst du sprechen?«

Er wartet, klopft noch einmal. »Hannah, ich komme jetzt rein. In Ordnung?«

Sie will sagen, dass es ihr gut geht, aber das stimmt nicht.

Die Tür schwingt knarrend auf, Hugh steckt vorsichtig den Kopf durch den Spalt. Er trägt seine Brille und eine Hose mit Fischgrätmuster, die mit einer scharfen Bügelfalte versehen ist.

Sein Gesichtsausdruck verändert sich, als er sie an der Heizung kauern sieht, weiß im Gesicht und sprachlos und zitternd.

»Mein Gott, Hannah, du stehst unter Schock. Ich helfe dir.«

Sie will aufstehen, doch ihre Beine sind wie Gummi, und Hugh muss ihr helfen. Er hält das Handtuch fest, um ihre Nacktheit zu bedecken, und wendet sich ab, als es verrutscht und ihren Bauch entblößt.

»T-tut mir leid«, versucht sie zu sagen, und er beruhigt sie.

»Keine Sorge, Han, ich bin Arzt, ich kenne das alles, es ist okay, du hast einen verzögerten Schock. Das ist ganz natürlich, die Sache mit Will – die hätte jeden erschüttert. Komm mit. Ich bringe dir was Heißes mit Zucker. Na komm, alles gut. Alles ist gut.« Gemeinsam stolpern sie ins Gästezimmer, wo Hugh die Decke zurückschlägt und ihr ins Bett hilft.

»Nicht einschlafen, okay?«, sagt er streng. »Ich hole dir was gegen den Schock.«

Das Zittern lässt nach, und sie ist unglaublich müde, versucht aber, die Augenlider aufzureißen. Dann kommt Hugh mit einer Wärmflasche und Tee zurück, der so süß ist, dass sie am liebsten würgen würde. Doch er zwingt sie, wenigstens ein paar Schlucke zu trinken.

»Lass mich schlafen«, fleht sie ihn an. Sie kann nicht an die Polizei denken, nicht jetzt, nicht in diesem Zustand. In einer Stunde vielleicht. Gerade jetzt ist sie unfassbar erschöpft – müde wie nie zuvor in ihrem Leben. Hugh sieht sie eindringlich an und nickt.

»Na gut. Du siehst völlig fertig aus. Ich messe nur noch deinen Blutdruck, okay?«

Sie nickt. Kurz darauf kommt er mit einem Messgerät zurück, lauscht auf das Klicken und Surren, nimmt die Manschette ab und hält kurz inne, während er mit dem Finger ihren Puls misst.

»Ist er … okay?« Es fällt ihr schwer, Worte zu bilden. Sie ist so unfassbar müde. Hugh nickt.

»Alles in Ordnung. Dir geht es gut. Mach dir keine Sorgen. Ist dir kalt?«

Sie schüttelt den Kopf. Ihre Hände und Füße fühlen sich immer noch taub an, aber das Zittern lässt nach, und sie spürt, wie die Wärme der Wärmflasche sie durchdringt.

»Schlaf jetzt«, sagt Hugh sanft. »Ich wecke dich in ein paar Stunden. Okay?«

»…kay«, bringt sie gerade noch heraus. Und dann schließt sie die Augen und gleitet in eine gnädige Dunkelheit.

DANACH

»Hannah.« Die Stimme ist sanft, eindringlich … und nicht die von Will. »Haaannah. Zeit zum Aufwachen.«

»Was?« Sie setzt sich mühsam auf, blinzelt, fragt sich, wo sie ist – und dann fällt es ihr ein. Sie ist in Hughs Wohnung. Und sie ist – oh Gott, sie ist nackt. Und irgendwie ist es dunkel.

Sie zieht die Decke über die Brüste, die Erinnerungen kommen zurück. Das Bad. Die Flucht zu Hugh. *Will.*

Der Schmerz ist wie ein Messer in ihrer Seite. Unerträglich.

Hugh beugt sich über sie, sieht besorgt aus. Der Pony fällt ihm in die Augen, er streicht ihn mit der gewohnten Geste weg, und ihr Herz tut weh.

»Wie spät ist es?«, krächzt sie und berührt ihren schmerzenden Kopf. Sie fühlt sich … das Wort überrascht sie selbst. Sie fühlt sich verkatert. Als hätte sie einen Zug durch die Gemeinde gemacht. Das ist so weit von der Wahrheit entfernt, dass sie einen Moment lang lachen möchte. Steht sie unter Schock?

Hugh schaut auf die Uhr.

»Fast vier. Wir müssen um halb fünf auf der Polizeiwache sein. Geht es dir so weit gut?«

»Fast vier?« Hannah setzt sich abrupt auf, ein Schock durchfährt sie. »Machst du Witze? Ich habe den ganzen Tag geschlafen?«

»Du bist wie ein Licht ausgegangen. Du siehst immer noch nicht ganz fit aus.«

Sie legt die Hand an den Kopf. Nicht ganz fit ist eine Untertreibung – sie ist völlig groggy und orientierungslos und hat einen widerlichen Geschmack im Mund, bitter und chemisch. Dann begreift sie, was Hugh gerade gesagt hat.

»Sorry, sagtest du Polizei?«

»Ja, aber hör zu –« Er hebt die Hand. »Ich habe ihnen nichts gesagt, ich dachte, das stünde mir nicht zu. Ich habe nur eine Freundin erwähnt, die wichtige Informationen hat, und ob wir vorbeikommen und eine Aussage machen können. Und sie sagten halb fünf. Du kannst es dir immer noch anders überlegen.«

»Nein.« Ihre Hände sind kalt, sie ist sicher blass, weiß aber, dass sie das tun will. Dass sie es tun muss.

Denn an jenem Abend *könnte* jemand in Aprils Zimmer gewesen sein. Die Person hätte sie töten können, nachdem Neville weg war. Und diese Person – sie kann es nicht länger verdrängen – könnte Will gewesen sein.

Das muss sie ihnen sagen.

»Nein, ich bin – bereit.«

»Deine Kleider hängen über dem Fußende.« Hugh deutet auf ihre Sachen, dabei ist eine Jacke, die eindeutig ihm gehört. Oben auf dem Stapel liegt ihre Brille. Auf dem Boden liegen Flip-Flops. Hugh bemerkt ihren Blick und verzieht das Gesicht.

»Tut mir leid. Etwas Besseres habe ich nicht, ich wollte dich nicht allein in der Wohnung lassen. Wir können unterwegs Turnschuhe kaufen, wenn es dich stört.«

Aber sie schüttelt den Kopf. Es spielt keine Rolle. Nichts davon spielt eine Rolle.

Hugh geht taktvoll hinaus, und Hannah zieht sich langsam an, greift nach dem Handy, will sehen, wie spät es ist – und dann fällt ihr ein, dass es kaputt ist.

Sie steckt es trotzdem in die Tasche und verlässt das Zimmer.

»Bereit?«, fragt Hugh, und sie nickt, obwohl es nicht stimmt. Er hält die Autoschlüssel in der Hand, und sie runzelt die Stirn.

»Nehmen wir das Auto?«

»Ja, die haben gesagt, dass wir dort parken können. Du siehst wirklich nicht gut aus.«

Hannah nickt dumpf. Es ist egal. Alles ist jetzt egal – außer dem Baby. Sie muss sich für das Baby zusammenreißen.

Oh Gott, wird sie das wirklich tun …

Wieder steigt Schwäche in ihr auf, und Hugh nimmt besorgt ihren Arm.

»Hannah? Hannah, altes Haus?«

»Es geht mir gut«, sagt sie mit zusammengebissenen Zähnen. Es stimmt nicht, erst muss sie mit der Polizei sprechen. Denn was immer die Wahrheit ist, was immer jetzt passiert, November hatte recht. Nur so kann sie sich in Sicherheit bringen, sich schützen.

Im Auto lehnt sie den Kopf ans Fenster. Sie ist nicht nur müde, sondern völlig erschöpft – vor Trauer, Angst und Schock. Der Zustand kommt ihr seltsam vertraut vor, erinnert sie an die Tage, als sie aufgedreht und übernächtigt eine Befragung nach der anderen über sich ergehen lassen musste, schlechten Tee und noch schlechteren Kaffee getrunken hatte, während die Polizei nach Ungereimtheiten und vergessenen Fakten bohrte.

Beim Gedanken, das alles noch einmal durchzumachen, wird ihr übel. Nur wird es noch schlimmer als damals. Beim letzten Mal hat sie einen unschuldigen Mann ins Gefängnis gebracht, wo er sterben musste.

Doch diesmal wird sie den Vater ihres ungeborenen Babys belasten.

Ein Bild taucht auf, Wills Lippen, die sich in ihr Haar drücken. Sie hört seine tiefe, sanfte Stimme *Ich liebe dich* sagen.

Ihr ist, als müsste sie sich übergeben.

»Alles gut?«, fragt Hugh, und Hannah schüttelt den Kopf. »Möchtest du Wasser? Du bist wahrscheinlich dehydriert.«

Er deutet auf eine Flasche in der Tür, und Hannah nickt. Sie hat einen furchtbaren Katergeschmack im Mund. Vielleicht vergeht die Übelkeit, wenn sie etwas trinkt. Sie nimmt einen großen Schluck, und er schmeckt genauso fade und chemisch wie alles andere. Sie schraubt den Deckel zu und stellt die Flasche in die Tür.

Dann schließt sie die Augen, hofft auf Dunkelheit, auf Vergessen. Hugh lässt den Motor an. Er schnurrt kurz, dann legt er den Gang ein, und sie gleiten in die Dunkelheit.

Irgendwann öffnet Hannah die Augen. Sie hat nicht richtig geschlafen, nur gedöst, und will die seltsame Schläfrigkeit abschütteln, bevor sie die Polizeiwache erreichen. Zwar ist der Verkehrslärm verklungen, aber sie scheinen immer noch unterwegs zu sein.

Es dauert eine Weile, bis sie sich auf die Straße konzentrieren und begreifen kann, was sie sieht – sie sind nicht mehr in Edinburgh, sondern auf einer schmalen Landstraße. Keine Straßenlaternen, nur die Autoscheinwerfer erleuchten die niedrigen Hecken rechts und links. Sie kennt die Strecke nicht, doch die dunklen Umrisse der Hügel lassen vermuten, dass sie Richtung Westen fahren, nach Berwick.

»Hugh?« Sie setzt sich auf, schiebt die Brille hoch, sieht sich um und versucht herauszufinden, wo sie sind. Sie hat noch immer den chemischen Geschmack im Mund. Ihre Kehle fühlt sich trocken an, ihre Stimme ist heiser. »Hugh, was geht hier vor?«

Er macht ein reumütiges Gesicht.

»Tut mir leid, wir sind kurz hinter Edinburgh, ich muss die falsche Postleitzahl ins Navi eingegeben haben. Ich bin tausend Umwege gefahren, bevor ich gemerkt habe, was los ist. Wir sind jetzt auf dem Rückweg. Ich versuche nur, einen anderen Weg zu finden, ich will auf dieser engen Straße nicht wenden.«

Hannah lässt sich in den Sitz sinken. Sie fahren vorbei an einem Feldweg, dann noch einem, und trotz der verschwommenen Müdigkeit beginnt sie sich unwohl zu fühlen.

»Hugh? Solltest du nicht besser umkehren? Die Straße führt uns doch nur weiter weg. Schau, da vorn ist ein Haus.« Sie deutet darauf, doch Hugh wird nicht langsamer, und das Haus rast vorbei.

»Keine Sorge«, sagt er gelassen, »ich habe eine andere Route geplant.«

Doch als Hannah einen Blick aufs Navi wirft, sieht sie, dass es ausgeschaltet ist.

Ihre Finger schließen sich um das Handy in ihrer Tasche, doch dann fällt ihr wieder ein, in welchem Zustand es ist, und ein kalter Schauer überläuft sie.

»Wie lange noch bis zur Polizeiwache?«

»Oh, nicht lange, vielleicht zwanzig Minuten?«

Hannah schaut auf die Uhr am Armaturenbrett, blinzelt, konzentriert sich. 4.41 Uhr. Sie sind seit über einer halben Stunde unterwegs.

»Wir sind spät dran.«

»Sie klangen recht entspannt«, sagt Hugh, »aber du könntest anrufen, falls du dir Sorgen machst. Sie vorwarnen.«

»Das kann ich nicht«, sagt Hannah bemüht ruhig. »Mein Handy ist kaputt, schon vergessen?«

»Oh, natürlich«, sagt Hugh lächelnd. »Na ja, macht nichts. Wir sind bald da.«

Sie fahren schweigend durch die Dunkelheit. Hannah hört

Hughs Atem und ihren eigenen Puls in den Ohren. Die Landschaft wird zunehmend verlassener. Auf der Uhr am Armaturenbrett ticken die Minuten: 4.47, 4.49, 4.50. Hannah beschleicht ein mulmiges Gefühl. Was ist hier los? Will Hugh nicht, dass sie zur Polizei geht?

»Hugh«, sagt sie erneut und hört diesmal die Anspannung in ihrer Stimme. »Dreh um.«

»Entspann dich.« Seine Stimme klingt sanft, kultiviert, beruhigend. Vermutlich spricht er so mit seinen Patientinnen. »Wir sind gleich da.« Sie betrachtet sein Profil im schummrigen Licht des Armaturenbretts, fühlt sich seltsam, träge, geistesabwesend, als wäre sie nicht richtig aufgewacht, als wäre dies ein einziger langer Albtraum. Warum, *warum* ist sie so müde? Ist es möglich …? Sie schaut auf die Wasserflasche in der Tür, erinnert sich an den seltsamen chemischen Geschmack, den sie auch nach dem schrecklich süßen Tee im Mund hatte, und spürt, wie sich die Haare an ihrem Körper aufstellen.

Etwas stimmt nicht.

Etwas stimmt nicht.

Die Minuten ticken weiter. 4.52. 4.57. 5.00.

Und dann erkennt Hannah langsam und mit übelkeiterregendem Entsetzen die Wahrheit. Hugh fährt nicht zur Polizei. Hugh hat die Polizei gar nicht angerufen. Er hat sie unter Drogen gesetzt und fährt mit ihr an einen unbekannten Ort, weit weg von Edinburgh.

Sie weiß nur nicht, warum.

Denn Hugh kann April nicht ermordet haben. Unmöglich. Er war von dem Moment, in dem April die Bar verlassen hatte, bis zur Entdeckung der Leiche mit ihr zusammen gewesen. Er ist die einzige Person, von der sie immer wusste, dass sie ihr absolut vertrauen kann.

Was also macht er? Und warum?

Wieder denkt sie an Novembers eindringliche Worte: *Bitte unternimm nichts, bevor du mit der Polizei gesprochen hast.*

Aber bei Hugh war ich mir sicher, will sie sagen. *Hugh war der einzige Mensch, auf den ich mich verlassen konnte. Hugh war da.*

Und dann plötzlich begreift sie.

Sie sieht das ganze Bild in schrecklicher, kristalliner Klarheit. Das Bild, das sie so viele Jahre lang nicht sehen, an das sie sich nicht erinnern konnte.

Sie sieht die offene Tür.

Sie sieht April, die ausgestreckt auf dem Teppich liegt, die Haut mit terrakottafarbener Schminke verschmiert.

Sie hört sich schreien, Hughs Schritte auf der Treppe, wie er zu April rennt, mit den Fingern ihren Pulsschlag prüft. Wie er verzweifelt mit der Herzdruckmassage beginnt. *Geh,* hört sie ihn keuchen. *Hannah, um Himmels willen, hol jemanden, geh in die Bar und hol Hilfe.*

Sie war so dumm gewesen, so dumm.

Und jetzt ist sie in einem Auto mit einem Mörder eingesperrt, ihr ungeborenes Kind im Bauch und ein kaputtes Handy in der Tasche.

Aber sie wird nicht sterben.

Sie schaut beiläufig zum Fenster und wirft einen Blick auf die Beifahrertür. Abgeschlossen. Sie könnte es am Griff versuchen, bezweifelt aber, dass Hugh das übersehen hat. Wenn sie es vergeblich versucht, weiß er Bescheid. Am besten, sie spielt mit. Wiegt Hugh in falscher Sicherheit, bis …

Aber daran darf sie nicht denken. Es muss irgendeine Möglichkeit geben. Sie wird hier nicht sterben und auch ihr Kind nicht. *Denk nach, Hannah, denk nach.*

Womit kann sie sich verteidigen, wenn es zum Äußersten kommt? Sie hat ihre Schlüssel nicht dabei und könnte kotzen angesichts ihrer eigenen Dummheit. Sie hat keine Handtasche, kein Portemonnaie und trägt nicht mal richtige Schuhe. Selbst wenn es ihr gelänge, Hugh mit seinen langen, schlanken Cricketspielerbeinen davonzulaufen, hätte sie mit Flip-Flops keine Chance.

Sie hat nichts außer einem Handy mit zerbrochenem Display.

Ihr geht nicht aus dem Kopf, wie Hugh beiläufig gefragt hat: *Was ist mit deinem Handy – kann er dich irgendwie verfolgen?*

Sie hatte geglaubt, er wolle sie vor Will schützen, dabei hat er nur an sich gedacht. Schon da hatte er vorgehabt, sie an ein unbekanntes Ziel zu bringen. Er musste sich vergewissern, dass ihr Handy nicht geortet werden konnte. Seins hat er sicher ausgeschaltet, genau wie das Navi.

Hannah hatte ihm das kaputte Handy gezeigt, und Hugh hatte nur genickt. Aber die Sache ist die: Das Display mag kaputt sein, das Handy ist es nicht – es hatte einwandfrei funktioniert, als sie das Taxi bezahlt hatte. Hugh weiß das nicht, was ein klitzekleiner Vorteil für sie ist. Die einzige Information, die Hugh nicht besitzt. Aber wie kann sie es ohne funktionierendes Display benutzen und vor allem, ohne dass Hugh es merkt?

Hannahs Hand wandert in die Jackentasche, ertastet die kantige, vertraute Form, fährt mit den Fingern über das zerbrochenen Glas.

Bei manchen Handys kann man vom Sperrbildschirm aus die Polizei anrufen. Sie hat mal ein Video auf Twitter gesehen, in dem eine Frau zeigte, wie man das bei einem iPhone aktiviert. Man musste die Seitentaste und eine der Lautstärketasten drücken. Oder war es die Einschalttaste? Egal, das Handy wählt dann automatisch den Notruf. Im Video erklang dabei allerdings ein Warnton. Hannah könnte es leiser stellen, weiß aber nicht, ob der Warnton darauf reagiert. Falls es sich um eine Sicherheitsfunktion handelt, um den Benutzer zu warnen, dass er die 999 gewählt hat, wäre es sinnvoll, dass sie in jedem Fall ertönt.

Soll sie es riskieren?

Sie schaut zu Hugh. Er sieht ruhig auf die Straße.

Wenn sie die Polizei anruft und ein Warnton erklingt, weiß Hugh, dass ihr Handy funktioniert. Dann wird er es entsorgen.

Nein, sie kann die Funktion nicht nutzen.

Oh Gott, hätte Hugh doch recht gehabt, würde Will sie doch verfolgen. Sie schließt die Augen und stellt sich vor, wie er mit dem Motorrad dem Auto hinterherfährt und Hugh zum Anhalten zwingt. Ihr sitzt ein Kloß in der Kehle, an dem sie fast erstickt, aber sie kann nicht weinen. Wenn sie einmal anfängt, hört sie nie wieder auf, und Will wird nicht kommen; sie muss sich selbst befreien.

Aber Will ist die einzige Person, die sie anrufen könnte.

Ein Schauer durchfährt sie.

»Ist dir kalt?«, fragt Hugh im Plauderton.

Hannah schüttelt den Kopf.

»Nein, es war nichts.«

Aber das stimmt nicht. Es war ein Schauer der Hoffnung.

Sie muss jetzt sehr, sehr vorsichtig sein. Das hier erfordert Timing und Geschick. Und sie muss sich etwas für Hugh ausdenken und es richtig formulieren.

Sie spürt das Handy hart und beruhigend in ihrer Hand, legt den Finger an die Seitentaste.

»Hugh.«

»Mm?« Er wendet den Blick nicht von der Straße. Sie sind jetzt weit weg von Edinburgh, der Regen prasselt an die Windschutzscheibe.

»Wenn wir zu Hause sind und ich mit der Polizei gesprochen habe, meinst du, ich sollte dann« – sie drückt zitternd die Seitentaste, mit der man die Sprachsteuerung aktiviert, und sagt, so laut sie es wagt: »– Will anrufen?«

Sie hört den schwachen, kaum wahrnehmbaren Wählton und gähnt laut, tastet nach der Lautstärketaste und stellt das Handy lautlos. Das Klingeln verstummt, ihr Herz hämmert im Rhythmus des verklingenden Tons. Natürlich kann sie nicht hören, ob Will sich meldet. *Bitte, bitte,* denkt sie. Hugh sagt etwas, doch Hannah kann sich nicht auf seine Worte konzentrieren, kann nur daran denken, ob Will abgenommen oder wütend geknurrt und die Mailbox hat anspringen lassen. *Oh Gott, oh Will, bitte, es tut mir leid – es tut mir so leid – wenn du mich je geliebt hast –*

Vielleicht ist er nicht da. Vielleicht hat er das Handy stummgeschaltet. Vielleicht ertränkt er seine Sorgen in einem Pub und hört das Klingeln nicht.

Bitte, bitte, bitte. Verzeih mir, dass ich an dir gezweifelt habe.

»… was wirst du ihm sagen?«, fragt Hugh stirnrunzelnd.

»Du hast wohl recht«, sagt Hannah. Ihr Herz klopft so heftig, dass ihr Bauch mitzittert. Es kommt ihr wie ein Wunder vor, dass Hugh es nicht hört, dass er nicht sieht, wie sehr sie sich fürchtet, doch er hat die Augen auf die Straße gerichtet. »Ich wünschte nur – oh Gott, ich wünschte nur, wir wären nicht so auseinandergegangen. Er muss verzweifelt sein – er weiß nicht, wo ich bin, ob es mir gut geht.« *Oh Gott, bitte leg nicht auf, Will. Bitte hör dir an, was ich dir zu sagen versuche, bleib bitte in der Leitung.* Sie rutscht auf ihrem Sitz herum und spürt, wie das Baby gegen ihr Becken drückt.

»Ich weiß«, sagt Hugh, und in seiner Stimme schwingt etwas mit, das fast wie echte Emotion klingt. »Ich weiß, Hannah. Es ist zwar nicht dasselbe, aber er ist mein bester Freund, weißt du? Er war es.« Dann herrscht lange Stille.

Bitte leg nicht auf.

»Hugh, was glaubst du, wie lange wir noch brauchen bis zur Polizei?«, fragt Hannah schließlich. »Wir sind schon ewig unterwegs. Ich habe das Gefühl, wir sind fast in Berwick.«

Hörst du zu, Will?

»Oh, ganz und gar nicht«, sagt Hugh lachend, klingt aber ein wenig unruhig. Er trommelt mit den Fingern aufs Lenkrad. Die Scheibenwischer bewegen sich hypnotisch hin und her. »Warum machst du kein Nickerchen? Ich wecke dich, wenn wir angekommen sind.«

Hannah nickt. Spätestens jetzt ist sie sich sicher. Niemand könnte ernsthaft denken, dass sie müde ist. Seit sie den Tee getrunken hat, hat sie nichts anderes getan, als zu schlafen. Sie spürt wieder die Angst an ihr hochkriechen. Sie stützt sich mit dem Arm am Fenster ab und starrt hinaus in die Nacht, sucht verzweifelt nach etwas, irgendetwas, das Will zu ihnen führen könnte.

Und dann sieht sie es. Ein Pub, das aus der Dunkelheit auftaucht.

Sie schaut angestrengt hin. Sie muss das Schild entziffern, doch die Schrift ist klein, und es regnet so heftig, und das Schild ist nicht beleuchtet … dann saust es vorbei, und sie hat es erkannt.

»Silver Star …«, murmelt sie, als würde sie nur laut denken. »Was für ein hübscher Name für ein Pub …«

Sie gähnt, hoffentlich überzeugend. Die Benommenheit lässt nach, Adrenalin pumpt durch ihren Körper und reißt sie gewaltsam aus dem Loch der Erschöpfung, doch sie muss sich müder stellen, als sie ist. Hugh darf nichts merken.

Hast du das gehört, Will? Bist du überhaupt da?

Ein Schluchzen steigt in ihr auf, vielleicht ist alles hoffnungslos. Gut möglich, dass Wills Mailbox angegangen ist, dass ihr Anruf ins Leere läuft. Dann fällt ihr etwas auf: Das

Handy wird warm, und nicht nur durch ihre Berührung. Es ist heiß, wie wenn sie lange telefoniert.

Will ist da. Er hört zu.

Und kommt vielleicht.

DANACH

Als Hannahs Kopf zum dritten Mal bei einem Schlagloch schmerzhaft gegen die Autoscheibe prallt, wird ihr mit einem mulmigen Gefühl klar, dass es das war. Sie kann sich nicht länger verstellen, nicht länger Schlaf oder Unwissenheit vortäuschen. Nicht einmal Hugh würde erwarten, dass Hannah dieser Strecke vertraut.

»Wo sind wir, Hugh?« Sie ist ein bisschen stolz, dass ihre Stimme trotz der Angst fest klingt und nicht zittert.

»Was meinst du?« Er schaut zu ihr und scheint im schwachen Licht vom Armaturenbrett etwas in ihrem Gesicht zu lesen. Er seufzt. »Oje. Es wäre auch zu schön gewesen …«

Er verstummt, und Hannah beendet den Satz für ihn.

»Wenn ich noch dümmer als ohnehin schon wäre und das hier für den Weg zur Polizeiwache halten würde?«

»Hannah«, tadelt Hugh sie sanft. »Das ist unfair. Ich habe dich nie für dumm gehalten.«

»Ach wirklich?« Ihre Stimme klingt bitter. »Nicht mal, als ich vor Gericht gegen einen Unschuldigen ausgesagt habe?«

»Die Beweise waren ziemlich überzeugend …«

»Nicht mal, als ich schluchzend zu dir gekommen bin und geglaubt habe, mein eigener Mann sei der Mörder?«

»Nun, du hattest allen Grund …«

»Den hatte ich, weil du ihn mir geliefert hast! Aber warum? Warum ausgerechnet Will? Wie konntest du nur? Er ist dein bester Freund.«

»Weil er der Einzige ist, für den du alles tun würdest, um ihn zu beschützen«, schnauzt Hugh plötzlich. »Du warst offenbar bereit, jeden anderen den Wölfen zum Fraß vorzuwerfen.« Das Auto rumpelt wieder durch ein Schlagloch. Hannahs Zähne schlagen so fest aufeinander, dass ihr Schädel wehtut. Das Baby in ihr strampelt heftig, als wollte es sich über die Erschütterung beschweren, und sie rutscht unruhig auf dem Sitz hin und her, um den Druck vom Bauch zu nehmen. Es nieselt nur noch, aber sie kann draußen nichts erkennen, keine Lichter, keine Häuser. Keinen Will. Selbst wenn er alles mitgehört hat und ihren Hinweisen gefolgt ist, wird er wohl kaum diese enge, entlegene Straße wählen …

»Wo sind wir?«, fragt sie wieder. »Wo *sind* wir, Hugh? Das bist du mir schuldig – du musst mir zumindest jetzt die Wahrheit sagen.«

Hugh lacht.

»Erkennst du es nicht? Du bist mir vielleicht eine Ehefrau.«

»Was soll das heißen?« Sie runzelt verwirrt die Stirn, und dann begreift sie.

Es ist der Strand, an dem Will in seiner ersten Woche in Edinburgh mit ihr war. Der Strand, an dem sie geschwommen sind und im Sand gelegen haben und an dem Hannah sich endlich eingestanden hat, dass sie diesen Mann für den Rest ihres Lebens lieben würde.

Das Handy in ihrer Tasche ist so heiß, dass sie es nicht mehr festhalten kann. Es verbrennt fast ihren Oberschenkel, doch sie verändert seine Position nicht, weil die Hitze das Einzige ist, das ihr Halt gibt. Das winzige Fünkchen Hoffnung, dass Will ihnen zuhört. Und dass er, wenn sie Hugh lange genug reden lässt, zu ihr kommt.

»Es ist unser Strand«, stößt sie hervor. »Der, an dem wir – bei Tantallon Castle. Aber woher …« Sie schluckt und versucht es erneut. »Woher wusstest du davon?«

»Weil er mich gefragt hat, wohin er mit dir fahren soll.« Hugh sieht … müde aus, denkt Hannah. Vielleicht ist er das auch. Er trägt seine Geheimnisse seit mehr als zehn Jahren mit sich herum. Irgendwie muss er auch erleichtert sein, die Last endlich abzulegen. »Ich hatte gerade ein Sommerpraktikum hier gemacht, weißt du noch? Er sagte, er wolle mit dir irgendwohin, aber es müsse billig sein; ein billiger, romantischer Ort, den man mit dem Zug erreichen kann.«

»Und warum –« Hannah schluckt wieder und legt die Hand auf den Bauch. Das Baby zappelt, als spürte es ihr Unbehagen. »Warum hier? Warum jetzt?«

Hughs Gesicht verzerrt sich. Hannah kann das Gefühl nicht deuten. Abscheu? Schlechtes Gewissen? Mitleid? Vielleicht alles zusammen.

»Weil es sich richtig anfühlt«, sagt er schließlich. Er hat angehalten. Die Scheinwerfer reichen über die Landzunge hinaus. Von weit unten kann Hannah das Rauschen der Wellen hören, die gegen die Felsen schlagen. Es ist Flut.

Richtig wofür?, will sie fragen, weiß es aber tief im Herzen. Und es *ist* richtig. Denn Hugh kennt sie fast so gut wie Will, fast so gut wie sie sich selbst.

Hierher würde sie kommen, um sich umzubringen.

Der Gedanke – die Erkenntnis – sollte sie in Panik versetzen, doch das Gegenteil ist der Fall. Ihr Puls scheint sich zu verlangsamen. Ihr Kopf fühlt sich klarer an als in den vergangenen Wochen. Alles wird geradegerückt, als würde eine Hand unendlich langsam am Rädchen eines Mikroskops drehen, bis das Bild plötzlich unerbittlich scharf ist.

Hugh wird sie töten und es wie Selbstmord aussehen lassen. Und es ergibt auf schreckliche Weise Sinn – Hannah ist verzweifelt aus dem Haus gerannt, nachdem sie ihrem Mann vorgeworfen hat, ihre beste Freundin ermordet zu haben. Sie ist in ein Taxi gesprungen und weggefahren – wohin? Niemand weiß es. Sie hat es Will nicht gesagt. Sie hat es ihrer Mutter nicht gesagt. Sie könnte überall sein.

Das Handy glüht förmlich in ihrer Tasche, aber ihr bleibt nicht viel Zeit. Sie muss Hugh so lange wie möglich hinhalten – aber wenn Will sie nicht findet, wenn er es nicht rechtzeitig schafft …

»Zieh die Schuhe aus«, sagt Hugh sanft, und sie weiß, warum. Man darf nichts bei ihr finden, das auf ihn hinweisen könnte. Sie nickt und beugt sich vor, um die Flip-Flops abzustreifen. Es hat keinen Sinn, sich zu wehren. Es ist besser, so lange wie möglich auf Zeit zu spielen.

»Sieht das nicht seltsam aus?«, fragt sie. »Eine Leiche ohne Schuhe? Werden die wirklich glauben, dass ich den ganzen Weg barfuß mit dem Zug gekommen bin?«

Hugh schüttelt den Kopf.

»Ich hoffe, es wird keine Leiche geben.« Er nickt zu den Klippen, wieder hört Hannah das pochende, saugende Rauschen der Wellen. »Die Strömungen hier …« Er verstummt. Hannah weiß, was er meint. Jedes Jahr verschwinden hier Menschen – Schwimmer, Fischer, mutmaßliche Selbstmörder. Nur wenige werden gefunden. »Und falls doch«, sagt er, »wundert sich niemand über fehlende Schuhe.«

Hannah nickt. Sie weiß, sie müsste Angst haben, aber das ist Hugh. Der freundliche, sanfte Hugh mit den Chirurgenhänden und dem langen Pony. Es kommt ihr vor, als redeten sie über ein Theaterstück oder ein Buch. Das alles erscheint ihr so unwirklich. Bis auf das Handy, das an ihrem Bein brennt.

»Willst du mich nicht nach dem Wie fragen?«

Hannah sieht auf und runzelt die Stirn.

»Was meinst du? April?«

»Ja. Willst du nicht wissen, wie ich es angestellt habe? Wie ich an zwei Orten gleichzeitig sein konnte?«

Hannah würde am liebsten lachen, denn das ist typisch

Hugh. Das ist der Hugh, der sie zwei Jahre nach dem Examen stolz in seinem nagelneuen BMW herumgefahren hat. *Ist das nicht eine Schönheit?* Das ist der Hugh, der beiläufig seinen Damien Hirst erwähnt, der seine alte Schulkrawatte trägt, obwohl nur eine Handvoll Leute sich dafür interessiert, geschweige denn weiß, was sie bedeutet, der Hugh, der persönliche Mails mit MD, FRCS, EBOPRAS und all den anderen Abkürzungen unterschreibt, nur weil er es kann.

Er will angeben.

Hannah beißt die Zähne zusammen. Es ist gegen ihren tiefsten Instinkt, ihn gewähren zu lassen – *er hat April getötet*. Er sollte sich nicht damit brüsten –, auch wenn er zehn Jahre darauf gewartet hat. Aber wenn sie Zeit gewinnen will, muss sie Hugh zum Reden bringen. Also atmet sie tief durch.

»Ich weiß, wie. Ich weiß nur nicht, warum.«

»Du weißt, wie?« Hugh klingt leicht verärgert, sieht skeptisch aus. Hannah nickt.

»Ich war Monate, Jahre auf dem völlig falschen Dampfer. Aber ich bin mir ziemlich sicher, dass ich es jetzt weiß.«

Sie denkt an den Moment im Auto, an das Rädchen des Mikroskops, wie das Bild plötzlich scharf wurde … Sie ist sich nicht ziemlich, sondern völlig sicher.

Wieder sieht sie das Zimmer, April auf dem Teppich, die Wangen gerötet, die Arme ausgebreitet – wie auf einem Ölgemälde, hatte sie damals gedacht. Eine Theaterkulisse. Das schöne Mädchen, die tragische Szene. Romeo und Julia. Othello und Desdemona.

»Aha«, sagt Hugh, verschränkt lächelnd die Arme. »Dann mal los.«

»Ich hatte teilweise recht. Die Tatsache, dass kein anderer die Treppe hinunterkam, nachdem John Neville fort war und bevor wir in der Wohnung ankamen, hat mich auf die falsche Spur gebracht.«

»Und dennoch bin ich nicht am Regenrohr hinabgeklettert. Oder habe ich es falsch verstanden und bin irgendwie *hoch*geklettert?«

»Nein«, sagt sie. Ihr Puls ist gleichmäßig. Sie spürt plötzlich, dass ihr Körper sein Bestes tut, um sie und ihr Baby am Leben zu erhalten. Sie will leben. »Nein, *ich* habe es falsch verstanden. April war gar nicht tot, nicht wahr?«

»Was meinst du?«, fragt Hugh, aber seine Augen verraten, dass sie einen Treffer gelandet hat. »Du hast ihre Leiche selbst gesehen.«

»Das habe ich nicht. Ich habe April auf dem Boden liegen sehen, als sie sich *tot gestellt hat*. So wie ihr es euch ausgedacht hattet.«

Langes Schweigen, dann wird die Stille im Auto von einem einzelnen Klatschen durchbrochen, und das Baby in Hannahs Bauch zuckt zusammen. Das Klatschen geht weiter, Hugh applaudiert.

»Bravo, Hannah Jones. Endlich hast du es herausgefunden. Ich wusste, dass du es irgendwann schaffst.«

Er hatte gewusst, dass sie irgendwann darauf kommen würde, wenn sie nur lange genug in der Sache herumbohrte. Und er hatte versucht, sie zu warnen, sie von weiteren Nachforschungen abzubringen. Als es ihm nicht gelungen war, hatte er ihren Verdacht auf Will gelenkt, der einzige Weg, um sie vielleicht von ihrer verbissenen Suche nach der Wahrheit abzuhalten. Aber sie wollte nicht aufhören, nicht einmal für Will. Bei dem Gedanken tut ihr Herz weh.

»Ich habe mich immer gefragt«, sagt Hannah fast zu sich selbst, »warum April *mir* in jener letzten Woche nichts angetan hat. Sie hat alle bestraft. Will, weil er sie verlassen hatte. Ryan, weil er sich weigerte, Emily zu verlassen. Emily, weil sie die Frechheit besessen hatte, an Ryan festzuhalten. Aber mir hat sie nie etwas getan. Und das ergab keinen Sinn. Zuerst dachte ich, es läge daran, dass sie nicht von mir und Will wusste – wobei es eigentlich nichts zu wissen gab. Wir haben nichts hinter ihrem Rücken getan.« Außer uns einmal zu küssen, sagt ihr Herz, doch sie redet weiter. »Aber andere hatten es bemerkt. Du hast es selbst gesagt – man musste nicht Freud sein, um zu erkennen, was Will und ich füreinander empfanden, und April war eine sehr, sehr gute Menschenkennerin. Sie wusste Bescheid. Hundertprozentig. Warum also hat sie alle außer mir bestraft? Und dann wurde es mir klar.«

»Ja?«, fragt Hugh mit seiner sanften, altmodischen, höflichen Neugier. »Sprich weiter.«

»Mir wurde klar, dass sie mich sehr wohl bestraft hatte. Der letzte Abend, an dem ich sie tot in unserem Zimmer gefunden habe, war meine Bestrafung. Damit wollte sie mir zeigen, was für ein Miststück ich war. *Wenn ich tot bin, wird es dir leidtun* – das ist so eine pubertäre Reaktion, und Leute, die das sagen, meinen es nicht ernst, am allerwenigsten April. Sie hätte sich nie umgebracht. Dafür hing sie viel zu sehr am Leben. Aber ich sollte wissen, wie sich das anfühlt. Zumindest für eine halbe Stunde oder so sollte ich am eigenen Leib spüren, was ich ihr angetan und welche vermeintlichen Folgen meine Tat hatte.«

Das Handy ist jetzt glühend heiß. Morgen wird sie einen Abdruck am Bein haben – falls sie die Nacht überlebt. *Will, wo bleibst du?*

»Also«, sagt Hugh, verschränkt die Hände wie ein Lehrer, der sie durch eine Argumentation führt, um sie auf Schwachstellen abzuklopfen. »Sie hat also gewartet, bis du ins Zimmer kamst, und sich tot gestellt. Was dann?«

»Du warst eingeweiht. Es ging nicht anders, denn wenn ich ihr zu nahe gekommen wäre, hätte ich gemerkt, dass sie nicht tot war. Also hat sie deine Hilfe in Anspruch genommen. Deine Aufgabe war wie folgt: Du musstest in dem Moment, als ich die Wohnungstür öffnete, die Treppe hochrennen, neben ihrer ›Leiche‹ auf die Knie fallen und mir mit der Autorität eines Medizinstudenten im ersten Jahr verkünden, dass April tot sei. Dann solltest du mich rausschicken, um die Verwaltung zu verständigen, worauf April sich aufsetzen und behaupten würde, sie habe nur geschlafen. Und ich würde wie eine betrunkene, hysterische Idiotin dastehen.«

»Sehr gut«, sagt Hugh, schiebt die Brille hoch und pustet sich den Pony aus den Augen. »Ich bin beeindruckt.«

»In Wahrheit hast du sie natürlich umgebracht, sowie ich den Raum verlassen hatte. Im Schutz des Lärms, den ich geschlagen habe, des Türhämmerns und Geschreis im Treppenhaus hast du sie erwürgt. Aber ein Mensch, der erwürgt wurde, sieht anders aus als jemand, der sich tot stellt. Darum durfte ich das Zimmer nicht betreten, als ich mit den Leuten von der Verwaltung zurückgekommen bin. Ich weiß noch, wie du oben an der Treppe gestanden und die Tür blockiert hast. *Niemand darf reingehen und die Leiche anfassen.* Ich weiß noch« – sie lacht hohl und verbittert – »wie beeindruckt ich von deiner Umsicht war, dass du genau wusstest, was zu tun war. Aber das war Blödsinn. Du wolltest nur nicht, dass ich das geschwollene Gesicht meiner Freundin sehe und ihre zerschundenen Arme, auf denen du gekniet hattest. Lauter Anzeichen, die wenige Minuten zuvor noch nicht da gewesen waren. Die Rechtsmediziner wussten nichts davon. Als sie die Leiche untersuchten, konnten sie nicht sagen, ob sie um zehn Uhr neunundfünfzig oder um elf Uhr fünf ermordet worden war. Und da wir beide darauf bestanden, dass wir April um elf Uhr drei tot aufgefunden hatten …«

Sie schluckt.

»Der arme John Neville. Er hatte keine Chance. Dafür habe ich gesorgt.«

»Neville war ein Widerling«, sagt Hugh knapp. Er stellt den

Motor ab, und Hannah spürt einen Anflug von Angst. Oh Gott, oh Gott, wo ist Will?

Sie merkt entsetzt, dass das Handy nicht mehr am Bein brennt. Es kühlt rasch ab.

Entweder hat Will aufgelegt, oder der Akku ist leer. Er war nur bei fünfzig Prozent, bevor sie das Handy fallen gelassen hat. Sie ist am Ende. Sie hat alles darauf gesetzt, dass Will rechtzeitig kommt, und hat verloren. Jetzt kann sie nicht einmal mehr die 999 wählen.

Vorsichtshalber drückt sie Einschalttaste und Seitentaste gleichzeitig und wartet auf den Warnton, doch er kommt nicht. Sie versucht es mit dem Seitenknopf und der Lautstärketaste.

Wieder nichts.

Das war's. Sie ist allein. Es gibt nur sie und Hugh.

Dann aber tritt das Baby in ihr, und Hannah erkennt, dass sie nicht allein ist.

Und nicht sterben wird.

»Es ist Zeit«, sagt Hugh, und sie kontert verzweifelt: »Aber was ist mit dem Warum? Ich habe dir von dem Wie erzählt, aber warum hast du es getan, Hugh? Warum April?«

Er dreht sich um, sieht sie an und schüttelt den Kopf, als bemitleide er sie wegen ihrer Dummheit.

»Das werde ich dir nicht sagen, Hannah. Das hier ist kein Bond-Film. Ich werde dir nicht fünfundvierzig Minuten lang von meinen Motiven erzählen. Sie gehen dich nichts an. Steig aus.«

»Hugh, nein.« Sie legt die Hände auf den Bauch. »Bitte. Du darfst das nicht tun. Ich bin schwanger, bedeutet dir das denn gar nichts? Es geht nicht nur um mich, es geht um mein Baby. Du würdest mein Baby umbringen, Wills Baby.«

»Hannah«, sagt er ganz langsam, als spräche er mit einem sehr begriffsstutzigen Menschen, »steig aus, oder ich trete dir in den Bauch, bis dein Baby stirbt. Verstanden?«

Ihr wird ganz kalt.

Hugh lächelt freundlich, schiebt sich die Stephen-Hawking-Brille auf der Nase hoch.

»Bitte«, flüstert sie. »Hugh, bitte, ich würde es niemandem erzählen. Das würde ich dir nie antun. Du bist mein Freund.«

»Oh bitte«, sagt Hugh und klingt … belustigt und ein wenig traurig zugleich. »Wir wissen beide, dass das nicht stimmt, Hannah. Du wolltest nicht mal aufhören, als du dachtest, Will sei der Mörder. Erwartest du ernsthaft, dass ich glaube, du würdest es für mich tun?«

»Nein«, sagt sie, und ihre Kehle ist trocken. »Nicht für dich. Aber für mein Baby würde ich es tun. Für mein Baby würde ich dein Geheimnis bewahren. Wenn du mich gehen lässt, Hugh, schwöre ich – ich schwöre es beim Leben meines Babys …«

Doch er schüttelt den Kopf.

»Tut mir leid, Hannah, es ist zu spät.«

Er steckt die Hand in die Tasche, und als er sie herauszieht, wird Hannah ganz still. Er hat eine Pistole.

»Du kannst nicht …«, stößt sie hervor, doch ihr Mund ist zu taub, um weiterzusprechen. »Du kannst mich hier nicht erschießen – denk an all die Beweise – das Blut im Auto. Es wird nicht wie Selbstmord aussehen.«

Hugh seufzt.

»Danke, dessen bin ich mir bewusst. Steig aus, Hannah.«

Sie schüttelt den Kopf. Wenn sie aussteigt, ist es vorbei, das weiß sie.

Er kann es sich nicht leisten, sie im Auto zu töten; die Beweise kann er unmöglich beseitigen. Ihre einzige Hoffnung ist, so lange wie möglich drinzubleiben. Doch dann beugt er sich plötzlich und ohne Vorwarnung herüber und rammt ihr den Pistolenlauf hart in den Bauch.

Ein stechender Schmerz durchdringt ihren Körper, sie schreit auf, das Baby in ihr zappelt wie ein Fisch. Hugh brüllt ihr ins Gesicht: »Steig aus dem verdammten Auto, Hannah!«

Zum ersten Mal hört sie ihn fluchen und weiß, dass sie es nicht länger hinauszögern kann. Halb gebückt, den pochenden Bauch umklammernd, tastet sie nach dem Türgriff und stolpert in den Nieselregen.

»Geh zur Klippe«, sagt Hugh. Er ist auf der Fahrerseite ausgestiegen, der Regen läuft ihm übers Gesicht.

Stolpernd und fröstelnd gehorcht Hannah. Sie trägt immer noch Hughs Jacke und erlebt plötzlich einen Flashback zu jenem längst vergangenen Abend, an dem sie beide zusammen durch den Fellows' Garden gerannt waren. Da hatte sie auch Hughs Jacke angehabt. So war es für April zu Ende gegangen. Und so endet es auch für sie.

Sie steht jetzt am Rand der Klippe. Hinter ihr nichts als Leere und das Tosen der Wellen, die gegen die zerklüfteten Felsen schlagen, bereit, ihren Körper zu erfassen und zu einem unkenntlichen Brei zu zermalmen – einer aufgedunsenen Masse, in der kein Bluterguss zu sehen oder DNA zu finden ist. Was kann Hugh schon passieren? Dass sich der Taxifahrer erinnert, sie zu seinem Haus gebracht zu haben? Dass sie seine DNA unter den Nägeln hat? Er braucht doch nur zu sagen, dass sie frühmorgens weggegangen ist. Dass sie einen Zug nehmen wollte. Oder ein Taxi. Ja, sie wirkte deprimiert, Officer. Nein, er wisse nicht, wohin sie gefahren sei.

Oh Gott, es ist vorbei.

»Wirf mir die Jacke rüber«, sagt Hugh. Sie streift sie zitternd ab. Die Jacke landet vor seinen Füßen. Er nimmt sie und nickt zum Klippenrand. »Und jetzt spring.«

Hannah schaut über die Schulter und schüttelt hilflos den Kopf. Das kann sie nicht. Auch wenn Hugh sie sonst erschießt, kann sie sich nicht dazu durchringen, sich und ihr ungeborenes Kind ins Meer zu stürzen. Unmöglich.

Er hebt die Waffe.

Hannahs Herz bleibt stehen und schlägt dann schnell und hoffnungsvoll weiter. Denn über das Tosen des Meeres erklingt ein anderes Geräusch. Das Dröhnen eines Motors. Sie sieht ein Licht, das näher kommt. Ein Motorrad, das viel zu schnell auf der schmalen, ungeteerten Straße fährt.

Es ist Will.

Hugh wirft einen Blick über die Schulter, hält schützend die Hand vor die Augen. Dann sagt er etwas, das Hannah nicht versteht, und dreht sich um, als der Fahrer um die letzte Kurve schlittert.

Will hält nur wenige Meter von ihnen entfernt, springt ab, ohne den Motor auszuschalten, und zieht den Helm vom Kopf. Seine Augen sind schwarz vor Angst, aber Hannah sieht, dass er sich zur Ruhe zwingt.

»Hugh«, sagt er und streckt die Hände aus. »Hör zu – du brauchst das nicht zu tun.«

Hughs Schultern zittern.

Einen Moment lang versteht Hannah nicht, was los ist, schaut von Will mit den flehend ausgestreckten Händen zu Hugh. Weint er? Er schüttelt hilflos den Kopf, und dann erkennt sie, dass er nicht weint, sondern lacht.

»Hugh?« Sie macht einen Schritt nach vorn, weg von der Klippe. Bei der Bewegung scheinen ihre Bauchmuskeln zu zerreißen, ein neuer Schmerz breitet sich aus, strahlt aus von dort, wo Hugh sie mit der Pistole geschlagen hat.

»Du absoluter Schwachkopf«, sagt Hugh und wischt sich die Lachtränen unter der Brille weg. Oder den Regen. »Du Idiot, Will. Du hättest weiterleben können, ist dir das klar? Stattdessen hast du mein Problem gelöst.«

»Was zum Teufel meinst du?« Will kommt einen Schritt näher, und Hugh richtet blitzschnell die Waffe auf Hannahs Bauch.

»Komm nicht näher, außer du willst dein Baby *sofort* sehen.« Seine Stimme klingt plötzlich kalt.

»Okay, okay«, sagt Will und hebt die Hände. Hannah zittert. Sie schaut Will ins Gesicht. *Es tut mir so leid,* will sie sagen. Er schließt die Augen, schüttelt leicht den Kopf. *Egal, alles gut.*

Dann dreht er sich wieder zu Hugh.

»Was hast du damit gemeint? Welches Problem habe ich gelöst?« Er will ruhig und zuversichtlich klingen, doch seine Stimme zittert. Hugh schüttelt den Kopf.

»Jetzt muss es kein Selbstmord mehr sein«, sagt er müde. »Verstehst du? Ich hätte sie einfach erschießen können, aber sollte die Leiche angeschwemmt werden, wäre eine Schusswunde schwer zu erklären. Aber das – das ist viel besser. Du hast deine frühere Freundin umgebracht, und als deine Frau Verdacht geschöpft hat ...« Er zuckt mit den Schultern. »Du hast sie erschossen und dann dich selbst. Das ist schon fast zu perfekt.«

Er hebt die Waffe, zielt auf Hannahs Brust.

»Hugh, nein«, sagt Will so gequält, dass Hannahs Herz wehtut. »Hugh, du warst mein Freund.«

»Es tut mir leid. Aber du hast es mir einfach zu leicht gemacht.« Er löst die Sicherung.

Hannah schließt die Augen. Sie fragt sich flüchtig, ob es wehtun und wie schnell ihr Baby nach ihr sterben wird.

Sie hört Wills gequälten Aufschrei, als er Hugh angreift. Die Waffe geht los, die Kugel peitscht an Hannahs Schulter vorbei, und sie duckt sich instinktiv, obwohl das Geschoss längst ins Meer gefallen ist.

Hugh und Will wälzen sich eng umschlungen auf dem schlammigen Boden, die Pistole zwischen ihnen eingeklemmt, Hughs Finger noch am Abzug.

»Will!«, schreit sie, während die Männer in der regnerischen Dunkelheit stumm miteinander ringen. Sie hat keine Ahnung, was sie tun soll. Sie möchte Will helfen, Hugh von ihm wegziehen, kann aber keinen weiteren Schlag in den Bauch riskieren. Dort pocht ein dumpfer roter Schmerz, und sie spürt ein unheilvolles Ziehen tief im Becken. »Will!«, schreit sie wieder, sein Name zerreißt ihr die Kehle.

Hugh ist unten, dann oben, und jetzt sieht sie die Waffe – er hat sie fallen lassen, oder Will hat sie ihm entrissen, das weiß sie nicht. Sie liegt im nassen Gras. Die Männer rollen von ihr weg in Richtung Klippenrand.

Hannah erkennt, was sie zu tun hat.

Sie rennt hin, ihre nackten Füße rutschen über das glitschige, schlammige Gras, ihr Bauch verkrampft sich bei jeder achtlosen Bewegung. Aber Hugh hat auch begriffen und stürzt sich ebenfalls auf die Waffe, packt sie, zielt auf Hannah. Will wirft sich rücksichtslos und mit der verzweifelten Kraft eines Mannes, der nichts mehr zu verlieren hat, auf ihn. Und dann hört sie den zweiten und den dritten Schuss. Diesmal lauter, sodass ihre Ohren schrillen.

Will sinkt in sich zusammen.

Blut sammelt sich um seinen Körper.

DAS ENDE

Auf dem Weg zum Krematorium beginnt es zu regnen. Hannah ist froh. Sie starrt aus dem Fenster auf die weinende Welt und spürt, wie ihr die Tränen über die Wangen laufen und den Kragen ihres schwarzen Mantels durchnässen.

»Alles gut?«, flüstert Emily neben ihr und schüttelt dann den Kopf. »Tut mir leid, blöde Frage. Wie sollte alles gut sein?«

Der Fahrer des Bestattungsinstitutes schweigt. Er ist es gewohnt, dass Menschen auf dem Rücksitz seiner Limousine weinen. Davon zeugt die Schachtel mit den Taschentüchern, die zwischen den Sitzen steht. Hannah weiß nicht, was man ihm gesagt hat – aber er muss etwas über die Umstände wissen, die sie hergeführt haben. Die Tatsache, dass es sich nicht um eine normale Beerdigung handelt – von jemandem, der an Altersschwäche gestorben ist oder zu jung an Krebs, einer Herzkrankheit oder einer der anderen Unwägbarkeiten des Lebens.

Nein, dies ist eine Tragödie, nicht mehr und nicht weniger. Und plötzlich wird ihr bewusst, wie ungerecht das alles ist – dass Will bei ihr sein und ihre Hand halten sollte. Doch er ist nicht da, sie muss es allein durchstehen. Und das nur wegen Hugh und ihrer eigenen unerträglichen, unentschuldbaren Dummheit.

Ein Blitz des Zorns durchfährt sie, und als das Auto am Krematorium hält, gibt ihr dieser Zorn die Kraft, auszusteigen und zu den anderen zu gehen, die dort warten – Ryan im Rollstuhl und Bella, die sie mitfühlend umarmt.

Sie kann das durchstehen. Sie *wird* es durchstehen.

Und dann versetzt ihr das Baby einen ausgiebigen Tritt, sie kann tatsächlich sehen, wie sich der straff gespannte schwarze Stoff über ihrem Bauch kräuselt und bewegt.

Sie beide werden das durchstehen. Gemeinsam.

»Bist du bereit?«, fragt Emily, und Hannah nickt.

»So bereit, wie ich nur sein kann.«

»Wir sind bei dir«, sagt Ryan. Sie nickt erneut und bringt ein Lächeln zustande.

»Seine Eltern sind schon drin«, bemerkt Bella. »Wir sollten reingehen. Alles klar, Ry?«

Er nickt, klickt auf die Steuerung des Rollstuhls und fährt langsam die Rampe zur Kapelle hinauf. Hannah weiß nicht, was sie drinnen erwartet. In der kühlen Dunkelheit stehen nur zwei weitere Menschen, sie haben die Köpfe gesenkt. Vor ihrem Anblick hat sie sich gefürchtet. Was soll sie sagen? Was soll sie Eltern sagen, denen das Schlimmstmögliche zugestoßen ist?

Letztlich muss sie gar nichts sagen.

Seine Mutter kommt zu ihr und nimmt sie wortlos in den Arm. Sie stehen beide da im Licht des Bleiglasfensters, das sie in ein Meer aus Blau und Grün taucht. Die Orgelmusik setzt ein, Hannah wischt sich die Augen, und sie wenden sich nach vorn, als der Pfarrer ansetzt: »Wir sind hier, um des Verstorbenen Hugh Anthony Bland zu gedenken.«

Und Hannah weiß, dass es wirklich vorbei ist.

DER ANFANG

»Die Entbindungsstation ist in die andere Richtung!«, ruft die Frau am Empfang, als Hannah durch den Haupteingang zum Aufzug geht.

»Ich weiß«, ruft sie über die Schulter zurück. »Ich bin nicht meinetwegen hier, ich besuche meinen Mann.«

Im Aufzug spürt sie, wie sich das Baby in ihr langsam regt. Die Bewegungen haben sich in der letzten Woche verändert – nicht verlangsamt, wie die Hebammen betonen. Doch nach der hektischen Aktivität, an die sie sich gewöhnt hat, werden die Bewegungen nun bedächtiger. Ihr Kind wächst in seine Gliedmaßen hinein und hat keinen Platz mehr, um sich zu wild zu drehen. *Es liegt jetzt mit dem Kopf nach unten,* hat die Hebamme beim letzten Termin gesagt. *Ich kann nicht versprechen, dass es so bleibt, aber … ich drücke die Daumen.*

Hannah legt die Hand auf die harte Kugel, die direkt unter ihren Rippen hervorspringt. Sein Gesäß, hatte die Hebamme gesagt, als sie die lange, runde Kurve ihres Bauches nachgefahren war. Und da ist die Wirbelsäule.

Der Aufzug klingelt, und sie geht nach rechts durch den Korridor zu Wills Station.

Er sitzt aufrecht im Bett, spricht mit einem Arzt, nickt.

Hannah wartet kurz, will ihn nicht stören, doch als Will sie sieht, hellt sich sein Gesicht auf.

»Han, komm und setz dich. Dr. James, das ist meine Frau Hannah.«

»Ah, Sie sind also die Glückliche«, sagt der Arzt. »Ich drücke die Daumen, dass er am großen Tag wieder auf den Beinen ist.« Er nickt zu ihrem Bauch.

»Dr. James hat gerade gesagt, dass ich morgen wahrscheinlich entlassen werde«, sagt Will grinsend.

»Unter gewissen Bedingungen«, wirft der Arzt entschieden ein. »Die Bewegungstherapeutin muss ihr Okay geben. Ihre Frau kann Sie offensichtlich nicht heben. Daher müssen Sie in der Lage sein, allein auf die Toilette zu gehen und so weiter.«

Will verzieht das Gesicht und nickt, doch Hannah erkennt, dass er die Bedingungen akzeptiert. Er streckt die Hand aus und drückt ihre, so fest er kann.

Als der Arzt gegangen ist, klopft Will auf das Kissen neben sich.

»Komm rein.«

»Will, bist du verrückt?« Hannah schaut vom schmalen Streifen Bett zu ihrem Körper. »Da passe ich nie und nimmer rein.«

»Komm schon.« Er rutscht an den Bettrand und zuckt zusammen. »Das passt. Ich halte dich fest.«

Behutsam, um den Verband an seiner Seite nicht zu berühren, klettert Hannah aufs Bett und legt sich neben ihn. Sie lehnt sich an Wills Arm und spürt, wie er mit überraschender Kraft ihre Schulter umfasst. Sie erinnert sich an das lange, albtraumhafte Warten auf den Rettungswagen am dunklen Strand, an Wills Hand in ihrer, glitschig von seinem Blut, an seinen zuckenden Griff, als er immer wieder das Bewusstsein verlor, und wie ihr Herz jedes Mal fast stehen geblieben war, wenn sich sein Griff lockerte. Jedes Mal hatte sie geglaubt, dass Will ihr nun endgültig entglitte, in die Dunkelheit, so wie Hugh.

Sie schließt einen Moment die Augen, um sich die Schrecken jenes Abends zu vergegenwärtigen, und öffnet sie dann wieder, um die Bilder zu verdrängen.

»Ist das in Ordnung?«, fragt sie betont sachlich. »Tu ich dir nicht weh?«

»Du tust mir nicht weh.« Er schiebt ihr mit der freien Hand die Haare aus dem Gesicht und streichelt ihre Wange mit einer solchen Zärtlichkeit, dass sich ihr Herz vor Liebe zusammenzieht. »Und jetzt erzähl mir von heute Morgen. War es schlimm?«

»Oh, Will.« Sie fährt sich mit der Hand über das Gesicht. »Es war furchtbar. Seine armen Eltern. Der Pfarrer war wunderbar, aber was sollte er schon sagen? Wie sollte man angesichts von alldem Hughs Leben feiern?«

»Ich bin immer noch erstaunt, dass ihr alle kommen durftet«, sagt Will. »Dass seine Eltern es erlaubt haben, meine ich. An ihrer Stelle … keine Ahnung. Ich hätte keine Trauergäste gewollt.«

Hannah nickt nachdenklich. Auf dem Weg zum Krematorium hatte sie sich auch gefragt, warum Hughs Eltern zugestimmt hatten. Doch als Hughs Mutter sie umarmt hatte, war es ihr klar geworden.

»Ich auch, aber …« Sie hält inne und schaut aus dem Fenster, über die Dächer von Edinburgh. »Sie wussten wohl, dass wir uns verabschieden mussten … Verstehst du, was ich meine? Es war eine Art Abschluss. Und vielleicht …« Sie sucht nach Worten. »Vielleicht mussten sie mich sehen. Dass es dem Baby und mir gut geht, trotz allem, was er getan hat.«

»Ja, das verstehe ich«, sagt Will und verzieht das Gesicht zu einer schmerzhaften Grimasse. Hannah versucht, ihm Platz zu geben, merkt dann aber, dass er sich nach seinem Handy ausstreckt. »Hast du gesehen«, sagt er, während er es mit den Fingerspitzen zu sich heranzieht, »dass die Polizei eine Erklärung zu Neville abgegeben hat?«

Hannah schüttelt den Kopf.

»Nein, ich war selten online. Was haben sie gesagt?«

»Nur … Moment …« Er scrollt unbeholfen mit der linken Hand durch Twitter, während er Hannah mit der rechten festhält. »Hier ist es.« Er liest aus dem verlinkten Artikel vor: »Wie die Thames Valley Police heute bekannt gegeben hat, wird sie aufgrund neuer Beweise das Berufungsgericht bitten, das Verfahren zur Aufhebung des Urteils gegen John Neville einzuleiten, der 2012 wegen Mordes an der Pelham-College-Studentin April Clarke-Cliveden verurteilt wurde. Mr. Neville verstarb Anfang des Jahres im Gefängnis, nachdem er bis zuletzt seine Unschuld beteuert hatte. Sein Anwalt, Clive Merritt, kommentierte: ›Es ist eine große Tragödie, dass John Neville seine Rehabilitierung nicht mehr erlebt hat, sondern im Gefängnis gestorben ist, wo er für ein Verbrechen inhaftiert war, das er nicht begangen hat. Seine Freunde und seine Familie werden jedoch Trost in der Tatsache finden, dass sein Name endlich von diesem abscheulichen Verbrechen reingewaschen wird. Geraint Williams, Sprecher der Familie Clarke-Cliveden, sagte: ›Die Clarke-Clivedens drücken der Familie Neville ihr tief empfundenes Mitgefühl angesichts dieses schweren Justizirrtums aus. Sie verspüren keine Freude, sind aber erleichtert, dass in dieser Angelegenheit endlich Gerechtigkeit geschieht und die Freunde und Familien von April und Mr. Neville den Frieden finden, der ihnen lange grausam verwehrt wurde.‹ Ein Sprecher der Thames Valley Police drückte Mr. Nevilles Freunden und Familie sein tiefes Bedauern und Beileid aus. Man nimmt an, dass es keine weiteren Ermittlungen im Zusammenhang mit dem Verbrechen geben wird.«

Sie liegen einen Moment lang schweigend da. Hannah versucht, das alles zu verarbeiten. Sie stellt sich vor, wie November mit Geraint in einem Café sitzt, um Gefühle in Worte zu fassen, für die es keine Worte gibt, Gefühle, über die sie sich seit Hughs Geständnis auch klar zu werden versucht.

Denn wie kommt man mit so etwas zurecht? Wie kann Will mit einem solchen Verrat durch seinen besten Freund leben? Und wie kann sie in dem Wissen leben, dass sie John Neville zu einem einsamen, schmachvollen Tod verdammt hat?

»Hey.« Sie hört Wills Stimme, spürt seine Lippen auf ihrem Haar, bevor sie merkt, dass ihr Tränen über das Gesicht laufen. »Hey, Hannah, nein. Hör zu. Nicht mehr weinen – verstehst du? Es war nicht deine Schuld. Es war *nicht* deine Schuld.«

»Doch, das war es«, sagt sie. »Das war es, Will. Ich habe ihn verurteilt, weil er alt und seltsam und unbeholfen war – dafür muss ich geradestehen, begreifst du das nicht? Davon kann ich mich nie freisprechen.«

»Es war nicht deine Schuld«, sagt Will eindringlich. »Hugh hat dich getäuscht und nicht nur dich, er hat uns alle getäuscht, dich, mich, die Polizei, die Collegeverwaltung. Sogar April. Alle. Er war –« Ihm bricht die Stimme, und sie erinnert sich, wie er in den Tagen und Wochen nach der Schießerei hilflos geweint hatte. »Er war *mein bester Freund,* Herrgott noch mal. Ich habe ihn geliebt. Und ich habe ihn dir vorgestellt, und April. Macht mich das nicht ebenso schuldig?«

Hannah lehnt sich auf Wills Kissen, atmet tief ein und versucht, die Tränen zu unterdrücken. Sie weiß, dass Will recht hat. Hugh ist schuld – er allein. Und doch hat auch sie recht. Sie alle haben Hugh geglaubt – nicht wegen dem, was er war, sondern wegen dem, was er zu sein schien: charmant, sanft, harmlos, gut aussehend. Alles, was John Neville nicht war. Und das ist die Last, die sie für immer trägt. Sie muss lernen, mit dem Wissen zu leben – für den Rest ihres Lebens.

»Ich sage dir, was mich ärgert«, sagt Will in bitterem Ton und wischt sich mit einer wütenden Bewegung über die Augen.

»Der Begriff *aufgrund neuer Beweise*, so als ob die Thames Valley Police das alles ausgegraben hätte. *Beweise, die uns von einigen Zivilisten unter Lebensgefahr auf dem Silbertablett serviert wurden*, wäre wohl passender.«

Hannah nickt. Sie und Will haben darüber gesprochen – über den albtraumhaften Abend, Wills lange, angsterfüllte Motorradfahrt durch die Dunkelheit, Hannahs Stimme, die unter dem Helm in sein Ohr flüsterte, während sie Hugh geschickt durch sein Geständnis lockte. Er hat ihr erzählt, was er empfand, während er die Kurven nahm, durch Tunnel raste, über Viehgitter holperte – von der entsetzlichen Gewissheit, dass Hannah in Gefahr war und warum.

Die Aufzeichnung dieses Gesprächs hatte für die Polizei den Ausschlag gegeben. Bei der Vorstellung, Will wäre seiner Eingebung, die Aufnahmetaste zu drücken, nicht gefolgt, wird Hannah heute noch heiß und kalt. Sie hätte selbst im Gefängnis landen können – oder Will. Denn als die Polizei endlich eintraf und Hannah hysterisch, Hugh tot und Will mit einer blutenden Schusswunde auf der Klippe vorfand, hätte sie durchaus geneigt sein können, Hannah als mutmaßliche Mörderin zu betrachten und sie in Handschellen in einen Rettungswagen zu verfrachten.

Ihre Geschichte klang beinahe zu fantastisch, um wahr zu sein: ein zehn Jahre alter Mord, ihre wachsenden Zweifel an der eigenen Aussage und schließlich Hughs Taten – die Entführung, der Kampf, die Schüsse, erst auf Will, dann auf ihn selbst, ins Herz. War seine Waffe aus Versehen losgegangen, als er und Will miteinander gekämpft hatten? Oder hatte er …? Hannah denkt an seine Müdigkeit im Auto, die Bürde, die auf ihm zu lasten schien, als sie durch die Nacht fuhren. Vielleicht hatte er genug von dem Preis, den er bezahlt hatte, von den Opfern, die er gebracht hatte, um sein Geheimnis zu bewahren.

Sie werden nie die Wahrheit über diese letzten Momente erfahren. Nicht einmal Will – auch in seiner Vorstellung verschwimmen die Details des albtraumhaften Kampfs. Er erinnert sich nur an den Schmerz, an das Bewusstsein, dass er angeschossen wurde und in klebriger Wärme zu verbluten drohte. Sie hatte der Polizei Wills Handy übergeben, es mit zitternden, blutigen Fingern entsperrt, und Hugh hatte ihre Geschichte mit seinen eigenen Worten bestätigt. *Bravo, Hannah Jones. Endlich hast du es herausgefunden. Ich wusste, dass du es irgendwann schaffst.*

Doch sie hat es nicht herausgefunden. Nicht ganz.

Sie weiß noch immer nicht, warum er es getan hat. Das weiß niemand.

Auf dem Rückweg ruft sie November vom Taxi aus an, berichtet von der Beerdigung und wie es Will geht.

»Er wird vielleicht morgen entlassen«, sagt sie, und allein die Worte, der Gedanke, Will wieder zu Hause zu haben, lösen ein Kribbeln in ihrem Körper aus. Er hat zwar ein faustgroßes Loch in der Seite und schwarz-gelbe Blutergüsse am ganzen Oberkörper, aber er wäre zu Hause. Es war einsam in den letzten Wochen, allein mit dem Baby. Nachts war sie keuchend aus Albträumen erwacht, in denen sie immer noch in diesem Auto unterwegs war, auf dem Weg zu einem unbekannten Ziel und mit einem Mann, von dem sie weiß, dass er ein Mörder ist. Sie weiß, wenn etwas passiert, wenn sie vorzeitig Wehen bekommt oder zu bluten beginnt, wird sie allein im Taxi ins Krankenhaus fahren. Die Stelle, wo Hugh sie geschlagen hat, ist von Blauschwarz zu einem kränklichen Gelbgrün verblasst, aber wenn sie sich nachts umdreht, tut es immer noch weh.

In der ersten Woche war ihre Mutter da gewesen und hatte Spaghetti mit Fleischbällchen und fettige Lasagne gekocht.

Doch dann hatte Hannah sie sanft nach Hause geschickt. Sie müsse sich daran gewöhnen allein zurechtzukommen. Außerdem würde sie ihre Mutter noch viel mehr brauchen, falls Will nicht vor der Entbindung entlassen würde.

»Komm mit zu mir«, hatte ihre Mutter gedrängt. »Nur bis Will gesund ist.«

Doch Hannah hatte den Kopf geschüttelt. Sie konnte Edinburgh nicht verlassen, solange Will in einem kritischen Zustand war, und erst recht nicht, als er wach genug war, um sie zu vermissen.

»Und wie geht es Hughs Eltern?«, fragt November und holt sie damit in die Gegenwart und zu Hughs Beerdigung zurück. »War es eigenartig?«

»Ach, November, es war *so* seltsam. Ich habe einfach …« Sie spürt einen Kloß im Hals, als sie an Hughs fassungslose, zerbrechliche Mutter und den steifen, spröden Mut seines Vaters denkt. »Ich hatte keine Ahnung, was ich sagen soll. Er war ihr einziges Kind, ihr Ein und Alles. Was soll man da sagen?«

»Und sie haben nicht … sie haben keine Erklärung gehabt … warum?«

»Nein«, sagt Hannah traurig. »Ich meine … ich habe nicht danach gefragt. Sie haben ihn offensichtlich sehr geliebt. Ich muss immer wieder an das letzte Gespräch mit ihm in Pelham denken, bevor April starb. Als Hugh von seinem Vater erzählt hat und wie stolz dieser war, dass sein Sohn auch Medizin studierte. Es bricht mir beinahe das Herz.«

»April hat immer gesagt, Hugh gehöre nicht nach Pelham«, sagt November seufzend. »Sie hat mal … wie hat sie es doch gleich ausgedrückt? Sie habe ihm einen Vorteil verschafft, aber das würde ihm nichts nützen, wenn er nicht mithalten könne.«

»Einen Vorteil verschafft?« Hannah ist verblüfft. »Aber April hat nicht Medizin studiert, wie hätte sie Hugh helfen können?«

»Keine Ahnung. Ich glaube, ein Freund von ihr hat Leuten bei den Prüfungen geholfen oder so. Eine Art Nachhilfelehrer vielleicht?«

Hannah stockt der Atem. Sie hört Aprils Stimme so deutlich, als wäre sie am anderen Ende der Leitung. *Ach, das! Ich hatte einen Ex in Carne, der ziemlich gut damit verdient hat, für andere den BMAT zu machen.*

Und plötzlich begreift sie.

Es ist wie beim Sudoku, wenn fast alle Felder ausgefüllt sind und die letzten Zahlen sich wie von selbst einfügen. Eins, zwei, drei.

Eins. Hughs verzweifelter Wunsch, in die Fußstapfen seines Vaters zu treten.

Zwei. Aprils *Vorteil*, den sie ihm verschafft hat.

Drei. Dass Hugh den Anforderungen in Pelham nie gewachsen war.

Was hatte er doch gleich gesagt, als er von der Zeit im College nach Aprils Tod sprach? *Kopf hoch, und bei den Prüfungen drücken wir ein Auge zu,* sei die Devise gewesen. Und Emilys trockene Bemerkung, die erst wenige Wochen zurückliegt, ihr aber wie aus einem anderen Leben vorkommt: *Wie wahr. Ich hatte auf keinen Fall eine Eins verdient und bin mir ziemlich sicher, dass Hugh ohne Aprils Tod nicht bestanden hätte.*

So viele kleine Dinge ergeben plötzlich einen Sinn. Hughs Entsetzen, als er April am ersten Abend im Speisesaal entdeckt hatte. Wie sie ihn herumkommandiert, als Laufburschen behandelt, ihn gezwungen hatte, sogar am Abend vor seiner wichtigsten Prüfung zu ihrem Theaterstück zu kommen. Warum hat Hugh immer wieder Ja gesagt? Hannah hatte das nie verstanden, aber jetzt ist es ihr klar. Hugh hatte es sich nicht leisten können, Nein zu sagen. April hatte ihn in der Hand.

Und schließlich … die Tabletten. Die unschuldigen kleinen

Kapseln auf Aprils Nachttisch. Sie hatten nie herausgefunden, woher April sie bezog – das war, bevor man von Silk Road und den anderen Darknet-Websites wusste. Damals musste man jemanden kennen, der Rezepte ausstellen konnte. *NoDoz für Erwachsene*, aber es war nicht NoDoz gewesen, sondern etwas viel Stärkeres. Was hatte April an jenem Abend im Theater zu Hugh gesagt? *Scheiß auf Blumen. Du hättest was Stärkeres mitbringen sollen, Hugh … Was der Arzt verordnet hat, habe ich recht?*

»Hannah?«, fragt November. »Bist du noch da?«

»Ja«, sagt sie und schluckt trocken. »Ja, ich bin noch da. Ich glaube, ich weiß, was passiert ist. Warte mal.« Sie bezahlt den Taxifahrer, steigt aus und steht im Nieselregen, während der Wagen weiterfährt.

Der Regen läuft ihr in den Nacken. »November, ich glaube, ich weiß, warum Hugh April getötet hat.«

»Wie, du weißt es? Aber vor einer Sekunde hast du gesagt –«

»Klar, aber was du gerade gesagt hast – dass April ihm einen Vorteil verschafft hat. Sie hat mir mal erzählt, dass ihr Exfreund für andere Leute den BMAT gemacht hat.«

»Was ist ein BMAT?«, fragt November.

»Die Prüfung, die man ablegen muss, wenn man in Oxford Medizin studieren will. Er ist wirklich wichtig – Hugh hat mal gesagt, dass ein guter BMAT im Grunde wichtiger ist als das Vorstellungsgespräch und wahrscheinlich sogar wichtiger als die Abiturnote. Und Hugh hat gut abgeschnitten. Wirklich gut, als einer der Besten seines Jahrgangs. Darum hat es mich auch so gewundert, dass er sich wegen der Vorprüfungen Sorgen machte – er hatte den BMAT mit Bravour bestanden, warum sollte er Angst vor einer beschissenen kleinen Prüfung im ersten Jahr haben? Außer … er hatte den BMAT gar nicht bestanden, sondern jemand anders.«

»Aber – wie soll das gehen?« November klingt irritiert. »Wie sollte Aprils Ex sich für Hugh ausgeben? Oder überhaupt irgendjemand?«

»Das weiß ich nicht.« Hannah kramt verzweifelt in ihrer Erinnerung. »Wenn es so war wie bei meiner Aufnahmeprüfung, musste man in ein Testzentrum gehen – und ich kann mich nicht erinnern, dass ich mich hätte ausweisen müssen. Warum auch – wie wahrscheinlich ist es, dass jemand auftaucht und sich als Hugh Bland ausgibt, um für ihn die Prüfung abzulegen?«

»Es sei denn …«, sagt November langsam. »Es sei denn, du wirst für so etwas bezahlt. Aber wie hätte Hugh den Typen bezahlen sollen? Er hatte es finanziell doch nicht so dicke.«

»Stimmt«, sagt Hannah. »Aber sein Vater war Hausarzt, er könnte sich Zugang zu dessen Rezeptblock verschafft haben. Damals waren Rezepte noch nicht digitalisiert – die meisten Hausärzte schrieben sie von Hand. Wie schwer dürfte es für einen aufgeweckten Jungen wie Hugh gewesen sein, Rezeptvordrucke zu stehlen und für lukrative, verschreibungspflichtige Medikamente zu verwenden?«

»Medikamente wie Dextroamphetamin«, sagt November, die nun auch begreift. »Oh Gott. Du hast sogar gesagt, es könnte ein missglückter Drogendeal gewesen sein.«

»Wohl eher viele missglückte Drogendeals«, sagt Hannah. »April wusste nie, wann sie aufhören musste, wann sie die Leute zu weit trieb. Ich weiß noch, wie sie mir die Pillen angeboten und gesagt hat: *Wo die herkommen, sind noch mehr*. Sie nahm die schon seit einer Ewigkeit, oder? Lange bevor sie nach Pelham kam. Sie hatte die Medikamente schon Monate zuvor aus Hugh herausgequetscht, seit dieser Prüfung. Als sie entdeckte, dass er in Pelham war, freute sie sich diebisch. Damals habe ich das nicht verstanden, weil sie gar nicht eng befreundet waren. Aber das muss der Grund gewesen sein. Ihr persönlicher Drogenlieferant – und sie hat ihn das ganze Jahr über damit erpresst, bis er ausgerastet ist. Aber was konnte er tun? Er hatte nichts gegen April in der Hand, nicht sie hatte den BMAT für ihn gemacht. Sie war nur eine unschuldige Randfigur. Aber April hatte ihn in der Hand, für immer.«

»Und am Ende hat er sich dafür gerächt«, flüstert November.

»Er muss ihr bei der Planung des letzten Streichs geholfen haben«, sagt Hannah. »Vermutlich war es sogar seine Idee, dass April sich tot stellt. Er hat ihr versichert, er könne mich von ihrem vermeintlichen Tod überzeugen und vor dem Master und dem Rest des Kollegiums wie eine Idiotin dastehen lassen. Dann hat er sich über sie gebeugt und getan, als würde er sie wiederbeleben ...«

»Und sowie du den Raum verlassen hattest, hat er sie erwürgt.« Novembers Stimme ist tonlos. Sie schweigen. Hannah ist, als würde sich ein seltsames Gewicht gleichzeitig von ihr heben und sie niederdrücken.

Oh, Hugh.

»Ich muss Schluss machen«, sagt sie zu November. Ihr bricht die Stimme. »Kommst du klar?«

»Sicher«, sagt November traurig. »Mach's gut, Hannah.«

Sie legen auf.

Hannah schließt die Tür auf und steigt die Treppe zu ihrer Wohnung hinauf, langsam, eine Stufe nach der anderen. Als sie oben ankommt, ist sie außer Atem, weil das Kind von unten gegen ihre Lunge drückt.

Sie setzt sich ans Küchenfenster und schaut auf die Straße.

Sie sollte Will anrufen, um sich nach der Entlassung zu erkundigen, die Ergotherapie-Praxis verständigen, ein Taxi bestellen, Haltegriffe arrangieren, alles für seine Heimkehr vorbereiten. Aber sie tut es nicht, obwohl sie sich mit einer Kraft nach ihm sehnt, die fast körperlich wehtut.

Stattdessen ruft sie auf dem Handy Google auf und tippt fünf Wörter in die Suchleiste, nach denen sie aus Angst fast zehn Jahre nicht gesucht hat. *John Neville April Clarke-Cliveden.*

Bilder tauchen nacheinander auf, und jedes versetzt ihr einen kleinen Stich, eine Erinnerung an die Zeit, als jede Meldung wie ein Schlag in die Magengrube war.

VERURTEILUNG DES »PELHAM-WÜRGERS« WIRD AUFGEHOBEN, SAGT THAMES POLICE

JOHN NEVILLE UNSCHULDIG. WIE KONNTE SICH DIE POLIZEI SO IRREN?

APRILS KILLER – ENDLICH GERECHTIGKEIT?

Sie klickt wahllos auf ein Bild, und da sind sie. Nevilles düsteres Gesicht vom Collegeausweis, April auf ihrer Instagram-Seite, wie sie in einem smaragdgrünen Zipfelkleid kokett über die Schulter blickt.

Zum ersten Mal seit zehn Jahren kann Hannah ihnen in die Augen schauen, auch wenn ihr dabei die Tränen kommen.

Sie streckt die Hand aus und berührt ihre Gesichter – Johns, Aprils –, als könnte sie die beiden durch das Glas hindurch spüren.

»Es tut mir leid«, flüstert sie. »Es tut mir so leid, dass ich euch im Stich gelassen habe.«

Sie weiß nicht, wie lange sie dasitzt und die beiden anstarrt: April lachend und voller Geheimnisse, John mürrisch und voller Groll. Doch dann vibriert ihr Handy, eine Mail von Geraint Williams. Die Betreffzeile lautet: *Wie geht es Ihnen?*

Sie öffnet sie.

Hallo Hannah, hier ist Geraint.
Ich hoffe, es geht Ihnen gut, und dem Baby auch. Und dass Will sich erholt. Ich habe mit November darüber gesprochen, was Sie mit Hugh durchgemacht haben. Es tut mir so leid, das klingt schrecklich. Nicht zu fassen, er schien so ein netter Kerl zu sein. Er hat uns wohl alle getäuscht.
Ich habe lange überlegt, ob ich Ihnen das schicken soll, weil ich mir sicher bin, dass Sie mit Wills Verletzung und dem Baby genug um die Ohren haben. Vielleicht sind Sie noch nicht bereit zu reden (außerdem bin ich mir nicht sicher, wie viel Sie sagen dürfen, bevor die Polizei ihre Arbeit gemacht hat). Aber, na ja, ich arbeite wieder an dem Podcast. Er wird natürlich ein bisschen anders, als ich mir vorgestellt habe. Nevilles Unschuld wird nicht mehr angezweifelt, und die meisten der zehn Fragen, die ich ursprünglich gestellt habe, sind beantwortet. Im Podcast geht es also mehr um April und ihr Leben – und die Auswirkungen eines solchen Verbrechens. Wie die Medien mit ihr und ihrer Familie umgegangen sind. Ich nenne ihn DAS IT-Girl. November hat zugestimmt, die Aufnahme zu produzieren, und ich bin ziemlich zufrieden mit unserer Arbeit. Also, falls Sie jemals darüber reden, Ihre Seite der Geschichte darlegen wollen, dann würde ich mich geehrt fühlen, das ist alles. Sie entscheiden, und ich bin nicht böse, wenn Sie noch nicht so weit sind.
Ich bin so froh, dass es uns gelungen ist, Neville letztlich Gerechtigkeit zu verschaffen. Er war offenbar ein ziemlich gestörter Mensch, aber das hat er nicht verdient, niemand hat das verdient. Ich werde Ihnen ewig dankbar sein, dass Sie das möglich gemacht haben.
Wie auch immer, antworten Sie nicht sofort. Denken Sie in Ruhe darüber nach. Aber ich bin für Sie da, falls Sie be-

reit sind – egal, ob das in sechs Wochen, sechs Monaten oder später ist.

Geraint

PS: Die erste Folge ist noch nicht fertig, aber wenn Sie einen Rohschnitt hören möchten, hier ist ein Link. Das Passwort ist November.

Hannah klickt auf den Link.

Eine kurze Pause, dann durchbricht eine Stimme die Stille – nicht Geraints, mit der sie gerechnet hatte. Es eine hohe, dünne Stimme, die ihr nur zu bekannt ist und die ihr Gänsehaut verursacht. Es ist John Neville. Aber er klingt nicht wie in ihrer Erinnerung, nicht streitlustig und selbstherrlich. Er klingt … traurig.

»April Clarke-Cliveden war eines der schönsten Mädchen, die ich je gesehen habe«, sagt er. »Man nannte sie das It-Girl, weil sie alles hatte – Schönheit, Geld, Verstand wohl auch, sonst wäre sie nicht in Pelham gewesen. Jeder kannte sie oder hatte von ihr gehört. Aber jemand hat ihr das alles genommen. Und darüber werde ich immer wütend sein. Ich will, dass dieser jemand dafür bezahlt.«

Hannah drückt die Pause-Taste und sitzt einen Moment lang einfach nur da, die Hände vors Gesicht gepresst, kämpft mit den Tränen. Das Baby dreht sich in ihr.

Sie denkt an Neville, an die Wahrheit, wie man ihn zum Schweigen gebracht hat. Sie denkt an April. Und an ihr eigenes Leben, das noch vor ihr liegt – ein Leben, das keiner der beiden jemals haben wird.

Ihr Atem wird ruhiger.

Dann klappt sie den Laptop auf und öffnet Geraints Mail. Sie will ihm sofort antworten, bevor sie es sich anders überlegt.

Lieber Geraint,
schön, von Ihnen zu hören. Ich habe Ihren Namen in den Nachrichten gehört, als Sprecher der Clarke-Clivedens. Ich bin froh, dass Sie November im Umgang mit den Medien unterstützen. Was mich betrifft, geht es mir gut, danke. Will geht es auch besser – er soll bald aus dem Krankenhaus entlassen werden.
Ich weiß, Sie haben geschrieben, ich solle nicht sofort antworten, aber ich tue es dennoch. Sie sollen wissen, wie meine Antwort lautet und dass sie sich nicht ändern wird.
Ich bin bereit. Aber nicht zum Reden. Ich habe das Gefühl, als hätte ich nichts anderes getan. Ich habe wieder und wieder meine Version erzählt: der Polizei, dem Gericht, Ihnen, November und Will. Ich erzähle sie seit Jahren.
Ich habe alles gesagt. Und jetzt ist es Zeit für mich, den Mund zu halten – und nach vorn zu schauen.
Ich habe mir den Anfang Ihres Podcasts angehört und hoffe, er wird ein großer Erfolg. Sie kennen die Wahrheit und werden sie gut erzählen. Und April verdient, dass man ihr Leben feiert, so wie Neville es verdient, gehört zu werden.
Aber ich habe genug gesagt. Ich habe genug von meinem Leben für Aprils Tod gegeben.
Passen Sie auf sich auf. Bleiben Sie gesund. Kümmern Sie sich um November. Sie braucht jemanden wie Sie.
Alles Liebe
Hannah

Kurz schwebt sie mit der Maus über »Senden«, klickt, und die Mail macht sich auf den Weg.

Sie schaut auf ihren Posteingang und die Ordner: *Rechnun-*

gen. Haus. Persönlich. Quittungen. Und schließlich: *Anfragen.*

Sie öffnet den Ordner und geht zum ersten Mal seit Jahren, vielleicht zum ersten Mal überhaupt, die Mails durch.

Hannah, wir müssen dringend reden! Gegen Honorar.

Nachricht für Hannah Jones zum Fall des Pelham-Würgers.

Wichtiges Update zum Fall Clarke-Cliveden!!! Dringend!!!

ITV News bittet um Kommentar zum April-Update.

Interviewanfrage für Mail – bitte an Ms. Jones weiterleiten.

Es sind Dutzende. Hunderte. Tausende, die Jahre zurückreichen. Sie klickt auf »Alle markieren«. Ein Dialogfeld wird angezeigt: *Alle 50 Nachrichten auf dieser Seite sind ausgewählt. Alle 2758 Nachrichten in* Anfragen *auswählen?*

Sie klickt, um alle 2758 auszuwählen. Dann drückt sie auf die Schaltfläche »Löschen«.

Damit werden alle 2758 Nachrichten in Anfragen *gelöscht,* warnt der Computer. *Sind Sie sicher, dass Sie fortfahren möchten?*

Sie klickt auf »Okay«.

Die Seite hängt kurz, als wollte sie ihr Zeit geben, es sich anders zu überlegen ... dann ist der Bildschirm leer. *Der Ordner enthält keine Nachrichten.*

Wieder eine neue Mail. Sie kommt von einem Reporter, den sie nicht kennt, einem gewissen Paul Dylon. Die Betreffzeile lautet *Dringende Bitte um Kommentar zur Aufhebung des Urteils gegen Neville für die 6-Uhr-Nachrichten.*

Hannah drückt auf »Löschen« und sieht die Nachricht verschwinden. Sie klappt den Laptop zu, steht auf, reckt und streckt sich. Das Baby in ihr bewegt sich, als würde es den zusätzlichen Raum genießen. Die Knochen in Hüften und Wirbelsäule knacken, sie atmet tief durch.

Dann geht sie zum Wohnzimmerschrank, holt den Werkzeugkasten heraus und trägt ihn zum Fenster, macht Platz auf dem Teppich frei.

Es ist Zeit. Sie muss ein Kinderbett zusammenbauen.

DANKSAGUNG

Einen Roman zu beginnen, ist immer eine Herausforderung (habe ich vergessen, wie es geht, wird der Plot gut), aber über Oxford zu schreiben, ist eine besondere Art von Herausforderung – es wurde schon so oft und so gut beschrieben, dass es sich beinahe anmaßend anfühlt, wenn man dem Berg der Collegeliteratur ein weiteres Buch hinzufügt. Besonders herausfordernd ist es, wenn man wie ich nicht in Oxford studiert hat. Daher ein großes Dankeschön an die Freunde, die mir Fragen über Collegeleben, Aufnahmeprüfungen und darüber, was ich mir im Namen der künstlerischen Freiheit erlauben durfte, beantwortet haben – vor allem Kate Bell und Chris Moore, Rosie Wellesley, Joe Moshenska sowie Beth und Amanda Jennings. Danke auch an Fiona Nixon für Antworten auf meine Fragen zum Medizinstudium. Selbstverständlich geht alles, was nicht den Tatsachen entspricht, auf mein Konto, Gleiches gilt für Fehler – und ich muss sicher nicht betonen, dass Pelham College reine Fiktion ist und seine pädagogischen Schwächen in realen Oxford-Colleges mit Sicherheit nicht vorzufinden sind.

Vielen Dank an Sam Gordon für seine Ratschläge zu DNA-Eliminierung und Verfahren der Spurensicherung, an AA Dhand für sein pharmazeutisches Wissen und an Colin Scott für seine unschätzbare Hilfe bei Fragen zu Gerichtsverfahren (wie auch unzähligen anderen Dingen).

Großen Dank an die beiden Leserinnen, die die Wohltätigkeitsorganisation Young Lives vs Cancer, auch bekannt als

CLIC Sargent, im Rahmen einer Versteigerung unterstützt haben. Ich habe ihre Namen in diesen Roman aufgenommen. Robyn Grant und Rubye Raye, Ihre großzügigen Spenden bedeuten mir mehr, als ich mit Worten sagen kann. Ich hoffe, Sie mögen die Charaktere, die Ihren Namen tragen.

Ein großes und herzliches Dankeschön an meine fabelhafte Agentin Eve und ihre brillanten Assistenten Ludo und Steven und viele, viele individuelle Dankeschöns an die kleine Armee von Menschen, die hinter den Kulissen von Simon & Schuster in Großbritannien, den USA und Kanada sowie bei meinen anderen ausländischen Verlagen für dieses Buch gearbeitet haben. Alison, Jen, Suzanne und Nita, ich bin euch jeden Tag dankbar für eure brillante gemeinschaftliche Redaktion und das Vertrauen, das ihr in mich und meine Figuren setzt. Und Ian, Jessica, Sydney, Sabah, Katherine, Taylor, Adria, Maeve, Felicia, Kevin, Mackenzie, Gill, Dom, Nicholas, Hayley, Sarah, Harriet, Matt, Francesca, Jennifer, Aimee, Sally, Abby, Anabel, Caroline, Jaime, John Paul, Brigid und Lisa – ich schulde jedem Einzelnen von euch ein riesiges Danke, weil ihr mir geholfen habt, dieses Buch in die Welt und zu den Lesern zu bringen. Es ist unendlich viel besser (und natürlich schöner) als zu dem Zeitpunkt, als ich zum ersten Mal »Ende« getippt habe. Ich werde euch ewig dankbar sein für die Sorgfalt und Aufmerksamkeit, die ihr meinen imaginären Schöpfungen entgegenbringt.

Liebe und Küsse an meine Familie – ihr hattet nichts mit diesem Buch zu tun, außer mir den Raum zum Schreiben zu geben. Aber mit euch sind die Zeiten, in denen ich nicht schreibe, so viel vergnüglicher.

Und schließlich danke an meine Leser – und insbesondere an *Sie*, die Person, die diese Zeilen gerade liest. Dieses Buch gibt es nur Ihretwegen, und mein Dank gilt jedem Einzelnen von Ihnen.